Cousin-là (Couverture)

8189

DE L'ALAÏ

A L'AMOU-DARIA

Coulommiers. — Imp. PAUL BRODARD. — 337-96.

DE L'ALAÏ
A L'AMOU-DARIA

PAR

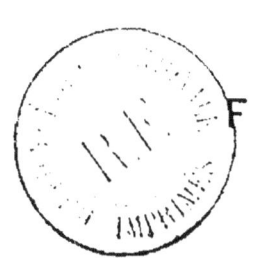

FÉLIX DE ROCCA

OUVRAGE ILLUSTRÉ DE 1 CARTE ET 6 GRAVURES

VOYAGE A TRAVERS LA TRANSCAUCASIE

LA TRANSCASPIENNE

LA BOUKHARIE, LE FERGHANAH

ET LES RÉGIONS PRÉPAMIRIENNES DE L'ALAÏ

DU CARATÉGHINE ET DU DARVAZ

PARIS

PAUL OLLENDORFF, ÉDITEUR

28bis, RUE DE RICHELIEU, 28bis

1896

A

MA CHÈRE FEMME

AVANT-PROPOS

Dans le courant de l'année 1893, j'ai eu la bonne fortune de prendre part à une expédition organisée par le gouvernement russe en Boukharie, dans le but d'explorer les confins du Pamir et de l'Afghanistan. Je traversai et visitai alors la Transcaucasie, la Transcaspienne, la Boukharie, le Ferghanah et les autres provinces du Turkestan russe, ainsi que des régions moins connues et peu explorées encore, telles que celles de l'Alaï, du Caratéghine, du Darvaz et du Coulab et les pays situés sur le cours supérieur et moyen de l'Amou-Daria, le plus grand fleuve de l'Asie Centrale.

De ce long voyage je rapportai des impressions et des souvenirs que j'ai consignés dans le livre que je présente aujourd'hui au lecteur bienveillant.

Ce livre contient également des considérations historiques, des données d'ordre politique et économique sur l'état actuel de ces pays et sur l'avenir qui les attend, grâce à l'œuvre de civilisation entreprise par la Russie.

L'action civilisatrice des Russes dans leurs possessions de l'Asie Centrale aurait mérité sans doute une étude plus approfondie, qui, cependant, n'était pas l'objet immédiat du présent ouvrage; néanmoins, ce que j'en ai eu l'occasion de dire au cours de ces pages peut déjà donner une idée suffisante des résultats obtenus jusqu'à ce jour. Les conquêtes de la civilisation européenne ne s'arrêteront pas là, toutefois; et, comme de nombreux symptômes nous autorisent à le prévoir, elles aboutiront dans un prochain avenir à la rédemption politique et religieuse des populations asiatiques, sur lesquelles ont pesé des siècles d'oppression et de fanatisme aveugles.

C'est à cette haute et noble mission que se dévoue la nation russe, en lui consacrant l'exubérance de ses forces; c'est par elle que s'accompliront les destinées des peuples de l'Asie Centrale appelés à une nouvelle vie, et que sera ainsi confirmé une fois de plus le principe universel et immuable qui gouverne l'ordre et l'existence de la nature : la création par le sacrifice.

F. DE ROCCA.

DE L'ALAÏ
A L'AMOU-DARIA

CHAPITRE I

SUR LA MER NOIRE ET EN TRANSCAUCASIE

D'Odessa à Batoum. — De Batoum à Bacou, à travers la
Transcaucasie. — La mer Caspienne. — Bacou. — L'industrie
du pétrole. — Les sources de naphte. — Balakhani, Saboun-
tchi et Sourakhani. — Le Temple du feu. — La ville persane.
— Le palais des Khans. — La Tour de la jeune fille. —
Monuments.

Le 10 juillet 1893, le général B..., chef de l'expédition
russe en Boukharie, et moi, nous quittons Odessa.

La cloche donne le dernier signal, la sirène lance trois
fois ses sifflets retentissants. Parents et amis se hâtent de
se serrer la main et de quitter le bateau. Du pont du
steamer le *Grand-Duc Constantin*, j'aperçois les amis
qui nous envoient leurs saluts : le long du quai, les mouchoirs, les chapeaux, les ombrelles s'agitent, tandis que le
vapeur tourne lentement sa proue vers la sortie du port.
Encore quelques tours d'hélice et nous passons devant le
phare et la jetée qui sert de brise-lames. Les mouchoirs
s'agitent toujours, une ombrelle blanche, se détachant sur
le fond déjà incolore de la foule assemblée sur le quai, fait
des signaux énergiques pour attirer mon attention. Nous

1

répondons de notre mieux, mais je doute que notre salut parvienne jusque là-bas.

Au fur et à mesure que le *Constantin* s'éloigne, les objets changent de couleur et se confondent peu à peu. Nous avons beau faire un appel désespéré à notre longue-vue, l'œil ne distingue bientôt plus que la silhouette confuse de la ville se profilant sur le fond bleuâtre du ciel. Seuls les clochers élevés des églises lançant leurs flèches aiguës se dessinent encore : le reste flotte incertain dans la brume du soir.

La cloche importune du bord fait résonner sa voix prosaïque et nous convie à table. Et me voilà forcé de m'arracher à la contemplation de ce tableau et de descendre au salon. A table donc! et examinons nos compagnons, nos voisins. D'abord, et comme on se trouve pour ainsi dire aux portes de l'Orient, ce sont les types orientaux qui dominent dans l'ensemble : il y a des Sémites, des Arméniens, des Tatars, mais il y a également des visages moscovites : ce sont des militaires, pour la plupart, se rendant à leur poste, des négociants et des propriétaires et autres gens d'affaires, rentrant en Crimée dans leurs terres et foyers, d'autres enfin allant aux bains et aux eaux minérales du Caucase. Toutes les langues se mêlent et, avec le vin, toutes les langues se délient; l'on finit par s'entendre mutuellement.

Après un brin de conversation, on remonte pour respirer l'air saturé de sel et arpenter le pont du bateau en long et en large. Malheureusement, celui-ci est encombré de ballots, cages, colis, qui contiennent des fruits, des légumes, de la volaille, destinés aux ports d'escale. Çà et là, pêle-mêle, accroupis ou couchés, des soldats égayant de leurs chants la monotonie de la route, des paysans émigrant à la recherche du travail dans les campagnes tauriques, où les céréales et surtout le raisin promettent cette année une abondante récolte.

Cependant la mer a changé d'aspect : de bleu clair

qu'elle était au moment du départ, elle est devenue verdâtre sous les derniers reflets du soleil; puis, avec le crépuscule, elle prend une teinte presque noire. Bientôt
s'éteint la faible lumière derrière un rideau de nuages
rosés et les ténèbres nous envelopperaient de tous côtés,
si ce n'était la lune venant fort à propos éclairer notre
route. Sur l'eau tout est tranquille : pas la moindre brise,
pas la moindre lame; jamais la mer Noire n'a moins mérité
le nom d'inhospitalière. Le bateau file rapidement et laisse
de profonds sillons dans la voie argentée tracée sur l'onde
par l'astre de la nuit, dont le reflet contraste étrangement
avec les gerbes de lumière électrique projetées par les
fanaux du haut des mâts. Une douce rêverie envahit mon
âme et je vois, comme en souvenir, de chers visages, qui
tantôt encore me souriaient en m'accompagnant d'affec-
tueux souhaits; tandis qu'à mon oreille parviennent les
sons d'une musique harmonieuse, qui m'apporte avec les
derniers accords du *Rigoletto* l'oubli de l'existence.

C'est un bon marcheur que le *Grand-Duc Constantin*,
construit en remplacement de son malheureux homonyme
qui s'est brisé sur les écueils de la Tauride. Grâce au
beau temps et au calme plat, nous arrivons à Sébastopol
avant l'heure réglementaire.

A nos yeux émerveillés se présente le ravissant panorama de la ville, renaissant comme le phénix de ses cendres. Nous pénétrons dans la baie profonde. Voici le fort
Constantin à l'entrée, à notre gauche : puis, à droite, le
boulevard maritime avec son monument au capitaine
Kazarski [1], représentant une galère romaine au haut d'une
colonne; encore plus loin et plus haut, la gracieuse église
de Saint-Vladimir, où ont été inhumés les quatre amiraux
créateurs de la flotte de la mer Noire ou défenseurs de

---

1. Ce capitaine, commandant en 1828 le brick le *Mercure*, fut
attaqué par deux vaisseaux turcs et sut échapper, malgré les
dégâts de son bâtiment, à la poursuite de toute l'escadre otto-
mane.

Sébastopol pendant le siège mémorable. La ville monte en léger amphithéâtre, que domine le temple des SS. Pierre et Paul, entouré de colonnes en style dorique, rappelant en petites proportions les lignes classiques de la Grèce.

Au-dessus de la Corabelnaïa, au fond de l'anse méridionale, surplombe l'énorme massif des casernes, aujourd'hui réparées, au-devant desquelles se détache la statue de l'amiral Lazaref, au geste énergique, à l'attitude fière et inspirée par une pensée créatrice. Encore plus haut se dresse le célèbre mamelon de Malakof, et enfin au loin, à l'horizon, percent sur l'azur du ciel les collines d'Inkerman et de la Tchernaïa.

De l'autre côté de la baie, sur la côte septentrionale, une grande pyramide, surmontée d'une croix, indique le lieu du repos des braves défenseurs de Sébastopol.

Sébastopol ou, comme disent les Russes, Sévastopol ne produit plus la triste impression qui serrait, il y a quelques années encore, le cœur de tout patriote russe. Elle possède aujourd'hui des édifices nouveaux, jolis et coquets, des musées, des hôtels, des cercles, des promenades, des jardins, et à l'entour, dispersées par-ci par-là, de grandes bâtisses servant de casernes, d'hôpitaux et de magasins divers de la flotte et de l'armée.

Peu à peu les traces du siège glorieux s'effacent, et le passé avec ses tristes et sanglants souvenirs semble être déjà bien loin. Il se cache toutefois dans quelques monuments élevés à la mémoire des héros qui y ont succombé; il nous parle encore par les objets historiques de tout genre, tels que canons, armes, vêtements, livres, cartes, plans, documents, tableaux, vignettes, etc., réunis en collection au musée qui porte le nom de Todtleben; il se révèle dans les grandes nécropoles, où reposent des milliers de braves.

Le *bratskoïé kladbistchié*, le cimetière des frères, c'est bien là qu'ils dorment en paix, comme des frères, tous ces héros, inconnus pour la plupart, accourus du fond de la

Russie à l'appel de la patrie en danger! Sur la colline
isolée, qui a donné asile indifféremment à tous, tout au
haut du sommet se dresse une grande pyramide de granit
grisâtre, dominant de sa croix ce vaste champ de la mort.
Tout autour, sur la pierre froide, courent des inscriptions
d'un éloquent laconisme : ce sont les noms des régiments
et des bataillons qui ont assisté au siège et pris une part
active à la défense de Sévastopol, et à côté le nombre des
hommes mis hors de combat. Je retiens quelques noms
et quelques chiffres. Régiments des 14e et 15e divisions
d'infanterie :

			Soldats.	Officiers.
Volhynie, du 19 octobre 1854 au 27 août 1855.			3896	24
Minsk, du 27 septembre	—	—	4161	26
Podolie, du 20 avril	—	—	2878	13
Jitomir,	—	—	2041	10
Modline, du 17 juin	—	—	1144	11
Prague, du 27 juillet	—	—	1977	4
Lubline, du 20 juin	—	—	1083	7
Zamosczki, du 16 juin	—	—	1468	6

Perte de tout l'effectif pour certains régiments!

Dans l'intérieur de la pyramide se trouve une chapelle
assez spacieuse avec l'*iconostasse* de marbre blanc. Les
parois sont revêtues de mosaïque dorée portant en relief,
à la base de la coupole, les figures des quatre évangélistes,
dominées par celle, plus grande et plus douce, du Christ,
qui semble inviter les victimes du devoir à goûter dans
son sein le sommeil éternel. En effet, à quelques mètres
plus bas que la pyramide, parsemées sur le monticule, le
long des sentiers qui le sillonnent en tous sens, se dressent des tombes recouvertes d'immenses pierres sépulcrales avec ces simples mots : *Tombe fraternelle!* Tou-
chante fraternité dans la mort de ceux qui, leur vie durant,
ont partagé les mêmes dangers au camp, les mêmes souffrances au village, sous la férule de la servitude!

A côté des soldats, cependant, dorment aussi les chefs.
Voici Todtleben : le marbre reproduit ses traits empreints

de l'énergie et de la ténacité dont fit preuve celui qui organisa la défense de Sévastopol et la chute de Plevna, gravées également en relief sur le monument funéraire. Plus
loin Gortchakof, le malheureux commandant de l'armée.
Puis enfin des généraux, des amiraux, des officiers de la
flotte et de l'armée, tombés au champ d'honneur ou qui
ont succombé plus tard ou ailleurs, et dont les tombes
sont entretenues par de pieuses mains. Pour tous indifféremment, la cloche sonne le glas funèbre, le *pope* dit les
prières consacrées, et le chœur des soldats de la garnison
chante les hymnes religieuses.

Tandis que les derniers échos des voix retentissent à
nos oreilles, nous remontons en barque et nous rasons de
près les flancs énormes des géants cuirassés, d'où apparaissent des gueules de bronze et d'acier, prêtes à vomir
la mort.

Le *Synope*, le *Douze Apôtres*, le *Tchesma*, le *Catherine II*, tels sont les noms de ces redoutables vaisseaux.
Autour d'eux se pressent de nombreuses embarcations;
d'autres sillonnent la baie en tous sens : des chaloupes,
des avisos, des canots, des bateaux de toutes dimensions
vont et viennent sans cesse, témoignage vivant de la puissance de la nouvelle flotte russe sur la mer Noire.

Mais déjà le *Constantin* a donné le signal : nous levons
l'ancre et virons de bord, en envoyant un dernier salut à
Sévastopol. A l'issue de la baie, se dessine sur le rivage
le nouveau temple de Chersonèse, élevé à la place de
celui où, il y a mille ans environ, le prince Vladimir reçut
le baptème, et dont les traces se voient encore sur le sol.

Après avoir doublé la pointe du phare, le bateau met le
cap à l'est et se rapproche sensiblement du littoral. On a
donc le loisir d'en examiner les localités célèbres dans
l'antiquité et le moyen âge, ou remarquables à d'autres
titres. Que de souvenirs historiques éveillent en nous le
nom de Tauride et le rapide trajet devant ces montagnes
et ces vallons !

Surgissant d'un passé lointain, repassent devant notre mémoire, confus et mêlés ensemble, Iphigénie, Oreste et Pylade, Chersonesos, Pandiriclée, Pharos, le monastère de Saint-Georges, vieux de mille ans et perché sur des roches de basalte abruptes, et la porte de Baïdar. Puis des noms plus récents et modernes : Balaclava, au fond de son anse étroite, surmontée de vieilles tours et murailles génoises ; Aloupka, avec son château en style mauresque ; Orianda, aux traits classiques grecs ; Livadia, avec sa résidence impériale ; Yalta, à la plage bruyante et animée, à la foule bigarrée des cavaliers et de camelots tatars, de moujiks moscovites, de marchands sémites et caraïmes ; Gourzouf, au bas d'un rocher immense, étendu comme un ours dans la mer, et qui inspira la lyre de Pouchkine à l'ombre de ses peupliers ; Théodosie, l'ancienne Caffa, célèbre sous la domination des Génois dans la mer Noire, dont les tours et les murs crénelés tombent maintenant en ruines ou sont détruits par des mains sacrilèges ; enfin, tout au bout de la côte, le Bosphore Cimmérien, où régna le roi Mithridate, dont le tombeau s'élevait sur la colline qui domine la ville moderne de Kertch. Tels sont les principaux points de ce panorama historique.

La ville de Kertch, située sur l'emplacement de l'ancienne Panticapée, qui fut la capitale du Bosphore Cimmérien, n'offre actuellement rien de particulier. Elle se relève à peine des ravages causés par le bombardement de 1854. Ce qu'on appelle *Tsarski kourgan* n'est qu'un simple monticule, lieu d'excursion aux environs de la ville, tandis que le tombeau du roi Mithridate n'offre aux curieux que des trous béants, creusés à la suite des fouilles archéologiques entreprises en cet endroit par le professeur Kondakof. Les objets trouvés dans ces parages figurent, avec plus d'avantages pour la science archéologique, au célèbre musée de l'Ermitage à Saint-Pétersbourg, et à l'autre, plus jeune et moins riche, de Moscou, qui porte le nom de Musée historique.

A deux kilomètres du tombeau de Mithridate se dresse
la forteresse qui commande le passage dans le détroit,
dont l'issue vers la mer d'Azof est fermée par les ouvrages
fortifiés d'Iéni-kalé, en face de la côte caucasienne. Le
bateau jette l'ancre dans la rade quand il cale trop pour
amarrer dans les eaux du port; c'est en rade qu'il opère
le déchargement des marchandises sur des chalands. Ceux
des voyageurs qui n'ont pas la curiosité d'entreprendre
une excursion en ville sont condamnés à passer une
demi-journée assommante, à regarder l'œuvre des camelots et à entendre la musique stridente et monotone de
la grue mécanique qui monte et descend les ballots.

Enfin on lève l'ancre et l'on se dirige de nouveau vers
la mer Noire.

A l'aube nous entrons à Novorossiisk, port de création
récente sur la côte occidentale de la Caucasie, auquel
aboutit l'embranchement du chemin de fer, qui par la
vallée du Couban et les steppes des *stanitzas* cosaques,
relie la mer à Vladicavcaz. Dans ces derniers temps, Novorossiisk a acquis une grande importance commerciale, et,
grâce aux travaux entrepris dans le port, tels que môles,
jetées, appontements, pour en faciliter les opérations, elle
est devenue le principal point d'exportation des céréales
de la Caucasie septentrionale. Les excellentes récoltes des
trois dernières années l'ont particulièrement favorisée et
ont contribué à étendre ses relations. Cependant la rade
est mal abritée contre les vents du nord-est par les montagnes environnantes : c'est de là que souffle la terrible
bora, cause de bien des désastres maritimes. Sur la côte,
non loin du phare, émerge encore la carcasse d'un steamer
anglais, jeté contre les écueils et qui finira par devenir la
proie des lames. Outre le commerce des grains, pour
lequel elle possède un excellent outillage dans son éleva-
teur, dont les immenses entrepôts peuvent contenir jusqu'à
700 000 *tchetverts*, la ville de Novorossiisk fournit un
débouché aux différents produits du naphte. Une com-

pagnie française appelée *Standard russe* a donné une grande impulsion à l'industrie de cette huile minérale. Elle exploite des sources de naphte à Ilsk, à 80 kilomètres environ de la mer, dans la vallée du Couban, et concentre les produits de ses usines dans d'énormes réservoirs construits non loin des quais de chargement.

La ville a un brillant avenir devant elle, si les débouchés étrangers, assurés aux produits du sol et du sous-sol de la Caucasie et de la région du Don, augmentent progressivement.

Nous longeons un littoral couronné de montagnes qui descendent en pente fort raide vers la mer; elles sont entrecoupées de fréquents vallons et de ravins qui en rendent le passage encore plus difficile. C'est à travers ce pays, toutefois, que, perçant les contreforts de la grande chaîne caucasienne, dont les cimes blanchissent sur le cobalt du ciel, se dirige la chaussée allant de Novorossiisk à Soukhoum-Kalé. La chaussée doit être bientôt achevée, car les travaux en ont été menés avec beaucoup d'activité pendant les deux dernières années, pour procurer de l'ouvrage aux paysans russes frappés par la grande disette de 1892.

C'est également le pays des Abkhases, dont les luttes héroïques et l'exode avant et pendant la guerre de 1877-1878 forment un des plus émouvants chapitres de la conquête russe au Caucase.

Devant nous défilent successivement Touapsé, le nouveau Mont-Athos, Soukhoum-Kalé, Poti, etc., qui mériteraient plus qu'une simple mention, surtout les riants paysages de la Colchide, de la vallée du Phase, où, il y a plus de trois mille ans, abordèrent les Argonautes conduits par Jason.

Le 14 juillet, de grand matin, nous débarquons à Batoum, où des amis, prévenus de notre arrivée, nous préparent le meilleur accueil. Comme nous devons rejoindre le bateau qui fait le service entre les Échelles de la mer

Caspienne, il ne faut pas nous attarder ici, ni ailleurs. Jusqu'au lieu du rendez-vous assigné à notre expédition, ce sera une course rapide, car il s'agit de parvenir aux passes de l'Alaï et de traverser les autres chaînes montagneuses avant l'automne.

Le train ne partira d'ici que le soir; dans l'intervalle jetons un coup d'œil sur Batoum. Non loin de l'*Hôtel de France*, où nous logeons, et après avoir longé la nouvelle citadelle, dont les canons plongent sur la baie, apparaît la plage basse et couverte des gros galets et cailloux que le Tchorokh ne cesse de charrier. Sur cette grève un établissement de bains : quelques planches et une toile grossière pour abriter les baigneurs contre l'ardeur du soleil et contre la curiosité des promeneurs du boulevard et du jardin du Cercle militaire. La mer nous tente et nous allons nous y plonger pendant quelques instants.

Dans le havre règne une grande animation : nombre de vapeurs battant pavillon russe ou étranger sont en train de charger ou décharger des marchandises. Le *Jupiter*, des Messageries Maritimes, lève l'ancre et s'apprête à retourner en France avec une grosse cargaison.

La rade présente un joli coup d'œil : les montagnes et collines verdoyantes couronnent la ville et encadrent coquettement la baie. Il y a de charmantes promenades, de longues rangées d'arbres plantés le long de la mer, des boulevards qui se terminent au Jardin botanique, où croissent les flores de toutes les latitudes. Le directeur du Jardin est tout heureux de nous montrer une collection de rares orchidées qui arrivent du Brésil.

Prenons toutefois un phaéton et parcourons la ville et les abords du port. Dans les nouveaux quartiers tout est tiré au cordeau : rues, bâtisses et arbres se ressentent du cachet administratif. Il y a beaucoup de maisons plus ou moins confortables, mais en général sans étage, avec boutiques, échoppes, cafés à la mode orientale. Les rues à proximité du port, dans les vieux quartiers, sont plus

étroites. Sur les quais, tracés en demi-cercle autour du
havre, grouille une population fort mélangée : Persans,
Turcs, Lazes, Imères, Géorgiens, Arméniens, Juifs,
Russes, sans compter les étrangers de toutes nationalités.

Le bassin réservé aux opérations du naphte et du
pétrole se trouve situé au nord-est du port. Un réseau
de conduites en fonte, aboutissant aux quais, amène jusque
dans la cale des navires l'huile minérale versée et rendue
par des réservoirs ou des wagons-cuves provenant directement de Bacou. Déjà de loin la brise vous apporte des
senteurs nauséabondes de ce liquide minéral, qui laisse
partout des traces de son passage, des flaques grasses et
noires. Désormais l'odeur du naphte va nous poursuivre
pendant toute la route, en chemin de fer, en bateau, dans
les villes russes de l'Asie centrale; elle semble être une
chose inséparable du voyage.

La ligne de chemin de fer de Batoum à Tiflis longe
d'abord la côte de la mer Noire, puis s'en éloigne peu à
peu; et, se dirigeant entre des collines entièrement boisées,
elle traverse les riantes campagnes de la Lazie, pénètre en
Imérie et en Mingrélie, dont la vallée du Rion est un véritable paradis terrestre; enfin elle s'enfonce dans les montagnes en suivant le cours de la Kvirila et monte progressivement sur la croupe des monts Mesques, qui relient la
grande chaîne du Caucase à celle de l'Anti-Caucase. C'est
la partie la plus attrayante du trajet de l'une à l'autre mer,
malgré les pittoresques et parfois grandioses beautés de la
Cartalie et de la Géorgie, de la Cakhétie et du pays des
Tates.

La locomotive remorquant notre train souffle et monte
lentement, en faisant des circuits sans nombre dans le
dédale des vallons qui peu à peu se rétrécissent et se terminent au col de Souram, à une hauteur de 949 mètres.
Cela nous permet de contempler à l'aise le paysage qui se
déroule comme dans un kaléidoscope. Des châteaux, des
fortins en ruines perchés au haut des rochers, au milieu

de forêts de sapins, de hêtres et de charmes qui revêtent
les pentes du versant occidental et où la main de l'homme
a fait déjà de larges brèches. Çà et là des tronçons de
l'ancienne voie ferrée, qui rasait de trop près les précipices ou bien était posée sur des terrains de nature friable
et susceptibles d'éboulement. L'ancienne voie provisoire a été également remplacée par un tunnel, achevé il
y a quelques années, sur une longueur de 4 kilomètres,
tout au haut du sommet du contrefort montagneux. A
l'issue du tunnel commence la descente sur le versant
opposé, vers les plaines et les vallées de la Cartalie, où
mugissent les eaux de la Coura impatiente.

Sur le fond de ce paysage éblouissant de lumière et de
verdure, véritable décor d'opéra, se détachent, sautent,
s'agitent, gesticulent, crient et chantent des êtres humains
aux types les plus variés, aux costumes les plus fantastiques et les plus bizarres, mais s'harmonisant parfaitement
avec la nature. Je me régale la vue et l'ouïe à considérer
ces figures et ces accoutrements, à entendre ces voix har-
monieuses qui, n'étaient les sons gutturaux et sifflants,
rappelleraient les idiomes des rivages de la Méditerranée.
Quelle animation, quelle gesticulation et surtout quel ver-
biage! Chaque station paraît être une ruche d'abeilles en
émoi : tous se connaissent, se saluent, s'interrogent : ce
sont de gais racontars sans fin.

Parmi eux, cependant, des faces de brigands et de pillards de grands chemins. Aussi le train est-il accompagné
par des soldats de la milice indigène, portant le costume
national; d'autres montent la garde aux stations et escor-
tent les passagers se rendant à leurs maisons de campagne.
Cette police existe presque sur toute la ligne, en vue de
garantir le service de la poste, dont les colis sont souvent
un appât fort tentant pour les rôdeurs de la contrée. Au
Lazistan, la milice, organisée lors de la domination turque,
fonctionne très bien actuellement, sous les ordres de chefs
qui portent l'uniforme russe.

Les points de vue changent à chaque station. A la descente du col ce sont de riants coteaux, surmontés des contreforts de l'Anti-Caucase, connus sous le nom de monts Trialètes, qui bordent la ravissante vallée de la Coura. Un embranchement de chemin de fer, partant de la station de Mikhaïlovo, traverse aujourd'hui cette vallée jusqu'à Borjom, résidence d'été du grand-duc Michel Nicolaïevitch, station d'eaux thermales et lieu de villégiature très fréquenté depuis quelques années.

Sur la gauche, des ramifications de la grande chaîne du Caucase descendent en pente douce vers les rives du fleuve, en suivant ses capricieux méandres. Au loin, par-dessus les montagnes de la première et de la seconde ligne, les sommets argentés et éblouissants des géants Adaïhoh et Zicar se projettent sur le cobalt du ciel.

Mais à mesure que l'on avance vers l'orient, le décor subit les plus variées métamorphoses.

La large plaine de la Cartalie, qui commence après Mikhaïlovo, avec son sol fertile, ses riches et belles moissons de maïs et de froment, ses villages arrosés par la Coura ou perchés coquettement sur des coteaux couverts de vignobles et de vergers, avec ses tours rondes et droites comme des sentinelles avancées, se rétrécit peu à peu et finit au confluent de la Xana en étroite vallée.

Les montagnes se rapprochent de la Coura qu'elles serrent étroitement dans les environs de Gori, située non loin du confluent de la Coura, de la Lakhva et de la Médjouda, provenant du pays des Osses. A cheval sur les deux grandes artères de la Transcaucasie qui s'y croisent, Gori, avec son antique citadelle sur la butte isolée, domine la vallée : rempart séculaire de la Grousie contre les royaumes d'Imérie et de Mingrélie ainsi que contre les peuples montagnards du Caucase. Son acropole originale, armée de tours et de murs dentelés, produit l'effet le plus pittoresque que l'on puisse s'imaginer. Plus en aval, à quelques kilomètres de là, sur un escarpement de roches,

dénudées, la ville des troglodytes, Ouplis-Tzikhé, dont
les cavernes ont donné asile à de nombreuses générations
fuyant la barbarie ou les persécutions, et contiennent des
restes d'architecture grecque, romaine, arabe et byzantine.

Aussitôt après, des montagnes et des collines nues et
pelées, servant de pâturages, se pressent et se suivent
comme dans un défilé jusqu'à Mskhet. Cette ancienne capitale de la Géorgie, située sur la route qui descend du Caucase septentrional par les portes du Darial, est fort déchue
actuellement. Les dômes de sa cathédrale et de son autre
église, très anciennes toutes deux, s'élancent au-dessus
d'un amas de bâtisses basses, aux toits plats, qui paraissent chercher protection autour de ces temples, asiles des
Géorgiens chrétiens et nécropoles de leurs rois. Sur les bords
de l'Aragva, les ruines d'un château fort sont d'un grand
effet dans ce tableau, qui se termine de l'autre côté de la
rivière au confluent de la Coura par le Stepan-Tsminda
ou Monastère de la Croix, perché sur un rocher très
escarpé, au-dessus des deux cours d'eau.

Le courant rapide de la Coura emporte des radeaux
formés de troncs d'arbres. D'intrépides mariniers, armés
de longues perches, les dirigent, avec une habileté et un
courage merveilleux, au milieu des rochers et des bas-
fonds encombrant le lit du fleuve.

Nous descendons également le courant de fer qui nous
entraîne à toute vapeur vers Tiflis, à travers un pays
déboisé et brûlé par le soleil, où quelques rares touffes
verdâtres indiquent le voisinage de l'eau.

A Tiflis, le train s'arrête une heure, à peine le temps
d'avaler un morceau de *chachelik* de mouton. La gare
grouille de monde, comme d'ailleurs partout au Caucase et
dans l'Asie centrale, car la gare du chemin de fer est un
lieu de rendez-vous, un but de promenade, où l'on va
chercher des nouvelles et voir des connaissances.

Une députation d'amis et d'employés, qui ont servi sous
les ordres du général B..., vient le saluer au passage. Après

des adieux et des souhaits les plus chaleureux, nous repartons, mais à trois cette fois : notre compagnie s'est accrue d'un nouveau personnage. Djamboulat, tel est son nom, qui signifie « âme d'acier » en langue tatare, représente le véritable type des Ossètes. Les traits du visage sont anguleux, les formes lourdes. Les Osses manquent de ce charme, de cette noblesse du visage, de cette souplesse de la démarche, qui distinguent les Tcherkesses et les Cabardes. Cependant, une taille au-dessus de la moyenne, une ossature bien développée, des muscles d'acier, des bras et des jambes solides, une poitrine large et bombée, donnent à ce montagnard une belle prestance. Le rôle de premier *dji-guite*, attaché à la personne du général, ira à merveille à ce Djamboulat, qui doit faire preuve d'une véritable âme d'acier.

Passé Tiflis, le pays, arrosé par la Coura, se change en steppes, çà et là cultivées.

A 25 verstes en aval, sur la rive gauche de la Coura, on pénètre dans la steppe de Karayaz qui s'étend entre la Coura et la Yora, son affluent. Le système irrigatoire du canal Marie l'a transformée depuis trente ans en une plaine fertile. Entre Noukha et Chémakha, les populations tatares, restées en possession de leurs terres, se servent des petits affluents pour irriguer leurs champs par les anciennes méthodes. Ce ne sont que des essais partiels d'irrigations nouvelles, mais le ministère des domaines se préoccupe sérieusement de l'exécution par parcelles du grand projet d'irrigation des ingénieurs anglais Baly et Habb.

Ce projet embrasse un ensemble de travaux dont l'estimation s'élève à 200 millions de roubles : la canalisation devrait se développer sur 4 500 verstes et s'étendrait aux plaines de Karabagh, Tchirikoum et Mougan, qui furent autrefois cultivées et peuplées. On y retrouve les traces de nombreux canaux, derniers témoins de l'art des anciens agriculteurs persans. Ce pays nourrissait, il y a trois ou quatre siècles, une population nombreuse, possédait des villes florissantes et jouissait d'une grande prospérité.

Actuellement les steppes arides qui se rencontrent dans les provinces de Tiflis, Elizavetpol, Bacou et Erivan et qu'il s'agit de mettre en valeur par une répartition rationnelle des eaux de la Coura, de la Yora, de l'Alazan, de l'Araxe, sont fort peu peuplées, inhabitées même, sur des étendues considérables. Cependant les deux rangées de hauteurs qui bordent la région des steppes renferment des pays fertiles et productifs : au nord, c'est la Cakhétie, au vin généreux; au midi, c'est Elizavetpol, entourée de colonies agricoles russes et allemandes, centre important de viticulture, donnant des fruits et des raisins exquis.

Tandis que nous songeons à l'avenir brillant qui s'ouvre devant ces beaux pays, le train marche. Voilà déjà la station d'Acstafa, d'où une chaussée se dirige, par le lac Goctchaï, vers l'Arménie et l'Ararat. Derrière les montagnes apparaissent les superbes aiguilles du Maïmech, du Mourgour, du Mourof et du Khambyl qui dépassent 3 000 mètres d'altitude. Le Khambyl atteint même 4 740 mètres. Là se trouve la région la plus riche en minerais.

Nous filons rapidement à travers les steppes bornées au loin par la ligne à peine visible des monts Taliche à gauche, et des monts du Karabagh à droite, qui vont en s'abaissant graduellement jusqu'au moment de disparaître dans les landes de la Caspienne. C'est le pays des moustiques dont les essaims forment des tourbillons épais, fléau des habitants. Aux stations, on a dû élever des pavillons aériens, sortes de guérites, étagés en trois sections, où les employés passent la nuit, pour échapper à la basse atmosphère, toute noire d'insectes. C'est aussi le pays des cigales qui envahissent par milliards les savanes couvertes d'herbes rissolées : leur cri-cri est tellement assourdissant et retentissant qu'il couvre le bruit du train en marche.

Plus on approche de la Caspienne, plus la verdure devient rare, la culture clairsemée, l'aridité générale et implacable. Rien de plus triste que les derniers contreforts rocheux, absolument dénudés, pelés, d'apparence volca-

nique, qui se continuent jusqu'à Bacou. Ils vous préparent
d'avance au changement de scène qui s'opérera à vos
yeux dans la péninsule d'Apchéron, la terre maudite de
Dieu et des hommes.

Au réveil, je salue les flots de la Caspienne. Le train
roule déjà au milieu de dunes de sable, qui font penser
à celles de la Transcaspienne. Sur le fond, le long du
rivage, des chameaux allant à la file semblent être les
précurseurs des caravanes de l'Asie centrale. A mesure
que l'on approche de Bacou, le paysage devient de plus
en plus désolé : pas un arbre, pas un ruisseau, rien que
du sable et rarement quelques affleurements de pierres
calcaires.

Bacou est la capitale du royaume du naphte et du
pétrole. Le naphte et ses dérivés imprègnent tout : l'air,
l'eau et les aliments. On ne respire, on ne mange, on ne
boit que dans le naphte. Les éléments en sont complètement saturés : le sol sur lequel vous marchez est fait d'asphalte, l'air est rempli des émanations que lancent les
longues cheminées de la *Ville Noire* ; la mer elle-même
est sillonnée de grandes taches d'huile s'échappant des
sources sous-marines.

C'est à l'exploitation du pétrole que la ville de Bacou
doit principalement son développement et sa richesse :
c'est grâce à ce produit surtout qu'elle est devenue le
second port de la mer Caspienne et que sa population a
décuplé en vingt-cinq ans, et a atteint le total de
100 000 habitants. Quelques chiffres donneront une idée
de son importance.

Actuellement presque toute la production du naphte
se trouve concentrée sur un espace d'environ 10 kilomètres carrés, sur lesquels 400 puits en activité produisent annuellement 300 millions de poudes [1] de naphte.
Ce liquide est amené au moyen de 16 conduits à

1. Le poude équivaut à 16,38 kilogr.

150 usines qui en extraient 80 millions de poudes de pétrole pur et plus de 6 millions de poudes d'huiles grasses.

Le transport de ces produits s'opère sur 4 000 wagons-cuves, parcourant la voie ferrée transcaucasienne, 57 bateaux-citernes à vapeur et 260 voiliers sur la mer Caspienne. L'État en retire chaque année une recette de 10 millions de roubles. Outre l'industrie du naphte, Bacou a une autre source de richesse; c'est le commerce de transit des produits asiatiques qui prennent le chemin de fer transcaucasien. Cependant, depuis 1894 (décembre) la ligne de Pétrovsk-Vladicavcaz fait une sérieuse concurrence au réseau méridional.

On a fait souvent la description du panorama de Bacou et de ses environs; j'épargnerai donc au lecteur l'ennui de la relire. Un coup d'œil seulement sur la ville avant de prendre le large sur le paquebot amarré au quai de Pétrovsk. Figurez-vous une vaste baie, ceinturée de collines jaunâtres, rocailleuses, dépourvues de toute végétation. A votre gauche, vers l'ouest, des maisons grises s'étagent en amphithéâtre, couronnées par l'ancien palais des schahs avec sa mosquée et ses minarets élégants, au milieu de l'ancienne cité persane entourée de vieilles murailles crénelées, aux ruelles étroites bordées de bâtisses à toit plat. Au devant, au premier plan, la nouvelle ville avec des rues parfaitement alignées et des quais qui feraient honneur à plus d'une ville européenne, et auxquels touchent de nombreux appontements en bois, bâtis sur pilotis, échelonnés le long de la courbure du rivage que domine la silhouette de la *Tour de la jeune fille*. Tout au bout du promontoire qui ferme la baie au sud, la grande distillerie d'eau salée; puis Baïlov avec les établissements de la flotte militaire; enfin les puits de naphte de Bibi-Eïbat. En face, la *Ville Noire*, où les usines de pétrole lancent vers le ciel des torrents de fumée nauséabonde; et, plus à l'est, le long du rivage, les établissements considérables de raffinerie de la *Ville Blanche*. Enfin à l'extrême droite, les côtes plates, incultes, désolées, de cette presqu'île d'Apchéron, où le feu souterrain fait jaillir des volcans de gaz inflammable. Toutes ces côtes s'élèvent et s'abaissent alternativement sous l'action de forces souterraines qu'on ne peut guère expliquer. Des îles se détachent du continent et menacent de s'abîmer dans les flots. La mer Caspienne tout entière participe à ces mouvements qui ont bouleversé le continent asiatique, anéanti des civilisations très avancées, supprimé d'énormes étendues de mer, et provoqué la formation de déserts inabordables, de steppes éternellement stériles.

Tout le long de la route que le paquebot suit de l'ouest à l'est, vous rencontrez quelques témoins de la dernière révolution géologique de cette région : des îles plates, véritables sommets de montagnes sous-marines, où les gaz de pétrole se font jour à travers les fissures des rochers. La zone pétrolifère plonge sous la mer Caspienne. On la retrouve sur le rivage oriental de cette mer, dans l'île de Tchéléken, dans les steppes de la Turkménie. On pense même qu'elle s'étend bien au delà, vers le massif rocheux de l'Himalaya.

Un railway spécial relie Bacou aux sources de pétrole exploitées, car la ville ne possède que des distilleries. Les puits sont concentrés à 11 ou 14 verstes à l'E.-N.-E. sur le plateau de Balakhani-Sabountchi.

Imaginez un cirque de 3 kilomètres de diamètre, entouré de collines calcaires à faible relief : dans le fond de ce cirque, formé de sables, on a creusé plus de 400 puits, rattachés à 80 exploitations qui appartiennent à des compagnies par actions ou à des particuliers.

Une rangée infinie de cages en bois noir, dites *vichekas*, entassées, pressées les unes contre les autres, recouvrant un sondage artésien qui va chercher l'huile minérale à des profondeurs variables de 100 à 200 mètres et plus, donne à ces exploitations l'apparence d'une forêt de grands

arbres sombres. Le liquide sort par des tuyaux que l'on
enfonce dans le sol au fur et à mesure que le forage
s'opère.

Souvent il arrivait que ces puits se changeaient en fontaines jaillissantes qui lançaient le naphte mélangé d'eau
salée et chargé de sable à des hauteurs prodigieuses,
jusqu'à 112 mètres même. Ces grandes fontaines, qu'au
début de l'industrie on ne parvenait pas à maîtriser, rui-
naient leurs propriétaires, car ils devaient payer de lourdes
indemnités pour les dégâts dont les exploitations voisines
avaient à souffrir par suite de cette submersion d'un nouveau
genre. De pareils accidents ne se renouvellent plus, aujour-
d'hui, que fort rarement. Les fontaines, il est vrai, ne sont
plus aussi puissantes et l'on a inventé un moyen d'éviter
le danger, en fixant au sommet du tubage une espèce de
calotte de fer munie d'un robinet qui permet de régler à
volonté l'écoulement.

Une fontaine de pétrole s'épuise rapidement; la durée
de la gerbe minérale ne dépasse pas deux mois, après
quoi il faut employer la pompe pour amener le pétrole
à la surface.

Balakhani et Sabountchi offrent un dédale inextricable
de *vichekas*, de hangars, de machines, de lacs et de
canaux de pétrole, au milieu desquels se dressent d'immenses réservoirs en tôle, où s'emmagasine le naphte
brut avant d'être envoyé dans les raffineries de Bacou.
On ne peut songer à le traiter sur l'emplacement même
des sources. Des tuyaux en fonte, à moitié enfouis dans
la terre meuble, partent de ces réservoirs et servent au
transport du naphte jusqu'à la *Ville Noire* et à la *Ville
Blanche*.

On a donné le premier de ces deux noms à un ensemble
d'usines, grandes et petites, dont les cheminées lancent
des torrents de gaz aussi mal propres qu'irrespirables et
qui fabriquent le pétrole raffiné et les huiles grasses. La
Ville Blanche est formée d'importants établissements fort

bien outillés pour la distillation des huiles, tels que ceux de Nobel, Rothschild, Chibaef, Société russo-caucasienne, Boulfroy, etc. Au bord de la mer apparaît une espèce d'oasis à moitié verdoyante : quelques jolies maisons se tiennent compagnie dans la solitude de ce désert sablonneux. C'est la *villa Pétrolea* de MM. Nobel, où habite le haut personnel de leurs établissements.

Le chemin de fer de Bacou-Balakhani se prolonge jusqu'au plateau de Sourakhani, qui fut le premier centre d'exploitation et qui possède encore de nos jours la première usine de raffinerie de la Société transcaspienne. Mais on vient expressément ici pour visiter le temple des adorateurs du feu. Un petit édifice carré, que surmonte un dôme percé d'une multitude de cheminées minuscules, s'élève au milieu d'une cour entourée d'un mur. Les cheminées donnaient autrefois passage aux gaz enflammés, et les fidèles se prosternaient en foule devant le feu éternel. Les *feux éternels* étaient connus ici depuis les temps les plus reculés. Les disciples de Zoroastre y enseignèrent les lois civiles et morales de ce sage fondateur du parsisme. La décadence de cette religion suivit la chute du parsisme ou plutôt sa corruption par des éléments étrangers, judaïques surtout, et sa transformation en secte des guèbres, malheureux parias dont la race fut méprisée dans toute l'Asie centrale. Ces adorateurs du feu possédaient donc à Sourakhani leur sanctuaire et leurs prêtres jusqu'en 1860. Aujourd'hui le temple lui-même ne présente qu'un objet de simple curiosité et les touristes éprouvent un grand désappointement en apercevant cet édifice, après les changements, badigeonnage et restauration, subis en 1888. Les feux sacrés servent aux habitants de l'endroit pour cuire leurs poteries, la chaux et les briques et sont utilisés pour le ménage domestique !

Le vieux Bacou, la ville persane, n'a pas tout à fait perdu son cachet, malgré le voisinage de la nouvelle ville et des bâtisses modernes qui envahissent même les abords de l'ancienne enceinte crénelée. Ces ruelles étroites, tortueuses et sales, bordées de maisons blanches, aux toits plats en guise de terrasses, dont les portes sont le plus souvent fermées et les habitants invisibles, n'ont pas changé depuis un siècle. Leur dédale inextricable couvre toujours le flanc de la même colline escarpée; ce sont encore les mêmes minarets, les mêmes petits dômes surmontant les salles de bains.

Il y a aussi le bazar, où règne une obscurité ménagée par les nattes et les tapis dont les ruelles sont recouvertes. A l'abri des rayons du soleil, assis sur leur séant dans de misérables échoppes, artisans et marchands persans vous offrent des collections d'articles les plus variés de leur industrie et commerce, depuis les pierres précieuses, les turquoises surtout, les tapis, les feutres, les fourrures et les bonnets de mouton, jusqu'aux instruments de musique et aux armes les plus bizarres.

Les seuls monuments remarquables de cette vieille cité qui disparaîtra bientôt, sont la *Tour de la jeune fille* et la citadelle ou le palais des khans. La Tour de la jeune fille, la *kir-kala*, haute d'environ 30 mètres, élevée probablement pour le service du guet, a été de nos jours transformée en phare. La légende, cependant, raconte qu'un khan du Chirvan s'étant épris d'un amour criminel pour sa fille merveilleusement belle, celle-ci pensa que le temps refroidirait cette triste passion et se fit bâtir par son père une tour très élevée : la construction achevée, elle y monta et se précipita dans les flots, préférant la mort à la honte. Le palais des schahs avec la cour de justice, le *divan-khané* et la mosquée *Djouma*, datant de 1078, se sont bien conservés. Le palais et la cour en style mauresque, probablement du xve siècle, sont de grands édifices sombres, en pierres de taille grises, obscurcies par le temps. Le *divan-khané* consiste en une salle octogone surmontée d'une coupole; tout autour court une galerie dont le toit est soutenu par des colonnes massives en pierre. Les murs de la salle portent d'admirables arabesques, qui décorent également l'entrée principale du château. Au milieu de la salle de justice, un grand orifice rond, dans lequel on jetait jadis la tête du condamné décapité. Cet orifice, dit-on, aboutissait par un canal à la mer qui engloutissait ainsi les têtes des malheureux, tandis que leurs corps étaient restitués aux parents. La foule assistait aux supplices dans la cour, sous les hangars de l'enceinte intérieure du château.

A quelques pas, vers le midi, se dresse une autre mosquée en fort bon état : son minaret, élevé et orné d'ornementations et d'inscriptions arabes, domine toute la citadelle. Au pied de celle-ci existe aujourd'hui un vaste jardin, le Jardin Michel, dont les bosquets poussiéreux et les arbres rabougris ne voient pas l'eau souvent. Les allées sont, comme les rues et les trottoirs, enduites de bitume, où le pied enfonce facilement quand le thermomètre monte.

Et comment arroser les arbres et les rues, quand la population manque elle-même d'eau douce? Les dix-huit puits de la ville ne contiennent qu'une eau saumâtre et insuffisante. Une grande distillerie à vapeur, installée à un kilomètre environ de la *Tour de la jeune fille*, au bord de la mer, dans la direction du cap Baïlov, pourvoit à la principale consommation de Bacou. Comment une ville si riche, avec des recettes dépassant un demi-million de roubles, avec une ligne de tramway fort étendue, n'a-t-elle pas d'aqueduc pour amener de l'eau potable des sources environnantes? C'est à peu près dans ce même endroit que l'on aperçoit au fond de la mer, par un temps calme, les ruines d'une bâtisse grandiose qui ressemble à une forteresse avec ses bastions faits de matériaux durs et résistants. Une tradition populaire dit que ce sont les restes de l'enceinte fortifiée de la ville ancienne de Baïla ou Sabaïla. Enfin à deux kilomètres du cap Baïlov, on jouit d'un spectacle étrange et unique : *des feux de mer*. Du fond de la

mer s'échappent des effervescences gazeuses qui font
pétiller les eaux comme du champagne. Dès que la flamme
les touche, ils s'allument et s'élancent vers les cieux en
tourbillons et en langues de feu, courant les uns après les
autres, s'élevant et retombant, renouvelant sans cesse la
lutte avec l'élément liquide. Rien n'est plus facile que
d'enflammer le pétrole qui surnage à la surface de l'eau.
On jette dans la mer des paquets d'étoupes enflammées;
au même instant, toute la surface de la mer prend feu. Les
flammes, d'un jaune bleuâtre, ne dégagent que très peu de
chaleur. On peut les traverser impunément en barque.
Puis la nappe de feu se déchire, en laissant des îlots flamboyants, séparés par de grands espaces obscurs.

Ces immenses et bizarres incendies offrent un spectacle
merveilleux et durent tant que l'aquilon ne les éteint pas
de sa froide haleine.

La ville nouvelle ne compte pas beaucoup de monuments ou d'édifices qui méritent une description particulière. Néanmoins il faut citer la gare du chemin de fer,
construction de style original et parfaitement aménagée à
l'intérieur; une imposante école arménienne et une basi-
lique orthodoxe inachevée, au centre d'une vaste place,
avec ses nombreuses coupoles, en pierres blanches et
rouges, dans un genre d'architecture tellement recherché
en Russie qu'il est presque devenu national.

Non loin de la future cathédrale, s'élève le monument
du prince Tsitsianof, assassiné en 1806 par un serviteur
du khan de Bacou, au moment où il venait, à la tête du
corps expéditionnaire russe, demander la reddition de la
ville. C'est une colonne pyramidale en pierre grise, posée
sur un large piédestal, où aboutissent des degrés. Un
petit square environne le monument qui se trouve aux
approches du marché et de ses rues sales.

Sur les larges quais de Bacou et sur les longs appontements de bois qui servent d'embarcadères aux vapeurs
des différentes compagnies de navigation, règne du matin

au soir la plus grande animation. Une foule bariolée
d'Arméniens, Persans, Juifs, Tatars, Boukhares, sans
compter les représentants des divers types caucasiens, se
mêle, se bouscule, vocifère, encombre les abords des
bureaux et des entrepôts de la plage. On a de la peine à
se faufiler à travers un encombrement de ballots, caisses,
tonneaux, câbles, balles de coton énormes, au milieu des
cris assourdissants de la populace, des camelots et des
portefaix, et à atteindre enfin le pont du bateau.

Le paquebot qui doit nous emporter est le steamer
Empereur Alexandre de la compagnie *Caucase et Mercure*. L'administration de cette compagnie n'emploie que
des officiers finlandais et suédois sur ses lignes. Ces
hommes du Nord font un étrange contraste avec les types
du pays : d'ailleurs le commandant est un charmant parte-
naire au *wint*, jeu de cartes dont les Russes ne peuvent
se passer même en voyage. Et le jeu fait rage pendant le
trajet.

La traversée ne dure qu'une vingtaine d'heures quand il
fait beau temps : il n'y a que 190 milles marins, soit
350 kilomètres à franchir. En route donc pour l'Asie centrale !

CHAPITRE II

EN TRANSCASPIENNE

Ouzoun-Ada. — Son commerce et son avenir. — Le Transcaspien. — Envahissement des sables et asséchement. — Incidents de voyage. — Aspect de l'oasis d'Akhal-Téké. — Cultures. — Ghéok-Tépé.

Le 16 juillet donc, nous montons sur le steamer *Empereur Alexandre*, qui nous dépose le lendemain matin au débarcadère d'Ouzoun-Ada, après une traversée des plus heureuses. Nous y trouvons également un accueil aimable et empressé de la part des autorités, prévenues de notre arrivée.

Située au fond de la baie Mikhaïlovsk, entourée presque entièrement de dunes de sables incandescents, brûlée par les ardeurs du soleil, Ouzoun-Ada présente une agglomération de petits et bas édifices en briques et de baraques de bois, où se réfugient les rares employés civils et militaires et les six ou sept cents habitants condamnés par leur métier ou leur profession à vivre enterrés dans ce four infernal. Il faut avoir passé une journée d'été au milieu de ces sables pour se faire une idée des chaleurs qui y règnent, malgré la brise de la mer. Ce n'est pas à tort que les malheureux habitants lui ont appliqué le surnom de *ad*, enfer [1].

1. En turc cependant *ouzoun* signifie long, et *ada* île.

Cette année cependant, la chaleur n'est pas aussi acca-
blante que de coutume : le thermomètre marque 35° R. à
l'ombre, dans l'intérieur des maisons et des wagons du
chemin de fer, et 43° R. au soleil, tandis que l'année précédente il montait à 60° R. Me voilà donc tout à fait désap-
pointé et privé, pour l'instant du moins, du plaisir d'essayer
des ardeurs du soleil asiatique. Néanmoins j'admire l'indifférence et le courage de Djamboulat, habitué à l'air vif des
montagnes, supportant sans broncher les braises du
désert sous son gros bonnet de fourrure et sa tcherkesse
boutonnée jusqu'au menton. Il est tout fier dans son accoutrement et prend déjà au sérieux son rôle de djiguite :
gare à qui oserait s'en moquer !

En attendant le moment d'aller nous plonger dans les
flots limpides de la mer Caspienne, nous retournons sur
le bateau pour contempler le désolant panorama du golfe
et de la côte basse et déserte. La monotonie du spectacle
est rompue par une compagnie de gais convives, attablés,
sur le tillac, en train de faire honneur à un succulent
déjeuner que préside le capitaine finnois de l'*Alexandre*.
Les gourmets de l'endroit profitent de chaque escale des
bateaux de la Compagnie pour se rendre à bord et y
goûter la cuisine russe. Le bateau se transforme en restaurant, dont les vins et les mets sont assaisonnés par la
plus franche gaîté et les plus piquants lazzis des beaux
esprits d'Ouzoun-Ada.

A quelques pas de là, sur le bateau, et plus loin sur les
allèges et le quai improvisé, règne une grande animation.
Le grincement de la poulie, les cris perçants des portefaix et des matelots, le bruit des chaînes et des ballots
déchargés et jetés par des centaines de bras, tout cela
ensemble donne de la vie à la plage. Persans de l'Azar-
beïdjan, Turcomans de la côte ou des oasis voisines exercent le métier de portefaix et se font remarquer par leur
force herculéenne. Le poids de deux cents kilos constitue
pour eux un fardeau ordinaire : j'en ai vu quelques-uns

qui soulevaient des caisses pesant plus de quatre cents
kilogrammes, voire même des pianos que les camarades
leur chargeaient sur le dos. Le déchargement des marchandises du paquebot s'opère également par l'entremise
de ces Tatars persans, obéissant à la voix d'un chef.
Celui-ci donne le signal de la manœuvre en invoquant
probablement quelque patron du travail, et les autres
répondent par une espèce de refrain court et rythmé, qui
ressemble fort à un *Miserere nobis* et qui paraît demander
aide et assistance dans leur pénible labeur. La litanie est
répétée en chœur par les Turcomans, ces terribles guerriers d'hier, misérables manouvriers, au torse nu, à peine
couverts de quelques haillons. La manœuvre dure des
heures entières et continue encore quand nous nous
dirigeons vers la gare du chemin de fer.

Ouzoun-Ada est la tête de ligne de la voie ferrée qui a
reçu le nom de *Chemin de fer transcaspien*, et qui aboutit
à travers les sables de Kara-Koum et les oasis de Merv et
de Boukhara, à la ville de Samarcande, soit un parcours
de 1 346 verstes. Comme havre, ce point a une importance considérable pour le commerce entre la Russie et
ses possessions asiatiques, ainsi qu'avec Khiva, la Boukharie et la Perse. La construction du Transcaspien a
donné un nouvel essor au trafic avec les contrées limitrophes; les relations avec les khanats de Khiva et Boukhara et avec la Perse se sont particulièrement développées,
grâce à la facilité de communication. Les stations de ce
chemin de fer, situées à proximité de la frontière persane,
sont devenues des dépôts de marchandises de provenance
du Khorassan ou d'autres pays.

Le commerce de transit par Ouzoun-Ada se fait dans
deux directions : vers les ports de la côte caucasienne,
Bacou et Pétrovsk notamment, et vers celui d'Astrakhan,
d'où les marchandises remontent le grand fleuve Volga
jusqu'à Nijni-Novgorod.

L'importation des produits étrangers dans la Transcas-

pienne se chiffrait par 4 281 206 roubles en 1891 et
4 866 114 roubles en 1892, dont 1 200 000 roubles
environ par Ouzoun-Ada et 3 000 000 et 3 750 000 roubles par les onze autres localités, où se trouvent des postes
de douane, depuis Crasnovodsk jusqu'à Pendé sur la
frontière afghane. Tandis que le transit par chemin de fer
des marchandises provenant de la Russie d'Europe et du
Caucase et à destination du Turkestan et de Boukhara a
donné 1 872 000 poudes en 1891 et 1 681 000 poudes
en 1892, pour les provenances du Turkestan et de Boukhara et leur mouvement vers le Caucase et la Russie
d'Europe, le transit sur le Transcaspien a donné
3 256 000 poudes en 1891 et 3 804 000 poudes en 1892.
Le transit total dans les deux directions se montait donc à
5 128 000 poudes en 1891 et 5 485 000 poudes en 1892.

Cependant Ouzoun-Ada est désormais condamnée à la
déchéance. En principe, le gouvernement russe a décidé
de transporter la tête de ligne du chemin de fer à Crasnovodsk, centre administratif du district et port de mer sur
le golfe du même nom [1]. Ce golfe présente un mouillage
plus commode, plus abrité et plus profond que le labyrinthe d'Ouzoun-Ada, qui ne peut recevoir que des bâtiments pêchant douze ou quatorze pieds au maximum. Il
est vrai que la distance en chemin de fer en sera accrue
de 130 kilomètres, ce qui augmentera les frais de transport; il est vrai que la pose des rails et les autres travaux
entraîneront pour l'État une dépense de plusieurs millions
de roubles. Mais, outre les avantages d'ordre administratif
et militaire que le gouvernement se promet de tirer du
transfert de la tête de ligne, on estime que le commerce
aura moins de faux frais à supporter à Crasnovodsk, quand
on y aura adopté aux opérations de chargement un outillage plus perfectionné.

1. En novembre 1894 a eu lieu l'inauguration des travaux de
l'embranchement de Crasnovodsk.

De toute façon Ouzoun-Ada finira par mourir de mort
naturelle. Les progrès de l'envahissement des sables et de
l'asséchement graduel de la mer dans la baie Mikhaïlovsk
sont visibles. Chaque année, se rétrécit l'espace qui sépare
l'établissement d'Ouzoun-Ada des collines de sables transportées, au gré des vents, d'un point à l'autre. Chaque
année, la mer s'éloigne de plus en plus de la côte envahie
par les sables ou bien se transforme en petits lacs et marais
qui finissent par s'évaporer sous l'action du soleil. Les
traces de ce double phénomène sont manifestes, quand on
parcourt en chemin de fer la distance entre Ouzoun-Ada
et la première station de Mikhaïlovsk, autrefois point de
départ de la voie ferrée, aujourd'hui abandonnée. Partout
l'eau se retire peu à peu ou s'évapore devant la double
action du sable et du vent combinée à celle de l'astre
torride. Les rivages et les approches d'Ouzoun-Ada confirment jusqu'à l'évidence la grande œuvre de la nature,
l'asséchement, qui constitue un phénomène commun à
toute l'Asie centrale.

Nous montons donc dans un wagon réservé que le chef
de gare a mis complaisamment à notre disposition. Nous
voyagerons avec toutes les commodités possibles en ce
pays à peine initié à la civilisation; le train possède un
wagon spécial destiné à la cuisine et un autre au buffet-
restaurant, fourni des meilleures provisions, des vins,
liqueurs et limonades gazeuses les plus appropriés au
climat.

Au sortir d'Ouzoun-Ada, la voie ferrée suit d'abord le
rivage, en traversant la digue naturelle qui relie Ouzoun-Ada
au continent; puis, elle s'en éloigne légèrement et longe
des mares d'eau que la mer a tout récemment créées en se
retirant.

Durant les cinquante premières verstes, du sable partout. Le sable forme, sur tout ce littoral, la ceinture désolée
de la mer, avant le désert d'alluvion qui commence au
delà. La voie serpente entre les mamelons de poudre

jaune, formations légères qui s'écroulent et se déplacent
sans cesse au caprice du vent.

La voie perce des dunes et des collines de sables passablement élevées qui se pressent et s'amoncellent de plus
en plus autour des rails, comme si elles voulaient engloutir
le train qui passe, les guérites et les huttes des gardiens,
enfoncées, presque disparues dans le sable.

A peine avons-nous quitté la baie d'Ouzoun-Ada et atteint
la première station, Mikhaïlovskaïa, que le chef du train
nous annonce que les communications sont interrompues.
Un orage, assurait-il, s'était déchaîné dans la journée sur
la ligne du chemin de fer et les eaux, se précipitant du
haut des montagnes qui bordent à l'ouest la voie, en
avaient emporté ou défoncé le remblai en plusieurs endroits.
Nous profitons de ce contretemps pour visiter les baraques
construites en 1892 pour les cholériques et qui servent
maintenant de lazaret pour les pèlerins revenant de la
Mecque et de la Perse.

Au bout d'une heure d'arrêt, le train se remet en mouvement. A travers la brume du soir se détache la silhouette
des Grands-Balkhans à gauche, et des Petits-Balkhans à
droite. Le train s'engage entre ces deux hauteurs comme
dans un long couloir, où les vents du nord s'engouffrent
avec une violence inouïe. En sortant de là, la locomotive
s'élance dans la steppe nue et sablonneuse.

On avance de 175 verstes jusqu'à Kazandjik, où il faut
de nouveau stopper, et cette fois, malheureusement, pour
de bon. En effet les eaux torrentielles avaient, on n'en
pouvait plus douter, envahi la voie ferrée entre Ouzoun-
Sou et Ouchak, et causé de nombreux dégâts sur l'étendue
de plusieurs verstes. L'incident prenait une tournure
fâcheuse et menaçait de nous infliger une perte de temps
considérable.

Force nous fut donc de rester prisonniers, enfermés
dans notre wagon pendant les heures chaudes de la journée,
n'ayant pour toute distraction que la lecture et l'étude des

documents et cartes concernant le but de la mission.
Néanmoins Kazandjik nous ménageait une agréable surprise. Cette station se trouve au pied des montagnes
Kuren-Dag, qui avec celles de Kopet-Dag séparent les pays
turcomans du bassin de l'Atrek. Elle possède des sources
d'eau potable que l'administration du chemin de fer transcaspien transporte dans d'énormes cuves cerclées, hautes
de 3 et larges de 4 mètres environ, placées sur des
plates-formes et munies de tubes et de robinets. L'eau est
destinée à toutes les stations de la ligne qui en sont
dépourvues et parvient également à Ouzoun-Ada, dont les
habitants l'achètent à raison de trois copecs le seau, s'ils
ne veulent pas boire l'eau salée distillée. En outre, il y a
des sources d'eau thermale et précisément d'eau sulfu-
reuse chaude et légèrement acidulée, qu'au moyen de
rigoles et de conduites on est parvenu à capter et amener
jusque dans la plaine. Non loin de la gare l'on a creusé
des bassins et posé des baignoires et des douches sous un
hangar formé de planches et de traverses.

Avec quel plaisir, pour ne pas dire avec quelle joie,
nous profitâmes de cette bonne fortune, le lecteur peut
se l'imaginer! L'idée que j'aurais pris un bain commodé-
ment installé dans une baignoire et sous douche, au milieu
des steppes de l'Asie centrale, là où, quelques années à
peine, les Turcmènes venaient paître et abreuver leurs
troupeaux de brebis et de chameaux, me paraissait tellement drôle, que je me fis un malin plaisir de répéter les
ablutions et de rester plongé jusqu'au cou dans l'eau bienfaisante.

C'est grâce à l'abondance de ces sources qu'on a pu
créer les jolis jardins de trembles, d'acacias, de mûriers,
de tamarix, de *saxaoul* même, qui atteint ici la hauteur et
la grosseur d'un arbre ordinaire, que vous apercevez
autour de la gare et dans les environs de Kazandjik. Il faut
d'ailleurs rendre justice aux Russes : ils savent tirer parti
de l'eau, partout où il y a moyen d'organiser l'irrigation,

A Kazandjik, à Kizil-Arvat, à Ghéok-Tépé, à Askhabad, pour ne citer que les principaux points sur le parcours du Transcaspien, la végétation a fait des progrès étonnants, et cela dans l'espace de quelque dix années.

L'escouade de soldats envoyée sur les lieux des dégâts revient enfin, après avoir achevé sa tâche : hâlés, crottés jusqu'aux genoux, harassés de fatigue, mais toujours gais, chantant en chœur leurs chansons guerrières, la pelle et la bêche sur les épaules, la hache au poing, et portant un gros chaudron, ils ressemblent à de vrais diables. La cloche donne le signal du départ et nous nous empressons de rejoindre notre demeure ambulante. Pendant le trajet, quand la température commence à dépasser les limites raisonnables, nous nous amusons à faire jouer la soupape d'une douche installée dans le wagon pour nous arroser avec l'eau rafraîchissante. La température toutefois est loin d'être tropicale, comme il aurait fallu s'y attendre en pareille saison, au mois de juillet. Il est vrai que le ciel est presque constamment voilé par les nuages et que le soleil ne fait que de rares apparitions. La pluie vient à intervalles entretenir la fraîcheur relative de l'atmosphère. L'orage a laissé des traces profondes de son passage : partout le train longe des mares et des courants formés par les ondées ; çà et là apparaissent des brèches dans le remblai, des ornières dangereuses, des rails et des billes emportés par l'effluve. On a réparé à la hâte la voie endommagée et le train traverse fort lentement des ponts provisoires faits avec des pilotis de billes de bois.

Soldats et indigènes sont occupés à donner la dernière main aux travaux ; d'autres, campés le long de la voie, font cuire la soupe dans des marmites : ce qui rend la scène plus animée.

Nous avançons ainsi d'une centaine de verstes. A Kizil-Arvat, nouvelle halte : la voie n'a pas encore été complètement rétablie aux environs de Bami, localité la plus exposée aux caprices des eaux torrentielles, qui descendent

3

du Kopet-Dag. Chaque année régulièrement, et souvent à
plusieurs reprises dans la même saison, l'administration
du Transcaspien est obligée d'entreprendre des travaux
de réparation.

Comme ce nouveau contretemps se produit pendant la
nuit, les voyageurs prennent bien vite leur parti et s'en
consolent dans les bras de Morphée.

Le lendemain, 19 juillet, à dix heures du matin, nous
continuons notre chemin, et bientôt nous arrivons au point
où les dégâts sont plus sérieux. Ici il faut s'arrêter et
descendre : changement de voitures et transbordement des
colis et bagages. Deux trains, venus à la rencontre l'un de
l'autre, se trouvent en présence, séparés par un espace
d'une verste environ. Les voyageurs le franchissent tant
bien que mal en pataugeant dans les flaques d'eau et en
enfonçant dans l'argile glissante, tandis que des soldats,
toujours ces braves soldats russes, nous aident à transporter nos effets et nos personnes. Le transport des colis
de la poste prend beaucoup plus de temps, mais comme
toute chose a une fin, on finit par partir.

Depuis Kizil-Arvat nous voyageons dans l'oasis d'Akhal-
Teké, qui s'étend sur une longueur de plus de 200 kilomètres et sur une largeur variant de 6 à 15 kilomètres.
Oasis! il faut rabattre ici du prestige de ce mot. C'est un
point du désert qui ressemble à tous les autres, avec cela
en plus, qu'on y rencontre quelquefois de l'eau, des champs
cultivés et des vergers.

Au pied du Kouren-Dag et du Kopet-Dag commence le
désert d'alluvion. Dès que l'irrigation cesse, brusquement,
sans transition, c'est la steppe nue et déserte, malgré la
forte couche de *loess* qui, par endroits, recouvre le fond
de l'ancienne mer. C'est le Kara-Koum, c'est la steppe
turcmène, à perte de vue, qui va des rives de la mer Caspienne jusqu'à celles de l'Oxus. La steppe n'est pas couverte seulement de sables : des efflorescences blanchâtres
salines occupent de vastes espaces. Les dépressions rem-

plies d'eau saumâtre se dessèchent peu à peu par l'effet de l'évaporation, l'argile imperméable du fond se fendille et reste tapissée de sel. C'est au milieu de ces dépressions, appelées *takirs*, que se trouvent les puits, rendez-vous des nomades et de leurs troupeaux.

Si elle n'est pas salée, la steppe, dès les premières pluies, se couvre de gazon, d'herbes, de plantes, de tulipes aux couleurs éclatantes, et d'autres fleurs printanières. Fin de mai, souvent plus tôt, arrivent les grandes chaleurs : toutes les plantes meurent, la steppe prend un aspect morne.

Au milieu des sables, cependant, croît aussi une végétation arborescente. Le végétal le plus original est le *saxaoul* (anabasis ammodendron). Il pousse ses racines démesurées profondément dans les couches souterraines pour y chercher un peu de fraîcheur. Son tronc est dur, mais facilement cassant, car on le brise d'un coup de hache. Quand il fleurit, il porte de grosses grappes de boules rouges et jaunes : elles mettent sur ces mornes le sourire de quelque chose qui ressemble à une fleur. Le *saxaoul* fixe les dunes, et, planté le long de la voie ferrée, il la préserve contre l'envahissement des sables.

De Kizil-Arvat jusqu'à l'oasis de Khiva, la steppe mesure 400 verstes environ, que les caravanes de chameaux parcourent en une vingtaine de jours, par des sentiers à peine tracés au milieu des sables, s'arrêtant aux puits, isolés à de grands intervalles.

Les habitants de ce pays sont les Turcmènes, brigands et pillards hier encore, sujets résignés de la Russie qui leur a infligé une terrible leçon, mais leur accorde tous les moyens pour travailler et vivre tranquilles sous sa protection.

Continuons donc notre voyage. On éprouve de fréquentes illusions. A l'extrême horizon, ce sont, de jour, des mirages continus qui font voir des lacs bordés par des forêts; de nuit, des efflorescences salines, brillant comme

des flaques blanches sous la lune, ressemblent à des tapis
de neige !

Le paysage devient plus attrayant ; dans la plaine, à l'est,
paissent des troupeaux de brebis ; disséminés dans la
steppe, des chameaux à une bosse ruminent leur maigre
pitance et lèvent, étonnés, leur tête au bruit de la locomotive. Vers la montagne, des *aouls* de la grande tribu des
Akhal-Téké, entourés de vergers et de champs cultivés
au froment et à l'orge ; rarement quelque plantation de
cotonniers.

Certains villages possèdent, au centre, des citadelles aux
murs d'argile, ou bien une enceinte fortifiée avec des bastions et des tours. Quelquefois dans la plaine, isolées
comme des avant-gardes, surgissent des tourelles, qui
servaient jadis d'asile aux pasteurs et laboureurs surpris
sans défense par les pillards.

A mesure que le train se rapproche de la région cultivée, les villages deviennent plus fréquents : les cultures
varient depuis le froment et la luzerne jusqu'au cotonnier
et aux vignobles. Les plantations de coton progressent
depuis que le gouvernement distribue des graines. Les
ariks ou canaux de toutes proportions sillonnent les
champs et amènent l'eau des sources voisines soit à découvert, soit au moyen de conduits souterrains, pratiqués
dans de petits tunnels, ou de puits communiquant ensemble et que l'on désigne sous le nom de *kariz*. Au contraire
les nomades des steppes se servent des *takirs*, dépression
plane et argileuse du sol de nature imperméable, dont les
cavités et le fond se transforment en réservoir des eaux
printanières. Ils appellent *kak*, cette mare d'eau pluviale,
qui se conserve quelquefois fort longtemps, même pendant
deux mois. La durée du réservoir dépend de la nature du
sol, de la grandeur du *takir*, de la profondeur du *kak* et
de la température et sécheresse de l'atmosphère, sans
compter la consommation des troupeaux et caravanes qui
viennent s'y abreuver. Dans les localités des pâturages,

quand la déclivité du sol le permet, les Turcomans relient
une série de *takirs*, par un fossé principal et des canaux
dérivés, au réservoir qu'ils entourent d'une petite enceinte
en argile pour le protéger contre les animaux. Le *robat*
que l'on rencontre encore en Boukharie est un *kak* perfectionné : un puits abrité par une immense coupole pour
conserver l'eau propre et fraîche. La plupart des puits du
désert sont creusés au milieu des *takirs* et reçoivent l'eau
de deux manières : par la voie naturelle, si l'eau pénètre
dans les couches souterraines, et par les eaux pluviales,
quand celles-ci sont amenées depuis le *takir* jusqu'au
puits. Les nomades entretenaient jadis les *takirs* avec
plus de soin : maintenant ils les abandonnent ou les négligent; les sables les envahissent et les végétaux empêchent
l'eau de s'écouler vers les cavités ou les bassins naturels.

Aux stations, les Turcmènes s'empressent d'apporter
les produits de leurs terres et de les offrir aux voyageurs :
raisin, melons, pastèques sont les fruits de la saison.
Comme manœuvres et journaliers, ils s'emploient sur la
ligne du chemin de fer, ils manient la pelle et la pioche
avec assez d'habileté, mais toujours avec beaucoup de
paresse. Regardez ce Tekké, revêtu du *khalat* traînant
jusqu'à la cheville et coiffé du gros bonnet de fourrure
traditionnel, chaussé de bottes molles, portant à la ceinture tout un attirail d'armes, kinjals, yatagans, pistolets
et sabres recourbés. Avec ce visage basané et presque
imberbe, ces traits durs et cruels, ces yeux flamboyants
surmontés d'énormes sourcils, quelle figure de brigand!
Voilà qu'il vous offre des grappes de raisin de sa ven-
dange. Avec quel sérieux comique il prend sa balance aux
plats de bois suspendus par une ficelle à une baguette en
guise de fléau, et pose dans un des plateaux une pierre
qui est censée représenter le poids, dans l'autre sa marchandise! Avec quelle dignité il met les deux plateaux en
équilibre et vous verse le raisin entre les mains, tout fier
de son habileté! Et quand vous lui déposez la pièce de

monnaie, prix du marché, comme il en examine les signes
pour en estimer ou deviner la valeur! Involontairement je
songeai à la rapidité avec laquelle ces sauvages, nomades
de la veille, se sont faits au nouveau milieu, aux coutumes
et aux exigences de notre civilisation, grâce aux relations
fréquentes, quotidiennes avec l'Européen. Il en est qui
parlent assez couramment la langue russe pour se faire
comprendre sans difficulté. Qu'ils sont loin les premiers
jours de la conquête! et cependant treize ans se sont à
peine écoulés depuis que le général Skobelef enlevait
Ghéok-Tépé à l'assaut.

Ghéok-Tépé! ce nom éveille de glorieux et tristes souvenirs. 40 000 Tekkés, presque toute la population de
l'oasis, y compris les femmes et les enfants, réfugiés
dans l'enceinte de la forteresse [1], repoussèrent pendant
trois semaines les efforts des assiégeants, au nombre de
15 000 hommes, disposant d'une imposante artillerie.

On sait que Skobelef ne voulut pas réduire les assiégés
par la soif en détournant l'arik qui alimentait la place et
que, pour mieux frapper l'esprit des indigènes, il ordonna
de creuser une mine sous les murs et de pratiquer une
brèche au moyen de la dynamite. L'explosion de la mine
produisit tout son effet, et la vue des casquettes blanches
pénétrant par la brèche jeta une telle épouvante et une
telle stupeur parmi les indigènes, qu'ils ne songèrent pas
à prolonger une résistance inutile. Des milliers d'indigènes
perdirent la vie dans d'horribles scènes de massacre et de
pillage, dont le souvenir ne s'est pas effacé jusqu'à présent
de la mémoire des survivants [2].

Ce fut le dernier grand coup frappé par les Russes de

1. La forteresse qui a été le théâtre de la lutte s'appelle Denguil-Kala et est située plus bas que l'aoul de Ghéok-Tépé.
2. Un peintre français, M. Roubeaud, a su, avec un talent et
une fidélité de détails remarquables, reproduire la prise de
Ghéok-Tépé sur une toile qui se trouve au *Musée de la Gloire* de
Tiflis, où sont réunis d'autres tableaux de M. Roubeaud sur
l'histoire de la conquête russe au Caucase.

l'autre côté de la mer Caspienne, qui entraîna la soumission et l'annexion de l'oasis d'Akhal-Teké, suivies, trois
ans plus tard (1884), de celles des oasis de Merv et de
Pendé.

Je profitai d'un moment d'arrêt du train pour examiner
de près les murailles de la forteresse de Denguil-Kala ; je
les escaladai sans peine et j'embrassai d'un coup d'œil
l'ensemble de cette enceinte qui m'a frappé par ses vastes
dimensions.

Les murs de terre, séparés par un fossé aujourd'hui
presque comblé, ont été littéralement criblés de balles et
de boulets qui, impuissants, s'incrustaient dans l'argile
molle. Beaucoup plus élevés autrefois, ces murs n'ont plus
aujourd'hui que quatre ou cinq mètres de hauteur ; car
leur argile a servi à couvrir les corps des morts trop nombreux qu'on dut enterrer sur place.

Je me retraçai avec horreur les scènes de sang qui se
déroulèrent en ces lieux ; je considérai avec tristesse ce
grand champ de mort, où dorment du sommeil éternel
les courageux défenseurs de Ghéok-Tépé, et je m'éloignai
tout pensif de ces monticules d'argile qui recouvrent leurs
ossements. Plus loin, en face de la gare, des allées de
jeunes acacias courent le long des murs de la forteresse et
semblent inviter le visiteur à diriger ses pas vers les sépulcres, surmontés d'une croix, des Russes tombés sous le
plomb et le fer ennemis et à murmurer une brève prière.

Les dernières lueurs du crépuscule éclairant cette
enceinte vaste et ruinée, où plane un silence de mort, en
rendaient l'aspect encore plus lugubre et morne : encore
un regard en arrière et bientôt tout se confond dans la
brume lointaine.

CHAPITRE III

Askhabad. — La province Transcaspienne. — Son aspect. —
Son organisation administrative. — Son avenir. — La colonisation russe. — Aspect du pays jusqu'à Samarcande. — Les
sables de Kara-Koum. — Boukhara. — Une entrevue avec des
dignitaires boukhares.

Le 20 juillet, à midi, nous atteignons enfin Askhabad.
Cette ville, à peine sortie du néant, a l'air d'un parc sil-
lonné de nombreuses allées : les maisons des quartiers
aristocratiques, blotties derrière un paravent d'arbres touffus
et de murs en pisé ou argile, lui donnent un cachet particulier, je voudrais presque dire oriental. Il y a cependant
des édifices bien en vue sur la chaussée qui mène à la
gare du chemin de fer et dans les rues qui forment le
centre du commerce local.

La nouvelle église en style russe, bâtie à côté de la
chapelle provisoire, sur la place qui porte le nom de
Skobelef, sera bientôt achevée.

Non loin s'élève un monument fort simple, en souvenir
des guerriers tombés pendant la campagne de 1881.
Enfin, au bout de la place, on aperçoit un ancien fortin
dont il ne reste plus qu'une partie, lequel sert d'enceinte
au corps de garde et à la caserne. A quelques dizaines de
mètres de là, donnant sur le Jardin public, les résidences
du gouverneur général et des autres autorités.

Quand on a traversé la place Skobelef, on pénètre dans
les quartiers du commerce, sur la place du marché et dans
les rues voisines bordées de boutiques de tous genres qui
forment à peu près le *Gostinnoï Dvor* des villes russes.
Parmi les édifices plus remarquables il faut citer l'École
technique et l'administration centrale du Transcaspien.
D'ailleurs Askhabad grandit à vue d'œil. En 1881, avant
la conquête, il n'y avait que quelques misérables huttes
en pisé, entre lesquelles se cachaient les kibitkas turcmènes. Trois ans plus tard, des pionniers russes jetaient
les fondements d'une ville, qui au bout de dix années est
devenue la capitale de la province Transcaspienne, contenant 12 000 habitants, sans compter la garnison. L'administration militaire prend soin de l'embellir et de l'agrandir.
Elle fait aux employés et aux militaires des concessions
de terrains et leur fournit les moyens de se bâtir une
demeure, moyennant des avances de 600 à 1 200 roubles,
remboursables par des retenues sur les appointements.
Les matériaux coûtent cher, puisqu'il faut les transporter
de Russie : bois, fer, vitres, etc., viennent souvent de deux
ou trois mille kilomètres. La main-d'œuvre y est égale-
lement plus chère. Néanmoins la ville s'étend chaque
année et les maisons s'ajoutent à la file et forment peu à
peu des rues.

On pratique à Askhabad l'arrosage des rues et des promenades, grâce à un réseau de canaux et de rigoles. On
est parvenu à créer un rideau de verdure et des allées
d'arbres, à l'ombre desquels les habitants peuvent se promener, sans être étouffés par des nuages de poussière
toute blanche et fine. C'est ici que je fis connaissance
avec cette poussière proverbiale d'Asie qui nous pour-
suivra partout dans notre voyage, jusqu'au fond de la
Boukharie orientale.

L'eau, cependant, s'y trouve en quantité insuffisante
pour les besoins de l'irrigation et la consommation locale :
on a donc pensé à s'en procurer davantage, en creusant

un puits artésien qui doit avoir environ 500 mètres de profondeur et 28 pouces de diamètre. On a inauguré au mois d'août 1893 les travaux de ce puits, dont la dépense est évaluée à 80 000 roubles.

Rien d'étonnant, d'ailleurs, dans cette croissance tout américaine d'une ville, qui était et est le centre d'un mouvement commercial important avec la Perse, la Boukharie et Khiva. De nombreuses caravanes suivent la chaussée conduisant à Mesched par Gaoudan, Kotchan et Tchinaran sur un parcours de 242 verstes. Une nouvelle chaussée, construite par les officiers et les troupes du génie russe, reliera bientôt Askhabad avec les villages russes de Kozelnoé, Skobelevka et avec d'autres points de la frontière persane; elle contribuera à alimenter le transit qui s'opère déjà assez activement par la voie du Transcaspien.

C'est en raison de cette importance et de l'avenir qui lui est réservé dans les échanges entre la Perse et la Russie asiatique, que le gouvernement russe a choisi Askhabad pour centre principal de la nouvelle administration des douanes, inaugurée en septembre 1894. Askhabad possédera des entrepôts de premier ordre et sera à la tête d'un réseau de postes douaniers établis aux endroits les plus fréquentés par les caravanes venant de la Perse, tels que Kizil-Arvat, Douchak, Tedjen, Artik et Sérahes.

La Transcaspienne forme actuellement une unité administrative autonome, sous les ordres d'un gouverneur qui est en même temps commandant des troupes. A la tête de l'administration de l'*oblaste* (territoire ou province) *transcaspienne* se trouve le général Couropatkine, ancien chef de l'état-major des expéditions entreprises par Skobelef au Cocan en 1876 et, cinq ans plus tard, contre les Turcomans. Le général va passer la saison des chaleurs au milieu des montagnes de Kopet-Dag, à Féruza, située à 4 000 pieds au-dessus du niveau de la mer. En vertu d'une convention récente avec la Perse, cette localité, qui constituait presque une enclave dans les possessions russes, a été, à la suite d'une rectification des frontières, annexée à la Transcaspienne, en échange d'une étendue à peu près équivalente de territoire russe non loin de Lutfabad.

La Transcaspienne s'étend sur une superficie de 501 696 verstes carrées, plus que la France, et se divise en cinq districts : Manguichelak, Crasnovodsk, Askhabad, Tedjen et Merv. Ces districts ont pour chefs administratifs des *ispravniks* et se subdivisent à leur tour en arrondissements ou commissariats, gouvernés par des *pristaves* ou commissaires, d'où leur désignation de *pristavstvo*. L'espace susceptible de culture n'occupe qu'une faible partie de ce vaste territoire. Les 90 pour 100 sont des déserts de sable, des collines dénudées et des plateaux, quoique recouverts de loess, privés d'eau et par conséquent impropres à la culture.

Presque toute la zone cultivable de la Transcaspienne et habitée par des populations sédentaires, depuis Kizil-Arvat jusqu'au nord de l'oasis de Merv, se trouve comprise dans le territoire traversé par le chemin de fer, à l'exception de certaines localités, comme Alexandrovsk dans le Manguichelak, Crasnovodsk et le bas Atrek, peuplé de tribus nomades, et l'oasis de Pendé, sur le cours du Mourghab et du Koucheka.

D'après les données officielles, établies sur le recensement de 1892, la population totale de la Transcaspienne s'élevait à 323 189 habitants, dont 300 757 indigènes répartis en 70 212 kibitkas, et 22 433 habitants de différentes races et nationalités, immigrés dans ce pays.

Les indigènes Turcomans se partagent en quatre grandes tribus, subdivisées en peuplades, familles et branches. Les Turcomans Yomoudes peuplent les districts de Manguichelak et de Crasnovodsk; les Tekkés habitent dans les districts de Merv, d'Askhabad et de Tedjen; les Salirs se trouvent dans l'arrondissement de Serahes (district de Tedjen); les Sariks occupent les arrondissements de

Yolatan et Pendé (district de Merv). On peut ajouter la peuplade des Aliéli établie dans l'oasis de l'Atek. Ces indigènes demeurent soit dans les steppes, soit dans leurs aouls.

La population immigrée du dehors se compose de Russes (9 082 habitants, sans les troupes), de Persans (5 158), d'Arméniens (2 871), de Tatares du Caucase et de Kazan (2 815) et d'autres nationalités (2 506), épars dans les villes, pêcheries de la Caspienne, colonies agricoles, établissements divers et sur la ligne du Transcaspien. Les Sartes et les Juifs de Boukhara ont profité de l'autorisation du gouvernement russe pour venir s'établir à Askhabad, Merv et autres localités où ils exercent le trafic et font concurrence aux Arméniens et Persans. L'élément proprement slave (qui n'est que de 3 pour 100 par rapport à toute la population et de 44 pour 100 à celle immigrée, établie dans les villes, pêcheries, établissements le long de la voie ferrée) doit s'accroître par suite du système de colonisation initié par le nouveau gouverneur général Couropatkine.

Les paysans de la Russie d'Europe qui veulent quitter leurs foyers et s'établir en Asie centrale trouvent aujourd'hui les plus grandes facilités. Les nouveaux colons sont exemptés, pour un certain nombre d'années variant selon les cas, du paiement d'impôts, de contributions et prestations de toutes sortes, ainsi que du service militaire. Ils reçoivent des concessions de terrains vacants; chaque famille obtient un lot de 10 déciatines, dont 5 en terrains irrigués. En outre ils ont droit à une subvention de 100 roubles par famille pour se construire des habitations et organiser la ferme agricole, et au tarif militaire pour le transport des colons et des effets par le chemin de fer transcaspien. Souvent l'administration leur fait des avances en nature (graines, farines) ou en argent pour acheter le bétail.

Dix colonies agricoles ont déjà été fondées de cette

manière sur la frontière de la Perse et de l'Afghanistan.
Les derniers villages créés en 1892 sont : Krestovoïé, sur le
Tedjen, près de Sérahes, Alexandrovka sur le Soumbar,
affluent de l'Atrek, près de l'aoul Kara-Kala (district de
Crasnovodsk), et Alexéievskoïé, dans la vallée du Koucheka,
à 300 kilomètres de Merv et à 100 kilomètres de Hérat. Les
colons de ces villages doivent déjà être au nombre de
10 000 individus de tout sexe, émigrés des provinces de
Tambof, Kharkof, Saratof et du Caucase même.

Les populations des pays limitrophes trouvent également-
ment un asile en deçà de la frontière. Plusieurs centaines
de familles de la tribu Hezzara, fuyant la tyrannie des
Afghans, se sont réfugiées, avec la permission des autorités russes, dans l'oasis de Pendé. Arméniens, Tatares
Sartes, Boukhares, Ossètes, Lezguiens, Georgiens, Hindous, Persans, Tarantches, Juifs, Allemands et Tchèques
accourent à l'envi en Transcaspienne. Les autorités russes
voient de bon œil cette immigration qui tourne à l'avan·
tage du pays, de son industrie et de son commerce.

C'est ainsi que la Russie ménage un accueil bienveillant à tous peuples et individus qui veulent travailler et
concourir au progrès de la civilisation en Asie. Cependant,
lors de l'expédition de Skobelef contre les Turcomans
Tekkés en 1881, on assurait que la conquête de la Turcomanie coûterait beaucoup de sang et d'argent; on croyait
déjà voir se renouveler dans ce pays les épopées, longues et cruelles, qui pendant un demi-siècle ensanglantè-
rent le sol du Caucase. Rien de semblable n'est arrivé :
grande est la différence entre les deux pays au point de vue
orographique. Dans la chaîne du Kopet-Dag, la nature
n'offre nuls moyens pour prolonger une résistance contre
l'envahisseur : pas de forêts ou de bois, peu d'eau et pas
de rivière importante. Ces montagnes renferment de petits
vallons fournis d'une rare arborescence. Les pentes, les
sommets, les passes et les défilés y sont arides et dépourvus
de végétation : impossible d'y vivre. L'eau y fait également

défaut. Les rivières, d'un cours plus long et d'un débit plus abondant, alimentées par les eaux du versant méridional, vont arroser les grandes oasis, mais tarissent avant de pénétrer dans cette contrée.

La nature oblige donc les habitants de la Turcomanie occidentale à vivre dans la bande de sol, large de 6 à 15 kilomètres, qui s'étend au pied des montagnes : elle les attache à leurs champs et jardins, et contraint les nomades mêmes à ne pas s'en éloigner beaucoup.

Voilà ce qui explique en partie la rapidité et la facilité avec laquelle les Turcomans de l'Akhal-Téké firent leur entière soumission, dès que les sources vivifiantes de leur sol tombèrent au pouvoir des conquérants.

La voie ferrée, comme on le sait, y a contribué largement. Mais, depuis la guerre, son rôle est devenu de plus en plus important : car, avec l'ordre et la paix, elle a apporté le progrès et la richesse. C'est à raison que les hommes les plus compétents considèrent le chemin de fer comme un des plus décisifs éléments de la conquête pacifique du pays. C'est à raison qu'ils assurent qu'en établissant une voie de Tedjen à Pendé et à la frontière afghane le gouvernement russe riverait par une chaîne de fer toute la Transcaspienne à l'empire et consoliderait à jamais sa prépondérance aux confins de la Perse et de l'Afghanistan.

La province Transcaspienne a été formée de parcelles de territoire détachées de côté et d'autre, mais de parcelles incultes et stériles. Fatalement cette région devra s'étendre au détriment des États voisins de Khiva, Boukharie, Perse et Afghanistan, car elle ne pourra se développer sans ces annexions. Depuis la construction du Transcaspien cette nécessité s'impose davantage. D'ailleurs les populations limitrophes sont, malgré elles, attirées dans la sphère des intérêts russes, puisque leur vie et leur progrès dépendent aujourd'hui en grande partie de la domination russe. C'est donc avec un sentiment de légitime satisfaction qu'elles verront la puissance de la Russie se

consolider définitivement dans ces parages. Enfin, les
confins de cette province n'ont été que superficiellement
tracés : chaque année y apporte des modifications, chaque
démêlé ou conflit avec la Perse et l'Afghanistan donne lieu
à de fréquentes rectifications de frontières.

L'obstacle principal au progrès de la province, à la
colonisation avec des éléments européens ou asiatiques
n'est pas là cependant, mais plutôt dans l'insuffisance de
l'eau, dans le défaut de l'irrigation. Le pays possède,
depuis Kizil-Arvat jusqu'au delà de Merv, des terrains
susceptibles de culture, mais il deviendrait plus riche et
fertile s'il y tombait plus de pluie, s'il y avait plus d'eaux
courantes.

Pourtant la contrée que nous traversons maintenant en
wagon n'était pas toujours dépourvue de végétation et
d'habitants. Des ruines nombreuses de villes et de forteresses, des ouvrages d'argile témoignent de sa vie disparue.
Le pays renfermait bien plus d'oasis et une population
plus dense que maintenant. Pourquoi ne reconquerrait-il
pas la prospérité d'autrefois sous la poussée de la civilisation contemporaine?

On nous attendait également à la gare d'Askhabad. En
descendant de wagon, je remarquai les jolis attelages aux
chevaux fringants de race indigène : sur le siège du phaéton
à ressorts, un cocher vêtu de blanc avec un *colpak* d'astrakhan sur la tête. Ces automédons ont l'air très coquet
et se tiennent solidement assis, malgré la rapidité de la
course et les secousses de la voiture. Nous montons dans
un de ces véhicules; le cocher tatare lance au galop ses
coursiers rapides, qui au bout de quelques minutes nous
déposent à notre résidence.

On nous avait ménagé des chambres au Cercle militaire.
Bâti au milieu d'un jardin aux allées touffues d'oliviers
sauvages, de saules et de mûriers, au pied desquels murmurent des ruisseaux et des rigoles apportant la fraîcheur,
ce cercle offre un séjour agréable. Une grande salle de

bal avec estrade pour l'orchestre, ornée des portraits de
Leurs Majestés, des salons avec billards et tables à jeu,
une bibliothèque avec des journaux ; au dehors, une scène
avec parterre en plein air pour la danse et les spectacles,
des kiosques réservés aux joueurs et à la musique militaire, enfin un buffet fourni des meilleures provisions : tel
est l'ensemble de ce club, rendez-vous de la meilleure
société et des familles des employés civils et militaires.
Nous sommes installés dans le salon et dans la chambre
de toilette des dames, couverts de tapis moelleux et
meublés de divans qui courent le long du mur. Dans les
heures chaudes de la journée, quand une douce somnolence s'emparait de mes sens, je songeai aux petits pieds
légers qui avaient glissé sur ces tapis, aux corps souples
et séduisants qui s'étaient reposés sur ces divans, aux
visages gais et radieux, animés par la danse, qui s'étaient
entrevus dans ces glaces, tandis que la musique du régiment lançait les sons d'une valse entraînante !

Le **22** juillet, fête de l'Impératrice, après la cérémonie
religieuse et militaire, les canons du fortin lancent vingt
et un coups pour solenniser l'anniversaire. Au cercle a
lieu une soirée dansante en plein air, au milieu du jardin
dont les allées sont éclairées aux feux de Bengale et aux
lanternes vénitiennes. Toute la bonne société y assiste ;
les jeunes gens et les adolescents prennent part aux
danses, tandis que la musique militaire fait retentir les airs
de polkas, de valses et de quadrilles tirés des opérettes les
plus en vogue en Europe. Étrange spectacle que cette fête
au milieu de populations presque sauvages ! Ce contraste
de la civilisation et de la barbarie se renouvelle fréquemment en Asie et finit même par ne plus exciter la curiosité
du touriste, qui de son côté s'habitue au milieu et au
nouveau genre de vie.

Le 23 juillet, à midi, nous remontons dans notre wagon,
attaché à la queue du train-poste qui passe à Askhabad
trois fois par semaine.

Vingt minutes après avoir quitté Askhabad, la végétation luxuriante, les jardins cessent tout à coup; on traverse deux langues de sable dont la largeur atteint une dizaine de kilomètres. De grandes ruines apparaissent sur la droite, à 8 verstes d'Askhabad; ce sont celles d'Annaou, très ancienne cité, et elles comptent parmi les plus belles de la contrée. Tout près de la voie, sur un plateau, cette Pompéi du désert dresse son squelette de cité morte, des remparts, des tours, des pans de maisons et une grande mosquée, dont les restes sont d'un intérêt capital pour l'histoire de la céramique persane. On ignore le nom et l'époque du fondateur d'Annaou, mais on croit qu'elle existait déjà aux temps de Darius et d'Alexandre de Macédoine. Détruite par les hordes mongoles de Djinguiz-khan, elle fut rebâtie par un schah de Perse, à en croire la tradition. Les Russes la trouvèrent en ruines : sans doute les Turcomans ont passé là et emmené la population en esclavage.

La façade de la mosquée, mieux conservée que les autres parties, produit le plus grand effet. Un arc ogival en occupe le milieu. Revêtu comme toute la façade de briques émaillées, l'arc porte de chaque côté comme motif principal un dragon déroulant ses plis et tenant dans sa gueule une tulipe jaune.

Au-dessus du fronton, entremêlée aux arabesques, court tout en long une inscription en gros caractères persans. Le revêtement des briques est fait de couleurs bleue, jaune, rouge et verte tellement harmoniées et fraîches encore, qu'il donne à la façade l'apparence d'un tapis tressé sur un écran.

Poursuivons cependant notre trajet, qui offre de temps à autre quelques points intéressants. La voie longe la chaîne des monts du Gouristan, placés entre l'Iran et le Touran, au pied desquels s'élèvent de nombreux villages et aouls habités par une population mélangée de Turcmènes et de Persans. On aperçoit beaucoup de citadelles et de tours

4

disséminées dans la campagne; çà et là des fortins, et
même une forteresse assez grande, maintenant abandonnée, nommée Kuran-Kala, à 3 verstes de la station
d'Artik. Ces forteresses, ces enceintes d'argile de forme
ovale ou quadrangulaire, avec des portes latérales flan-
quées de tours, s'élevaient le plus souvent dans les défilés
étroits, dans une partie resserrée de l'oasis, entre la montagne et le désert. Dans les temps troublés, les Tekkés s'y
réfugiaient avec leurs familles et leurs troupeaux : la paix
revenue, les kibitkas sortaient de la forteresse et se trans-
portaient en pleins champs.

De l'autre côté de la voie, à droite, voici les jolis villages
persans de Lutfabad (appelé aussi Babadjan), Chilguian et
Chor-Kala, entourés de vergers et de champs cultivés. La
frontière rase de très près la voie ferrée, qui traverse,
dit-on, le territoire persan sur une certaine étendue.

Nous rencontrons plus fréquemment des troupeaux de
brebis fort considérables, des groupes assez nombreux
de chameaux, des cavaliers dans la plaine, et à certains
endroits des antilopes ou bouquetins (*djiran*) paissant sans
crainte, à portée de fusil.

La chaîne du Gouristan présente ici un joli tableau. Les
hauteurs s'abaissent pour former une large vallée verdoyante qui pénètre dans le massif montagneux et permet
d'apercevoir les sommets élevés du plateau de l'Iran. Là
serpente la route carrossable qui mène d'Askhabad à l'importante ville de Mesched. Après la coupure, la ligne des
montagnes se dresse à pic, formant une falaise haute de
100 mètres, et la crête horizontale est coupée de dentelures
qui ressemblent aux créneaux d'une muraille cyclopéenne.

C'est déjà l'oasis de l'Atek formant au pied des montagnes une bande de terre plus verdoyante et plus garnie
d'arbres que celle de l'Akhal. Elle se termine à l'importante station de Douchak, point méridional extrême du
Transcaspien, au sommet de la courbe que la ligne décrit
entre la Caspienne et Merv.

Douchak, à 140 kilomètres de Sérahes, bâtie sur la rive droite du Tedjen, en face d'une vieille ville persane de même nom, est la clef de la vallée du Tedjen, qui sépare la Perse de l'Afghanistan et conduit à Hérat. D'ici partira, suivant toute probabilité, le prolongement inévitable du Transcaspien, qui mettra en communication l'Asie centrale avec les Indes. Sur ce parcours il n'existe pas de sérieux obstacles naturels à franchir : de l'eau et des habitants partout, des sables sans conséquence, pas de montagnes, puisque M. Lessar a signalé que les formidables contreforts du Paropamise, indiqués sur les cartes, sont tout simplement des mythes. Douchak est en outre la station la plus rapprochée de Meschèd, la ville sainte, la Mecque chiite, aux sépulcres des personnages les plus illustres de l'Islam, un des foyers les plus intenses du fanatisme musulman. C'est le point de départ des caravanes qui se dirigent sur Meschèd et en rapportent le coton et la laine du Khorassan, le thé vert, le cuivre en feuilles et les cotonnades de Bombay destinés aux marchés de la Boukharie.

La locomotive nous emporte loin de la Perse, vers les sables et l'oasis de Merv. Les montagnes fuient vers le sud, tandis que nous remontons vers le nord. Nous passons le Tedjen sur un pont métallique, l'unique, je crois, de toute la ligne. Ce fleuve, appelé Hériroud, descend de l'Afghanistan, arrose Hérat, marque la frontière entre la Perse et l'Afghanistan d'un côté et entre la Perse et la Turcménie de l'autre, parcourt l'oasis de l'Atek ou de Tedjen (qui lui donne son nom turcmène) et tarit dans les sables du désert [1]. Après la traversée du Tedjen, on pénètre de nouveau dans la steppe, dans l'immense étendue de sable et d'argile

1. On croit que la vallée du Hériroud a été le berceau de la race aryenne, et qu'elle portait le nom d'Aria : elle avait une ville de même nom, qui serait l'actuelle Hérat ou Héri. L'appellation de Tedjen ou Tadjen rappelle celle des peuples Tadjiks, les membres les plus anciens de la souche aryenne.

connue sous le nom de désert de Kara-Koum, au milieu
duquel se trouve au sud-est l'oasis de Merv. Les rives du
Tedjen sont couvertes de jungles et de roselières que fréquentent les tigres. Au milieu passe une rivière de largeur
moyenne, aux eaux troubles, emportant les couches d'alluvion de la rive escarpée et déposant du limon sur la rive
basse. A une vingtaine de kilomètres en aval du pont, la
rivière se partage en un éventail de canaux qui vont
arroser une superficie assez vaste de l'oasis et, après avoir
irrigué champs et vergers, elle s'évapore dans l'océan
aérien.

Le 24 juillet, à l'aube, nous saluons les rives du Mourghab, la nouvelle Merv et les ruines grandioses de l'ancienne *Reine du monde*, que nous aurons l'occasion de
visiter et de décrire plus tard, au retour de l'expédition.

Entre les limites nord-est de l'oasis mervienne et
la zone riveraine de l'Amou-Daria, s'étend sur 136
verstes la partie la plus redoutable du désert de Kara-
Koum. Elle formait jusqu'en 1887 une barrière infranchis-
sable, sauf pour de rares caravanes se dirigeant vers
l'Oxus, à travers une terre sans eau et sans verdure, une
terre dont chaque coup de vent change le relief et la physionomie. Des monticules de sables mouvants de huit à
dix mètres de hauteur, ornés de dessins onduleux, avan-
çant ou reculant au caprice des vents, se dressent dans
toutes les directions, en sorte que l'œil n'embrasse que
le plus étroit horizon. Les rayons implacables du soleil,
réfléchis par les sables, surchauffent une atmosphère
extraordinairement sèche et font de cette mer desséchée la
plus effroyable fournaise de l'Asie. On peut y cuire un œuf
en l'exposant au soleil.

Pendant le jour, quand la température monte à 60° R.,
aucun signe de vie dans ces sables embrasés. La nature
ne respire que la nuit par 20° : alors insectes et bêtes font
apparition à la surface.

Rien de plus morne et désolé : quelques rares et maigres

touffes de tamaris de couleur vert-grisâtre, des herbes
chétives, et le sempiternel saxaoul dont les racines, faisant
brèche dans le sable, vont chercher leur maigre aliment
au fond de ces monticules qu'ils ont mission de raffermir
et de retenir à la même place.

Mais on a beau planter des tamaris, du saxaoul, enfoncer
au sommet des dunes des palissades en bois de pin, les
barkhanes, ces mamelons sablonneux, continuent leur
mouvement et envahissent constamment la voie ferrée qu'il
faut souvent déblayer; c'est une lutte incessante, dont il
est difficile de prévoir la fin. Quand se déchaînent les tempêtes, ensevelissant sous des flots de sable des verstes
entières de rails, soldats et indigènes accourent par centaines, la bêche à la main, et en quelques heures réparent
le désastre. La mer de dunes mouvantes devient horrible
pendant la tourmente. Le *bourane* soulève de véritables
nuées de sable qui obscurcissent le ciel et rendent même
le soleil imperceptible. Justement, nous fûmes témoins
d'une de ces tempêtes qui dura une journée entière. Un
vent brûlant, une atmosphère étouffante, un sable fin qui,
effleurant la surface du désert, voltige de monticule en
monticule et pénètre partout, par les orifices, par les por-
tières et les fenêtres des wagons, entre dans les yeux, les
oreilles et la bouche, tout cela rend insupportable un
voyage en chemin de fer à travers le Kara-Koum. Quel
courage devaient avoir les hardis marchands qui osaient
s'aventurer à dos de chameau au milieu de ces terribles
barkhanes, où de rares puits d'eau saumâtre formaient
comme des îles à d'immenses distances!

Et aujourd'hui encore de quel esprit de dévouement et
d'abnégation ne sont-ils pas doués, ces pauvres soldats-can-
tonniers échelonnés sur la ligne, enfouis dans les sables et
dépourvus quelquefois du nécessaire, dont l'existence se
passe inconnue et laborieuse au fond de cette triste plaine!
Combien de héros ont succombé à la tâche! Combien
d'actions d'éclat sont restées ignorées! Combien de vic-

times qui reposent loin de leur pays, sous une simple croix, au milieu de ce désert!

Telle est la solitude devant laquelle les Russes n'ont pas reculé pour établir leur ligne de chemin de fer. Nulle part dans l'univers la voie ferrée ne traverse une si longue étendue de désert de sable comme en Transcaspienne. Les difficultés de construction n'ont pas eu, en Algérie et en Nouvelle-Californie, des proportions aussi grandioses; les obstacles entre l'oasis de Merv et l'Oxus semblent avoir été uniques en leur genre. Néanmoins le problème n'était pas peut-être aussi difficile à résoudre qu'on a voulu le croire et répéter dans la presse et les écrits; mais certes, il fallait être doué d'un grand esprit de décision et déployer beaucoup d'énergie en pareille entreprise. Voilà le mérite du général Annenkof, qui d'ailleurs a été aidé dans cette tâche par des collaborateurs et des spécialistes de grand talent.

Les sables et les vents ont, il est vrai, causé, pendant les premiers temps de grands tracas en interrompant souvent le service. Mais aujourd'hui on a pourvu à ces inconvénients en consolidant les terrassements au moyen de fascines et en les recouvrant d'une couche d'argile. Le loess se prête facilement à cette opération, le loess avec lequel les indigènes bâtissent demeures, enceintes et murailles. Le remblai, ainsi cuirassé, est à l'abri des attaques du vent. Quant aux sables mouvants, l'embarras qu'ils créent au Transcaspien ne dépasse pas celui qui arrive presque chaque année en Russie lors des chasse-neige; au contraire il est plus aisé de déblayer le sable à la pelle.

Ce qui peut donner une idée de la marche envahissante des sables du Kara-Koum, ce sont les ruines des villes qui s'élevaient autrefois au milieu de fertiles oasis et qui sont devenues d'affreuses solitudes perdues dans le désert. Rien n'impressionne plus vivement que la vue des immenses ruines de Merv, qui fut détruite et envahie par les sables au siècle dernier, après avoir été, au moyen âge,

une des villes les plus grandes et les plus florissantes de
l'Asie centrale.

Tandis que notre train roule vers l'Orient, brusquement
la scène change comme par enchantement : les sables disparaissent, la végétation recommence, les champs de trèfle
et de céréales, les plantations de coton et les rivières se
suivent, en un mot la campagne reprend le dessus, çà et
là coupée d'habitations entourées de murs en argile, égayée
par le murmure des eaux s'échappant de l'Amou-Daria à
travers la plaine. Dans l'Asie centrale, ces brusques changements sans transition, à la limite du désert, se répètent
assez fréquemment pour que l'œil finisse par s'y habituer,
mais ils frappent plus vivement le voyageur qui arrive la
première fois de la mer Caspienne et traverse la région
solitaire du Kara-Koum.

Le voisinage du *fleuve-mer* se fait sentir à plusieurs
verstes de distance : la bande de terrains fertiles et cultivés s'élargit à Tchardjouï jusqu'à 15 verstes. La rive
droite du fleuve appartient déjà à la Boukharie. Nous
approchons de Tchardjouï, grande ville boukhare de
30 000 habitants, Turcmènes de la tribu Ersari, dont beaucoup métissés de Khiviens, Iraniens, Ouzbegs, etc. Située
au milieu du plus grand et plus important *tougaï*, sur la
route de la Perse à Boukhara et de celle-ci à Khiva, cette
ville, défendue par une citadelle sur un rocher servant de
résidence au beg, se trouve à 8 kilomètres de la colonie
russe établie sur les bords mêmes de l'Amou-Daria. Le
train ne s'y arrête pas, et la station est située plus loin
dans la nouvelle Tchardjouï.

« Amou-Daria! trente minutes d'arrêt! » Ce cri me rappelle
que nous sommes sur les rives du célèbre Oxus, qui,
depuis trois mille ans bientôt, joue un grand rôle dans
l'histoire des peuples orientaux.

Mais je n'ai pas le temps de me livrer aux réminiscences historiques : on annonce la visite du beg boukhare
de Tchardjouï, qui demande à présenter ses hommages

au général russe, chargé d'une mission en Boukharie.

Aussitôt on l'introduit dans le wagon. Le beg est un homme relativement jeune, d'environ trente-cinq ans, de taille élevée, ayant le profil aryen, les yeux bien fendus et le nez aquilin ; le tout encadré dans une barbe courte et bien soignée. Il revêt un très riche khalat de soie verte, damassé à grands dessins, et il porte au cou la croix de Saint-Stanislas, que le gouvernement russe lui a décernée en récompense de services rendus à l'époque de la construction du chemin de fer. Haïdar-Kouli-beg, tel est son nom, a le grade de *datha*, qui correspondrait à peu près à celui de lieutenant général si les grades et les titres boukhares avaient le même sens qu'en Europe. Naturellement, selon l'étiquette orientale, le beg s'enquiert de la santé du général russe et lui donne la bienvenue à son entrée sur le territoire boukhare.

L'audience dure à peine quelques minutes, et le beg se retire avec force salamalecs, en cédant la place à un envoyé du ministre des finances de l'Émir, chargé également de saluer, au nom de son supérieur, le général à son entrée en Boukharie. Après une demi-heure d'arrêt, le train repart et se dirige lentement vers le fameux pont de bois sur l'Amou-Daria, dont la construction a fait tant de bruit en Europe et qui témoigne encore une fois de l'audace du général Annenkof et du talent des ingénieurs russes. On a décrit si souvent ce pont qu'il est superflu d'insister sur un pareil sujet. Le trajet dure une demi-heure, car l'on franchit avec la plus grande précaution, presque au pas pour ainsi dire, l'espace de deux verstes et demie qui séparent les deux rives. Le fleuve est d'ailleurs fort capricieux : il change fréquemment son chenal et cause pas mal de dégâts au pont et de soucis à l'administration du chemin de fer. Chaque année les réparations, rajustements ou prolongements du tablier et des pilotis coûtent environ soixante mille roubles [1].

1. La rapidité du courant est à Tchardjouï de 2 m. 50 par seconde.

L'impression que l'on ressent en traversant l'Oxus est bien celle d'une mer, tant semble vaste cette nappe d'eau, quand on vient de franchir les sables de Kara-Koum. Et l'impression est d'autant plus saisissante que cette immense masse fluviale, issue des neiges du Pamir, court entre des rives basses, à travers une plaine illimitée. Dans la période de l'inondation, l'Amou-Daria présente une largeur d'environ 6 kilomètres.

Tandis que le train se met en marche et s'avance avec une prudente lenteur sur la fragile charpente qui fait entendre des craquements peu rassurants, nous jouissons du wagon de l'imposant spectacle se déroulant à nos pieds. Les eaux jaunes et bourbeuses du fleuve forment des remous et des tourbillons qui viennent se briser en écumant contre les piliers du pont, rongent et emportent des rives de peu de consistance. Son courant majestueux et rapide rappelle celui des plus grands fleuves de la Russie ; par la couleur et la vertu de ses eaux, il ressemble au Nil, car, comme lui, il charrie un limon fertilisant, une boisson délicieuse dès qu'elle est filtrée. Comme le fleuve africain, l'Amou-Daria cachait, il y a quelques années encore, ses sources mystérieuses, que les explorateurs russes et anglais ont fini par découvrir et que nous irons bientôt retrouver au Darvaz. Il roule maintenant sa masse d'eau à travers des contrées pacifiques, parmi des peuplades turcomanes entièrement soumises, entre les États de Boukharie et de Khiva devenus les vassaux de l'Empire russe, et finit dans la mer d'Aral après un parcours de 1 400 kilomètres.

L'Oxus arrêta pendant quelques jours la marche des phalanges d'Alexandre le Grand. Voici ce que l'historien grec du II° siècle de notre ère, Arrien Flavius, écrit au sujet du passage de l'Oxus : « Il n'y avait aucun moyen de passer ce fleuve : il avait la largeur de six stades, un lit sablonneux très profond, un courant très rapide au point d'empêcher d'y enfoncer des pilotis. Comme le bois de construction manquait pour jeter un pont et qu'il eût fallu

beaucoup de temps pour en faire venir de loin, on eut
recours à l'expédient suivant : on remplit de paille et de
sarments secs les peaux avec lesquelles on dressait d'habitude les tentes des guerriers : et après les avoir cousues
solidement de façon à ce que l'eau n'y pénétrât pas, on
les attacha ensemble et l'armée passa dans l'espace de
cinq jours. »

Sur la rive opposée, s'étend l'antique Sogdiane, qui va
se prolongeant jusqu'à l'autre grand fleuve qui est
l'Yaxarte, le Sir-Daria. La Sogdiane faisait partie de la
Transoxiane, qui touchait au Miankal, au Kechem, à l'Os-
rouchna, et aux ramifications occidentales du Tian-chan.
Elle avait pour capitale d'abord Maracande (plus tard
Samarcande), puis Boukhara à partir de l'émir Ismaïl,
célèbre samanide (ixe siècle), et enfin de nouveau Samarcande sous le règne de Timour le Boiteux (xive siècle).

Devant nous défilent des champs de cotonniers, de sorgho
(que les indigènes nomment djigoura et dont ils font une
espèce de bouillie), de riz, de luzerne, d'orge et de froment, entrecoupés de canaux et de rigoles qui, habilement
ménagés, distribuent le précieux liquide à chaque cultivateur. Ici l'eau constitue la grande, pour ne pas dire l'unique,
source de la richesse : sans elle, les campagnes se transforment en désert aride et stérile, où l'homme se contente
de paître ses troupeaux sur de maigres parages brûlés par
le soleil, certain que tout ensemencement serait peine
perdue dans un pays privé de pluie pendant des mois
entiers. Heureux encore si le laboureur n'a pas à lutter
contre l'envahissement des sables !

Par suite du progrès des cultures et de la distribution
des eaux du Zarafchan sur le territoire de Samarcande,
actuellement province russe, les populations des parties de
la Boukharie, abondamment arrosées autrefois par cette
rivière, souffrent sensiblement de la réduction du débit.
Les sables gagnent du terrain et envahissent les localités
naguère connues par leur fertilité. On peut aisément se

rendre compte de l'étendue des dommages causés par l'envahissement des sables, danger menaçant pour toute la contrée boukhare qui s'alimente du Zarafchan. A quelques verstes de l'Amou-Daria déjà, on rencontre les sables de Sandoucli, qui ont englouti la ville de Hodja-Davlet. Depuis Karakoul jusqu'à Boukhara, et même plus loin, l'action du desséchement produit des effets pernicieux. Des monticules de sable surgissent et remplacent les champs cultivés. Les *saklas*, les habitations abandonnées, tombent en ruines, entourées de sables mouvants, à travers lesquels percent de maigres touffes d'herbes sauvages.

En approchant de la station de Boukhara, nous apercevons sur la droite des édifices et des maisons qui ont l'air tout à fait européen, des rues à peine tracées, des jardins et avenues ornés de plantes toutes jeunes : c'est la nouvelle Boukhara.

A peine le train s'est-il arrêté qu'une députation de grands personnages boukhares, arrivés de la capitale indigène située à 12 verstes de la gare du chemin de fer, se présente au général B., qui reçoit dans son wagon-salon les hommages du ministre des finances de Boukharie Astanakoul-beg-bii, du divan-beghi Goulam Haïdar, du commandant de la garde émirale et d'un envoyé du Kouche-beghi, le premier ministre de l'État. Son Altesse l'Émir étant, au moment où nous traversions ses domaines, en villégiature à Chaar-Sabs, le kouche-beghi Houllah-Djane-Mirza-bii-parvanatchi ne peut quitter le palais en l'absence du souverain. C'est donc le zaketchi ou ministre des finances Astanakoul-beg-bii-parvanatchi qui prend la parole et adresse à notre général les compliments d'usage. Astanakoul-beg est un homme encore vert, de vive intelligence et de grande capacité. Il connaît parfaitement les usages de la société russe qu'il a fréquentée lors du dernier voyage de l'Émir à Saint-Pétersbourg et a des manières de véritable courtisan. Son visage, cependant,

respire la mélancolie et la résignation. Il porte, par-dessus
sa robe de brocart brodé à grands ramages, le grand
cordon de l'ordre de Saint-Stanislas, dont il fait ostensible
parade.

On dit qu'il descend d'une esclave persane, mais que
son intelligence des affaires politiques et ses autres mérites
lui ont attiré les bonnes grâces du souverain, qui lui
voue une tendre amitié. Il appartient d'ailleurs à une
famille liée par des sentiments de reconnaisssance à l'émir
actuel, qui lui est redevable de services rendus à son
avènement.

Le divan-beghi Goulam-Haïdar est un bon vieillard, à
la mine astucieuse toutefois; dans ses regards perce la
curiosité d'obtenir des renseignements plus précis sur
l'objet de la mission russe en Boukharie. Ses questions,
pleines de tact et de bon sens, sont fort adroites, mais il
se butte chaque fois à des réponses encore plus circons-
pectes. La conversation finit par rouler sur les banalités
de la route, sur les impressions que les courtisans boukhares ont rapportées de Russie, et sur autres choses
insignifiantes. Pendant ce temps j'étudie la belle mine et
le splendide costume du commandant de la garde particulière de l'Émir. Le touptchibachi, tel est son titre,
Moullah-Hahmourad-bii-innak ressemblait, par son costume de forme originale, à un boïar de l'ancienne cour
moscovite du XVII° siècle. Il portait un caftan de velours
écarlate, orné de passementeries d'or. La taille était prise
dans une large ceinture à grandes plaques rondes dorées,
d'où pendait un cimeterre à la poignée ciselée et à la
gaine couverte de pierres précieuses. Pour couvre-chef le
touptchibachi avait un rond et large bonnet de velours
cramoisi avec une fourrure de zibeline autour. Dans cet
accoutrement, et avec sa belle taille, monté sur les talons
de ses grandes bottes molles à la pointe recourbée, le commandant de la garde avait un fier et martial aspect, qui con-
trastait avec l'air de soumission et de résignation des autres

dignitaires. C'est que le touptchibachi est de la race ouz-
bèque, c'est-à-dire d'un caractère plus altier et belliqueux
que celui des descendants de sang iranien, au type mou et
dégénéré. Enfin la députation se retire, après maintes salu-
tations et nombreux serrements de main. En route donc
pour Samarcande! La nuit descend rapidement sur la contrée, mais avant de nous étendre sur nos couchettes, nous
nous rendons au wagon-restaurant, qui est largement fourni
de poissons de l'Oxus, de faisans et perdreaux de Boukharie,
de vins de Cakhétie, de limonades de Kazan! Le souper
se passe au milieu de la conversation animée des convives
qu'une même table réunit au hasard pendant quelques
heures de trajet.

A Katti-Kourgan, à 150 verstes de Boukhara, nous passons la frontière russe et entrons au Turkestan.

CHAPITRE IV

SAMARCANDE

La ville russe. — Souvenir du siège de la citadelle. — Résultats
de la conquête. — Les écoles indigènes. — La citadelle et le
Kok-Tasche.

Le 25 juillet, à huit heures du matin, nous descendons
à la gare de Samarcande. Un phaéton à deux chevaux nous
emporte au galop par la grande avenue de la gare, belle
chaussée de 5 kilomètres, et à travers les allées ombragées
de grands peupliers qui mènent à la ville russe.

A côté de la ville indigène a surgi une nouvelle ville,
bien bâtie d'après un plan régulier, noyée dans la verdure
des jardins, des boulevards et des parcs. Les larges rues,
bordées des deux côtés d'une double rangée de peupliers,
d'érables et d'acacias, le jardin public, celui de la résidence du gouverneur, ceux du cercle militaire, etc., peuvent rivaliser avec les plus connus en Europe. La ville
russe a plutôt l'air d'un grand parc en forme d'éventail,
pourvu de larges et longues allées ombreuses et bien
arrosées. Sans cette verdure rafraîchissante, la vie de
l'homme européen, du Russe surtout, habitué à ses forêts,
ses brumes, ses gelées et ses pluies, deviendrait insupportable pendant la saison de la sécheresse.

De petites maisons blanches, sans étage, se cachent
derrière un double rideau de peupliers serrés les uns

contre les autres. La fraîcheur est entretenue par des
eaux courantes qui coulent à ciel ouvert dans un fossé
longeant les trottoirs en terre battue. Grâce à l'irrigation,
les arbres atteignent en peu d'années un développement
extraordinaire et leurs feuillées sont tellement épaisses
que l'on peut traverser presque toute la ville sans ouvrir
le parasol. Chaque matin, pour rafraîchir l'atmosphère,
on déverse l'eau des ruisseaux sur les allées, où l'on entretient une boue épaisse. Cette humidité, malgré les coupes
et les abatages d'arbres ordonnés en 1892 dans les boulevards de la ville, contribue beaucoup à engendrer les
fièvres dont les habitants souffrent en été en dépit de la
quinine. Les larges avenues aboutissent aux ombrages
touffus et délicieux du boulevard Abramof, dont les trois
allées parallèles, longues de plus d'un kilomètre, courent
sous l'épais rideau verdoyant des saules et des peupliers.
Enfin un parc public fort bien entretenu, rempli d'essences
les plus exotiques, et où sont disséminés de jolis pavillons
de toute sorte, complète ce ruban de verdure qui encadre
la ville russe.

Ce fut l'œuvre du général Abramof, son premier gouverneur militaire, qui a été secondé dans cette tâche par
son adjoint Korolkof, actuellement à Taschkent.

Trois mois avant notre arrivée, on avait fêté le vingt-
cinquième anniversaire de la prise de Samarcande (2 mai
1868). Toute la population russe, suivie des indigènes et
de leurs mollahs, se rendit, après l'office divin, en grande
pompe et en procession solennelle, à la tombe des braves
défenseurs de la citadelle de Samarcande.

Les troupes, après avoir été passées en revue par leur
commandant et gouverneur actuel, le général comte Ros-
tovtsof, furent conviées par les habitants sartes à un grand
banquet où le palao (pilaf national) figura avec honneur.
Étrange spectacle que cette accolade fraternelle, ces marques de sympathie échangées entre les vaincus et les vainqueurs de la veille!

Et cependant il y avait à peine vingt-cinq ans que ces mêmes troupes, commandées par Kaufmann, entraient presque sans coup férir dans la capitale de l'ancienne Sogdiane.

C'était au printemps de l'année 1868. Irrité des défaites de ses armées et de la perte d'une partie considérable de ses États, avec Djizak, Yani-Kourgan, et autres cités, l'émir de Boukhara, Mouzaffar, résolut de réunir toutes ses forces pour frapper un coup décisif, tout en continuant à traîner en longueur les négociations avec le commandant des troupes russes au Turkestan, le général Kaufmann. Celui-ci cependant surveillait d'un œil vigilant les préparatifs des Boukhares, et, prenant les devants, il marcha lui-même sur Samarcande, dans le but d'empêcher la jonction des armées boukhare et cocane.

La colonne du général Kaufmann se composait de 3 500 hommes d'infanterie, de cavalerie et d'artillerie. L'Émir avait alors 16 500 soldats de l'armée permanente avec 150 canons, outre une centaine de mille cavaliers armés de sabres, fusils et pistolets.

La première rencontre sérieuse eut lieu sur la colline de Tchapan-Ata : 40 canons et 1 000 fantassins boukhares tiraient sur les Russes qui voulaient franchir le Zarafchan. Les Russes, venant du nord-est, de Djizak, devaient traverser à gué le Zarafchan. Dans le but de rendre ce passage plus difficile et d'arrêter leur marche, l'ennemi avait fermé les écluses pour élever le niveau de la rivière et avait inondé toute la campagne. En même temps il avait occupé en forces considérables les jardins et les abords de la ville et particulièrement la colline de Tchapan-Ata, qui commande le passage du Zarafchan. Accablés par la chaleur et la fatigue, après une marche pénible à travers les champs inondés, où les canons s'enfonçaient, les chevaux trébuchaient dans les fossés et les canaux invisibles, les Russes parvinrent, au prix d'efforts inouïs, à sortir des marécages bourbeux et à passer à

gué la rivière, ayant de l'eau jusqu'au cou. Une fois sur
la rive opposée, au commandement de leurs chefs, les
soldats se jettent sur le dos, lèvent les jambes en l'air
pour faire écouler l'eau de leurs bottes, puis au cri de :
« Hurrah! » ils s'élancent à l'ennemi. Ce fut le signal d'une
débandade générale dans le camp des Boukhariotes! Surpris de cette attaque et encore plus de cette étrange
manœuvre qu'ils prennent pour un tour du diable, ils
jettent armes, canons, munitions, tout, jusqu'aux vêtements, et se livrent à une fuite honteuse.

Arrivés aux portes de Samarcande, les fuyards les
trouvèrent fermées par trahison; les troupes émirales
durent donc se retirer, tandis qu'une députation des habitants se présentait au général Kaufmann pour lui remettre
les clefs de la ville.

Le 2 mai, le corps d'expédition russe faisait son entrée
à Samarcande, musique en tête et drapeaux déployés. Le
bruit de la prise de la ville sainte se répandit aussitôt
parmi les populations musulmanes. Le peuple s'assemblait
partout, dans les villes et les villages de Boukharie, et
s'armait pour aller délivrer Samarcande de la présence
des mécréants. Les Ouzbeg-Kaneguez, habitant l'oasis
de Chaar-Sabs, la peuplade la plus courageuse du khanat,
reçurent de l'Émir l'ordre d'aller punir les habitants de
Samarcande. Puis, se ravisant, Mouzaffar envoya des
agents secrets pour exciter la populace à la révolte, lui
promettant de pardonner la trahison.

En même temps l'armée boukhare se préparait à livrer
une bataille décisive. Le général Kaufmann, sans hésiter
un instant, voulut prévenir l'attaque et se porta en avant
sur Katta-Kourgan. L'émir attendait les Russes sur les
hauteurs de Zar-Boulak, où il occupait une forte position
à la tête de 50 000 hommes. Les colonnes réunies des
généraux Golovatchof et Kaufmann ne comptaient que
2 000 hommes et 14 canons, dont une partie dut rester
en garnison à Katta-Kourgan. Le 2 juin, à 4 heures du

matin, les Russes marchèrent à l'attaque de Zar-Boulak, et à midi l'armée ennemie fuyait en désordre du champ de bataille jonché de cadavres, abandonnant toute son artillerie. L'Émir, entouré d'une petite escorte, se sauva tout tremblant pour son sort.

A Samarcande cependant se passaient de terribles événements. La garnison russe comptait à peine 772 hommes de toutes armes, et en plus 450 malades. A la nouvelle que la colonne principale avait quitté Samarcande et que l'Émir rassemblait des forces considérables, tout le pays environnant se soulève pour délivrer la ville sainte. Les Samarcandais s'unissent aux Ouzbegs de Chaar-Sabs (vulgairement Char-Sabiz, la ville verte, nom sous lequel on désigne les villes de Char et Kitab) et aux autres hordes des campagnes pour assiéger la garnison russe. Celle-ci s'enferme dans la vieille citadelle, incapable de résister à une attaque sérieuse. En maints endroits ses murailles se sont éboulées; point de parapets ni de meurtrières; deux côtés seulement sont défendus par un fossé et un ravin, où coule un canal assez profond; les deux autres sont entourés de maisons et de bâtisses indigènes adossées aux murailles mêmes, empêchant ainsi le tir de l'artillerie et ménageant un abri aux assiégeants.

Le colonel Stempel, commandant de la place, ne perd pas de temps : il fait réparer les murs, combler les parapets, percer des meurtrières.

Le 2 juin, le même jour que se livrait la bataille de Zar-Boulak, et que l'Émir fuyait en déroute, une foule fanatisée de 50 000 musulmans s'élance à l'assaut de la citadelle, au bruit des tambours, aux sons des trompettes et aux cris de « Allah ! » Du haut des toits des maisons, des balcons, des terrasses, des mosquées, des minarets, pleuvent sur la citadelle des balles et des boulets lancés par des falconnets qu'on y avait hissés. La poignée de défenseurs doit repousser sur un cercle de 3 kilomètres les assaillants qui escaladent les murs et enfoncent les portes.

Plus d'une fois les turbans blancs se montrent sur la crête des murs, et chaque fois les courageux défenseurs les refoulent en bas. La lutte est plus vive auprès des portes contre lesquelles les assiégeants s'acharnent davantage ; enfin ils y mettent le feu avec des sacs de poudre. Les plus téméraires s'élancent à travers la brèche faite par les flammes et aux cris de « Our! our! » (A mort!) pénètrent dans l'enceinte, mais les baïonnettes et un feu de mousqueterie bien nourri en ont bientôt raison.

On se hâte, cependant, de boucher le grand portail avec des sacs remplis de terre et de placer à l'abri de ce parapet improvisé une pièce de canon qui tire à mitraille sur les ennemis. Toutefois les Russes ne suffisent pas à la tâche : il faut combattre partout à la fois. Alors les malades qui peuvent se lever et prendre les armes se présentent aux remparts, ayant à leur tête le lieutenant-colonel Nazarof, qui vient de quitter son lit d'hôpital. Aussitôt celui-ci prend le commandement, enflamme par son courage et sa résolution les assiégés hésitants, courant d'un endroit à l'autre pour ranimer les esprits et repousser les attaques.

Mais voilà qu'une multitude de Sartes, armés de bêches, se mettent à démolir les murailles d'argile. D'autres grimpent dessus, en s'aidant du toit des maisons voisines. Une fusillade vient à propos débarrasser les approches de la citadelle ; mais le combat continue bien avant dans la nuit.

Le lendemain, l'assaut se renouvelle avec plus d'acharnement. Les Sartes parviennent à percer des brèches en maints endroits ; ils font irruption dans la citadelle, culbutent la barricade de sacs qui en défend l'entrée et sont déjà sur le point de s'emparer du canon, quand les cris de : « Frères! défendons notre canon! En avant! à moi! Hurrah! » poussés par le peintre Vérestchaguine, la tête découverte, les cheveux épars, et par le colonel Nazarof, à moitié déshabillé, s'élançant dans la mêlée un revolver

à la main, avertissent du danger : quelques coups de baïonnette, et les assaillants reculent en laissant nombre des
leurs sur le terrain.

La situation était, néanmoins, fort critique ; le commandant avait donné l'ordre de se retirer en cas de surprise
dans le palais émiral, de s'y défendre jusqu'à la dernière
extrémité, et, si l'ennemi restait le maître, de se faire
sauter avec lui. Heureusement, vers les trois heures de
l'après-midi, les assiégeants cessent leurs assauts. Les
Ouzbegs, apprenant la défaite de l'Émir, quittent le lieu
du combat, en laissant à la populace de Samarcande le
soin d'inquiéter les Russes du haut des mosquées et des
minarets. Le troisième et le quatrième jour, voyant la
fusillade s'affaiblir, Nazarof, suivi d'une poignée de braves,
fait des sorties réitérées et met le feu aux maisons les
plus proches. Le siège et l'attaque de la citadelle duraient
depuis sept jours entiers : la petite garnison n'avait le
temps ni de manger ni de prendre du repos ; l'eau commençait à manquer. La plupart des Russes étaient blessés,
les autres brisés de fatigue : on ne voyait pas la fin des
souffrances.

Enfin un espion persan envoyé à Kaufmann revint en
rapportant la nouvelle de la victoire de Zar-Boulak et en
promettant la délivrance des assiégés. Des cris de joie
inexprimables acclamèrent la lecture du message du chef
de l'expédition : tous s'embrassaient, tombaient à genoux,
en rendant grâces à Dieu.

Tout à coup, le 8 juin, l'ennemi se mit à évacuer la
ville : il se retirait devant les colonnes russes, qui marchaient en ordre de bataille, chassant devant elles les
indigènes logés dans les jardins et les édifices. Aussitôt
la garnison sort et concourt à écraser la résistance. A
midi pas un soldat ennemi ne restait à Samarcande. La
ville était toute en ruines, les rues remplies de cadavres
brûlés ou putréfiés, de squelettes de chevaux, de boulets,
de mitraille, d'armes, de vêtements déchirés. Une odeur

nauséabonde s'élevait de ce champ de carnage. Pour
infliger une punition exemplaire aux rebelles, Kaufmann
ordonna de livrer aux flammes le bazar rempli de marchandises et au sac la ville pendant deux jours de suite.
On pendit aux poteaux du bazar et on fusilla sur les
grandes routes tous ceux qui étaient pris les armes à la
main. Ainsi se termina cette lutte héroïque d'une poignée
de soldats russes contre une horde de 50 000 Asiatiques.
Mais, afin de tenir en respect la populace fanatique et
de se garantir à l'avenir contre un coup de main, on pro-
céda à la démolition d'une partie de la ville sarte : les
approches de la citadelle furent débarrassées des maisons
qui les obstruaient; de larges artères percèrent la ville de
part en part. Depuis lors, Samarcande n'a jamais plus levé
la tête contre ses nouveaux maîtres.

La conquête et la pacification de la vallée du Zarafchan
se firent avec une rapidité remarquable : les expéditions
entreprises en 1869 et 1870 aux sources du Zarafchan
contre les peuplades remuantes du lac Iskander-Koul,
contre la ville boukhare de Char-Sabiz, qui ne voulait
plus reconnaître l'autorité de l'Émir, et dans d'autres
localités, achevèrent de rétablir la paix et de consolider
la suzeraineté de la Russie.

Voilà bientôt vingt-sept ans que les vainqueurs prennent
soin de Samarcande, de ses monuments et de ses habitants :
dire tout ce qu'ils ont fait pour le relèvement moral et
intellectuel, pour le progrès économique de la population,
ce serait retracer l'histoire de la politique de la Russie à
l'égard de ses possessions asiatiques, sujet sur lequel
j'aurai l'occasion de revenir plus tard. Présentement, qu'il
suffise de rappeler que cette ville de plus de 35 000 âmes
(dont 25 000 indigènes et 10 000 Russes, ou d'autres
nationalités, établis dans les nouveaux quartiers et le
faubourg de la gare) possède une école pour jeunes filles
de quatre classes avec 107 élèves, une école communale
de trois classes pour garçons avec 107 élèves, une école

mixte pour Russes et indigènes (24 élèves), 23 *madrassas*
ou médressés avec 800 élèves, 83 *mactabs* avec 1 204
élèves, 8 écoles juives *heders* avec 243 élèves, 86 mosquées
et une synagogue.

Il y a une prison qui peut servir de modèle d'institution
pénitentiaire et où le système anthropométrique est appliqué
depuis longtemps aux détenus. Des caisses de prêts ont
été organisées depuis 1878 pour venir en aide à la population indigène pauvre, qui recourait auparavant aux
usuriers hindous et juifs. Quiconque a besoin d'argent
pour faire aller son métier ou son industrie agricole
trouve facilement un crédit de 5 à 50 roubles pour
l'échéance d'un an, au taux modéré de 6 pour 100; en
cas de désastres publics, d'incendie, d'inondation, d'épizootie, il obtient encore un sursis d'un an.

Le gouvernement a encouragé l'élève des vers à soie,
en créant une station de graines, ainsi que la culture du
coton américain, en distribuant des semences d'Amérique
et en fondant une ferme modèle d'expérimentation. Il a
favorisé les semailles de riz sur terrains non inondés, ce
qui exige trois fois moins d'eau, en substitution des rizières,
cause de maladies et de fièvres épidémiques. L'horticulture
et la viticulture ont reçu un développement inconnu jusqu'alors. La création à Samarcande et à Marghelan de
pépinières d'essences et d'arbres fruitiers de toutes sortes
a permis d'acclimater et de répandre dans le pays des
espèces fort utiles, à bas prix et souvent même gratuitement. Outre le peuplier géant pyramidal, fort diffus au
Turkestan, on rencontre dans les avenues et les parcs de
Samarcande des érables, des ailanthus (*glandulosa*), des
acacias blancs, des bignonias, des gléditchias, etc., en
grande quantité. Des arbres fruitiers, donnant des fruits
plus savoureux et délicats que ceux du pays, y furent
introduits grâce aux soins des horticulteurs russes : le
grenadier, le figuier, le pêcher et les meilleures espèces
de poiriers et de pommiers. Seuls l'oranger et le citron-

nier ne peuvent résister aux changements de température
trop excessifs.

L'administration, la police, la justice et le système
fiscal ont été considérablement améliorés : les abus et les
exactions que les autorités se permettaient impunément
sous le gouvernement boukhare ne se produisent presque
plus actuellement. Le système tributaire y a été perfectionné grâce à l'introduction de l'impôt sur le revenu ou,
comme on l'appelle ici, l'impôt sur le bien-être, sur la fortune. Les sommes des impôts sont réparties par les chefs
de districts entre les volostes de façon à tenir compte de
tous les éléments imposés et de la quantité d'eau distribuée à chacun. A leur tour, les anciens des volostes distribuent d'après le même système la somme des impôts entre
les villages ; enfin les starostes de village ou les aksakals
répartissent les impôts à l'assemblée rurale selon le degré
de fortune de chaque habitant, en tenant compte des gains
du trafic et de l'industrie. A ces conditions le pauvre paye
peu, le riche davantage. La liste des contribuables est affi-
chée à un endroit public, à la mosquée le plus souvent,
afin que chacun puisse la voir et réclamer s'il y a lieu.

Sous la protection des lois, le pays a pu développer ses
industries et son commerce avec le Turkestan, le Ferghanah, la Boukharie et la Russie même. L'exportation des
produits du sol et des industries du territoire de Samarcande a atteint en 1894 la valeur de 10 millions de roubles. La construction du chemin de fer a contribué puis-
samment au progrès économique du pays.

Mais, demandera-t-on, le progrès moral et intellectuel
a-t-il suivi ce mouvement rapide du trafic, de l'industrie,
des richesses matérielles ?

Malgré tous les bienfaits de la civilisation européenne,
dont la Russie vient de les doter largement, les indigènes,
il faut l'avouer pourtant, continuent à vivre de leur vie
recluse et séparée, n'admettant point les chrétiens dans
leur intimité. Ils n'entrent en relations avec les Russes et

les Européens en général que pour leurs affaires de commerce, leurs entreprises industrielles et pour les choses qui concernent la police et l'administration.

Malgré l'infiltration de nos idées, de nos usages et coutumes, leur monde moral et intellectuel est resté ce qu'il était auparavant, c'est-à-dire imbu des principes de l'Islam, formé aux prescriptions du Coran, surexcité par l'aveugle fanatisme des imams et des mollahs qui sentent toute l'étendue du danger d'un rapprochement, sinon d'une assimilation, des deux éléments chrétien et musulman.

Le foyer de cette sourde résistance à l'influence morale de notre civilisation se trouve principalement dans les écoles indigènes qui ont survécu au désastre de l'État politique. Ce sont des pépinières de fanatiques aveugles, de bigots hypocrites, qui exploitent sans miséricorde le peuple ; c'est le centre d'où se répandent ces idées étroites et obtuses qui arrêtent le développement intellectuel des masses asiatiques. Voyons un peu ce que sont ces écoles indigènes. De loin déjà on les devine : les cris des enfants, les voix rythmées des écoliers épelant ou répétant en cadence les paroles du maître vous avertissent de leur voisinage. Assis en rond, les jambes ployées sur un tapis de feutre ou sur une natte de joncs, les uns presque entièrement penchés s'efforcent de tracer sur le papier les lettres de l'alphabet, les autres se bouchent les oreilles avec leurs doigts et lisent tous à la fois, à haute voix, quelque livre posé sur les genoux, tout en balançant le torse : c'est à qui se surpassera et se fera le mieux entendre du maître, qui doit saisir les sons de chacun et faire au vol ses corrections et ses observations.

Les écoles sont de deux degrés : la *maktab*, l'école élémentaire, et la *madrassa* ou *medressé*, l'école supérieure, entretenues au moyen de legs et de donations. Depuis des siècles, les bons croyants font des dons en faveur de ces écoles, espérant se ménager les grâces du ciel par ces œuvres de bienfaisance.

Les *maktabs* existent pour la plupart auprès des mosquées principales ; les *madrassas* forment des institutions tout à fait distinctes.

L'édifice de la *maktab* est bâti avec les ressources fournies par des particuliers ou par cotisation des paroissiens. Du consentement général on invite comme maître d'école l'*imam* de la mosquée à laquelle la maktab est annexée, ou toute autre personne. Les appointements de ce maître sont fixés d'avance et payés par cotisation ou sur les fonds légués par les bienfaiteurs. Dans d'autres écoles, chaque élève doit apporter tous les jeudis à son enseignant une rétribution en argent ou en nature (farine, riz, viande, etc.), suivant ses moyens. De plus, l'usage veut que le maître reçoive quelque cadeau, tels que turban, étoffe ou khalat, chaque fois que l'élève passe à une nouvelle série d'études. Le nombre des écoliers dans chaque maktab ne dépasse pas en moyenne celui de 30 ou 40 garçons de six à quinze ans.

On y enseigne à lire et à écrire. On commence par apprendre l'alphabet arabe que le maître trace sur des tablettes de bois ou de fer-blanc ; puis on s'exerce à épeler les syllabes. Après avoir, à force de horions et de coups de baguette de fer, surmonté ces difficultés, l'élève attaque le *Haftiah*, qui contient une partie du Coran. Dans ce livre le garçon apprend, tout à fait machinalement, à déchiffrer les mots arabes, dont le sens lui échappe et que souvent le *damoulla* ne peut expliquer en langue sarte vulgaire.

Ensuite on passe au *Tchar-Kitab*, livre manuscrit en langue persane, qui contient des passages du Chariat relatifs aux usages religieux, aux ablutions, etc. Le *Tchar-Kitab* fournit des renseignements de nature si délicate qu'on s'étonne de le voir entre les mains des enfants.

Ceux-ci, toutefois, le lisent sans comprendre le sens du texte persan, qui est émaillé de mots arabes et persans employés exclusivement dans la littérature.

Enfin, les élèves font la lecture des recueils de poésies,

écrites soit en persan, soit dans l'idiome du pays (le turc
ou tatar djagataï), hors de la portée de l'intelligence des
enfants : tels que *Hodja-Hafiz*, *Bidil*, *Fouzouli*, *Navaï*, etc.

Puis vient le tour de l'écriture. Les élèves qui finissent
le cours de la *maktab* ne savent le plus souvent que tracer
des lettres; rarement ils sont capables d'écrire quelques
mots sous la dictée. Les plus âgés d'entre eux et les plus
avancés sont initiés, dans certaines écoles, aux règles sur
les ablutions et les prières.

D'ailleurs l'enseignement de la religion dans les maktabs
laisse beaucoup à désirer. On se contente d'inculquer aux
écoliers les règles de la bienséance et du respect, qui sont
le premier degré de l'initiation aux études supérieures. On
a soin d'apprendre aux enfants les bonnes manières, à l'imitation des Persans, avec leur accent mielleux, le regard
abaissé, les mains croisées sur l'abdomen et un air de
componction, manières qui finissent par écœurer le voyageur européen.

Après quatre ou cinq ans de pareil enseignement, l'élève
de la maktab sait lire, sans en rien comprendre, les livres
à l'usage des écoles, mais pas d'autres, et peut tracer ou
dessiner des lettres de mémoire ou d'après un modèle. Il
sort de l'école avec le diplôme de *tchala-mollah*, mais avec
fort peu de notions, et tout au plus avec le souvenir de
certains crochets compliqués dont il ignore le sens. Il n'est
pas étonnant de voir tant d'individus illettrés, malgré le
grand nombre d'écoles existant au Turkestan.

L'enseignement qu'on y donne ne poursuit aucun but
pratique et l'élève en sort aussi ignorant de sa propre
langue qu'auparavant. Il finit par oublier le peu qu'il a
appris, car la lecture de *Hafiz* ou de *Bidil* n'est pas
attrayante, tandis qu'il ne trouve pas, dans les bibliothèques ou les boutiques, de livres écrits en langue sarte.

Les filles fréquentent également des écoles qui sont à un
niveau encore plus bas.

Les **madrassas** puisent leurs ressources dans les *vakouf*, biens de toute espèce (terrains, maisons, boutiques, moulins, etc.), mais principalement immeubles, légués par le fondateur de la *madrassa* ou par d'autres bienfaiteurs. Les grandes villes de l'Asie centrale possèdent plusieurs medressés, dont les plus riches comptent jusqu'à deux cents élèves et plus. Chaque madrassa a plusieurs maîtres, *moudarisses*. L'économe, le *moutavali*, est chargé de l'administration et de la répartition des revenus entre les maîtres et les élèves qui reçoivent de petites bourses.

Les élèves se partagent en trois séries ou classes : *ala*, *noussat*, *adna*, c'est-à-dire supérieure, moyenne et inférieure. Ordinairement la bourse est de 15 à 35 roubles par an dans la classe supérieure, et de 4 à 12 roubles dans la classe inférieure.

Chaque élève possède sa cellule et se prépare lui-même la nourriture. La plupart de ces étudiants, *chaguirdas*, vivent dans la misère et beaucoup d'entre eux remplissent souvent le rôle de serviteurs auprès de leurs camarades riches ou s'occupent de quelque métier.

Le cours complet de chaque *madrassa* est réglé par les statuts du fondateur, sanctionnés par le khan et les kazis. Il embrasse la grammaire et la rhétorique dans la première classe, la logique et la métaphysique dans la seconde, et la théologie et la législation dans la dernière. Cependant les étudiants ne sont pas tenus de suivre systématiquement tout le cours ; ils peuvent en choisir une partie et ordinairement ils étudient la théologie et la législation, dont la connaissance leur assure un gagne-pain.

La méthode d'enseignement est la suivante. Au commencement du cours, l'élève étudie des précis et des abrégés contenant les principes dogmatiques d'une science déterminée. Ensuite il passe à la lecture des livres qui renferment les commentaires de la science. Les maîtres ne font pas de cours, comme dans nos universités, mais initient leurs écoliers au moyen de conversations et de discussions : c'est à peu près ce que les Grecs anciens faisaient dans leurs gymnases et académies. Il y a des *moudarisses* qui se distinguent par leur savoir et leur talent oratoire; ils attirent toujours un grand auditoire, et savent développer chez leurs élèves l'art de parler et de discuter en public.

Néanmoins tout l'enseignement consiste dans l'étude de quelques livres. D'abord c'est le *Kapia*, la grammaire arabe, et le *Mantik*, livre sur la logique. Les autres concernent la religion et la législation, et se basent sur le Coran et le Chariat.

Quant aux sciences exactes, on apprend les quatre règles de l'arithmétique et quelques notions de géométrie descriptive; et encore ces éléments ne sont-ils enseignés qu'en passant, quand il s'agit du droit de succession, qui est considéré comme la partie la plus difficile et compliquée du Chariat. Si à cela l'on ajoute la connaissance du persan, la composition écrite en persan, en turc et en arabe, la dialectique puisée dans les livres de métaphysique, avec forte tendance à la casuistique, c'est toute l'instruction que l'on reçoit dans les medressés.

Et pourtant, ceux qui achèvent ce cours d'études sont considérés comme des savants, pouvant aspirer aux carrières de *moudarisse*, *moufti*, *kazi*, etc., plus haut même, à celles de *mollah*, d'*ichan*, etc. La plupart des étudiants deviennent des *mirzas*, des greffiers ou écrivains publics. Il y a des individus qui demeurent pendant toute leur vie dans la médressé, soit par incapacité, vraie ou feinte, d'absorber la vaste science du Chariat, soit par crainte de ne pouvoir gagner leur vie ou de perdre, en quittant la medressé, leur sinécure. D'autres continuent à y demeurer et à se qualifier d'étudiant, tout en s'occupant de négoce ou de quelque métier.

Malgré cette pauvreté d'enseignement, l'étudiant désireux de s'instruire aurait pu parfaire ses connaissances, s'il existait une littérature scientifique. Mais il n'y a rien en dehors de quelques livres d'histoire en langue persane et sarte. Les connaissances des Sartes en astronomie, géographie et médecine sont fort fantastiques et naïves.

Cependant l'histoire nous rapporte que Boukhara et Samarcande étaient des foyers de culture. Il faut donc en rabattre beaucoup, car les sciences n'y étaient cultivées qu'en doses microscopiques. Les poètes imitaient leurs confrères persans, dont la langue littéraire devient commune à l'Asie centrale. Les savants portaient de préférence leurs études sur la théologie et le droit et écrivaient exclusivement en langue arabe. Le Chariat était le fondement de toute la science. Voilà quelle lumière resplendissait en Orient!

Tout l'enseignement de la medressé se base aujourd'hui sur la méthode théologique scolastique et ne produit que des casuistes dépourvus de toute notion scientifique sérieuse. Et pourrait-il en être autrement, si le système d'instruction tourne, depuis mille ans, autour du même cercle vicieux? La jeune intelligence se voit condamnée à ressasser toujours les mêmes idées, les mêmes principes, où depuis des siècles ne peut pénétrer aucune lumière vivifiante. D'après les autorités scientifiques auxquelles l'étudiant est tenu de prêter une foi absolue, en dehors de l'Islam il n'y a point de salut, et l'Islam est prédestiné à dominer l'univers entier. Toutes les notions d'histoire, de géographie, de cosmographie et d'autres sciences qui constituent le cours d'instruction dans la medressé entretiennent l'étudiant dans des erreurs grossières, dont il ne peut se débarrasser que plus tard par la lecture d'autres auteurs, d'autres livres, s'il en a la force et le courage.

Aujourd'hui ces medressés ne servent qu'à entretenir des *moutavalis* qui administrent à leur profit les biens vakouf, n'en cédant qu'une part des revenus aux maîtres et aux élèves. Elles sont devenues l'asile de fainéants et d'ignorants, qui ont tout intérêt à conserver les croyances fabuleuses et légendaires répandues, depuis des siècles, parmi le peuple.

Pour neutraliser les tendances de ces ennemis occultes du progrès, contraires au rapprochement des Sartes avec les chrétiens, pour assurer la lente infusion de nos idées dans ce monde fourvoyé, pour garantir l'émancipation morale de ces peuples, le gouvernement russe devrait commencer par supprimer les *maktabs* et les *medressés*, et les remplacer par des établissements d'instruction empruntés à notre système d'enseignement, mais adaptés aux besoins des Asiatiques. La nécessité d'un pareil enseignement est d'ailleurs comprise par les indigènes émancipés des idées obtuses de l'Islam; car ils recherchent pour eux et pour leurs enfants l'instruction plus substantielle des écoles fondées dans le pays par les Russes.

Malgré la pacification, il faut être sur ses gardes : aux premiers échecs des armes russes, les fanatiques sartes, aujourd'hui occupés de leur commerce ou de leur industrie, s'insurgeront contre les intrus qu'ils ont combattus il y a à peine un quart de siècle. Quoi qu'en dise la presse, il n'y a pas d'assimilation complète des races vaincues. Celles-ci ne ressentent pas toujours une amitié ni un dévouement sincères pour leurs maîtres actuels. Aussi ces derniers ont-ils pris leurs précautions.

Les Russes ont rasé l'ancienne citadelle et les édifices qui en obstruaient les abords : de l'immense espace ainsi débarrassé, ils ont fait une esplanade, d'où l'on jouit d'une vue splendide sur le vieux Samarcande, ses monuments et ses ruines, sur les jardins des environs et sur la chaîne du Hazret-Sultan. Ici s'élève une large enceinte fortifiée avec glacis, parapets et fossés, contenant un parc d'artillerie, des magasins, des casernes et même un souvenir historique, le *Kok-Tasche*, la Pierre Verte ou trône de Tamerlan. A l'autre bout, un grand square, récemment planté, avec un monument à la mémoire des officiers et soldats tombés pendant la défense de la citadelle.

L'ancienne citadelle occupait le même emplacement qu'à l'époque d'Alexandre : elle se trouvait sur un plateau dominant les faubourgs de la ville et elle avait plus de deux kilomètres de circuit.

C'est ici que se passa le drame sanglant qui a terni la gloire d'Alexandre. On sait, comme Arrien le raconte, que Clitus, ayant irrité le roi Alexandre pendant une orgie, fut emmené par ses amis hors de la citadelle et conduit au camp de Ptolomée, qui se trouvait à l'endroit même où s'élève la ville russe actuelle. Clitus s'en échappa et revint chez Alexandre, qui dans un moment de fureur le tua de sa propre main. Alexandre, comme ses soldats d'ailleurs, s'était livré aux boissons enivrantes, ce dont on lui faisait un grand crime. Mais le voyageur qui visite aujourd'hui ces contrées trouve une excuse facile à ce vice dans la mauvaise qualité de l'eau et dans l'élévation de la température : une abondante et fréquente transpiration du corps réclame évidemment un correctif, provoque un besoin d'absorber, à défaut d'eau, du vin. Or, le vin à l'époque d'Alexandre, était une boisson fort commune dans la Sogdiane et la Bactriane.

Traversons l'esplanade qui sert de place d'armes, pénétrons dans l'enceinte fortifiée par la porte méridionale, tournée du côté du boulevard Abramof, et gardée par une sentinelle, l'arme au bras. A gauche, nous apercevons une longue file de bâtiments servant de chancelleries et de casernes, et un peu plus loin à droite, un édifice rectangulaire assez élevé, où des artilleurs montent la garde. Il faut demander à l'officier de service l'autorisation d'en ouvrir la porte bien verrouillée, toute plaquée de fer et renforcée de grosses barres en travers. On entre dans une cour encombrée d'affûts de canons et d'autre matériel d'artillerie, autour de laquelle court un portique supporté par de légères colonnes en bois d'un dessin particulier à la Boukharie. C'est le Talari-Timour, la salle d'audience de Tamerlan, ou plutôt l'endroit qui devrait représenter l'ancienne salle détruite depuis des siècles.

Le dernier timouride Baber raconte que **Timour fit élever** dans l'Ark de Samarcande un magnifique palais à quatre étages qui s'appelait *Kok-Séraï*, Palais Vert. Ici s'intronisaient les khans et ici étaient mis à mort les prétendants illégitimes au trône de Timour. Il est probable que le *Kok-Tasche* reçut cette épithète du nom du palais où cette pierre se trouvait.

Sous la galerie qui fait face à l'entrée gît donc le célèbre *Kok-Tasche*, le trône ou la pierre du couronnement, une des plus belles reliques du règne du conquérant.

Qu'on s'imagine un gigantesque monolithe de marbre grisâtre, coupé de veines noires, poli sur la face supérieure, flanqué de piliers aux quatre angles et protégé par une balustrade. Sur cette pierre, couverte de tapis et d'étoffes de velours, les émirs de Boukhara célébraient leur couronnement. Soulevés sur un grand feutre blanc par les principaux dignitaires de l'État, suivant l'ancienne tradition des souverains mongols depuis Gengis-Khan, ils étaient proclamés maîtres de l'univers. L'Émir actuel de Boukhara est le premier souverain qui n'ait pu accomplir cette cérémonie. On assure toutefois qu'il envoya secrètement un tapis de feutre blanc pour le faire poser sur le Kok-Tasche; et ce n'est qu'après cet attouchement qu'il aurait été couronné d'après la coutume de ses prédécesseurs.

Au-dessus du Kok-Tasche, incrustée dans le mur, on aperçoit une pierre sépulcrale de néphrite, en guise d'ornement de la salle du trône. Il y a également une boule en fonte transportée ici de la tombe du saint musulman Cheïkh Rodovéri Ichak El-Khivi, ainsi que le dit une inscription arabe.

Tamerlan trônait sur le Kok-Tasche, qu'il avait fait apporter de Brousse, en donnant audience aux ambassadeurs étrangers et aux messagers ou aux plaignants venus de tous les points de son vaste empire. Souvent il y rendait la justice : une vasque de pierre, de forme cylindrique, recevait les têtes des malheureux qui étaient exécutés sous les yeux du sanguinaire potentat.

Un profond ravin sépare la place d'armes et la forteresse russe de la ville indigène. Cette ville était jadis beaucoup plus vaste, à preuve les ruines d'Aphrossiab et les vestiges de l'ancienne enceinte en argile. D'après Quinte-Curce, la périphérie de la muraille était sous Alexandre de 70 stades, soit 13 kilomètres. Le missionnaire chinois Tchang-Tchou, conseiller de Gengis-Khan, évaluait à 100 000 familles la population de Samarcande, soit environ un demi-million d'habitants. Après l'invasion des Mongols, en 1221, les trois quarts des habitants auraient été égorgés. Sous Tamerlan, qui en fit la capitale de son empire, et qui fixa dans la citadelle sa résidence d'été, Samarcande se releva de ses ruines. Sous le sultan Baber, dernier rejeton de la dynastie timouride et fondateur de l'empire mogol dans l'Inde (1483-1530), Samarcande ne comptait plus que 150 000 habitants.

Vue de l'esplanade, Samarcande laisse une impression grandiose, inoubliable. L'imagination prend son vol à travers les siècles et cherche à reconstituer l'ancienne Maracanda, une des plus vieilles cités du monde, qui a vu se dérouler des événements remontant jusqu'aux temps les plus reculés. Alexandre, Gengis-Khan, Tamerlan avec leurs phalanges ou leurs hordes y passent à grands intervalles et y laissent des empreintes de leur passage dans l'histoire de ces contrées. Les édifices encore debout, tout dégradés qu'ils sont, donnent toutefois une grande idée de ce que devait être autrefois cette capitale, dont le nom jouit d'un magique prestige. Mais déjà elle voit s'écrouler un à un les murs de ses antiques édifices. Que de monuments tombés en poussière depuis Marco Polo! Ceux qui ont résisté au temps et aux tremblements de terre s'émiettent chaque jour sous l'œil indifférent du fatalisme musulman. Lorsqu'elle aura perdu les joyaux que lui ont légués les siècles, la reine de l'Asie centrale aura l'aspect d'une

mendiante en guenilles. Otez à Samarcande sa glorieuse
parure du passé, il ne restera plus qu'une piteuse agglomération de maisons, en boue séchée, où l'on aura grand'
peine à reconnaître « la très grande et très noble cité »
dont Marco Polo fait une description enthousiaste.

CHAPITRE V

La ville sarte. — Monuments, mausolées et ruines. — Son passé
à l'époque de Tamerlan. — Souvenirs de ce khan.

Quand, en laissant en arrière les boulevards et les
allées ombreuses de la ville russe, vous vous dirigez vers
la Samarcande indigène par la rue du Marché, sale et poussiéreuse, bordée d'échoppes et d'auvents remplis de marchandises les plus variées, apparaît tout à coup une place
carrée, au centre même du bazar. C'est le Réghistan, le
cœur de Samarcande, avec ses sanctuaires, ses gloires, ses
richesses. Ici on annonçait au peuple les grâces et les
peines que le maître accordait et infligeait; ici avaient
lieu les exécutions capitales; ici la guerre était proclamée;
ici les victoires et les défaites étaient criées; ici les heureux
événements étaient fêtés par des festins et des joies populaires. Et jusqu'à présent le Réghistan a conservé le
caractère d'une tribune publique, d'une espèce d'Agora ou
de Forum, où les orateurs improvisés, les théologues et
les raisonneurs politiques ne cessent d'instruire à leur
façon le peuple, et où les nouvelles, des coins les plus
reculés de l'Asie, sont colportées par les derviches ambulants et les marchands téméraires qui, assis sur la croupe
de leurs longs quadrupèdes, traversent les déserts infinis.
Sur cette place, naguère encore, l'émir de Boukhara fai-

sait distribuer le pilaf d'honneur, que l'on préparait ici même en plein air, dans des chaudières remplies de morceaux de mouton bouilli, arrosés d'une graisse abondante, avec des sacs de riz et de carottes, tandis qu'à côté de ces apprêts du festin se dressaient les têtes des condamnés fixées sur des pieux, et que les bourreaux coupaient la gorge aux prisonniers de guerre, tout comme s'ils égorgeaient les moutons dont on préparait le pilaf émiral.

Au milieu de la place est une pierre sépulcrale d'un bienheureux, d'un *hazret*, ornée d'enseignes, et très vénérée par les fidèles. Les cavaliers superstitieux des steppes, Turcomans, Ouzbeg, Kirghiz, amènent leurs chevaux malades et les conduisent trois fois autour du sépulcre, implorant du saint leur guérison.

A l'époque des Émirs, la place était encombrée de boutiques qu'un incendie est venu détruire fort à propos. Débarrassé ainsi de ces masures, le Réghistan a beaucoup gagné : les mosquées et les médressés qui en constituent l'ornement principal se montrent dans toute leur majestueuse grandeur. Ces édifices colossaux occupent trois côtés du Réghistan. Au milieu la *Tilla-Kari* ou mosquée d'or, à gauche la *Chir-Dar* ou mosquée des lions, et à droite la mosquée d'Ouloug-Beg. Elles paraissent être bâties d'après le même style, dans les mêmes proportions et avec les mêmes détails ; mais en réalité elles se distinguent par la variété des parties et par l'originalité de l'idée artistique.

La *Chir-Dar* se nomme ainsi à cause des deux lions en mosaïque qui figurent sur sa façade. La mosquée et médressé d'Ouloug-Beg a été bâtie en 1434 par le petit-fils de Tamerlan, Ouloug-Beg, qui établit un observatoire astronomique sur la tour ronde intérieure, maintenant presque ruinée. *Tilla-Kari* s'est le mieux conservée ; elle a été la plus riche et la plus belle. *Tilla* est une pièce d'or boukhare de la valeur de 16 francs environ et *Tilla-Kari* signifie « couvert de monnaies d'or », expression usuelle de la rhétorique orientale. Si réellement les coupoles de cette mosquée ont été jadis ornées de *tillas*, il faut croire qu'après les sacs fréquents de Samarcande il n'est plus rien resté de cette couverture d'or. Aujourd'hui la voûte seule de la salle principale et une partie de ses parois ont conservé des arabesques, des rosaces et des fleurs dorées.

Une façade colossale, entièrement recouverte de porcelaine bleu clair, se dresse droite devant vous en formant au milieu un immense porche ogival, conduisant au sanctuaire sacré du temple. C'est le Pic-Tasche, dont la forme originale domine dans toute l'architecture arabo-persane. L'ogive béante du porche recèle à son tour de petites niches et alcôves qui donnent un peu plus de gaîté à la grande voûte sombre et uniforme. De gracieuses colonnettes d'azur, semblables à des cordons tressés, courent le long des lignes, des angles, des voûtes jusqu'aux corniches à facettes qui ornent d'un triple collier le sommet de l'édifice. Chacune de ces façades est flanquée à ses deux extrémités d'une colonne isolée, toute cuirassée de porcelaine d'azur, et ornée d'un triple verset du Coran en lettres émaillées de bleu ou de vert : minarets arrondis et flambants au soleil comme d'immenses cierges sous la voûte céleste. A cette décoration de briques émaillées qui les revêtent de la base au sommet, les médressés de Samarcande doivent leur principale originalité. La mosaïque de porcelaine déroule partout ses dessins, ses fleurs, ses sentences en lettres koufiques : murailles, dômes, colonnes, tout resplendit de couleur bleue et verte, tout reflète les arabesques dont la nuance azurée s'harmonise gracieusement avec le fond blanc ou jaune. La grandeur et la simplicité des lignes sont les traits distinctifs de l'architecture des anciens édifices de Samarcande.

Ce groupe de médressés et de mosquées représente la Sorbonne de l'Asie musulmane, le foyer scientifique auquel Samarcande dut sa primauté intellectuelle depuis le xvᵉ siècle. De ce foyer il ne reste que les pierres, et encore ces pierres ont-elles subi les outrages du temps. De larges brèches s'ouvrent dans les pans des murs qui soutiennent les coupoles. L'émail a disparu à l'intérieur, certains minarets sont à moitié détruits. Intérieurement les mosquées sont fort négligées. Cette négligence remonte à une époque reculée.

En 1701, un historien de Samarcande écrivait, dit Wambéry, que la mosquée d'Ouloug-Beg renfermait des hiboux au lieu d'écoliers et des toiles d'araignées au lieu de tapisseries sur les portes.

Pénétrons toujours dans un de ces sanctuaires de la science et de la religion mahométanes. On entre sous l'arche ogivale, par une porte basse presque inaperçue, dans un parvis entouré d'une sorte de cloître, où débouchent les cellules des étudiants. Des quatre côtés du parvis s'élèvent autant de porches revêtus également de porcelaine brillante d'azur et couronnés de dômes en forme de melons avec leurs rainures. Le porche de gauche donne accès à la mosquée, surmontée aussi d'un dôme émaillé. Les chiens de chrétiens entrent dans les mosquées sans quitter leurs chaussures, ainsi que la loi l'ordonne aux fidèles. Il est vrai qu'ils sont ici les maîtres maintenant et qu'ils peuvent y mener leurs femmes sans risque de soulever un fanatisme qui s'est d'ailleurs relâché depuis la conquête. Agenouillés ou étendus sur les nattes qui couvrent les carreaux du pavé, les fidèles prient dans un silencieux recueillement, élevant les bras et se prosternant vers la *Caab* sacrée. Sur le seuil de la mosquée une file innombrable de souliers, de babouches, qui rappellent ces paroles du *Pentateuque* : « Et Dieu dit : « Ne t'approche « pas, enlève la chaussure de tes pieds, car l'endroit où « tu te trouves est un sol sacré! »

La médressé d'Ouloug-Beg, la plus ancienne des trois, a été bâtie, ainsi que nous l'avons dit, par le petit-fils de Tamerlan, le khan Ouloug-Beg, protecteur des sciences et des arts. Il créa ici l'école des mathématiciens et des

astrologues et sur une des tours de la mosquée un observatoire dont il ne reste plus la moindre trace. Tilla-Kari
doit sa fondation (1618) à Yalang Tache Bogadour, vizir
de Kouli-Khan, le même qui fit élever la médressé de Chir-
Dar (1616) et ordonna d'y transporter les débris du tombeau de l'iman Riza, lors du sac de Mesched.

Yalang Tache dota les séminaires de ces mosquées de
rentes provenant de riches terres *vakouf* qui s'étendent
depuis Nourpaï jusqu'aux monts Tim-Dag, au sud-ouest
de Katta-Kourgan. Elles fournissent les moyens d'entretenir annuellement 112 softas au séminaire de Tilla-Kari
et 120 softas à celui de Chir-Dar. Une cellule avec un
foyer est réservée pour deux softas : il y en a 56 à Tilla-
Kari, 64 à Chir-Dar et 24 à Ouloug-Beg. Ces cellules disposées à deux étages font, d'un porche à l'autre, le tour
de l'édifice et de la cour carrée ; elles ont de petites portes
et de minuscules fenêtres, fort naïvement sculptées à la
manière orientale. A l'extérieur, la muraille d'enceinte est
tout à fait unie, polie, avec des revêtements de briques
émaillées ; rarement quelques ouvertures percées çà et là
pour éclairer les cellules.

Se promenant sous les arcades des galeries ou appuyés
à l'embrasure de leurs fenêtres, les softas, coiffés de turbans blancs rayés de rouge, lisent le Coran ou se reposent
en contemplant la foule.

La curiosité me pousse à entrer dans une cellule, au
seuil de laquelle j'aperçois un softa, assis les jambes croisées, tenant sur ses genoux un livre arabe, qu'il lit à haute
voix, en balançant violemment son torse. Une natte ou un
tapis servant en même temps pour le repos et pour la
prière, quelques ustensiles indispensables pour les ablutions et les repas, deux ou trois livres et manuscrits avec
un *kalamar*, voilà presque tout l'ameublement de ces cellules. D'autres softas, plus timides ou craintifs, ferment
la porte à mon approche et s'y barricadent derrière. Il y
en a de tout âge, depuis celui de douze ans ; j'en ai vu

pourtant qui portaient la barbe grisonnante. Ces derniers
sont pour la plupart des kachak-mollahs, des étudiants
pauvres, pour ne pas dire misérables, qui passent toute
leur vie à la madrassa : ils se trouvent dans une position
subordonnée vis-à-vis de leurs camarades riches, près desquels ils remplissent l'office de domestiques.

Aidé par un mollah à la mine moins rébarbative que
les autres, je gravis un escalier ménagé dans l'édifice, où
les gradins ont presque un mètre de hauteur, et je par-
viens sur la terrasse de Chir-Dar, d'où l'œil domine la
ville et l'ensemble de ses monuments.

Le temple le plus remarquable de la cité musulmane
est certainement la mosquée de Bibi-Khanim. Ce ne sont
que des ruines, mais des ruines grandioses qui frappent
l'imagination, qui dominent tout Samarcande et qui font
penser aux thermes de Caracalla à Rome. Cette mosquée
est située à 300 mètres environ de Réghistan, sur une
grande place où se tient ordinairement le marché. La mosquée de Bibi-Khanim (*Bibi*, mère; *Khanim*, femme aînée
du khan) fut construite par Tamerlan en 1399, en l'honneur de son épouse aimée Saraï Moulk Khanim, fille du
khan Kazan-Sultan, qui portait le titre de bienfaitrice,
mikhreban. Les historiens Chérefeddin Ali et Abou Taghir
Hodja racontent des merveilles de cet édifice. Tamerlan
désirant bâtir une mosquée qui pût contenir tous les
fidèles de la capitale, invita des maîtres et des architectes
de tous pays, des Indes, de la Chine et de l'Iran. Des centaines de maçons et d'ouvriers furent occupés à la bâtisse,
à tailler et transporter à Samarcande des pierres de
dimensions énormes. On employa 95 caravanes d'éléphants
au transport de ces pierres sur des machines et sur des
roues spécialement inventées à cette occasion. Les princes
du sang et les émirs devaient surveiller et hâter les travaux
de cette œuvre colossale. Tamerlan lui-même assistait
souvent à l'édification de la mosquée et encourageait les
ouvriers. Au bout de cinq ans, enfin, elle fut achevée.

Au dire des écrivains arabes, elle avait 480 colonnes de marbre, dont les blocs ou pièces étaient hauts de sept coudées; la voûte portait d'énormes dalles de marbre polies et s'élevait de neuf coudées au-dessus du sommet des murs. Les coupoles, centrales et latérales, avaient pour ornement extérieur des inscriptions en caractères koufiques et moakaliques célébrant la gloire de Dieu. Sur le fronton principal de la mosquée on lisait cette dédicace : « Cette mosquée a été élevée par le plus grand sultan, colonne du monde et de la foi, l'Émir Timour Gouragan, fils de l'émir Tourgaï, fils de l'émir Berguel, fils de l'émir Alanguir, fils de l'émir Bakhal, fils de Kara-Khan. Que le Tout-Puissant le conserve dans l'éternité! L'an 806 (1405). »

La porte d'entrée, ornée des deux côtes d'arabesques koufiques et autres, était de bronze. Sur les murs, à l'extérieur et à l'intérieur, et sur les voûtes des coupoles, couraient des inscriptions gravées dans le marbre, ou dorées en relief, parmi lesquelles on pouvait lire le verset du Coran intitulé « Caverne », puis des prières, des sentences du Prophète et le nom d'Allah. La chaire du prédicateur et le *jubé*, où l'on disait les prières pour le monarque, étaient d'une magnificence extraordinaire; et la niche intérieure du sanctuaire offrait des ornements et des dorures de grande beauté.

Plus tard, pendant une famine, la plèbe de Samarcande pilla les richesses de ce temple; la porte de bronze disparut également.

A en croire ces descriptions, et d'après les vestiges qui ont survécu, la mosquée de Bibi-Khanim devait être d'une magnificence sans pareille à Samarcande. Les tremblements de terre et les boulets russes, lors du siège de la ville, l'ont réduite au plus piteux état. Ses ruines, toutefois, produisent encore le plus bel effet dans le panorama sans cela merveilleux de Samarcande. Quatre gigantesques squelettes isolés restent encore debout, mais menacent d'écraser l'imprudent touriste que la curiosité pousse à flâner autour. Dans quelques années, il ne restera peut-être plus trace de cette œuvre merveilleuse. L'énorme dôme recouvert de porcelaine azurée étincelle bien encore, l'immense arc de l'entrée principale se soutient toujours en compagnie d'un minaret déjà délabré, quelques voûtes et coins de murs luttent bien contre la désagrégation des briques et des pierres, mais le lourd poids des siècles pèse fatalement sur ces géants.

De larges déchirures les lézardent de part en part : des lambeaux énormes de murs se détachent et emportent dans leur chute la cuirasse de porcelaine émaillée; des pans déjà détachés, mais encore suspendus, n'attendent qu'un coup de vent pour partager le même sort. Au milieu du parvis, une table de marbre gris, sculptée et ornée de lettres arabes, servait autrefois de pupitre au Coran; maintenant elle possède, dit-on, la vertu miraculeuse de guérir les maladies de l'épine dorsale chez les hommes et de rendre mères les femmes stériles.

A 200 mètres de là, vis-à-vis du grand porche de la médressé, s'élève un mausolée surmonté d'une coupole à moitié détruite, et renfermant cinq tombes de marbre gris, dont une serait celle de Bibi-Khanim.

Quand on a traversé la grande place du bazar, où s'arrêtent les longues files de chameaux et de chevaux entrant par la porte de Boukhara, et que l'on a dépassé une rangée de mamelons dont l'argile grise, jaunâtre, est couverte de tertres ou percée de fosses, on finit par apercevoir, au pied de la colline où gît l'ancienne Aphrossiab, tout un groupe de petites coupoles pittoresques; c'est le monastère ou plutôt la nécropole de Chah-Zindeh, assemblage de mosquées, de chapelles, d'oratoires, qui ne trouve son pareil ni à Samarcande, ni peut-être dans tout le Turkestan. Nulle ressemblance avec les autres mosquées et médressés élevées par Timour, par Ouloug-Beg, par Yalang Tache. Pas de hautes murailles plaquées de por-

celaine formant des quartiers entiers, pas de porches
colossaux en ogive, flanqués de minarets gigantesques,
pas de dômes écrasant de leur majesté les édifices environnants. Tout y est de proportions plus modestes, mais en
revanche de caractère plus asiatique, d'ornementation et
de style plus originaux : la céramique y a atteint à son
plus haut degré.

Imaginez-vous un long escalier, pas trop large, de 2 à
3 mètres, avec une quarantaine de degrés et avec de nombreux paliers, montant au faîte d'une butte, bordé d'édi-
cules, de tombeaux, de chapelles, d'oratoires et de mausolées; au bout de cette ruelle se prolongeant sur une
soixantaine de mètres, un édifice rond avec le dôme
effondré; tout cela, au milieu de tombes, de tertres
d'argile, de ruines d'oratoires et de débris de toutes sortes.
Ajoutez à chacun de ces édifices, les ornements cérami-
ques les plus splendides et originaux; sur les revêtements
intérieurs et extérieurs ajoutez les carreaux émaillés aux
nuances et aux motifs variés, qui reproduisent avec une
grâce indicible toute la flore d'Asie, toutes les combinaisons des figures géométriques et des lettres ornementales,
moulées en relief sur les frises, et vous n'aurez qu'une
faible idée de l'art répandu à profusion sur cette nécropole.
On est frappé des formes, des lignes et des couleurs que
l'architecte et les nombreux artistes, constructeurs, dessinateurs et céramistes, mouleurs et chimistes ont dû créer
tout exprès pour satisfaire le désir de leur maître. Exami-
nez de plus près chacun de ces édifices : chaque colonne,
chaque chapiteau, chaque arc, chaque mur, chaque corniche, a exigé un modèle distinct, un moulage particulier.
Les colonnettes reproduisent l'année ou le nom de l'artiste;
toutes les ogives, les corniches, les tombes, portent en
relief le nom du fondateur ou celui du défunt, ou bien
quelque sentence pieuse : tout a une empreinte originale.
L'amour des textes et des sentences est poussé au point
qu'ils couvrent entièrement tout, depuis les voûtes, les

bordures des coupoles, jusqu'aux parois des murs. Ces inscriptions sont tantôt moulées et cuites en pièces séparées, tantôt elles forment avec des porcelaines émaillées toute une série de dessins les plus bizarres. Ce qui étonne également les connaisseurs, c'est que les couleurs se soient conservées toutes fraiches et vives et que les émaux aient résisté jusqu'à nos jours à l'action de l'atmosphère, grâce à la science et à l'art des céramistes persans.

La mosquée de Chah-Zindeh ou du roi vivant doit sa fondation à Timour Link, qui éleva un *mazar*, un mausolée, à la mémoire du chef arabe Kassim Ibn Abbas, défenseur et propagateur de la foi musulmane dans l'Asie centrale. Abou Taguir Hodja raconte que Timour invita de Téhéran et d'autres villes et pays des dessinateurs, des poètes et des artistes doués des plus grands talents. Ils ornèrent les dômes et les frontons de ce mausolée avec des briques émaillées, aux nuances noire, blanche, jaune, bleue et rouge, et le couvrirent d'inscriptions de tous caractères (koufi, moakali, sulsi, corani et kitabi) reproduisant le nom de Dieu, des versets du Coran, des sentences du Prophète, des noms de princes et de princesses. Outre la tombe du *Hazret*, du vénéré Kassim, il y a les sépulcres des femmes, des enfants, des sœurs et neveux, des ministres et des serviteurs de Tamerlan.

Il y a deux légendes sur le nom de Chah-Zindeh. L'une prétend que le bienheureux Kassim aurait été décapité ici même par ses ennemis, mais qu'au moment du supplice il aurait enlevé de sa main sa propre tête et aurait sauté avec elle dans un puits que l'on montre aux croyants, et où il demeure, assure-t-on, encore aujourd'hui. D'après l'autre légende, vivait un roi tellement pieux et aimé de Dieu, qu'au lieu de mourir, il descendit sous la terre et y vit jusqu'à présent. Selon la croyance populaire, ce saint personnage doit en surgir, un jour, et reconquérir le monde à la foi du Prophète.

Quand on parcourt cette nécropole d'un bout à l'autre,

depuis la première mosquée, à l'entrée, où se tiennent les mollahs préposés à la garde du sanctuaire, quand on monte de plus en plus haut, on ne peut s'arracher à la contemplation de tous les mausolées qui se suivent aussitôt après l'escalier. On accède à chacun de ces mausolées par quelques degrés taillés dans le mur, par des paliers placés devant chaque monument. Tantôt c'est une coupole arrondie, tantôt c'est une figure pointue, un cône au sommet coupé, un dôme en forme de melon avec ses rainures bien dessinées, revêtues d'émail azuré. L'ornementation céramique dépasse tout ce que l'on a pu voir auparavant : la mosaïque harmonise pour ainsi dire les nuances jaune doré et verte avec le fond bleu pâle ou foncé ; elle trace les lignes et les contours les plus merveilleux des arabesques bizarres. Colonnes et chapiteaux, des portes et des fenêtres, niches, coins, tous sont en fleurs de porcelaine : rosaces rondes et médaillons à nombreuses facettes en mosaïque entrelacée sont incrustées dans les murs polis comme du cristal. Les portes sculptées en bois de noyer massif, avec des gonds et des serrures de dessin antique, les grilles élégantes des fenêtres, se détachent avec effet sur ces émaux brillants. A l'intérieur c'est la même tapisserie de porcelaine resplendissante de brocart émaillé, qui revêt tout autour la voûte et les murs.

Les mosquées sont moins remarquables sous le rapport artistique : en revanche elles contiennent des trésors d'un autre genre. Dans l'une d'elles on montre derrière une cloison de bois, deux Corans posés sur des pupitres, dont l'un a 2 mètres de long sur 1 m. 35 de large, et l'autre 9 centimètres carrés seulement, avec des enluminures sur les marges. A côté de cette salle, est la mosquée couverte de tapis, ornée d'un lustre, de peintures et d'arabesques courant autour des murs. Ici se trouve le tombeau du vénéré Kassim. Une grille de bois placée dans un châssis de fenêtre en ferme l'accès, et ne s'ouvre que tous les dix ans, quand il faut rendre des soins au tombeau. Au-dessus

de la grille s'élèvent le *thoug* ou hampe avec queue de
cheval, et deux étendards rouge et vert; et, suspendue plus
haut encore, on aperçoit une main de bois avec les cinq
doigts pour témoigner de la science du saint. Devant cette
grille se tiennent des croyants, des mollahs égrenant leur
chapelet sur les nattes. La tombe, de marbre blanc, est
surmontée du thoug entouré de pièces d'étoffes variées que
les fidèles attachent en guise d'ex-voto, tandis que la
dalle de marbre est couverte de tapis, de vêtements et
d'étoffes, de cornes énormes de boucs sauvages.

Sortons, cependant, de cet édifice, et montons à la butte
où se dresse une chapelle dont le toit s'est effondré; au
milieu, un arbre a percé le pavé de mosaïque et étendu ses
branches nombreuses. Enfin, gravissons encore quelques
marches : voici un édifice rond et découvert, dénaturé par
les hommes et par le temps, et que l'on suppose avoir
jadis été la mosquée principale. Elle termine tout au haut
du sommet cette enfilade de monuments du Chah-Zindeh.

Parvenu à ce point, tournez-vous : à vos pieds la morne
et lugubre nécropole; autour de vous le cimetière indigène, où les tombes, les tertres d'argile se répandent en
désordre au milieu de ruines et de débris de toutes sortes;
c'est la plus triste désolation! Maintenant, levez le regard,
portez-le plus haut devant vous : vous apercevez la
silhouette grandiose des ruines de Bibi-Khanim, au bas de
laquelle se presse une foule bruyante d'hommes et d'animaux; plus loin, les colossales médressés du Réghistan,
dominant de toute leur majesté les demeures basses et
plates de la ville indigène; plus loin encore, l'excentrique
coupole du Gour-Émir où repose Timour Link, se détachant sur le rideau de verdure qui cache la ville nouvelle;
enfin, là-bas à l'horizon, les glaciers et les cimes neigeuses
du Hazret-Sultan couronnant la vallée du Zarafchan. Vision
radieuse et harmonique de l'art dans le cadre de la nature!

En sortant de l'enceinte de Chah-Zindeh et de sa vaste
nécropole, on pénètre dans un autre royaume de la mort,

où d'informes débris couvrent le sol sur une périphérie
de 5 kilomètres environ. Ces ruines sont celles d'Aphrossiab, ou bien, comme le croient les archéologues, celles
de l'ancienne Maracanda, que l'on aurait baptisée du nom
d'Aphrossiab, c'est-à-dire du nom de son fondateur, roi
légendaire, vivant quatre mille ans avant J.-C. selon les
uns, à l'époque de Moïse, ou d'Alexandre le Grand, selon
les autres. Une troisième version prétend que la ville
d'Aphrossiab [1] aurait été détruite cinq cents ans après sa
fondation par un peuple inconnu, et qu'elle ne se serait
jamais plus relevée de ses ruines.

Aphrossiab est le héros de contes légendaires. On lui
attribue la fondation de Samarcande et de Boukhara. Ses
victoires et ses conquêtes forment le sujet des légendes
persanes et turques : c'était, à les croire, le plus puissant
roi du Touran, lequel entreprit une lutte victorieuse avec
les Iraniens. Le poème Chah Namé parle également de
cet Aphrossiab, qu'il appelle Frangrésian, et lui attribue des
traits qui le font ressembler à quelque chef turc moderne.
Selon une tradition persane, le royaume d'Aphrossiab
s'étendait jusqu'au Khorassan actuel. Enfin, d'après l'ancien Livre persan des Rois, on voit que les populations
touraniennes de ces temps mythiques possédaient une
langue, des coutumes et des traits semblables à ceux des
habitants de l'Iran.

Les fouilles opérées au milieu de ces décombres, et les
objets de bronze et d'autre métal, les ustensiles d'argile
et de terre cuite, les monnaies à l'effigie des rois de Bactres, les ornements de tout genre qu'on y a trouvés, ainsi
que les citernes anciennes, les pierres sépulcrales, les
tombes, les mausolées, les murs en pierre, les cavernes,
les catacombes, etc., prouvent que cette ville a eu deux
époques : la période bactrienne (macédonienne après

1. Remarquons qu'on fait dériver ce mot du nom de la rivière
Siab, qui coule non loin de ces ruines dans un ravin profond.

Alexandre) et la période musulmane sous Timour Link.

Ces fouilles, toutefois, faites et organisées superficiellement, ne peuvent servir de base sérieuse aux inductions
archéologiques. En attendant que les savants européens y
appliquent des procédés plus scientifiques, les collectionneurs et amateurs indigènes ne se gênent pas pour éven-
trer le sol et les débris d'Aphrossiab et mettent à jour
nombre d'objets plus ou moins précieux et intéressants
que l'on peut acheter au bazar de Samarcande.

Continuons, cependant, nos pérégrinations, en partant
du boulevard Abramof et en nous dirigeant vers le midi.
A 4 kilomètres de la ville russe, s'élève la mosquée de
Hodja Akhrar, bâtie il y a quatre cents ans, à côté du
mazar du bienheureux Hodja Akhrar, originaire de Taschekent, descendant d'Omar, lequel fut invité (1442) par
Abou Saïd à s'établir à Samarcande, où il mourut en 1489.
Cette mosquée, dont l'édifice principal est de forme octogone, ne se distingue pas des autres; ce sont la même
cour spacieuse, les mêmes arches et niches avec les cellules des mollahs et des softas, les mêmes figures géométriques, les mêmes dessins et inscriptions aux couleurs
blanche, bleue, azurée et dorée. Elle possédait, il y a
vingt-six ans, un trésor rare et précieux : un Coran écrit
en caractères koufiques par le kalife Osman lui-même, le
compagnon de Mahomet. C'était la copie unique et fidèle
du livre du Prophète souillée du sang du kalife Osman,
tué dans son palais par la plèbe révoltée, tandis qu'il
lisait le livre sacré. Bien des légendes courent au sujet de
ce Coran : la plus vraisemblable est celle d'après laquelle
le Coran d'Osman aurait été apporté à Samarcande sous
le règne de Tamerlan, grand amateur de manuscrits qu'il
recherchait partout et qu'il accumulait dans sa capitale.
Aujourd'hui ce Coran figure à la Bibliothèque impériale
de Saint-Pétersbourg : car les imans de la mosquée l'ont
vendu au général Abramof pour le misérable prix de
125 roubles.

Le tombeau du bienheureux Hodja Akhrar se trouve en dehors de la mosquée, non loin d'une cour pavée, avec un bassin d'eau pure comme le cristal, plantée d'immenses platanes ombreux qui rendent cet endroit particulièrement délicieux et adapté aux prières et à la méditation. Ce tombeau est un terre-plein parfaitement carré, de plus de 10 mètres, s'élevant de 1 m. 50 au-dessus du sol, recouvert de grandes dalles et plaques de marbre vert et gris. Une seconde tombe, de moitié plus petite, est ajustée à la première. Sur les deux tombes sont dressées toutes droites huit pierres de marbre, et huit autres sont posées horizontalement : elles portent des épitaphes koufiques et arabes. Au-dessus du tombeau flottent les attributs de la sainteté : le thoug avec de longs crins, une hampe avec un grand bonnet blanc, enfin des cornes de bouquetins en abondance. Derrière, un cimetière de fidèles qui ont tenu à reposer près du vénérable Hodja. Au fond de la cour, une petite mosquée sans coupole, dont le plafond en lambris décoré aux nuances bleue et verte produit le plus caressant effet, complète la scène assez pittoresque, digne de tenter le pinceau d'un peintre.

Ce Hodja Akhrar était, paraît-il, un homme fort riche. Il possédait d'immenses terrains, de grands troupeaux et de magnifiques jardins. Un certain *douvana* Moucherab, pèlerin qui errait à cette époque entre Boukhara et Taschekent, vivant d'aumônes, propriétaire de l'unique bidet qu'il montait, rencontra un jour aux environs de Samarcande un interminable troupeau de moutons.

« A qui sont ces moutons? demande-t-il aux bergers.

— Au hazret Hodja Akhrar », répondent-ils.

Le douvana poursuit son chemin. A peu de distance de là, il aperçoit un troupeau de bêtes à cornes paissant dans des jardins.

« A qui appartiennent ces vaches? dit-il.

— Au hazret Hodja Akhrar », s'écrient les gardiens. Un peu plus loin c'est un troupeau de chameaux. Même

7

question. même réponse. Le pèlerin continue son voyage et passe à côté de plusieurs troupeaux de moutons, de bêtes à cornes et de chameaux : tous appartiennent à Hodja Akhrar. Enfin il voit s'approcher un énorme troupeau d'ânes.

« A qui sont ces ânes? fait-il.

— A Hodja Akhrar, répondirent les *ichakchis*.

— Grand Dieu! s'écrie le douvana, en sautant de son bidet, décidément tout appartient à Hodja Akhrar! » Et poussant son âne au milieu du troupeau : « Il ne manquait que toi à Hodja Akhrar! Va donc, toi aussi, à lui! »

Samarcande compte jusqu'à deux cents tombeaux de saints ou bienheureux, ce qui l'a fait appeler par les indigènes Tcharbagui-Bouzroucana, c'est-à-dire jardin des saints.

Un personnage qui a un grand renom de sainteté est certainement le miraculeux Daniar ou Daniel, compagnon de Kassim Iben Abbas. Un pèlerinage à son tombeau mérite d'être recommandé aux touristes curieux de visiter un site unique en son genre. C'est une excursion à faire hors de la ville indigène, derrière le grand cimetière musulman, passé la friche vague et nue qui borde le champ des *baïgas*, des courses à la chèvre, au fond d'un vallon en forme d'entonnoir, où s'écoule avec une rapidité étonnante une petite rivière canalisée.

L'endroit a un aspect fort curieux et original. Après avoir traversé le plateau jalonné de tertres, parsemé de ruines de l'antique Aphrossiab, vous descendez la pente assez raide d'un mamelon à l'argile jaunâtre et grise, de 50 mètres de hauteur environ, dans lequel est pratiquée une galerie pour les pèlerins qui y passent leur temps en jeûnes et en prières. Vous débouchez sur une terrasse où s'élève la tombe de saint Daniar, en face de laquelle on remarque une petite guérite de pierre, qui sert de cellule à un mollah toujours en prière. Le sarcophage, en maçonnerie toute cimentée et blanchie à la chaux, de forme angulaire avec deux pentes comme toutes les tombes des musulmans, a une longueur extraordinaire : il mesure presque 19 mètres et n'a que 2 mètres de large sur 1 m. 75 de haut. Comme toujours près des tombes vénérées, il y a ici des objets apportés par les fidèles pour implorer la protection du saint : pierres sépulcrales placées verticalement avec des inscriptions arabes, cornes de boucs, et, au bout des hampes, des pièces d'étoffe rouge et des queues de cheval attachées à des boules métalliques luisantes. Des bruits singuliers couraient au sujet de ce sarcophage.

Les vrais croyants prétendaient que le saint Daniar continuait à croître dans son sépulcre, à mesure qu'augmentait la ferveur des fidèles. Les savants assuraient que ce n'était pas lui, mais la tombe même qui poussait. Le fait est qu'à ses pieds on inhumait les parents et les descendants de ce saint. Quel qu'en fût le motif, cette croissance insolite surexcitait la ferveur des musulmans et pouvait devenir dangereuse. Pour faire cesser tous les bruits et les croyances, le général Kaufmann ordonna un beau jour au saint de s'arrêter : depuis lors il n'a plus dépassé la mesure !

En descendant, par des marches taillées dans le monticule, vers le vallon arrosé par la rivière de Siab, on traverse une esplanade où poussent de grands saules aux troncs recourbés vers la terre, aux branches noueuses et tortillées. A côté, une espèce de hangar recouvrant un puits alimenté par les sources souterraines d'une eau très pure. Le long de la rivière, qui coule à pleins bords, plusieurs moulins de construction fort naïve pour l'émondage du riz et du millet. Sur la rive opposée trois ou quatre huttes — *saklas* — entourées de touffes de peupliers et de saules rabougris, qui jettent quelques taches de verdure dans ce tableau au ton gris, avec une nuance d'argile jaunâtre.

Le nom de Daniar ou Daniel n'existe pas dans le calen-

drier musulman. Il faut supposer que son tombeau ait été
un des rares monuments du christianisme, fort répandu
jadis en ces pays, qui aurait survécu jusqu'à nos jours.
Rien d'invraisemblable de croire, comme certains auteurs,
que cette place appartînt à l'ancienne communauté nestorienne, qui avait converti à la religion du Christ Djagataï,
frère du grand khan de Mongolie, et qui avait bâti l'église
de Saint-Jean-Baptiste dans un des faubourgs de Samarcande. On y aura peut-être enseveli quelque pasteur vénéré
de cette communauté que les indigènes auraient continué
à révérer par tradition, même après la disparition de la
religion chrétienne. Le christianisme d'ailleurs ne s'est
éteint que fort tard dans ces pays : on sait, d'après les
sources chinoises, qu'en 1328 existait un évêché *in civi-
tati Semiscatensi*, comme s'appelait alors Samarcande.

Il y a cependant un tombeau qui est célèbre pour son
style et pour le nom du personnage historique dont il renferme les restes : c'est le Gour-Émir, le tombeau du souverain. Ce souverain fut le terrible Tamerlan ou Timour le
Boiteux. Quel voyageur européen, à commencer par Wambéry, n'a pas décrit le célèbre mausolée, quel amateur de
livres et de gravures sur l'Asie centrale n'en a pas lu et
vu les détails? La photographie a reproduit sous tous ses
aspects ce monument octogone, coiffé d'une coupole aux
rainures cylindriques, qui ressemble fort à un bonnet tar-
tare, avec ses murs, ses arcs et ses minarets plus ou
moins délabrés, mais toujours émaillés de dessins azurés,
ressortant sur un fond de briques rouges.

Sous ces voûtes repose un bon tiers de l'histoire de
l'Asie centrale, dont les croyants fanatiques déplorent la
profanation par le contact quotidien des conquérants
chrétiens. Cependant, sans les soins donnés par ceux-ci
aux sépulcres de Tamerlan et de ses descendants, sans
l'enclos de briques qui l'entoure, sans les réparations au
ciment des crevasses qui lézardaient la coupole, ce monument, la gloire de l'architecture persane, se serait écroulé

ou aurait été peut-être démoli pièce à pièce par les Sartes, ainsi qu'il advint des mosquées de Bibi-Khanim et des palais de Timour Link.

Le mausolée est déjà entouré des débris de ses porches en ogive, de ses minarets dont il ne reste plus qu'un seul à l'entrée pour témoigner de l'élégance et de l'harmonie répandues dans cette œuvre artistique. En bien des endroits s'est effritée la cuirasse de porcelaine azurée qui le revêtait jadis; le turban bleu qui surmonte le tambour du centre s'est dénudé à sa base. Pourtant ce qui reste de ce monument a conservé des marques d'une merveilleuse beauté. Des mosaïques aux contours élégants et aux tons les plus tendres couvrent encore à l'extérieur les arcs, les murs et les colonnes qui se sont conservés. L'intérieur surtout porte des traces de riches ornements : le socle des murs est lambrissé de plâtre et d'albâtre en octaèdre, où malgré la demi-obscurité reluisent toutes les couleurs de l'arc-en-ciel; les panneaux et les parvis disparaissent sous les carreaux et les losanges émaillés, sous les inscriptions dorées, tirées du Coran; les voûtes et les angles portent des arabesques façonnées en stalactiques; le pavé est dallé de marbre ou de jaspe. Les mosaïques, compliquées, entremêlées d'immenses caractères persans, sont d'une vivacité de couleur que le temps n'a pu ternir.

A travers les longues fenêtres en ogive aux grillages de pierre perce une lumière mystérieuse qui rend plus solennelle cette demeure de la mort. Sous la coupole, au milieu du mausolée, séparées par une balustrade en albâtre ajouré, neuf pierres couvrent la sépulture de Tamerlan, de quelques-uns de ses descendants et d'autres personnages, comme de son ami et maître Mir Saïd Barat, en l'honneur duquel ce conquérant aurait, dit-on, fait élever ce monument. D'après l'historien persan Cherefeddin-Ali, ce Mir Saïd, qui jouissait d'un renom de sainteté, salua le premier Tamerlan du titre de sultan et lui prédit ses victoires. Depuis lors le terrible potentat se prit d'une tendre

affection pour ce saint homme, qui vécut inséparable du
monarque jusqu'à sa mort (1403). Timour voulut être
inhumé lui-même à côté de son ami, sous le même tombeau, la face tournée vers lui, afin de pouvoir au jour du
jugement dernier s'accrocher de sa main aux habits de
Mir Saïd et implorer ainsi la miséricorde de Dieu.

Mais les restes de tous ces neuf personnages se trouvent
réellement dans la crypte souterraine à laquelle on accède
par un petit escalier sombre, et où ils sont enfermés dans des
sarcophages en terre blanchis à la chaux, disposés dans
le même ordre qu'en haut, tout à fait simples, sans ornement et portant une courte épitaphe. En haut, au contraire,
la pierre du tombeau de Tamerlan est une néphrite vert
foncé, appelée par les indigènes le Siotap. Une épitaphe
retrace en langue persane et arabe la généalogie de Timour,
celle de Gengis-Khan, l'histoire d'Alankouva, mère du
premier conquérant mongol, et la date de la mort de
Timour le 14 du mois de Chaaban 807. Un étendard blanc
et une hampe à queue de cheval, comme témoignage de
pureté et de justice, sont fixés près du chef du conquérant,
tourné dans la direction de la Mecque. Enfin, derrière la
tombe, on aperçoit un petit tabernacle carré surmonté
d'une coupole : ici brûlait la lampe du feu perpétuel.

C'est bien ici que gît ce terrible boiteux qui faisait traîner
à sa suite son orgueilleux et puissant ennemi Bajazet
enfermé comme une bête fauve dans une cage; qui faisait
bâtir des tours vivantes de milliers de rebelles placés les
uns sur les autres, cimentés avec des pierres et de la
chaux; qui ordonnait d'ensevelir vivante la population de
villes entières; qui commandait à ses guerriers d'exécuter
d'horribles hécatombes humaines, des massacres de cent
mille prisonniers. C'est ce même boiteux, pourtant, qui
s'éprenait d'une tendre affection pour une femme, montrait une sincère inclination pour les sciences et la philo-
sophie, comblait de richesses savants, artistes et théologues, créait académies, hôpitaux, mosquées, bibliothèques,

se plaisait à disserter sur les subtilités de la loi et montrait un grand goût pour l'architecture, les palais et les parcs.

Les monuments que nous pouvons encore admirer ne donnent qu'une faible idée de ce que fut Samarcande, quand l'ancienne enceinte était pleine de palais de marbre, aujourd'hui anéantis. Sur un pourtour de plusieurs milles, Tamerlan ordonna d'élever des palais d'été dans des endroits délicieux, ornés de pavillons et de fontaines. Le sultan Baber a laissé dans ses mémoires la description intéressante de ces jardins et de ces résidences, entre autres du célèbre Bag-i-Madian, le jardin de la plaine, au pied du Koguik, actuellement la colline de Tchapan-Ata. Au milieu du jardin s'élevait un magnifique palais à deux étages avec quarante colonnes autour et quatre minarets élégants et sculptés aux angles de l'édifice. Un pavillon chinois tout émaillé de porcelaine était destiné à sa femme bien-aimée, la célèbre Bibi-Khanim. Il faisait beaucoup de cas de tous les artistes, artisans, médecins, savants et autres qui excellaient dans quelque art ou profession utile. En détruisant les royaumes et en massacrant les populations vaincues, Timour n'oubliait pas de combler de grâces et de bienfaits quelque astrologue ou théologien, de prendre soin de leur sûreté, et réunissait dans sa chère capitale Samarcande, dans ce *paradis terrestre*, d'habiles sculpteurs, joailliers, maçons, menuisiers, jardiniers, tisserands, armuriers.

En cela il imitait un autre grand conquérant mongol, Gengis-Khan, dont Timour révérait les exploits en les prenant pour exemples. De même que Gengis envoyait dans sa lointaine capitale des jardiniers et des tisserands des pays conquis, Timour emmena à Samarcande les meilleurs tisserands de tapis et soieries de Damas et des Indes, des maîtres ouvriers d'étoffes de coton d'Alep, des tailleurs d'Angora, des joailliers de Turquie et de Géorgie; les célèbres architectes, amenés des Indes, de Chiraz, d'Ispahan, de Damas, étaient chargés de bâtir de grandioses

édifices, palais, mosquées, académies, mausolées pour
éterniser la gloire de Tamerlan et la mémoire des êtres
qu'il chérissait. L'émail de porcelaine qui embellit encore
aujourd'hui les grandes mosquées de Samarcande était dû
à l'art d'ouvriers persans, venus de Kaschan, célèbre pour
ses ouvrages artistiques ; d'où le nom de kaschis donné à
ces émaux.

L'Espagnol Gonzalès de Clavijo raconte des merveilles
du luxe et de la pompe déployés aux festins de ce prince.
On connaît les fêtes qu'il donna à l'aristocratie mongole
dans la plaine de Canigoula, près de la capitale, où était
dressé un camp de 1 500 tentes faites de riches étoffes de
soie, soutenues par des colonnes dorées et tendues de
cordes de soie rouge. Sur les coins, des aigles d'or semblaient vouloir prendre leur vol. Le tout était relevé de
broderies fines, orné de riches tapis de Perse et de Kache-
mire et artistiquement embelli d'or et d'argent.

Timour assistait à ces festins, vêtu d'habits mongols de
grand luxe. Il ne portait pas le turban, mais un grand
bonnet conique avec une magnifique aigrette de rubis, de
brillants et de perles. A ses oreilles pendaient, suivant la
mode mongole, des boucles d'un grand prix. Des milliers
d'invités s'asseyaient aux tables, buvaient dans des verres
et des vases couverts de pierreries, mangeaient dans des
plats d'or. Des arbres d'or, de la grosseur d'une jambe
d'homme, avec feuilles et oiseaux faits de pierres précieuses, de rubis et de saphirs, des tables d'or massif
avec des émeraudes splendides, des bahuts d'or massif
ornaient la grande tente du festin.

On servait des chevaux entiers rôtis, des moutons rôtis,
bouillis et salés en grande quantité, des jattes énormes de
vin. Quoique musulman, Timour buvait du vin et permettait à tous d'en boire. Une longue rangée de tonneaux
ouverts, remplis de vin, conduisait à la tente de l'émir et
chacun pouvait y puiser à son aise.

Des éléphants dressés à tous jeux, ainsi que des athlètes,

des prestidigitateurs et des danseurs divertissaient les hôtes.

Les femmes assistaient, la face non voilée, à ces fêtes, et faisaient chorus avec les hommes.

Observez maintenant Timour en d'autres circonstances.

Au siège de la ville d'Ispahan, qu'il livre au sac, il ordonne sévèrement à ses guerriers de ne pas toucher aux quartiers des savants persans. A Hérat et à Alep conquises, il entre en de longues discussions avec les philosophes musulmans et il comble de présents ceux qui ont le courage de le contredire. Le voilà qui emporte de Broussa avec un grand soin, comme un trésor, toute une bibliothèque sur des mulets qui l'amèneront à Samarcande. Partout où il les rencontre parmi les vaincus, il invite les savants et les artistes et s'efforce de les séduire par des présents ou des bienfaits.

Cet homme féroce se laissait vaincre par la magnanimité et l'équité. Souvent il supportait les railleries de son entourage. Le conteur-poète Ahkmet Karmani s'en permettait sur son compte. Un jour qu'il était au bain, Timour lui demanda : « Combien m'estimerais-tu si j'étais à vendre ? — Pas plus de vingt-cinq aspres, répondit Ahkmet. — Comment ! la chemise que je porte vaut seule plus que cette somme, remarqua l'Émir. — Nul doute, répondit audacieusement Ahkmet, j'entendais parler seulement de la chemise, car toi-même tu ne vaux pas un liard ! » Et le maître de l'Asie supporta en silence cette audacieuse repartie.

Au retour de ses expéditions triomphantes, après qu'il eut subjugué l'Asie occidentale, le kalifat de Bagdad, la Russie orientale, la Géorgie et l'Arménie, son premier acte fut de se rendre à Kesch, à la tombe de son père, et de réciter à haute voix des actions de grâce.

Timour se faisait une haute idée de la mission du chef de l'État. « Le chef d'un pays que l'on estime moins que le fouet avec lequel il châtie n'est pas digne de gouverner ! » disait-il à ses lieutenants.

Son sceau portait une devise remarquable : trois cercles, symbole de ses possessions dans les trois parties de l'univers avec cette légende : *Le salut est dans la vérité.*

Il n'aimait pas les titres pompeux et dans les actes publics il écrivait simplement : « Moi Timour, serviteur de Dieu, je dis ce qui suit ». Ses conquêtes n'étaient pas l'effet de l'amour de la gloire et du pouvoir, mais de la profonde conviction qu'il accomplissait une mission sacrée. « Comme il n'y a qu'un seul Dieu au ciel, il ne doit y avoir qu'un seul souverain sur la terre », proclamait-il. Dans ses écrits il allait encore plus loin quand il disait que « chaque triomphateur est tenu de délivrer tous les peuples de leurs oppresseurs ; cette conviction m'a poussé à entreprendre la conquête du Khorassan et à mettre un terme aux désordres dont souffraient les royaumes de Far, Iran et Kham ». Ailleurs il ajoute : « On ne peut gouverner un peuple que par le fer ». Quand on réfléchit à l'ordre et à l'administration exemplaires qu'il établit avec une extrême sévérité dans ses vastes États, où régnait avant lui une anarchie perpétuelle, on est porté à considérer les atrocités de ce conquérant de génie sous un tout autre aspect. Avec la seule cruauté, il aurait été impossible de fonder un empire qui s'étendait du désert de Gobi à la mer de Marmara, depuis l'Irtich jusqu'aux rives du Gange, impossible de laisser un nom que pendant cinq cents ans l'Asie respecta comme celui du plus grand des souverains.

Sa férocité effare notre imagination : c'étaient les mœurs du temps et des peuples asiatiques. Jusqu'à nos jours les successeurs de Timour, les khans de Cocan, de Khiva et de Boukhara ont fait de leur mieux pour l'imiter. Si l'on amassait toutes les lâchetés et les perfidies de ces tyrans sans pitié, elles dépasseraient peut-être tout ce que l'on raconte de Tamerlan, sans avoir le caractère héroïque des desseins et des exploits du conquérant.

CHAPITRE VI

A TRAVERS LA PROVINCE DE SAMARCANDE
DE SAMARCANDE AU FERGHANAH

La vallée du Zarafchan. — Système d'irrigation. — Porte ou
défilé de Tamerlan. — Djizak. — Khodjent. — Souvenirs de
la prise de Khodjent par les Russes.

Le 30 juillet, deux troïkas attelées à des voitures comme
on n'en voit plus qu'en Asie peut-être, nous enlevaient
nous deux, un secrétaire, un interprète et le bon Djamboulat fièrement assis sur le siège, en se dirigeant à travers les avenues de la nouvelle ville et les rues de
l'ancienne vers la route postale de Tachekent. Le tintement
des clochettes de nos attelages jetait une note gaie et
argentine au milieu des bazars et des ruelles, dont la
population à moitié endormie s'étirait paresseusement les
membres engourdis, sur le seuil des auvents. La ville
indigène, à son réveil, est loin d'offrir le pittoresque et
merveilleux spectacle qu'elle présente le jour, quand règne
l'animation la plus curieuse et la plus agitée, qui rappelle
quelque fable orientale ou quelque conte des *Mille et une
nuits*.

Tout a l'air bien gris et morose : le soleil, à peine au-
dessus de l'horizon, n'illumine pas de ses chaudes teintes
les monuments et le paysage. Des pénombres mystérieuses
couvrent comme d'un voile les demeures et les arbres;
un léger brouillard plane au-dessus de la vallée et con-

fond toutes les couleurs plus vives dans une vapeur à
peine blanchie.

On dépasse bientôt la place du Réghistan entourée de
ses superbes géants, toujours droits et élancés, la grande
rue du bazar avec sa rotonde octogone surmontée d'une
coupole et soutenue de quatre piliers en colonnade, où se
voit tout étalage des plus bizarres couvre-chefs. On salue
encore une fois les propylées et les ruines monumentales
de la médressé de Bibi-Khanim. Puis la troïka enfile la
grande rue ou route de Tachckent et descend la pente qui
amène tout doucement devant le portail de Chah-Zindeh.
Le roi vivant, les mollahs, les derviches, tous dorment
comme les autres saints personnages, au fond des niches,
des ruelles, des mausolées dont l'ensemble se détache peu
à peu du crépuscule matinal. La route descend toujours de
plus en plus et passe entre deux murs en pisé qui
enferment les jardins et les vergers. Presque à chaque pas,
des campagnards montés sur des chevaux ou des ânes,
ou conduisant à pied des chameaux chargés des produits
de leurs terres, nous croisent, se rendant de bonne heure
au marché ; des arbas remplies de melons, de raisins et
d'autres fruits et légumes se rangent pour laisser passer
notre équipage. Enfin, après bien des détours entre ces
clôtures d'argile, on quitte ce dédale étroit et on entre avec
plaisir dans la campagne ouverte et large, verdoyante oasis
toute remplie du murmure des eaux courantes que les
chevaux traversent en nous éclaboussant.

Sur la gauche, une colline jaunâtre couronnée du mausolée d'un hodja. Ce vieux mazar, tout étincelant dans sa
robe de candeur, donne le nom de Tchapan-Ata à la
colline même, se mirant dans les eaux du Zarafchan. C'est
ici que gît le *Père des bergers* (*ata*, père, et *tchapan*,
berger) qui y viennent en pèlerinage. Sur cette colline, à
en croire une légende — en Asie toute chose a sa légende,
— s'arrêtèrent les trois premiers missionnaires arabes
venus pour prêcher l'Islam. Après s'être reposés de leur

long voyage, ils égorgèrent un mouton, le firent cuire et tirèrent ensuite au sort pour savoir par quel chemin chacun devait aller. Le hodja enterré ici, que l'on a appelé le *Père des bergers*, retira de la marmite la tête du mouton et obtint le droit de choisir : il se dirigea vers Samarcande. Le second compagnon prit le cœur, et il résolut de retourner à la Mecque. Le troisième eut la cuisse, et il alla à Bagdad. Depuis lors, Samarcande s'appela la *tête de l'Islam* et la Mecque son *cœur*.

C'est du haut de cette colline, on s'en souvient peut-être, que l'armée boukhare, surveillant la marche des colonnes russes, avait voulu empêcher le passage du Zarafchan. C'est le théâtre de la panique que la vue des bottes des soldats russes levées en l'air inspira aux courageux défenseurs de la ville sainte.

Une heure après notre départ de Samarcande, nous arrivions sur les bords du Zarafchan, le Sogd des anciens. Comment allions-nous en franchir les flots rapides et tumultueux? Pas l'ombre d'un pont. Plus loin pourtant, en aval, apparaissent deux arches majestueuses d'un immense pont disparu, qui aurait été construit par Abdoullah-Khan, le plus illustre des Chéïbanides. D'aucuns disent que ce sont les arches d'un aqueduc ou bien d'une digue servant à dévier les eaux.

Force est donc de passer le fleuve à gué. On le traverse de deux manières : en chaise de poste pendant l'étiage, et en arba à l'époque des crues. Le niveau de l'eau varie souvent dans la même saison, et plusieurs fois dans la même journée : le matin il est ordinairement plus bas que le soir.

Au moment où nous arrivons, les deux rives sont encombrées de chameaux, d'arbas, de voitures, de colis; chacun se hâte de passer le fleuve. Les piétons se déchaussent et s'apprêtent à prendre le bain inévitable, mais le plus souvent ils passent à dos de cheval ou de chameau.

Il faut cependant quitter la voiture ou le *tarantasse*, et monter et transporter ses bagages dans un chariot indigène, une arba à deux roues très élevées, de 2 mètres et plus de diamètre, traînée par un grand cheval sur lequel le guide sarte s'assied à califourchon. Nous grimpons donc au moyen d'une petite échelle dans ce curieux véhicule, qui doit nous transborder sur l'autre rive; nous nous installons sur le tablier de l'arba, étendus par-dessus nos sacs, nos caisses et nos effets entassés pêle-mêle, et nous voilà lancés au milieu des remous et des tourbillons, nous voilà cahotés sur les gros galets qui encombrent le lit de la rivière aux allures de torrent. En maints endroits, l'eau est si profonde qu'elle atteint le tablier de l'arba et mouille quelquefois jambes et colis.

Le courant pourtant passe entre les roues, tout à fait submergées, et leurs rais, et emporte l'attelage à la dérive vers le bord opposé. Le passeur, sarte ou kirghiz, monté sur le cheval de l'arba, et appuyant ses pieds aux brancards, excite de la voix sa monture qui n'a pas besoin de fouet ni de cravache. A la longue, l'intelligent animal, aux solides jarrets, finit par connaître les caprices du courant, et apprend à se diriger d'instinct sans être forcé par l'*arbakèche*, au milieu des remous et des galets. Trois fois on atterrit sur des bancs ou des îlots, et trois fois se renouvelle la même manœuvre. Vingt minutes plus tard on touche définitivement à terre, et ordinairement sans accident. Au contraire, la voiture de poste ne peut traverser le courant sans être presque complètement submergée : les trois intrépides chevaux disparaissent dans l'eau jusqu'au poitrail, mais souvent leur tête seule domine les flots. Deux cavaliers indigènes chevauchent à côté de la voiture, tout en la maintenant à l'aide de cordes, pour empêcher qu'elle n'aille à la dérive.

Un pareil spectacle mériterait bien d'être fixé sur la toile : il devient fort tentant, quand la traversée s'anime du bruit des arbas et des attelages, des cris des cavaliers et des bergers, des bêlements des moutons et des cris des chameaux pénétrant et nageant dans l'eau, hommes et bêtes passant tous à la fois le Zarafchan !

En remontant en voiture, on reprend la route poussiéreuse, ombragée de saules touffus, courant à travers les rizières, les champs de cotonniers, de froment, de luzerne, de millet et d'autres céréales : c'est la plaine la plus fertile de l'Asie centrale. Le Zarafchan, dont le nom d'origine arabe signifie « dispensateur d'or », s'appelait chez les indigènes *Koguik* et chez les géographes grecs de l'antiquité *Politimète*. C'est un gros torrent, à l'eau écumeuse et claire, au cours sinueux et rapide. Il distribue en effet l'abondance et la fertilité dans la Sogdiane ou Boukharie. Il sort des glaciers de Kok-Sou, près du Kachgar-d'Aval, dans le voisinage du sombre lac Iskander-Koul, qui a peut-être vu les phalanges macédoniennes.

Jusqu'à la colline de Tchapan-Ata, le fleuve coule dans un seul lit ; ici, il se partage en deux bras : l'Ak-Daria, long de 150 verstes, et le Kara-Daria, de 100 verstes, lesquels se réunissent près de Khatirchi, à l'entrée du Miankal. On désigne sous le nom de Miankal la bande de terrain qui borde les deux rives du Zarafchan, depuis Katta-Kourgan jusqu'à Kerminé. En aval de ce point, le Zarafchan coule lentement entre des rives argileuses ; parfois quelques radeaux grossiers le descendent chargés de bois. Après Boukhara, épuisé d'avoir alimenté tant de canaux, il se termine dans le lac de Yalan-Koul, où l'eau ne parvient qu'en hiver ou au mois d'août pendant les crues.

Le Sogd servit avant l'Oxus de voie fluviale au commerce des anciens et du moyen âge tant que l'eau y fut abondante. Samarcande devint un marché important pour l'échange des marchandises entre la Chine, l'Inde et l'Asie centrale. La Sogdiane était un pays florissant, comme en témoigne le voyageur chinois Tchan-ken qui la visita au ii° siècle avant l'ère chrétienne. A cette époque, le Sogd parvenait à l'Oxus, dont les marchands descendaient le cours jusqu'à la mer Caspienne, pour se diriger vers le Caucase et la mer Noire.

Dès l'antiquité a existé un système de distribution des eaux du Zarafchan au moyen de canaux et d'autres ouvrages servant à irriguer les champs et les vergers. Timour et ses successeurs ont le plus contribué à créer les canaux qui se sont conservés jusqu'à nos jours. Les Asiatiques profitent de la pente naturelle du sol pour amener l'eau jusqu'à leurs champs par des fossés à ciel ouvert, appelés *ariks*. Il en est de plus de 100 kilomètres; leur lit est sinueux et il s'en détache un grand nombre de canaux secondaires se ramifiant à l'infini. De profonds et larges ariks, dont certains ont jusqu'à 20 mètres de large, portent l'eau jusqu'aux villages, *kichelaks*, au moyen d'un réseau compliqué de canaux plus petits. Aussi faut-il une constante surveillance, un travail d'entretien incessant pour ouvrir et fermer les écluses, les embouchures des canaux et empêcher les inondations : c'est l'office d'une administration spéciale.

Les indigènes de la vallée du Zarafchan ont hérité du talent des anciens Bactriens et Sogdiens, et ont acquis une expérience millénaire dans l'art de distribuer les eaux : ils savent, sans aucun instrument géodésique, creuser des *ariks* et établir un système d'irrigation fort simple, commode et à bon marché. Chaque *kichelak*, village, chaque propriétaire-agriculteur a des droits établis, réglés par la loi et la coutume. Celle-ci détermine le nombre d'heures et le jour pendant lesquels les habitants peuvent utiliser l'eau de l'arik. Les indigènes ont un respect religieux pour ce règlement : il est rare qu'il se commette quelque infraction. Au contraire, les habitants de la vallée et des autres colonies agricoles forment, pour ainsi dire, des sociétés, des communautés intéressées à la distribution régulière des eaux. Deux fois par an des dizaines de mille ouvriers se **réunissent pour réparer la grande digue qui sépare l'Ak-Daria et le Kara-Daria**, ils accourent de tous les kiche-

Le Pont du Diable. (Vallée du Zarafchan.)

laks dont les terres sont arrosées par le Zarafchan. De même ils accomplissent le travail en commun pour entretenir les digues et les canaux secondaires.

Néanmoins la distribution de l'eau dans la vallée du Zarafchan était défectueuse au point de laisser à sec bien des terrains cultivables.

On attribuait la sécheresse à Allah et pour s'attirer ses grâces, on sacrifiait des vies humaines; par exemple, quand une digue se délabrait, on y enterrait dessous quelque vieillard. En 1872, l'irrigation passa aux mains des fonctionnaires russes. Le progrès fut rapide : en 1872, on comptait 120 000 déciatines irriguées, maintenant les cultures embrassent 250 000 déciatines. Ce résultat a été obtenu par la reconstruction des réservoirs, l'épuration des canaux, la réparation des digues, qui ont permis de faire une distribution d'eau plus régulière.

Actuellement l'administration des eaux d'irrigation se compose d'un intendant, qui a la haute surveillance des grands canaux et qui agit de concert avec les chefs de district. La distribution régulière de l'eau dans chaque système est confiée aux *arik-aksakals* nommés par le gouverneur militaire. Ceux-ci ont sous leurs ordres les *mirabs* et les *badbans*, élus par les assemblées des communes rurales, pour surveiller la distribution de l'eau entre les cultures et l'entretien des *ariks* secondaires. L'administration des systèmes irrigatoires dans le territoire de Samarcande est partagée en quatorze sections confiées aux *arik-aksakals*.

Les premiers grands canaux dérivés du Zarafchan ont leur prise au-dessous de Pendjakent : ce sont Tuya-Tatar et Bouloungour sur la droite, puis Kazan et Dargam sur la gauche. Jadis le Tuyar-Tatar envoyait un embranchement vers Dizakh et irriguait une partie de la steppe. Le Dargam détachait un canal vers Karchi. Mais ces deux ramifications n'existent plus. Les canaux principaux arrosent les cultures les plus élevées de l'oasis, au nord et au

sud du fleuve. Ils ont pour but : 1° d'irriguer les champs
dans onze cantons (*volostes*) et 2° de détourner les torrents
et de préserver ainsi de l'inondation le territoire de dix cantons et la ville de Samarcande.

Le système d'irrigation réclame des soins continus.
Dans les vingt-deux cantons du territoire de Samarcande
l'entretien des canaux en 1890 a exigé 113 757 journées de
travail. En comptant les frais d'entretien, de surveillance
et d'administration, on obtient pour la vallée du Zarafchan
une dépense annuelle de 20 roubles 27 kopecks par
verste carrée de terrains irrigués. Le Zarafchan doit arroser
dans le territoire une surperficie cultivable de 2 782 verstes
carrées, dont 2 517 en culture, soit 262 185 déciatines, et
265 verstes carrées représentant la surface occupée par
les routes, les maisons, les canaux, etc. En Boukharie, le
Zarafchan irrigue environ 1 700 verstes carrées.

Outre les quatre canaux principaux déjà mentionnés, le
fleuve compte encore 79 autres canaux de premier ordre
qui alimentent les terrains divisés en 83 oasis, dont
chacune représente une spécialité de cultures, selon l'altitude, la température de l'atmosphère et la nature de l'eau.
La superficie irriguée par les eaux du Zarafchan comprenait les cultures suivantes :

	Verstes carrées.	Nombre des irrigations.	Dépense de l'eau en sagènes cubes.
Riz en culture permanente.	327,21	90 jours sous l'eau	213,8 millions.
Riz en culture dérobée après les blés d'hiver..	755,01		
Céréales d'hiver..........	1006,08	3 fois	43,4 —
Potagers, jardins, luzerne et millet.............	302,04	8 —	34,7 —
Sorgho (djougara)........	729,93	6 —	63,0 —
Coton...................	151,02	4 —	8,6 —
Diverses cultures, deux fois par été..........	276,87	2 —	7,9 —
Total...........	3548,97		371,9 millions.

L'eau du fleuve contient un limon très fertilisant et par

là élève la valeur du sol. Celle-ci varie, d'ailleurs, extrêmement, depuis 9 roubles la déciatine pour les terrains secs et fournis de peu d'eau, jusqu'à 500 roubles la déciatine près de la ville de Samarcande. La propriété y est divisée à l'extrême, mais les 12 pour 100 des cultivateurs ne possèdent pas de terre et ils la prennent en ferme. Le pays ne produit pas de blé en suffisance pour sa consommation. Aussi les indigènes doivent-ils cultiver sans irrigation les terrains *bogara* ou *lalmi*, quelques parties du sol sises au pied des monts, ou dans les couches naturellement humides. Au printemps ils jettent la semence sur le sol, donnent un coup de charrue et s'en remettent aux éléments pour faire parvenir les graines à maturité. Ils cultivent ainsi le blé de printemps, l'orge et le lin. Ces terrains, dits *bogara* ou *lalmi*, donnent de bons rendements si le printemps est humide; lorsque les pluies du printemps sont rares, le cultivateur retrouve à peine sa semence. Dans les districts de Samarcande et de Katta-Kourgan, la surface cultivée en *lalmi* formait 80 587 déciatines en 1888.

La possession de l'eau est d'une importance capitale en Asie : celui qui possède les sources d'une rivière devient bientôt le maître du pays et de la plaine. C'est à peu près le cas de la Russie par rapport à la Boukharie. Celle-ci dépend aujourd'hui du bon plaisir des Russes, qui peuvent laisser à sec Boukhara-la-Noble et le célèbre Miankal, en déviant les eaux du Zarafchan.

Si le Miankal est encore un jardin verger continu qui nage dans la verdure, où les *kichelaks* se suivent nombreux, l'un plus riche et plus peuplé que l'autre; si les champs à petits carrés réguliers, labourés et bêchés comme des vergers, sont couverts de luzerne, de riz, de maïs, de sorgho, de tabac, de coton, de melons, de vignobles, de mûriers, de pêchers et de pistachiers, c'est grâce à l'amitié et à l'harmonie qui règnent dans les rapports des deux États limitrophes.

Cependant le progrès de l'agriculture sur le territoire
russe et principalement celui des plantations de coton,
au détriment des autres cultures, a eu déjà pour effet
d'augmenter la dépense de l'eau dans la province de
Samarcande, et de réduire d'autant le débit, déjà insuffi-
sant, du Zarafchan sur le territoire boukhare. La production agricole s'en est ressentie en conséquence, et les
plaintes des Boukhares sont devenues à tel point insis-
tantes, que l'Émir pense sérieusement à y pourvoir de
concert avec le gouvernement russe, en créant un système
d'irrigation basé sur les eaux de l'Amou-Daria. Pour l'oasis
de Boukhara c'est une question de vie ou de mort, car
le dessèchement, les sables aidant, y fait des progrès
effrayants. Néanmoins, l'ingénieur Jijemsky, qui se trouve
à la tête du bureau d'irrigation à Samarcande, assure que
le progrès des cultures et surtout des rizières n'y est pour
rien, car l'eau s'infiltre et retourne à la rivière. La faute
du mauvais état de l'irrigation en Boukharie retomberait
donc sur l'ignorance des administrateurs boukhares. Les
villages, la ville de Boukhara même, sont entourés de
flaques et de mares d'eau puante, source de maladie et du
richta. Il faudrait y remédier au moyen de réservoirs nouveaux et épurer les anciens qui sont négligés ou comblés.

Une large bande de cultures enserrée entre des collines
dénudées, tel est l'aspect de la vallée du Zarafchan. Si
l'on monte sur l'une des hauteurs environnantes, la vallée
apparaît comme une longue traînée de verdure. C'est une
succession de champs, parsemés de bouquets d'arbres,
divisés en damier par des canaux et des fossés. Les bouquets marquent l'emplacement des villages; la steppe
jaune et aride les borde comme d'un ourlet. Dans les
monts nus et pelés qui entourent la vallée vivent des
demi-nomades habitant sous les tentes dressées autour
des puits qu'ils creusent eux-mêmes, faisant paître leurs
troupeaux dans la steppe voisine.

Pendant une trentaine de kilomètres, en s'éloignant du

fleuve, la route suit une double rangée de saules touffus
dont les racines se baignent dans l'eau courante des fossés.
Les arbres noirs, les *karagatches* (ainsi l'on désigne ici les
saules) à la couronne tantôt immense et ronde comme un
chapeau, tantôt plus petite et semblable à un cône renversé, forment un épais rideau derrière lequel le voyageur
parcourt la route pendant quelques heures agréables, en
humant la fraîcheur qui se répand dans l'air grâce à
l'humidité entretenue par les ruisseaux. Des hommes
bronzés, presque noirs, complètement nus, sauf une large
ceinture autour des reins, y puisent l'eau à grands seaux
et la versent sur la chaussée, en arrosant l'épaisse couche
de poussière séculaire qui cache des ornières et des fon-
drières profondes. Profitez de ces bons moments : vous
ferez bientôt la connaissance de la chaleur et de la poussière. Laissez-vous en attendant bercer et dorloter dans la
voiture, si les chocs vous le permettent.

En parcourant les chaussées du Turkestan, involontairement vous songez aux descriptions édifiantes et
instructives que Marco Polo nous a laissées des routes et
du service postal organisé dans les steppes et dans les
montagnes par Gengis-Khan et ses successeurs. Ou bien
vous vous rappelez l'Espagnol Ruiz Gonzalès de Clavijo,
envoyé par le roi Henri de Castille à la cour de Tamerlan,
et ce qu'il raconte sur les soins donnés par ce potentat
aux communications dans son grand empire !

Pour compenser les cahots affreux qui vous font tres-
saillir au fond de la voiture, vous voyez défiler de longues
théories de chameaux à deux bosses, suivies plus loin par
une suite interminable de chariots à deux roues recouverts
d'une tente arrondie. Ces caravanes se succèdent sans
interruption tout le long du chemin : tantôt en sens inverse,
tantôt au-devant. C'est un va-et-vient continuel sur la
route postale de Samarcande à Tachekent et au Ferghanah.
Les véhicules de tous genres se croisent et disparaissent
tantôt au galop des troïkas, tantôt au pas lent et cadencé

des chevaux attelés aux arbas lourdement chargées de colis
sur lesquels gisent étendus et ronflants les conducteurs,
les *arbakèches*, se confiant à l'instinct et à l'intelligence de
leurs bêtes.

De loin encore vous percevez le son de la cloche fêlée
qui annonce l'approche d'une caravane de chameaux.
Allant à la file, attachés l'un à l'autre par une corde passée à travers les naseaux, ces pauvres animaux, aussi
laids qu'utiles et indispensables à l'homme dans le climat
et les déserts de l'Asie, s'effarouchent facilement et tirent
chacun de son côté, faisant des écarts qui jettent la confusion dans la caravane. L'ordre de marche est rompu,
les plus jeunes s'élancent en avant ou de côté et tirent les
suivants : alors la corde, retenue par une pièce de bois
aux naseaux de l'animal, se tend avec effort et finit par
déchirer le cartilage déjà troué et sanglant. Cela fait pitié
à voir ! On devrait défendre l'usage barbare de percer les
narines du chameau. En Boukharie, il est formellement
prohibé, sous peine, pour l'infracteur, d'avoir le nez
coupé. Aussi y guide-t-on les chameaux avec une bride,
ornée parfois de plaques en métal, garnie de rubans et
couronnée de houppes de crins et de bouquets d'herbes
sur la tête.

Quelquefois, perché sur la bosse du chameau, on aperçoit le *caravanbachi*, mais le plus souvent il marche tout
près de sa caravane, gravement assis sur un cheval ou sur
un bourriquet qui semble pénétré de l'importance du personnage qu'il porte.

Mais voilà que le rideau d'arbres se raréfie peu à peu et
disparaît bientôt : nous sommes à 40 verstes de Samarcande, à la station de Kamenni-Most. Après ce *Pont de
pierre*, brusquement nous entrons dans la steppe nue,
qui succède sans transition à l'oasis. Là, plus d'ombrage,
mais l'implacable soleil du désert. Le ciel est chauffé à
blanc, les chevaux et la voiture soulèvent des tourbillons
de poussière fine et aveuglante, qui irrite les poumons,

sèche le gosier et cause une soif ardente. Cette poussière, soulevée au passage du coche, retombe en épaisses cascades sur les roues, le siège, la couverture, les effets, les habits et forme autour de nous un nuage opaque qui obscurcit le disque du soleil.

Le paysage est d'un aspect souverainement triste : une plaine accidentée et ravinée, toute jaune et brûlée, sans la moindre touffe d'herbe. Ce trajet pénible et monotone dure jusqu'aux replis de la chaîne du Nourata et du Sanzar-Taou, qui sépare la vallée du Zarafchan de celle du Sir-Daria. Après la station de Yani-Kourgan, la route s'engage dans une gorge d'un aspect sévère et côtoie le Djilanouta, rivière aux eaux limpides qui serpente à travers ce défilé et que nos bons petits chevaux kirghiz franchissent à chaque minute, s'arrêtant parfois pour s'y abreuver à longs traits.

La gorge se resserre de plus en plus, au point de ne former bientôt qu'une brèche étroite, véritables Thermopyles. Ce site sinistre et solitaire s'appelle la porte de Tamerlan. Une tradition rapporte que lorsque Timour, à la tête d'une puissante armée, allant du fond de l'Asie en Europe, se présenta devant les montagnes, celles-ci se retirèrent devant lui, et ouvrirent un passage aux hordes interminables du conquérant. En effet, l'embouchure de ce défilé ressemble de loin à une immense porte, dont les saillies, formées par des roches granitiques sombres, s'avancent comme pour en barrer l'entrée. De tous temps cette brèche a été la route suivie par les conquérants asiatiques. Sur les parois d'un grand rocher sont tracées deux inscriptions arabes. L'une perpétue le souvenir d'une campagne entreprise contre les Gètes et les Mongols en 1425 par Ouloug-Beg, petit-fils de Tamerlan. L'autre glorifie la victoire remportée en 1571 par Abdoullah-Khan, qui, à la tête de 30 000 braves, défit une armée de 400 000 hommes venue de Tachekent, Turkestan, du Ferghanah et de Dachte-Kiptchak, sous les ordres des sultans Derviche-Khan et

Baba-Khan. Il en fit un tel carnage que pendant un mois entier la rivière roula des flots de sang. « Que le monde le sache! » ainsi se termine la terrible inscription.

Après une quinzaine de kilomètres, au débouché de la gorge, en suivant et franchissant le torrent Sanzar, on arrive à Klioutchevoïé, nouvelle ville fortifiée, fondée par les Russes pour tenir en respect les populations des steppes de Kizil-Koum. A peu de distance de la forteresse russe, s'élève Djizak ou Dizakh, qui signifie en arabe *enfer*. C'est un lieu historique : d'après certains savants, ici s'élevait la très ancienne Gaza, par laquelle passa Alexandre le Grand. Djizak existait au xie siècle, car l'écrivain arabe Iben-Haoukal en fait mention, et elle était l'objet de guerres fréquentes entre les khans de Cocan et de Boukharie qui y gouvernaient tour à tour jusqu'en 1866.

La forteresse de Djizak, élevée pour la défense de la vallée du Zarafchan qu'elle garda pendant tant de siècles contre les nomades, a laissé des souvenirs sanglants quoique glorieux pour les Russes. Elle fut prise après un assaut acharné par le général Krijanovsky en 1866. Les Boukhares avaient solidement fortifié Djizak, autour de laquelle ils avaient construit une triple rangée de murailles très hautes et très épaisses. Trois fossés, pleins d'eau, profonds de 7 mètres, des barbets et des tours, 50 canons. 10 000 combattants les plus aguerris de la Boukharie, choisis parmi les Afghans, les Turcomans, les Persans, défendaient la place. A la tête de la garnison se trouvait le brave Alayar-Khan, qui avait juré de mourir les armes à la main et avait fait murer la porte de la forteresse afin que nul n'eût la pensée de l'ouvrir à l'ennemi.

Le 28 octobre commença le bombardement, le 30 eut lieu l'assaut. Une heure après, les aigles russes pénétraient dans Djizakh. Les Boukhares s'étaient battus comme des lions : 6 000 cadavres couvraient les rues, 2 000 prisonniers restaient au pouvoir du vainqueur. Alayar-Khan et 16 begs sur 18 étaient tombés dans une lutte héroïque. La forteresse fut presque totalement détruite par les bombes et jusqu'à présent elle reste en ruine.

Djizakh est située à la bifurcation des routes postales du Ferghanah et de Tachekent. Nous devions prendre la première. De Djizakh à Oura-Tubé, on côtoie vers l'est la chaîne du Sanzar-Taou, partie de la barrière épaisse de près de 1 000 kilomètres qui sépare, au sud-est, la plaine de l'Inde de la dépression aralo-caspienne. A gauche, l'horizon gris et diffus se confond avec l'immensité de la steppe sans bornes. Le Sanzar-Taou est un des bords de l'ancienne mer centrale, mer du loess fertile qu'elle a abandonné et que les habitants des oasis cultivent avec l'aide vivifiante des eaux des montagnes riveraines. Par-ci, par-là, à rares intervalles, quelques tentes dressées au milieu des champs et des vergers : ce sont des colons kirghiz. Par Rabat, Zaamin et Savat, nous atteignons Oura-Tubé, au pied des monts Sanzar-Taou, après un parcours souverainement fastidieux sur une route poudreuse et ensoleillée. Hommes, chevaux, véhicules, deviennent méconnaissables sous l'épaisse couche de poussière qui les recouvre complètement. La poussière, d'une extrême ténuité, tourbillonne comme une substance impondérable, s'introduit partout, jusque dans les valises et les sacs les plus hermétiquement fermés, se mêle aux provisions : on la mange, on la respire, on l'absorbe par tous les pores, et on finirait par étouffer ou contracter une inflammation pulmonaire sans les stations d'arrêt.

Oura-Tubé s'annonce de loin par une ceinture de jardins, à l'entrée d'une large entaille des contreforts donnant accès à la passe d'Obourdan, dans la haute vallée du Zarafchan. L'ancienne forteresse boukhare est pittoresquement située au sommet d'une colline qui domine la ville à ses pieds. Les Russes y ont installé leurs casernes et magasins militaires. La station de poste est abritée par un rideau de saules et de peupliers, au bord d'une jolie rivière, dont les eaux procurent une bienfaisante réaction au voyageur exténué de fatigue.

Mais il nous reste à franchir encore 43 bonnes verstes avant la halte de la nuit; il faut donc abréger notre relais et remonter en voiture avant la chute du jour.

La route s'éloigne de la chaine du Turkestan et se dirige au nord-est, au milieu de steppes qui s'étendent jusqu'aux bords du Sir-Daria.

En partant d'Oura-Tubé, la steppe présente toujours la même souveraine monotonie. Les verstes succèdent aux verstes sans que l'œil trouve autre chose à contempler que les poteaux du télégraphe, qui indiquent seuls la route à suivre à travers les immenses solitudes du centre de l'Asie. De loin en loin, quelques rares caravanes attardées, des paysans sartes, juchés sur les sacs empilés dans leurs chariots, ou traînant derrière eux une longue file de chameaux marchant lentement un à un. De temps à autre, quelques faucons, perchés sur le fil du télégraphe ou sur un des tertres qui bordent la route. Pour rompre le silence de cette solitude, nous nous amusons à faire l'essai de nos revolvers. Nos coups de feu font envoler quelquefois les oiseaux plus rapprochés, mais pour la plupart, ils nous regardent passer indifféremment, nous, hôtes de passage, qui venons les déranger en ces lieux sauvages et solitaires.

Bientôt la nuit nous surprend au milieu des steppes sans fin, où seuls les poteaux du télégraphe indiquent que l'on avance.

A son tour le ciel s'éclaire de milliers d'étoiles. Le tintement sonore des clochettes de nos chevaux kirghiz et le bercement régulier de la voiture nous enlèvent dans une rêverie sans bornes et nous transportent au delà de la réalité, bien au delà des steppes environnantes. Les heures s'écoulent doucement, tandis que la voiture roule dans la plaine et dans l'obscurité : vous vous laissez envahir par une douce somnolence. Un moment vous vous éveillez au

contact de la fraîcheur qui se dégage des flots de l'Ak-Sou,
dont vos chevaux vous éclaboussent au passage de la
rivière ; puis vous retombez de nouveau dans la même tor-
peur.

Après la steppe que vous venez de franchir sans en
avoir eu conscience, tout paraît mystérieux à travers l'obscurité qui vous enveloppe : le murmure des eaux s'échappant du canal bordant le chemin, le bruissement des
feuilles des grands arbres sous lesquels vous vous enfoncez,
les vapeurs se dégageant du sol embrasé, l'air saturé de
fortes senteurs distillées par les plantes, et au-dessus de
vous, bien haut, bien haut, la voûte étoilée étincelant de
mille feux. Puis tout à coup, une rue de village, à peine
éclairée par de rares lumières ; les habitants accroupis,
étendus ou debout, dégustant le thé sous des auvents ou dans
des échoppes, où les feux jettent des ombres étranges, des
reflets bizarres, paraissent et disparaissent sans cesse dans
une demi-obscurité, à mesure que la troïka passe au grand
trot devant ce panorama magique. Enfin un dernier tournant, et brusquement le coche s'arrête devant le haut portail d'une station crénelée, entourée de murs épais et
solides, semblable à un temple indien mystérieux : c'est
Naou.

Le lendemain 1er août, vers midi, nous touchons à
Khodjent. Cette ville est située à l'entrée même de la
crique fertile qu'on appelle, depuis le sultan Baber,
le Ferghanah. Tout fait croire que c'était l'*Alexandria
Eschata* des auteurs classiques, la colonie fondée par
le Macédonien pour défendre son empire contre les
Scythes. De Samarcande, Alexandre se dirigea vers le
fleuve Yaxarte par le défilé désigné aujourd'hui sous le
nom de Porte-de-Tamerlan, au débouché duquel se trouve
Dizakh. Ici la route se bifurque : d'un côté elle aboutit au
désert s'étendant jusqu'aux rives de l'Yaxarte ; de l'autre
elle côtoie le versant septentrional de la chaîne du Turkestan et mène à Khodjent. Alexandre choisit la seconde

direction, le long des montagnes où l'on pouvait se procurer de l'eau et des aliments. A l'Yaxarte se terminait l'empire persan, au delà duquel vivaient les Scythes ou les Saques, c'est-à-dire les ancêtres des Slaves, d'après l'opinion du savant russe Grigorief.

L'historien Arrien évalue à 1 500 stades, soit 270 kilomètres, la distance entre Samarcande et la ville élevée par Alexandre sur l'Yaxarte. Cette distance est précisément la même aujourd'hui. Enfin Khodjent a, comme jadis, la même circonférence de 60 stades ou de 13 kilomètres, avec sa double muraille autour.

Située sur la rive gauche du Sir-Daria, Khodjent avait sous Alexandre et a actuellement une importance stratégique capitale : elle commande l'entrée du Ferghanah à l'ouest et le passage du Sir-Daria par la route du nord. Aussi les Russes y tiennent-ils une garnison assez considérable et y ont-ils construit un pont de bois sur le fleuve.

Nous saluons les flots jaunes et rapides du Sir-Daria, le plus grand fleuve de l'Asie centrale après l'Amou-Daria. C'est ici que le Sir-Daria, après avoir contourné le Mogoul-Taou, chaîne de rochers dénudés se dressant en face de Khodjent, fait un coude vers le nord et prend sa direction vers la mer d'Aral.

La vue de cette ville est beaucoup plus belle du côté de la rive droite, quand on arrive de Tachekent. Les falaises du Sir-Daria forment un rempart naturel, où le fleuve aux capricieux contours a percé une brèche et roule ses flots à travers les sables du Turkestan. Au delà apparaît Khodjent, dont les vergers verdoyants jettent une note gaie sur le tableau grisonnant de la plaine. La steppe, ininterrompue depuis Tachekent, déserte et sans habitations, se termine ici. Bientôt on traverse le pont de bois, défendu par un petit fort détaché, puis un large quai bordé de peupliers. La station de poste se trouve non loin : entre elle et l'ancienne citadelle bâtie sur un rocher à pic, s'élève le petit quartier russe. Pas de boulevards grandioses comme à Tachekent et à Samarcande : les maisonnettes basses à toit plat ne se distinguent presque pas des demeures indigènes; on les reconnaît seulement aux cheminées et aux fenêtres drapées. Sur la place, l'église orthodoxe, entourée d'un mur, aux fenêtres grillées et fort élevées, peut, au besoin, servir de refuge.

Le petit quartier russe se presse à l'abri de la citadelle, avec ses maisonnettes blanches et ses petites promenades. Les Russes ont ouvert une école et fondé une ambulance pour femmes et enfants indigènes, quelques fabriques de coton et une verrerie. Une spécialité de Khodjent est celle de la culture du mûrier et de l'élève du ver à soie. Les étoffes de *kanaous* et les soies grèges en sont très appréciées.

Le plus intéressant monument est la citadelle. Elle passait autrefois pour être imprenable : une petite garnison à l'abri de ce rocher et des murailles d'argile pouvait bien défier une armée asiatique. Aujourd'hui on y voit des casernes, des magasins militaires, les édifices de la trésorerie et de la caisse d'épargne. A l'intérieur une place d'armes, où les soldats russes font l'exercice. Du haut de ce rocher on jouit d'une vue splendide sur les environs et le regard plonge dans les flots du Sir-Daria.

La ville indigène ressemble à toutes celles du Turkestan : ruelles, bazars, maisons plates sans fenêtres, minarets, mosquées; tout cela est entouré d'une double ceinture de murs.

Les habitants de Khodjent se vantaient de leur indépendance et profitaient de leur situation avantageuse entre Boukhara et Cocan, qui leur permettait, en effet, de jouir d'une certaine autonomie. La force de la ville résidait dans sa citadelle, qu'aucun pied ennemi n'avait souillée pendant des siècles. Les Russes furent les premiers à interrompre cette tradition.

Khodjent fut prise, après quatre jours de bombardement et après un combat sanglant, par la petite colonne du général Romanovsky, le 24 mai 1866. Dans cette glorieuse journée se distingua un prêtre, le Père Malof. Une batterie russe, qui tirait sur la ville, avait perdu ses officiers et ne conservait plus que quatre artilleurs. Malof se décida à prendre le commandement de la batterie, fit une brèche aux remparts et, sous une pluie de balles, pénétra dans la ville avec deux canons, qui furent aussitôt braqués contre la citadelle. Les fantassins eurent le temps d'accourir à son secours, après avoir emporté d'assaut la porte de Kelaoun. Les troupes boukhares et les habitants se défendirent pas à pas comme des lions : les rues étaient pleines de cadavres. La citadelle fut emportée et les canons, hissés sur ses parapets, tonnèrent bientôt contre la ville, qui se rendit la nuit tombée.

CHAPITRE VII

LE FERGHANAH

De Khodjent à Novoï-Marghélan. — La vallée du Ferghanah. —
Le sol et les cultures. — La ville de Cocan. — Trajet de nuit.
— Novoï-Marghélan. — Réminiscences historiques.

En sortant de Khodjent, sur une quinzaine de kilomètres, on rencontre le long du Sir-Daria de riches villages, des vergers verts, des champs bien cultivés. C'est
une localité industrielle et riche, un des centres de la sériciculture, de la culture du riz et du coton.

Sur les hauteurs environnantes, surtout à Kokiné-Saï,
on exploite la houille, dont les gisements sont assez fréquents au Ferghanah. On emploie le charbon pour chauffage et ménage ainsi que dans la verrerie d'Ivanof près de
Khodjent. L'exploitation de la houille a un grand avenir
ici. Les montagnes du Turkestan sont d'ailleurs riches en
minerais : elles renferment de l'asphalte, du naphte, du
soufre, du sel gemme, de l'ammoniaque, du nitre et du
salpêtre. Il y a aussi au Turkestan et surtout au Ferghanah
des mines de plomb, de cuivre, d'antimoine, peu exploitées
d'ailleurs, faute de capitaux et de connaissances techniques. L'or existe également, mais on n'en exploite pas
encore les gisements.

A Khodjent se trouve, comme il a été dit, l'unique issue

du Ferghanah, large à peine d'un mille géographique, à un niveau bas relativement à l'Océan et par conséquent facilement accessible.

De ce point commence et se dirige vers l'est la vallée du Ferghanah, en forme d'amande, resserrée entre le 40e et le 41e degré de latitude, sur une étendue de 200 kilomètres. La partie orientale de la vallée est coupée transversalement par des saillies, qui vont en s'élevant de plus en plus haut vers l'orient et forment une barrière entre le Ferghanah et le bassin du Tarim. Large au plus de 100 kilomètres, élevé en moyenne de 1 000 à 1 500 pieds au-dessus de l'Océan, ce vallon encaissé est encadré de grandioses murailles de roches, dont la croupe et les cols dépassent de 10 000 pieds le niveau de la contrée. La corniche septentrionale de ce cadre porte le nom de Monts du Ferghanah, tandis que la méridionale est formée par la chaîne de l'Alaï. Mais entre ces deux lignes extrêmes, il y a encore de chaque côté une double rangée de saillies qui vont en s'abaissant à mesure qu'elles se rapprochent de la *tahlsohle*. La vallée ne se transforme en plaine plate et unie qu'à certains intervalles; elle offre plutôt l'aspect d'une étoffe fortement plissée. Les contours rougeâtres, les nuances violacées des saillies plus rapprochées se détachent sur le fond sombre et sévère des hauteurs de la deuxième ligne, par-dessus lesquelles étincellent les blanches cimes de l'extrême corniche. Ce splendide panorama suit le voyageur sans interruption jusqu'aux confins orientaux du Ferghanah.

Si vous abaissez le regard vers le sol, c'est un désert pierreux, jonché souvent de galets plus ou moins gros, servant de pâturages aux troupeaux des Kirghiz, alternant avec la marne argileuse très fertile, connue sous le nom de *loess*, dont la couche supérieure se triture en poussière jaunâtre. Par endroits, isolés dans le désert ou entremêlés au loess, des monticules de sable, parfois mouvant, comme à **Patar**; le plus souvent, une couche sablonneuse de plusieurs centimètres recouvre la marne. Au cœur même de la vallée, dans l'espace compris entre le Sir-Daria et l'arc de corde (allant de Namangan, par Andidjan, Charikhan, Marghélan sur Richetan, Cocan, puis vers le nord au delà de Patar jusqu'à Makhram) qui contient un tiers du Ferghanah, un désert de terrains salins, désert que le sultan Baber a appelé Ha-Dervische.

Dans son ouvrage intitulé *Aperçus du Fergannah*, le savant Middendorf assure que la surface envahie par le sable et enduite d'efflorescences salines pourrait aisément être changée en terrains productifs et se couvrir peu à peu d'une végétation herbacée, à condition d'interdire aux Kirghiz nomadisants d'y paître leurs troupeaux, et aux indigènes de détruire et d'arracher jusqu'aux racines les plantes qui y poussent malgré toutes les contrariétés (*salsolaceæ, salicornia, calligonum, alhagi, artemisia*). Ce serait, avec le reboisement du pays, le meilleur moyen de fixer les dunes et les sables mouvants. Le sable lui-même contient des éléments fertilisants : il deviendrait également capable de production, s'il était possible de l'irriguer. L'humidité rend le sable plus compact, et le vent ne peut avoir sur lui l'action pernicieuse qu'il exerce quand sa couche extérieure est sèche et mobile.

Dans le but de protéger le désert salino-sablonneux central du Ferghanah contre l'action des sables mouvants, M. Middendorf suggère l'idée d'achever la construction du canal d'Oulougnar, commencé par le khan Khoudoïar. Conduit du Sir-Daria jusqu'aux environs de Marghélan, puis abandonné à cause des défauts de l'œuvre, ce canal devait arroser le désert sablonneux entre Cocan et Marghélan jusqu'à Douvana. Avec les connaissances techniques modernes, il serait aisé de rendre à la culture ce grand désert du Ha-Dervische.

Entre Khodjent et Cocan, la route devient pénible et se perd dans les sables, où la voiture enfonce souvent jusqu'à l'essieu. Les nombreuses escouades d'indigènes armés de pioches, de pelles et de bêches se rencontrent fréquemment : échelonnés sur la route, ils accomplissent la corvée de réparer la chaussée, de détourner les eaux courantes qui l'inondent, de la déblayer des galets et des pierres qui l'encombrent, et cela pour le plaisir de ces giaours qu'ils regardent passer d'un œil envieux et irrité. Après un relais assez prolongé à la station de Costacoz, sur les bords de l'Yaxarte, dont nous mettons à profit le voisinage pour nous immerger dans ses flots bourbeux, nous nous traînons pendant une journée entière jusqu'à Cocan.

Dix verstes après Costacoz, on quitte l'*oblaste* de Sir-Daria et on entre dans celle de Ferghanah : une colonne en pierre portant une inscription officielle, élevée à la limite des deux provinces, vous le rappelle.

Les paysages joyeux succèdent parfois à des régions désolées que la nature a traitées en marâtre. Près de Kara-Ouchekhoum, les sables et les *barkhanes* jaunes font place au loess fertile, avec lequel réapparaissent les villages nombreux, entourés de champs, de vergers, de canaux. Partout de la verdure, partout des arbres divers bordant les routes et les chemins que l'on parcourt à l'ombre et dans une fraîcheur entretenue par l'eau courante des ariks latéraux. Le mûrier aux baies appétissantes, le *karagatche*, ou l'orme à la couronne touffue, et le *tal*, ou saule, figurent au premier rang.

Voici enfin Makhram, autrefois célèbre forteresse du Cocan, sur les bords mêmes du Sir-Daria. La route postale la traverse de part en part. Ici s'est décidé le sort du khanat, quand les Russes, commandés par le général Golovatchef, défirent complètement son armée, et entrèrent dans la capitale. A partir de Makhram, une bande verdâtre se déroule au pied de la chaîne montagneuse, tandis que la route se rapproche du Sir-Daria et traverse de longs espaces incultes, semés de mamelons d'argile sablonneuse. Le fleuve se cache entre deux rives basses et fait de rares apparitions dans ses méandres capricieux. Bientôt on

pénètre de nouveau dans une zone de verdure jusqu'à
Patar. Ici, cependant, les dunes envahissantes de sables
mouvants engloutissent peu à peu les cultures et menacent de changer la contrée en désert. Les sables attaquent déjà villages et jardins qui se protègent en vain à
l'aide d'épaisses rangées de roseaux, car nous apercevons
des monticules de sable au milieu des rues et des champs.
Plus loin, sur 20 kilomètres, s'étend une plaine inculte,
couverte de gravier, et de pierres semblables à de petites
mottes de terre labourée; pas un buisson, pas le moindre
brin d'herbe. A peine quelques cimetières et *mazars* : pays
désolé qu'un peu d'eau toutefois rendrait facilement à
la vie.

Les abords de la ville de Cocan deviennent plus animés
à mesure que l'on approche de l'ancienne capitale des
khans. La belle et large avenue Rosenbach, bordée d'arbres
gigantesques, nous mène au cœur du quartier russe. Nous
passons devant de jolies maisons, coquettement cachées
derrière un rideau de peupliers argentés. Au bout de
l'avenue, une grande place où est située la station de
poste. Avant d'y arriver, on passe près d'un bizarre édifice
à façade émaillée, resplendissante de feux et de couleurs.
Arrêtons-nous un instant ici.

Cette grande façade, appuyée à une enceinte carrée
assez élevée, abrite le palais du dernier prince du Cocan,
du khan Khoudoïar, qui le fit construire en 1870. L'enceinte carrée renferme un ensemble de bâtiments et de
cours que défendent un fossé et de hautes murailles.

L'*Ourda* [1], ainsi s'appelle la résidence des khans, est de
tous les monuments de l'Asie centrale celui qui offre le
spécimen le plus intéressant du dernier état de l'architecture indigène. La façade en est un des plus étranges
morceaux. Elle présente un grand portail central, flanqué

---

1. *Ourda* signifie *tente* en langue tatare. La tente des chefs
était couverte d'ornements dorés, d'où son nom d'Ourda dorée,
dont les historiens et les Russes ont fait la *Horde d'or*.

de minarets, et un long développement de fenêtres ogivales que d'autres minarets à petites coupoles jaunes terminent aux deux angles. Au point de vue de la ligne, il faut bien reconnaître que cette façade ne peut soutenir un instant la comparaison avec les anciens édifices de Samarcande ; mais la fraîcheur et l'éclat des faïences nous donnent une idée de ce que pouvaient être ces édifices lorsqu'ils n'avaient pas encore perdu leur brillant revêtement. En contemplant ce palais tout en porcelaine, je me suis représenté ce que devaient être les demeures des Timour et des Gengis-Khan. Les émaux, par l'infinie variété de leurs combinaisons géométriques, où éclatent le rouge, le vert, le bleu, le jaune et le blanc, offrent sous le ciel lumineux de l'Asie un coup d'œil vraiment féerique. Le brillant de cristal des murs et la nuance bleu de ciel, qui le pénètre en travers, pour ainsi dire, donnent à ce corps massif de l'Ourda une gracieuse légèreté.

Après avoir monté la rampe de pierres à pente douce aboutissant à une terrasse qui s'appuie au socle de la façade, on franchit la grande porte d'entrée en bois sculpté et on pénètre dans un parvis carré, surmonté d'une coupole dentelée. Puis on entre dans une grande cour, entourée de galeries couvertes que supportent des colonnes en bois, très svelte, à gracieux chapiteaux. Les frises et les plafonds sont ornés de peintures d'un merveilleux coloris. Sur la cour s'ouvre une porte sculptée d'un travail extrêmement fouillé : elle donne accès à la salle du trône, où le khan recevait les ambassadeurs, ainsi qu'à une autre salle contiguë, qui ont été toutes deux transformées en chapelle par les Russes. Celle-ci occupe donc les deux plus belles salles de l'ancien palais. Les murs et les plafonds sont chargés d'ornements coulés en plâtre ou sculptés à la main. Ces ornements, de caractère et de dessin tout à fait orientaux, sont des merveilles de minutie et de patience. L'*icono-stase* de la chapelle, en bois de platane verni, de couleur sombre, harmonise parfaitement avec les tons de velours

foncé du tapis turcoman, qui a servi de modèle aux peintures et sculptures des plafonds.

Il y a encore d'autres pièces portant des décorations de
goût oriental. Le commandant du bataillon loge dans l'une
d'elles, où règne une fantastique profusion de peintures
et de dorures. Une autre, transformée en chancellerie
militaire, est une grande salle aux murs d'albâtre, au
plafond sculpté, supportant au centre une voûte qui
dominait le siège de pierre, la *soupa*, où se tenaient les
suppliants. Elle a deux galeries, supérieure et inférieure;
plusieurs portes basses, ménagées derrière les colonnes
de la galerie inférieure, s'ouvrent sur des recoins, où les
trésors et les richesses du prince étaient cachés. Ici le
khan donnait audience à ses sujets. Malheureusement cette
salle porte des traces visibles de délabrement, et l'Ourda
elle-même subit un dépérissement de plus en plus sensible.
L'État n'accorde que fort peu de moyens pour l'entretien
de ce précieux monument d'architecture indigène, qui
mériterait plus d'égards. L'Ourda en outre est occupée par
des casernes, par le corps de garde, les bureaux et les
chancelleries militaires, qui ne font pas trop de cérémonies
avec ce palais de nulle importance historique à leurs yeux.

L'Ourda, entourée d'une enceinte de pierre et défendue
par une caserne-redoute, peut devenir au besoin une citadelle à l'abri de laquelle la garnison russe opposerait une
résistance sérieuse à la population insurgée. Moins que
tous les autres peuples de l'Asie centrale les Cocandais
se sont habitués à la domination russe, qui s'est imposée à
eux plus tard qu'ailleurs. De tous ces peuples, ils paraissent être les plus belliqueux et sont possédés encore de
l'esprit d'aventures et d'entreprises guerrières qui les ani-
mait il y a une vingtaine d'années. La classe des marchands
et celle des agriculteurs se sont faites sans doute aux lois
russes, dont elles se montrent satisfaites, car elles leur
garantissent les fruits de leur labeur, leur patrimoine, jadis
à la merci du khan et de ses *begs*. Cependant, les fanati-

ques mollahs et ceux qui ont perdu le pouvoir, begs, hakims, oulémas, imams, chefs de bande, etc., ne cessent d'entretenir parmi le peuple la haine envers les infidèles : la moindre étincelle, jetée dans ce brasier assoupi, suffirait pour en tirer des flammes. On évalue à 50 000 et même 60 000 le nombre des habitants indigènes de Cocan, mais comme personne ne les a recensés, il peut se faire qu'ils soient 100 000, car la ville a une périphérie de 30 kilomètres au moins et une enceinte élevée avec douze portes et des tours nombreuses. L'ancien prestige de Cocan, le rôle considérable que cette ville a joué dans l'histoire du khanat. et, ajoutons également, le fanatisme et la haine entretenus parmi sa population contre les conquérants, ont, plus que le climat, décidé le gouvernement russe à lui enlever sa couronne et à transférer la capitale de la nouvelle province dans un endroit moins exposé, à Novoï-Marghélan. Les mêmes raisons ont contribué au changement du nom du khanat, qui fut appelé de son ancien nom arabe, Ferghanah.

La crainte d'une insurrection a toujours tenu en éveil le gouvernement russe, qui a pris ses mesures en conséquence : il a organisé la défense du pays sur les points stratégiques au moyen de citadelles ou de fortifications, il y a établi des garnisons importantes, des munitions et des approvisionnements indispensables au service militaire, en un mot il a pourvu à toutes les éventualités. Ces mesures suffiraient, au besoin, à rendre vaines toutes tentatives d'insurrection de la part de la population, fort intéressée d'ailleurs au maintien de l'ordre et gagnée par l'esprit de lucre, par l'âpreté du gain à l'administration russe qui lui procure des fournitures avantageuses. Nous croyons que la grande masse du peuple qui vit de travail reconnaît les bienfaits de la conquête, car celle-ci a mis fin à l'esclavage et à l'arbitraire d'autrefois.

La ville indigène n'offre au touriste rien de particulièrement attrayant : rues, places, bazars, mosquées, médressés, sont copiés sur le même type que l'on voit partout dans l'Asie centrale. Une courte visite aux mosquées et médressés d'Omar, du sultan Beker, et autres situées sur la place du sultan Mahmoud, remarquables par leurs vastes dimensions et le nombre considérable des softas qui y étudient la loi musulmane, suffit à donner une idée de ces édifices. Leur architecture massive n'a rien qui puisse intéresser quand on a vu les mosquées de Samarcande.

Par contre, les bazars méritent une plus sérieuse attention de la part des amateurs et des collectionneurs d'objets d'art oriental. Les bazars de Cocan sont, avec ceux de Boukhara, les plus célèbres de l'Asie centrale. C'est une longue suite de rues couvertes, bordées de boutiques, d'ateliers, de cuisines, de restaurants indigènes ; à l'ombre des nattes qui les protègent contre les ardeurs du soleil, les ouvriers de tous métiers y travaillent sous les yeux des passants. Chaque corporation a son endroit désigné, et comme les artisans en sont encore aux procédés primitifs de nos ancêtres, on se retrouve en plein moyen âge. Ici se reproduisent les mêmes scènes bibliques qui sont stéréotypées d'un bout à l'autre du Turkestan ; on y retrouve l'inévitable figure patriarcale, récitant de vieux contes orientaux devant une foule d'oisifs qui l'écoutent bouche béante.

Le compartiment des chaudronniers occupe la place la plus importante du bazar ; nulle part l'art de façonner le cuivre n'est poussé à un plus haut point. La spécialité de Cocan est la fabrication des aiguières ; elles affectent la forme d'un grand plat circulaire, creusé au centre d'un récipient destiné à contenir l'eau. Ces ustensiles, très gracieux d'aspect, sont artistement ciselés et parfois enrichis de turquoises. Les *koungans* surtout, sorte de théières et cafetières en cuivre à long cou, auxquels les Cocandais savent donner des formes d'une suprême élégance, tiennent à la fois de l'art hindou et de l'art persan : les ciselures dont elles sont ornées témoignent du goût le plus sûr et le plus délicat. Les joailliers font de charmants bijoux en argent, bracelets, colliers, bagues, boucles d'oreilles, ornés de pierres fausses ou véritables, objets qui, par la naïveté de la forme, rappellent la bijouterie du moyen âge. Chez les selliers vous trouvez tout le nécessaire pour seller et guider votre monture, jusqu'au tapis qui sert de housse et à la cravache qui affecte la forme bien connue de la *nagaïka*. Vous pouvez vous y fournir de *korjoums* et de *yakhtans* les plus adaptés aux voyages dans les montagnes, et que l'on attache au bât, sur les deux flancs de la bête de somme.

Les caravansérails du Cocan regorgent de marchandises de la Chine et de la Kaschegarie, dont le voisinage se fait sentir : tapis, soieries, chapeaux, bijoux, porcelaines, fourrures du Tibet, peaux de chèvres et de tigres, sans compter le thé et autres menus articles, sont importés en quantité considérable.

Après avoir erré de boutique en boutique, flâné dans les rues et les bazars, visité palais, mosquées et médressés, acheté divers objets indispensables et utiles pour une exploration dans les pays de montagnes, nous nous décidons à remonter en voiture et à reprendre la route postale, car il nous reste à parcourir encore une centaine de kilomètres jusqu'au lieu du rendez-vous.

Au sortir de Cocan, les jardins et les villages se suivent presque sans interruption sur une distance de 60 kilomètres, depuis Dourmantchi jusqu'à la station de Kourgan-Tépé. C'est le grenier de l'Asie centrale, le pays de la soie et du coton. Partout des champs de coton, des vignobles et des vergers d'arbres fruitiers, des chemins et des canaux bien entretenus, bordés d'immenses mûriers. Il produit l'impression d'un seul village fort étendu et peuplé, rempli de bazars sans nombre. On rase de près des murs d'habitations et de jardins, dont on ne voit pas la fin; on parcourt une allée bordée d'arbres, saules, peupliers, karagatches énormes, dont la taille gigantesque fait

penser à l'admirable productivité du *loess*. De tous côtés
des ariks, des eaux courantes que l'on traverse sur des
ponts ou des passerelles légères. Souvent le soleil ne
pénètre pas à travers le rideau de feuillage épais, entrete-
nant une fraîcheur relative sur le chemin poussiéreux,
que des indigènes presque nus s'efforcent d'arroser à
grandes pelletées de *ketmen*.

Dès l'aube, les bazars grouillent de monde : les Cocandais sortent de chez eux pour aller prendre le thé à leur
club, le *tchaï-khané*, et pour y chercher des nouvelles colportées par des amis. Les échoppes sous les auvents,
avec leurs étalages de produits et d'articles divers, sont
assiégées par les clients : boucheries, quincailleries, boutiques de cotonnades, de tissus russes et indigènes attirent
les consommateurs, tandis que les habitués se réunissent
à côté pour humer la boisson bouillante et échanger des
propos soit au *tchaï-khané*, soit à l'*ache-khané*, ou gar-
gote du village. Des hommes barbus, l'air grave et sérieux,
dégustent le thé dans des tasses chinoises, *piolas*; ils sont
vêtus de *khalats* frais et de couleurs éclatantes. Le type
iranien ressort au milieu des faces anguleuses des Mongols. Les adolescents et les enfants se rapprochent du
type caucasien plus que les vieillards à la peau bronzée,
portant de longues barbes grises en écheveau. Les petites
filles sont très jolies, avec leurs joues roses, leurs dents
blanches, leurs yeux brillants et noirs comme du jais, leurs
tresses pendantes sur le front et la nuque. Elles donnent
une idée de ce que doivent être les femmes soigneusement
voilées, traversant la rue, parcourant le bazar, semblables
à des paquets ambulants tellement leur costume les dépare.
Parfois les plus jolies soulèvent avec coquetterie leur voile
et entr'ouvrent leur *farandja* juste assez pour offrir au
regard du voyageur le spectacle de leur beauté et de leurs
habillements bizarres. Il y en a pourtant peu de belles ou
jolies : en grandissant elles perdent leurs charmes juvé-
niles. La plupart sont des femmes à la solide ossature,

bien plantées sur les jambes, aux épaules larges et carrées, aux traits communs : elles tiennent évidemment de
la race kirghiz.

Rien de plus féerique que le trajet de nuit au Ferghanah.
La voiture, entraînée par les chevaux lancés au trot, s'enfonce dans les ruelles obscures, mystérieuses, faiblement
éclairées par la réverbération des étoiles, qui reluisent ici
plus fortement. Elle pénètre dans une atmosphère chaude,
humectée de vapeurs, qui concourt à assoupir le voyageur
dorloté par le bercement du véhicule. Des ombres curieuses
se projettent sur les murs des jardins et des *saklas*. Tandis
que la voiture continue de rouler dans le silence et l'obscurité des avenues, soudain une rapide éclaircie vient interrompre les ténèbres. Tantôt c'est une scène de la vie
domestique : des Sartes étendus, assis ou debout, sous les
auvents de leurs demeures, devisant ou taciturnes, hument
avec délices la boisson préférée; ou bien, réunis autour
d'un énorme *samovar*, ils écoutent le chant monotone et
rythmé de quelque chanteur ou derviche ambulant. Tantôt
c'est une file d'arbas chargées de gens et de produits; puis
c'est le défilé d'une longue et noire chaîne de chameaux,
sur les bosses desquels se dressent des figures éclairées
au passage par les reflets des lumières et des lanternes.
Quand on finit par dépasser la file interminable des caravanes, quand on s'enfonce de nouveau dans le labyrinthe
des ruelles ou dans l'obscurité des allées, ce sont des
ombres gigantesques, des silhouettes gracieuses et effilées
d'arbres qui lancent vers la voûte céleste leurs grands
bras silencieux.

Kourgan-Tépé est situé au milieu de monticules de sable
mouvant. Plus loin, les villages se suivent à rares intervalles, comme des oasis isolées dans la steppe d'argile
sablonneuse, où la végétation toutefois devient luxuriante
au contact de l'eau.

Mais nous voici déjà arrivés à la dernière station avant
Marghélan. La vallée du Sir-Daria se rétrécit à mesure que

l'on se rapproche des montagnes qui s'enlacent d'une chaîne à l'autre. L'immense muraille se dresse d'un point à l'autre de l'horizon; sa masse énorme, surmontée de sommets éblouissants de blancheur, pareils à des tours dentées, des cônes, des pyramides, des crêtes, des aiguilles, forme un rempart insurmontable au beau pays du Ferghanah. Son contour se dessine avec une netteté remarquable dans l'atmosphère transparente. Sur la gauche, les montagnes, frappées par les rayons du soleil levant, ne resplendissent pas comme celles de l'Alaï, mais se noient dans les flots d'un brouillard bleuâtre et disparaissent à mesure que le soleil s'élève. Ce sont les ramifications du Tian-Chan, les chaînes du Malgouzar et de l'Alaï.

Le 3 août nous partons par une fraîche et belle matinée. L'air est transparent, pas un nuage sur le bleu du ciel pur. Toute la chaîne de l'Alaï resplendit de sa couronne argentée. Les neiges éternelles brillent de mille feux au soleil levant, tandis que le noir et sombre massif semble nous défier et vouloir nous écraser de toute sa grandeur.

De fringants petits chevaux kirghiz, amenés la veille expressément à notre rencontre, nous enlèvent au triple galop, et après avoir fait d'une seule traite la dernière étape de 35 kilomètres, par une chaussée naturelle, bordée de jeunes acacias et d'aylanthus, nous amènent, au bout de deux heures, devant la capitale du Ferghanah. De loin, Novoï-Maghélan disparaît complètement dans la verdure; une forêt épaisse semble la voiler aux regards du voyageur.

Des groupes de cavaliers, des cosaques manœuvrent dans la plaine et s'exercent au tir. Des sentinelles à cheval, postées sur la route, s'élancent bride abattue vers la ville pour y annoncer notre arrivée. La nouvelle ville ressemble à toutes celles que les Russes ont fondées dans le pays : les belles et larges avenues tirées au cordeau, qu'on prendrait pour des allées d'un grand parc, contrastent avec les rues tortueuses, étroites et sales des villes

indigènes. Novoï-Marghélan, par opposition à l'ancienne
Marghélan située à une distance de 15 kilomètres, est
littéralement noyée dans la verdure : les édifices publics,
les maisons des fonctionnaires, officiers et marchands
russes disparaissent sous cette abondante végétation. Les
files interminables de peupliers géants, alignés comme des
soldats, semblent bien être imbues de l'esprit d'ordre et
de discipline qui a présidé à la création de ce jardin luxu-
riant. On sait que Marghélan et les autres villes modernes
du Ferghanah doivent leurs plantations d'arbres à l'ancien
gouverneur de la province, au général Abramof, qui avait
la passion de planter et de boiser le pays, ainsi qu'au
général Korolkof, dont les conseils et les connaissances en
botanique ont été mis à profit par l'administration du
domaine de l'Empereur près de Merv. Novoï-Marghélan se
distingue de Tachkent et de Samarcande par une végétation plus luxuriante encore : les arbres y atteignent une
hauteur prodigieuse, les peupliers surtout se développent
à leur aise, grâce à l'abondance des eaux courantes et de
celles du sous-sol ; ils forment des murs impénétrables de
feuillées vertes. Mais c'est ce qui en rend le climat pernicieux, peut-être un des plus mauvais du Turkestan. La
fièvre fait beaucoup de victimes parmi les habitants russes,
les nouveaux venus principalement, moins habitués à la
chaleur et à l'humidité.

En fait d'édifices remarquables, citons le palais du gouverneur, récemment achevé, le cercle militaire avec ses
balcons et terrasses à la mode orientale, entouré de par-
terres et de jardins et contenant une magnifique salle de
bal et des salons meublés avec beaucoup de goût. Ensuite
l'hôpital militaire et les casernes des trois bataillons de
ligne, des deux batteries d'artillerie, dont une de montagne,
et du régiment de cavalerie de cosaques, qui forment
ensemble la garnison, assez imposante et suffisante pour
tenir en respect la population des Kirghiz, des Kiptchaks
et d'autres peuplades belliqueuses du Cocan. Enfin, tout au

bout de la ville, une espèce de citadelle, entourée de murs
et de tours, contenant d'immenses bâtiments : la prison
centrale, qui, en cas d'insurrection, peut donner abri aux
défenseurs de la ville russe.

L'*oblaste* de Ferghanah actuelle forme le pays connu
autrefois sous le nom de Khanat de Cocan, grande agglomération politique qui s'étendait des confins de la Kaschegarie à la mer d'Aral, de la chaîne de l'Alaï aux limites de
la Sibérie, comprenant tout le cours de l'ancien Yaxarte,
la Grande Horde des Kirghiz et les immenses steppes du
Sémirétchié. Les Russes, toutefois, n'ont donné le nom de
Ferghanah qu'au pays renfermé entre les chaînes du Ferghanah et de l'Alaï, c'est-à-dire aux districts de Cocan, de
Marghélan et d'Andidjan au sud, et à celui de Namangan
au nord du Sir-Daria. Ce pays portait anciennement le
même nom; du moins les Arabes, qui le conquirent en
713 avec les autres contrées de l'Asie centrale, le dési-
gnaient ainsi. Jusqu'au viiie siècle de notre ère, il n'a pour
ainsi dire pas d'histoire.

Au temps des Perses et d'Alexandre, ce pays faisait
partie de la contrée appelée généralement Sogdiane. Quinte-
Curce raconte qu'Alexandre le Grand pénétra avec son
armée en Xénitie, située à la limite de la Scythie et sur le
cours de l'Yaxarte, pays très fertile et peuplé, où avaient
trouvé asile les Bactriens, fuyant la domination macédonienne. D'après toutes les données, il s'agit évidemment
du Ferghanah. Protégé et entouré de tous côtés par de
hautes chaînes de montagnes, le Ferghanah a été l'asile
des diverses peuplades voisines après leurs désastres. Ici
se réfugièrent les Arabes survivants, chassés et massacrés
dans toute l'Asie centrale, bien des tribus de race iranienne que l'on désigne sous le nom général de Tadjiks,
puis les Kiptchaks refoulés des steppes de la Volga et du
delta de l'Oxus, plus tard les Karakalpaks des rivages de
l'Aral, enfin les Hodjas du Kaschgar voisin, fuyant la
tyrannie chinoise.

Le pays que Quinte-Curce décrit et qu'il nomme Bazarie, rappelle également le Ferghanah. Il assure qu'il y avait beaucoup de bêtes féroces et des forêts immenses. En effet, le Ferghanah possédait jadis de grandes forêts, qui regorgeaient de tigres, de léopards, de sangliers, etc.

Au IIe siècle avant Jésus-Christ, les Gètes, ou les Iou-Tchi des textes chinois, fondèrent dans le Khotan leur royaume et, passant la ligne de faite, pénétrèrent dans la vallée du Sir-Daria, occupèrent la Transoxiane, la Sogdiane et la Bactriane, où ils mirent un terme à la domination grecque. Leurs ennemis les Oussounes, de race indo-germanique, leur enlevèrent le Feï-Ga-Na (Ferghanah), qui devint dès lors le *Gicossioun* des écrivains chinois. A la fin du Ier siècle après Jésus-Christ, les Chinois s'emparèrent de la Bactriane et étendirent leur domination jusqu'à la mer Caspienne. La Chine perdit un moment sa suprématie à cause du voisinage des Toukiou, de race mongolo-turque; mais au VIIe siècle elle les chassa de la Sogdiane, du Sir-Daria et de l'Ili. Toutefois sa puissance ne dura que jusqu'au début du VIIIe siècle. A cette époque les Arabes s'établirent solidement dans la contrée comprise entre l'Oxus et l'Yaxarte. Les Chinois se retirèrent vers l'Orient; les peuples de race turque vinrent les remplacer et interrompre pendant trois siècles les relations de la Chine avec l'Occident.[1]

Bientôt des changements rapides se suivent dans cette contrée. Le royaume persan des Gasvanides (901) s'étend au Sir-Daria. En 950, les Gveï-Gou, peuple mongol, chassent les Gasvanides des vallées supérieures des fleuves, et en l'an 1000 ce royaume se limite à Balkh. D'autres peuplades nomades font apparition : les Hitans de la Mandchourie occupent en 1125 le Kharezm, Boukhara et Samarcande, jusqu'au Ferghanah. Vers ces temps-là, le Ferghanah acquiert les traits fondamentaux de sa structure politique. Non loin d'Osche s'élève Ouzguent, ville déjà importante en l'an 1000; à Akhzi est la résidence des princes; Marghélan devient la capitale sous les khans

Ileks du Turkestan (990-1212). L'arabe Edrizi arrive en
1140 au Ferghanah et vante l'activité des échanges avec
le Tibet. A l'en croire, le Turkestan, Al-Tork, commençait aux limites du Ferghanah. Le premier il cite les Kil-
ghiz (Kirghiz actuels) vivant entre le lac Balkach et la mer
d'Aral. Parmi les nomades entourant le Ferghanah, il
nomme les Hiftchaks (Kiptchaks) et les Boulgars.

Dès le début du xiiie siècle les hordes nomades de la
Mongolie commencent à s'agiter et à s'ébranler vers l'Asie
centrale. Sous la conduite de Temout-Tchin, né aux environs du lac Baïkal, choisi pour tchinguiz-khan de toutes
les peuplades turques et mongoles (1206), elles envahissent
le Sir-Daria, conquièrent Khiva, au zénith de sa puissance,
qui s'étendait jusqu'à la Perse et à l'Inde, détruisent les
foyers de civilisation comme Samarcande. Ces conquêtes
et la prise de Khodjent, malgré la courageuse défense de
Timour-Mélik, ouvrent l'accès du Ferghanah, qui cependant n'eut pas à souffrir de dégâts, car il ne contenait
aucune ville célèbre par ses richesses ou monuments, et
n'était qu'un pays de pasteurs et d'agriculteurs.

Une des hordes nomades de Gengis-Khan, ayant vaincu
les Persans et les Grecs de Byzance, se dirigea vers l'Asie
Mineure et l'Europe, où elle fonda plus tard l'empire
ottoman. Le Turkestan occidental devint le centre de
l'empire Djagataï (1277).

A la fin du xive siècle, Timour fonda à son tour un nouvel
empire, qui comprit le Ferghanah. Ce pays conserva
cependant ses relations avec la Chine. L'ambassade envoyée
de Perse en Chine par le fils de Timour revint par les
passes de l'Alaï, par Andidjan et Samarcande. Le Vénitien
Barbaro, envoyé en mission en Perse (1480), dit que les
cini, macini et *cathaïenses mercatores*, prenaient le chemin de Samarcande pour aller de Chine en Perse.

Au milieu du xve siècle, la tribu des Ouzbeg se rend
célèbre dans les steppes du Turkestan, tandis que leurs
congénères les Osmanlis s'emparent de Byzance.

A l'extinction des Timourides, toutes les contrées situées sur le cours supérieur de l'Amou-Daria se partagent en vingt-sept principautés plus ou moins soumises à la souveraineté des khans turcs, qui résidaient sur la rivière Tchou, au nord du Ferghanah. Ces principautés se conservèrent plus ou moins transformées jusqu'à nos jours.

En 1494, le Ferghanah échoit à Baber, dernier timouride qui monte sur le trône à l'âge de douze ans. Le sultan Baber a laissé une description intéressante de sa patrie. Le Ferghanah comprenait sept cercles et avait pour capitale Andidjan. Andidjan jouissait jusqu'au xviii° siècle d'une telle renommée, que les Chinois appellent encore aujourd'hui *Andidjanes* tous les marchands qui font le commerce avec la Chine. Baber fut chassé par les Ouzbeg, qui s'établirent entre les deux grands fleuves de l'Asie centrale et envahirent toute la contrée jusqu'au Ferghanah et au Koundouz inclusivement. Cheïbani-Khan s'empara en 1502 de Taschekent. Toutefois chacun des sept cercles du Ferghanah (Andidjan, Marghélan, Osche, Namangan [Akhzi], Kassan [Toussa], Khodjent, Asférah) existant sous le sultan Baber conserva ses princes indépendants jusqu'au milieu du xviii° siècle. En 1758, après la prise de Taschekent par les armées chinoises, tous ces princes reconnurent la suzeraineté de la Chine. Celle-ci ne dura pas longtemps. Un des chefs ouzbeg Chah-Rokh-Beg, venu des rives de la Volga, fonda le khanat de Cocan et établit sa résidence à Coucan, à 20 kilomètres à l'ouest de la ville actuelle de Cocan. Le Ferghanah avait été entraîné dans l'insurrection des populations musulmanes, des Touraniens, contre la Chine. Il est vrai qu'en 1759 le khan de Cocan fit bon accueil aux officiers chinois et au père jésuite Félix d'Arocha et deux ans après envoya une ambassade en Chine. Mais en 1763 les Ferghanais faisaient irruption dans la Kaschegarie septentrionale, d'où ils furent cependant repoussés avec perte. L'inimitié entre la Chine et le Cocan dura encore longtemps.

Néanmoins le khanat de Cocan allait s'agrandissant.
En 1805 il comprenait les villes de Taschekent et d'Ak-
Mesched. En 1827 le khanat donnait asile aux insurgés
mahométans de la Chine et les encourageait dans leurs
attaques contre Yarkend et Khotan. Après le sac des villes
du Turkestan oriental, les Kirghiz de Cocan revinrent
chargés de butin et donnèrent à leur khan le nom de
Gazi, champion de la foi musulmane.

Depuis cette époque, le khanat de Cocan devint le
théâtre de guerres continuelles avec les voisins, contre
Khiva et Boukhara, et d'une anarchie perpétuelle à l'intérieur. Ses conquêtes s'étendirent jusqu'à tout le Turkestan occidental, jusqu'à la mer d'Aral. Les limites du
khanat allaient bien au delà du Sir-Daria, vers les steppes
de la Sibérie occidentale, immenses étendues de pays où
des troupeaux de chameaux, de chevaux et de moutons
erraient à l'aventure sous la conduite des Kirghiz à demi
sauvages, sujets nominaux du Cocan qu'ils pillaient, le
cas échéant, ou qu'ils fuyaient, en cas de danger, pour se
réfugier sous la protection du tsar. Pour surveiller ces
populations nomades, les khans de Cocan possédaient sur
toutes les principales rivières, sur tous les points stratégiques importants, des villes fortifiées et des forteresses
situées dans la vallée de l'Yaxarte, telles que Ak-Meched
(Perovsk), Azret ou Turkestan, Tchimkent, Aoulié-Ata,
Tokmak, Pischkent, Taschekent, Khodjent et autres.

L'histoire du khanat n'offre qu'une longue suite de
révoltes, de massacres, de conjurations et de perfidies,
de meurtres et d'atrocités inouïes. Les khans et leurs
dignitaires, les hakims et les begs, se font les bourreaux
des sujets, véritables troupeaux de bêtes, qui ne vivent
et ne travaillent que pour être égorgés sans pitié au
premier caprice du maître.

Le dernier khan, Khoudoïar, longtemps sous la tutelle
d'un régent, prit le pouvoir en 1850, mais devint bientôt
le jouet des partis : Sartes, Ouzbeg, Kiptchaks se le dis-

putaient tour à tour. Les horreurs et les cruautés qu'il commit sont vraiment incroyables; on peut s'en faire une idée par le massacre des Kiptchaks.

Les Kiptchaks ont joué au Cocan un rôle important. Par leur origine ils appartenaient à une des principales branches des armées que Gengis-Khan expédia en Europe sous les ordres de son parent Batou-Khan. Quand la Horde Kiptchak ou Horde d'or fut détruite par le tsar Ivan, beaucoup de Kiptchaks retournèrent dans l'Asie centrale, soit sur le Sir et l'Amou-Daria, soit au Cocan. La fertilité et la sûreté de ce pays attiraient toujours les nomades. Les Kiptchaks habitués à vivre dans la plaine et à labourer la terre, occupèrent les contreforts et les coteaux les plus proches de la vallée du Ferghanah, et s'établirent non loin des populations sartes dont ils devinrent les rivaux dangereux. Plus énergiques et plus hardis que les Sartes, les Kiptchaks, qui se considéraient comme une race de conquérants, devinrent bientôt les maîtres du gouvernement.

Leur influence sur l'État atteignit à son faîte vers 1840, sous Chir-Ali-khan et Khoudoïar-khan, quand le Kiptchak Moussoulman-Koul prit la régence et devint *mingbaschi*, espèce de grand-vizir. Les persécutions et les atrocités ne cessaient contre les Sartes et leurs mollahs. Les Kiptchaks chassaient les softas des médressés, brûlaient les livres sacrés, humiliaient les oulémas, dépouillaient les Sartes de leurs maisons et de leurs vergers, coupaient les arbres, enlevaient les ariks, prélevaient un tribut arbitraire sur l'eau commune. Point de justice pour les Sartes; chaque jour avaient lieu de nouvelles exécutions.

Toutes les dignités et fonctions appartenaient aux Kiptchaks. La garnison de Cocan, le conseil du khan Khoudoïar étaient composés de Kiptchaks. Moussoulman-Koul dictait la loi. Quand le jeune khan commença à démêler les intrigues et les cruautés commises autour de lui, il décida de se débarrasser de la *race diabolique*. Il gagna à sa cause les troupes de Taschekent et les Sartes de Cocan. Le 27 kourban 1851, pendant le sélam ordinaire dans l'Ourda, tandis que les Kiptchaks irrités entouraient Khoudoïar en proférant des menaces de mort, les Taschekentois font irruption dans le palais, en tuant tous ceux qu'ils y rencontrent. A cette nouvelle les Sartes de la ville s'arment et se joignent aux troupes pour mettre à mort les oppresseurs détestés.

Quelques jours après se livrait la bataille de Balkillam : les Kiptchaks survivants, réunis sous le commandement de Moussoulman-Koul, furent battus par les troupes du khan. Leur chef tomba au pouvoir du khan avec beaucoup d'autres compagnons. Une longue file de prisonniers se dirigea sur Cocan. De temps en temps le cortège s'arrêtait et les bourreaux coupaient la gorge à plusieurs victimes. Sur la place, devant l'Ourda, on dressa un poteau au sommet duquel fut hissé Moussoulman, chargé de fers. Toutes les deux heures, on amenait devant ce poteau des condamnés que l'on égorgeait sous les yeux du chef. Ce carnage dura trois jours. Enfin, l'ex-régent et *ming-baschi* fut pendu en présence du khan, sur la place du marché. Des soldats furent expédiés dans tous les villages kiptchaks avec l'ordre de massacrer tous les Kiptchaks mâles sans en épargner aucun. On leur donnait la chasse comme à des bêtes sauvages, puis on les tuait par centaines. Bien peu se sauvèrent ou s'enfuirent dans les montagnes chez les Kirghiz. On éleva avec les têtes des morts de grandes pyramides dont une comprenait jusqu'à 20 000 têtes. Ainsi finit le pouvoir des Kiptchaks, comme autrefois celui des janissaires et des mamelouks.

Cependant la dernière heure du Cocan allait bientôt sonner. Dans un conflit avec la Russie il perdit Ak-Mesched. A dater de 1853 l'anneau de fer des avant-postes russes commence à se resserrer autour du khanat des deux côtés à la fois, à gauche par Orenbourg et la mer d'Aral, à droite par la ligne de Sibérie. L'un après l'autre tombèrent tous les remparts situés sur le Sir-Daria ou près de ses rives, tandis que la colonne de Sibérie s'avançait vers le lac d'Issi-Koul et les pâturages des Kirghiz montagnards. En 1866 les Russes s'emparèrent de Tachekent. Cette célèbre ville, l'ancienne Chache, avec laquelle trafiquaient les Khozars et les Bulgares de la Volga, le centre le plus populeux et le plus riche du commerce asiatique, pour la possession duquel luttaient depuis si longtemps Boukhara et Cocan, servit de point de ralliement aux armées russes. La conquête de Tachekent fut le résultat du mouvement concentrique des Russes pour fermer l'anneau de fer qui devait river les steppes des Kirghiz de la Grande et de la Moyenne Hordes, nominalement sujettes de la Russie, cause de conflits continuels avec le Cocan.

Oubliant son hostilité séculaire, Boukhara entra à son tour en lice et prit part à la lutte contre l'ennemi commun. De là pour les Russes la nécessité de ne pas s'arrêter à Taschekent, mais de poursuivre leur marche en avant. L'occupation de Khodjent, à l'entrée du Ferghanah, et de Djizak, aux portes de la Boukharie, ainsi que celle de Samarcande avec la vallée du Zarafchan plus tard, sépara entièrement les deux khanats asiatiques qui perdirent tout point de contact. Dès lors le Cocan se limita à la vallée du cours supérieur du Sir-Daria et des chaînes de montagnes qui l'encadrent. Dix ans encore il traîna une existence misérable. Enfin, en 1876, Skobelef acheva la conquête du Cocan, dont le nom fut à jamais effacé de la carte de l'Asie centrale.

CHAPITRE VIII

L'ALAÏ

En descendant à l'hôtel de la douane, nous trouvons la mission au complet. Tous les membres de l'expédition ont été exacts au rendez-vous; officiers et soldats n'attendent plus que le signal pour monter en selle et prendre le chemin des passes de l'Alaï.

L'organisation de notre petite caravane est presque achevée et chacun se hâte de mettre la dernière main à ses apprêts. Très curieux coup d'œil que celui qu'offre notre campement, au milieu de la cour et du jardin contigu, où plusieurs dizaines de chevaux de bât et de selle sont attachés au piquet, sous la feuillée épaisse des acacias et des peupliers, où gardes-douaniers, cosaques et djiguites, Sartes métissés ne font qu'aller et venir, portant ou exécutant des ordres, serrant, empilant, pressant et liant les colis et ballots de la caravane. La cour est remplie de gens et de bêtes, criant, se démenant, marchandant et essayant chevaux, selles, costumes et fourrures de voyage.

Nous avons acheté des pelisses courtes en peaux de chèvre, légères et commodes, qui nous tiendront plus chaud que les bourkas; puis des bottes molles en feutre, des pantalons de cuir doublé, et une haute selle de Caucase. Nos chevaux sont de bonnes bêtes, tranquilles et sociables, qui feront vite connaissance avec nous et deviendront bientôt nos meilleurs amis. On a déjà expédié l'ordre aux autorités de préparer du fourrage et des kibitkas ou yourtas sur notre chemin. Les trajets seront de 30 à 40 verstes par jour, souvent même moins que cela, selon le temps et le pays. D'ailleurs, vu que la saison est déjà fort avancée et afin d'éviter le risque de rencontrer des neiges, les chefs de l'expédition ont décidé d'abréger le trajet et de se diriger vers le Caratéghine, en franchissant la chaîne de l'Alaï.

Nous voulons également faire l'essai de nos montures et nous nous rendons en grande compagnie, à travers les rues et les avenues, au jardin de la ville, où fort à propos un amateur de photographie reproduit sur le verre notre cavalcade groupée sur la pelouse du parc.

Officiers, cosaques et djiguites, tous veulent faire partie du groupe qui présente l'assemblage le plus frappant de nationalités hétérogènes. Parmi les indigènes, je remarque un nouveau type de Sarte, métissé de sang mongol et iranien, aux lèvres fines, aux poils rares sur le menton et les joues, rappelant en quelque sorte un eunuque; puis, de véritables Kirghiz, race forte et bien bâtie, à large ossature, au teint foncé, à la chevelure hérissée, au regard dur et hardi. Le bonnet pointu avec des bords relevés en feutre blanc dont ils se couvrent le chef, leur donne un air fort belliqueux, en contrastant avec le teint noir ou bronzé du visage. Ce sont des Kara-Kirghiz, c'est-à-dire Kirghiz noirs, peuplades habitant les versants de la chaîne montagneuse de l'Alaï. Nous les retrouverons bientôt dans les montagnes, où nous apercevrons leurs kibitkas tantôt perchées sur les flancs et les pentes, tantôt cachées dans les vallons obscurs, tantôt dressées au milieu de pacages luxuriants.

Le moment du départ approche. Déjà le premier convoi de chariots et de chevaux de bât avec nos bagages et diverses provisions s'est mis en route : car il doit nous précéder jusqu'à la première étape, à l'entrée de la gorge de l'Alaï.

Le 5 août, tous les membres de l'expédition, en tenue de campagne, assistent à un service religieux : tout bon orthodoxe n'entreprend jamais un voyage sans demander à Dieu aide et assistance. Après avoir invoqué le Seigneur, le prêtre nous adresse de brèves, mais touchantes paroles pour nous raffermir dans nos projets, nous armer du courage et du sang-froid indispensables au milieu des fatigues et des périls de la route. A ce moment, chacun de nous se sent saisi d'une émotion sincère et se transporte en pensée bien loin d'ici, au foyer de famille, où il revoit ses proches et ses amis, et leur adresse un salut du fond du cœur. Mais ce nuage se dissipe vite. Un banquet fraternel nous réunit tous, joyeux convives, à la même table : à chaque toast, on boit au succès de l'entreprise, on fait les plus heureux pronostics. Au sortir de table, chacun enfourche sa monture et, au signal donné, se serre à la file, à la suite du chef, qui ouvre la marche à travers les larges avenues conduisant hors de la ville.

En quittant Novoï-Marghélan, on laisse derrière soi les allées ombreuses, la fraîcheur et le murmure des ruisseaux, et l'on pénètre brusquement dans une plaine ouverte, entrecoupée de champs et de vergers arrosés et brûlés par un soleil implacable. La poussière de l'argile jaunâtre du chemin, sous la réverbération des rayons lumineux, devient aveuglante et fort gênante. Après une marche pareille, sur une trentaine de verstes, nous arrivons à Outche-Kourgan, où nous descendons dans l'enceinte de l'*ourda* bâtie par le khan Khoudoïar. Les aksakals kirghiz du village nous ont préparé en plein air un festin oriental sur des tables rustiques, entourées de sièges et de divans encore plus originaux, recouverts de légers

tapis ou de pièces de feutre. Nous faisons honneur aux
fruits savoureux, aux melons dont le parfum délicat
embaume l'air et au thé rafraîchissant quoiqu'on le prenne
bouillant; car, il faut le dire, le thé est une boisson récon-
fortante et hygiénique au plus haut point dans les excursions et les marches, soit par des chaleurs tropicales, soit
par des froids rigoureux.

A mesure que l'on s'élève vers la chaîne de l'Alaï, l'haleine de l'atmosphère devient moins embrasée. Des collines, des mamelons, tantôt jaunis, tantôt verdoyants,
apparaissent comme la houle sur la mer : ils portent des
moissons de céréales *bogara*, sur des champs non irrigués.
Plus loin, les champs cessent, les pâturages y succèdent :
çà et là quelque *kichelak*, où les Kirghiz séjournent pendant l'hiver. Mais le campement d'hiver, le *zimovnik*, ainsi
que les Russes l'appellent, est un enclos avec une ceinture
de murs en argile (*douvalas*) à moitié délabrés, avec une
petite chaumière à toit plat, à peine visible, dans un coin.
Deux ou trois arbres chétifs et rabougris servent en quelque
sorte d'enseigne. Autour de cet enclos, les Kirghiz dressent en hiver des tentes, des *kibitkas* ou des *yourtas*, pour
se mettre à l'abri des tempêtes de neige et des rafales
glaciales.

A partir d'Outche-Kourgan nous suivons le cours de
l'Isfaïran. Plus on monte, et plus les saillies des rochers
pelés se dressent devant vous et cachent à vos yeux le
panorama des neiges et des crêtes. Surgissant des deux
côtés, elles forment un vallon, un défilé presque, où l'Isfaïran coule à grand bruit. L'Isfaïran est le type des
rivières de montagnes : il se brise en mille flots sur les
galets, impatient d'atteindre la vallée, de sortir de l'étreinte
en sautant par-dessus des blocs immenses de roches.

Il faut cependant presser le pas de nos montures pour
atteindre le poste d'Aoustan, situé au milieu des premiers
contreforts de l'Alaï, dans une localité appelée Caraoul.
Mais la nuit nous surprend en chemin et nous devons nous

confier à nos chevaux pour traverser un dédale de rochers, rendu plus sombre encore par l'obscurité. De temps en temps, mon bon petit cheval kirghiz, auquel j'ai abandonné la bride, fait des bonds par-dessus les pierres encombrantes, les fossés ou les ruisseaux, dont les eaux m'éclaboussent fort à propos le visage pour me tenir éveillé. Enfin nos bêtes s'en tirent à l'avantage général et au bout de quelques heures de pareil cheminement à tâtons, nous apercevons les feux du poste d'Aoustan. Le convoi des chevaux de bât avec nos effets et bagages, ainsi que les cosaques et les djiguites de l'escorte, ne rejoignent le lieu de l'étape que fort tard dans la nuit.

Malgré ce léger incident, nous avons fait une bonne marche, car de Novoï-Marghélan à Aoustan on ne compte pas moins de cinquante verstes.

Cette première nuit, passée au milieu des montagnes, dans un site isolé, loin de toute habitation, sans le confort et les soins auxquels on s'habitue si facilement dans les villes, produit une curieuse impression sur l'homme civilisé. Dès l'abord il se sent désorienté, perdu au milieu de cette nature rude et sauvage, qui l'entoure et l'écrase de toute sa grandeur. A la longue pourtant, il finit par se familiariser avec ce milieu, par se faire aux mœurs et aux habitudes des demi-sauvages, à leur contact journalier : puis, la pureté de l'air, la salubrité du climat dans ces régions élevées, l'exercice régulier des marches quotidiennes à pied et à cheval, suivant les circonstances et les sentiers, l'absence des soucis et des tracas qui l'obsèdent dans les villes, une nourriture sobre, mais salutaire ; bref, la vie de campagne et d'expédition aidant, l'homme civilisé subit un entraînement réconfortant, fort adapté à ses muscles et à ses facultés émotionnelles. Il oublie tout à fait ses habitudes invétérées, les besoins mesquins, mais indispensables dont il est depuis sa naissance l'esclave, et il s'abandonne complètement à la liberté de cette nouvelle vie, si simple et en même temps si pleine d'impressions saines et vigoureuses.

Mais avant de poursuivre notre chemin, faisons une plus ample connaissance de la région que nous allons traverser.

Avant d'aborder le Pamir, le voyageur qui laisse la région du Ferghanah doit franchir la haute et longue chaîne des monts Alaï. Se détachant à l'est, au col de Souiok (Kara-Kabel) du grand massif du Tian-Chan, les *Monts Célestes* proprement dits, la chaîne de l'Alaï décrit d'abord une courbe dont la convexité regarde le Ferghanah, et, seulement après la passe de Chart, elle se tourne résolument à l'ouest, tout en maintenant sa direction méridionale, et enfin elle se termine au groupe du Kok-Sou, à proximité des glaciers du Zarafchan.

Son altitude moyenne atteint environ 16 000 pieds (4 876 mètres), c'est-à-dire qu'elle dépasse de 2 000 pieds la ligne des neiges persistantes. La section occidentale de l'Alaï est plus élevée que la section orientale : les sommets y atteignent 18 000 et même 19 000 pieds (6 200 mètres). Les deux versants ne sont pas d'égale structure : tandis que le versant méridional finit brusquement en murailles abruptes, le versant septentrional détache des contreforts plus ou moins parallèles, qui, pénétrant par une pente douce dans le bassin du Ferghanah, forment deux régions montagneuses différentes : le Kitchi-Alaï et l'Alaï-Kou.

Une ligne que l'on tracerait à partir de la rivière Sokh dans la direction de Vouadil, Outche-Kourgan, Naoukat et Osche pourrait représenter le rebord septentrional de la chaîne, car ces localités gisent dans la plaine du Cocan et ferment l'accès aux cols qui entaillent les montagnes dans le sens perpendiculaire. Au nord de cette ligne, des chaînons secondaires courent parallèlement à l'arête principale, mais ils sont complètement isolés.

Bien plus élevés sont les sommets de la ligne montagneuse de Vouadil à Osche. Le plus connu d'entre eux est le Guézart-Agart, haut de 15 000 pieds (5 000 mètres). Cette chaîne secondaire se joint à l'arête principale entre les cols de Tenghisbaï et de Kavouk. Dans l'intervalle compris entre le Guézart-Agart et l'Alaï principal, le torrent Tourouk s'ouvre un passage à travers une gorge fort étroite et longue de 30 kilomètres, appelée par les indigènes Kitchi-Alaï, Petit-Alaï.

L'Alaï dresse sa muraille de hauteurs ininterrompues, séparées par des cols faiblement entaillés dans la sierra, dont la plupart se trouvent à une grande altitude absolue, supérieure parfois à la limite des neiges. Citons, en commençant par l'ouest, le col de Kara-Kazik (14 770 p.), d'un accès difficile et en pente rocailleuse; le col de Tenghisbaï, appelé également Koï-Djouli (12 700 p.), descendant en pente douce : tous les deux servent aux communications de Marghélan avec la grande vallée de l'Alaï. Viennent ensuite les cols de Kavouk, Touz-Achou, Kendik, Sarik-Mogol et Djiritik, qui n'ont qu'une importance locale pour le Kitchi-Alaï. Enfin les plus remarquables et fréquentés parmi ces passages sont ceux de Terek-Davan (12 700 p.), de Chart (12 800 p.), d'Argat et de Taldik (11 600 p.). Ces deux derniers présentent le plus de facilités. Sur le Taldik passe depuis 1893 une route carrossable, menant d'Osche à Goultcha et de là à Saritache dans la vallée de l'Alaï. Le Terek-Davan offre la voie la plus brève au Kaschgar et est la seule passe ouverte presque toute l'année, sauf pendant les mois des neiges et des avalanches.

Dans la section orientale de l'Alaï, les cols de Bézéouli, Naourous, Tart-Koul, Savoyar-Din, Kougart, Djitim-Achou, Souiok et autres, ouvrent un passage difficile ou impraticable à travers l'Alaï-Kou.

De nombreux cours d'eau descendent des monts Alaï. Ceux qui viennent du penchant méridional portent un volume d'eau moins considérable et ont un cours plus bref; ils tombent en cascades dans la vallée de l'Alaï. Les cours d'eau du versant septentrional ont plus d'importance. Les principaux sont : le Sokh, qui sort de l'extrémité la plus occidentale de l'Alaï et arrose la ville de Cocan; le Chakhi-

mardan, qui baigne Marghélan et descend du col de Kara-
Kazik; l'Isfaïran, originaire du Tenghisbaï et arrivant
jusqu'à Novoï-Marghélan; l'Ak-Boura, dont les affluents
proviennent du Kitchi-Alaï; le Kourchab, formé par la
réunion du Tchiguirik avec le Goultcha. L'affluent de cette
dernière rivière, le Taldik-Sou et les torrents Argat-Sou
et Chart-Sou, qui se jettent tous deux dans le Taldik, conduisent aux passes de Taldik, d'Argat et de Chart. L'autre
affluent du Goultcha, le Terek-Sou, aboutit au col de
Terek-Davan.

La plupart des rivières mentionnées tarissent avant
d'arriver à l'Yaxarte, car elles servent à alimenter beaucoup de canaux d'irrigation. Les affluents de ces rivières
sortent des chaînons situés plus au nord de l'arête principale. Ils courent dans les vallées longitudinales, mais
leur cours ne dépasse pas les échancrures transversales de
l'arête montagneuse. Les vallées de ces torrents ou rivières
sont donc fort étroites et le passage en est fort pénible.

Sur le penchant méridional, notons les principaux courants qui portent les mêmes noms que les précédents.
Ainsi du Terek-Davan descend le Terek-Sou, qui se déverse
dans le Kok-Sou, cours supérieur du Kizil-Sou oriental
(bassin du Tarim). Des cols de Chart et de Taldik courent
les torrents Chart-Sou et Taldik-Sou. Du Tenghisbaï sort
le Daraout-Sou; du Kara-Kazik coule le Kok-Sou. Ces
quatre petits courants se jettent dans le Kizil-Sou occidental, nommé également Sourkhab dans son cours
moyen au Caratéghine et Vakche dans son cours inférieur
jusqu'à son confluent avec l'Oxus. Le Kizil-Sou, la Rivière
Rouge, à cause de la couleur de ses eaux mélangées à
l'argile des terrains tertiaires, constitue la branche septentrionale du plus grand fleuve de l'Asie centrale, l'Amou-
Daria, tandis que le Pandje, qui descend des glaciers du
Pamir, en est la branche méridionale. Avant de pénétrer
dans le Caratéghine, où il porte le nom de Sourkhab, qui
signifie en langue tadjique également rivière rouge, le

Kizil-Sou traverse une plaine assez vaste, dont la largeur varie de 15 à 40 kilomètres et la longueur s'étend sur 150 kilomètres de l'est à l'ouest.

Cette vallée est le Dacheti-Alaï ou simplement l'Alaï, le Paradis des Kirghiz. Située au débouché des défilés, élevée de 8 000 à 10 000 pieds au-dessus du niveau de l'Océan, elle a pour rebords au nord la grande arête de l'Alaï et au sud la chaîne encore plus imposante du Transalaï. C'est le véritable plateau, type de tant d'autres plaines élevées comprises entre les montagnes de l'Asie centrale.

Du côté de l'ouest, l'espace argileux, çà et là mélangé de sel, mais offrant de riches pâturages, se rétrécit et se creuse en même temps; il se change en vallée, puis en une simple gorge, où il ne reste de place que pour les eaux du Kizil-Sou.

Les torrents et les ruisseaux qui y affluent roulent aussi des eaux de sang, provenant des sédiments argileux produits par l'érosion des couches du trias.

C'est vers ce fleuve et cette vallée que nous nous dirigeons; c'est par le col de Tenghisbaï que nous franchirons l'énorme saillie qui a plus de 100 verstes de largeur en ligne droite.

Le massif de l'Alaï a un aspect rude et sauvage, qui impose à ceux qui le visitent; l'absence presque complète de végétation le rend sévère et monotone. A rares intervalles, perchés ou accrochés aux flancs des rochers, cachés au fond des gorges et des vallons, le genévrier tordu (*juniperus pseudosabina*), le *peuplier de pierre* (*populus nigra*), le bouleau (*betula sogdiana*), font une tache sur le fond grisâtre du tableau. Quelques arbustes, comme le sorbier, le *rhododendron chrysanthcum*, le *berberis heteropoda*, le *lonicera*, le *crataegus*, etc., y poussent isolés çà et là entre les roches. Cependant, à l'est de Goultcha, à une altitude de 10 à 12 000 pieds, les pentes septentrionales de la chaîne sont boisées de pins et de sapins.

Sur le même versant croissent la mûre sauvage et diverses espèces de saule et de peuplier : cette végétation s'étend de l'est à l'ouest et gagne par les gorges le versant méridional, au delà du méridien du Kara-Kazik.

Sur le Taldik, on aperçoit des bois de pins couvrant les flancs et les pentes des monts ; ils s'élèvent à des hauteurs où l'œil les distingue à peine. On y voit des cigognes noires et des canards dorés au plumage de couleurs éblouissantes.

De toutes ces essences, le *peuplier de pierre* et le genévrier sont les plus originaux. De loin le peuplier ressemble à un olivier, creusé, aux branches coupées. Son tronc, court et gros, avec un maigre bouquet de rameaux et des nœuds aux jointures, rappelle les vieux oliviers de Provence. Il pousse presque toujours sur un rocher et est dur comme la pierre. Ni la hache ni la scie ne l'entaillent et il peut rester des années dans la terre et dans l'eau sans pourrir.

L'*artcha* ou genévrier (*j. pseudosabina*) est plus durable encore : tordu et retordu dans tous les sens, avec des branches nouées et tressées de mille manières, ce genévrier emprunte sa dureté et sa force au sol aride et rocailleux où il enfonce ses solides racines. Ses feuilles ont beaucoup d'analogie avec celles du cyprès.

Les vallons de l'Alaï sont parfois couverts à une hauteur élevée de buissons touffus de ronces aux longues épines, dont le chameau se repait avec plaisir. C'est le gîte des faisans, qui sont devenus plus rares depuis que l'on détruit ces ronces.

Le silence solennel de la nature est seulement interrompu par l'écho des torrents qui se brisent en bruyantes cascades et les cris aigus des marmottes jaunes (*arctomys caudatus*) qui, debout sur leurs pattes de derrière, saluent le voyageur au passage, tandis que des aigles et des faucons à grande envergure décrivent de larges cercles autour des sommets pointus.

Les chemins, à peine tracés par les sabots des bêtes de somme, s'enfoncent dans des gorges étroites et sont pénibles pour les habitants de la plaine. Le sentier serpente en corniche au-dessus des précipices, ou bien longe des pentes fort raides, appelées *kiya* par les Kirghiz. Tantôt il se faufile entre des blocs énormes de roc, tantôt il traverse des balcons, fixés aux endroits où la corniche cesse. Ces balcons sont faits de traverses de bois, jetées sur les deux bords de la corniche; on y entasse des branches et de la terre battue, de façon à établir un tablier suspendu, large au plus de 75 centimètres, appuyé à la montagne.

On rencontre fréquemment des ponts suspendus, à peu près de la même structure que les balcons. Ces ponts sont formés invariablement de deux poutrelles de genévrier ou de bouleau plus ou moins équarries, posées d'une rive à l'autre et recouvertes de petites planchettes du même bois ou de branchages. Ces ponts se rencontrent dans toutes les montagnes de l'Asie centrale. Mais au Caratéghine et au Darvaz ils deviennent presque dangereux à cause de l'écartement des rives et à cause de la hauteur du pont au-dessus de la rivière. Ils oscillent fortement au passage, et il nous arrive de voir les pieds des chevaux porter à faux dans l'entre-bâillement des planches ou les interstices des branchages, et d'être obligés de mener les animaux par la bride. Les indigènes disent que ces ponts sont tellement légers qu'ils dansent au passage d'un chien.

Souvent il faut passer des gués, ce qui gêne les piétons quand l'eau est froide et profonde, et le lit de la rivière semé de gros galets. Mais le plus difficile c'est de franchir les corniches étroites, les montées et les descentes raides, surtout aux endroits où l'air raréfié coupe la respiration et provoque des palpitations de cœur.

Le soleil levant éclaire notre bivouac dans le désordre où les ténèbres ont surpris gens et animaux. A une certaine distance une nombreuse caravane de Kirghiz est campée

autour du poste d'Aoustan, dans le vallon de Caraoul. Ce
sont des pâtres rentrant au Ferghanah, dans leurs quartiers
d'hiver, avec leurs familles et leurs troupeaux engraissés
dans les luxuriants pacages de l'Alaï.

D'Aoustan à Langar il y a une distance de 38 verstes
d'après les cartes, mais qui se double facilement par les
innombrables détours que fait le sentier, à peine tracé, à
travers les rochers. Il faut donc remonter en selle et rattraper le temps perdu à réorganiser notre convoi et notre
escorte éparpillés la veille sur la route. Soixante chevaux
de selle et de bât et une quarantaine d'hommes forment
notre petite troupe expéditionnaire, sans compter l'escorte
des Kirghiz qui ouvrent et ferment la marche. Les anciens
des aouls et des campements kirghiz, que nous devons
traverser, tiennent à honneur de chevaucher à nos flancs
pour nous montrer le chemin, aider à transporter les
impedimenta, choisir les endroits de la halte de la journée
et préparer les yourtas aux bivouacs du soir.

Pendant la marche, ces braves gens ne font que passer
et repasser devant nous et se démener sans cesse comme
des possédés. Penchés et courbés à demi sur le pommeau
de la selle, vêtus de longs khalats rayés ou de fourrures
bizarres, dont les pans disparaissent dans de larges pantalons de cuir ou bien flottent sur les flancs de leur monture,
les bras enfouis dans de longues manches pendantes,
coiffés de leur bonnet blanc à pointes recourbées ou
d'énormes kolpacs de poils de mouton, ces nomades montagnards, vus par derrière, ressemblent terriblement à
des sacs chargés sur des chevaux galopant et caracolant.
Nos compagnons kirghiz se relèvent fréquemment pendant
le trajet. Aux points de halte ou à la limite du territoire des
aouls, de nouveaux *aksakals* et des *amines* viennent remplacer leurs prédécesseurs dans l'escorte d'honneur. Leurs
petits chevaux, robustes et infatigables, nous étonnent par
la sûreté de leurs mouvements dans le dédale des pierres
et des rochers. Leur cavalcade bariolée jette un peu d'ani-

Fort russe d'Irkéchetam à la frontière du Kaschgar.

mation dans le tableau sévère et monotone, quoique grandiose, qui se déroule à nos yeux.

Rien de plus laid que les vêtements des Kirghiz : ils rendent l'homme difforme et lourd. Rien de plus incommode que ces *khalats* et ces énormes *tchombars*. Comment se fait-il qu'un peuple qui s'adonne depuis des siècles à la vie de pillards et de brigands, dont l'existence se passe pour ainsi dire à cheval, sans quitter la selle, n'ait pas inventé quelque chose de mieux? Mais il faut l'avouer, ces *tchombars* imperméables rendent de précieux services en voyage. S'agit-il de traverser à gué des torrents ou de supporter la pluie, le Kirghiz cache dans ces housses de cuir, attachées à la cheville, les pans des longues fourrures et des khalats. Il y cache ainsi tout ce qui l'empêche de se tenir solidement en selle, d'en sauter lestement, de grimper sur les rochers ou de franchir les forêts. Les meilleurs *tchombars* sont faits en peau de *kiik*, mouton sauvage du Pamir et de l'Alaï. Quand il se met en campagne, le Kirghiz enfourche donc ses *tchombars* et y fourre ses habits en les serrant avec sa ceinture de cuir (*bilbaou*), à laquelle pendent tout un arsenal de couteaux, la pierre à aiguiser, la tasse dans un étui et autres objets nécessaires. De loin on le prendrait pour un guerrier habillé d'un léger veston et de larges pantalons, tandis qu'il porte sur le dos tous les habits chauds qui lui sont indispensables dans ces pays aux vents glacials et aux brouillards humides.

Nous en avons imité l'exemple et nous nous sommes pourvus également de *tchombars* sans en faire pourtant une garde-robe secrète. Teints de rouge garance, ces pantalons produisent le plus grand effet, car nous avons tout à fait l'air de hussards avec nos casquettes et nos tuniques de coutil blanc.

Le sentier va en s'élevant peu à peu : tantôt il se déroule sur un sol uni et mou, légèrement recouvert d'un mince tapis de verdure ; tantôt il se perd au milieu de roches erratiques et de quartiers de granit détachés des sommets,

encombrant le fond de la gorge, où nous nous sommes
engagés en quittant Aoustan; tantôt, enfin, il se rapproche
du lit de l'Isfaïran, aux eaux écumantes, aux cascades
bruyantes dont l'écho se répercute de montagne en montagne. Puis, il remonte de nouveau pour suivre une corniche à mi-hauteur; ailleurs, il rase de près quelque géant
dont les pieds de basalte se baignent dans les eaux du
torrent et dont la cime blanchit aux rayons du soleil ou
bien se détache sur le cobalt pur du ciel. Ensuite, il nous
mène par-dessus le lit de l'Isfaïran que l'on traverse sur
des ponts en bois tout à fait élastiques qui se balancent
violemment au passage de la troupe; fort pittoresques
sans doute, mais certes peu rassurants. Enfin, il s'engage
dans une gorge de plus en plus étroite, d'où l'on aperçoit
un coin du ciel, déjà assombri. Les chevaux grimpent
péniblement, trébuchant contre les blocs et les galets,
semés par le torrent dans le plus pittoresque désordre,
glissant sur le sol dur et rocailleux de nature granitique.

La gorge a un aspect sauvage et rude. Des blocs
énormes de marbre blanchâtre couvrent le vallon. De-ci
de-là, près du sentier ou collés aux rochers, quelques
rares bouleaux et genévriers. Dans l'intervalle, le ciel
s'est soudainement assombri; de gros et lourds nuages
descendent rapidement dans le défilé que nous suivons,
glissent sur nous, puis fondent bientôt en pluie fine, qui
se change enfin en averse. On s'arrête un instant pour
laisser passer la pluie torrentielle : chacun se hâte de se
couvrir au mieux. Puis, enveloppé dans son capuchon,
bachelik, et dans sa *bourka* caucasienne dont les longs
plis recouvrent complètement cavalier et monture, ne laissant apparaître que la tête de celle-ci, chacun poursuit son
chemin. Mon étalon kirghiz de la plaine, au nez fortement
busqué, s'est vite fait aux montagnes, qu'il monte et descend avec agilité.

Après une chevauchée de sept heures nous arrivons en
vue de notre bivouac de Langar, situé au cœur de l'Alaï,

au milieu d'un cirque uni et verdoyant, à 6 000 pieds au-
dessus de la mer. Trois yourtas ont été dressées au bord
de la rivière, rendue plus agitée et impatiente par l'ondée
abondante. Un temps de galop sur le sol détrempé, dans
lequel les sabots des chevaux s'enfoncent profondément,
et nous voici devant le bivouac, où un bon brasier nous
attend déjà pour sécher nos habits et rôtir le mouton traditionnel.

Bientôt les ténèbres enveloppent notre camp.

Les chevaux au piquet, la longe au cou, s'ébrouent
bruyamment et consomment leur ration de luzerne et
d'orge. Les hommes de l'escorte, attisant le feu des
bûchers, sont assis autour du chaudron qui tient lieu de
marmite et dont ils extraient de grands morceaux de
mouton qu'ils arrachent à belles dents et qu'ils arrosent
de larges bols de thé vert. Peu à peu les conversations
deviennent moins animées, les voix s'affaiblissent et ne
parviennent que faibles et isolées jusqu'à nos tentes; les
feux s'éteignent, quelques tisons luttent encore sous la
cendre; quelque rare ébrouement se fait entendre par
intervalles; puis tout rentre dans le silence.

Le calme de la nature est vraiment solennel : les herbes
aromatiques nous envoient quelque effluve de leurs senteurs, tandis que les eaux du torrent murmurent à l'oreille
du voyageur déjà assoupi.

Le réveil est triste et morose : une lumière blafarde
pénètre à travers les jointures de notre yourta. Les nuages
obscurcissent l'horizon et frôlent les parois de la gorge.
Quand ils commencent à se dissiper, on se remet en route.

A peine sommes-nous partis que les *aksakals* kirghiz
nous annoncent l'arrivée d'un officier russe, venant du
poste d'Irkéchetam. Suivi de son lévrier et escorté d'un
djiguite, cet officier monte un cheval à robe grise pom-
melée que je prends de loin pour un poney, tant il est
petit.

Irkéchetam est un poste fortifié à la frontière de Kasch-

garie, défendant l'entrée de la vallée de l'Alaï : il y a donc
plus de 200 kilomètres de ce point à Langar, et cet officier
les a franchis en deux jours. Tout le mérite en revient à la
robuste et agile bête qu'il monte. Elle ne trahit aucune
fatigue et reprend en notre compagnie le chemin qu'elle
vient de parcourir aussi aisément que s'il se fût agi d'une
course ordinaire. Des jarrets d'acier, des membres souples, une croupe solide et robuste, une encolure élégante
supportant une tête fine et intelligente : tel est ce petit
animal, véritable type de cheval montagnard, haut de
1 m. 1/2, sobre, infatigable, habile et intelligent, précieux compagnon de l'homme dans ces régions montagneuses. Avec quelle habileté et légèreté il grimpe sur les
pentes raides, attaquant de son sabot sûr et résolu les
roches les plus dures et glissantes! On donne à cette race
de chevaux montagnards le nom de chevaux kaschgars. Ils
servent principalement au transport des colis au delà des
arêtes élevées du Turkestan oriental.

Vers midi nous faisons halte au bord de l'Isfaïran, au
confluent du petit torrent du Kitchi-Alaï, sortant d'une fis-
sure latérale, perpendiculaire à la gorge que nous suivons.
C'est un homonyme (ce fait se répète fréquemment dans
ces pays) de la rivière du Kitchi-Alaï affluent du Tourouk,
qui traverse une gorge célèbre, appelée également Kitchi-
Alaï, mais dont les eaux se déversent dans la direction de
l'est.

Ce site sauvage ressemble de loin à une espèce de
grotte étroite et longue, prise entre les parois à pic des
montagnes.

Langar est la dernière éclaircie avant de parvenir au col
de Tenghisbaï. A mesure que l'on approche du faîte de la
grande chaîne, la montée devient de plus en plus rapide et
la gorge de l'Isfaïran se rétrécit davantage. A rares intervalles, quelques Kirghiz suivis de leurs familles et troupeaux descendent le versant. Comme j'avançais isolé de
mes compagnons, brusquement au détour du sentier,

j'aperçus deux grosses bêtes noires, armées de cornes
recourbées, qui me regardaient curieusement. C'étaient des
yaks à la robe noire, aux longs poils traînant jusqu'à terre.
Derrière eux apparaissaient les têtes des vaches et des
buffles, qu'un troupeau de brebis débordait à droite et à
gauche, grimpant sur la roche ou sautant vers le ravin : à
l'arrière-garde, des chevaux et des chameaux montés par
une famille de nomades.

Le *yak*, que les Kirghiz appellent *koutas* (*poephagus
grunniens*), est un animal précieux pour les explorateurs.
Massif et lourd, il fournit cependant tous les moyens
d'existence et de voyage. Son lait est fort nutritif; on en
fait du fromage et de la crème. Sa chair, quoique plus
dure que celle du bœuf, sert d'aliment substantiel, et sa
peau d'excellente fourrure. Le yak vit vingt ans et même
davantage. Grâce à son habileté à grimper sur les roches,
il dépasse le cheval en vitesse sur les grandes hauteurs,
mais il ne supporte pas l'atmosphère plus condensée au-
dessous de 10 000 pieds, et la chaleur le rend indocile et
paresseux. On le monte avec une selle ordinaire et on le
charge de deux paniers placés à chaque flanc.

De Langar au col de Tenghisbaï, appelé aussi Koï-
Djouli, la distance en ligne droite est de 30 verstes.

Nous arrivons avant la tombée du jour en vue d'un
cirque assez vaste, couvert d'une légère mousse, entouré
de tous côtés de murailles gigantesques : des dents, des
cônes, des arêtes, des croupes arrondies et toutes blanches de neige se dressent au-dessus du plateau verdoyant,
comme pour lui faire une couronne resplendissante de vir-
ginité. Ces massifs se pressent autour, élevant un rempart
inabordable aux téméraires explorateurs qui voudraient
souiller leur robe immaculée. Nous bivouaquons au milieu
d'un campement kirghiz à 11 800 pieds de hauteur.

A cette altitude l'air est considérablement raréfié et vif.
La température a déjà baissé en conséquence : le thermomètre, suspendu dans l'intérieur de la kibitka, n'indique

que — 5°. Nous grelottons passablement dans la soirée
sous nos couvertures de laine, dont il faut bientôt doubler
le poids avec des fourrures bien épaisses.

Malgré une altitude passablement élevée (12 700 pieds),
le col de Tenghisbaï est fréquenté par les Kirghiz et les
caravanes des marchands ambulants, *savdagars*, à cause
de la facilité relative du passage d'un versant à l'autre et à
cause du bon état des ponts, des corniches et des balcons
dont l'entretien constitue une corvée pour la population
indigène. Notre mission lui donna également la préférence,
parce qu'à travers ce col passe le chemin le plus court de
Novoï-Marghélan à la vallée de l'Alaï.

Le 8 août, par une belle et fraîche matinée, nous escaladons le dernier obstacle élevé par la nature et nous atteignons le faîte de partage des eaux de la grande chaîne. Du
col de Tenghisbaï, on jouit d'une vue splendide sur tous ces
sommets gigantesques à robe blanche que la lumière du
soleil vient caresser de ses teintes dorées. La réverbération
a beau offusquer, on détache à regret les yeux de ce magnifique spectacle qui mériterait plus d'un coup de pinceau.

A peine parvenu au bout du cône, couvert d'un léger tapis
vert, on aperçoit une gorge étroite qu'il faudra traverser,
en descendant par une pente rapide et par des degrés
taillés dans le roc. D'immenses parois à pic, nues et noires
avec des taches rouges, bornent le passage de chaque côté.
Des veines d'un rouge vif, d'un minerai de fer, lézardent
les roches. Le sentier suit en serpentine les corniches glissantes. Une fois engagés dans la descente, pierres, cailloux
et gravier, semés sur les pentes abruptes du col, se mettent aussi à rouler vers le précipice qui nous apparaît de
cette hauteur tout sombre et profond. On le contourne
longtemps jusqu'aux sources du Daraout, petit torrent du
versant méridional qui va se jeter dans le Kizil-Sou, la
Rivière Rouge. Il faut cependant marcher en zigzags, car
le cheval glisse sur la croupe et entraîne souvent les animaux qui le suivent ou le précèdent.

Ce défilé étroit porte le nom de Portes de Daraout. J'aurais bien voulu le baptiser de Petit-Darial, tellement la ressemblance est frappante avec le célèbre défilé du Caucase, quoiqu'en des proportions moindres. Il semble être le ravin profond d'une immense citadelle dont les tranchées descendent en pente sombre et les glacis se perdent dans les nuages. A mesure qu'on y pénètre, l'atmosphère devient plus obscure : les roches de granit et de basalte laissent à peine entrevoir un pan du ciel. Une demi-clarté règne dans cette gorge, rendue plus mystérieuse encore par le silence et la désolation de la nature : les parois polies de ce long et étroit couloir résonnent sourdement de l'écho de nos voix et du bruit des sabots. Nous suivons à la file le Daraout-Sou dont les rives sont garnies de quelques bouquets de fleurs alpestres, de pâles anémones, de pois sauvages à la corolle exsangue. De loin en loin, rasant les cimes du défilé, des aigles à plumage d'ébène tournoient au-dessus de ces lieux solitaires.

Après quatre heures de pareille chevauchée, à travers ce labyrinthe, on arrive au débouché de la gorge de Daraout, qui finit brusquement au seuil d'une large vallée; c'est le Dascheti-Alaï, le célèbre Paradis des Kirghiz.

Quel contraste saisissant avec le paysage précédent! L'horizon s'élargit tout à coup. La lumière et l'air coulent ici à flots : les poumons et les yeux semblent se dilater, les membres se délivrer d'un poids qui les oppressait dans le demi-jour du sombre vallon. Les nerfs et les muscles, contractés par l'attention trop continue que l'on prête au pas de sa monture, se détendent : enfin, l'homme se débarrasse d'un lourd souci.

En face on aperçoit un amas de pyramides droites, de hauteurs superposées, de toutes les nuances, noire, violette, rouge, bleue et blanche, perçant l'atmosphère légèrement voilée par les vapeurs. C'est la chaîne du Transalaï, au front couronné de pics et de sommets éblouissants perdus dans les nues. Au pied, une vaste nappe verte comme la malachite : prairie luxuriante, où se noient des huttes, des yourtas, des troupeaux de chameaux, de chevaux, de brebis, comme des êtres microscopiques dans ce grandiose et harmonieux tableau !

Tournez le regard vers le bord opposé de la plaine, vers celui que vous venez de quitter. De hautes murailles abruptes dont l'altitude n'est pas inférieure à 13 000 pieds, recouvertes de neiges éternelles, s'avancent menaçantes, comme pour défendre l'accès de la riche contrée du Ferghanah. Leurs couches de porphyre, de diorite et de granit se détachent en relief sur le fond sombre du massif.

Au milieu de ce paysage coule le Kizil-Sou. Ses berges sont dénuées de végétation. Quelques touffes d'arbustes et de buissons rompent la monotonie aux approches de Daraout-Kourgan.

Par son altitude élevée (de 8 000 à 10 000 pieds) la vallée de l'Alaï se rapproche, sous le rapprt du climat, des contrées de la zone tempérée, quoiqu'elle soit située par 39° 1/2 de latitude. Durant l'été, la température monte, de jour, quelquefois à 25° R. ; la nuit, elle descend souvent à 0°. En hiver le thermomètre baisse à — 25° et même — 30° C. Les pluies y tombent très fréquemment et sur les hauteurs plus élevées, il neige. En dehors de la période estivale, de la mi-mai à la mi-septembre, la vallée se revêt toujours d'un linceul blanc, fort épais surtout en hiver, de plusieurs mètres.

Grâce à l'abondance de l'humidité et à l'absence des chaleurs torrides, l'Alaï se couvre d'herbes basses, il est vrai, mais fort épaisses et succulentes. On y rencontre la *stipa* plumeuse, la *festuca* et autres herbes qui fournissent au bétail une nourriture abondante. Au bord de l'eau s'étend la laiche (*carex physodes*), qui a prêté son nom kirghiz de *rang* à certaines localités du Pamir. Le myosotis, la camomille, le pissenlit et nombre de papillionacées s'y mêlent également. C'est surtout aux premiers jours de juin, pendant le printemps de cette région, que la flore s'épanouit de toutes ses nuances, apportant une note gaie et réjouissante à la steppe.

Au moment même où le soleil darde ses rayons brûlants sur les plaines du Ferghanah, où le bétail cherche en vain sa nourriture, l'Alaï brille de pâturages verdoyants. Le paysage s'anime alors; des milliers de nomades, débouchant des défilés de l'arête, viennent planter leurs yourtas au milieu de ces luxuriantes prairies.

En avril, à peine les bourgeons se sont-ils éclos et le sol s'est-il couvert d'un vert duvet, que les Kirghiz d'Osche, d'Andidjan, de Marghélan, sortent de leurs demeures d'hiver et se dirigent en longues files vers les montagnes avec troupeaux et bagages. C'est une grande fête pour eux : ils l'ont attendue tout l'hiver avec impatience.

Après avoir été enfermé entre des murs d'argile, le Kirghiz s'arrache à la liberté. La fièvre le prend, il s'agite sans raison, des éclats d'un rire fou le secouent tout à coup sans motif.

Les femmes doivent faire les préparatifs de voyage. Elles font et défont les kibitkas, plient et dressent les tentes, chargent et déchargent les chevaux, les chameaux, et surveillent en route les effets et les enfants. L'homme se contente de chevaucher à côté de la caravane, d'exciter les bêtes et de faire le fainéant.

En voyage, hommes et enfants mettent leurs plus beaux habits. Ils cheminent lentement; car, bêtes à cornes, juments, chèvres et brebis ne vont pas vite. Inutile d'ailleurs de se hâter : chaque tribu a ses terrains, chaque aoul possède des pacages assignés dans une région déterminée. Certains clans s'établissent pour l'été sur le versant septentrional de l'Alaï, d'autres au delà des passes de Terek et de Taldek, ou bien ils vont plus loin au sud, dans les gorges du Transalaï, au plateau du Pamir. Les Kirghiz désignent sous le nom de *pamir* les hauts plateaux alpestres : pour eux il y a partout des *pamirs*, tandis que les géographes ne connaissent que le grand plateau, le *Toit du monde*.

Les Kirghiz sont des vagabonds séculaires : ce n'est pas seulement une nécessité, mais c'est aussi pour eux un véritable plaisir de changer de demeure. Tout le train de leur maison se trouve adapté à la selle et au bât : tout est fait pour le voyage, tout est mobile, la demeure et l'homme.

Une vieille femme kirghiz répondit à Wambéry, déguisé en derviche, qui lui avait demandé la raison de leurs continuelles pérégrinations : « Nous ne sommes pas aussi paresseux que vous, mollah! Nous ne pouvons pas rester des journées à la même place. L'homme doit se mouvoir, parce que, juges-en toi-même, le soleil, la lune, les étoiles, l'eau, les animaux, les oiseaux, les poissons, tous se meuvent : seuls la terre et les morts restent immobiles! »

L'émigration aux *djeïlaou*, aux campements d'été, est un événement important. La veille du départ on organise un festin, où figurent en abondance le *kouïrouk* (graisse de la queue de mouton), le *kaïmak* (crème fondue), l'*aïran* (lait caillé de brebis délayé dans l'eau), le *krout* (fromage de brebis aigre), le *kouja* (bouillie de millet) et la viande de mouton, de chèvre, de cheval. Le chameau n'est égorgé que dans des circonstances extraordinaires, quand le Kirghiz se rend en pèlerinage à la Mecque et offre un sacrifice à Allah.

Le festin ne se passe pas sans musique. Aux kibitkas pendent la *dombra* (espèce de guitare à trois cordes), le *kobza* (violon) et le *sobizga* (chalumeau). Presque tout Kirghiz sait jouer de quelque instrument. Outre la musique et les chansons, le divertissement préféré pendant un festin est la *baïga*, la lutte entre jeunes gens. A la fin du banquet, on allume deux bûchers et l'on place entre eux quelque vieille sorcière, gardienne des traditions et des coutumes de la tribu. La sorcière, après avoir prononcé des conjurations ou invocations, brise une calebasse vide : « Ainsi que cette cruche a volé en éclats, que tous nos chagrins s'envolent! » proclame-t-elle d'un ton solennel. Puis, prenant par la longe les chameaux chargés, elle les fait sortir de leurs étables.

A ce signal, les assistants commencent à sauter par-dessus les bûchers et à crier : « *Alas! Alas!* » (Hors d'ici!)

Le lendemain on se met en route. Après une chevauchée de quelques kilomètres, on fait halte, on dresse les yourtas, on égorge des chevaux et des moutons, on offre un nouveau sacrifice à Allah. Au moment de l'immolation le plus ancien de la famille s'écrie : « Soyons aussi heureux dans le nouvel endroit que nous l'étions dans l'ancien! »

Des éclaireurs choisis parmi les plus expérimentés prennent les devants et vont à la recherche d'un puits qui doit servir de point de ralliement, de futur campement. L'ayant trouvé, l'éclaireur fait un signe, y laisse quelque objet, pose un jalon auquel il lie un bouquet d'herbes, et le plus souvent trace sur le sol un dessin, la *tamga*; après quoi nul Kirghiz étranger n'arrêtera ses chameaux au pâturage ainsi occupé.

Car la *tamga* est le signe, la marque, le sceau qui tient lieu d'écusson et de signature chez les Kirghiz. On la retrouve souvent reproduite sur quelque rocher ou monument, et elle signifie que la communauté à laquelle elle appartient a dressé ici ses tentes. Chacune des 92 tribus kirghiz possède sa tamga qui date de temps immémorial. D'après la tradition, elle aurait été inventée par les 92 frères, chefs ou fondateurs des tribus pour distinguer le bétail. En effet cette marque est imprimée sur chaque tête de gros bétail; mais chaque tribu l'imprime à sa guise : sur la tête ou sur le flanc, le ventre, la cuisse, l'épaule et ainsi de suite.

La tamga est en quelque sorte un signe de ralliement pour les Kirghiz de la même tribu.

Des tribus entières émigrent donc dans les hautes montagnes du Pamir et de l'Alaï, dont les pâturages alpestres reviennent en partage à chaque clan, à chaque communauté. Alors se renouvellent des scènes vraiment bibliques.

De longues files de chameaux, chargés de tapis, de feutres, du treillage recourbé de la yourta (*bardanka*), de sacs rayés pleins de vêtements et d'ustensiles, d'étoffes et d'instruments de ménage nomade, marchent d'un pas mesuré, cadencé, tirant en avant leurs longs cous velus.

Les femmes Kirghiz, vêtues d'étoffes aux couleurs voyantes, portant des khalats de soie rayés, des coiffures extraordinairement hautes, se tiennent avec leurs enfants, habillés de même, assises sur le dos des plus grands et des plus robustes animaux, ornés de housses, de brides, de rubans et de festons. Elles tressent leurs cheveux en petites et minces nattes, et chaque tresse porte au bout un petit tube d'argent qui ressemble à une pendeloque.

Les femmes riches aiment le luxe, l'élégance. Elles portent une robe longue (khalat) jusqu'à la cheville et bordée de fourrure. Sur la tête, elles ont des turbans, des bonnets vraiment colossals, hauts comme des tours, enveloppés d'un voile de soie blanche, dont les bouts sont noués autour du menton. Ces nœuds en forme d'écharpe s'appellent *djaoulouk*, et le bonnet qui sert de base à tout l'édifice est le *kimetchek*, que les jeunes filles couvrent d'un voile (*djelek*) et de franges d'or, avec des monnaies et des pendeloques.

Les hommes vieux et jeunes vont à cheval, ouvrant et fermant la marche, conduisant ou poussant devant eux une troupe de vaches, de moutons et de jeunes chameaux.

Le retour aux campements d'hiver a lieu dans le même ordre.

Au commencement de l'automne, les Kirghiz reprennent le chemin du Ferghanah. Pendant huit mois la vallée reste déserte. Seules quelques localités plus basses et abritées sont habitées en hiver par les nomades, qui y ont semé çà et là des champs de luzerne, d'orge et même de froment. La plaine de l'Alaï se prête facilement aux communications; une route carrossable pourrait y être aisément tracée et reliée à celle qui existe déjà entre Osche, Goultcha

et Saritache et qui sert à ravitailler les points stratégiques que les Russes occupent dans la vallée de l'Alaï et
sur le plateau du Pamir. D'innombrables sentiers, suivis
par les caravanes et les troupeaux, sillonnent le lit mou et
plat de la vallée. Le contrefort transversal qui réunit l'Alaï
au Transalaï, et sépare les deux bassins du Tarim et de
l'Oxus, ne présente pas d'obstacles sérieux. Deux cols
ouvrent une brèche dans ce chaînon : au nord, le Taoun-
Mouroun, au sud le Kizilbel, tous deux ayant environ
11 200 pieds de hauteur. Les Russes ont élevé des fortins
à Goultcha, Irkéchetam et Saricamiche pour surveiller les
nomades kirghiz, ainsi que les menées des Chinois et des
Anglais, car ceux-ci pourraient fournir des armes perfec-
tionnées aux Kirghiz et alors la répression deviendrait plus
difficile.

Du côté de l'orient les voies qui franchissent l'Alaï
viennent, pour la plupart, se coordonner à Irkéchetam,
poste fortifié et point de frontière important, à cheval sur
la route unique du Ferghanah au Kaschgar. D'Irkéchetam
à la ville de Kaschgar, il n'y a plus que 215 kilomètres.
Les confins du Ferghanah sont suffisamment protégés par
la grande chaîne du Tian-Chan. La section orientale du
Grand-Alaï se trouve sous la surveillance du fort de
Goultcha, auquel aboutissent les sentiers qui passent par
Ouï-Tal et Soufi-Kourgan. Pour compléter la défense de la
vallée, il n'y aurait qu'à établir des postes fortifiés aux
passes du Transalaï, à Kizil-Art et à Altin-Mazar; de cette
façon les deux uniques issues du Pamir, déjà au pouvoir
des Russes, seraient complètement fermées.

CHAPITRE IX

LES KIRGHIZ ET LES KARA-KIRGHIZ
LES KIRGHIZ DE L'ALAÏ ET DU PAMIR.

Leurs mœurs et leurs coutumes. — Leur origine. — Brigandages.
— Sahib-Nazar, l'écumeur du Pamir.

Les nomades qui habitent cette région appartiennent à la race des Kirghiz montagnards, et portent le nom de Kara-Kirghiz. On distingue trois tribus principales : les Mongouches, les Adiguines et les Itchekiliks. Les deux premières tribus ont leurs demeures dans les districts d'Osche et d'Andidjan, la troisième dans celui de Marghélan et dans le Kitchi-Alaï. Leur nombre se monte à 75 000 âmes environ.

Les habitants permanents du Grand-Alaï demeurent dans de misérables cabanes, abritées dans les gorges. Ils se groupent en aouls ou campements plus ou moins considérables. Cette population fixe comprend deux communautés de la voloste de Naïman, soit 500 familles ou 2 500 âmes. Ces colonies ne dépassent pas à l'est Kourgan-Outouk et Kizil-Ichim; puis, de ces points jusqu'à Daraout-Kourgan, il n'y a pas de villages sur la rive droite du Kizil-Sou, tandis que la rive gauche en possède fort peu. Les aouls recommencent de Daraout jusqu'au Kok-Sou, à Katta-Karamoukh et Kitchi-Karamoukh. En été ces Kirghiz quittent leurs aouls et s'éloignent dans les montagnes, a fin de laisser les pâturages plus proches en réserve pour la mauvaise saison.

Les Kara-Kirghiz de l'Alaï se sont soumis les derniers. A leur tête se trouvait Marmadjane, une femme portant le titre de *datha* ou général, conféré par le khan de Cocan, et dont le mari avait été créé beg par Khoudoïar-Khan. Les begs exerçaient beaucoup d'influence sur les Kara-Kirghiz, parce que ceux-ci avaient une grande opinion de la noblesse de leurs chefs appartenant à l'*os blanc* et marchaient partout à leur suite.

Quand Marmadjane fut devenue veuve, les Mongouches et les Adiguines la reconnurent pour chef. C'était une femme énergique et intelligente. Elle a eu l'habileté de maintenir l'union et la concorde entre les tribus kirghiz, déchirées auparavant par des dissensions. Les khans de Cocan recherchaient son appui et lui faisaient une brillante réception lors de son séjour dans la capitale. Lorsque les Russes entreprirent ici leur expédition, en 1876, les Kirghiz n'en furent pas émus. Le khan Khoudoïar s'était déjà enfui; le Cocan avait fait sa soumission, les villes et les forteresses étaient occupées par l'ennemi, quand Marmadjane et ses fils levèrent l'étendard de la guerre. Elle se battit contre Skobelef sur les pointes inaccessibles du Petit-Alaï. Non loin de Goultcha eut lieu le combat décisif de Yagni-Kourgan qui finit par la déroute complète des Kirghiz. Les fils de la *datha* s'enfuirent au Kaschgar; elle se soumit aux vainqueurs. Les Russes agirent en galants cavaliers envers cette femme, en lui laissant ses richesses et en accordant à ses fils la permission de rentrer chez eux. L'aîné seul, Abdoulah-beg refusa et finit ses jours dans un exil volontaire; les autres acceptèrent des fonctions administratives, la charge d'*amine*, d'ancien d'arrondissement.

Marmadjane jouit encore actuellement d'une grande considération chez les Kara-Kirghiz de l'Alaï, quoiqu'elle n'exerce aucune fonction dans le gouvernement et ne prenne soin que de son ménage et de ses troupeaux aux environs de Goultcha.

La femme, d'ailleurs, a toujours joué un grand rôle chez les Kirghiz.

Elle dirige la maison : elle dresse la kibitka à l'endroit choisi par les nomades pour leurs pâturages dans les montagnes ; elle charge et décharge le chameau, le conduit, le nourrit et l'abreuve, de même qu'elle en agit à l'égard de son mari et de ses enfants, pour lesquels elle prépare les repas et les boissons, lave et coud le linge et les habits, depuis le chapeau blanc de feutre, jusqu'à la pelisse en peau de mouton et aux *tchombars* de cuir. C'est là, peut-être, dans cette existence de labeur quotidien, au milieu des rigueurs de la nature, dans cette lutte perpétuelle avec les besoins et les fardeaux de la vie, que la jeune fille et la femme kirghiz puisent les forces, le courage et l'endurance qui les distinguent des autres femmes ; c'est de là que leur vient leur ressemblance avec le mâle par l'expression du visage et la structure des os ; de là aussi l'indépendance et la fermeté de leur caractère. Il est rare que chez les peuples civilisés la femme jouisse de l'influence et de la considération qui entourent les épouses et les mères chez les Kirghiz. Elles ne se voilent jamais la face, comme le font les femmes sartes et tadjiks, toujours oisives et soumises, et jouissent au même degré que les hommes du droit de regarder librement les autres et de se montrer elles-mêmes. Dans les affaires de la famille et de la tribu, elles ont une part considérable et émettent leur avis, qui prévaut souvent dans les décisions. Quelle différence entre les délicates et incapables esclaves des harems turcs et les actives et courageuses maîtresses des campements kirghiz! Et cependant c'est la même femme asiatique et musulmane. Dans certains aouls, les femmes décident des affaires qui concernent exclusivement le sexe faible. A quel point le Kirghiz dépend de son épouse, il l'exprime dans un dicton aussi juste que touchant et

ironique : « Si ta femme est méchante, à quoi sert la paix
du peuple? Si ton soulier est étroit, à quoi sert l'étendue
de l'univers? »

Même pendant les luttes et les guerres civiles, les
femmes ne restent pas oisives et indifférentes; plus d'une
fois elles ont pris part au combat à main armée, en défendant leur kibitka contre l'ennemi, plus d'une fois elles
ont pansé les blessés, parents ou étrangers. Ce sont les
seuls médecins, les seules sœurs de charité des nomades.

Les récits des auteurs anciens sur les amazones des
rivages de la mer Caspienne nous dépeignent un genre de
vie qui se rapproche sensiblement de celui des amazones
kirghiz et turcomanes. La bravoure et l'entente des affaires
de la femme nomade des steppes asiatiques ont frappé
également les voyageurs européens qui ont visité le Touran
au xiiie siècle.

Quand on lit les récits du Frère Guillaume de Rubruquis,
cordelier, envoyé du roi de France Louis IX en Tartarie
(1253), et le livre du moine franciscain Jean de Plano Carpini sur son séjour à la Grande Horde dans la capitale de
Djinguiz, la célèbre Kara-Koroum (1247). on dirait que ces
auteurs décrivent les Kirghiz contemporains. La ressemblance des mœurs et des coutumes est vraiment frappante.

Les filles et les femmes mongoles montent à cheval et
galopent aussi bien que les hommes, raconte l'envoyé du
pape Innocent IV. Leurs épouses sont très actives et habiles
dans tous les ouvrages. Toutes portent des caleçons : certaines tirent de l'arc comme les hommes.

Le Kirghiz, malgré la rudesse de ses mœurs et son despotisme au foyer domestique — commun d'ailleurs à tous
les asiates et aux musulmans, — reconnaît le rôle important que joue la femme dans son existence. Il donne
à sa robuste compagne les noms les plus doux, en vérité
fort tendres pour un pareil sauvage, et qui en réalité ne
répondent pas aux qualités masculines de ces dames. Vous
ne trouverez pas parmi les noms féminins d'autres noms que

ceux de Ouriouk (abricot), Pistagoul (fleur de pistachier), Alva (halva, friandise asiatique), Karligas (hirondelle), Djibek (soie), etc. Si vous rencontrez quelque Sarikiz, fille jaune, ne vous méprenez pas sur le sens, car aux yeux du Kirghiz rien n'est plus joli que la couleur jaune, que le visage jaune de sa bien-aimée.

Néanmoins il ne faut pas s'imaginer que la vie du Kirghiz se passe en idylle : il reste Kirghiz au fond, c'est-à-dire asiate et sauvage. Il répète souvent le dicton suivant : « Je puis battre ma femme autant qu'il me plaît; si je la tue, je payerai le *khoune* ». Mais l'autorité du mari a une limite : car la tribu intervient dans certains cas, protège et enlève même la femme.

Celle-ci a une grande valeur pour les Kirghiz, à preuve le prix de rachat (*kalim*) très élevé qu'ils en donnaient jusqu'à ces derniers temps.

Certes le *kalim* est le signe de la dépendance de la femme, il la réduit au rôle de marchandise, d'animal domestique que l'on achète à prix d'argent. La mesure du *kalim* a son importance. Autrefois, quand les Kirghiz possédaient de grands troupeaux et de vastes pâturages sans limites, et quand la femme leur rendait des services inappréciables par son énergie et son activité dans leur existence pleine d'alarmes et d'inquiétudes, le *kalim* s'élevait ordinairement à cent pièces et plus de bétail. Aujourd'hui pareil *kalim* est devenu rare et le plus souvent il comprend neuf ou dix pièces (un ou deux chameaux, quatre chevaux, quatre vaches). Les pauvres remplacent les vaches et les chevaux par autant de têtes de menu bétail, comme brebis, chèvres; et quelquefois même ils donnent un cheval au lieu du chameau.

Véritables asiates, les Kirghiz ont un penchant prononcé pour les femmes. Quoique la loi écrite, le *chariat*, défende au musulman d'avoir plus de quatre épouses, les us populaires ou *adat* (en kirghiz *zang*) sont plus libéraux et les autorisent à prendre autant de femmes qu'ils en veulent,

parce que « l'épouse est une femelle ». Voilà pourquoi elle
peut se montrer à visage découvert, comme les autres animaux. Il va sans dire que les riches Kirghiz suivent plus
volontiers les préceptes de l'*adat*. Un proverbe indigène
dit : « Quand un Sarte s'enrichit, il bâtit une maison;
quand un Kirghiz devient riche, il prend des femmes ».
On assure cependant que le Kirghiz qui possède plusieurs
femmes ne vit maritalement qu'avec quatre seulement, les
autres deviennent des *soufi*, c'est-à-dire des abstinentes,
des vierges involontaires en quelque sorte. Plano Carpini écrit dans son livre classique : « Chacun peut avoir
autant de femmes qu'il en peut nourrir; les uns en ont 100,
les autres 50, 20, 10, plus ou moins. Ils épousent indifféremment leurs proches parentes excepté leurs mères,
filles et sœurs de père ou de mère : même ils peuvent
épouser leurs belles-mères après la mort de leur père. Les
jeunes frères sont tenus aussi d'épouser la veuve de leur
frère aîné, ou quelqu'autre de la parenté. Ils achètent les
femmes fort chèrement de leurs pères et mères. Les
femmes, après la mort de leurs maris, ne convolent pas
aisément à de secondes noces. »

D'après l'*adat*, avec chacune de ses quatre femmes le
Kirghiz est tenu de coucher à tour de rôle, et l'épouse doit
lui préparer à son tour ses repas et faire le ménage pendant
cette journée; solution simple et spirituelle de la délicate
question du partage de l'affection en quatre parties. D'ailleurs l'aînée ou la préférée, la *baïbiché*, exerce une certaine
autorité sur les autres.

Tout ceci n'empêche pas le Kirghiz de ne pas trop se
fier à la vertu de la femme, car il a inventé le proverbe
qu'une jolie femme ne peut rester vertueuse. C'est sans
doute pour éviter pareille chose que l'on marie assez tôt
les garçons et les filles. A l'âge de douze ou treize ans les
garçons deviennent pubères, et les filles sont considérées
comme capables de se marier même à neuf ou dix ans.
Cela dépend de la position des familles. Parmi celles qui

sont riches, la puberté des enfants commence beaucoup plus tôt, grâce à la bonne nourriture, à la viande de mouton et de cheval. Les Kara-Kirghiz de l'Alaï unissent, le plus souvent, leurs enfants quand ils atteignent la première année ou même avant leur naissance; mais la noce n'a lieu que plus tard, quand le fiancé se trouve en mesure d'apporter tout le *kalim* fixé.

La fiancée appartient non pas à la famille, mais à toute la tribu. Si le fiancé vient à mourir, son frère a le droit de le remplacer; si la fiancée meurt, l'époux peut prendre la sœur. Toute la tribu se venge de l'offense faite à la fiancée. Après le sacrifice solennel de la chèvre, il est permis au fiancé de coucher avec la future dans la kibitka du frère aîné de celle-ci, mais sans nul droit marital; s'il en abuse toute la race en tire vengeance. Le trait le plus original de la noce kirghiz, c'est la position piteuse des marieurs. On les déshabille tout à fait et, une corde au cou, on les promène pour être la risée de tout le peuple. Pendant le festin de noce on les attache aux tapis de feutre, en sorte qu'ils ne peuvent bouger; on les tire par les pieds hors de la kibitka en les faisant sortir par l'orifice supérieur (*tchangarak*) et en général on leur joue les tours les plus indécents, et les femmes, dit-on, sont les plus acharnées et les tourmentent quelquefois jusqu'à leur faire rendre le dernier soupir. C'est en quelque sorte une vengeance que la race tire de celui qui a causé l'enlèvement de la fiancée, propriété et richesse de la famille.

Les Kirghiz occupent une étendue immense de pays depuis la Sibérie jusqu'à l'Oxus, depuis la Volga inférieure jusqu'au Gobi, presque toute la contrée connue sous le nom de Dachti-i-Kiptchak, habitée autrefois par les hordes turco-mongoles. On suppose que l'appellation de *Kirghiz*, étendue par les Russes aux autres peuplades, a été empruntée à la tribu *kirghiz* de la branche de Tchiklin ou bien aux Kara-Kirghiz, qui eux-mêmes se disent Kirghiz.

Les Kirghiz contemporains sont les aborigènes du pays

et descendent sans aucun doute des multitudes armées de
Djinguiz, de Tamerlan et d'autres chefs qui mettaient à feu
et à sang l'Asie et l'Europe.

Le type du Kirghiz est fort mélangé d'éléments turc,
mongol et, quelquefois, même aryen. Quoiqu'il y ait une
dose considérable de sang mongol dans leurs veines, à en
juger par les traits caractéristiques du visage, toutefois
il y a une sensible différence entre le véritable Mongol,
comme le Kalmouk ou le Chinois, et le Kirghiz. Contraire-
ment à l'histoire, les hordes de Djinguiz n'ont jamais été
mongoles. Le Sarte ou le Kirghiz ne dira jamais que Djinguiz
fut Mongol, mais *Ouzbeg* et rien de plus.

Les Kirghiz eux-mêmes ne se nomment pas Kirghiz,
mais *Ouzbeg* ou *Kazak*. Les Turcs Seldjoucides furent
Ouzbeg, de même les Tatars et les Nogaïs, probablement
aussi les Polovtses, les Petchénègues et d'autres peuples
de l'orient et du midi de la Russie ancienne.

Le peuple Ouzbeg était une des tribus les plus répandues
de l'Asie et se divisait en beaucoup de familles, qui se
sont conservées au nombre de 92. Tatar, Nogaï, Kirghiz,
Kazak, Kiptchak, Turc, Turcmène n'étaient que les familles
plus considérables d'un même peuple ouzbeg. Toutes ces
tribus parlent la même langue djagataï ou tatare. Parmi
ces familles, une des plus puissantes était celle de Mongol,
et Djinguiz, lui-même, appartenait sans doute à cette
famille : raison pour laquelle toute sa horde fut appelée
Mongole. Ses terres et ses pâturages se trouvaient dans
la Mongolie chinoise, aux sources de l'Onou, affluent de la
Chilka. Il est naturel de supposer qu'elle fut dite Mongole,
parce qu'elle mêlait son sang ouzbeg avec le sang des
voisins mongols. Nul doute que les Ouzbeg, à travers les
siècles, ne se soient alliés aux Mongols : il suffit de
regarder le Kirghiz et le Turcmène. Mais les différentes
familles ouzbeg absorbèrent une dose plus ou moins forte
de sang jaune : aussi observe-t-on parmi les Ouzbeg
jusqu'à nos jours tous les degrés et toutes les nuances

de race depuis le type grossier du Kalmouk de certaines
familles Kirghiz jusqu'au noble et beau type du Turc Seldjoucide.

A côté de la famille mongole nomadisait au xiiie siècle,
sur la rivière voisine de Kéroulen, une autre famille ouzbeg,
les Tatars. Djinguiz les réduisit à son obéissance avant toutes
les autres et sa force principale se composait de Tatars,
remarquables pour leur bravoure. Voilà pourquoi les
Ouzbeg qui soumirent la Russie furent dits *Tatars*. Jean
de Plano Carpini, qui voyagea en Asie sous le règne
de Djinguiz et de ses premiers successeurs, cite la terre
des *Kirghiz*, les Turcomans, les Sartes; ce qui prouve
que la division actuelle des Ouzbeg existait déjà alors,
ainsi que la distinction entre Ouzbeg sédentaires, dits
Sartes, et Ouzbeg nomades. Il y a aussi des raisons de
croire à l'existence d'un peuple *sarte*, sur l'Yaxarte, dont le
nom signifiait aux yeux du nomade tout peuple sédentaire.

Peut-être, comme d'aucuns prétendent, que parmi les
Ouzbeg il y avait une famille appelée Sarte, adonnée à
l'agriculture, et dont le nom se généralisa à tous les habitants Ouzbeg qui devenaient sédentaires; mais il n'existe
pas de preuve directe. De tous les Ouzbeg, le Turc a le
plus d'importance, comme représentant le peuple qui
vainquit l'Europe. Aussi les Ouzbeg de l'Asie centrale se
disent-ils volontiers Turcs, en donnant à ce mot une
large signification, comme nous disons des Tatars ou des
Mongols.

Malgré les changements que la conquête russe a apportés
dans la vie sociale des Kirghiz, l'importance des anciennes
tribus est encore considérable. La liste des 92 tribus ou
branches Ouzbeg, ainsi s'appellent les Kirghiz, est répandue
et connue dans tous les aouls.

Les Kirghiz des steppes, tout en reconnaissant l'origine
ouzbeg des Kara-Kirghiz, les considèrent comme un peuple
tout à fait distinct et comme issus des Kalmouks et même
des chiens.

Cette opinion mérite d'attirer l'attention : la différence entre Kara-Kirghiz et nomades du Turkestan saute aux yeux. Quand on voit ces larges faces, aux pommettes saillantes, ces visages jaunes et bruns, avec des yeux fendus, un nez large, aplati, on devine d'où leur vient le nom de Kirghiz noirs. L'obésité et l'embonpoint sont fréquents chez eux, malgré leur vie fort mouvementée.

Le Kara-Kirghiz a le type mongol plus prononcé que le Kirghiz des steppes ou le Sarte. Il est plus brave et plus indépendant que celui-ci. Il descend probablement des Mongols conquérants, et se mêle moins que le Kirghiz-Kazak avec les peuplades turques vaincues, grâce sans doute à l'isolement dans lequel il vit au milieu des montagnes de l'Alaï et du Ferghanah. Parmi les Kara-Kirghiz il n'y a pas de classe privilégiée, pas de *tiouras* ni d'os blanc (*ak-soulk* en kirghiz).

Les tiouras descendent de Djinguiz-khan et représentaient autrefois la noblesse. Ils étaient toujours les chefs héréditaires de la tribu, jouissaient d'une grande considération et d'importants privilèges pour les droits de propriété. Jusqu'à ces derniers temps, le mariage entre *os blanc* et *os noir* (kara-soulk) passait pour une mésalliance et une honte aux yeux des tiouras. La femme d'*os blanc* qui épousait un *os noir* s'attirait les malédictions de sa tribu et perdait ses droits de naissance.

Le comte Spéransky, gouverneur de la Sibérie sous l'empereur Alexandre Ier, eut l'idée de composer un recueil des *adat*, des coutumes populaires des Kirghiz soumis à la Russie. Comme cette œuvre se faisait par l'entremise des chefs et des anciens, il va sans dire que les sultans et les biis, membres de la caste des tiouras, profitèrent de l'occasion pour augmenter leurs privilèges au détriment du bas peuple, en faisant passer pour anciennes coutumes ce qui n'était qu'un abus ou même peut-être une simple illusion ou espérance de leur part. Du moins le général Grodékof, auteur d'un livre excellent sur les Kirghiz, auquel j'emprunte ces détails, suppose que les peines cruelles et la peine de mort prescrites pour l'offense et la violation des prérogatives de l'*os blanc* de la part de gens de basse extraction ont été introduites dans le code des *adat* par suggestion des chefs eux-mêmes.

C'est là qu'il faut chercher la raison des peines si cruelles sanctionnées par l'*adat*, qui jurent avec la tolérance et l'indifférence religieuse du Kirghiz-Kazak : ainsi par exemple est puni de mort quiconque se convertit au christianisme, car cela est considéré comme un outrage à la religion. Le code établissait encore la pendaison de sept hommes pris dans une même tribu pour le meurtre d'un *hodja*, appartenant à l'os blanc et descendant des compagnons du Prophète. Enfin étaient passibles de mort ceux qui se mariaient sans le consentement des parents.

Les Russes avaient d'abord maintenu les privilèges des hodjas et des sultans des hordes kirghiz. Toutefois dans ces derniers temps, à la suite de la conquête du Turkestan et de la réorganisation de l'administration des hordes, les privilèges de l'os blanc ne sont plus admis par la loi russe, et les indigènes ne leur attribuent plus l'importance d'autrefois. Depuis 1867, le gouvernement russe a divisé les hordes kirghiz en districts, volostes et aouls et a remplacé les chefs héréditaires par des fonctionnaires élus, tels que starchinas et starostes (aksakals). Ces mesures devaient porter atteinte à l'*os blanc* qui tenait trop aux us anciens et empêchait l'assimilation des Kirghiz avec les autres peuplades de l'empire. Ce fut un rude coup pour la tribu. Quoique les fonctions d'aksakal soient exercées par les mêmes chefs de tribus, encore influents chez les Kirghiz, et malgré le nouveau règlement administratif, qui a partagé la tribu en voloste et aoul et a assemblé dans une voloste des fractions de diverses tribus, c'est la tribu, la race prépondérante qui règne sans conteste. Toutefois les nouveaux principes, les nouvelles idées d'égalité s'insinuent petit à petit chez les Kirghiz, qui

commencent à ne plus faire toujours le même cas de l'os
blanc. Malheureusement ces principes ont, à leur insu,
ébranlé les bases morales sur lesquelles reposait jadis la
vie sociale des nomades. Les élections ont apporté la corruption, l'immoralité, l'esprit d'intrigue et de rébellion.
Tous les freins qui retenaient l'homme, l'obéissance et
le respect aux membres aînés de la tribu, aux parents,
la crainte de la justice, les devoirs religieux, se sont sensiblement relâchés et ont délié les mains aux plus hardis
et aux plus rapaces. C'est d'ailleurs le premier degré de
la vie sauvage et nomade à la vie civile.

Au contraire, les Kara-Kirghiz se considèrent tous
égaux, sans distinction de castes; ils n'ont ni tiouras, ni
os blanc, ni os noir. On en conclut que, chez les Kirghiz
des steppes, la caste de l'os blanc doit être la postérité des
conquérants, et celle de l'os noir la race des vaincus. Cela
semble d'autant plus évident que l'os *blanc* forme une
catégorie indivisible, le *tag*, et passe pour la postérité des
khans qui ont régné dans les steppes, comme, par exemple,
Ablaï-khan et autres, c'est-à-dire pour la progéniture
directe des conquérants. L'os blanc n'appartient exclusivement à aucune des tribus, à aucune des hordes kirghiz,
et ne se subdivise pas en degrés ou races, comme toutes
les tribus en général.

Il existe une légende sur l'origine des trois hordes des
Kirghiz-Kazak. Il y avait jadis deux frères, Mogoul et
Tatar. Dans une lutte qui s'éleva entre leurs descendants
les Mogouls furent vaincus et anéantis par les Tatars. Trois
centaines ou hordes se sauvèrent dans les montagnes et
s'y multiplièrent. Leur premier chef fut Alache. Voilà
pourquoi ils ont conservé leur ancien cri de guerre : Alache !

Le khan Alache expédia trois colonnes de cavaliers,
de Kazaks, pour surveiller la frontière du pays. Ces
Kazaks, dont le nom signifierait libre, vagabond, brigand,
célibataire, ayant rencontré des tziganes dans les steppes,
séduisirent les femmes qui massacrèrent leurs maris et

épousèrent les Kirghiz. Voilà l'origine des trois hordes des Kazaks ou Kirghiz. La première eut pour chef Baïchoura, le fils aîné d'Alache, la seconde, le fils cadet Djanchoura, et la troisième, le dernier Karachoura. Le *tchangarak* (le cerceau supérieur de l'orifice de la kibitka), signe sacré de l'autorité chez les Kirghiz, resta à Baïchoura, dans la Grande Horde, qui fut pour cela appelée l'héritage du père, *ata balassi*; tandis que la Horde Moyenne fut dite la postérité du frère aîné, *aga balassi*.

La Grande Horde ou Oulou-Youz garda les contrées colonisées du Turkestan. La Moyenne ou Orta-Youz occupa les steppes propres à l'élevage du bétail; et la Petite Horde, Kitchi-Youz, émigra plus loin, vers les confins de la Russie. D'où il appert que les ancêtres des Kirghiz-Kazak ont été subjugués par un autre peuple congénère, probablement par les Mongols de Djinguiz-khan, qui, réunis aux Tatars voisins, se reversèrent sur la Sibérie et le Turkestan.

On comprend que les conquérants aient formé une caste privilégiée, l'*os blanc*, malgré leur parenté et origine communes avec les vaincus. Les Kara-Kirghiz, au contraire, qui descendent probablement des conquérants eux-mêmes, n'avaient aucune raison de créer une classe particulière de *tiouras* ou de *sultans*, et de partager leur peuple en deux branches ou os.

Les Kara-Kirghiz expliquent leur origine d'une manière différente. Le nom de Kara-Kirghiz n'est employé que par les Russes et les autres voisins. Eux-mêmes s'appellent simplement Kirghiz. Ce mot signifie, d'après leur étymologie, quarante filles, kir-kiz. Leur fondateur légendaire avait une fille qu'il confia à la garde de quarante servantes. Celles-ci, étant allées se baigner avec leur maîtresse, aperçurent sur la rivière de l'écume et entendirent une voix qui sortait de l'eau disant : « Et ceci est la vérité, et cela est la vérité! Ana-elhak, mana-elhak! » Elles mirent le doigt dans l'écume et aussitôt toutes les quarante furent enceintes. On les ramena sur une haute montagne, où elles enfantèrent quarante fils et quarante filles. Ces enfants se marièrent entre eux et il en sorti le peuple des quarante filles.

Les *adat* ou *zang* des Kara-Kirghiz sont presque complètement semblables à ceux des Kirghiz-Kazak, sauf quelques légères modifications. Chez les deux peuples, la tribu forme la base de tous les rapports sociaux, politiques et économiques. La tribu prend la défense de ses membres et répond de leurs actions. Elle paie le *khoune*, elle exerce la vengeance. Pour venger un meurtre, il suffit de tuer un membre quelconque de la tribu étrangère, et non pas précisément l'assassin. La fiancée appartient à la tribu. L'hospitalité est offerte selon le degré de parenté. La parenté ou l'alliance remonte jusqu'au quarantième degré. « Qui ignore le nom de ses sept ancêtres est un traître ! » dit le code de morale kirghiz.

La première demande que le Kirghiz fait à un étranger ou à un inconnu avant toute autre chose, est celle-ci : « Qui ont été tes sept ancêtres? » Tout enfant kirghiz est en mesure de donner une réponse exacte. Ils sont fiers de leur race. « Mieux vaut être berger dans la tribu que roi chez un peuple étranger ! » dit un dicton kirghiz.

Le respect qu'ils portent au droit d'aînesse est tellement enraciné que la dernière tribu de la Grande Horde a la préséance sur la principale tribu de la Horde Moyenne, et les tribus de celle-ci prennent toujours le pas sur les tribus de la Petite Horde.

Aux banquets des Kirghiz, on demande avant tout s'il y a parmi les invités des membres de la tribu Djalaïr, tribu aînée de la Grande Horde. On leur offre les mets avant les autres et on leur rend les plus grands honneurs pendant le festin. Le second rang revient à Ochakti, deuxième tribu de la Grande Horde et ainsi de suite. A l'aîné appartient le meilleur morceau, la tête, et avec elle le nez, partie considérée comme la plus honorifique; les épaules de

l'animal restent aux représentants de la tribu cadette.
Dans la distribution des aliments, on observe la plus
sévère étiquette : signe probable de la conquête mongole,
de l'influence des coutumes apportées de la Chine. Ainsi,
par exemple, au festin de noce, on donne aux garçons la
cuisse de devant, au fiancé la poitrine, aux vieux l'épaule
et la cuisse, aux femmes et aux filles toujours les pires
morceaux : la jambe de derrière et la queue. Chez les
Kara-Kirghiz, on offre à l'aksakal la tête avec une côte,
aux biis, hodjas, manapes et aux riches dignes de respect,
la graisse du kourdiouk avec une autre côte. Puis vient
une dizaine de degrés avec indication des morceaux affectés
à chacun. Les femmes et les enfants reçoivent ordinairement les parties les plus mauvaises, comme les intestins.

L'hospitalité est sacrée : le voyageur peut être sûr d'être
bien reçu, lui et son cheval, par quelque ami ou *tamir*.
Le Kirghiz se croit à honneur de régaler son *kounak*, son
hôte. « L'hôte est un présent de Dieu! » dit un proverbe. Et
un autre ajoute : « A celui qui t'a nourri un jour, fais des
remercîments pendant quarante jours ». Si le maître de
la maison manque d'aliments, les kibitkas voisines doivent
l'aider à nourrir l'hôte et apporter chacune leur part du régal
du *kounak-assi*. Souvent ce régal est un fardeau pour le
pauvre; alors il dit : « Celui qui donne croit que cinq est
beaucoup, et celui qui reçoit prétend que six même est
peu. Si l'hôte vient une fois, c'est un bonheur; mais s'il
arrive une seconde fois, c'est un malheur. »

Les Kara-Kirghiz de l'Alaï sont plus grossiers et naïfs,
certes, mais aussi meilleurs et plus honnêtes que les
Kirghiz du Ferghanah. Ceux-ci se sont frottés à la culture
étrangère dans les environs des villes. Ils montrent un
grand dédain pour les habitants de l'Alaï et ne manquent
pas de leur prouver leur supériorité.

Les Kara-Kirghiz sont en effet sauvages et peu déve-
loppés. Quoique sunnites, ils ignorent ou négligent la
religion mahométane, et n'accomplissent les cérémonies

religieuses que lors de la visite du *hodja*, une fois par an, au Ramazan. Ils respectent ce maître qui leur enseigne à lire et à prier, l'accueillent avec joie, écoutent volontiers ses sermons, mais restent indifférents aux enseignements. Ils ne savent pas prier; les vieillards seulement accomplissent leur *namaze* deux fois par jour. Ils n'évitent pas les chrétiens, leur ménagent un bon accueil, mais ils attendent des cadeaux des grands personnages qui traversent leur pays : c'est l'usage.

Les jours de grande fête, les Kirghiz riches tuent beaucoup d'animaux; chacun peut venir se servir à son goût, boire du *koumis*, manger tout ce qui est offert. Ils aiment tout divertissement, tout spectacle, qu'ils appellent *tomacha*, et saisissent toute occasion pour courir la *baïga* et le *kok-bouri*, course ordinaire et course à la chèvre.

Le moindre événement provoque des rassemblements; ils aiment à se vanter, respectent les hommes forts, les *batirs*. Chaque aoul a son *batir*, son hercule. Ils se tiennent bien et sont adroits à cheval; braves et téméraires, ils n'hésitent pas devant le danger.

Dans sa jeunesse, dès son enfance, le nomade n'est guère l'objet de beaucoup de soins de la part de ses parents; il subit un dur entraînement, une éducation physique qui forge pour ainsi dire son corps à l'épreuve de tous les éléments. Aussi la sélection en élimine-t-elle un grand nombre, en élevant la mortalité parmi les enfants et en fortifiant les survivants.

Le Kara-Kirghiz suit la première impulsion et commet sans réflexion des meurtres et des pillages. Le brigandage y est fort en honneur : les coups de main, les razzias recueillent leurs éloges et applaudissements. Le brigand, le *barantatche*, n'est pas méprisé; loin de là, car on recherche sa protection, son amitié.

Il leur faut un chef; sans lui, pas d'initiative, pas d'entreprise possible. Aussi se groupent-ils autour des congénères riches, qui finissent toutefois par les traiter comme des serviteurs. Ces individus influents sont élus *amines*, *mik-bachis* et autres fonctionnaires confirmés par le gouvernement. Ils ont du respect pour l'autorité, surtout quand elle est forte.

Souvent ils aiment à tromper pour montrer leur adresse : ils sont curieux et fort désireux d'apprendre, de connaître chaque chose. Ils écoutent volontiers des histoires et des contes, surtout s'ils sont chantés avec accompagnement de la *doumbra*, instrument à deux ou trois cordes.

Le chanteur, l'*oïlantchi*, est le plus choyé et entouré des hôtes, surtout s'il a une belle voix. La mélodie de leurs chants est en général fort monotone : quant au sujet, aux paroles, c'est pour ainsi dire un genre lyrique, ordinairement une improvisation simple et naïve.

Les Kara-Kirghiz sont paresseux et ne travaillent que par nécessité. Toute la journée, ils ne font que chevaucher, aller à la chasse ou accompagner les voyageurs européens. Par dizaines, ils suivaient notre caravane; tantôt ils nous devançaient, tantôt ils restaient en arrière, disparaissaient et revenaient.

« Pourquoi? leur demandait-on.

— C'est une *tomacha*, c'est un spectacle, un amusement », répondaient-ils.

Ils aimaient à nous entendre répéter en chœur nos airs, nos chansons et en accompagnaient la fin de leurs exclamations bruyantes : « Kop yakchi! barrakala! »

Que doivent-ils faire d'ailleurs? La terre ne produit pas de blé, le bétail se nourrit de lui-même. Le Kirghiz se contente de peu, et il est heureux quand il possède de l'eau et de l'herbe. Car avec cela il se procure les animaux qui lui servent dans ses voyages et dont il tire la laine et la chair, c'est-à-dire les fourrures et les habits, les feutres et les tapis pour couvrir la kibitka, le koumis, et la viande.

Sa demeure, la *kibitka* ou la *yourta*, est merveilleusement adaptée aux chaleurs et aux froids, résistante aux coups de vent d'été et aux tempêtes d'hiver, fort commode pour être transportée avec rapidité à dos de cheval ou de chameau.

La kibitka représente la tradition d'un passé très ancien; on dirait un monument des temps d'Abraham ou de Jacob. Sous cette tente primitive, ces nomades vivent sains, joyeux et satisfaits de leur vie : ils y chantent, dansent, célèbrent leurs fêtes avec plus de sincérité et d'entrain que nous dans nos plus élégantes réunions; ils y aiment et ils y haïssent avec plus de franchise, ils y prient Dieu avec plus de foi peut-être que les membres de la société la mieux policée.

Les Kara-Kirghiz du Pamir habitent ou plutôt parcourent avec leurs troupeaux le bassin du Rang-Koul, la vallée de l'Ak-Sou, la vallée de l'Alitchour, du Koudara, du Poliza, du Kok-djar et du Kokouï-Bel-Sou.

Ils ressemblent, au physique, à leurs frères de l'Alaï, malgré certaines différences anthropologiques. Ils ont le visage laid avec pommettes saillantes et la barbe assez bien fournie. C'est le type du véritable nomade, vivant sans souci au milieu des froidures et des rafales et se contentant d'une tente trouée pour gîte d'hiver.

En été ces nomades s'élèvent dans la zone plus froide et haute, afin de mettre le bétail à l'abri des insectes incommodes des marais et pour profiter des pacages alpestres. Leur nourriture consiste en lait aigri, caillé, délayé dans l'eau, en fromage séché et râpé, et en fromage frais de *yak*, auquel ils donnent la préférence.

Ils emportent toujours une certaine provision de ce fromage. Quand il devient sec, consistant et élastique, on en découpe des morceaux d'une certaine épaisseur qui servent, au besoin, à remplacer les fers à cheval pendant quelques jours de trajet.

Ces Kirghiz ne mangent de pain qu'en automne, après avoir reçu du Chougnan le blé en échange du sel.

La viande est rare chez eux. Pour toutes richesses, ils

ne possèdent que des moutons, quelques rares chameaux et chevaux, des yaks pour transporter leurs effets. Du Kaschgar et du Ferghanah viennent des *savdagars*, des marchands ambulants, qui apportent des tissus, des selles, du fer et de menus objets qu'ils troquent contre des peaux, des feutres, des moutons, des yaks.

Le Kirghiz du Pamir est plus sauvage que celui de la plaine de l'Alaï. C'est un guerrier à moitié brigand, faisant des razzias dans ces contrées qui n'appartenaient à personne et se trouvaient situées entre des khanats toujours en guerre. Le célèbre Sahib-Nazar a longtemps répandu la terreur dans tout l'Alaï et sur le plateau du Pamir.

Fort belliqueux, les Kirghiz ont constamment guerroyé avec leurs voisins du Chougnan, du Kaschgar, de Kandjout et de Tchitral. En 1868 ils reconnaissaient l'autorité des khans du Cocan qui bataillaient alors avec le Caratéghine et le Chougnan. Mais à l'avènement de Yacoub-bek, à Kaschgar, ils allèrent grossir les rangs de son armée. Après le retour des Chinois à Kaschgar, on ne savait plus à quel État devaient appartenir les Khirghiz du Pamir.

Cependant à l'exception de ceux qui demeuraient sur le Koudara et le Kokouï-Bel, tous les Kirghiz dépendaient jusqu'en 1891 de la Chine et reconnaissaient l'autorité de trois chefs. Le bek de la vallée de Mouje, Alaïtchi-bek, administrait la partie orientale du Rang-Koul et les gorges voisines, comprenant 50 kibitkas. Sous les ordres de Kouroumtchi-bek étaient placées 150 kibitkas sur le Pchart, le Mourghab, l'Alitchour. Mathassim-bek gouvernait 100 kibitkas sur l'Ak-Sou et l'Istik. Enfin au commandement de Sahib-Nazar obéissaient 40 kibitkas, dispersées sur le Koudara, le Poliza, le Kok-Djar et Kokouï-Bel-Sou. Ce qui au total donnait 340 kibitkas, soit 1 700 âmes.

Le gouvernement chinois ne percevait aucun impôt des Kirghiz, qu'il obligeait toutefois à surveiller certains passages et points stratégiques.

Comme ils assuraient que tout en ayant servi sous les

drapeaux de Yacoub, ils étaient restés sujets du Cocan, il semblait naturel que la Russie revendiquât des droits sur eux et les voulût prendre sous sa suzeraineté. Lors de la première expédition du colonel Yonof (1891), ils firent donc leur soumission à la Russie.

Naguère encore, le brigandage était chez eux en grand honneur. Quel voyageur ou explorateur n'a pas entendu parler du fameux Sahib-Nazar, chef de voleurs indépendants, réunissant sous ses ordres les *outlaws* et les écumeurs de frontière échappés de l'Inde, de la Chine et du Turkestan? Ce Sahib-Nazar, qui infestait le plateau du Pamir et les régions adjacentes, habitait la vallée du Koudara (affluent du Mourghab).

Il jouissait d'une renommée fabuleuse à plusieurs centaines de kilomètres à la ronde. Bien des récits courent sur ses exploits et son nom se rattache à bien des localités du Pamir. Telle est, par exemple, celle du Savdagar-Tépé, montagne des marchands, où Sahib-Nazar, à la tête de sa bande de malfaiteurs, dressait des embûches aux caravanes qui allaient du Badakchan au Kaschgar.

Ayant appris un jour qu'une caravane de marchands s'avançait par ce chemin, Sahib cacha sa troupe dans un vallon, et lui-même, habillé pauvrement, alla à la rencontre de la caravane, lia vite connaissance avec le *caravanbaschi* et, en rendant de petits services, gagna sa confiance au point qu'il lui permit de garder les chevaux de la caravane. Lorsque le convoi se fut rapproché de l'embuscade, Sahib-Nazar chassa les chevaux, appela ses camarades, égorgea les *savdagars* et pilla les marchandises.

Sa hardiesse et sa témérité dépassaient toute mesure : on peut en juger par ce fait. Bientôt après la conquête du Ferghanah par les Russes, Sahib, à la tête d'une dizaine de brigands, attaqua les Kirghiz du Grand-Alaï et leur enleva mille chevaux, en tuant plusieurs pâtres.

Lorsque le colonel Grombtchevski le vit en 1889, c'était

déjà un chétif petit vieillard qui se plaignait que le théâtre de ses exploits touchât à de grands États tels que la Russie, la Chine et l'Afghanistan, et que l'espace lui manquât pour ses razzias, ses coups de main. Voulant se réconcilier avec Dieu, il avait congédié depuis longtemps sa bande et avait interdit le pillage à ses fils. Trois années en effet se passèrent sans délits : et malgré cela, on lui attribuait tous les crimes commis même fort loin de sa demeure habituelle.

Les voisins prirent son repentir pour de la faiblesse et tâchèrent de s'en venger. Une fois, son fils Houdaï-Nazar fut arrêté par les Kirghiz de l'Alaï qui voulaient le mener devant le chef de la voloste. Le jeune homme, se voyant perdu s'il était reconnu, saisit le moment où l'un de ses gardiens s'approche de lui, lui arrache son sabre, le renverse de son cheval, s'élance dessus et s'enfuit. Depuis lors, Sahib-Nazar autorisa ses fils à reprendre leurs habitudes de vol et de rapine. Néanmoins, il offrit ses services à l'expédition russe de Grombtchevski et lui fournit des guides et des provisions. Il gardait encore un bon souvenir des expéditions de Severtsof, de Poutiata et des frères Groum-Grjimaïlo.

Depuis sept siècles, les Kara-Kirghiz, descendants de cette race qui a détruit tant de royaumes en Asie, qui a fait trembler l'Europe et tenu sous un joug biséculaire une grande partie de la Russie, les Kara-Kirghiz, dis-je, n'ont pas changé : ils se sont perpétués et conservés en troupes sauvages, inondant les déserts immenses et les montagnes inaccessibles de l'Asie centrale. Ils sont restés bergers nomades et brigands des steppes, tels qu'ils étaient sous Djinguiz-Khan.

D'autres peuplades mongoles se sont amalgamées aux populations soumises et se sont établies en Chine, aux Indes et dans les khanats de l'Asie centrale, en renonçant à leur vie nomade et en formant sous une nouvelle dénomination une nationalité différente.

Eux, cependant, ont préservé jusqu'à présent de la contagion civilisatrice leur type physique et moral. En sera-t-il longtemps ainsi?

Leurs congénères des grandes steppes qui s'étendent de l'Oural et de la Sibérie à la vallée du Sir-Daria, portent déjà dans leur sein les germes de la culture européenne. Au contact des Russes, les Kirghiz de là-bas ont changé de mœurs et de caractère national. A Omsk, Akmolinsk, Sémipalatinsk, Pérovsk, Kazalinsk, Aoulié-Ata, il y a des écoles, des journaux publiés en langue indigène, par lesquels nos idées s'infiltrent et font leur chemin. Beaucoup de ces Kirghiz, qui ont reçu une instruction, deviennent militaires, fonctionnaires, maîtres d'école et servent avec distinction dans les rangs de l'armée et dans l'administration russes.

Fatalement ce mouvement s'étendra un jour aux Kara-Kirghiz, ces derniers survivants des grandes migrations des peuplades asiatiques.

CHAPITRE X

LE CARATÉGHINE

Aspect du pays. — Orographie. — La vallée du Sourkhab. — Harm, capitale du pays. — La Kala. — Les habitants. — Notices historiques sur le Caratéghine.

En débouchant du défilé de Daraout, à une vingtaine de verstes du col de Tenghisbaï, on passe près d'un fortin rectangulaire en argile massive, qui aurait été, au dire des indigènes, bâti par le khan Khoudoïar, pour protéger la contrée contre les incursions des voisins. C'est à l'ombre de ses murs crénelés, presque au bord de la Rivière Rouge, que nous faisons une courte halte, avant de rejoindre notre bivouac de Kok-Sou.

Couchés sur l'herbe molle et touffue, nous comtemplons avec envie la longue chaîne de sommets inaccesibles qui se déroule au midi et cache à nos yeux les contrées à demi inconnues, à peine effleurées par de rares explorateurs européens, et qui portent le nom générique de Plateau du Pamir. Cet immense soulèvement de 50 000 kilomètres carrés, creusé de vallées profondément encaissées, entouré d'un rempart de chaînes colossales et surmonté de sommets gigantesques (touchant à plus de 25 000 pieds), nous apparaît comme la Terre Promise aux Hébreux. Nous devrons le contourner seulement du côté Ouest. Nous envoyons donc un salut triste et respectueux aux pics

Kaufmann (23 000 pieds) et Gouroumdi (20 000 pieds), dont les silhouettes percent à peine le rideau blanchâtre des nuages qui les enveloppent.

Puis nous nous dirigeons vers le couchant, en traversant toujours la grande vallée où les kibitkas des Kirghiz, semblables à des taupinières, font des taches sur le tapis vert des prairies. Partout des troupeaux de chameaux et de moutons rentrant des pâturages alpestres du Pamir et du Transalaï.

En approchant des aouls, nous saluons d'un *sélam-alékum* les Kirghiz qui répondent de même, en nous pressant la main des deux mains, puis en les portant au visage, à la barbe, au cœur, en signe de respect et de dévouement. Par-ci, par-là, entre les huttes, quelque dromadaire nous regarde ébahi, allongeant son cou recourbé; des brebis bien grasses, des chevaux bien repus paissent au milieu de fourrages abondants; enfin pour compléter le tableau, les compagnes des pasteurs, des femmes, dont les robes rouges se détachent gracieusement sur le fond verdoyant.

Sur les bords du Kok-Sou, affluent du Kizil-Sou, est dressé notre bivouac. Pour l'atteindre il faut traverser une rivière assez profonde, dont le courant rapide emporte nos chevaux à la dérive; mais ils atterrent néanmoins sur la rive opposée et nous en sommes quittes pour un bain froid.

Deux envoyés de l'émir de Boukhara se présentent au chef de la mission russe. Tous deux descendent de cheval et prononcent les compliments en usage à la cour boukhariote. Les fleurs de la rhétorique persane ne leur font pas défaut: les paroles les plus mielleuses, les métaphores les plus hardies avec les épithètes les plus ampoulées dont ils se servent dans leur discours ne donnent, paraît-il, qu'une pâle idée de la phraséologie des courtisans de Boukhara.

Ces fonctionnaires boukhares, qui ont le grade de

mirakhour (lieutenant ou à peu près), sont également des *makhrams*, c'est-à-dire des officiers attachés à la personne de quelque dignitaire ou personnage important, et dans le cas présent, attachés auprès du général russe chargé de la mission en Boukharie. Désormais ils suivront notre expédition et devront pourvoir à tous nos besoins. Le plus âgé de ces officiers s'appelle Mirza-Fazil-bek, le plus jeune Abdouraïm-bek, avec lequel nous aurons l'occasion de lier intime connaissance durant les longues journées de voyage.

Nous sommes encore, cependant, sur le territoire russe. Aussi les chefs des aouls et des campements kirghiz nous font-ils les honneurs du pays et nous offrent-ils dans les yourtas préparées à notre intention le frugal repas dont ils nous régalent, d'ailleurs, depuis plusieurs jours. C'est toujours du lait de jument, du *koumis*, servi dans des outres, et du mouton rôti ou bouilli, dont la graisse et le foie constituent des morceaux de gourmet. A ce festin aussi simple qu'offert avec sincérité assistent naturellement les principaux Kirghiz de notre escorte et les officiers boukhares, tout honorés de l'invitation du général.

La vallée latérale du Kok-Sou s'engage dans les contreforts des monts Alaï qui viennent se rattacher au nœud du massif du Kok-Sou. Par elle on peut parvenir soit à la passe de Kara-Kazik, pour retourner à Marghélan, soit au glacier d'Abramof, et de là au col de Bok-Basche et au pic de Choumkava, d'où se dirige la chaîne secondaire nommée arête de Caratéghine.

Quelques-uns des plus infatigables officiers de la mission mettent à profit le temps qui reste jusqu'au coucher du soleil pour entreprendre une partie de chasse aux blaireaux et aux perdrix, dans les fourrés qui bordent le lit du torrent Kok-Sou. Des saules, des tamaris (*betula sogdiana*) et des genévriers animent ses bords. A l'embouchure du torrent un vaste *tougaï* occupe tout le petit delta. Les monts s'y terminent en éboulements de sable. Nous passons

devant quelques misérables cabanes entièrement d'argile
mêlée aux cailloux : habitations ou campements d'hiver
des indigènes établis dans cette localité. Des champs
d'orge, d'avoine et même de blé s'étendent sur les terrasses,
le long du cours d'eau, et occupent tout le fond du vallon :
les maigres récoltes de ces pauvres agriculteurs font pitié
à voir.

En revanche, nous jouissons au retour du splendide
spectacle offert par les saillies du Transalaï au déclin du
jour. Dominant la chaîne de toute sa taille gigantesque,
un groupe de pics, le Chilbeli, le Sandal et le Mouz-Djilga,
entourant le glacier de Fedtchenko, se profile sur le cobalt
de l'atmosphère sereine et transparente. Les névés et les
glaces, dorés par les derniers reflets du soleil couchant,
nous envoient leur froide haleine dans une légère brise. Au
pied de ces géants, la vallée flotte incertaine dans une
brume bleuâtre qui s'épaissit de plus en plus et enveloppe
bientôt tout le paysage environnant. Çà et là, à l'horizon
percent des flammes de bûchers autour desquels sont
accroupis des pasteurs kirghiz surveillant leurs troupeaux.

Le 9 août, de bonne heure, nous envoyons un dernier
adieu aux blanches et vénérables cimes du Transalaï, aux
pics immaculés du glacier Fedtchenko qui resplendissent
aux premiers rayons du soleil, à la grasse et verdoyante
vallée de l'Alaï, aux campements des Kirghiz éparpillés
dans les plis et les ravins arrosés par les eaux courantes,
aux troupeaux broutant l'herbe, accrochés aux parois
des montagnes, sur lesquelles les Kirghiz s'élancent et
redescendent au galop, comme s'ils couraient dans la
plaine unie. Nous allons nous enfoncer de nouveau dans
une gorge qui, par le cours du Kizil-Sou, nous mènera à
Harm, la capitale du Caratéghine.

Du camp de Kok-Sou à Katta-Karamoukh c'est une
distance de 24 verstes que l'on parcourt en cinq heures.

Bientôt on traverse le Kok-Sou sur le pont de Séri-
boulak. Dans cet endroit apparaît le premier bois de gené-

vriers que l'on ait rencontré depuis le départ. Des bosquets
de tamaris et de saules accompagnent la Rivière Rouge. Au
confluent du Katta-Karamoukh, ces buissons, entremêlés
de laiche et d'autres essences, forment des jungles, des
tougaï. C'est l'extrémité occidentale de l'Alaï : d'ici le
Kizil-Sou pénètre dans un défilé étroit qui se change plus
loin en vallée du Caratéghine. Katta-Karamoukh est le dernier point de la vallée de l'Alaï, — après lequel commence la
passe de Djalguiz-Artcha. Le sommet appelé Karaoul-Tubé
marque la frontière. En ce dernier endroit se sont réunis
tous les Kirghiz de l'escorte, ainsi que ceux qui nous suivent d'étape en étape par curiosité ou pour jouir du spectacle extraordinaire de notre caravane. Les voilà, *amines*
et autres, alignés à la file, nous attendant au passage pour
nous rendre encore une fois les honneurs et nous offrir du
lait de jument dans des bols de porcelaine chinoise, qu'ils
remplissent au moyen d'outres jetées en travers de la
selle. Un dernier serrement de main à ces braves gens, et
nous escaladons la montagne du Karaoul-Tubé.

De l'autre côté, une cavalcade boukhare s'avance vers
nous : ce sont des officiers du beg de Harm, chargés de
nous souhaiter la bienvenue. A ce moment notre général
arrête sa monture et, se tournant vers les envoyés de
l'Emir, entourés des officiers venus à notre rencontre, leur
adresse dans un langage aussi fleuri que le comporte la
circonstance, des paroles de remercîment et de reconnaissance.

« Que votre pays soit toujours dans l'abondance et dans
la prospérité! » exclame-t-il. Et chacun de nous de
reprendre en chœur ce souhait.

A la descente du col, nous arrivons à Kitchi-Karamoukh,
nom d'un petit torrent qui se jette dans le Kizil-Sou. Celui-
ci roule des eaux rougeâtres dans un lit fortement encaissé
au fond d'une gorge étroite, dont les parois descendent à
pic sur la rivière.

Au confluent de ces cours d'eau, sur une terrasse étroite

suspendue au-dessus de précipices sans fond, se dresse
notre campement. Nous sommes sur le territoire boukhare. Aussi les *makhrames* tiennent-ils à nous ménager la
plus brillante réception qui puisse se faire dans ces sites
sauvages et déserts. Dieu sait ce qu'a coûté de peines et
de soins le *dostarkhane* inséparable de toute réception
dans l'Asie centrale! Combien d'indigènes ont été mis à
contribution ou à corvée pour transporter ces fruits, ces
légumes, ces douceurs, ces plats de mouton, de poulets,
de gibier, etc., empilés dans la tente principale! Et l'orge
en sacs et les fourrages pressés en petites gerbes apportées
jusqu'ici des villages assez éloignés; et les chevaux de
selle et de bât pour remplacer les animaux hors de service;
et les hommes enfin pour guider l'expédition, lui prêter
assistance : tout cela, vraiment, étonne le voyageur européen qui traverse pour la première fois ces contrées.

Nous voici donc au Caratéghine.

Le Caratéghine comprend la vallée du Sourkhab avec
ses affluents et s'étend de l'est à l'ouest sur une longueur
de 350 kilomètres. On trace les frontières du Caratéghine
de la manière suivante. Au nord, les chaînes de l'Alaï et du
Hissar, qui le séparent des provinces russes de Ferghanah
et de Samarcande; à l'est, la grande vallée de l'Alaï, depuis
les sources du Karamoukh jusqu'au col de Bok-Basche, en
travers du Sourkhab et de son affluent le Mouk-Sou jusqu'à
la ramification du Transalaï; au sud, les soulèvements de
Periokh-Taou ou de Pierre-le-Grand; à l'ouest, les terres de
Cafirnahan, de Faïzabad et de Baldjouan qui font partie du
Hissar. Dans ces limites le Caratéghine a une superficie de
8900 kilomètres carrés et possède une population de
60000 âmes environ, dont 3000 Kara-Kirghiz et les autres
Tadjiks.

Les deux grands soulèvements de l'Alaï et du Hissar, se
rencontrant au nœud central du Kok-Sou, forment la
limite septentrionale du Caratéghine. C'est également de ce
nœud que se dirige vers le nord la chaîne du Turkestan,

ligne de faîte entre les bassins du Sir-Daria et du Zarafchan,
dont les dernières ramifications, sous le nom de Nourata-
Taou et de Kara-Taou, finissent par se perdre dans les sables
de Kizil-Koum.

Le point de jonction de ces chaînes est un des plus élevés
et il porte un pic suprême, dont descend le glacier de
Chtchourovsky, haut de 19000 pieds. Cependant les chaînes
de Hissar et de l'Alaï ne touchent au Caratéghine que sur
un certain espace ; ils en sont plutôt le rebord extérieur.
Mais parallèlement à elles, court dans le sens du nord-est
au sud-ouest une chaîne secondaire, qui porte le nom de
crête de Caratéghine. C'est une ramification de l'Alaï, qui
s'en détache près du pic de Choumkava, au col de Bok-
Basche. Elle longe la rive droite du Sourkhab et se termine
au Cafirnahan, où elle rejoint la chaîne du Hissar. Elle
traverse donc tout le Caratéghine, dont elle représente en
quelque sorte l'épine dorsale. Les ramifications occidentales de cette chaîne se prolongent dans la même direction,
en séparant le cours du Sourkhab de la vallée du Cafirnahan. La chaîne, elle-même, tantôt se rapproche du
Sourkhab, tantôt s'en éloigne, et dans ce dernier cas l'espace est occupé par des contreforts que l'on traverse plus
ou moins aisément aux passes fréquentes.

De la ville de Harm, on distingue parfaitement toute la
chaîne qui porte des dents fort aiguës et des pics assez
élevés (14000 pieds).

De nombreux cours d'eau l'entrecoupent, qui font des
brèches dans les grands remparts de l'Alaï et du Hissar.
En effet les principales rivières du Caratéghine, telles que
le Douvana, l'Obi-Zankou, l'Obi-Caboud avec son affluent
le Yarkhitch, le Sorboukh avec ses affluents, forment
autant de chemins praticables qui de la vallée de Sourkhab
débouchent aux passes de l'Alaï et du Hissar. Les plus
importantes de ces passes entre le Caratéghine et le
Zarafchan sont au nombre de cinq dans la chaîne du Hissar,
dont une par le cours du Yagnob, trois par celui du Sor-

boukh et une par celui d'Obi-Caboud (12 000 p.); au nombre de trois dans l'Alaï occidental, savoir celles de Tarak, d'Alaoudin et de Bok-Basche qui, continuant par le col de Kara-Kazik, aboutit au Ferghanah.

La rive gauche du Sourkhab est bordée par une chaîne qui porte plusieurs noms : les indigènes l'appellent Periokh-Taou, Okh-Tasche, les Russes crête de Pierre-le-Grand.

Vue de la rive opposée, la crête de Pierre-le-Grand a un aspect très imposant. Elle est fort dentelée et offre des pics isolés, dont les plus connus et grandioses, Sari-Caoudal (18 000 p.), Saganaki (20 000 p.), Kouï-Zinguirtche et Kouï-Fournaki (de 22 000 à 25 000 p.), élèvent leurs cimes à une hauteur extraordinaire.

On compte dix cols principaux dans le Periokh-taou, mais ceux qui servent ordinairement aux communications du Caratéghine avec la vallée du Hingob, affluent du Sourkhab, sont les suivants :

1° Col de Sarihad (7 990 p.), allant de Novobad sur le Sourkhab à Tchil-Dara sur le Hingob, le seul ouvert pendant toute l'année; 2° Cols de Kamtchirak (9 800) et de Chakh-Kendé qui conduisent de Harm par Saripoul à Tchil-dara; 3° Col de Luli-Harvi, menant de Kalaï-Labi-Ob par Fasthabad à Luli-Harvi sur le Hingob; 4° Col de Gardani-Kaftar qui de Obi-Tchak mène par la passe de Hiche-Koulak, par Dascheti-Kiptchak et Gardani-Kaftar à Langar sur le Hingob en Vakhie. Ces deux derniers cols présentent de sérieux obstacles, car ils sont presque toujours couverts de neige et de glace.

Dans sa partie méridionale la chaîne de Pierre Ier est partagée en deux tronçons par le fleuve Sourkhab et par son affluent le Hingob; le premier tronçon s'appelle Sorkho, le second Passigouzoun; c'est le pays de Houlleuze, la basse vallée du Hingob, tandis que la Vakhie en est la haute vallée.

Le cours d'eau le plus important du Caratéghine est le

Sourkhab. Il reçoit un grand nombre de rivières et de torrents. Ses principaux affluents de droite sont : Kitchi-Karamoukh, Obi-Zankou, Obi-Dara, Obi-Caboud (ou Yarkhan), Sorboukh, Obi-Dachti-Siat, Obi-Moudjagarm, Hakimi, Obi-Lugrob et Obi-Harm.

Les plus considérables, tels que Zankou, Obi-Caboud et Sorboukh, prennent leur source aux glaciers de l'Alaï et du Hissar, et ouvrent un chemin aux passes qui mènent au Ferghanah et à la vallée du Zarafchan. Parmi les affluents de gauche, outre le Mouk-Sou et le Hingob, les seuls d'ailleurs d'une certaine importance, citons ceux dont les gorges aboutissent aux passes déjà mentionnées à travers la chaîne de Pierre-le-Grand, tels que Obi-Tchak (passe de Gardani-Kaftar), Fasthabad (passe de Luli-Harvi), Roun-Obi-Sou et Host-Sou (passes de Chakh-Kendé et de Kamtchirak).

Le Sourkhab forme la branche septentrionale de l'Amou-Daria et prend plus loin, dans son cours inférieur, le nom de Vakche. Il y a quelques années encore on le confondait avec le Pandje ou plutôt on croyait par erreur qu'il constituait la source principale de l'Oxus. A la frontière russo-boukhare, entre Katta-Karamoukh et Kitchi-Karamoukh, le Sourkhab quitte l'Alaï et pénètre dans une gorge qui continue jusqu'au confluent du Mouk-Sou. A cet endroit, la haute vallée s'élargit et la berge gauche présente une étendue de pays mamelonnée, où le fleuve s'est creusé un lit profond.

Plus loin, vers l'ouest, en aval du cours d'eau, la vallée est entrecoupée de contreforts qui se plongent à pic dans le Sourkhab. Il faut alors s'éloigner du cours d'eau, chercher une issue dans les gorges latérales ou traverser ces rétrécissements au moyen de passes, assez fréquentes du reste sur le parcours du fleuve. Le sentier monte et descend au caprice des montagnes et des gorges, mais, souvent, il serpente dans le voisinage du Sourkhab et rase les flancs et les corniches tracées à mi-hauteur de la montagne, en franchissant sur des *balcons* les endroits les plus abrupts ou dont le sol a été emporté par les eaux.

Quand la vallée le permet, le Sourkhab coule en plusieurs bras. Sa vallée est bâtie en terrasses, dont on remarque trois principales. La terrasse supérieure, la plus ancienne, a été détériorée par les eaux et se présente sous l'aspect de couches arrachées, suspendues aux flancs de la montagne. Le sol de ces terrasses est formé d'alluvion, mélange de sable et d'argile ; il reste inculte à cause de la difficulté de le défricher. Entre les ravins de la terrasse inférieure s'étend un espace uni, formé d'alluvions et occupé par le lit actuel du fleuve.

Quand le courant se partage en plusieurs bras, sa profondeur varie ; aux endroits plus larges, elle diminue. Ces élargissements munis de terrasses se rencontrent fréquemment, surtout dans la partie de la vallée comprise entre l'Obi-Zankou et l'Obi-Harm-Daria. A ces endroits s'élèvent des kichelaks, entre autres Pillon, Pombatchi, Ali-Golabou et Harm.

On passe le Sourkhab sur trois ponts, jetés aux endroits où il se rétrécit davantage : à Dombouratchi, à Douvana et à Saripoul, en aval de Harm. Ces ponts sont construits d'après le type déjà décrit.

Les indigènes traversent le fleuve à gué, à cheval ou sur des outres en peaux de mouton.

La largeur du Sourkhab varie dans son parcours : jusqu'au confluent du Mouk-Sou, il a de 10 à 20 mètres et coule dans un seul lit ; plus loin, il se partage en plusieurs bras et a de 200 à 600 mètres. A Kala-i-Khoït, aux bouches de l'Obi-Caboud, il atteint un kilomètre et demi, ensuite il se rétrécit et jusqu'à Harm il a une largeur moyenne de 400 mètres. De Harm au Sorboukh il a 500 mètres ; puis il va en se resserrant graduellement et coule dans un seul lit sur un grand parcours. En général la vallée du Sourkhab ne dépasse pas 3 kilomètres, car les montagnes parviennent jusqu'aux berges.

La profondeur des eaux change suivant la saison : au printemps et en été, le Sourkhab fournit un grand débit d'eau et sa moindre profondeur est de 3 mètres; aux endroits plus étroits elle est de 6 mètres.

De Kitchi-Karamoukh à Dambouratchi on compte 32 bonnes verstes, qu'il faut toujours doubler à cause des détours sans fin. On suit le cours du Kizil-Sou, dont le nom tadjik Sourkhab signifie également Eau Rouge.

A peine a-t-on franchi le pont suspendu au-dessus de l'abîme formé par le Kitchi-Karamoukh, le sentier s'engage dans la gorge à mi-hauteur de la montagne ; puis, par les corniches, il monte sur des hauteurs de plus en plus élevées et atteint la croupe des contreforts terminant à pic au Sourkhab. Partout des sillons profonds creusés par les eaux; des éboulis mélangés de roches, de galets et de sable roulent sur les pentes des montagnes.

L'on franchit ainsi les deux cols de Sarigouï et de Kachka-Chirak, dont les roches schisteuses se cassent et s'éboulent facilement vers la vallée d'Atchik-Alma. Celle-ci, située au pied de la passe de Kachka-Chirak, est en effet semée de blocs énormes tombés des hauteurs.

Ces éboulis se produisent avec grand fracas et la vallée finira par en être obstruée. Atchik-Alma, village d'une vingtaine de maisonnettes, se trouve au sortir du défilé, au milieu de champs de blé, d'orge, d'avoine et de millet.

La végétation est extrêmement pauvre dans cette bande du Caratéghine qui offre fort peu de terrains susceptibles de culture. Le sous-sol consiste en conglomérat, cimenté d'argile quelquefois, recouvert à intervalles d'une légère couche de verdure. Des kichelaks sur divers points, dans les gorges, tels que Douvana, le plus important, sur la rivière de même nom, Aksaï, Karazaï et Dambouratchi, disposés sur les terrasses qui bordent le Sourkhab.

Le 11 août, vers la fin du jour, nous arrivons en vue de Dambouratchi : il faut passer sur la rive droite et franchir par conséquent le Sourkhab sur un pont élastique d'une cinquantaine de mètres. Hommes et bêtes marchent un à un avec précaution, car le tablier du pont s'élève à 40 mètres au-dessus du fleuve.

Dambouratchi est situé au confluent du Mouk-Sou. Le Mouk-Sou est formé de trois torrents : le Baland-Kiik, le Kaïndi et le Soouk-Sou, qui se réunissent près d'Altin-Mazar. Ils descendent des glaciers du massif du Kouï-Lazir. Cette rivière déverse des eaux troubles dans le Sourkhab et coule dans un lit étroit sur plusieurs dizaines de kilomètres : en remontant son cours, vers les sources, sa vallée s'élargit de nouveau. La piste, courant d'abord sur l'ensellement de la chaîne cotière, descend ici dans le lit de la rivière et ne peut servir de chemin qu'en automne seulement, à l'époque de la baisse des eaux. Peu ou point de végétation ; le fond est formé de gros galets, les berges sont de sable ; mais plus en amont, on rencontre des obstacles insurmontables aux caravanes.

A Dambouratchi nous fîmes une halte de vingt-quatre heures. C'est un site pittoresque au confluent des deux cours d'eau et au pied de la chaîne du Caratéghine dont les contreforts surplombent au-dessus de la berge. L'œil plonge d'un côté sur la gorge étroite du Sourkhab, de l'autre sur le delta du Mouk-Sou, large et semé d'énormes galets. Puis il se porte vers des sommets de rochers escarpés, d'aspect fort original, rappelant vaguement des châteaux gothiques. Un camp se trouve dressé pour nous : dans une des tentes nous attend la collation préparée par les *makhrams* de l'émir. Cet amas de mouton, pilaf, volaille, gibier, omelettes, galettes grillées, sans compter les fruits et les friandises, représente la contribution prélevée sur les pauvres habitants de race kirghiz qui, sans cela, ont à supporter d'autres réquisitions à cause de notre voyage.

Nos compagnons mettent à profit notre séjour pour entreprendre une battue aux perdreaux qui abondent dans ces parages, mais qu'il est difficile de dénicher au milieu des rochers abrupts. Il faut grimper lestement sur les pentes raides pour surprendre ces volatiles; et malgré les fusils perfectionnés et tout l'attirail de chasse européen, les chasseurs reviennent fort penauds.

Plus loin, le paysage acquiert un caractère plus sauvage et reste identique jusqu'à la chaîne de Pierre-le-Grand. Trois pics neigeux de cette chaîne percent l'horizon : nous les reverrons beaucoup mieux, en face, quand nous atteindrons Kala-i-Khoït.

L'étape suivante est pénible à cause de la montée et descente à travers les cols de Mouïnak et de Djaltirak. Toujours la même nature, toujours les mêmes roches calcaires grisâtres, rarement tachetées de bosquets de saules ou de genévriers. Par-ci, par-là, quelques kichelaks, entourés de vergers, que des champs de blé, d'orge, de millet et d'avoine précèdent à la descente du col.

Près du kichelak Mouïnak, où nous faisons une courte halte, un pont jeté sur le Sourkhab mène à Abtchaka sur la rive gauche. C'est la route au col de Gardani-Kaltar dans la chaîne de Pierre-le-Grand.

Ici nous nous séparons de deux compagnons qui prendront le chemin de ce col pour nous rejoindre au Darvaz.

Le long de la route nous apercevons, planant au-dessus des cimes, perdus dans les nues, de grands vautours à longue barbe, des gypaètes : ils sont fort adroits et intelligents. On raconte d'eux plus d'un trait de ruse et d'adresse. Ainsi, dit-on, apercevant un troupeau de chevaux, ils attendent le moment où ceux-ci sont engagés sur une corniche étroite, les attaquent à l'improviste à coups de leurs immenses ailes, et jettent l'épouvante parmi les poulains, qui se précipitent dans les abîmes, se tuent et deviennent leur proie. Ces vautours sont très friands de la moelle des os; pour s'en procurer ils enlèvent quelque os dans les airs et le lâchent à une certaine hauteur, l'os se brise contre les rochers, et il en sort la moelle dont ils se régalent.

Les kichelaks de Mouïnak et de Djaltirak sont déjà habités par des Tadjiks de race aryenne, parlant un idiome

Tadjiks du Caratéghine, pendant une halte.

persan corrompu. A la descente du col de Djaltirak, se présente le village de Kaschekatirak, au bord du Zankou, rivière assez large, mais non guéable. Force est de faire un détour plus en amont jusqu'à Yar-Mazar, où existe un pont en assez bon état.

Cependant on a dressé ici des yourtas, au bord d'un petit ruisseau qui sépare notre bivouac du kichelak de Yar-Mazar : arrêtons-nous donc ici pour la nuit.

De ce point, en remontant le cours du Zankou et de ses affluents, Laï-Sou et Tamdi-Koul-Sou, on peut se rendre au Ferghanah par les passes de Karagousche-Khana, Tulbé, Yanghi-Davan, Bok-Basche, dans la chaîne de l'Alaï et dans ses contreforts.

En partant de Yar-Mazar, on longe la rive droite du Zankou, appelé également Kok-Sou. Puis on arrive à la jonction du Zankou avec le Sourkhab. La vallée s'élargit, la plaine s'étend jusqu'au pied des contreforts montagneux : villages et cultures deviennent plus fréquents. C'est l'époque de la moisson : partout on transporte et on bat les gerbes. Sur les toits plats s'élèvent déjà des tas de foin et des meules de froment, d'orge et d'avoine. Des traîneaux tirés par une couple de petits bœufs, noirs et trapus, passent devant nous, chargés de gerbes de céréales et de luzerne. Souvent ces véhicules descendent en glissant des hauteurs inaccessibles où l'homme lui-même a de la peine à grimper : les dociles et intelligentes bêtes, accouplées sous le joug primitif, marchent d'un pas sûr et cadencé, obéissant à la voix de leur maître.

Il est vraiment merveilleux de voir à quel point le Tadjïk du Caratéghine pousse l'amour pour le sol et la culture. A défaut de terrains arables dans la vallée, il s'élève sur des hauteurs extraordinaires, y transportant sa charrue, ses instruments de travail. Perché, accroché là-haut, il laboure, passe et repasse sa légère charrue dans le sol vierge et rocailleux.

Gens et animaux doivent être doués de qualités excep-

tionnelles : des muscles d'acier et souples à force d'une
continuelle gymnastique leur permettent de faire des
miracles d'équilibre sur des pentes à angle droit. On
s'imaginerait qu'ils sont enracinés aux parois des montagnes, tellement ils semblent être maîtres de leurs mouvements.

En ce moment les indigènes battent le blé près des silos
ouverts. Chevaux et bœufs tournent dans l'aire sur les
épis ; à côté on vanne en lançant des pelletées en l'air ; le
grain tombe dans une place, la paille s'entasse plus loin.
Curieux spectacle que celui du battage des blés : quand les
chevaux ou les bœufs manquent, on les remplace par des
ânes de taille fort exiguë. Quelquefois on aperçoit quelque
bœuf en leur compagnie. Quel étrange accouplement que
ces trois baudets, attachés par une même longe au bœuf,
marchant d'un pas lent et régulier sur les gerbes entassées,
traînant souvent une grosse pierre arrondie servant de
pressoir !

Les habitants du Carathégine sont généralement des
hommes grands et robustes, d'une endurance étonnante.
Ils portent d'énormes fardeaux à des distances lointaines.
Nu-pieds, revêtus d'une chemise en toile grossière, rentrée
dans une paire de pantalons flottants, une petite toque de
feutre sur la tête, chargés d'un colis pesant souvent
100 kilogrammes, ils franchissent avec une rapidité remarquable des espaces considérables , sans s'arrêter aux
obstacles. Vous les rencontrez partout, par monts et par
vaux : suivant les sentiers ou marchant sur les cailloux et
les galets, ou sur les pointes des roches, glissant sur les
éboulis qui entraînent des quartiers entiers dans leur chute,
au milieu des névés et des moraines, sur les gletchers ou
au fond des gorges et des vallons obscurs, par un soleil
implacable ou dans une atmosphère frigide, passant à gué
les torrents et en sortant les habits tout mouillés qu'ils
laissent sécher sur leur dos ! Étonnante vigueur de corps
endurci aux fatigues par un continuel exercice ! Et cela

malgré une sobriété dans la nourriture qui tient presque du jeûne et de l'abstinence.

Très joli coup d'œil que celui de notre expédition. Des dizaines d'officiers boukhares et caratéghiniens à cheval, vêtus de leurs plus beaux khalats avec bonnets ou turbans, nous attendent à la limite du territoire de leur compétence : ils suivent notre convoi ou le précèdent, en nous faisant ainsi une escorte d'honneur. Mais le plus amusant c'est de voir trimbaler d'étape en étape depuis plusieurs jours deux chaises grossièrement taillées, recouvertes d'étoffe rouge. Chaque matin, à peine donne-t-on le signal du départ, voilà qu'on charge sur des chevaux ces deux meubles, qu'un des nombreux corvéables a mission d'emporter au bivouac suivant, comme une relique précieuse.

Cependant à force d'avancer, nous gagnons de nouveau le Sourkhab. Bientôt nous abandonnons le sentier qui passe sur la croupe des collines et nous suivons le lit du fleuve, dont les eaux basses en cette saison laissent à découvert le fond parsemé de galets. Après une chevauchée de quelques heures, on reprend le chemin des montagnes, et, à la descente, on entre dans une plaine beaucoup plus large que celle du Zankou.

C'est la vallée de la rivière Caboud-Sou, formée de trois courants (Karagousche-Khana, Toutak et Yarkhitch), et au milieu de laquelle s'élève Kala-i-Khoït.

On y remarque une culture beaucoup plus variée : maïs, tabac, vigne, lin, se mêlent au blé, à l'orge et au millet, indiquant ainsi un climat plus tempéré. En effet, l'altitude n'est plus que de 5 560 pieds. Aux approches du kichelak, les jardins deviennent plus fréquents, l'irrigation y est assez répandue, grâce à l'abondance des courants qui sillonnent la plaine. La moisson a réussi cette année, à en juger par les meules de luzerne et les silos de céréales qui ornent les toits des saklas, semblables de loin à des tours carrées, resserrées au sommet.

Khala-i-Khoït est la résidence d'un *amlacdar*, percep-

teur des impôts, chargé de l'administration et de la police
de l'arrondissement. Cependant c'est à la kala du *mir*, du
beg, gouverneur de la province, que nous conduisent les
officiers et les autres préposés, accourus à notre rencontre,
à quelques kilomètres du kichelak.

La demeure du *mir* consiste, comme à l'ordinaire, en
un pâté de bâtisses dans une enceinte d'argile, avec un
grand portail pour unique issue. A la kala se trouve annexé
un enclos fort étendu qui descend en terrasses jusqu'aux
rives de l'Obi-Caboud. Des allées d'arbres à la dense
feuillée le percent de part en part. De vastes bassins servant aux ébats des favorites du beg reflètent l'image des
saules et des peupliers dans le miroir d'une eau cristalline,
dont le trop-plein se déverse par de petites rigoles à travers
le jardin mystérieux.

D'ici on jouit d'une vue splendide. Vers le couchant,
c'est une plaine jaunie, mais parsemée de vergers verdoyants, ayant pour cadre les contreforts de la chaîne du
Carathégine, dans laquelle les gorges des torrents font des
échancrures. Vers le midi, au delà du Sourkhab, apparaît
l'arête imposante de Pierre-le-Grand avec ses pics blancs
de neige, dominant le fleuve dont on aperçoit à peine la
courbe fuyante. La pyramide du Saganaki et le cône du
Sari-Caoudal se détachent avec une netteté merveilleuse;
tous leurs contours paraissent sculptés sur la voûte céleste.
A mesure que les rayons du soleil disparaissent derrière
les cimes, des ombres s'allongent dans la vallée et enveloppent dans une brume bleuâtre les villages et les jardins :
bientôt la lumière du jour s'éteint et la campagne se noie
dans une obscurité flottante, tandis que la voûte s'allume
par-ci par-là, d'abord de quelques points timides, puis de
centaines et de milliers de feux brillants, qui forment
bientôt une traînée de gerbes étincelantes au-dessus de
l'horizon sombre et opaque. Mais voilà qu'une nouvelle
lueur vient éclairer le paysage : la vive clarté de la lune
lui prête un caractère tout à fait fantastique. Du haut de la

terrasse, où, étendus sur nos couches, nous contemplons à ce moment le spectacle enchanteur et jouissons de la beauté et du calme de la nature, l'œil plonge dans les allées sombres et mystérieuses du parc environnant.

Sous les peupliers élancés et droits comme des cierges, à l'ombre des saules dont les rameaux tombent en cascades de larmes, sous les guirlandes de plantes et d'arbres divers mariés à la vigne, il semble que des ombres voilées glissent doucement enlacées, s'arrêtent en soupirant au bord des vasques aux eaux murmurantes, puis se confondent dans l'opaque obscurité, percée de rares points lumineux.

A nos pieds, dans la cour entourée de hangars, où s'ébrouent bruyamment nos chevaux, le bivouac des soldats et des djiguites de l'escorte qui ont allumé des feux, dont le flamboiement rougit l'enceinte des murailles argileuses. La brise nous apporte des sons de tambourins et de flûtes, lointains échos d'une *tomacha* de village.

Le lendemain, 14 août, nous nous remettons en route. On passe l'Obi-Gaboud sur un pont de bois et l'on s'engage dans un vallon latéral, où coule l'Obi-Yasman, car il faut tourner un des nombreux contreforts de la chaîne du Caratéghine qui obstruent la rive droite du Sourkhab.

Les kichelaks se suivent presque sans interruption : la terre y paraît assez fertile, à en juger par la moisson abondante des céréales, la végétation arborescente, les plantations de coton, de maïs, de tabac.

Notre escorte, sans cela assez nombreuse, va en augmentant de kichelak en kichelak : officiers ou fonctionnaires au service ou en retraite et autres personnages de l'endroit se croient en devoir de nous accompagner. En conséquence, notre cavalcade offre le plus intéressant et le plus pittoresque spectacle, grâce à un assemblage de vêtements des plus coloriés, de turbans d'éclatante blancheur, de chevaux recouverts des plus reluisants harnais. Cette foule bariolée caracolant, galopant, grimpant devant, de côté et

derrière nous, aurait certainement plus d'attrait pour nous,
si elle ne soulevait par moments, sur son passage, des
nuages d'une poussière aveuglante.

De temps en temps, je m'amuse à administrer un bon
coup de cravache sur la croupe des chevaux les plus
rapprochés : comme ils dévalent alors les pentes au galop,
sans trébucher ni heurter aucune pierre! Admirables bêtes
que ces petits chevaux, aussi agiles que robustes et infatigables : pour eux, il n'existe ni plan ni inclinaison; ils
savent se maintenir partout en équilibre.

Chemin faisant je rencontre une bête de somme chargée
des deux fameuses chaises sans lesquelles ne se passe pas
un seul *dostarkhane*, pas un seul relais sur notre route
depuis la frontière. Avec quel respect les touche et les
pose à leur place l'homme de peine qui conduit à pied la
bête chargée de ce précieux fardeau! Le pauvre homme
pourrait bien se dispenser de cette corvée, car les chaises,
beaucoup trop hautes et incommodes pour s'y asseoir à
table, sont parfaitement inutiles : on préfère s'étendre sur
les feutres et les tapis jetés à terre dans la yourta, ou tout
simplement sur l'herbe, à l'ombre de quelque karagatche
ou peuplier.

Justement à Mazar, nous faisons halte à la lisière d'un
bois d'érables et d'ormes touffus. On est bien aise de se
rafraîchir le gosier et de se dégourdir les jambes après
plusieurs heures de marche. La chaleur aussi devient par
moments étouffante, à cause de la concentration ou réverbération des rayons du soleil dans le fond des vallées. Le
thermomètre pourtant ne marque que 35 et 40 degrés C.,
et l'altitude s'élève déjà à 6 420 pieds.

Ici commence la montée du col de Tourpi, dont l'ensellement est situé à 8 740 pieds au-dessus du niveau de la
mer. On y parvient aisément par un sentier assez large
allant en zigzags sans fin, au milieu de petits bosquets de
genévriers rampants, entremêlés d'églantines et de clé-
matites mariées aux arbustes. Puis vient la descente,

passablement raide et longue. Sur 5 kilomètres presque,
c'est un chemin glissant sur le roc ou couvert de sable et
de cailloux dans lesquels nos bêtes s'enfoncent jusqu'à la
croupe. C'est un dévalement par saccades, qui dure plus
d'une heure et demie, sur l'espace de 3500 pieds, entre
des rochers d'une complète nudité. Enfin, à force de glisser
toujours et de sauter des ruisseaux et des courants, nous
arrivons à Némitchi sur le Sourkhab.

A Némitchi nous sommes les hôtes du beau-père du
beg de Harm, qui a préparé un festin dans son jardin. On
y a installé notre bivouac. Entre autres choses, il y a un
coin fort remarquable par le bon goût qui a présidé à
l'installation. Une tente ouverte, avec une espèce de paravent brodé de grands dessins rouges, verts et bleus, qui
prolonge une des ailes de la tente, semble tendre ses bras
attachés au piquet et invite à se reposer sur les moelleux
tapis jetés sur le sol ou à s'asseoir à une longue table
jonchée de douceurs, de fruits, de pistaches, de raisin sec,
de sucreries, de caramels, de galettes, etc. Autour, des
plats sans fin remplis de mets de toutes sortes. Quarante serviteurs à la file apportent le dîner, composé,
comme toujours, de mouton, de palao, d'omelettes, etc.,
servis sur une série de plats et d'écuelles de bois ou
d'étain. De grands disques de pâte fine remplacent les
serviettes qui sont encore un luxe inconnu.

30 kilomètres seulement nous séparent de Harm. Nous
les franchissons le lendemain en cinq heures, en longeant
toujours la rive droite du Sourkhab, qui est devenu beaucoup plus large et coule moins rapidement.

Le 15 août nous entrons déjà dans la capitale du Caratéghine. Capitale c'est trop dire, puisque Harm ne se
distingue des kichelaks situés sur la route que par le
palais, résidence du beg, dans lequel nous avons en ce
moment établi notre demeure passagère.

Quand j'appelle palais cette longue ligne de bâtiments,
divisée en une série de communs, corps de garde, écuries,

hangars et autres, avec plusieurs cours intérieures avec
des annexes et des offices, et tout cela en argile collée et
séchée sur des poutres et des traverses, c'est simplement
par habitude de désigner ainsi la demeure du chef de la
province.

Les indigènes nomment *ourda* l'ensemble de ces édifices.
Les appartements particuliers de cette *ourda*, réservés
aux étrangers de distinction de passage, se composent en
tout d'un vaste salon avec six portes, sans fenêtre aucune,
et d'une pièce servant de vestibule. Les portes, avec
un treillage en bois au-dessus, donnent d'un côté sur
la cour intérieure et de l'autre sur une véranda, sur un
balcon couvert, suspendu au-dessus du Sourkhab, dont
les vagues lèchent le pied de la colline couronnée par
l'ourda.

Si l'on veut faire pénétrer la lumière dans l'appartement,
Il faut ouvrir les portes dans l'embrasure desquelles on
pose des châssis avec des carreaux de papier qui remplacent les vitres : et voilà les portes transformées en fenêtres.
Quand il s'agit d'aérer le local, on ne se gêne pas : on
perce le papier, et alors le vent se promène librement
dans la salle.

Cette pièce contient encore d'autres curiosités. Les poutres du plafond, les niches des murs portent des ornements, et des arabesques aux mille couleurs. Dans les
niches, l'artiste indigène a peint des vases originaux avec
d'énormes bouquets des fleurs les plus bizarres. Au-
dessus de la porte d'entrée principale une rosace bleu
foncé, portant en relief une inscription en caractères persans, forme une sorte d'étoile blanche se détachant sur le
fond plus sombre.

De grands tapis boukhares et persans, sur lesquels sont
jetées çà et là des couvertures molles avec des traversins
doublés de soie, achèvent l'ameublement du salon de
réception. A notre arrivée, trois tables, ajustées l'une à
l'autre, étaient couvertes d'innombrables plats de la cui-

sine indigène, de friandises, de fruits, de sucreries de toutes espèces.

Les quatre coins de la pièce étaient encombrés de melons, de pastèques, de pommes, de raisin et d'une montagne de pains de sucre, de boîtes de bonbons, de cherbets de raisiné, de confitures sèches et liquides, de figues, de raisin sec, etc., en un mot de toute une boutique de comestibles qui auraient fait les délices de plus d'un gourmand.

Quant aux mets nationaux, ils ne varient que par la forme : le fond consiste toujours en mouton, servi à tous les goûts. Bouilli, rôti, haché ou coupé en morceaux dans le *kavardak* et le *palao*, le mouton figure sempiternellement dans tous les festins que Son Altesse l'Émir de Boukhara a daigné nous offrir depuis notre entrée dans ses États. D'énormes plats contiennent de grandes pièces de mouton, accompagné de son foie, de sa queue grasse et de sa tête avec les oreilles inclusivement, qui, entre parenthèse, sont fort appréciées des gourmets. Naturellement la table se trouve toujours à tel point encombrée de plats et de mets que les convives doivent s'asseoir ou s'étendre de leur mieux par terre. Le plus souvent il n'y a ni assiettes, ni cuillères, ni fourchettes : il faut bien se résigner et se servir à la mode asiatique, c'est-à-dire des cinq doigts qui s'enfoncent dans la graisse d'abord et se promènent ensuite sur les friandises et les sucreries. Tant pis pour les retardataires ! Mais à la guerre comme à la guerre !

On n'a pas toujours le temps et la patience de tirer son couvert de sa valise et on va au plus pressé. Chacun s'installe comme il peut autour de la table, qui ordinairement est figurée par plusieurs tapis et par des pièces de feutre.

> Sur un tapis de Turquie
> Le couvert se trouva mis.

C'est le cas de le dire avec La Fontaine.

En guise d'assiettes, on nous offre une pile de larges

feuilles, rondes et fines, de pâte de farine : chacun y met sa portion de ragoût ou de rôti ; puis, en les déchirant comme du papier, finit par les manger également.

On commence en général les repas par plusieurs gorgées de thé que nous prenons dans des tasses chinoises, appelées *piolas*, ressemblant plutôt à des bols ; et on les achève par le *chourpa*, excellent bouillon qui reste après la cuisson du mouton. Quand il n'est pas pimenté (les indigènes y mettent tant de poivre que le bouillon en devient complètement noir), le *chourpa* forme une boisson qui a notre préférence au même degré que le *koumis*, le lait de jument offert par les Kirghiz de l'Alaï.

Après avoir franchi le pont aux abords de la kala, on pénètre sous un portique cintré, dont la voûte se prolonge jusqu'à la cour d'honneur, et forme une espèce de galerie, qui sert de corps de garde. On se croirait transporté aux premiers temps du moyen âge, dans un de ces manoirs qui ne connaissaient encore aucun art, aucun style. N'étaient les turbans blancs, les robes longues, les visages au type asiatique et le langage bizarre et guttural, on prendrait l'entrée voûtée de la kala pour une véritable salle d'armes des temps passés. Aux murs pend tout un arsenal d'armes primitives : arcs avec flèches, piques, cimeterres, boucliers, vieux mousquets à mèche ou à pierre, avec fourche pour les ficher dans le sol en tirant, enfin des instruments curieux. Des sentinelles arpentent la salle d'un pas régulier et cadencé. Des soldats jouent de la flûte ou de quelque instrument à cordes, s'accompagnant dans leurs chants monotones et nasillards. Dans la nuit le tambour résonne à intervalles, donnant l'éveil aux gardiens endormis, et vient frapper mon oreille, tandis qu'assis sur la terrasse je suis les sinuosités des ondes du fleuve argentées par la lune.

De ce point, d'ailleurs, la vue est splendide sur le cours du Sourkhab, qui a déjà l'allure d'un fleuve, sur les deux chaînes de montagnes enserrant des deux côtés le courant, sur la vallée enveloppée par les vapeurs tremblotantes, sur la voûte du firmament splendidement illuminée par les astres nombreux.

Le beg de Caratéghine, dont nous sommes les hôtes, est absent : il fait sa tournée financière dans les provinces du Hissar, de Coulab et de Baldjouan, où il est allé percevoir le *zaket* sur les troupeaux des nomades. C'est donc, il faut le supposer, un privilège octroyé par l'Émir en récompense de services exceptionnels ; car une partie de ces contributions reste au profit du beg.

Le tocsaba, son remplaçant, tâche de nous en faire oublier l'absence à force de soins et de prévenances. De bonne grâce il nous fournit les renseignements nécessaires.

Harm tire son nom des sources chaudes, car *harm* signifie chaud ; elle compte 300 habitations ou saklas avec une population de 1 500 habitants.

La population du Caratéghine se compose de Tadjiks de race aryenne et de Kara-Kirghiz d'origine mongole. Les Kara-Kirghiz habitent la haute vallée du Sourkhab jusqu'à l'Obi-Zankou, ainsi que les vallées du Kitchi-Karamoukh, du Zankou et du Mouk-Sou. Ils mènent une vie à demi nomade : ils s'adonnent en partie à l'agriculture, mais principalement à l'élève du bétail. En été, ils quittent leurs villages et vont paître leurs troupeaux sur les hauteurs environnantes.

Plus loin, en aval de Zankou, vivent les Tadjiks dans de nombreux, mais petits villages. Il n'y a point de villes, à proprement parler. Harm n'est qu'un gros bourg. Les kichelaks plus importants, tels que Kala-i-Khoït, Kala-i-Labi-Ob, Naoudouak et Obi-Harm sont le siège des *amlacdars*, percepteurs des impôts et des contributions, et possèdent des postes fortifiés.

A part quelques industries domestiques, dont les produits donnent lieu à des échanges presque insignifiants, il n'y a d'autre source de travail que l'agriculture. Mais les terrains susceptibles de culture font souvent défaut : les meilleurs ont été depuis longtemps occupés et défrichés, et, pour la plupart, convertis en vergers et jardins, là où existe l'irrigation.

Malgré la peine inouïe qu'elle exige, la production des céréales est insuffisante, soit à cause de l'exploitation trop continue du sol qui n'est pas amendé, soit à cause de la fréquente sécheresse surtout en aval de Harm.

Aussi les habitants doivent-ils aller ailleurs à la recherche d'un travail plus rémunérateur.

L'élève du bétail joue un rôle secondaire. Chevaux, bœufs, vaches et ânes se rencontrent rarement. Le bétail à cornes a diminué considérablement au Caratéghine depuis la disette de 1878 qui a causé une forte épizootie parmi les troupeaux de Kirghiz de la haute vallée du Sourkhab. L'insuffisance des fourrages d'hiver empêche l'entretien d'un nombre plus considérable de bêtes, car elles doivent souvent se contenter de l'herbe ou de la mousse qu'elles découvrent en grattant la neige. Toutefois, les indigènes ont commencé à amasser des fourrages, et principalement de la luzerne, qu'ils empilent en meules sur leurs toits plats.

On rencontre des Caratéghiniens partout; comme porteurs et conducteurs de caravanes ils servent dans les villes du Turkestan et sur les routes fréquentées par les marchands indigènes. Ils marchent avec une agilité et une vélocité surprenantes : à pied, ils vont plus vite que des hommes à cheval, car ils ne reculent devant aucun obstacle.

En qualité de courriers, ils peuvent rendre de précieux services aux explorateurs, dont ils portent les missives jusqu'à destination, au Turkestan ou en Boukharie.

La population du Caratéghine ne paye pas d'impôts à l'Émir, vu son indigence : elle ne donne qu'une partie de sa récolte (*héradje*) et de son bétail pour l'entretien de ses administrateurs qui, entre parenthèse, sont au nombre de

4 000, résidant dans autant de kichelaks. Les Tadjiks du pays sont des hommes de stature élevée, de type aryen, mais fort pacifiques, soumis et obéissants, à en juger par l'extérieur.

Le Caratéghine s'appelait anciennement Yagan ou Djadan, nom qu'il portait dans les livres de Tarekh, Huzide et de Raouziat-ouss-Saf. Il y a une certaine ressemblance entre Yagan et Djaganian ou Chaganian, contrée qui comprenait le Hissar et la rive gauche de l'Oxus jusqu'à Andhoï. Le naturaliste russe Fedtchenko croyait que la partie méridionale du Caratéghine entrait dans ce Chaganian.

La tradition rapporte que les premiers à s'établir au Caratéghine furent deux agriculteurs kirghiz, Cara et Téghine, qui donnèrent leur nom au pays. Quand il n'appartenait pas au Darvoz, ce pays avait ses propres chahs, plus ou moins indépendants, dont la succession donnait lieu à de vives compétitions, toujours suivies de discordes et de luttes civiles. Les puissants voisins de Boukhara et de Cocan jetaient depuis longtemps des regards de convoitise sur ce pays, qui, d'ailleurs, était fatigué des luttes intermittentes. Il était donc dans l'ordre des destinées qu'il devînt la proie du plus fort.

Au début de ce siècle, le Caratéghine, comme ses voisins le Hissar, le Darvaz, le Coulab, le Chougnan et autres, jouissait de l'indépendance sous l'autorité d'un chah, choisi parmi les plus grandes familles. Les chahs faisaient la guerre aux voisins pour s'arrondir à leurs dépens. Les maîtres se changeaient souvent : le Caratéghine tombait tour à tour au pouvoir du Darvaz, du Hissar et du Coulab. En 1860 il reconnaissait la souveraineté du chah du Darvaz, Ismaïl, qui avait conquis le Hissar et le Coulab. Mais après la défaite et la chute d'Ismaïl, il s'affranchit de nouveau et se choisit pour chef Mouzaffar.

Cependant Sarikhan, nouvellement élu khan de Coulab par la population insurgée contre Ismaïl, craignant une attaque de la Boukharie, proposa en 1868 au Caratéghine de s'allier contre l'ennemi commun. Le chah Mouzaffar repoussa cette offre et la porta à la connaissance de l'Émir de Boukhara. Alors Sarikhan, pour se venger de cette trahison, envahit le Caratéghine et fit prisonnier Mouzaffar. Mais, menacé lui-même dans son domaine, il replaça le chah sur le trône et courut à la défense de Coulab. Sur ce, le khan de Cocan, Khoudoïar, profitant de l'occasion, faisait occuper le Caratéghine et emmener son chah prisonnier à Cocan, tandis que les troupes boukhares s'emparaient facilement de Coulab et en chassaient Sarikhan, qui se réfugia à Caboul.

Alors, les troupes de l'Émir de Boukhara accoururent à l'appel des habitants du Caratéghine, et en chassèrent les Cocandais. Après la prise de Harm, tout le Caratéghine se soumit (1869) à l'Émir de Boukhara qui y plaça, comme vassal, le chah Mouhamed Saïd. Enfin, en 1877, à la suite de la déchéance de ce dernier chah, le Caratéghine fut annexé à la Boukharie dont il constitue depuis lors une province.

CHAPITRE XI

On nomme Darvaz [1] le pays montagneux qui, géographi-
quement, fait partie de la région prépamirienne comprise
entre les deux branches de l'Oxus, le Sourkhab ou Vakche
et le Pandje, dont la jonction dans les plaines sablonneuses du Hissar forme le grand cours de l'Amou-Daria,
le Djihoun des Arabes. Jusqu'à ces derniers temps, on ne
savait à laquelle de ces deux rivières attribuer le premier
rôle. Les indigènes cependant considéraient le Pandje
comme la branche maîtresse du grand fleuve et comme sa
véritable source. Ce fut également ce cours d'eau qui
l'emporta dans l'opinion des géographes et des explorateurs.

Le Darvaz comprend la vallée du Pandje, depuis la
frontière du Chougnan jusqu'à celle du Coulab, ainsi que

1. Ce pays s'étend du 40° au 42° lat. N. et du 39° au 37° 30′ long. S.
On l'écrit de différentes manières : Darvoz, Darvaz, Darbaz, du
persan *dar* (porte), *voz* (ouverte). Les indigènes prononcent
Darvòz en portant l'accent tonique sur la lettre *o*.

les vallées des rivières Vantche et Hingob. Il a pour
limites, au nord, la chaîne de montagnes de Pierre-le-
Grand; à l'est, la chaîne de Vantche; au sud, les monts
du Chougnan et du Badakchan; à l'ouest, le Coulab et le
Baldjouan, qui font actuellement partie du pays de Hissar
ou de la Boukharie méridionale. La superficie du Darvoz
est évaluée à une trentaine de mille kilomètres carrés; sa
longueur latitudinale étant de 400 kilomètres sur une largeur variant de 60 à 120 kilomètres.

Le Darvaz, avec le Carathégine, forme l'extrême angle
oriental de la Boukharie, qui touche au Pamir, en s'intro-
duisant, pour ainsi dire, entre les possessions russes de
Samarcande et du Ferghanah et les dépendances de
l'Afghanistan.

C'est un pays exclusivement de montagnes, ravinées par
les eaux et les torrents, avec des chemins excessivement
difficiles et souvent impraticables même aux piétons les
plus endurcis à la fatigue. Les communications avec les
pays voisins, le Chougnan et le Rochan, deviennent parfois tellement dangereuses, qu'il est d'usage, nous assurait-on, de se servir de grands paniers dans lesquels les
voyageurs se placent pour descendre ou monter le long
des parois des rochers abrupts. A notre grand regret nous
n'eûmes pas le loisir d'éprouver la piquante sensation de
se voir suspendu et transporté par-dessus des précipices
au fond d'un panier.

Mais en revanche nous vîmes des passages et des sentiers, pour nous servir d'une expression compréhensible,
qui justifient amplement le dicton, fort répandu parmi
les populations, d'après lequel celui qui part pour le
Darvaz doit faire son testament et sacrifier un mouton à
Allah. En effet, il faut être rompu aux voyages, avoir des
muscles bien souples et surtout des nerfs bien équilibrés
pour entreprendre une excursion au Darvaz!

Le Darvaz forme un système compliqué de soulèvements
couronnés de glaces et de névés. Il s'est fendu, dirait-on,

dans la direction de l'ouest. Les masses d'eau ont lavé les berges et creusé les lits des courants. Ce sont, pour la plupart, des torrents impétueux, roulant leurs eaux dans un lit encombré de pierres, de roches et de galets. Souvent ils se changent en cascades, dont la masse aqueuse se précipite avec bruit en écume et poussière fine.

Il n'y a pas de véritable vallée, si ce n'est celle du Pandje, fort étroite pourtant : des gorges aux parois abruptes sillonnent le pays en tous sens. Partout des rochers, pas d'horizon, pas de vie animale ni végétale, une végétation mesquine au fond des vallons. Comment pousserait-elle dans une demi-ombre, que les rayons du soleil ne parviennent pas toujours à dissiper?

Pourquoi et comment l'homme s'y est-il établi? Là, perché sur un rocher inaccessible, il a trouvé de la terre, déblayé et cassé des cailloux, semé dessus deux poignées d'orge ou de blé; puis, avec des efforts inouïs, posant pierre sur pierre, il a fait parvenir jusque-là une rigole, et l'a plantée de saules et de peupliers. Cet homme est le *Tadjik* ou *Galtcha*, condamné à l'existence la plus misérable, au milieu de privations et de travaux pénibles, mais attaché par des liens indissolubles au sol natal.

Jetons donc d'abord un regard sur la nature de ce pays, et puis étudions-en l'habitant dans son intérieur, ses mœurs et son histoire.

Une double rangée de montagnes sépare au nord le Darvaz de la vallée du Sourkhab, tandis qu'une chaîne non moins élevée et encore plus inaccessible en ferme l'entrée du côté du Pamir. Au midi le cours rapide et profond du Pandje, l'Oxus supérieur, le protège contre les attaques des peuples voisins de l'Afghanistan. Il semble donc que la nature ait largement contribué à la sûreté et à la défense du Darvaz et l'ait en même temps orné d'un splendide panorama de crêtes neigeuses.

A l'extrémité N.-O. du Pamir, à l'endroit où la chaîne du Transalaï est séparée par une brèche profonde, au col

15

de *Ters-Agar*, se dresse un immense soulèvement de pics et de glaciers qui donne à cette région sauvage l'aspect le plus grandiose de l'Asie centrale. Du col de *Ters-Agar*, on contemple un vaste amphithéâtre de montagnes qui vont se rattacher au Transalaï. C'est le massif du *Kouï-Lazir* ou *Sel-Taou* avec ses pics, le *Chilbeli*, le *Sandal* et le *Mouz-Djilga*, dont la crête atteint 24 000 pieds. D'énormes fleuves de glace, suspendus aux flancs de ces géants, descendent de leur faîte, en encombrent les gorges.

Parmi ces glaciers, celui de *Fedtchenko* jouit d'une supériorité incontestée jusqu'à ces derniers temps ; mais il y en a un autre situé au sud, qui dépasserait les dimensions du précédent et s'étendrait, s'il faut en croire les indigènes, sur un espace de 30 kilomètres. Ce glacier immense a barré le passage qui existait, il y a plus d'un siècle, par le col de Kachal-Ayak, entre le Pamir et le Darvaz.

Quand on porte le regard vers le midi et le levant on est émerveillé de la magnificence du tableau. A perte de vue s'étend une mer immense en fureur, dont les lames montent au ciel en montagnes aux plus capricieux contours, recouvertes de neiges et de glaces éternelles ; au-dessus de cette mer, planant dans les airs, le *Kouï-Lazir* avec ses énormes glaciers.

De ce massif superbe trois grandes chaînes de montagnes se détachent dans la direction de l'ouest et du sud-ouest, remplissant de leurs branches tout le Darvaz. La première de ces chaînes longe la rive gauche du Sourkhab et finit au confluent de cette rivière avec le Hingob. C'est l'arête de Pierre-le-Grand.

Du massif du Kouï-Lazir partent deux autres arêtes, se dirigeant l'une au sud, l'autre à l'ouest.

La première, désignée sous le nom d'arête de *Vantche*, pénètre entre la vallée du Vantche et le bassin du Bartang ou Mourghab, affluent pamirien du Pandje.

La seconde arête, qui prend le nom tadjik de *Lakhour*,

beaucoup plus étendue que la précédente, forme le faîte
de partage des bassins du Pandje et du Hingob, et se relie
à la chaîne de Pierre-le-Grand dans le pays de Houlleuze.

Cette arête maîtresse, dite chaîne de *Darvaz*, porte à une
grande altitude ses sommets de neige et de glace, n'offrant
aucune dépression ou échancrure depuis le *Koui-Lazir*
jusqu'à la rivière *Khoumb-Ob*. Dans sa section occidentale,
elle se divise en plusieurs saillies entrecoupées par les
courants et envoie des ramifications dans les pays de
Baldjouan et de Coulab.

Pour se rendre du Caratéghine au Darvaz, le voyageur
doit franchir la double rangée des soulèvements granitiques des chaînes de *Pierre Ier* et de *Darvaz* avec leurs
ramifications enchevêtrées.

Il existe plusieurs passages à travers ces deux chaînes,
mais ils sont rarement praticables et présentent de sérieux
obstacles, à cause des neiges et des glaces persistantes.

Les caravanes et en général les voyageurs isolés se dirigeant de la vallée du *Sourkhab* dans celle de son tributaire
le Hingob, préfèrent suivre les sentiers tracés, à l'ouest,
sur les cols de Sarihad (7 990 pieds) et de Kamtchirak
(9 400 pieds), qui ouvrent un accès relativement plus commode aux montures, quoique la descente par trop rapide
du second col sur la pointe d'une crête aiguë ne soit pas
sans danger.

De Harm notre route obliquait au sud : il fallait donc
quitter la vallée du Sourkhab et gagner celle de son affluent
le Hingob. Le 17 août nous faisions nos adieux au vice-beg,
sortions de la kala et nous dirigions vers le village de
Saripoul. Ici on franchit le Sourkhab sur un pont assez
solide et, comme toujours, étroit et sans parapet. Sur la
rive gauche, le chemin s'engage dans les embranchements
de l'arête de Pierre-le-Grand, dont l'altitude est moins
haute dans ces parages. On monte pendant cinq heures
jusqu'au col de Kamtchirak (9 400 pieds), au milieu de
montagnes nues et pelées.

Parvenus au sommet, nous faisons la halte journalière, et tandis que couchés sous les tentes nous étions en train de jouir de la sieste, on nous annonce l'arrivée de l'amlacdar de Tchil-Dara avec une suite aussi nombreuse que bariolée. Il vient nous donner la bienvenue et nous tient à peu près ce discours :

« Nous sommes vos esclaves et venons vous offrir l'hospitalité, telle que nous sommes en état de la donner à un hôte aussi sacré que vous, général. Vous pouvez voyager, vous reposer sous la protection de l'Émir qui nous a ordonné de vous faire le meilleur accueil. Notre maître l'Émir étant le vassal de l'empereur de Russie, nous devons à double titre vous rendre service. Nous serons donc heureux de pouvoir vous satisfaire selon nos forces et notre désir. »

A ces mots, on nous invite à monter à cheval et à prendre la route qui aboutit au kichelak de Tchil-Dara, dans la vallée du Hingob. Cette route a été jadis tracée par un des chahs du Caratéghine et s'appelle par conséquent Chah-Kendé. Vue de haut, du col de Kamtchirak, elle a pourtant l'air d'un sentier de chèvres. Figurez-vous des crêtes rocailleuses aiguës, courant entre deux précipices; un sentier à peine tracé sur ces pointes, large d'un mètre au plus, glisse jusqu'au bout du vallon, au fond duquel mugit le torrent Obi-Kamtchirak.

La descente serait certainement rude et dangereuse pour des cavaliers; aussi les habitants ont-ils pensé de tresser des *paniers* en raffermissant les bords des crêtes avec des branches entrelacées. L'espace ainsi raffermi, ils le comblent de cailloux et de gravier pour amortir la déclivité par trop excessive. Malgré ces rebords, la descente en zigzags du col est toujours fatigante, même à cheval. Votre monture ne fait que glisser sur les quatre pieds et ne se retient que par la croupe, touchant le sol semé d'une profonde couche de pierres et de cailloux qui roulent avec vous et vous entraînent plus vite que vous ne le voudriez.

En descendant le versant méridonnal de la chaîne de Pierre-le-Grand, on pénètre dans une zone moins aride, plus animée de verdure et plus adaptée à la culture. La pente en est couverte d'arbustes dont les senteurs embaument l'air; plus bas, le long de l'Obi-Kamtchirak, croissent des bouleaux, des chênes, des ormes; à mesure que l'on approche du Hingob, apparaissent des cultures très variées. Le Hingob ou Obi-Hingoou coule entre la chaîne de Pierre-le-Grand au nord et celle de Lakhour au sud; il traverse la Vakhie en amont et le Houlleuze en aval, pays qui administrativement appartient aujourd'hui au Darvaz. Après un cours de 200 kilomètres, le Hingob se jette dans le Sourkhab. Cette rivière descend du nœud de montagnes surmontées par les glaciers de Kouï-Lazir, et commence par le torrent de Obi-Dara-Garmo qui se creuse un lit entre des rochers à pic. Un peu plus à l'ouest du pic de Kouï-Zinguirtch (arête de Pierre-le-Grand), il reçoit à droite l'Obi-Dara-Sagroun et l'Obi-Sitargui à gauche, en face du pic de Kouï-Fournaki. Les indigènes donnent à ces courants réunis le nom de Obi-Arzink et après le confluent de l'Obi-Mazar, celui de Hingob ou d'Obi-Hingoou.

Cette rivière a des bords fort escarpés dans son cours supérieur; plus loin seulement sa vallée s'élargit jusqu'à un et même deux kilomètres, mais presque toujours les montagnes viennent en resserrer le cours. L'altitude de sa vallée varie depuis 9 040 pieds à Obi-Sitargui jusqu'à 5 220 pieds à Tchil-Dara. C'est la vallée la plus riche et la plus fertile de tout le Darvaz, grâce à son étendue et à son heureuse position entre deux chaînes de hautes montagnes. Le sol y sert en certains endroits à la culture du coton, et produit généralement toutes espèces de plantes. La basse vallée, appelée le Houlleuze, contient d'excellents pâturages.

Elle attire des pays voisins, Hissar, Baldjouan, Coulab et Boïssoun, des troupeaux innombrables de bêtes à

cornes, moutons, chevaux, qui y trouvent une nourriture
abondante depuis la mi-mai jusqu'à la mi-septembre. Les
grosses brebis stéatopyges, à queue charnue et pleine de
graisse, les beaux chevaux au nez busqué du Hissar errent
ici en liberté ou sous la conduite de pâtres nomades,
Kirghiz ou Ouzbeg, le long des rivières et sur le penchant
des collines.

De Boukhara, de Samarcande, d'Oura-Tubé accourent
des marchands qui troquent les cotonnades, les tissus,
les menus objets et ornements contre ces animaux bien
engraissés.

Le siège de l'administration du Houlleuze se trouve à
Tabi-Dara (ou Tavil-Dara), et c'est vers cette localité que
nous nous dirigeons le matin du 18 août, après avoir pris
congé de l'amlacdar de Tchil-Dara, qui nous a fait un brillant accueil dans sa kala, bâtie au bord du Hingob.

Du haut de la terrasse où nous avons passé la nuit, on
aperçoit les vestiges d'un ancien pont de pierre jeté entre
les deux rives de la rivière : deux ou trois piliers, mieux
cimentés, apparaissent encore au-dessus de la ligne des
eaux, qui menacent d'emporter ces ruines survivantes.

Nous longeons la rive droite du Hingob et marchons sur
une terrasse d'alluvion fort basse qui doit être souvent
inondée à l'époque des crues. En effet des tougaïs assez
touffus la recouvrent d'une épaisse végétation de joncs,
d'arbustes et de plantes arborescentes.

La monotonie du paysage qui vous suit depuis la
grande vallée de l'Alaï, tout le long du cours du Sourkhab,
disparaît dans le pays du Houlleuze, dont la flore est plus
riche. Ici poussent toutes les espèces de *salix*, de *populus
nigra* et *diversifolia* et des bosquets entiers de peupliers
argentés; par-ci, par-là l'*artcha* (*juniperus pseudosabina*),
l'aubépine, le *berberis heterepoda*, le *prunus armeniaca*
et l'amandier sauvage. Sur les bords de la rivière, des
touffes d'églantiers et de *rhododendron chrisanthum*,
derrière lesquels se montrent les *eremurus* fleuris aux

teintes jaune et bigarrée, enveloppés de réseaux de cléma-
tite, le houx aux feuilles hargneuses. Ces bosquets grimpent
au sommet des contreforts par des gorges étroites, dont
les parois sont recouvertes d'herbes odoriférantes parmi
lesquelles la menthe, qui embaume l'air de son parfum
pénétrant.

L'érable, tordu et rampant, plutôt buisson, pousse en
compagnie de l'*artcha* (genévrier) jusqu'à la limite des
neiges éternelles.

Mais voici déjà Tavil-Dara qui se dessine sur la rive
gauche du Hingob avec ses quelques huttes de galets
mélangés à l'argile, renforcés de traverses, avec sa petite
kala et ses bastions fort originaux. Nous descendons la
falaise abrupte et par un pont aussi long qu'étroit et dangereux, qui se balance violemment à notre passage, nous
touchons à l'autre rive. Tavil-Dara est située dans une
position très pittoresque, au pied d'un massif isolé fort
original, portant au sommet à 2 000 pieds de hauteur, au-
dessus de la plaine, une espèce de château fort, bâti
expressément par la nature.

On raconte que cette curieuse montagne ne serait autre
chose qu'un saint homme pétrifié. Abdoul-Cheïd, étant
poursuivi par des infidèles (kafirs), implora de Dieu la
grâce d'être changé en pierre avec toute sa famille. On
distingue, dit-on, sur le sommet, Abdoul-Cheïd et sa
femme tenant un enfant dans ses bras. Les hommes pieux
et vivant dans la crainte d'Allah, qui passent la nuit sur la
montagne et voient le saint homme en songe, seront heureux et riches : voilà l'explication que les habitants de l'endroit donnent des récits légendaires. Ils assurent qu'il y a
dans le pays d'autres vénérés personnages changés en
pierre. Cette croyance n'indiquerait-elle pas la présence
dans ces lieux d'un culte disparu qui avait pour objet les
rochers?

Les membres de l'expédition s'éparpillent dans le
kichelak, où ils visitent les habitations, les vergers et les

tours voisines de la kala qui servaient jadis de bastions. Il
y a assez de verdure. Les arbres fruitiers, comme noyer,
pistachier, pommier et poirier, s'y mêlent souvent à l'olivier sauvage, au tremble, au bouleau, au peuplier. La
kala, une bâtisse carrée formée de couches de pierres et
de poutres superposées et cimentées à l'argile, ne laissant
apparaître aucune ouverture au dehors, se dresse au milieu
d'une place assez vaste, à laquelle aboutit une allée
ombragée de grands peupliers argentés. Suivez-la : elle
vous mènera au bord d'un ruisseau débitant une masse
d'eau assez volumineuse, où vous pourrez vous plonger à
votre aise pour secouer la fatigue et la poussière de la
route.

A côté s'élève un *teguerman*. C'est un moulin primitif,
mais fort ingénieux et qu'on rencontre partout en Asie
centrale. Sous un simple abri de branches entrelacées et
enduites d'argile, où un homme peut à peine se tenir
debout, une meule de grès mobile tourne à plat sur la surface d'une autre meule fixe sous-jacente. Le moyen de la
meule mobile est percé d'un trou qui reçoit le grain par
les saccades d'une rigole, pour, de là, être entraîné entre
les deux meules. Il est percé encore d'un pivot vertical,
muni inférieurement, sous le moulin, de palettes en aile-
rons que vient frapper l'eau d'une chute rapide en faisant tourner les palettes, le pivot et la meule. Le truc est
fort simple et la mouture grossière, sans élimination de
son. Le meunier peut moudre, si l'eau est abondante,
jusqu'à sept *batmans* par vingt-quatre heures et reçoit
une tenga et demie pour deux batmans ou la quantité équivalente en nature.

Les montagnes qui couronnent le cirque au fond duquel
s'élève Tavil-Dara font partie de la chaîne de Darvaz qui
forme le rebord septentrional de la région du Darvaz.

Fort pauvre est la végétation au Darvaz. Sauf quelques
rares versants et vallons, les montagnes n'offrent qu'une
nudité complète; à peine quelques maigres pacages, à

grands intervalles. Les arbres tels que genévrier, bouleau, hêtre, noyer, peuplier, saule, orme n'y croissent pas en forêts, mais isolés et disséminés sur les pentes des montagnes, ou se cachent dans les crevasses des rochers. Parmi les essences à fruits, on rencontre dans les jardins le mûrier, l'abricotier, le pommier, le poirier, le prunier, l'amandier, le pêcher et même le grenadier et le figuier.

Malgré l'aridité du sol, dans les *kichelaks* ou villages viennent des arbres et des plantes de toutes espèces, qui atteignent souvent des proportions gigantesques. A Kalai-Khoumb, nous admirâmes des platanes séculaires sous le feuillage desquels on avait dressé plusieurs tentes et des yourtas.

L'absence des bois, la rareté de la végétation forestière, la rigueur du climat ont exercé une action décisive sur la faune, fort limitée, du pays. En fait d'animaux sauvages il n'existe au Darvaz que le loup, l'ours roux, la panthère, le renard, le mouflon et le bouquetin, la martre, le sanglier, le lièvre et l'*arctomys caudatus*, marmotte jaune, dont la chasse est fort productive et donne lieu à un trafic actif de peaux et de fourrures.

Comme volatiles, il y a des aigles, faucons, pigeons, pies, corbeaux, moineaux, perdrix, dindes de montagne et autres gallinacés, mais en nombre restreint. En revanche phalanges, scorpions, serpents venimeux foisonnent, ainsi que moustiques, moucherons, punaises des champs et mouches, surtout dans les vallons du Pandje, du Vantche et du Hingob.

Les indigènes s'adonnent passionnément à la chasse : ils poursuivent le gibier à l'aide d'une espèce de *setter*, fort dégénéré d'ailleurs, mais doué d'un excellent flair. Ils pratiquent aussi la chasse au faucon, et pour le gros gibier ils se servent de rabatteurs.

L'élève du bétail domestique joue un rôle secondaire. Chevaux, bœufs, vaches et ânes se rencontrent seulement chez les riches. Les chevaux sont petits, mais robustes et

infatigables; les bœufs, quoique chétifs et de basse taille,
servent au labour; les moutons, au contraire, gros et gras,
ont une laine abondante. Très originale une espèce de
chèvre toute petite avec de longs poils traînant jusqu'à terre.
Les peaux des agneaux y sont fort recherchées. La toison
des moutons et des chèvres sert à confectionner des draps,
des bas et le *tchekmène*, partie du costume indigène.

En quittant la vallée du Hingob, on s'engage dans les
premiers contreforts de la chaîne du Darvaz, à base de
schiste siliceux, entrecoupé de couches verticales ou hori-
zontales de granit et souvent avec des calcaires de formation carbonifère. Le caractère géologique des soulèvements
ne fait que renforcer la note déjà triste et monotone du
paysage qui se déroule, à perte de vue, du haut des crêtes
et des cols jusqu'aux rives de l'Oxus. La monotonie de la
route n'est rompue que par les gorges étroites et profondes
qui des approches du fleuve aboutissent au faîte de partage
des eaux.

Une fois entré dans cette zone montagneuse, on ne fait
que monter et descendre, traverser par monts et par vaux
le pays sans en apercevoir la fin. Les eaux courantes inter-
rompent fréquemment le chemin : et on les passe le plus
souvent à gué, rarement sur des ponts élastiques.

Au sortir de Tavil-Dara, on parcourt une vallée passablement boisée dominée par la montagne du Hodja-Abadou-
Chaï (Abdoul-cheïd) légendaire. Le sentier monte en pente
douce d'abord, puis court de montagne en montagne, serpente pendant des kilomètres sur la crête des monts ; enfin
il amène, par un ensellement commode et praticable, au col
de Zoogoursi (11 000 pieds), dans une des branches de la
section occidentale de la chaîne de Darvaz, appelée par
les indigènes *Lakhour*. Le passage de ce col au versant
opposé se fait encore aisément, quoique la piste suive le
tracé des pointes rocailleuses. Le pays est redevenu désert
et aride : rien que des roches dénuées de toute verdure.

Après avoir franchi la passe de Zoogoursi, on arrive au

village de Sagri-Dachte, situé au centre d'un petit plateau
formé par les embranchements des chaînons parallèles et
à la bifurcation des chemins qui traversent la chaîne maîtresse et ses ramifications.

La chaîne du Darvaz offre ici une ligne de cimes dente-
lées et d'aiguilles fort curieuses ; c'est un paysage très pittoresque dans sa sombre sévérité.

Sagri-Dachte est la dernière étape avant de toucher à
Kala-i-Khoumb, mais aussi la plus pénible peut-être depuis
l'Alaï, car il faut faire le trajet d'une seule traite, c'est-
à-dire franchir d'abord la passe de Akhba-Robat qui mesure
11 050 pieds d'altitude et redescendre ensuite jusqu'à Kala-
i-Khoumb sur le Pandje au niveau de 4 520 pieds. Et cela
à travers une série de défilés tellement étroits et profonds
que seules des poules, à en croire les Darvazois, pourraient
y passer sans obstacle. D'où le nom de Tangui-Mourgan
ou Défilé des Poules, donné à la plus remarquable de ces
gorges. Imaginez-vous en effet le lit rocailleux d'un torrent
écumant, entouré de roches immenses aux parois verticales
qui surplombent à une hauteur vertigineuse, encombré de
blocs de toutes dimensions, d'éboulis et de galets énormes
roulés par les eaux, et vous aurez, faiblement ébauchée,
l'idée de cette gorge d'un aspect extrêmement sauvage et
grandiose.

Il y faut marcher dans une demi-lumière, se faufiler
entre les roches et les blocs, manœuvrer entre les galets et
les éboulis, franchir rapidement les voûtes de neige formées par les avalanches et non encore fondues sous l'ardeur du soleil, sans trop lever le nez en l'air, ni contempler
l'éclaircie du ciel bleu se projetant au-dessus des cimes.

Quelques-uns de ces blocs énormes, tombés des parois,
encombrent l'étroit pertuis au point d'en interdire le passage à une bête de somme chargée en volume ; d'autres,
arrêtés dans leur chute à mi-hauteur, sur une saillie de
rocher, semblent tenir par une merveille d'équilibre, prêts
à écraser l'imprudent passant qui s'attarde à les admirer de

trop près. Aussi filons-nous rapidement devant ces massifs en leur envoyant des regards obliques.

De temps à autre, au fond de cet entonnoir, où ne pénètrent pas les rayons de l'astre du jour, des voûtes de neige, des arcs-boutants. En dessous ils sont creusés par le courant qui les sape à leur base; au-dessus, c'est la lente action de la chaleur qui ramollit la croûte supérieure sur laquelle le cheval craint de s'engager sans un encouragement et un coup de cravache.

Le Hiche-Daria, sortant du col de Robat, s'élance d'abord en minces filets qui se brisent en cascades sautillantes de galet en galet; il nous guide à travers ce dédale de gorges, de corniches, de torrents et de roches jusqu'à son confluent avec le Khoumb-Ob, tributaire de gauche du Pandje, à l'embouchure duquel s'élève la capitale du Darvaz, Kala-i-Khoumb. Sur ses bords, je cueille des fleurs à l'âpre et sauvage parfum, comme souvenir de ce site inoubliable.

A mesure que l'on descend le versant de la chaîne maîtresse, les cultures deviennent plus fréquentes et plus soignées. Sur les terrains cultivés en pentes ou en terrasses viennent des céréales diverses; dans les vergers et potagers poussent des haricots, le sorgho, le ricinus, la vigne aux grappes très succulentes. Des mûriers, peupliers, platanes, ormes, pêchers, pommiers, poiriers, pistachiers, amandiers, figuiers, etc., constituent la série d'essences plus fines, mais tous sont disséminés à grands intervalles dans les rares villages situés sur la route.

Mais déjà nous approchons de Kala-i-Khoumb. Des envoyés du beg de Darvaz étaient accourus en éclaireurs à mi-chemin de la capitale, près du kichelak Robat, au camp de notre halte, pour nous souhaiter la bienvenue; plus loin, à Doudaragui, sur la rive droite du Khoumb, au sortir de la gorge, une escorte de soldats boukhariotes montés à cheval et commandés par un officier nous attendait pour nous rendre les honneurs militaires; maintenant, c'est au beg à se présenter.

En effet, à un kilomètre de la ville, près du kichelak Andjirak, le voilà qui s'avance à notre rencontre suivi d'une brillante cavalcade.

Le beg actuel du Darvaz, Mohammed Mir Nazir Bek, est un bel homme, à la mine fière et altière, portant une belle barbe noire. Coiffé d'un turban de fine mousseline indienne blanche comme la neige, revêtu d'un khalat de velours marron damassé, montant un superbe alezan *argamac* pur sang, il s'approche de notre petite troupe en faisant le salut militaire, sans pourtant descendre de cheval. Après un échange de poignées de main et la présentation de tous les membres de la mission, on se remet en route.

La suite du beg, soulevant un nuage de poussière, galope à nos côtés et veut nous témoigner ainsi sa courtoisie. Heureusement nous approchons de la résidence békale : nous donnons de l'éperon dans le flanc de nos montures et nous voilà bientôt aux portes de la kala.

Nous entrons tous ensemble, pêle-mêle, sans distinction de grade, le général B... et le beg en tête du convoi : on franchit un pont de bois sur le Khoumb et on débouche sur la place de la kala, où deux compagnies de soldats boukhares rendent les honneurs militaires.

Le commandant des troupes de la garnison, vêtu à la manière des anciens boïars moscovites, s'avance et fait son rapport. Notre général salue les troupes d'un sonore : *Zdorovo rébiata!* Bonjour, enfants! et celles-ci répondent à notre grande satisfaction en russe : *Zdravié jelaiem Vachémou Prevoskhoditelstvou!* Nous souhaitons une bonne santé à votre Excellence! Ce qui dans la bouche des Boukhariotes produit le plus curieux effet.

Aussitôt les tambours roulent, les fanfares lancent les sons les plus stridents et discordants. Poursuivis par cette cacophonie indescriptible, nous passons rapidement devant le front des troupes présentant les armes, drapeaux déployés, les officiers le sabre levé. Arrivés devant la porte d'un vaste enclos de hautes murailles, il nous faut descendre de cheval et suivre le beg à travers un spacieux jardin, où au bord d'un étang, entouré de platanes séculaires gigantesques, d'ormes à la couronne ombellifère très touffue, de peupliers élancés, de mûriers aux larges ramures, est dressée une grande tente.

A l'abri des tapis relevés d'un côté pour donner passage aux convives, des étoffes de couleurs voyantes et bigarrées, attachées à des poteaux fixés dans le sol et ornées de grands dessins rouges de fantaisie orientale, s'étendait une longue table recouverte de mets et de friandises. Et, chose étonnante! une nappe, des couverts, des assiettes, des chaises complétaient le service de table, tout à fait à l'européenne. Par terre des tapis et des feutres couvraient fort à propos le sol frais et humide à cause du voisinage de l'étang et de l'ombrage des feuillées.

Une longue file de serviteurs apportèrent le dîner composé d'un *palao* avec des essences aromatiques, du *kavardak* de mouton coupé en morceaux, de boyaux de mouton remplis de farce, de pièces entières de gibier rôti, de sauces piquantes, de chourpa poivré *nec plus ultra*, etc. Puis vinrent les fours et les gâteaux feuilletés, les pâtés et les galettes de froment mélangé au millet, enfin une série de sucreries, confitures, fruits secs et frais, melons, pastèques, grappes de raisin splendides, pêches et figues fraîches. Bref, c'était le dostarkhan tant de fois mentionné. Mon attention est attirée par des pêches aux couleurs vives, à la peau veloutée, par de petites figues pleines d'un miel exquis et par des grappes de raisin au jus enivrant. C'est un véritable régal par les chaleurs qu'il a fallu supporter en passant le défilé brûlant comme une fournaise. Mais nous avons soin de l'arroser de larges rasades de bon *thé de famille*, ainsi que les Boukhariotes désignent le thé noir par distinction du *Kok-tchaï*, le thé vert des Indes.

Nous bivouaquons dans l'enceinte de la Kala, tout près des rives du Pandje, dont nous entendons mugir les flots rapides et bourbeux. Nos tentes sont dressées à l'ombre d'ormes, de peupliers et de platanes géants. Trois platanes surtout atteignent des dimensions extraordinaires : ils élèvent à plus de vingt mètres de hauteur leurs branches tordues, couvertes d'un épais feuillage. Quand le vent s'engouffre dans les branchages, on dirait la vague déferlant sur un rocher. Ces arbres vétérans n'ont pas moins de dix mètres de périmètre et quatre siècles d'existence !

Nous sommes entourés de pêchers et d'énormes ceps de vigne, semblables à des arbres par le développement du tronc. Ils offrent leurs fruits alléchants à la pulpe rose et veloutée et des grappes de raisin de toutes formes. C'est un petit paradis que ce coin de terre cultivé.

Néanmoins le beg Mir Nazir prend des mesures pour la sûreté de nos personnes. Partout des sentinelles montent la garde, consignées à l'entrée de la Kala, sous les allées et sous les murailles de l'enclos. Souvent, la nuit, un son de trompette, un roulement de tambour nous réveillent en sursaut; tandis que les montagnes nous renvoient l'écho de la voix du muezzin qui du haut du minaret invite les fidèles à la prière.

Le lendemain nous nous rendons tous avec notre escorte et en grande cérémonie au palais du beg pour lui rendre visite. Entouré de sa suite qui ne le quitte presque jamais, le beg Mohammed Mir Nazir nous reçoit à l'entrée, dans une petite avant-cour. Nous montons un escalier qui mène au salon de réception dont les fenêtres donnent sur le fleuve Pandje et sur son affluent le Khoumb-ob.

Comme aucune visite ne peut se passer de friandises et de douceurs, il faut encore une fois goûter aux fruits et aux autres bonnes choses pour faire plaisir au maître de la maison, très aimable personnage et remplissant ses devoirs avec une dignité remarquable. Le beg Mir Nazir, d'ailleurs, est le petit-fils du conquérant du Darvaz, du généralissime des troupes boukhares, l'*atalik* Houdaï Nazir. Une certaine fierté lui sied donc bien, et par le

sang qui coule dans ses veines et par les services de ses
aïeux.

La conversation roule sur le pays et les chemins et,
comme elle finit par tomber, le beg nous engage à assister
à un spectacle d'un nouveau genre, du haut de la terrasse,
d'où s'ouvre un panorama pittoresque sur la vallée du
Pandje et des montagnes environnantes. C'est une course
nautique. Des nageurs, à peine vêtus, montés sur des
outres ou peaux de bœuf ou de mouton appelées *goupsar*,
remplies d'air, traversent à la nage le fleuve, en descendent et remontent le courant, luttent contre les remous,
en faisant des tours et de hardies voltiges, au milieu des
plus dangereux contre-courants. Ils poussent l'audace
jusqu'à vider les outres, en enlevant le gros bouchon de
bois qui retient l'air, puis les insufflent de nouveau et
continuent ainsi leurs évolutions nautiques. L'adresse et
le courage qu'ils déploient en pareils exercices sont
vraiment merveilleux.

Après force remerciments et salamaleks, nous nous
retirons enchantés et charmés de l'amabilité de Sa Gracieuse
Excellence, le beg Mir Nazir.

Puis c'est le tour du commandant de la garnison, du
chef du bataillon boukhare Bagrom-bek, auquel nous
allons présenter nos hommages. Bagrom-bek, dont le
visage offre plus d'un trait de race mongole et qui contraste fortement avec le type aryen du beg Mir Nazir, nous
reçoit également avec une politesse recherchée et nous
donne aussi un régal de fruits exquis, cueillis dans son
jardin assez riche en vigne et en arbres fruitiers.

Pour la circonstance, il a revêtu un superbe khalat de
brocart avec ornements d'or et d'argent, au lieu du
costume en peluche un peu fantaisiste, mais rappelant
vaguement celui des boïars moscovites du XVIe siècle, que
le colonel portait la veille, lors de notre arrivée. Je remarquai d'ailleurs qu'il aimait à poser, qu'il avait un faible
pour les costumes de parade, les changeant à toutes

Le 8ᵉ Bataillon de ligne boukhare à Kala-i-Khoumb.

occasions, et prenant un air martial et conquérant qui
devait faire trembler plus d'un sarbaz de son bataillon.

Justement, allons flâner un peu près des casernes des
sarbaz, par les ruelles de la petite ville. Kala-i-Khoumb tire
son nom, d'après les uns, de la rivière Khoumb, qui s'y
déverse dans le Pandje, et, d'après les autres, du vase
énorme de pierre (Khoum) qui aurait été l'œuvre des
guerriers d'Alexandre, vase qui existe encore aujourd'hui
à l'entrée de la Kala. Le kichelak occupe un espace étroit,
entouré de montagnes élevées, arides et pelées, suspendues
à pic au-dessus du Pandje : véritable entonnoir, où les
rayons du soleil dardent pendant toute la journée et en
font une fournaise ardente, malgré le voisinage du fleuve,
malgré les courants atmosphériques qui naissent dans la
vallée. Au contraire, le vent impétueux qui se lève en été
après le coucher du soleil apporte des effluves brûlantes
qui nous irritent au dernier point.

Son emplacement rappelle bien un lieu de réclusion :
aussi rien d'invraisemblable qu'Alexandre y enfermât ses
ennemis. Il justifie en tout cas l'appellation d'Iskander-
Zindona ou Prison d'Alexandre qu'on lui donne par tradition.

A une altitude de 4 520 pieds, au bord du Pandje qui
roule des eaux sales et rapides dans un lit encaissé, la
ville possède une kala, une forteresse faite de galets et de
bois cimentés avec de l'argile, entourée d'une enceinte
de murailles hautes de 4 mètres et demi, ayant une
épaisseur de 1 m. 75 avec six tours arrondies servant de
guet. A la kala tient le parc, où campe tout le corps d'expédition.

On compte 70 foyers avec 400 habitants dans la capitale du Darvaz, et une garnison de 200 *sarbaz*.

Les sarbaz, ou soldats d'infanterie, occupent tout un
quartier de la kala; ils logent par dix hommes séparément
dans des *saklas* bâties à la file sur la place même qui sert
aux exercices et aux évolutions. On y accède par une

ruelle bordée de cases serrées l'une contre l'autre,
d'échoppes ou de boutiques, dont les patrons sont pour
la plupart des soldats qui passent leurs loisirs à faire un
petit commerce. Ces bons sarbaz quittent volontiers l'uniforme et revêtent en dehors du service leur large khalat et
le turban. Triste vie, d'ailleurs, que celle de la garnison
dans ce cul-de-sac, enfermé par les neiges pendant plus
de six mois! Au moins les soldats s'en consolent-ils en
pensant que leur emprisonnement ne dure que deux ans.

Sous les armes, ils portent un uniforme militaire semblable à celui des troupes russes au Turkestan : veston
court, culottes en peau rouge, hautes bottes et bonnet de
fourrure; ils se sanglent la taille d'un ceinturon, auquel
pend la baïonnette.

Les troupes sont mal armées, et n'ont qu'un vieux fusil
à détente, se chargeant par le canon, avec la baïonnette
au bout. Quant à l'instruction, il ne faut pas leur en
demander de trop. C'est tout ce qu'il y a de plus naïf et
primitif : le maniement des armes se borne aux exercices
les plus élémentaires, la manœuvre se limite à la marche
d'ensemble. Tous les commandements se font en russe.
Quand ils ont bien marché par file à droite, par file à
gauche, en avant, volte-face; quand ils ont bien répété le
mouvement de *portez armes*, *présentez armes*, soldats et
officiers sont au bout de leur savoir et rentrent dans leurs
casernes.

A l'occasion de notre présence on fit exécuter des
marches et contremarches dans tous les sens de la place,
ce qui paraissait amuser le chef du bataillon, debout sur
le seuil de sa demeure, une canne à la main. Puis les
troupes défilèrent devant nous, drapeaux déployés, aux
sons d'une musique déchirant les oreilles les plus aguer-
ries.

J'aperçus dans les rangs des garçons imberbes de quinze
à seize ans à côté d'hommes mûrs, à la barbe grisonnante,
et j'appris par l'officier qui les commandait que c'étaient

des soldats engagés pour toute la vie, mais que certains d'entre eux remplaçaient leur père ou leur frère absents ou malades. Je remarquai sur les épaulettes des soldats des numéros différents et sur celles des officiers des signes, vraisemblablement de provenance russe, d'un grade supérieur ou même inférieur à celui qu'ils ont : preuve qu'ils n'en comprennent pas trop la signification.

Les grades d'ailleurs dans l'armée boukhare ne correspondent pas exactement à ceux qui sont adoptés en Europe : ce qui fait que l'on se trompe souvent en voulant les comparer aux nôtres.

Les Darvazois, pourtant, ne devaient pas être fort belliqueux ni dangereux pour des troupes boukhariotes. Pour en juger, il suffit de voir le spécimen de pièce d'artillerie qui tomba en leur pouvoir lors de la prise de Kala-i-Khoumb, et qui figure encore aujourd'hui devant le corps de garde. Ce petit canon, fort primitif, monté sur un affût de bois, rappelant les anciennes pièces de montagne portatives, figurerait bien comme un objet de curiosité dans un musée quelconque. Aujourd'hui c'est l'unique trophée de la victoire des Boukhares.

Jusqu'en 1878, le Darvaz avait été un État demi-indépendant, gouverné par un chah, vassal de l'émir de Boukharie, auquel il envoyait chaque année des présents. Quand les Boukhares s'emparèrent du Garatéghine, le chah du Darvaz, Séradjedin, voulut s'émanciper et refusa d'envoyer le *tartouk*, le tribut. Alors l'armée boukhare, sous les ordres de Houdaï Nazir, envahit en décembre 1877 le Darvaz. La guerre ne fut ni longue ni meurtrière; les Boukhares tombèrent à l'improviste sur Khala-i-Khoumb, au moment où l'on s'y attendait le moins.

Devant ses murs se livra l'unique combat, dans lequel les Darvazois perdirent 200 hommes et les Boukhares 3 seulement.

Les autres places se rendirent l'une après l'autre. La conquête paraît avoir été d'autant plus facile, que les Dar-

vazois sont un peuple pacifique, laborieux, content du peu
que lui donne la nature, obéissant et soumis à ses maîtres
par une longue habitude.

En circulant par les ruelles étroites du kichelak, nous
avons l'occasion d'observer les habitants et plus d'une
scène domestique par les échappées que laisse l'entre-bâillement d'une porte. D'ailleurs la vie des indigènes est tellement ordinaire qu'ils ne s'en cachent pas et n'en font
aucun mystère. Vous pouvez donc les voir dans leur intérieur, travaillant à leurs métiers, tissant la toile grossière
qui leur servira à confectionner des vêtements, ou bêchant
le sol de leur verger, coupant la luzerne ou le froment,
récoltant les fruits de leur jardin, manœuvrant au moulin
téguerman. Quoique très hâlés au point de ressembler à
des nègres, les naturels, de souche aryenne, sont la plupart
d'une grande perfection physique. Les femmes ont la peau
brune, le teint mat, des traits réguliers, de beaux yeux.
Elles ne se voilent jamais la face, mais se cachent à la vue
d'un étranger. La curiosité féminine est pourtant la même
partout : elle les pousse ici à regarder par les fentes des
portes, par les trous des murs, les *ourous*, les voyageurs
russes venus de fort loin dans leur kichelak. Leur belle
chevelure, d'un noir corbeau, pend en nattes épaisses jusqu'à la cheville. J'en vois qui en font montre dans la rue
et ne se gênent pas pour se peigner devant leur habitation.

Malgré toutes ces grâces elles doivent être repoussantes,
à en juger par la malpropreté de leurs vêtements, qui sans
doute ne voient pas souvent l'eau et le savon.

Hommes et femmes indistinctement portent une longue
chemise et une paire de caleçons de toile de coton grossière ; sur la tête une petite toque, que les femmes recouvrent d'une lourde pièce de toile, pour remplacer probablement le voile. Rarement un khalat, un tchekmène de drap
ordinaire, d'ouvrage primitif. En hiver, des bas de laine
qui montent aux genoux et des sabots. Ces Tadjiks montagnards mènent l'existence la plus misérable. Ils se nour-

rissent de lait, d'œufs, d'une bouillie de grains de froment,
de galettes de farine noire (*nane*) mélangée de froment et
de mûres; rarement de viande de mouton ou de bœuf, et
encore quand les animaux tombent malades ou quand ils
crèvent! En été, un peu de légumes et de fruits; pendant
la disette des racines leur suffisent.

Faute de terrains cultivables, et surtout faute de fourrage, ils possèdent peu de bétail. Les brebis, les bêtes à
cornes et les chevaux se rencontrent chez les riches et seulement dans les centres habités, comme Kala-i-Khoumb
et au Houlleuze. Le peu de terrain susceptible de labour
est extrêmement recherché et s'acquiert à grand prix, en
échange non pas de monnaie, qui serait sans utilité aucune,
mais d'un cheval, d'un bœuf, d'un mouton. L'espace que
l'animal occupe sert en quelque sorte de mesure de surface et en même temps de valeur. Les possesseurs du sol
défriché ne le vendent que fort rarement, par parcelles
minimes. La vente a lieu devant le moufti qui dresse l'acte
de propriété. Les terrains cultivés occupent ordinairement les pentes des montagnes et prennent la forme de
terrasses. Le plus souvent ils se trouvent au bord des
rivières, là où la vallée s'élargit au point de laisser un
espace étendu, dont les habitants profitent pour établir
leurs champs et leurs demeures.

Très originales leurs demeures. Entrons un instant dans
l'une de ces cases. Les murs sont bâtis de pierres rondes
et de galets cimentés avec de l'argile. Des poteaux, des
poutres et des solives placés en travers les soutiennent et
les unissent à la toiture plate, enduite d'une couche de
pisé. Une ouverture assez large y est pratiquée pour laisser
passer la fumée du foyer principal, situé au milieu de la
bâtisse, dans le vestibule. Point de fenêtres extérieures
dans tout l'édifice. A droite et à gauche, des portes fort
basses donnant accès à une petite chambre carrée qui sert
à la famille pour tout : pour y coucher, y prendre les repas,
y recevoir les hôtes. Au milieu de la pièce un trou rond,

où l'on place la marmite, ou un bassin, le *sandal*, autour duquel courent des couchettes en terre.

Sous le même toit demeurent brebis, moutons, bœufs, vaches, ânes, volailles, etc. : en hiver toute cette population animale ne sort pas de l'habitation commune. Vous pouvez vous imaginer quelle atmosphère y règne durant six mois!

Pendant le séjour de la mission russe à Kala-i-Khoumb, un détachement formé de plusieurs membres explora le pays qui s'étend jusqu'à la rivière Vantche. Le Vantche, le plus grand affluent de droite du Pandje au Darvaz, a un cours de 100 kilomètres environ. Il descend des glaciers de Kouï-Lazir et coule entre les soulèvements montagneux de Vantche et de Yazgoulem, qui offrent peu de passes praticables et qui possèdent de nombreux glaciers à l'altitude de 12 000 pieds. Jadis on pouvait, des vallées du Hingob et du Vantche, pénétrer à l'Alaï et au Pamir par le col du Kachal-Ayak, mais depuis un siècle, un glacier immense a complètement obstrué le chemin par une haute muraille de glace descendant à pic.

On franchit en deux jours la distance entre Kala-i-Khoumb et le Vantche, en longeant la rive droite du Pandje. Rien d'attrayant dans le paysage : toujours y dominent les mêmes tons grisâtres des montagnes pelées et des vallons obscurs.

La vallée du Vantche est habitée par des Tadjiks. On y trouve de nombreux gisements de minerai de fer, souvent à fleur de terre. Les indigènes n'exploitent que les couches supérieures et forgent le fer dans des fourneaux fort primitifs. Chaque maison a un fourneau pour la fusion du minerai. Le fer de Vantche est très connu et répandu dans la Boukharie orientale, au Badakchan, au Pamir. Des lavages d'or existent dans le bassin du Vantche et du Yazgoulem. L'argent se rencontre à Djoumartche, le plomb et l'étain à Baraoun, le sel gemme à Djour, Mianadou et Gaou.

Les couteaux de Vantche trouvent un débouché sur les marchés de Boukharie et leurs lames ciselées ne le cèdent pas à celles de Hissar pour la netteté du travail et la finesse de l'acier.

Dans les contreforts de la chaîne du Darvaz qui se terminent au Pandje, vit un peuple de volatiles : perdreaux, dindes de montagne (*oular*) et autres gallinacés, auxquels les indigènes donnent la chasse. Ils poursuivent les *arkars* (*ovis Polii*), moutons sauvages, avec des lévriers bien dressés.

De Vantche il n'y a pas de route au Pamir. Les communications entre le Darvaz et le Rochan ou le Chougnan sont extrêmement difficiles et dangereuses. Les sentiers aboutissant aux passes peuvent servir exclusivement aux piétons, pendant quelques semaines. Il y a souvent des impasses, des *orring*. Alors le seul moyen de les traverser, pratiqué fréquemment à l'extrémité orientale du Darvaz, est l'emploi de paniers dans lesquels les voyageurs doivent se placer pour descendre et monter les parois des roches abruptes.

Néanmoins les habitants du Chougnan, fuyant les persécutions des Afghans, avaient pu franchir les crêtes du Yazgoulem et les passes insurmontables aux explorateurs les plus rompus aux ascensions, et trouver un asile dans la vallée du Vantche, principalement dans le kichelak de Rokhor ou Vantche.

Le Chougnan a joué un certain rôle dans les négociations entamées entre les deux puissances européennes rivales au sujet de la délimitation du Pamir. Désormais il doit appartenir à la Russie en vertu de la récente convention anglo-russe. Ainsi auront été exaucés les vœux des Tadjiks du Chougnan et du Rochan, qui avaient imploré depuis longtemps le secours et la protection des Russes.

Le Chougnan s'étend, dans l'angle occidental du Pamir, sur le cours du Pandje et de ses affluents, Chakh-Dara, Gount et Mourgab. Sa capitale, Kala-i-Bar-Pandje, comptait 3 000 habitants. Elle s'appelle également Ak-Kourgan, la

Ville Blanche, à cause de la blancheur des montagnes qui l'environnent. La population tadjik s'élevait à 28 000 habitants, dont 7 000 hommes en état de porter les armes. Mais elle a dû beaucoup diminuer depuis l'occupation afghane et les massacres commis par les troupes de l'émir Abdourhman.

Le Rochan était une dépendance du Chougnan. Sa capitale, Kala-i-Vamar, se trouve sur le Pandje. Sa population comprenait environ 5 000 habitants, il y a une dizaine d'années. Le Rochan occupe la vallée du Bartang ou Mourgab inférieur et touche à la frontière du Darvaz.

En 1889 les Afghans annexèrent ces deux petits pays dont les chahs payaient jadis au Badakchan un tribut en signe de vasselage. Ils s'emparèrent de Kala-i-Vamar, en chassèrent le chah Seïd-Akbar et y commirent des cruautés inouïes. 2 000 Tadjiks du Chougnan s'enfuirent au Pamir pour se réfugier sur le territoire russe et chinois. Mais les fuyards furent repoussés sans pitié de Sarikol par les Chinois, tandis qu'avertis à temps, les Afghans les attendirent au retour et en firent un horrible carnage. Le colonel russe Grombtchevsky, qui explorait ces parages à la même époque, rencontra sur son chemin beaucoup de cadavres d'hommes et de bêtes, des fuyards blessés et malades qu'il fit panser et soigner.

CHAPITRE XII

Le Pandje, le plus grand cours d'eau de cette contrée,
partage le Darvaz en deux parties, dont la septentrionale
est de beaucoup plus considérable que la partie méridionale, située au delà du fleuve. Le Pandje a un courant
fort rapide dans tout son parcours à travers le Darvaz et
il coule dans un lit encaissé, entre des bords fort escarpés
et plongeant souvent à pic. Les eaux en sont troubles,
malgré leur profondeur, qui atteint jusqu'à 10 mètres.
La largeur du Pandje varie dans cette contrée de 80 à
300 mètres, et son fond est pierreux et rocailleux, comme
celui de toutes les rivières des pays montagneux.

Ici, le Pandje a l'aspect d'un torrent grandiose, avec la
rapidité de 15 à 18 kilomètres à l'heure et un niveau
absolu variant de 5110 pieds au confluent du Vantche à
2000 pieds à Bogara, près du défilé de Tchaïli. Sur un
parcours de 150 kilomètres, c'est donc une déclivité de
6 mètres par kilomètre. Rien d'étonnant qu'au sortir du
défilé de Tchaïli, le Pandje, s'élançant hors des étreintes
des montagnes, déborde dans la plaine et s'étende sur
une largeur de 12 kilomètres.

Régulièrement, après le coucher du soleil, se lève un vent impétueux produit par la chaleur en contact avec l'atmosphère plus froide des hauteurs. En effet la différence de température entre le haut et le bas de la vallée du Pandje engendre des courants atmosphériques au fond des gorges où la chaleur est extrêmement étouffante. Les rochers se calcinent au point que la brise du soir apporte des effluves brûlantes comme sortant d'une fournaise.

Le Pandje reçoit sur le territoire darvazois de nombreux tributaires. Ce sont des torrents que la fonte estivale des neiges ou les pluies printanières gonflent à l'improviste et que le voyageur traverse le plus souvent à gué, quelquefois sur des ponts volants.

Sur les deux rives opposées, on établit des piliers, formés de poutres et de quartiers de roche superposés. On a soin que les couches s'appuient les unes sur les autres en saillant de plus en plus vers le milieu du fleuve. De cette façon l'arc du pont se forme peu à peu et se termine au moyen de solives jetées en travers de la rivière. Sur ces solives on place le tablier du pont, fait de branchages, de terre et de pierres. Ces ponts ne présentent aucune solidité, ils sont fort étroits, larges tout au plus d'un mètre, sans parapet et se balancent violemment, même quand on y passe à pied, un à un. Au premier abord, les chevaux se montrent revêches et ne s'engagent sur le pont qu'avec précaution et frayeur, mais à la longue ils finissent par s'habituer et au bruit des eaux et au balancement cadencé des traverses mal jointes.

Le plus important des affluents du Pandje est le *Vantche* qui coule, sur 100 kilomètres, entre la chaîne de montagnes du même nom et celle de *Yazgoulem*, son embranchement. La vallée du Vantche contient de riches gisements de minerai de fer, dont l'exploitation laisse encore beaucoup à désirer. Le second affluent de droite est le *Yazgoulem*, le plus oriental, descendant des glaciers de Kouï-Lazir et portant un riche tribut d'eau au Pandje, au

confluent duquel il forme un petit delta. Enfin la troisième
rivière qui mérite une mention à part est le *Khoumb-Ob*.
Elle traverse des gorges étroites, souvent ensevelies sous
des avalanches de neige. Celle-ci résiste pendant des mois
entiers à l'action de la chaleur : en certains endroits où les
rayons du soleil ne pénètrent pas, la neige amassée au
fond de la vallée, minée en dessous par les torrents ou
ruisseaux, forme des arcs-boutants ou des voûtes assez
solides et durables, sur lesquels piétons et cavaliers passent
sans crainte ni difficulté.

A vrai dire, il n'y a ni chemins, ni sentiers. Le voyageur
suit ordinairement les vallons et les gorges, les courants
et le lit des torrents qu'il passe à gué ou sur des ponts
volants. Mais, quand des contreforts viennent interrompre
le chemin, il faut s'éloigner de la vallée et du cours des
rivières, chercher une issue dans les gorges latérales ou
franchir les montagnes qui rétrécissent le passage. Alors
le sentier ou plutôt la piste monte et descend au caprice
des gorges et des montagnes : alors se suivent sans interruption corniches, balcons, éboulements et pentes plus
ou moins raides et glissantes, rarement une croupe sur le
faîte, un sol consistant et solide. Le sentier serpente dans
le voisinage de la rivière, rase les flancs des soulèvements
et passe sur des corniches à peine tracées à mi-hauteur
du sommet ou bien sur le bord même d'un précipice. Aux
endroits les plus abrupts, se terminant à pic au-dessus du
torrent, quand le sol a été emporté ou creusé par les eaux,
des balcons artificiels vous permettent de suivre le chemin.

Les balcons sont faits de pieux fichés sur la pente de la
montagne; ils supportent des troncs d'arbres placés horizontalement et recouverts de branchages, de terre et de
pierres, en sorte qu'ils paraissent continuer la corniche.
Pareils balcons ont une largeur d'un demi à un mètre et
une longueur de plusieurs mètres, souvent 10, 15 et plus.
Quelquefois on les monte et descend au moyen de marches
formées de pierres et de traverses.

On rencontre également des corniches artificielles :
elles sont pavées de dalles, de larges pierres, superposées
jusqu'au niveau du sentier, et souvent étayées avec de
longs pieux pour soutenir les roches.

Artificielles ou naturelles, les corniches ne présentent
qu'un sentier fort étroit, le plus souvent une piste suivie
par les caravanes avec des marches taillées expressément,
bordées d'un côté par le roc, de l'autre par le précipice.
S'il passe à travers des roches polies, le sentier devient
glissant; si sa trace se perd parmi les éboulis, les cailloux
et le sable, piétinés par les hommes et les bêtes marchant
à la suite, dévalent et entraînent dans leur chute une
masse de blocs et de quartiers de roche qui tombent sur
l'arrière de la caravane. Quand, au contraire, les roches
de l'éboulis présentent une surface glissante, il faut éviter
l'obstacle, faire un détour par des passages extrêmement
étroits, acculés à la montagne, ou autrement exécuter des
sauts périlleux au milieu de blocs énormes.

Au Darvaz le voyageur doit fréquemment descendre de
cheval, faire décharger les bêtes de somme et transporter
les bagages à bras, tellement le sentier devient étroit,
raide et glissant. A la montée fort escarpée, le cheval, tout
essoufflé, éprouve de la peine à grimper avec son cavalier,
tandis qu'à la descente il rampe, il glisse presque sur sa
croupe. Le cavalier se retient à la croupière, s'il ne préfère descendre à pied.

Parfois, quand le sentier passe sur une crête aiguë et
rocailleuse, les habitants du pays raffermissent les bords
avec des branches entrelacées : ce sont des *paniers* qu'ils
comblent de cailloux et de gravier pour affaiblir la descente qui serait trop rude et dangereuse. Tel est, entre
autres, le col de Kamtchirak.

Mais tout ceci n'est rien en comparaison de ce que les
indigènes désignent sous le nom d'*ovring*, c'est-à-dire
certaines impasses accessibles seulement aux piétons qui
ont des nerfs et des jarrets solides.

Figurez-vous que vous montez sur une hauteur en
enjambant des rochers et en vous cramponnant avec les
mains aux saillies et proéminences; que vous êtes parvenu
à un mur à pic qui paraît barrer le passage. Après une
minutieuse inspection ou sur l'indication de votre guide,
vous apercevez sur la paroi de ce mur de petits orifices,
où vous posez pieds et mains pour grimper. Cet obstacle
surmonté, il s'en présente plus loin un autre : une crevasse de 4 à 6 mètres fend en large le rocher. Deux perches sont jetées par-dessus; vous passez outre, montez
toujours et arrivez à un plan vertical à plomb. Cette fois,
c'est une échelle très primitive, avec des bâtons en travers, placés à un mètre de distance et attachés aux perches
avec des branches sèches; elle vous permettra de vous
hisser. Arrivé là, vous vous heurtez à une roche inclinée,
glissante, qu'il faut tourner; pour vous aider, il y a des
branches et des bâtons fixés dans la roche; vous vous
couchez à plat ventre et rampez en descendant peu à peu.
Et n'oubliez pas que vous devez exécuter ces tours gym-
nastiques à une hauteur de 200 à 400 mètres au-dessus
du Pandje. Car, de semblables *ovring* se rencontrent fréquemment le long du Pandje, surtout aux confins du
Darvaz et du Rochan, non loin des bouches du Bartang

Si l'on veut éviter ces passages, il n'y a qu'un seul
moyen, non moins dangereux et incommode : c'est de
faire, et à plusieurs reprises, la traversée du fleuve en
goupsar.

Le *goupsar* est une peau de chèvre que l'on remplit
d'air par une ouverture ménagée dans un des pieds de
l'animal et fermée avec un bouchon de bois solidement
attaché au bout. Pour cela, on détache la peau entière de
l'animal, et on enlève la tête et les sabots. Celui qui veut
passer le fleuve, se déshabille avant tout, introduit ses
vêtements dans le *goupsar* par le cou de la chèvre qu'il
lie avec une ficelle; puis, il le gonfle d'air par le pied, se
passe à la main gauche le nœud de la corde qui retient

l'outre, place celle-ci entre ses jambes et se jette ainsi à l'eau. Le courant emporte le nageur avec une rapidité vertigineuse, tandis que, manœuvrant des jambes et de la main droite, il s'efforce de couper les flots et d'atteindre la rive opposée. Pour plus de sûreté, le nageur se munit d'une deuxième peau pour le cas où l'autre viendrait à crever. Puis, il doit à tout moment déboucher l'outre pour y insuffler de l'air et la reboucher : c'est l'instant le plus critique, car un faux mouvement suffit pour faire perdre l'équilibre au nageur ou pour lui laisser glisser des mains le *goupsar*, d'où l'air s'échappe immédiatement. Alors le nageur ne doit compter que sur la force de ses muscles et de ses poumons.

Les quelques voyageurs européens qui ont visité ces parages ont fait l'essai d'un système plus pratique : d'un radeau formé de peaux de chèvre liées ensemble et consolidées avec des perches. Un semblable radeau, *sal*, porte (suivant le nombre et la grandeur des pièces) de 4 à 20 hommes, mais n'est pas sans inconvénient, car les secousses et les chocs violents contre les roches et les récifs cachés sous l'onde font redouter à chaque instant une catastrophe !

La *kémé*, radeau ordinaire des habitants, formée de grosses planches recourbées et rattachées par de grands crochets de fer à des traverses, est gouvernée au moyen de rames spéciales ayant la forme d'une pelle. Sa charge varie de 4 chevaux et de 7 hommes jusqu'à 20 hommes ou animaux. Quand le *sal*, fait de peaux de chèvre ou de mouton, ou la *kémé* a accosté, on le transporte à bras en amont du fleuve et on le lance de nouveau vers le premier point de départ. Il va sans dire que le passage s'opère de cette façon fort lentement.

Nous savons qu'Alexandre le Grand a fait franchir l'Oxus dans son cours inférieur à une armée de 30 000 hommes au moyen de pareils radeaux.

Au milieu de cette nature sauvage, aride et désolée, vit

une population courageuse et laborieuse que les flots des invasions et des migrations ont poussée à travers les siècles, comme une épave, jusque dans ses derniers retranchements, dans les hautes vallées prépamiriennes.

L'habitant du Darvaz est le Tadjik montagnard ou *Galtcha*, du nom d'une chaussure à son usage; il est parent des tribus du Kohistan, Rochan, Chougnan, Goran, Vakhan, d'une partie du Badakchan, du Sarikol et d'autres peuplades établies à l'orient du Pamir. Chassé de la plaine, enfermé dans ses monts inaccessibles, cet allogène, descendant de l'ancienne souche proto-aryenne, a conservé presque dans toute sa pureté son type originaire. Le Tadjik des montagnes possède peu de traits communs avec le Tadjik métissé de la plaine, de l'habitant des villes du Turkestan, dans les veines duquel coule un sang mélangé à celui de l'Iranien, de l'Arabe, du Mongol.

Le Darvazois et le Caratéghinien s'en distinguent surtout par le type ethnographique et l'idiome.

Ils ont la peau brune, les cheveux longs, épais, noirs ou roux et châtains, les yeux bien fendus, noirs et marron clair, les traits réguliers, expressifs avec un front haut, un nez droit, une stature au-dessus de la moyenne, une charpente osseuse solide, une poitrine large, des muscles forts, des jarrets fins, une taille élancée, plutôt maigre, jamais d'embonpoint.

Le langage qu'ils parlent diffère sensiblement d'un endroit à l'autre. L'habitant du Darvaz moyen comprend difficilement le persan plus ou moins corrompu du Caratéghinien, et lui-même a de la peine à se faire entendre des montagnards de Vantche et pire encore de ceux de Chougnan.

Le Tadjik est de vie sédentaire, il aime la culture. Cependant il eut à souffrir des autres peuplades qui souvent l'emmenèrent en captivité ou l'obligèrent à quitter le champ par lui déblayé et ensemencé avec tant de peine. Il a donc fallu des actes d'oppression pour chasser le Tadjik de son

nid. La destinée l'a réduit à se cacher dans les hautes
vallées, étroites gorges où la terre manque; et malgré
cela, une tyrannie perpétuelle a pesé sur lui; d'où ce type
d'esclave soumis.

Les contrées dont il est mention, adossées au Pamir,
éloignées des principaux centres historiques de l'Asie
centrale, purent conserver longtemps leur autonomie;
mais, pauvres et dépeuplées, elles dépendirent des pays
voisins, plus riches. Le Chougnan et le Darvaz se trouvaient, pour ainsi dire, à la limite où venaient s'entre-
choquer des États puissants : Chine, Badakchan, Boukhara et Cocan. C'est pourquoi leurs chefs devaient se
rallier à l'un d'eux : d'où sortirent des rapports de vasselage.

Cependant, hors du centre politique, le chah put jouir
d'une certaine autonomie; il devint despote. Le chah partageait ses terres entre ses fils, ses neveux, ses parents.
De là une masse de *kourgan*, *kala*, c'est-à-dire d'enceintes,
de résidences fortifiées des beks, parents du khan ou du
chah. De là l'origine des rapports de servage entre le seigneur et la population, contrainte aux corvées et services
de tout genre. Des redevances et des impôts en nature
existaient partout. Au Darvaz, tout habitant payait l'impôt
avec une certaine quantité (7 livres) de fer, tiré des mines
du Vantche. Ailleurs chaque foyer devait apporter un
mouton ou une chèvre, un *khalat* de drap, une paire de
sabots, une écuelle, une pelle, une terrine de beurre, un
sac de son, une corde à nœud coulant, une poule.

Le Tadjik, pauvre et opprimé, devait se cacher, se
retirer de plus en plus dans ses montagnes. Au Chougnan,
au Rochan, lui, chiite, avait encore à supporter la haine
des sunnites du Badakchan. Il passa donc pour hérétique,
disciple d'Ali, aux yeux des voisins puissants. Or, le sunnite pouvait, d'après le Coran, s'emparer du chiite et le
vendre en esclavage. Naturellement les Tadjiks de ces con-

trées devaient s'isoler encore davantage et se créer un
monde à part, avec ses idées, sa religion à lui [1].

Le montagnard est l'enfant d'une nature sauvage et
morose. Son type, son caractère, ses mœurs, son monde
moral, tout réfléchit l'influence exercée par les éléments
physiques du pays, avec lesquels il doit soutenir une lutte
incessante. Vivant sur un sol aride et rocailleux, dans un
climat plutôt rigoureux malgré les chaleurs intenses, enseveli presque sous une neige profonde de 4 et 5 mètres,
battu par de fréquentes averses, menacé par de continuelles avalanches de neige ou de rochers, le Tadjik s'est
habitué à mener une existence fermée et laborieuse qui
lui inspire un grand amour pour son foyer, l'arme d'une
patience à toute épreuve, d'un caractère sombre quoique
doux, d'une volonté forte et constante, d'une résistance à
toutes sortes de privations et à la fatigue, enfin d'une
témérité étonnante. L'indigène a dû chercher un abri
contre les éléments, s'établir dans les endroits plus sûrs
et se créer une demeure convenable. Dans les montagnes,
l'habitation diffère de celle de la plaine. Il n'y a point de
cour intérieure, de *patio*; toutes les bâtisses se tiennent
ensemble, font un corps commun.

La demeure, aménagée pour les hommes et les bêtes
tout ensemble, est *sui generis* : une carcasse aux murs
épais d'argile mêlée aux galets, basse, étroite, avec une
toiture plate en argile soutenue par des poteaux, percée
d'une ouverture pour laisser passer la fumée. Point de
fenêtres, mais des orifices carrés de 30 centimètres environ
que l'on bouche avec une vessie ou des torchons quand
survient le froid.

Les demeures des pauvres ne renferment que deux
pièces, celles des riches en ont plusieurs et une cuisine à
part, puis le côté des femmes avec le métier à tisser, la

1. Le Chougnan et le Vackan ont un idiome différent du dialecte *tadjik*, qui est lui-même dérivé du sanscrit.

chambre à coucher et la salle de réception avec des tapis
de feutre. Ces pièces sont partagées en compartiments par
des cloisons : des deux côtés, en entrant, l'étable et la vo-
lière, avec le grenier aux provisions ; tout au fond, l'unique
chambre avec le foyer domestique, autour duquel la famille
se réunit et se repose, sous le même toit que le cheval ou
la vache, les brebis et la volaille.

Dans cette chambre fort exiguë déjà, et où se trouvent
le foyer avec le chaudron, le berceau d'argile et les niches
latérales servant d'armoires aux ustensiles et aux provisions, règne une atmosphère lourde, humide et empreinte
d'une odeur de fumée et de suie, dont les murs, les
poteaux, les poutres et le plafond sont abondamment
recouverts.

C'est dans une semblable masure que pendant de longs
mois d'hiver vivent côte à côte cinq ou six membres de
tout âge de la famille tadjik. Pour réchauffer l'intérieur,
on pratique au milieu de la chambre un trou, où l'on place
un bassin de fer ou de cuivre, *sandal*, rempli de charbons.
Sur le bassin on met une espèce de tabouret que l'on
recouvre d'une pièce de feutre : la famille s'assoit autour
du *sandal* et se chauffe les pieds et les mains sous la couverture.

Ce qui frappe à l'intérieur c'est l'abondance de niches,
étagères, cachettes, armoires et poêles. Les murs sont
polis et stuqués à la main par les femmes, fort habiles à
manier l'argile. Elles savent peindre les murs et le socle
de différentes couleurs ; si la chambre est jaune, le socle
sera rouge. Les poêles et les niches portent des ornements,
des dessins. Avec l'argile, les femmes façonnent des
chandeliers pour les bougies longues d'un mètre, faites de
roseau enduit de fumier de mouton avec de la graine de
lin. Merveilleux instinct d'esthétique et besoin de confort
au milieu d'une semblable misère !

Les Tadjiks sont fort industrieux : ils s'évertuent à
façonner toute espèce d'objets. Pots, plats et vaisselle sor-

tent des mains féminines. Là où croissent des arbres, les
ouvrages en bois prédominent : ustensiles, sabots, pelles,
baquets, etc.

Très primitifs les ustensiles. Ni tables, ni chaises, rien
qu'une pièce de toile ou de laine. On puise à la marmite
avec une cuiller de bois, quelquefois l'unique pour toute
la famille. Il n'y a qu'une seule écuelle de bois pour la
bouillie et les autres mets ; une écorce de courge pour
boire le lait et un *koungan* pour bouillir le thé vert.

Leur nourriture consiste en galettes minces de froment
et d'orge, en bouillie de millet, en pain fait de mûres
séchées et divers laitages et légumes ; quelquefois le pilaf
au riz, rarement de la viande de mouton ou d'autre animal.
Pendant la disette, on se nourrit d'herbes et de racines.

Les Tadjiks s'habillent fort simplement : une chemise
de coton avec de larges pantalons, et par-dessus une
robe, un *khalat* ; sur la tête la calotte traditionnelle ou
tépé avec le turban ou un bonnet de fourrure ; aux pieds,
des bottes molles avec des galoches de cuir ou des sabots.
Le costume des femmes est à peu près le même. Elles
portent d'ordinaire une longue chemise, des caleçons flottants, attachés à la cheville ; la chevelure tressée en deux
bandeaux, sur la tête un mouchoir. On rencontre des
femmes d'une grande régularité de traits, avec de beaux
yeux, un teint mat, une chevelure abondante. Elles ne se
voilent pas la face et ne portent pas le *parandja* avec son
voile de crins de cheval, le *tchacheban*, mais elles se
cachent à la vue d'un étranger. Malheureusement elles
sont fort malpropres et ne changent jamais la chemise,
qu'elles portent jusqu'à ce qu'elle tombe en pièces. La
malpropreté et la lascivité engendrent des maladies cuta-
nées, l'ophtalmie, la fièvre.

Les Tadjiks, quoique musulmans, ne se distinguent pas
par leur piété : ils ont peu de mosquées, mais ils vénèrent
plusieurs saints dont les tombes sont devenues des lieux
de pèlerinage au Darvaz. Chaque Tadjik porte cousus à ses

habits des espèces de scapulaires et des amulettes qui sont censés le préserver des dangers en voyage.

Leurs *imams* reçoivent une maigre rétribution pour leur ministère sacré.

Les divertissements de la population indigène consistent à jouer de divers instruments, à chanter et à danser. En fait d'instruments, ils ont le *sitar*, une espèce de guitare, le *roubob* ou tympanon, le *naï* ou flûte de cuivre, le *koughi-naï* ou chalumeau. A toute oreille européenne leur musique paraît fort uniforme et monotone, sauf quelques chansons d'amour très sentimentales; mais ils manquent de ces airs guerriers que l'on trouve chez les Kirghiz chantant les épopées du passé.

Aux danses, auxquelles les hommes seuls prennent part, les assistants font un cercle et battent des mains la mesure. Les danseurs exécutent des gestes et des mouvements lents, glissants et assez gracieux, en frappant d'une sorte de castagnettes : ces danses portent un certain cachet plastique, mais presque efféminé.

Les Tadjiks du Darvaz et du Caratéghine émigrent fréquemment, surtout dans les années de disette. On les rencontre faisant divers métiers (serviteur, portefaix, etc.) au Coulab, au Hissar, au Ferghanah, en Boukharie et dans les villes de Cocan, Marghélan, Samarcande et autres. Mais ils finissent toujours par rentrer dans leurs foyers qu'ils chérissent d'une tendre et naïve affection.

Ce sont aussi des marcheurs infatigables, traversant des espaces considérables avec une rapidité merveilleuse. Faire en un jour une centaine de kilomètres, par monts et par vaux, s'élever sur des cols de 10 et 12 000 pieds, avec un sac de provisions ou une lourde charge (60 kilos) sur les épaules, pour eux c'est chose ordinaire.

Au Darvaz on compte de 40 000 à 55 000 habitants, exclusivement Tadjiks, distribués en 350 villages *kichelaks* et 6 000 demeures. Les kichelaks du Darvaz se distinguent de ceux du Turkestan et de la Boukharie, où les habitations

sont groupées, en général, assez près l'une de l'autre. Ici,
au contraire, sauf les districts de Tchil-Dara et de Sagri-
Dachte, et le bas cours du Pandje, chaque sakla se trouve
isolée au milieu des champs ou des terrains du même
propriétaire. Tant au Caratéghine qu'au Darvaz les villages sont situés tantôt au bord des rivières et des con-
fluents, tantôt à la hauteur des neiges persistantes, mais
toujours sur une pente qui puisse offrir un certain abri
contre les pluies torrentielles et les avalanches entraînant
avec elles des rochers entiers. Le nombre des foyers varie
de village à village, de dix à cent, habités toujours par
une famille nombreuse, parce que les montagnards ne connaissent pas le partage des biens patrimoniaux et tous les
fils mariés vivent, selon la coutume, sous le même toit
paternel.

L'agriculture constitue la principale occupation des
habitants. Comme la terre de labour est extrêmement
rare, et que toute celle qui est susceptible de culture a été
occupée depuis bien des siècles, les indigènes n'hésitent
pas à grimper sur des hauteurs de 9 000 et 10 000 pieds,
à défricher avec leur soc primitif les pentes abruptes et
les terrasses élevées.

Partout où il y a la moindre possibilité d'obtenir quelque boisseau de froment, vous le voyez conduisant son
soc, attelé à une paire de petits bœufs ou d'ânes, ou bien
frappant de son *kiland*, espèce de bêche, le sol rocailleux.
Il faut vraiment s'étonner de l'adresse et de l'agilité
déployées par les indigènes à labourer et bêcher des lambeaux de terrain sur des pentes et à des hauteurs inouïes,
qu'ils sèment d'orge et de blé au printemps. Et comme il
n'y a ni route ni chemin, ils attellent des bœufs à un traî-
neau fort simple pour rentrer la récolte : le véhicule glisse
partout sans encombre.

La culture a lieu ordinairement sur des champs dits
lalmi, c'est-à-dire alimentés par l'eau des pluies : on y
sème du blé et de l'orge. Les canaux n'existent que sur les

terrains de la basse vallée, dans les vergers des villages;
les cultures y varient à l'infini : millet, luzerne, lin, tabac,
coton, maïs, melons, légumes. Sur les terrains irrigués
du Houlleuze, de la Vakhic et du Vantche, on cultive de préférence le millet et le coton.

Dans les vergers croît le mûrier blanc et le mûrier noir,
qui joue un rôle important dans la nourriture des habitants. Les baies séchées du mûrier servent à faire une
farine, une pâte dite *tout-talkan* qui se conserve longtemps et que l'on mange au lieu de pain ou que l'on
mélange au froment pour en cuire des galettes. Les animaux domestiques même, quand l'orge et la luzerne
viennent à manquer, se repaissent de mûres et de feuilles
d'arbre.

La production des céréales et des fourrages est insuffisante
au Darvaz et l'on importe chaque année du Coulab et du
Caratéghine une certaine quantité de blé, d'orge et de riz.

A part l'industrie domestique, qui a pour but de pourvoir à l'existence de la famille, on n'en connaît point
d'autre dans ce pays. Les indigènes font des tissus grossiers de laine et de coton, des ustensiles de ménage en
bois et en argile, des paniers en osier, des pièces et sacs
en feutre, des bas chauds et autres menus objets. Les
sacs de feutre, *kourjoum*, plus ou moins ornés de broderies, et les bas de laine sont fort appréciés et exportés
par les marchands ambulants, *savdagar*, qui échangent le
thé, le sucre, le riz, la mousseline et la toile de coton
pour turbans et autres articles manufacturés du Ferghanah
contre les produits du pays, tels que fourrures, peaux,
coton et fer. Les couteaux de Vantche trouvent un
débouché sur les marchés et leurs lames ciselées ne le
cèdent pas à celles de Hissar.

L'usage de la monnaie y était inconnu il y a quelques
années, et même aujourd'hui les indigènes ne peuvent
s'en faire une idée exacte, mais préfèrent troquer les
objets dont ils ont besoin.

Le Darvaz et le Caratéghine ont eu des origines et des destinées communes. Leur passé historique repose exclusivement sur les traditions que les peuplades, enfermées dans leurs gorges et montagnes, se transmettaient de génération en génération. Séparés par la nature des grandes voies des migrations des peuples, éloignés de l'arène politique où se déroulèrent pendant des siècles les événements mémorables qui amenaient au Touran un conquérant après l'autre, Arabes, Mongols, Turcs, Ouzbegs, ces deux pays jouèrent un rôle presque effacé. Ils n'ont pas participé au grand mouvement des transformations ethniques, ils n'ont fait que donner asile aux aborigènes des plaines de l'Oxus et de l'Yaxarte, aux anciennes tribus de sang iranien, attachées au culte de Zoroastre, et aux débris des phalanges d'Alexandre le Grand, dont la mémoire s'est perpétuée dans le nom de ses descendants et successeurs.

Malgré leur isolement, le Darvaz et le Caratéghine durent, par suite de la stérilité du sol et de la pauvreté des habitants, entrer en rapports avec leurs voisins du Cocan et de Boukhara, et subir, quoique faiblement, le contrecoup des événements politiques récents en Asie centrale.

La création du khanat de Darvaz remonterait, d'après la tradition, aux premiers siècles de notre ère. Il y a environ treize siècles, deux frères issus du Badakchan, Cacago et Chacha, s'y établirent. Le premier occupa le Darvaz avec les terres de Vakhie, Coulab, Hagon, Rogon, Hissar, Caratéghine et Rochan ; le second prit le Badakchan avec le Vakhan, le Chougnan, le Saricol, le Koundouz et le Tchatral. Les chahs actuels du Tchatral prétendent descendre de Chacha, tandis que les anciens chahs de Darvaz se disaient issus de Cacago.

D'après une autre tradition, le fondateur de la dynastie darvazoise aurait été Iskander-Roumi, descendant d'Alexandre de Macédoine.

A l'époque de Tamerlan, le Darvaz, de même que le

Badakchan, faisait partie de ses vastes États, mais était gouverné par ses propres chahs. La capitale de ce khanat se trouvait à Kala-i-Khoum, dont on aperçoit encore les ruines sur la rive droite du Pandje, à 6 kilomètres du chef-lieu actuel. Sous le règne du célèbre émir Abdoullah-Khan (1538-1597), descendant de Tamerlan, son beau-fils le chah Kirghiz gouvernait le Darvaz, qui comprenait alors le Caratéghine, la Vakhie, l'Okh-Sou, le Daraou-Tognaou, Rogon, Hagon, Rochan, Chougnan, Vakhan et même le Badakchan. Ce chah fut très belliqueux et régna trente ans. Il transporta sa résidence aux bouches du Khoum-boou et l'appela Kala-i-Khoum, probablement à cause de l'énorme vase de granit qui existe encore aujourd'hui, et qui aurait été l'ouvrage des guerriers d'Alexandre, établis dans ces parages.

L'émir de Boukhara, Abdoullah-Khan, avait espéré y trouver des richesses minérales et une voie vers l'Inde dont il ambitionnait la conquête. Après lui, le Darvaz parvint à s'affranchir des liens de vasselage et à reconquérir son autonomie. Sous le successeur de Kirghiz, son neveu le chah Mahmoud, qui régna soixante ans, le Badakchan, le Vakhan et le Chougnan se séparèrent du Darvaz et se gouvernèrent d'eux-mêmes. Depuis cette époque, le Vakhan et le Chougnan payaient le tribut tantôt au Badakchan, tantôt au Darvaz, et envoyaient en outre des présents au khan du Cocan dont ils reconnaissaient la suzeraineté.

Au Darvaz, à chaque changement de prince, le pouvoir devint l'objet des convoitises et des luttes entre les divers prétendants et leurs partis. L'histoire de ce pays n'est qu'une longue suite d'intrigues, d'usurpations, de cruautés, de discordes intérieures et de guerres avec les pays limitrophes, Chougnan et Rochan, Caratéghine et Baldjouan.

Parmi les chahs darvazois de ce dernier siècle, il faut mentionner Mouzrab (1812-1822), qui laissa un bon souvenir de son règne, Tourk (1822-1830), Ibrahim (1830-

1837), Sultan Mahmoud (1837-1845), Ismaïl (1845-1863), Ibrahim (1863-1870) et enfin Seradjidin (1870-1876).

A la suite d'une contestation, le khan du Cocan, Mahmoud Madouli, envahit le Caratéghine que les Darvazois évacuèrent après la bataille de Harm. Le chah Sultan Mahmoud fut contraint de se soumettre et de se rendre à la cour de Cocan, mais il mourut en route (1845). Son frère Akhmet le remplaça, mais il se rendit vite odieux au peuple, qui invita le neveu, Ismaïl, à le chasser et à prendre le pouvoir. Ismaïl régna dix-sept ans et devint renommé par sa sévérité et son équité. Il reconquit le Caratéghine et le Chougnan et imposa un tribut au Coulab et au Hissar. Cependant il subit bientôt des revers, en combattant le seigneur de Coulab, Sarikhan, et tomba même entre les mains de celui-ci. Cette défaite causa la perte non seulement du Caratéghine, mais encore des meilleurs districts sur le Hingob, comme la Vakhie et le Houlleuze.

Le faible et débauché Ibrahim, qui monta au trône, ne gouverna que quelques années et finit par s'enfuir à Boukhara. Son frère Seradjidin, encore plus incapable de gouverner, lui succéda. Il reconnut la suzeraineté de l'émir de Boukhara, ce qui irrita les Darvazois; puis, quand il voulut se concilier le peuple et faire alliance avec l'Afghanistan, l'émir de Boukhara s'en vengea en s'emparant du Darvaz.

Ces deux derniers chahs, pour se maintenir à Kalai-Khoum, avaient brigué l'appui de l'émir de Boukhara et du khan du Cocan, auxquels ils envoyaient en présents des jeunes filles et des garçons, à la grande irritation de leurs sujets. Cette politique ne pouvait qu'aboutir à une catastrophe. Pour punir Seradjidin de sa duplicité, l'émir Seïd Mouzaffar-Khan envoya en 1876 contre lui un corps d'armée. Les Boukhariotes traversèrent les défilés du Darvaz à une époque où ils sont ordinairement fermés par les neiges et tombèrent à l'improviste sur Kala-i-Khoum. Le chah Seradjidin s'enfuit au Cocan et trouva asile auprès de Khoudoïar-Khan, qui le livra plus tard à l'émir. Ses fils se réfugièrent au Ferghanah et en Afghanistan. La place se rendit sans opposer de sérieuse résistance et depuis lors (1877), le Darvàz forme une province boukhare sous les ordres d'un beg. Les Darvazois essayèrent, il est vrai, de se soulever en 1881, mais l'*atalik* Houdaï Nazir, généralissime des troupes boukhares et conquérant du pays, dompta promptement la rébellion. Aujourd'hui le Darvaz est gouverné par le petit-fils de Houdaï Nazir, le beg Mohammed Nazir.

Actuellement donc Darvaz et Caratéghine ne sont que deux provinces de la Boukharie orientale, dont les begs, désignés par l'émir, surveillés par des employés, entourés d'espions, suivant le système du gouvernement boukhare, gouvernent à titre de lieutenants.

Le Darvaz comprend 11 districts, le Caratéghine 8 districts, à la tête de chacun desquels se trouve un *amlacdar*, percepteur d'impôts, nommé par le beg et choisi ordinairement parmi ses parents. Le beg est obligé de présenter chaque année à l'émir une part du *héradje*, et de faire certains cadeaux de grand prix en chevaux et *khalats*. Son pouvoir est presque illimité, mais il est aidé dans ses fonctions par une nuée de fonctionnaires boukhares.

Ceux-ci sont désignés par l'émir et en reçoivent chaque année des présents ou gratifications. Tels sont les *biis*, les *ichagosses*, les *tocsabas* et un nombre considérable d'officiers secondaires. Ils retiennent à leur profit une certaine part du *héradje*, perçu dans un kichelak déterminé. Ainsi le *bii* reçoit un dixième de la récolte des champs labourés, et en présent 1 cheval, 6 khalats et 500 *tengas* (la tenga équivaut à 50 centimes), mais en revanche il doit entretenir 20 *noukers*, soldats de la milice chargés de maintenir l'ordre. Il en est de même des autres officiers qui ont droit à des revenus proportionnés à leur grade.

Les *noukers* (600 au Darvaz et 200 au Caratéghine) constituent le corps de la milice, à pied ou à cheval, selon la bourse du maître. Sur l'ordre de l'émir, tous les fonctionnaires sont tenus de mettre sur pied leurs *noukers*, armés, équipés et pourvus de tout le nécessaire. Le beg retient pour son compte, à titre d'appointements, une part du *héradje* et des contributions, part qui grossit évidemment avec l'appétit du beg.

Dans chaque district le peuple se choisit un juge, le *kazi*, pour un temps indéterminé ; il doit être confirmé par l'émir, qui lui délivre le *placet* et le khalat d'honneur. Le *kazi* ne connaît que des délits et des différends de peu d'importance, les causes plus sérieuses étant soumises à l'assemblée des *kazis* et, dans certains cas, au beg qui en réfère à l'émir. Souvent celui-ci délègue un fonctionnaire spécial pour assister au jugement de la cause portée devant le beg ou le kazi.

La loi punit les délits légers de 20 à 100 coups de bâton et d'une amende de 2 *tillas* (pièce d'or de la valeur de 15 francs), dont l'une au profit du kazi et l'autre du beg.

La peine pour crimes et délits graves est de 12 tillas. Le coupable qui n'est pas en mesure de payer l'amende, *khoun*, obtient un sursis d'une année afin de gagner le montant de la peine et présente un cautionnement pendant sa mise en liberté. Passé ce terme, on le jette, avec un billot au cou, dans un cachot, où il vit d'aumônes. En cas de récidive de vol, le criminel est condamné à la peine de mort par pendaison ou décollation. On punit également de mort le coupable de viol d'une jeune fille.

Le mariage a lieu par le ministère du kazi lui-même ou, sur son autorisation, par celui du moullah. Le droit payé est de 2 *tengas* pour l'union avec une jeune fille et de 1 *tenga* pour celle d'une veuve ; en outre, dans ce dernier cas, il faut l'autorisation du *raïs*, observateur du chariat, qui veille à la rigoureuse application de la loi musulmane.

Quand a lieu le divorce ou la séparation, la famille de la femme doit restituer le *kalim*, prix de rachat payé par l'époux aux parents ; ou bien, au contraire, le mari donne une garantie à l'épouse divorcée. Le kazi prélève sa part, un vingtième, sur toute la somme versée à cette occasion ; et il lui revient également un droit variant de 1/2 à 2 *tillas* pour tout acte d'achat de terrain.

Dans les kichelaks de chaque district, il y a plusieurs receveurs d'impôts, *mir-hozor*, nommés par le peuple et confirmés par le beg, qui leur donne un khalat, un turban et deux *batemans* de froment (260 kilos). Ils restent en fonctions tant qu'ils ne se rendent pas insupportables aux contribuables ; ils paient au beg un droit qui varie, suivant le grade du receveur, de 24 à 100 *tengas* par an. Au Darvaz on en compte 24.

Le système des impôts et contributions est le même que dans les autres provinces boukhares, à l'exception du *zaket*, taxe sur l'achat et la vente de tous articles et animaux, qui n'existe pas au Darvaz à cause de la pauvreté des habitants. L'impôt du *héradje* consiste en un dixième de la récolte de toute culture et des mûriers. On évalue à 200 000 tengas (100 000 francs) le revenu du *héradje* au Darvaz et au triple de ce chiffre celui du Caratéghine. On vend le produit de la récolte à l'époque des prix les plus élevés.

Le *zaket* perçu au Caratéghine varie suivant l'arbitraire des percepteurs : ordinairement chaque habitation donne 1 mouton et 5 *tengas* pour l'entretien des *djiguites* du beg. Quant aux marchandises exportées du pays, elles paient en raison de 2 *tengas* par bête de somme chargée. Enfin au Darvaz, il y a plusieurs autres contributions en nature, plus ou moins illégales, non prescrites par l'émir, telles que : le *doudana*, qui impose à chaque propriétaire de maison deux pièces de *mata*, étoffe grossière de coton, ou bien une chèvre ; le *choura*, pièce de *mata* exigée de chaque maison au lieu de la poignée de poudre à fusil que l'on donnait autrefois, sous le gouvernement des chahs ; le *tanob-i-moultouk*, autre pièce de mata qui a remplacé la redevance de 5 mètres environ de mèche à fusil ; le *mir-dara-i-khana*, impôt sur les immeubles, substitué également par 12 pièces de *mata* sur chaque kichelak.

Si pourtant les impôts sont lourds et disproportionnés aux ressources des habitants, si les abus et l'arbitraire des receveurs et fonctionnaires sont quelquefois criants, du moins les populations ne supportent plus le poids des redevances et prestations en nature; surtout des journées de main-d'œuvre auxquelles elles étaient soumises sous le gouvernement des chahs. De plus, les Tadjiks sont exemptés du service militaire; car l'émir entretient à ses frais dans la contrée des garnisons boukhares, dont la plus importante est celle de Kala-i-Khoum, qui comprend 200 hommes.

Vu le caractère pacifique et soumis des Tadjiks de ces pays, ce déploiement de forces paraîtrait inutile, si la Boukharie n'avait intérêt à surveiller les agissements de son puissant voisin, l'Afghanistan. Cependant la nature du pays crée sans cela un obstacle sérieux à toute entreprise belliqueuse contre le Darvaz. Les communications avec le Badakchan n'ont lieu que par la seule passe d'Esche, pendant deux ou trois mois d'été, et encore la chaîne de montagnes qui le sépare du Darvaz est-elle difficilement accessible du côté du Badakchan. Voilà pourquoi les Afghans n'ont pu, malgré leurs tentatives, s'emparer du territoire situé sur la rive gauche du Pandje; et certes les conquérants du Chougnan et Rochan n'auraient pas hésité à pousser leurs entreprises jusqu'au fleuve.

Cependant le Pandje forme désormais la frontière naturelle et conventionnelle entre la Boukharie et l'Afghanistan.

En vertu de la dernière convention anglo-russe concernant la délimitation du Pamir et des régions adjacentes, le territoire darvazois situé au delà du Pandje devrait être annexé à l'Afghanistan. La nouvelle de cette prochaine cession a jeté l'alarme parmi les habitants de la rive gauche, auxquels ne sourit nullement la perspective de devenir sujets de l'émir. La terreur que leur inspire le gouvernement afghan est telle qu'ils auraient, d'après ce que l'on rapporte, décidé d'abandonner leurs foyers et de s'établir sur la rive droite du Pandje, dans le cas où l'on ne pourrait faire droit à leurs réclamations. Ce pays, objet des convoitises inassouvies des Afghans, va-t-il donc leur échoir en partage?

Le Darvaz restera donc longtemps encore ce qu'il a été pendant des siècles : un pays presque inaccessible de tous côtés, et, dans les mains de l'émir de Boukhara, une sentinelle avancée vers le sud-est, qui surveille les mouvements des ennemis au delà de l'Oxus, et qui, au besoin, pourrait inquiéter les derrières et les flancs des armées dirigées contre les possessions russes.

Le Caratéghine a une importance stratégique bien moindre; un grand détachement militaire trouverait difficilement des vivres et du fourrage suffisants. Les grandes caravanes de commerce, se dirigeant du Hissar vers le Kaschgar, prennent la route beaucoup plus longue de Samarcande, Dizakh, Khodjent, Osche, Terek-Davan. Le pays n'est parcouru et traversé que par des compagnies d'une vingtaine ou trentaine d'hommes conduisant un nombre à peu près égal de bêtes de somme. Le Sourkhab est la seule voie de communication naturelle qui unisse les provinces orientales de la Boukharie à la vallée de l'Alaï et au Cocan; et ses deux berges sont percées de chemins et sentiers qui présentent de sérieuses difficultés aux mouvements des troupes. Le Caratéghine ne peut donc jouer aucun rôle politique ou stratégique.

La Russie a intérêt à ce que la puissance de l'émir se maintienne dans cette région prépamirienne, que le pays soit calme et pacifié, qu'il ne trouble pas les provinces limitrophes du Zarafchan et du Ferghanah, avec lesquelles il entretient des rapports suivis par les passes de l'Alaï et du Hissar, et que le développement du commerce entre elles, le Coulab et les autres marchés producteurs contribue à l'accroissement des richesses et au progrès des populations tadjiks.

CHAPITRE XIII

LE COULAB

Du Darvaz à l'Amou-Daria par le Baldjouan et le Coulab. — La vallée du Yakh-Sou. — Coulab. — Réception par le beg de Coulab. — Le Pandje. — Légende sur son origine. — Les Hezzaras. — Exploits d'un commissaire russe.

Le 28 août nous quittions enfin Kala-i-Khoum. Son séjour avait été nuisible à plus d'un d'entre nous : presque tous, nous avions souffert de la fièvre. Mais il devait devenir fatal à notre chef, le général B..., qui y fut atteint d'apoplexie. Ce grand malheur jeta le désarroi au milieu de l'expédition. Puis, une fois remis de notre consternation, nous dûmes penser au départ et au moyen de transporter le malade. On prépara une civière formée de deux brancards rattachés par une pièce de grosse toile en guise de matelas et surmontée d'un cerceau de fer en travers supportant un rideau de mousseline pour protéger le patient contre les ardeurs du soleil.

Le matin de notre départ le beg et le commandant du bataillon, qui avaient pris la plus grande part à ce malheur et s'étaient empressés d'offrir leurs gens et leurs services, vinrent présenter leurs hommages au général B..., étendu dans sa couche improvisée. Tristement notre convoi défila devant la garnison réunie sous les armes, saluant une dernière fois la mission russe.

Nous reprimes le chemin de l'aller, nous traversâmes encore les défilés de la chaîne maîtresse, nous franchîmes les mêmes passes et nous regagnâmes fort tard dans la soirée, au milieu des ténèbres, le kichelak de Sagri-Dachte. Mais cette première étape fut la plus pénible de toute la route : il en coûta des efforts inouïs aux porteurs indigènes, qui devaient se relever très fréquemment pour ne pas succomber sous le poids de la litière. Cinquante hommes de rechange suivaient tout le temps le convoi. Tête nue, pieds nus, à peine vêtus, ils allaient avec une rapidité étonnante, escaladant les rochers, sautant par-dessus les pierres et les galets, traversant les courants avec de l'eau jusqu'à la ceinture, et cela pendant plus de douze heures sans reprendre haleine.

De cette manière ils marchèrent plus de 40 kilomètres, montant de 4 520 pieds à 11 050 pieds au col de Akhba-Robat, dans cette étuve de montagnes calcinées, où l'air vient à manquer durant la réverbération des rayons lumineux.

La nouvelle de la maladie du général russe s'était répandue parmi la population. Elle expliquait déjà la cause de ce malheur. Dans le jardin du beg de Darvaz un hodja avait été enterré jadis; l'endroit devait, par conséquent, être sacré et aucun *kafir* ne pouvait le souiller de sa présence. Le saint homme avait donc voulu punir les Russes d'avoir profané ces lieux saints. Et voilà que des esprits malins avaient été chargés d'accomplir la vengeance en leur communiquant toutes sortes de maladies.

De Sagri-Dachte il fallut obliquer à l'occident, c'est-à-dire s'engager dans les ramifications occidentales de la chaîne du Darvaz et redescendre dans la vallée du Yakh-Sou qui arrose le pays de Baldjouan et de Coulab. On remonte d'abord le cours du Sari-Ob jusqu'au col de Régak (10 520 pieds); puis on s'élève à la passe de Hazret-i-chah (12 000 pieds) et enfin à celle de Talbar (12 000 pieds). De ce dernier point commence le Yakh-Sou, affluent de

Habitation orisoogs Degrés (Cotilab

l'Amou-Daria, dans lequel il va se jeter à une centaine de kilomètres plus au sud.

Ayant traversé une vallée assez unie, arrosée par le Sari-Ob, où paissent de nombreux moutons, on monte insensiblement par un sentier tracé sur un sol mou et verdoyant qui aboutit à l'ensellement de Régak. Le passage n'offre aucune difficulté ; mais à mesure qu'on s'approche du col de Hazret-i-chah, il devient de plus en plus rocailleux. Parvenus au sommet, nous sommes frappés du magnifique panorama qui se déroule à nos yeux. L'horizon ressemble à une mer, dont les flots se seraient pétrifiés sous l'action de quelque force inconnue. La houle envahit toute la perspective : partout l'œil n'aperçoit que les vagues de grès ou de calcaire, qui attendent un coup de baguette magique pour reprendre leur mouvement ondulatoire. A perte de vue, ce ne sont de tous côtés que de longues montagnes rangées en échelons et se profilant sur le fond bleuâtre du ciel : on dirait qu'elles vont déferler et inonder les hauteurs dominées par le Hazret-i-chah.

Une nudité désolante, une solitude absolue, sauf la présence de quelque troupe d'*arcars*, paissant à la limite des neiges persistantes, où des aigles et des vautours énormes les surveillent dans leur vol au-dessus des cimes blanchies.

L'Obi-Bourondje, petit torrent qui se jette dans l'Obi-Tabil-Dara (bassin du Hingob), nous mène à la descente à travers un petit bois de bouleaux et de noyers gigantesques.

Assis au bord de son courant, nous attendons que tous les membres de notre convoi se soient rassemblés au point de ralliement, mais il manque à l'appel l'ossète Djamboulat. Qu'est-il devenu? Deux djiguites partent aussitôt et le ramènent au bout d'une heure, ayant à peine la force de se tenir en selle. On l'avait ramassé sur le chemin, en proie à une violente attaque de fièvre intermittente. Cette maladie avait fini par miner sa robuste constitution, aussi bien qu'elle s'attaquait à tous les autres membres de l'expédition. Là-dessus le médecin fait une distribution générale de quinine, et nous remontons à cheval.

Comme nous suivions à la file, les uns derrière les autres, mon cheval arrive tout à coup au bord d'un précipice et allait y glisser et m'entraîner dans sa chute sans ma promptitude à sauter à bas et à retenir l'animal par la bride. Les hommes de l'escorte accourus au même instant l'aidèrent à remettre le pied sur la bonne piste. Pendant la manœuvre des quartiers de roche, des blocs poussés par les pieds des hommes et des bêtes roulaient avec fracas au fond du gouffre.

Quand on pénètre dans le bassin du Yakh-Sou, on est frappé de la richesse de la végétation dont l'œil s'est déshabitué au Darvaz. Des sommets des montagnes inaccessibles du Darvaz et de la chaîne de Pierre Ier descendent peupliers, érables et genévriers. Pas d'humus pourtant, les arbres poussent entre les roches. Le vallon du Talbar-Sou, que nous suivons depuis la dernière passe, possède déjà des bouleaux, des peupliers de forme pyramidale, entremêlés de buissons d'amandiers et d'abricotiers sauvages.

Aux approches du kichelak de Talbar, point de notre relais, existent des lavages d'or. Des orpailleurs lavent le sable de la rive et recueillent quelques pincées de poudre d'or. On aperçoit le sol bouleversé et creusé de fosses après les opérations; tout le vallon, bien loin après Talbar, est jonché de scories, de galets, de sable, qui ont passé par les mains de ces pauvres travailleurs gagnant rudement leur vie.

Après le col de Talbar, l'altitude de la vallée s'abaisse sensiblement : elle n'est plus que de 6 500 pieds au kichelak de Talbar et de 4 320 pieds à Saripoul. Le pays paraît suffisamment boisé. La monotone uniformité fait place à des tableaux variés, où la flore jette une note assez réjouissante.

Ainsi nous avançons de Kala-i-Khodja à Novobad. Ici se présente le fils du beg de Baldjouan, qui a préparé un bivouac dans un site charmant, au milieu d'un bois de magnifiques noyers. Puis nous touchons à Saripoul, entre de jolis coteaux verdoyants aux contours moins anguleux que ceux de la haute vallée; et, enfin, à Degrès, nous pénétrons dans la province de Coulab.

A partir de Degrès, on suit le lit de la rivière Yakh-Sou, presque à sec en cette saison, et l'on se dirige vers l'orient par le torrent Kadi-Marhak, qui ouvre l'accès des plaines de Gafil-Abat et Kourouk-Selenghi. Elles rompent l'uniformité et la monotonie de la vallée du Yakh-Sou. Le paysage s'élargit déjà, l'horizon s'étend, la ligne des montagnes s'abaisse et s'adoucit.

Nous faisons notre entrée à Mouminabad le soir du 1er septembre. Des torches suspendues devant la kala, aux murs du bazar, éclairent un spectacle organisé par l'amlacdar Karim Koul, frère du beg de Coulab, dont nous sommes les hôtes pendant une nuit. C'est une *tomacha*, à laquelle préside la muse de la danse sous les traits d'un garçon encore imberbe. Aux sons d'une musique aussi bizarre que naïve, produite par une espèce de guitare, par un tambourin et des cymbales en cuivre, un jeune homme, sans éprouver la moindre fatigue, se donne pendant des heures entières à une mimique de pas et de gestes lents, réguliers, cadencés selon qu'exige le rythme, en tenant le regard fixé sur les musiciens, accroupis sur un tapis au milieu des spectateurs. Parfois un des joueurs, possédant la meilleure voix, accompagne la danse d'un chant plus animé et gai. Alors le visage impassible du danseur paraît prendre une expression douce et voluptueuse; et il recommence ses entrechats qui deviennent de plus en plus rapides jusqu'au moment où il s'arrête comme un point d'orgue.

Les indigènes ne peuvent s'arracher à ce spectacle et ils y passeraient la nuit entière, si nous ne donnions le signal de la fin, en quittant la *tomacha*.

Mouminabad est le centre d'un amlacdarat qui embrasse

vingt kichelaks, habités par des Tadjiks éminemment agriculteurs. Sa plaine est entourée à l'est par une chaîne,
allant dans le sens longitudinal, qui s'appelle Kouran au
sud et Peri au nord. Une longue bande verte de jardins
se détache sur la steppe jaunie et brûlée en cette saison
et attire l'œil sur cette oasis, où l'imagination, sûre de
ne pas se tromper, promet au voyageur fatigué des délices
d'ombre et de fraîcheur.

Les maisons des villages semblent être assez spacieuses
et portent la plupart un toit de chaume en pointe. Est-ce
l'effet de l'influence des Ouzbeg, du voisinage de l'Oxus
ou d'un climat plus tempéré? Au sortir de cette plaine, on
suit la vallée du Dagana, affluent du Yakh-Sou, qui est
complètement à sec au moment où nous le passons.

A Dagana, le beg de Coulab par une prévenance aimable,
envoie à notre rencontre son fils le toesaba Kadir-Koul-
beg et son cuisinier qui nous prépare un excellent dîner
presque européen. Une compagnie de sarbaz à cheval,
commandée par un capitaine, précède notre convoi. Malgré
tous les obstacles, nous avançons assez vite. Depuis six
jours, en effet, nous avons parcouru plus de 250 kilomètres, y compris la halte d'une journée à Talbar.

On porte toujours le général dans son palanquin à bras.
Huit hommes se relèvent de temps en temps; une vingtaine d'autres forment la réserve. Mais pendant les heures
chaudes de la journée, de midi à quatre heures, on fait
une halte prolongée. Aperçue de loin cette procession,
précédée et suivie d'une escorte nombreuse, doit produire
une impression curieuse. N'était le triste état du chef, le
tableau ne manquerait pas d'un certain charme. Il faut
voir ce convoi aller, monter, descendre, franchir les
torrents et les rivières. Étonnantes force et vigueur de
jarrets des porteurs indigènes!

Tous les villages situés sur notre route se distinguent
par le type des bâtisses et par la toiture. Les maisons ont
l'air d'être plus légères et plus hautes, quoique les murs

soient en pisé; ceux-ci supportent des fermes recouvertes
de chaume se terminant en pignons. Des balcons, des
galeries suspendues, au-dessus des pièces du premier
étage, et les portes et les fenêtres plus nombreuses qu'à
l'ordinaire donnent un peu plus de variété à l'habitation.
Le chaume d'ailleurs joue le rôle principal : les auvents
et les autres proéminences supportent de longues tiges
de paille aussi grosse que le roseau.

En somme, ce n'est plus la basse et lourde bâtisse du
Caratéghine et du Darvaz qui doit lutter contre les intempéries et les rafales, et supporter le poids de la neige et
de la glace, et dans laquelle la pierre et le galet remplacent
la brique. Ici l'habitation acquiert un caractère de légèreté, qui dépend naturellement de la douceur du climat
et des habitudes de ses habitants, de ces nomades
Ouzbeg, dont les derniers flots sont venus se briser au
pied des massifs montagneux prépamiriens. Cependant
les Ouzbeg se sont mêlés ici aux aborigènes et en ont
pris les mœurs, adopté les coutumes. Plus loin, sur les
rives de l'Amou-Daria, nous retrouverons ce peuple dans
un état intact, du moins plus pur qu'à Coulab. Le nomade,
habitué à dresser et à plier sa tente aux campements
d'hiver et aux pacages d'été, a transmis le caractère de sa
vie errante à sa demeure. Elle ressemble souvent à une
hutte à peine recouverte de branchages et de nattes qu'il
ne regrette pas d'abandonner.

Après Dagana, on revoit la vallée du Yakh-Sou, qui va
de plus en plus en s'élargissant. Rien n'est beau comme
la montagne après qu'on a vécu pendant des mois dans
la steppe, et rien n'est réconfortant comme la plaine quand
on a passé de longues semaines entre les deux murailles,
sans horizon, des vallées. Ainsi s'accuse, une fois de plus,
le charme de l'antithèse que réclame incessamment la
nature humaine inquiète et amoureuse du changement.

Le pays se présente en plaine avec de légères ondula-
tions et des collines qui bordent des deux côtés la vallée

du Yakh-Sou. L'eau y fait souvent défaut et les semailles sont plutôt rares cette année à cause de la sécheresse. Des champs d'orge, de froment, de maïs, de djigoura (millet), de ziguir (lin), de melons et de pastèques se suivent près du cours de la rivière, à portée de l'eau. Dans les kichelaks, déjà plus fréquents, la vigne se marie aux pêchers et aux pommiers. Sur le sentier jaune, qui suit le fond de la vallée, se meuvent des théories de chameaux, de dromadaires, de chevaux, lentes et rythmées. Ce sont des caravanes portant le thé et la mousseline des Indes, les fruits secs et les peaux de l'Afghanistan. De temps en temps, et tout en marchant, le dromadaire abaisse la tête et le cou d'un mouvement reptilien pour cueillir au passage une touffe épineuse d'alhagi ou de sophora.

A Coulab, où nous arrivons le soir, nous sommes reçus par le beg Rakhman Kouli, montant un superbe alezan richement caparaçonné. A la tête d'une nombreuse et brillante suite, il vient à notre rencontre hors de la ville et nous conduit à travers la grande rue du bazar à la kala, où les troupes boukhares alignées présentent les armes. Une fois descendus de cheval et entrés dans le vestibule, le beg nous adresse quelques paroles de bienvenue et de consolation pour le malade et nous invite enfin à goûter d'un souper préparé à notre intention. Le beg de Coulab, dont le titre officiel est *divan-béghi*, membre du conseil, grand personnage de la cour de l'Emir, a le mérite de posséder une excellente table, fournie des friandises et des mets les plus délicieux, œuvres d'un parfait cordon bleu.

Ce bon et sympathique vieillard a poussé l'amabilité jusqu'à faire cueillir des mûres sauvages, qui sont, dit-il, un excellent rafraîchissement. En vérité, le goût acidulé et amer de ces baies produit un effet agréable au palais de celui qui n'a avalé que de la poussière pendant des journées entières.

Le beg possède une assez confortable demeure. La salle de réception, toute lambrissée et ornée de peintures et de sculptures dorées, avec des niches resplendissantes de pierreries et de verreries émaillées, serait digne de figurer dans un des palais de l'Emir de Boukhara. Huit portes et huit petites fenêtres avec treillage éclairent la pièce, très haute et assez spacieuse, dont le plafond étincelle de dessins et d'arabesques et dont le plancher est jonché de magnifiques tapis moelleux. Au milieu est dressée une longue table avec canapés et fauteuils autour. A côté une petite chambre à coucher avec vestibule. Tout cet édifice est isolé entre cour et jardin, où des bassins rafraîchissent l'air.

Le lendemain matin, visite officielle chez le beg Rakhman Kouli, qui est plein de soins et d'attentions à notre égard. Comme il venait de recevoir de magnifiques cadeaux de son maître l'Emir de Boukhara, il en prit occasion pour débiter des compliments à notre adresse.

« Vous m'êtes, dit-il, doublement chers et je mets le plus grand empressement à vous témoigner ma joie d'avoir bien voulu accepter l'hospitalité dans ma maison qui est la vôtre. »

Le divan-béghi avait endossé un superbe khalat de brocart et en dessous une robe de soie à grands ramages. Sur la tête il portait un turban de mousseline très fine et à la main il tenait un mouchoir de soie rouge brodé : présents de son souverain dont il se montrait tout fier. A l'occasion de cet événement, fort marquant pour la carrière administrative des fonctionnaires boukhares, Rakhman-Kouli-beg fit apporter un énorme pain de sucre et un jeune veau qu'il offrit aux gens de notre escorte.

Après avoir goûté des différents fruits et friandises du *dostarkhane*, et entre autres choses des glaces à la crème commandées expressément pour nous, nous interrogeâmes le beg sur la route à l'Amou-Daria, sur l'état de la province dont il avait l'administration, etc.

Le beg nous présenta les plus jeunes de ses fils et comme le médecin de l'expédition assistait également à l'entrevue, le beg en profita pour lui demander une consultation séance tenante. Notre Esculape constata chez l'aîné une maladie de foie, et chez l'autre une fièvre de malaria.

Coulab est d'ailleurs le pays des fièvres intermittentes, grâce aux marécages et paludes, qui l'entourent et dont il tire son nom (*Coul*, lac, et *ab*, eau).

Il y a bientôt vingt sept-ans, le Coulab formait un khanat semi-indépendant et comprenait les provinces de Coulab, Baldjouan, Kourgan-Tubé, Cabadian et en général les terres arrosées par le cours inférieur du Vakche et par le Pandje. Nous avons raconté comment son dernier khan Sarikhan joua de malheur dans ses entreprises guerrières et abandonna ses États qui devinrent la proie de la Boukharie. La ville de Coulab compte à peine 600 maisons et une population de 3 000 habitants, moitié tadjiks, moitié ouzbegs. Point d'industrie ni de commerce remarquables, quoique Coulab passe pour être le centre du trafic de la Boukharie orientale pour l'échange des produits exotiques de l'Inde et de l'Afghanistan. 200 boutiques ou échoppes, recouvertes de chaume, presque délabrées, s'ouvrent le jour de marché. Après avoir flâné dans les ruelles de la ville, les jardins de la kala et avoir visité la médressé dont la façade avec le portique ogival au centre a beaucoup de cachet pour une architecture asiatique, nous allons assister à un curieux spectacle que le beg, toujours prévenant, a ordonné pour distraire ses hôtes russes. C'est une course à la chèvre que les indigènes appellent *coupe-cari*, c'est-à-dire attrape-chèvre.

A une certaine distance de la ville, dans un bas-fond servant de champ de course, entouré de mamelons sur lesquels les spectateurs grimpent, une bande d'indigènes à cheval, parmi lesquels quelques hommes de notre escorte, s'adonne à ce sport favori.

On coupe la gorge à un bouc et on le jette sur le sol au milieu d'un champ suffisamment spacieux pour opérer librement des évolutions équestres. Les cavaliers s'élancent sur l'animal gisant à terre, tâchent de l'enlever et de l'emporter : chacun s'efforce de le tirer de son côté ou de le jeter en travers de sa selle, les autres doivent l'en empêcher. Celui qui enlève le bouc lance son cheval à fond de train dans l'arène. Alors les adversaires de courir et de galoper après le cavalier qui veut soustraire la bête. Ils tâchent de lui ravir sa proie, de la jeter par terre, puis de la ramasser au galop; et ils essaient, à leur tour, de décrire un cercle en courant sans se dessaisir de l'enjeu.

Quand cette manœuvre a duré suffisamment, on donne le signal de la fin. Le pauvre bouc, dont souvent il ne reste que d'informes lambeaux, est de nouveau lancé au centre de la lice, et tous les acteurs se ruent dessus les uns sur les autres, s'engagent dans une lutte pêle-mêle. Enfin le plus fort et le plus habile parvient à charger sur son cheval la pauvre victime de ce sport indigène; et, échappant à la poursuite des concurrents, il sort de l'arène et emporte le bouc comme trophée de sa victoire.

Souvent on assiste à des scènes d'adresse et d'habileté sans pareilles, qui tournent quelquefois au burlesque et se terminent par la chute comique de cavaliers désarçonnés.

Bientôt nous retournions, suivis d'une foule compacte, toute heureuse de pouvoir contempler ces Européens, qui lui semblaient des êtres extraordinaires. Un divertissement d'un autre genre nous attendait dans la soirée. Hors des murs de la kala, sur une place assez grande pour contenir la foule des curieux, éclairée par de nombreuses torches fichées dans le sol et par des lanternes suspendues à des cordes tendues entre des poteaux ou des murs, deux *batchas* de l'âge de seize ou dix-sept ans dansaient aux sons d'instruments fort simples. Deux guitares, un violon à trois cordes, deux tambourins avec grelots, un fifre et deux tambours de forme allongée, voilà l'orchestre. Les

musiciens se tiennent assis, les jambes pliées sur un tapis
de feutre : l'un d'eux accompagne le mouvement de danse
d'un chant uniforme et mélancolique dont les paroles
s'adressent à la belle pour laquelle le chanteur soupire.
Les artistes mènent le rythme et la danse.

La musique procède d'abord lente et monotone, puis elle
s'anime brusquement et prend des tons plus vifs et gais,
qui retombent de nouveau en mineur. Le chanteur assai-
sonne son refrain d'éclats de voix bruyants et prolongés,
les accompagnant de grands coups de son tambourin
assourdissant. Suivant le rythme de la musique, le danseur s'exerce à mettre en cadence ses pas et ses gestes :
il se tourne, se retourne, recule, avance vers les musiciens, toujours les yeux fixés sur eux. La mimique joue
le principal rôle, mais son visage reste presque impassible. Ce sont des déhanchements, des mouvements sac-
cadés, des tressaillements ininterrompus des bras, de la
tête, des épaules et des mains qui n'ont aucun charme.
Puis des tourbillonnements de plus en plus rapides, furieux,
soutenus par le *fortissimo* des tambours en roulement
continu. Parfois le *batcha* termine la figure par une cul-
bute sur ses mains, retombe sur ses pieds en face du
spectateur qu'il salue, et se retire dans le rang pour céder
la place à un autre danseur.

Rien de gracieux d'ailleurs dans cette danse des *batchas*, qui souvent se mettent à deux et à trois pour exécuter ces tours de saltimbanque. Pour que nul trait de leur
physionomie ne soit perdu, des porteurs de torche ou de
bougie promènent des lumignons fumeux devant le visage
des batchas en suivant tous leurs mouvements.

Ces danses font les délices des indigènes qui dévorent
les batchas des yeux; au milieu de la dépravation des
mœurs, ce genre d'esthétique a pour eux un mérite spécial, incompréhensible, inappréciable à nous autres gâtés
par la chorégraphie moderne.

Avec quelle attention soutenue, quelle animation dans

les yeux lascifs, quelle surexcitation des sens, la foule
des spectateurs suit la mimique et le chant de cette
tomacha qui peut durer, toujours la même, des heures
entières ! Dans l'assistance toutefois vous n'apercevez pas
de femmes : elles sont exclues des spectacles publics et
condamnées à une vie de réclusion. Une pareille foule,
toute composée de physionomies masculines plus ou moins
dures avec des nez longs et busqués, des barbes noires
ou grisonnantes, finit par agacer les nerfs du voyageur,
habitué à rencontrer en Europe, au milieu du public, des
visages plus doux et souriants qui atténuent la crudité des
lignes.

Il nous faut cependant quitter ce séjour agréable et
prendre congé de notre aimable et jovial hôte, le beg
Rakhman Kouli.

De Coulab à Sayat il y a 40 kilomètres. Au sortir de
Coulab on parcourt une vaste plaine large de 20 kilomètres,
jaunie par le soleil et désertée par les habitants et les troupeaux à cette époque de l'année. Elle se nomme Dachti-
Dehli et quelques kilomètres plus loin Dachti-Boïtouk.
Elle se prolonge jusqu'à l'Amou-Daria et est arrosée par
les eaux du Yakh-Sou. Là où l'irrigation existe on aperçoit
des cultures de riz, de djigoura, de melons, de pastèques.
Les collines et les steppes environnantes servent de pâturages, mais offrent à l'œil un triste spectacle aux mois
d'août et de septembre : les plantes herbacées ont été
complètement brûlées par les chaleurs tropicales, quelques
maigres touffes jaunes fournissent le seul aliment aux troupeaux de vaches et de brebis qui n'ont pas émigré de ces
localités.

Dans les deux vallées de Dehli et de Boïtouk habitent
près des kichelaks ouzbeg des centaines de familles
d'Afghans et de Hezzaras surtout. Il y a quelques années
elles ont quitté l'Afghanistan à la suite de persécutions et
d'extorsions auxquelles les autorités du pays les soumet-
taient.

Ces Hezzaras, au nombre de 500 familles, sont devenus les sujets de l'Émir de Boukhara. Ils en ont reçu des terres, où ils paissent leurs troupeaux et dressent leurs tentes. Ils les cultivent médiocrement, vivant dans la crainte qu'on ne leur reprenne ce qui a été donné gratuitement ou qu'on ne les chasse au delà du Pandje. Il y a cependant en Boukharie des Hezzaras établis depuis vingt-cinq ans. Au nombre de 5 000 hommes, ils sont venus à la suite d'Isaak-Khan et vivent constamment de l'espoir que le jour de la revanche luira pour eux et qu'ils pourront revoir leur patrie.

On sait qu'Isaak-Khan, frère de l'Émir actuel d'Afghanistan, jouit à Samarcande de l'hospitalité et de la pension que les Russes lui accordent largement. Il y séjourne depuis des années, depuis sa malheureuse tentative de disputer le pouvoir à Abdourakhman, qui autrefois l'avait précédé dans le même rôle que lui-même joue aujourd'hui. Le khan Isaak s'en console toutefois au milieu de sa petite cour, de ses fidèles, s'occupant à loisir d'intrigues politiques et de menées secrètes avec ses partisans au delà de l'Oxus, et faisant un trafic actif qui commence à l'enrichir.

Au sujet des Hezzaras, il ne me paraît pas hors de propos de raconter un événement resté ignoré du public et qui mérite pourtant d'être connu, parce qu'il démontre une fois de plus l'esprit de modération et les sentiments pacifiques qui animaient feu l'empereur Alexandre III.

Au midi de l'oasis de Pendé, dans le voisinage des possessions russes de la Transcaspienne, habite sur le territoire afghan une peuplade assez nombreuse (de 150 000 à 200 000 habitants) de Hezarrés ou Hezzaras que des impôts excessifs, des exactions fréquentes, le recrutement arbitraire dans l'armée afghane avaient fini par surexciter contre leurs maîtres. Deux de leurs tribus résidaient au nord et au sud de Kala-i-Naou sur le Kache, affluent du Mourghab.

Les Hezzaras du nord, comptant sur les avances du *pristaf* (commissaire) de Pendé et d'un agent russe qui leur avaient promis aide et protection, avaient résolu de ne plus plier sous le joug afghan et avaient demandé aux autorités russes à immigrer avec biens et familles.

Sur ces entrefaites (mai 1892), arrive un officier afghan, chargé de mettre à exécution les ordres reçus antérieurement, qui intimaient aux Hezzaras d'avoir à transporter plus loin de la frontière leurs 5 000 *kibitkas*. Il ordonne aussitôt d'arrêter les chefs et les anciens de la tribu. Ceux-ci s'enfuient à Tokhtabazar, implorant le secours du *pristaf* russe et le suppliant de leur donner des troupes pour amener leurs familles et chercher un refuge sur le territoire russe. D'autres Hezzaras accourent également à Tokhtabazar. Comme ils se trouvent en assez grand nombre, ils font irruption en Afghanistan, et dans une escarmouche avec les postes de frontière ils tuent 3, blessent 5 et prennent 12 Afghans.

Là-dessus le pristaf, emporté par son zèle et désirant se faire un mérite de cet exploit, occupe Kala-i-Naou avec quelques hommes de la milice turcmène et réclame du secours du commandant des troupes russes à proximité des confins. En même temps, il adresse un télégramme à l'empereur Alexandre pour lui annoncer cette nouvelle et rapide conquête qu'il est heureux de déposer aux pieds de Sa Majesté.

Aux ordres réitérés de l'État-Major d'évacuer la place et le territoire afghan, le pristaf répond par un refus obstiné. Enfin, se voyant isolé en pays ennemi, désavoué par ses supérieurs, il doit abandonner Kala-i-Naou et rentrer à Tokhtabazar, où il est immédiatement arrêté et traduit devant un tribunal de guerre.

On rapporte qu'en apprenant la nouvelle de cet aventureux coup de tête, l'empereur Alexandre, alors en Danemark où il avait l'habitude de passer quelque temps, se serait exclamé, en souriant : « Il y a en Russie des officiers qui veulent faire la guerre et conquérir des pays à mon insu, malgré moi ! Et dire que je suis un monarque absolu ! »

Telle est la véridique histoire de cette affaire, qui, poussée à l'extrémité, aurait pu amener un conflit avec l'Afghanistan, alors que le gouvernement russe n'avait aucune envie de soulever un nouvel incident dans le genre de celui de Koncheka.

La curiosité me prend de voir de plus près l'intérieur d'une de ces colonies de Hezzaras. Quelques dizaines de tentes ou de huttes faites de branchages, mal abritées avec des nattes ou des tapis de feutre troués, protègent à peine contre les intempéries et la canicule une population misérable et dénuée des choses les plus indispensables. Les femmes se laissent approcher bien que sans voile : elles ont l'air bien abruti par l'excès de labeur. Les hommes, généralement de stature au-dessous de la moyenne, mais bâtis solidement, battent avec des fléaux leur moisson qui a donné un piteux résultat à cause de la sécheresse excessive. Ils quittent volontiers leur ouvrage pour suivre notre convoi en qualité de porteurs : et enlevant la litière du général de leurs robustes épaules, ils marchent d'un pas alerte et laissent bien loin derrière eux les retardataires de l'escorte.

Bientôt la route tourne à l'est et passe entre des collines toutes d'argile jaunâtre, dont les herbes, brûlées de bonne heure sous cette latitude de tropique, les couvrent d'un tapis fort mou, quoique peu réjouissant la vue. Sur des étendues immenses, presque jusqu'aux rives de l'Oxus, c'est un pareil paysage qu'on a constamment devant soi. A mesure que l'on approche du fleuve, la plaine s'élargit davantage et n'a pas moins de 40 ou 50 kilomètres entre le kichelak de Tchoubek, près du Pandje, et le confluent du Yakh-Sou. Cependant, par endroits, la terre y est très fertile et bien cultivée. Le coton y croît et atteint des proportions démesurées.

Le dernier trajet a lieu à travers une plaine entrecoupée

de canaux, de marécages et de roselières qui s'étendent jusqu'à Sayat.

Des jungles, sillonnées dans tous les sens de mille pistes de bêtes sauvages, couvrent cette localité qui foisonne de gibier. Des tigres, dit-on, détruisent beaucoup d'animaux domestiques. Tant que dure la chaleur, c'est un plaisir de franchir à chaque instant des fossés et des canaux d'irrigation au milieu de cultures abandonnées. Mais quand le soleil disparaît, une humidité légèrement brumeuse s'élève du sein de ces eaux et finit bientôt par vous pénétrer jusqu'aux os. Puis, une fois engouffré dans les jungles, des nuées de moustiques mènent une attaque cruelle et agaçante contre votre visage et vos mains. Ni la fumée de tabac ni le feu ne réussissent à les éloigner, et ils s'acharnent de plus belle jusqu'à ce que vous soyez sorti de ce labyrinthe de joncs et de roseaux, hauts à l'instar d'une forêt.

Voici qu'une brise fraîche apporte le bruit du clapotement des ondes se brisant contre les rives : bientôt il devient plus distinct et, enfin, à la lueur des étoiles, nous apercevons une nappe d'eau assez considérable roulant entre des berges presque effacées : c'est le Pandje.

A Sayat, où nous arrivons fort tard, le fleuve a déjà des allures et des proportions imposantes. Les falaises de la rive droite qu'il rase de son courant rapide et incessant sont d'une argile jaune qui s'écroule facilement au contact de l'élément liquide. Des pans entiers de terre s'effondrent avec un grand fracas du haut de ces murailles et vont jaunir les eaux du fleuve, sans cela assez troubles et bourbeuses.

Le mot Pandje signifie cinq. Un savant de l'endroit veut bien nous expliquer l'origine de ce mot.

Le vénérable Ali, beau-frère du Prophète, étant parvenu au Darvaz, y trouva un souverain et un peuple d'infidèles, qu'il se mit aussitôt à convertir. Voulant se convaincre de la supériorité de l'Islam sur le culte qu'il pratiquait,

ce monarque dit à Ali : « Si tu es si grand et si puissant, arrête le cours du Vantche » (ainsi s'appelait alors
le Pandje).

Ali prit des rochers, les lança dans le fleuve et en arrêta
le courant. Depuis lors le fleuve forma cinq tronçons, d'où
le nom de Pandje, qui dérive probablement aussi des cinq
doigts de la main.

Les anciens géographes arabes comptent cinq rivières
qui contribuent à former le Djaïkhoun ou l'Oxus, dont le
cours supérieur portait, comme actuellement, le nom de
Pandje. Istakhin décrit ainsi les cinq sources du fleuve.
Le Djaïkhoun commence sous le nom de Djari-Ab (ou
Hari-Ab) dans le Vakhan, pays appartenant au Badakchan.
Dans le Hou et le Vakche, il reçoit cinq affluents qui en
font un grand fleuve. Le premier affluent du Hari-Ab
s'appelle Akbas ou Golbak; le second Bartang; le troi-
sième Faraghi, le quatrième Andidjara; le cinquième
Vakche-Ab, qui est le plus grand. Tous s'écoulent dans le
Djaïkhoun.

Le colonel Yule change la terminologie et assure qu'il
y avait le Sourkhab, le Pandje, le Koktcha, l'Aksaraï ou
Koundouz; la cinquième branche serait peut-être le Yakh-
Sou. Quoi qu'il en soit, il est désormais établi que l'Oxus,
ou plutôt l'Amou-Daria, tire son origine des glaciers du
plateau du Pamir où cinq cours d'eau concourent à le
former, à savoir : le Vakhan-Daria, le Pamir, le Gount
avec le Chakh-Daria et le Mourghab, dont le cours supérieur s'appelle Ak-Sou et le cours inférieur Bartang. Ce
fleuve reçoit dans son cours moyen des rivières d'un débit
volumineux, tels que le Vakche, le Cafirnahan et le
Sourkhan sur la droite et le Koktcha et le Koundouz sur
la gauche.

Le bassin de l'Oxus embrasse une surface considérable
et, pour nous en tenir aux régions prépamiriennes seulement, dans les limites de l'Alaï au nord, de l'Hindou-
kousch au sud, des monts Kaschgar à l'est, et de la chaîne

Une médressé à Coulab.

du Hissar à l'ouest, il comprend plus de 200 000 kilomètres carrés. Sur cet immense territoire, il n'y a qu'un écoulement pour les eaux : l'Amou-Daria. Ce fleuve possédait jadis un volume d'eau plus abondant. Bon nombre de ses affluents, déviés par les canaux et les *ariks* et épuisés dans leur cours supérieur, tarissent au milieu des sables et ne parviennent pas à l'Amou.

Celui-ci ne présente une vaste nappe d'eau qu'après le confluent du Vakche. Son niveau reste longtemps élevé et ne baisse qu'en hiver, quand ses affluents portent, l'un après l'autre, un tribut amoindri. Au printemps, vers la fin de mars, le niveau s'élève, grâce aux affluents Cafirnahan et Sourkhan; puis c'est le tour de l'Ak-Sou et enfin celui du Vakche, dont les crues durent longtemps.

Le débit de l'Oxus est, de l'hiver à l'été, des plus irréguliers. Les grandes crues estivales, si disproportionnées avec l'étiage hiémal, sont dues d'abord à la fonte des neiges dans les basses vallées, à laquelle succède celle des neiges du Pamir, beaucoup moins abondante qu'on ne pourrait le croire *a priori*. L'Alaï par contre est chargé d'amas de neige considérables et le Sourkhab subit des crues plus fortes que l'Ak-Sou ou le Vakhan-Daria.

Les crues des affluents de l'Oxus se produisent de plus en plus tard, à mesure que l'on avance vers l'orient. Le dernier cependant à déborder est le Pandje, car il descend du Pamir où le printemps commence seulement à la fin d'avril.

Au sortir de l'étreinte des montagnes, au défilé de Tchaïli, le Pandje s'élance dans la plaine et s'élargit sur une douzaine de kilomètres.

Après Sayat, le Pandje se partage en deux branches qui forment l'île d'Ourta-Tougaï, s'étendant de Djilim-Tubé au confluent du Yakh-Sou, sur une longueur de 40 et une largeur de 10 kilomètres. Cette île appartient à la Boukharie et elle est fréquentée en été par les Ouzbeg voisins qui y amènent leurs troupeaux. La steppe de Sayat au Yakh-Sou

(Kizil-Sou, selon les indigènes) est limitée à l'ouest par le Kara-Taou et à l'est par une autre ligne de hauteurs qui se ramifient de la chaîne et se terminent aux rives de l'Oxus.

Entre Sayat et Maïda-Patta on franchit un plateau argileux, tout en pâturages, tandis que la basse plaine, à proximité du fleuve, offre des herbages abondants, où des pâtres ouzbeg séjournent pendant l'été. En ce moment, tout paraît uniformément jaune et calciné. A Tchichké quelques misérables huttes et tentes rompent la monotonie de la solitude : elles abritent plusieurs familles de Hezzaras et d'Afghans. Dans les environs, on aperçoit des villages de ces habitants cultivant des lopins de terre qu'ils sont parvenus à irriguer. Ces pauvres colons sont tout heureux de la bonne aubaine de notre passage dans ces endroits. Ils se disputent la place pour aider au transport du général malade.

Je remarque dans la foule un beau et grand gaillard de vingt-cinq ans, à peine vêtu, à la mine sympathique, portant à son tour le brancard : c'est le fils d'un colonel afghan qui a été compromis dans une des insurrections contre le gouvernement d'Abdourakhman et qui a dû s'enfuir pour éviter le courroux de l'émir.

Après une courte halte à Tchichké, nous avançons quelque peu dans la journée pour chercher un meilleur bivouac; il nous attend, en effet, au bord du Yakh-Sou, au milieu de la plaine de Maïda-Patta, toute parsemée de tamaris à fleurs lilas, où broutent des chameaux à la bosse charnue. Le lendemain il faut faire une étape assez pénible d'une cinquantaine de kilomètres. On se lève donc de très bonne heure et à peine le convoi s'est-il ébranlé qu'on doit traverser à gué le Yakh-Sou.

Après avoir suivi pendant une dizaine de kilomètres le cours de cette rivière, dont le lit est couvert de fourrés, de *tougaïs*, on s'engage dans les ramifications des monts Kara-Taou que l'on franchit par le col de Gaza-Talli (1 500 pieds).

Quelle différence d'altitude pourtant entre ces petits cols
de facile accès et les hautes et interminables passes des
saillies de l'Alaï! On traverse donc, par la gorge de Dachti-
Gouzar, ces montagnes dont les creux donnent abri à des
bois de pistachiers, d'amandiers et de noisetiers, mais où
l'on ne rencontre aucun cours d'eau, aucun ruisseau jusqu'aux sources de Talli. D'ici l'on redescend le plateau qui
s'incline en pente douce vers le Pandje. La large plaine
d'alluvion qui vient mourir au pied de ces soulèvements
s'étend à perte de vue, par delà le fleuve, sur la rive
afghane, dont on ne distingue pas même le contour derrière les nombreux îlots couverts de jungles. De rares
kichelaks, disséminés dans l'espace plus rapproché du
Pandje, se détachent comme des oasis verdoyantes sur le
fond complètement jauni et inculte du sol. Malgré le voisinage du fleuve, l'eau manque. Faute de système d'irrigation convenable, les terrains ne sont cultivés que tous
les deux ans, c'est-à-dire quand vient le tour de la distribution de l'eau. A chaque moment, on passe par-dessus
des rigoles et des canaux, plus ou moins profonds, et cela
dure longtemps ainsi jusqu'à Saraï.

A Saraï nous saluons de nouveau le Pandje.

Saraï est un grand kichelak de 150 habitations, à proximité du fleuve, dont un bras arrose les cultures ainsi que
les jungles qui foisonnent de gibier. Dans les bruyères et
les roselières de la rive droite gîtent faisans, perdreaux,
canards sauvages et autres palmipèdes. On prétend même
qu'elles renferment des bêtes fauves : tigres, léopards, panthères, chacals.

Nous passons une journée à faire une battue dans ces
parages : le produit de notre chasse figura avec honneur
au repas du soir, composé de *megalo-perdix*, de *linaria*
et de faisans.

L'amlacdar de Saraï, dont nous sommes les hôtes, tient
à nous donner la tomacha du *coupe-cari*, qui n'a rien d'attrayant pour nous, déjà suffisamment blasés au sujet de

pareils spectacles. C'est ici également que vient à notre
rencontre le beg de Kourgan-Tubé, frère du makhram
Abdouraïmbek, qu'il est tout content d'embrasser.

Cependant il faut penser au moyen de poursuivre notre
voyage par eau. Déjà deux kaïks ont reçu l'ordre de se
tenir à notre disposition : sur l'un on placera le chef de la
mission et son entourage, sur l'autre les gens de l'escorte
et les bagages. Mais vu que le courant n'est pas suffisamment profond dans le bras du Pandje qui passe à Saraï,
nous devons faire à cheval encore un petit trajet de 12 kilomètres jusqu'à l'endroit choisi pour l'embarquement.

CHAPITRE XIV

SUR L'OXUS

En kayouk. — Les rives de l'Amou-Daria. — Le Babatag. — Peuplement de la contrée. — Souvenirs historiques. — Ruines de Termez et de Chaar-i-Saman. — Tchouchka-Gouzar. — Kélif et son commerce.

Le 10 septembre, après midi, nous descendons de cheval à Tourpi, près des ruines de Faïzabad, et nous montons en kaïk. Comme nos bateliers assurent que les sentinelles des postes afghans ont tiré sur eux, les begs de la suite expédient sur l'autre rive, à Hazret-Imam-Saïd, un courrier porteur d'une missive au commandant des troupes afghanes pour le prévenir du passage de la mission russe.

Nous échangeons un dernier salut avec les fonctionnaires de l'endroit qui nous ont escorté jusqu'aux embarcations et nous donnons une dernière caresse aux braves bêtes qui ont partagé avec nous les périls et les fatigues du voyage depuis Novoï-Marghélan. Enfin on désamarre; un coup d'aviron nous sépare aussitôt de la terre et lentement le kaïk se met à descendre le courant. Il passe devant les îlots nombreux, des jungles épaisses fréquentées, dit-on, par des tigres, des léopards, des lynx, des chacals et autres animaux félins.

Le soir on accoste sur la rive droite, à Naïtchi. Dès cinq

heures du matin tout le monde est sur pied; on navigue toute la journée. La nuit suivante on fait halte à Karguisch-Khana. Dans ces parages vivent des Ouzbeg émigrés il y a vingt-cinq ans de leurs steppes : on en compte un millier de kibitkas. Nous couchons sous des tentes et des yourtas expressément apportées de loin sur des chameaux, qui à notre arrivée broutaient des touffes de ronces dures.

Dans la nuit retentissent des cris de chacals et de chats-tigres qui rôdent près de nous, mais que les feux allumés tiennent à distance. Nos gens chassent à coups de bâton certaines de ces bêtes qui s'approchent du bivouac malgré les feux, pour voler quelque os de mouton ou quelque reste du festin de la veille.

Notre installation dans le kaïk ou *kayouk*, comme prononcent les habitants d'ici, mérite une courte mention. On y a réuni tout ce qu'il a été possible de trouver dans ces localités pour rendre plus confortable le trajet au malade.

Le général, étendu sur sa couchette, occupe le centre de l'embarcation. A sa tête je me suis placé avec une table pliante pour les livres, les cartes et les papiers. Aux pieds, le médecin militaire avec sa pharmacie de campagne, préparant ses médicaments. A la proue, trois bateliers turcmènes avec un cosaque de l'escorte. A la poupe, un autre batelier avec le drogman persan et notre ancienne connaissance, le bon Djamboulat.

La seconde embarcation suit avec l'autre personnel de l'expédition.

Le kaïk mesure 10 mètres de long sur 2 de large : il n'a pas de quille et son bord ne dépasse pas de beaucoup la ligne de flottaison. Il peut néanmoins contenir jusqu'à douze et même quinze hommes et un chargement de 50 quintaux.

Notre kaïk porte une tente faite avec des nattes de joncs, suspendues à des perches fichées dans la coque de la barque et rattachées à une longue panne entrelacée de branchages : sous cet abri nous bravons la réverbération

des rayons lumineux. Au fond et un peu partout, à l'avant et
à l'arrière, tout un chargement de melons, de pastèques,
de raisin ; puis des pains de sucre, des paniers remplis
de galettes de farine de millet, d'autres provisions de
bouche ; enfin des ustensiles, des *koungans*, des théières,
aiguières, etc. On a poussé la prévoyance jusqu'à em-
barquer un mouton vivant à bord, pour le cas que la
faim nous surprît dans une île déserte. La pauvre
bête, attachée à l'avant du bateau, couchée sur de
l'herbe fraîchement coupée, regarde tristement les bords
qui fuient devant elle et semble penser à son champ de
trèfle auquel on l'a arrachée. Elle pousse en vain des bêlements plaintifs : puis, fatiguée, elle se résigne à son sort.
A *notre honneur*, il faut le dire, nous eûmes la chance
d'épargner cette victime, que nos bateliers reçurent en présent à notre arrivée à Karki.

Nos embarcations font souvent le voyage de Karki à
Saraï et *vice versa* ainsi que sur la rive afghane : elles servent au transport de marchandises diverses et de denrées
des pays riverains. Patron et bateliers sont des turcmènes
de Karki qui naviguent en trafiquant en été, et travaillent
en journée pendant les mois de chômage. Ces manœuvres
ne sont pas aux gages du patron, mais partagent avec lui
les bénéfices réalisés sur les achats et les ventes de la campagne. Ils paraissent fort satisfaits de leur état et de leur
chef, qui est d'ailleurs respecté et connu de tous les habitants de ces parages. Souvent des pêcheurs, des bateliers,
halant péniblement leurs barques contre le courant, nous
croisent sur l'eau. Des deux côtés on se hèle, on se salue,
on échange des nouvelles, on s'interroge, on se donne réci-
proquement des conseils au sujet du petit trafic qui
intéresse chacun de ces marchands.

Nos kayouks avaient été retenus de force par les autorités boukhares de Saraï. Elles avaient enjoint aux bateliers de décharger leurs cotonnades et fruits secs et de nous
transborder sains et saufs à Karki. Après quoi, ils pou-

vaient revenir à Saraï pour y régler leurs affaires. Voilà
une mesure bien radicale! Nous n'apprîmes ce fait qu'en
chemin, en interrogeant ces braves gens sur leur état et
leurs voyages. Il était trop tard pour y remédier, et d'ailleurs, dans la nécessité où nous étions, aurions-nous pu
nous procurer autrement des embarcations? Quoi qu'il en
soit, ces *kayoutchiks* turcmènes furent largement dédom-
magés de ce fâcheux contretemps.

Le 12 septembre, halte à Tokhta-Kouvat (Trône du chef),
où le beg de Cabadian nous offre à déjeuner et où nous
nous séparons de quelques membres de la mission qui vont
suivre à cheval les rives de l'Amou-Daria. Avant le crépuscule nous sommes à Aïvadje. Au moment de notre arrivée,
une énorme *kémé*, qui sert de bac, transporte hommes,
animaux et ballots de marchandises provenant de la
côte afghane. De Tasch-Kourgan on exporte en Boukharie
du thé, de l'indigo, de la mousseline. Aïvadje se trouve au
confluent du Cafirnahan, qui arrose la ville de Cabadian,
chef-lieu de la province du même nom.

Depuis plusieurs jours nous descendons le courant de
l'Amou-Daria. Le voyage en barque est certes bien moins
fatigant que celui fait à cheval à travers les vallées et les
montagnes, mais aussi beaucoup moins intéressant, à
cause de l'uniformité du paysage, de la monotonie de la
vie, interrompue à intervalles seulement par les haltes de
la journée ou les bivouacs de la soirée. Néanmoins, le
trajet nous parut des plus agréables et nous en empor-
tâmes des impressions plutôt favorables, grâce à la beauté
de la saison d'automne.

Le temps, en effet, était splendide : l'onde calme et unie
comme un miroir, sans la moindre ride souvent, mais avec
une légère brise; la température modérée, s'élevant seulement à 30° C. le jour et à 15° la nuit. Depuis six semaines
nous n'avions aperçu la moindre nue et n'avions senti
une seule goutte de pluie, si ce n'est dans les passes de
l'Alaï.

Tout autre paraît être un voyage fait en été dans ces parages, quand le soleil darde dès le matin ses rayons brûlants, quand le thermomètre ne descend pas au-dessous de + 50° C. le jour et de + 30° C. la nuit. Les chaleurs deviennent plus intenses, dit-on, aux approches de la vallée du Cafirnahan.

Par moments, quand le bercement du kaïk, le bruit régulier des rames frappant l'onde et retombant en cadence engourdissent peu à peu les sens, mes pensées s'envolent bien loin, vers la calme et belle lagune où le soleil dore des palais endormis, où le gondolier pousse son léger esquif, en envoyant aux échos sa voix harmonieuse. Sur la vaste nappe liquide qui s'étend maintenant à perte de vue, je me figure légèrement bercé dans un mystérieux batel, emporté vers un pays inconnu. Quelle désillusion amère, quand mes regards se portent sur l'eau grise et bourbeuse, sur la plaine ingrate et brûlée, sur les visages bronzés des bateliers turcomans qui rament à l'autre bout de l'embarcation !

Le soir, le rêve paraît plus vraisemblable ; la lune de sa clarté argentée poétise hommes et nature, leur prête une nuance sympathique à l'œil, que l'imagination se plaît à revêtir de formes plus parfaites. Alors on savoure avec délices l'harmonie et la poésie qui se dégagent de ce tableau enchanteur.

Au milieu de ces harmonies, des cris aigus et prolongés dans les airs, des glapissements plaintifs me rappellent brusquement à la réalité. Ce sont des chacals affamés, des tigres ou des léopards, des chats-huants, qui vont à la recherche d'une proie, errant dans les îlots et sur les rives, où foisonne un gibier varié, caché dans les jungles et les marais.

Pendant la journée et aux courtes haltes, nous nous amusons à chasser dans les fourrés et les roselières. Des nuées de canards, d'oies, de grues, de baclanes, de cygnes, de pigeons, des compagnies de perdrix et de faisans se

lèvent au bruit de la détonation, que l'écho répète de tougaï
en tougaï. Ces immenses volées tournent et tourbillonnent
dans les airs, franchissent l'espace d'une rive à l'autre.
Nous en faisons une chasse abondante, aidés par les *kayoutchiks* turcomans qui tirent avec leurs longs fusils à pierre,
munis d'une fourche. Les nombreux îlots de sable qui
s'étirent au milieu de l'Amou sont couverts d'une multitude d'échassiers : grues, cigognes, demoiselles, ibis, péli-
cans, le plus souvent immobiles sur une jambe, repus de
poisson, lâchant de temps à autre un cri guttural. On leur
envoie quelques coups de fusil pour les réveiller au milieu
de leur sieste et leur faire prendre le vol : mais c'est à peine
s'ils se dérangent, ces oiseaux, et ils reprennent leur première pose après avoir exprimé leur mécontentement par
un concert de sons de tous les diapasons !

Puis aux jours splendides succèdent les nuits placides
et douces, éclairées par la lune et les étoiles brillantes :
des bruits mystérieux, des cris et des hurlements étouffés
dans les roselières épaisses, des détonations retentissantes,
provoquées par l'éboulement de la berge d'alluvion sablonneuse, sont répétés par les échos sur les ondes sonores.

Quelquefois on couche à la belle étoile, comme à Katche-
Gouzar, endroit complètement désert, sur une berge toute
formée d'alluvion, où ne croissent que des roseaux. Alors
on jette un tapis de feutre, un *cachema*, sur le sable ; on
s'enroule dans une *bourka*, et on s'endort en contemplant
l'immensité du firmament resplendissant d'un éclat merveilleux.

Des bouches du Cafirnahan à celles du Sourkhan, entre
Aïvadje et Aïridéval, s'étend un pays complètement inha-
bité, entrecoupé par les dernières ramifications des monts
du Babatag, appelées Ak-Taou et Kaïki-Taou. Le Babatag,
quoique de petite étendue, est un pays connu de tous les
indigènes : dans les bazars de l'Asie centrale, on en parle
depuis mille ans, on en raconte des choses étonnantes.
Qu'est-ce donc que ce massif montagneux ? Une immense

et inaccessible saillie de rochers et de pierres, sortie des entrailles de la terre, sans eau, sans végétation, sans vie aucune. De son versant septentrional s'élancent des ramifications enchevêtrées, couvertes au printemps d'un magnifique tapis vert et garnies de fourrés de pistachiers. De ce côté seul on peut y accéder : ailleurs pas moyen de le traverser, dit-on.

C'est ce pays que la fantaisie des Asiatiques s'est plu à transformer en une contrée de merveilles. Il renferme, racontent-ils, d'immenses vallons, de luxuriants pâturages. Il y a beaucoup de sources d'eau fraîche et d'un goût exquis, dont une seule gorgée procure des délices inouïes. Dans ces prairies splendides paissent des juments sans nombre. Un vieillard les garde depuis bien des années. Mais l'homme ne peut y vivre : tous les éléments se soulèveraient contre le téméraire qui oserait y pénétrer. Il serait attaqué par des bêtes féroces, dévoré par des tigres et des panthères.

Il y a ici le *miamoun* (singe), qui personnifie le diable rusé; il y a un monstre horrible, le *kassadoun*, qui possède un secret pour fondre le métal et brûler toute chose. Ici vivent des serpents immondes et terribles qui avalent des chameaux entiers. Mais il y a aussi une bête plus affreuse, c'est un serpent qui demeure immobile toute sa vie et respire d'une façon horrible. Il aspire l'air et tout objet vole dans sa gueule. A un *tache*[1] à la ronde, sa respiration produit un effet terrifiant.

Voilà le conte qui circule partout, colporté de kichelak en kichelak, par les derviches ambulants, par les conteurs populaires que vous rencontrez à chaque coin des bazars de l'Asie; voilà le récit que me répéta le makhram Abdouraïmbek tandis que notre bateau rasait les falaises de ce pays merveilleux.

Depuis le défilé du Tchaïli jusqu'à Tchouchka-Gouzar,

---

1. Le *tache* équivaut à deux lieues.

les bords de l'Amou sont généralement uniformes. Sur la droite, le fleuve baigne des berges garnies de collines plus ou moins élevées et des falaises plongeant quelquefois à pic; sur la gauche, la rive afghane est basse, plate et sablonneuse. En aval de la grande île d'Ourta-Tougaï les bras de l'Oxus se réunissent en un seul lit qui acquiert des dimensions de plus en plus grandes.

Après le confluent du Vakche, le Pandje prend le nom d'Amou-Daria. Ses eaux deviennent beaucoup plus troubles, car elles charrient le tribut de sable et d'argile que les affluents lui apportent des plaines. Après l'embouchure du Sourkhan, les sinuosités du fleuve diminuent; il coule, dans la direction de l'est à l'ouest, jusqu'à Kerki dans un lit moins capricieux.

Les rives de l'Amou sont formées de deux terrasses : la plus haute, privée presque de végétation, composée de sable et de schiste, quelquefois de grès ou de roches calcaires entremêlées à des couches d'argile et de sable; l'autre, basse, plane, couverte de joncs, de roseaux et d'arbustes divers.

On donne à celle-ci le nom de *tougaï*, et celui de *djou-dal* (jungle) quand les plantes épineuses prédominent.

Le *tougaï* est un fouillis de joncs, tamaris et plantes épineuses qui croissent au coude du fleuve, sur l'alluvion sablonneuse.

L'Amou ne respecte pas ses rives ni les alluvions qu'il a déposées antérieurement. Comme le courant est très irrégulier, il entame, mine et emporte la berge, mangeant d'un côté ce qu'il dépose de l'autre, variant son chenal à chaque moment et faisant surgir ou entraînant des îles de sable de durée passagère. Sa rapidité varie fréquemment et suivant les saisons. A l'époque de l'étiage, elle est de 2 à 3 mètres par seconde dans le chenal ; pendant les crues elle atteint 4 et souvent 5 mètres, à Tchardjoui par exemple. De même sa largeur prouve son inconstance capricieuse : elle varie de 300 mètres jusqu'à 3 et 5 kilomètres aux épo-

ques ordinaires et enfin 7 kilomètres et plus, lors de la
fonte des neiges. On évalue à 3 000 kilomètres la longueur
de son cours et à 1 200 kilomètres la distance navigable,
à partir de Feïzabad.

Les tougaïs donnent abri à des carnivores tels que tigres,
lynx, chacals. Le lynx suit le tigre et se nourrit des restes
de ses repas. Les indigènes ne craignent pas le tigre dont
ils se protègent au moyen de grands falots. Il existe parmi
eux la croyance que le tigre ne touche jamais celui qui ne
s'effraie pas et ne s'enfuit pas à sa vue, mais lui adresse
au contraire des paroles douces et affables, même menta-
lement. Il y a aussi des serpents, des lézards, des phalanges. Le lézard géant, *varanus scincus*, a plus d'un mètre
de longueur ; le boa des steppes et le serpent à sonnettes y
vivent également.

Il y a cent ans, les abords de l'Amou étaient complètement déserts. Ensuite commença l'immigration des Turcomans, des Ouzbeg, des Afghans et des Arabes qui
s'accrut depuis la conquête du Turkestan par la Russie,
dont le prestige est grand parmi les populations riveraines.
Aujourd'hui encore il y a relativement peu de villages :
des champs irrigués s'aperçoivent près des établissements
afghans et ouzbeg. Jusqu'à Patta-Kissar, la rive boukhare
présente un désert fréquenté par de rares troupeaux en
été. La rive afghane semble être bien plus désolée : on y
rencontre fréquemment des ruines de villages et de forteresses.

Dans le bassin de l'Oxus il y a d'ailleurs de nombreux
vestiges d'une civilisation probablement fort ancienne. Des
ruines innombrables de cités ou de forteresses sèment les
rives de l'Amou et de ses affluents. Les plus connues sont
celles de Faïzabad-Kala, Karguisch-Khan, Tokhta-Kouvat,
Hatin-Robat, Koutche, Alaman, Chourab et celles beaucoup plus importantes de Goul-Goul, Chaar-i-Saman et
Termez, au confluent du Sourkhan et sur son cours inférieur.

Le 13 septembre nous arrivons à Aïridéval, dans la province de Boïssoun, et de là à Patta-Kissar, au confluent du Sourkhan. Le kichelak turcoman Patta-Kissar se trouve sur la rive droite du Sourkhan. Son nom signifie « arbuste coupé », car les premiers habitants de l'endroit ont été obligés de couper le tamaris, qui foisonne ici dans les tougaïs de l'Amou-Daria, afin de défricher le sol.

Il y existe un passage à bac servant principalement aux marchands de Chirabad qui font le commerce de thé, indigo, mousseline, fruits secs, etc., et aux pèlerins qui se rendent au tombeau du grand saint Ali à Mazar-i-Chérif.

Non loin de Patta-Kissar, à une heure et demie de trajet, presque au confluent du Sourkhan et de l'Oxus, émergent du sol des ruines éparses sur une étendue incommensurable : ce sont les ruines de Chaar-i-Saman et de Termez. Nous sommes sur le sol de l'antique Bactriane, pays de Zoroastre, théâtre des exploits d'Alexandre le Grand, de Timour, de Djenguiz-Khan, de Baber.

Cependant les renseignements historiques sur cette contrée, naguère célèbre, sont précaires ; le souvenir de l'ancienne splendeur est effacé dans l'esprit des habitants du pays.

La tradition et l'histoire confirment que Termez (anciennement Termed) florissait déjà au temps d'Alexandre le Grand (329-328 av. J.-C.). Ici Alexandre épousa Roxane, la belle princesse bactrienne, la Rose de l'Orient, fille du roi de Sogdiane, Oxiatre. Cette ville fut détruite en une nuit par Djenguiz-Khan (1221). Un siècle plus tard, elle fut rebâtie à 2 milles environ du fleuve. Termez se trouvait dans une nouvelle période de splendeur quand Ibn-Batoutah la visita en 1334. Ce voyageur raconte que c'était une grande ville, arrosée par de nombreux canaux, avec de beaux bazars et beaucoup de jardins, renommés pour leur raisin et leurs coings.

L'Espagnol Ruiz Gonzales de Clavijo, ambassadeur à la cour de Tamerlan (1403-1406), en fait une égale description et ajoute qu'elle n'avait pas de murs d'enceinte, mais une ceinture de canaux et de jardins, et qu'elle appartenait au royaume de Samarcande.

Les habitants de la ville et de son territoire étaient des Mongols. Par Termez passait la route commerciale à Bactres et aux Indes, sur laquelle Timour avait fait élever de nombreux caravansérails pourvus de tout le nécessaire pour voyageurs et animaux.

Les savants indigènes prétendent qu'à cette époque la ville s'étendait sur 20 kilomètres le long du Sourkhan. Ne confondent-ils pas Termez avec Chaar-i-Saman? ou ce dernier nom ne serait-il que celui d'une nouvelle cité bâtie sur les ruines ou à côté de l'ancienne? Cette hypothèse pourrait être la plus juste, car pareille circonstance se répète souvent en Asie centrale, à preuve l'exemple typique de l'ancienne Merv. Nous voyons, en effet, les nouveaux arrivés s'établir à côté des habitations frustes de leurs prédécesseurs, en empruntant souvent à celles-ci leurs matériaux de construction. La reconstruction et la renaissance d'une telle ville ont pu se faire jusqu'à trois ou quatre fois à des époques différentes.

Il y a deux ou trois siècles, assurent les indigènes, les habitants de la contrée auraient été dispersés par quelque conquérant barbare. Comment ces cités ont-elles disparu? Quelles causes ont provoqué leur abandon? On s'arrête de préférence à une cause naturelle, déterminée peut-être elle-même par une cause sociale ou politique. Jadis, les montagnes du Turkestan étant plus boisées, le débit des rivières était plus abondant et mieux réglé. La plupart des rivières et des fleuves tels que le Zarafchan, le Sourkhan, le Cafirnahan, l'Amou-Daria, etc., accusent un changement dans la constitution des alluvions de leurs rivages.

Il arriva un moment que les canaux dérivés des rivières vers les cités ne pouvaient plus charrier une quantité d'eau suffisante à l'alimentation d'une étendue cultivée et habitée aussi considérable. En conséquence le manque d'eau d'une

part, la diminution, peut-être à la suite d'une guerre
meurtrière, des bras nécessaires à l'entretien des canaux
d'irrigation de l'autre, provoquèrent un exode volontaire
de la population, attirée par des contrées où la lutte pour
l'eau était moins âpre.

Il est donc plus vraisemblable de chercher dans l'asséchement progressif des cours d'eau, plutôt que dans les
guerres et les cruautés des conquérants, la cause principale de la disparition des cités florissantes par leurs industries et commerce qui ornaient, à des époques plus ou
moins reculée, les voisinage de l'Oxus et dont la traînée
se continue vers Bactres, au delà du grand fleuve.

Le niveau de l'Oxus lui-même a baissé considérablement à en juger par ce fait que les Turcomans Ersari,
établis entre Karki et Tchardjouï, doivent creuser chaque
année davantage les canaux destinés à leurs cultures; la
profondeur des grands ariks dérivés de l'Amou atteint
de nos jours 4 et souvent 6 mètres.

Actuellement les ruines de Termez et de Chaar-i-Saman
sont dispersées sur 20 ou 30 kilomètres carrés. Non loin
de quelques misérables saklas, sur le promontoire où nos
barques sont amarrées, se dresse la lourde masse de
l'antique forteresse. Les décombres, amoncelés au pied
des murailles et des tours, pareils à une colline artificielle,
permettent d'en gravir la pente et de gagner sans escalade
l'intérieur de la forteresse. La citadelle avait la forme d'un
parallélogramme allongé, avec quatre tours de défense
massives en briques séchées occupant les angles. L'ensemble des constructions qu'elle renfermait autrefois rappelle les *ourdas* ou *arks* des khans et des émirs que nous
avons visités au Cocan, en Boukharie. Au pied de la
muraille, faisant face à l'Amou, se voient les restes de
piliers puissants construits solidement avec des briques
cuites, fortement adhérentes entre elles par un ciment
calcaire.

Sont-ce des bases de colonnes qui auraient supporté

une terrasse ou les restes de piliers d'un pont que la tradition prétend avoir été jeté d'une rive à l'autre. Quoi qu'il
en soit, il est certain que la construction de cette citadelle
remonte à un temps fort reculé et qu'elle a dû servir de
base aux entreprises guerrières des conquérants opérant
dans la Bactriane. Aujourd'hui Termez ne protège même
plus une route de caravanes, car le courant commercial
emploie de préférence les bacs de Kélif et de Kerki.

Au pied de la forteresse, dans la direction de l'ouest,
s'élève une mosquée, célèbre par le tombeau d'un saint
personnage très vénéré, du hodja Abdoul Hakim Termezi.
La mosquée, détériorée par le temps et l'incurie des
fidèles, est ornée d'une façade avec des niches en ogive.
Devant cette façade court un mur d'enceinte, où sont
posées des cornes de béliers, de cerfs : emblèmes de
sainteté et de force. Sur les parois de l'entrée ogivale du
tombeau, on remarque des traces de porcelaine appliquée
aux briques, ornée de dessins et d'arabesques divers. Le
cénotaphe, en marbre grisâtre, se trouve dans une salle
de l'aile occidentale de la mosquée. Il porte des arabesques et des inscriptions ciselées en relief sur le marbre,
mais il est recouvert de tapis et de pièces d'étoffe qui le
cachent aux yeux des curieux.

Il nous fut impossible, à nous autres mécréants, de
soulever ces voiles et d'examiner à loisir le tombeau du
vénéré Abdoul Hakim, qui jouit d'un renom de sainteté
même bien loin du lieu où reposent ses cendres.

Pour nous éviter de commettre un sacrilège dans ce
saint lieu, on nous fit entrer, par la grande porte de la
mosquée, dans une rotonde voûtée supportant une coupole en assez bon état, percée cependant au centre même
d'un trou béant par lequel pénètre la lumière. Les murs
gardent encore les traces d'un dessin en stuc et en arabesques.

Par terre il y avait, entassés, de la paille et du foin dont
le mollah, gardien du sanctuaire, ne voulut pas nous

expliquer l'emploi. Quelques degrés mènent à une sorte
de chambre basse, où une très faible lumière laisse recon-
naitre sur le sol ou dans les niches des briques dressées
deux par deux, des tas de boulettes en argile grossièrement pétries à la main, des cornes de béliers, de cerfs et
de chèvres sauvages; briques et boulettes apportées par
les femmes turcomanes implorant le saint Abdoul Hakim
contre leur stérilité.

Dans ce souterrain passent des semaines entières, de
30 à 40 jours, dit-on, les fidèles jeûnant et se mortifiant
la chair. On y aperçoit également des rubans, des ban-
delettes liées à une branche ou à un bâton, espèces
d'ex-voto : quand leurs vœux ont été exaucés, les fidèles
délient ces chiffons et convient parents et amis à un banquet. Quoique assez bien conservée, la mosquée menace
ruine : des fentes en lézardent les murs, y laissent pénétrer la pluie et des pigeons qui font leurs nichées dans la
pièce principale, tandis que par les ouvertures et fenes-
trelles latérales le vent amène des tourbillons de sable ou
de poussière. Le revêtement de la coupole est déjà endom-
magé; en certains endroits, elle s'en trouve même dégarnie
et les briques apparaissent à nu. Malgré leur foi, dont ils
font grande ostentation, les musulmans ne prennent
presque aucun soin de leurs monuments religieux. Un
peu de recrépi à l'argile, c'est tout ce que le plus souvent
ils se donnent la peine de faire.

Malgré toute la vénération dont il jouit, le sanctuaire
de Termez sert de fenil aux fourrages que les mollahs
exploitent probablement à leur profit.

Du haut de l'ancienne citadelle l'œil peut apercevoir les
ruines, qui se suivent sans interruption vers le nord jusqu'à
Chaar-i-Saman : des édifices de forme bizarre, de grands
pans de murailles encore debout, des tours à moitié écrou-
lées, des amas de briques amoncelées s'alignent comme
des chaînons de collines et attendent le jour où des explorateurs plus heureux que nous, armés de la science, des

instruments et des moyens nécessaires, viendront demander
à ces débris le secret qu'ils renferment depuis tant de
siècles.

Après deux heures de trajet nous touchons à Kouyou-
Chourab, où existe un passage à bac, et après trois heures,
à Tchouchka-Gouzar, autre passage beaucoup plus important. En effet, en débarquant, j'aperçois une grande
caravane de chameaux, qui s'apprête à emporter des ballots déchargés sur la berge. Deux larges et longues *kémés*
remorquées de la rive afghane contiennent, pêle-mêle,
hommes, chevaux, ânes, marchandises. J'assiste au débarquement des gens et des animaux ; ceux-ci éprouvent de
la peine à surmonter le bord de l'embarcation qu'on les
oblige à sauter à force de les frapper par derrière. Les
pauvres bêtes, effrayées par la vue de l'eau, se précipitent dans le fleuve au risque de se casser les jambes. Cet
usage barbare est pratiqué sur tous les bacs de l'Amou-
Daria ; on trouve inutile de faciliter le passage des animaux au moyen de quelques planches jetées du bateau à
la rive.

Je m'approche d'un groupe d'hommes à peine débarqués
et je les interroge sur leur profession et leur voyage. Ce
sont des marchands originaires ou provenant de l'Afghanistan, voyageant dans le but de trafiquer en Boukharie.
L'un d'eux, ouzbeg de naissance, habitant Mazar-i-Chérif,
à la mine intelligente, répond qu'il est négociant et *caravanbachi*. Depuis plusieurs années il fait le négoce des
fruits secs (pistaches, amandes) et du thé de Bombay. Il
possède 150 chameaux qu'il a loués maintenant à raison
de 8 et 9 roubles chaque, pour le transport de marchandises de Tchouchka-Gouzar à Boukhara. Le voyage
entre ces deux points dure 12 jours environ, en passant par Kélif et Karki. Un chameau porte la charge
de deux *battemans*, soit à peu près 260 kilogrammes. Au
nombre des gens de la caravane se fait remarquer une
femme non voilée : une Tatare, revenant du pèlerinage de

la Mecque et voyageant depuis treize mois à pied et à
cheval.

Le lendemain, 14 septembre, le soleil se montrait à
peine à l'horizon que la caravane se mettait en marche,
les dromadaires à la file portant légèrement leur fardeau.
Bientôt, nous quittions à notre tour Tchouchka-Gouzar
ou « le Passage des Sangliers » et nous nous dirigions
vers Kélif.

Des radeaux, faits de bottes de joncs, passent au large,
emportés par le courant. Les deux ou trois Turcmènes qui
les montent vont à Karki vendre ces bizarres embarcations de joncs.

Trois heures plus tard nous étions à Kara-Kamar, appartenant à la province de Chirabad, autre passage à bac, peu
fréquenté cependant.

Un ou deux kilomètres avant Kélif, des hommes nous
hèlent du rivage et demandent si nous sommes les hôtes
de l'émir. Sur notre réponse affirmative, les uns s'élancent
sur leurs chevaux et courent ventre à terre, les autres
montent rapidement dans un kaïk et font force de rames
pour nous dépasser et arriver avant nous à Kélif. Prévenu
à temps, le beg nous reçoit au débarquement. C'est un
vieillard malade et impotent, qui se fait soutenir par des
serviteurs en nous présentant ses hommages; mais, miné
par la fièvre, il réclame aussitôt l'aide de notre médecin.

Kélif est un poste de douane fortifié, chargé de la surveillance du passage à bac et de l'enregistrement des marchandises provenant de la rive afghane. La perception des
droits d'entrée n'a lieu qu'à Karki et souvent même à
Boukhara. Aussi les revenus du beg de Kélif sont-ils de
beaucoup réduits par ce système fiscal, qui concentre la
perception des taxes douanières dans un seul bureau d'administration. Kélif joue le premier rôle dans les échanges
de la Boukharie avec les Indes et l'Afghanistan. On peut
juger de l'importance du mouvement des marchandises
importées par Kélif par les données suivantes, relatives à

l'année 1892. Les importations de l'Afghanistan atteignirent le chiffre total de 2 millions de roubles en 1892 et celui de 4 millions de roubles en 1893. Les exportations de Boukhara en Afghanistan et aux Indes par la voie de Kélif se chiffraient par 2 millions de roubles en 1892 et un million et demi en 1893.

Il paraît qu'à l'époque de notre passage à Kélif le commerce, ordinairement très actif, accusait depuis plusieurs mois une diminution sensible. Le beg s'en plaignait amèrement, car ses droits perçus sur les bacs en avaient également ressenti le contre-coup. On le remarquait bien au mesquin *dostarkhan* offert, qui n'avait de bon que des grenades et des melons succulents.

Le passage s'opère au moyen de *kémés*, grandes barques relevées à la proue et à la poupe, fort mal calfatées. La *kémé* a jusqu'à 12 mètres de longueur sur 3 mètres de largeur avec un fond plat. On embarque hommes, bêtes et marchandises tout ensemble. Quand le chargement est complet, on attelle 2 ou 3 chevaux à l'avant et on les pousse à la nage. Ces pauvres bêtes font pitié. Elles ont peine à se tenir sur les jambes : l'épouvante de l'eau les fait trembler, on les y pousse de force, jusqu'à ce qu'enfin le bac les entraîne. Elles nagent la tête haute, les naseaux à fleur d'eau, renâclant l'eau qui déborde et respirant avec un bruit de soufflet. Comme l'Amou a un chenal fort changeant dans le sable du lit, le bac fait des détours considérables, et les chevaux, par endroits, peuvent marcher dans le fleuve. Souvent le bac va à la dérive, entraîné par le courant, fort rapide ici, car il est de 10 kilomètres à l'heure. Alors la *kémé* va atterrir à 2 kilomètres plus bas et il faut la remorquer avec des chevaux et des gaffes, en remontant le cours du fleuve.

Pour le transport du bac on prélève 1/4 de tenga par homme, 1/2 par âne, 1/10 par mouton, 1 tenga par arba, cheval ou chameau. Le bac rapporte 48 000 tengas (24 000 francs) que Boukhares et Afghans se partagent en parts égales. Au lieu de quatre *kémés*, il n'y en avait que deux servant au bac, et les deux autres nous les vîmes en construction.

La kala de Kélif est bâtie sur la crête d'un rocher émergeant de la plaine et couronné d'un pâté d'édifices entassés dans un espace restreint, où l'on monte et circule par des ruelles fort étroites, de petites cours, des patios. Au pied de ce rocher deux centaines de saklas au toit aplati des habitants ouzbeg et turcomans s'entourent de maigres jardins et de cultures, sur un sol imprégné de sel.

En face de Kélif boukhare, le poste afghan de Kélif-li, composé de 2 ou 3 saklas de douaniers et de passeurs; il n'a d'intéressant que la forme de la montagne, qui semble, de l'autre côté de l'Amou, continuer l'arète rocheuse et solitaire de la rive droite. L'Amou passe là comme dans l'entaille d'un chaînon et se resserre jusqu'à n'avoir que 250 mètres environ de largeur.

La montagne de Kélif a été le théâtre de l'un des nombreux exploits légendaires du Hazret Ali. Voici ce que les Turcomans de ces parages racontent à ce sujet.

Quand les Arabes, sur l'ordre de Mahomet, convertissaient par le fer et le feu les idolâtres de l'Orient, les Kharezmois, habitants du bas cours de la Grande-Daria ou Djaï-Khoun, refusèrent d'accepter l'Islam. Alors le Lion de Dieu, Hazret Ali, monté sur son cheval céleste Doul-Doukh, sauta par-dessus le fleuve et se présenta au château de Kélif. Saisissant Zoul-Foukar, le sabre enchanté qui pendait au pommeau de la selle, il s'écria : « Allah Akbar! Dieu tout-puissant! » en frappa trois fois la montagne et en jeta dans le Djaï-Khoun les rochers tranchés. Arrêté dans son cours, le fleuve se rejeta dans une crevasse vers l'occident. Les Kharezmois, privés ainsi d'eau, acceptèrent la religion de Mahomet et supplièrent de leur rendre le fleuve. Touché par leurs prières, Hazret Ali écarta les rochers avec ses mains et le Djaï-Khoun se dirigea de nouveau au nord vers le Kharezm.

La montagne de la rive afghane porte, à en croire les indigènes, des traces de la présence de saint Ali dans ces lieux. Ses yeux, sa bouche, ses mains seraient empreints encore sur les roches où Ali s'agenouilla pour faire sa prière à Allah, avant de franchir le fleuve. La trace du sabot du cheval s'est également conservée, assure-t-on, sur des rochers d'un côté et d'autre. La montagne du Kélif afghan est fort vénérée par les croyants qui s'y rendent tous les mercredis pour y faire leurs dévotions. Sur l'autre bord, au pied de la citadelle boukhare, émerge une grande pierre à fleur d'eau, surmontée d'une perche ornée de pièces de toile : c'est l'endroit où le grand saint prit terre et sur lequel son cheval laissa l'empreinte de son sabot.

CHAPITRE XV

SUR L'OXUS (SUITE)

De Kélif à Tchardjoui. — Kerki. — Réceptions et fêtes chez le
beg de Kerki. — Épisodes de voyage. — Le fleuve Amou-Daria
comme voie commerciale. — Son ancien cours. — Projets de
navigation et d'irrigation.

A Kélif l'Amou-Daria décrit une courbe et tourne au nord-
ouest. Le fleuve fait des trouées dans les berges et emporte
de grands morceaux de terrain d'un côté ou d'autre suivant
la force du courant. Ils tombent avec fracas dans les flots
et font un bruit qui rappelle celui du canon.

Des bas-fonds, des bancs de sable émergent plus fréquemment qu'en amont. La vase charriée par le fleuve
trouble ses eaux. Cependant l'eau de l'Amou est une des
meilleures qu'on puisse boire, une fois déposé au fond du
récipient le sable granitique très fin qu'elle contient avec
des paillettes de mica.

En quatre heures de trajet nous arrivons à Hodja-Salar,
grand village turcoman, avec des cultures fort développées,
ayant également un passage à bac. Puis, après une traversée de quatre heures encore, nous touchons à Ak-
Koum, ainsi désigné à cause des sables rouges qui entourent le pays. Nous sommes ici en province de Karki,
extrémité occidentale du khanat de Boukharie, après
laquelle commencent les steppes ou les déserts du Mourghab, de la Transcaspienne.

Ces parages sont actuellement parsemés d'aouls de Turcomans émigrés, qui s'adonnent à l'élevage des troupeaux
et au transport des denrées sur les bacs ou les kaïks.

En face d'Ak-Koum, sur la rive afghane, se dresse,
isolée, une montagne surmontée d'une cime conique.
Sur le cône un amoncellement de roches ressemble de loin
à une forme humaine, assise sur un amas d'objets. Une
tradition locale prétend que cette énorme pierre fut jadis
un homme riche et avare, qui avait amassé beaucoup de
blé et avait refusé de donner du pain à un mendiant :
celui-ci, un saint naturellement, avait changé l'avare en
pierre.

De cet endroit à Karki on compte 70 kilomètres environ.
Nous voulions profiter d'un magnifique clair de lune
et d'un vent favorable pour gagner du temps et arriver
de grand matin. Nos bateliers fixèrent au mât l'unique
voile du kayouk et nous quittâmes Ak-Koum, emportés
par deux éléments cette fois. Nous filions plus de 10 kilomètres à l'heure. Malheureusement le vent commença
bientôt à fraîchir, puis à soulever des flots qui mouillaient
notre esquif, enfin, il devint tellement impétueux qu'il
fallut stopper et amarrer à un îlot de tougaï, où nous atten-
dîmes jusqu'à l'aube.

Enfin, après huit journées de trajet sur le fleuve, nous
touchions à Karki, chef-lieu de la province du même nom,
situé sur la rive gauche de l'Amou, sentinelle avancée du
côté de l'Afghanistan. En approchant de la ville, on aperçoit de loin deux monticules passablement élevés, dont l'un
près de la rive, qui sert de quai de débarquement aux chaloupes et kaïks sillonnant les eaux du fleuve, porte la
kala du beg, et l'autre, beaucoup plus grand, est fortifié
et entouré de bastions et de murs avec des embrasures
armées de pièces d'artillerie.

Entre ces deux monticules, dans la direction du couchant, s'étend la ville indigène, dont on évalue la population à 7 000 habitants; et, côte à côte, vivant fraternelle-

ment, faisant suite à la précédente, quoique séparée par un arik, la ville russe, avec ses quartiers réguliers, ses basses casernes alignées à la file, ses rues larges et plantées d'arbres, sa petite église orthodoxe qui se cache au milieu de la verdure, avec l'hôpital et d'autres édifices de l'administration militaire.

Vue du fleuve, à une certaine distance, la ville produit un effet assez avantageux et pourrait tenter, malgré le ton dominant quelque peu grisâtre et incolore, le pinceau de nos paysagistes. La grande masse d'eau qui entoure presque entièrement son territoire en rend plus animé, plus vif l'aspect.

Le soir, des effets de lune splendides lui donnent un charme particulier : difficilement je m'arrachais à la contemplation du tableau, qui, du haut de la kala, s'offrait chaque nuit à mes regards.

A peine débarqués, nous sommes salués par le beg de Kerki, debout sur le quai et entouré de sa suite. Aoulian Kouli-Bek nous souhaite la bienvenue en langue russe dont il possède déjà quelques phrases que lui ont enseignées ses amis, les officiers de la garnison russe. C'est un homme d'une quarantaine d'années, à la figure intelligente et sympathique, aux traits réguliers, portant avec élégance ses riches et variés khalats qu'il change selon le cérémonial. Tantôt il revêt une robe de brocart damassé avec trames d'or, tantôt il se présente en petit apparat dans un khalat de velours bleu foncé, au toucher moelleux, au ton caressant l'œil.

Le beg connaît tous les usages du monde européen et, à son maintien, à son savoir-faire, on devine qu'il fréquente assidûment la société russe. Il en a donné plusieurs preuves pendant notre séjour à Kerki.

A notre débarquement donc, le beg Aoulian Kouli-Bek nous conduit à la Kala. Sur la place, devant le palais, et à la grande porte d'entrée, une garde d'honneur boukhare présente les armes. Le tambour bat, les trompettes réson-

nent et la musique entonne l'hymne boukhare ou une
marche que je prends pour l'air national. Quoi qu'il en
soit, nous faisons, au milieu de cette cacophonie, une
entrée éclatante.

Naturellement nous lançons aux troupes un : *Zdorovi
rébiata!* et le *Zdravié jélayem!* ne se fait pas attendre,
mais à l'unisson et distinctement prononcé par les soldats
boukhares.

Je remarque sous un hangar un petit canon de cuivre,
près duquel un artilleur monte la garde : il tire son sabre
et fait le salut avec, mais il porte en même temps la
main gauche au front. Les soldats et quelquefois les officiers saluent également de la même manière. Souvent l'officier qui commande la garde salue d'abord avec le sabre
et ensuite s'avance et vous tend la main.

L'accueil et la réception préparée par le beg de Kerki à
la mission font donc honneur à son rang et à ses qualités.
Aoulian Kouli-Bek, qui longtemps a été référendaire ou
secrétaire de l'Émir de Boukharie et n'exerçait les fonctions
de gouverneur que depuis quelques mois, a mérité nos
plus chaleureux remerciements.

L'empressement qu'il mit à nous donner l'hospitalité
dans sa résidence et les soins dont il nous entoura pendant notre séjour chez lui dépassent tout ce que l'on
aurait pu exiger de l'hôte le plus aimable.

Après les visites officielles d'usage aux autorités militaires russes, nous allons faire un tour dans la ville; le
beg met gracieusement sa voiture attelée de deux superbes
chevaux à notre disposition.

Et nous voilà parcourant les rues et les bazars, nous
arrêtant aux boutiques de la ville indigène et russe. Tout
nous paraît merveilleux et digne d'attention! Après un
séjour tellement prolongé au milieu de populations à demi
sauvages, nous nous figurons aisément de nous trouver
presque en Europe! Le bureau de poste et de télégraphe
met le comble à notre joie et nous courons lancer des télé-

grammes aux parents, aux amis, anxieux de nos nouvelles.

Avec quel plaisir et quelle curiosité regardons-nous passer les rares promeneurs, les braves soldats russes qui nous envoient un salut joyeux! Voilà aussi le général Christiani, commandant de la garnison. Nous descendons pour lui présenter nos respects et il nous fait l'amabilité de nous mener au Cercle militaire, situé au milieu d'un jeune parc, rempli d'acacias, de saules, de peupliers. C'est une création du général Christiani, auquel la ville russe doit également ses plantations d'arbres divers qui poussent dans une couche de terre apportée expressément de Samarcande. C'est de cette manière qu'au bout de six ans, on est parvenu à créer des allées ombreuses dans ce parc, sur ces boulevards, où se promènent à loisir les habitants européens, où courent et se démènent les enfants des officiers et des employés sous la surveillance de leurs bonnes, venues également du fond de la Russie.

Au Cercle militaire nous apercevons des officiers attablés : c'est l'heure du souper. On lie vite connaissance avec ces braves casquettes blanches. On nous invite à nous asseoir à la même table, et tout en causant, en échangeant des nouvelles et des récits de voyage, nous faisons honneur au beafsteak garni de pommes de terre et de macaroni, à la soupe aux choux et surtout au pain dont nous avons été si longtemps privés. Jamais pain de soldat ne m'a paru si excellent, jamais soupe aux choux ne mérita autant d'éloges!

Le soir nous assistons à une représentation donnée par une troupe dramatique russe de passage. Le spectacle a lieu dans une salle de caserne, où on a installé une scène provisoire. Au premier rang des fauteuils siègent nos deux begs, celui de Kerki et le dignitaire attaché à la mission; ils donnent le signal des applaudissements, à la grande surprise de l'assistance.

La kala, ou la résidence du beg, occupe tout le mame-

lon dominant la rive du fleuve. C'est presque une cité,
entourée de hautes murailles, percée de ruelles, pleine de
bâtisses et de cours intérieures; il y a des ailes et des
logis réservés aux étrangers, de nombreux offices, hangars, écuries et une rangée de différentes cases destinées
à des usages domestiques. Le beg lui-même habite le
corps principal, auquel on accède par un escalier, à
gauche de la grande porte d'entrée.

L'appartement réservé aux hôtes est meublé à l'européenne : tables, chaises, fauteuils, lits et divans partout.
Des niches servent de chambres à coucher. Une pièce plus
vaste, garnie de tapis et avec un plafond bariolé d'arabesques
vulgaires en peinturlurage criard : la salle de réception.
Les murs et les planchers de presque toutes les pièces
sont tendus de moelleux tapis turcomans, ouvrage des villages de la province de Kerki.

Les habitants Turcmènes de la grande tribu des Ersari,
établis sur les deux rives de l'Amou-Daria, sont connus
pour leur habileté à tisser avec beaucoup d'art et d'élégance les tapis qui font l'objet d'un commerce assez actif
avec Boukhara, Samarcande et autres villes. Les plus
renommés de ces tapis proviennent de Kizil-Ayak,
village à proximité de Kerki, et de Béchir, plus au nord,
sur le fleuve Amou.

A table nous trouvons le couvert mis sur une nappe
blanche comme la neige, des verres, des carafes, des
bouteilles d'eau gazeuse, de limonade et de vin, des serviettes même, et, oh! surprise agréable, du pain, du véritable pain blanc.

Le voisinage de la civilisation se fait déjà sentir dans la
cuisine. Les mets ont une autre apparence, un autre goût.
Le pilaf, le kavardak, les poulets entiers rôtis et grillés,
le mouton bouilli et nageant dans le chourpa font place à
une soupe apprêtée suivant l'art culinaire russe, aux *pil-
ménis*, aux pièces rôties de veau, aux gigots de mouton,
au *kissel* de cerises, etc. Le progrès prend ici le dégui-

sement culinaire pour s'introduire chez ce peuple! Il va
sans dire que ce sont les classes élevées ou les begs,
les dignitaires, les marchands en relation d'affaires avec
les Européens qui se permettent semblables innovations,
en faveur de leurs amis les *ourous* ou les *faranguis*.

A la fête que le beg de Kerki donna au 3ᵉ bataillon du
régiment de Turkestan qui rentrait à Tchardjouï dans ses
quartiers, je vis servir des plats semblables, mêlés aux
mets indigènes, sur une table également desservie à
l'européenne et garnie de toute une batterie de bouteilles
de vins, de liqueurs et jusqu'à du champagne. Poussant à
l'extrême sa complaisante attention et suivant la mode
adoptée chez ses amis, le beg, après nous avoir offert une
tomacha de danse et de musique sur la place publique,
au pied de la kala, spectacle que nous vîmes du haut d'un
balcon, nous convia à table.

Naturellement on commença le dîner par une *zakouska*
arrosée de *vodkas* de diverses qualités. Ensuite vint le
potage, versé dans une immense soupière, et défila devant
nous une série de plats bondés de mets et de ragoûts de
toutes sortes, où le mouton, la volaille et le gibier figu-
raient sous les plus divers aspects. Les serviteurs
posaient ces plats tous à la fois sur la table; les convives
devaient se servir eux-mêmes, à la cueillette, d'un bout à
l'autre de la table. Enfin parut, cérémonieusement porté, le
champagne à la marque de l'*Excelsior*. Le vin, on le sait,
est défendu par la loi aux musulmans, qui pourtant, à
l'imitation des chrétiens, enfreignent cette prescription et
se régalent du jus de la treille en cachette, et quelquefois
ostensiblement. D'ordinaire, ils remplacent le vin par des
limonades et des eaux gazeuses, dont ils font, en général,
une grande consommation.

Notre aimable hôte, Aoulian Kouli-Bek, désirant donner
une preuve de son savoir-vivre, prend gaiment un verre de
champagne et porte un toast au 3ᵉ bataillon de ligne et à
son chef, le colonel assis à la place d'honneur.

Aux reproches que lui adresse le markhram Abdouraïmbek : « C'est, répond-il avec aplomb, de la limonade
russe ! » Et il boit une seconde fois à la santé du général
russe malade, dont il souhaite la prompte guérison.

On se lève donc, on trinque ensemble en riant de la
fourberie du beg, et la compagnie toute réjouie fait honneur au champagne.

Au milieu du brouhaha général, un bruit de tambourins
sonores retentit à nos oreilles. Nous nous retournons sur
nos chaises et apercevons dans la salle trois jeunes garçons, habillés comme des filles, avec un corsage orné de
passementeries et de grelots, un jupon d'un rouge écarlate,
la chevelure tressée en plusieurs nattes minces, voltigeant
sur la nuque et le front, les yeux et les joues maquillés
avec du carmin, et la tête couverte d'une calotte de velours
brodé.

Ce sont des batchas, des garçons de dix à douze ans,
ayant charge de divertir et délasser leur seigneur et maître
par une danse rythmée, accompagnée d'une mimique sen-
suelle et entrecoupée de culbutes et de saltomortali en
guise d'entrechats. Les danseurs ou plutôt les mimes ne
cessent de jouer des pieds, des bras, des mains, des
yeux et de la tête pendant des heures entières sans
éprouver la moindre fatigue, frappant toujours en cadence
du pied, aux sons d'une mélodie plaintive et monotone,
tantôt faible, tantôt bruyante, répétée à satiété par des
flûtes et des tambourins.

Quelquefois à ce groupe de trois Grâces vient s'ajouter
le bouffon, qui s'efforce d'exciter le rire des spectateurs
par des grimaces, de bruyants éclats de voix ou des
gestes équivoques. Mais il ne fait que de rares et courtes
apparitions dans la danse et se retire aussitôt qu'il a produit son effet.

Comme il nous faut, toutefois, penser au départ qui doit
avoir lieu le lendemain de bonne heure, nous prenons
congé du beg. Nous rentrons donc dans nos appartements

suivis d'une longue escorte de serviteurs portant des
torches, à travers les ruelles de la kala, au-dessus de
laquelle brillent des étoiles sans nombre.

La ville russe de Kerki a été bâtie sur un terrain acheté
au gouvernement boukhare. L'administration militaire
russe fait des concessions de terrains vacants aux officiers
et aux particuliers qui veulent se construire des maisonnettes et des boutiques, mais à titre de jouissance pendant
un certain nombre d'années. Cependant elle propose au
gouvernement russe de confirmer à perpétuité la possession de ces immeubles aux propriétaires actuels.

Kerki est le siège d'une garnison russe, composée ordinairement de trois bataillons de ligne, de deux sotnias
de cosaques d'Astrakhan et d'une batterie d'artillerie de
campagne. Elle deviendra évidemment le quartier général
du détachement des troupes du Turkestan destiné à opérer,
en cas de guerre, contre l'Afghanistan.

La rive droite de l'Amou entre Kélif et Kerki offre une
ligne stratégique importante, une position excellente pour
l'artillerie, car elle commande le fleuve et la rive opposée.
Ici se trouvent les meilleurs passages du fleuve. Kerki
surtout jouera, sous ce rapport, le premier rôle, à cause
de sa situation sur la rive gauche et sur la ligne la plus
droite de l'Oxus à Caboul. D'ici le corps expéditionnaire
pourra se mettre en contact par Andhoï et Maïmené avec
la colonne chargée de faire une diversion dans la direction
de Hérat. La garnison actuelle est de 5 000 hommes.
C'est donc une avant-garde postée à 40 kilomètres
de la frontière afghane. La Russie d'ailleurs possède
un précieux avantage depuis la construction du Transcaspien. Le chemin de fer se trouve en mesure d'amener
en quelques jours des garnisons du Turkestan des renforts
considérables à Tchardjouï, qui n'est séparé de Kerki que
par un espace de 225 kilomètres. Une route carrossable
longeant l'Amou-Daria relie ces deux points stratégiques.
La voie fluviale contribuera aussi à assurer la suprématie

russe quand la navigation de ce cours d'eau sera mieux étudiée et exploitée. Enfin, en cas de nécessité, on aura vite fait de construire un embranchement de la voie ferrée jusqu'à ce point. Depuis quelques années des bateaux à vapeur chauffés au pétrole, appartenant à l'administration militaire, font des voyages plus ou moins réguliers entre Tchardjouï et Kerki. Mais la déviation capricieuse du chenal constituera longtemps encore un sérieux obstacle au développement de la navigation sur ce fleuve. Celle-ci a plus de chances de succès en amont de Kerki. En 1894, le steamer le *Tsar* a réussi à remonter l'Oxus jusqu'à Saraï, et d'après les résultats de cette expédition, il paraît que cette partie du fleuve est plus facilement navigable. Comme centre de trafic, Kerki a également acquis depuis la présence des Russes une certaine importance, qui grandira lors de la reprise des relations commerciales de la Russie avec l'Afghanistan. En 1892 elle faisait déjà une concurrence à Kélif et son commerce se chiffrait par 200 000 roubles dans le courant de l'année.

L'insurrection de certaines peuplades de l'Afghanistan contre l'émir Abdourakhman a contribué aussi à détourner, au profit de Kerki, le transit des marchandises indiennes de sa voie séculaire Peschawer-Caboul-Kélif. Actuellement les caravanes des Indes passent par Bender-Abassi, Meschcd, Hérat et Kerki, ou bien opèrent le déchargement sur un des points du Transcaspien.

Trois jours de voyage nous séparaient de Tchardjouï. A défaut du bateau à vapeur qui venait de quitter Kerki la veille de notre arrivée, nous louâmes deux kayouks et le 18 septembre nous nous y embarquâmes. Le beg Aoulian Kouli-Bek et le général Christiani voulurent bien nous accompagner jusqu'aux kayouks, amarrés au quai, recouverts de nattes de joncs et nous nous lançâmes de nouveau sur la vaste nappe d'eau qui baigne Kerki et ses environs. L'Amou y a les proportions d'un lac et sa largeur dépasse 3 kilomètres. Il perce le groupe calcaire de Kerkitché-

Taou, laissant à sa droite le soulèvement plus grand et à
sa gauche quelques collines et monticules détachés, sur
l'un desquels s'élève précisément la citadelle.

Celle-ci disparaît bientôt derrière le rideau de jungles
qui bordent le fleuve et qui nous accompagnent jusqu'à
Tchardjouï. Ici gîtent de nombreux volatiles, échassiers et
palmipèdes, et surtout des sangliers qui attirent des environs bien des amateurs de la chasse. Dans la journée la
brise fraîchit et, malgré la rapidité du courant, contrarie
notre marche : des vagues cahotent notre kayouk, dont la
tente de joncs soulevée par le vent nous empêche d'avancer.
Le soir, des feux et des cris nous attirent vers une île : on
nous hèle, nous amarrons à la rive. C'est un peloton de
chasseurs du 3e bataillon qui descend le fleuve dans un
bateau portant une dizaine d'enfants de troupe, les munitions et les bagages du bataillon. Ils ont allumé des bûchers
et cuisent la soupe dans des marmites qui chantent gaîment.

L'officier qui les commande, le lieutenant Poplavski,
bien connu au Turkestan pour ses chasses, avait dirigé
une battue sur des sangliers et avait réussi à lever cinq
bêtes, dont une seule était restée sur le terrain, percée de
deux balles coniques du nouveau fusil à répétition.

On raconte des merveilles de cette arme dont les coups
portent à 2 700 pas : à la distance de 2 kilomètres la
balle tue facilement un homme. A en juger par les traces
que les balles ont laissées dans le corps du sanglier tué,
l'effet de cette arme doit être terrible, car les chairs en
sont déchirées comme par une balle explosible.

L'officier nous invite à partager son souper; après quoi,
nous continuons notre route au clair de la lune.

Sur tout le parcours, l'Amou-Daria atteint une largeur
de 3 kilomètres, évidemment aux dépens de sa profondeur, qui varie de 3 à 7 pieds. Des chameaux, des chevaux même le passent facilement à gué à certains endroits.
Il forme une infinité d'îles et d'îlots, où foisonne le gibier
de toutes espèces.

Les rives et les terres avoisinantes sont habitées par
une population plus dense qu'ailleurs; car le sol y est
fertile et l'eau abondante. Des canaux dérivés de l'Amou
la distribuent régulièrement entre les nombreux kichelaks
turcomans. Néanmoins, il faut creuser ces ariks de plus
en plus profondément, le niveau du fleuve baissant chaque
année davantage. Les Turcomans Ersari du pays s'adonnent
à l'agriculture, les femmes à la fabrication des tapis qui
ont acquis une valeur exagérée (jusqu'à 600 roubles)
depuis que les Européens les ont mis à la mode. Fort peu
d'entre eux s'occupent de la pêche, quoique le fleuve soit
très poissonneux. Quelques filets sont tendus pourtant
dans les criques plus abritées, où le poisson s'arrête de
préférence.

Sur la rive droite on aperçoit fréquemment des ruines
de kichelaks ou de fortins abandonnés : est-ce l'effet des
incursions de Turcmènes ennemis ou bien de quelque
autre cause politique ou physique? On l'ignore.

Comme nous continuions le lendemain à naviguer, une
forme assez bizarre nous apparut sur l'eau, fendant les
ondes et s'efforçant de se rapprocher de notre barque :
nous fûmes aussitôt sur pieds, armés de carabines, attendant l'approche de l'animal que nous supposions être un
sanglier. On était prêt à faire feu, quand, à notre grande
surprise, une grosse tête couverte d'un énorme *papakhe*
en poils de mouton émergea de l'onde, suivie immédiatement d'un corps nu étendu sur une outre gonflée : c'était
un Turcoman à cheval sur un *goupsar*, se laissant aller à
la dérive pour atterrir à la rive opposée. Manière habituelle
de ces indigènes de traverser les fleuves et les rivières les
plus larges et rapides et de transporter ainsi des produits
agricoles, des objets de ménage, etc. C'est le même moyen
dont se servent les habitants du Darvaz et du Caratéghine.

Une autre surprise nous attendait plus loin. Un peu
avant Tchardjouï fit enfin son apparition la chaloupe à
vapeur qui depuis un mois devait être rendue à un des

points d'embarquement sur le cours supérieur du Pandje, mais qui avait manqué au rendez-vous, faute de force motrice suffisante pour lutter contre le courant et par suite du retard subi dans son voyage de la Volga à l'Amou-Daria. Cette chaloupe n'avait pu franchir qu'une centaine de kilomètres depuis les dix jours qu'elle avait quitté Tchardjoui ; et maintenant, elle se trouvait amarrée à un îlot, cachée, embusquée dans les roselières, comme si elle éprouvait un sentiment de confusion à nous voir. Mais le lieutenant Vakchevitch, aimable officier de marine, ne voulut pas laisser passer l'occasion de lier connaissance et de vider un verre de champagne à notre heureux retour.

A cet endroit même, il s'en fallut de peu que nous n'eussions pris dans la nuit un bain froid dans les eaux de l'Amou. Sur les bords de ce fleuve, comme l'on sait, se produisent de fréquents éboulements ; le courant ronge la berge de sable sans consistance. Des morceaux énormes sont emportés avec un fracas effroyable. Or, nos tentes et yourtas, dressées très près du bord, manquèrent de s'effondrer dans l'eau et nous-mêmes nous faillîmes achever notre somme par un plongeon, sans l'intervention rapide des djiguites boukhares.

Réveillés en sursaut, au moment où une nouvelle couche sablonneuse allait suivre la précédente, nous n'eûmes que le temps de sauter à bas de nos lits et de nous éloigner du lieu du désastre. Sur plusieurs dizaines de mètres le rivage venait de disparaître, entraînant dans sa chute tous les apprêts de la réception boukhare de la veille

Nous en fûmes quittes pour une alerte tant soit peu désagréable, qui précipita notre départ.

Le lendemain nous croisions, à la hauteur d'Eski, le steamer le *Tsar* qui faisait le service régulier entre Kerki et Tchardjoui. Ce vapeur à roues, pêchant 5 ou 6 pieds, remorquait une grande barque à ponton en fer, destinée au transport du combustible du bateau, c'est-à-dire du naphte, ainsi que des marchandises et des colis divers.

Enfin, après bien des tâtonnements dans les ténèbres, à force de descendre et remonter le fleuve dans le labyrinthe des ilots et des bancs de sable, nous arrivions le 21 septembre à minuit à Tchardjouï et descendions aussitôt à l'*iltchi-khané*. Cette maison servait auparavant de résidence à l'agent diplomatique russe chargé de représenter son gouvernement à la cour de Khiva et à celle de Boukhara. Depuis le transfert de l'agence dans la nouvelle cité de Boukhara, l'*iltchi-khané* est devenue la maison des hôtes étrangers de l'émir. L'installation et l'ameublement répondent aux exigences de la vie européenne et se ressentent du voisinage de la ville russe.

En effet la localité où nous avons accosté porte le nom d'Amou-Daria, ou de Tchardjouï russe, colonie naissante de 2 500 habitants environ, centre des chantiers, entrepôts et ateliers du Transcaspien, des magasins, casernes, hôpitaux et bureaux de l'administration militaire, avec des rues larges et sablonneuses, bordées de maisonnettes basses, avec une église orthodoxe au milieu d'une place, un bazar garni de boutiques et un cirque en bois.

La ville indigène de Tchardjouï est située plus loin, à 8 kilomètres du fleuve. Elle contient une forte citadelle avec le palais du beg sur un rocher élevé, défendue par une garnison de 2 000 sarbaz avec 9 pièces d'artillerie boukhare.

La province boukhare de Tchardjouï a 60 kilomètres en long et 16 kilomètres en large. Elle est habitée par des Turcomans Ersari et Sakar au nombre de 34 500 foyers, et par d'autres métis khiviens, iraniens, ouzbegs, etc. Chaque foyer possède un lot de 20 *tanapes* en moyenne et paye 55 tengas par an, ce qui prouve la richesse des habitants et du sol. Les dix amlacdars perçoivent 470 000 roubles pour l'impôt de *héradje*.

Au centre du plus grand des tougaïs, tête de pont de l'Amou-Daria, à cheval sur la route de Boukhara à Merv et de là à la frontière persane d'un côté, et sur celle de

Khiva et Pétro-Alexandrovsk à Kerki de l'autre, Tchardjouï avait toujours une importance stratégique considérable, et en a acquis une plus grande encore, depuis la construction du chemin de fer transcaspien. Aussi rien d'étonnant que les Russes aient occupé ce point, ainsi que le territoire à proximité du grand pont sur l'Amou-Daria, avec des forces suffisantes pour garantir la sûreté de leurs communications.

La description de ce pays et surtout de l'Amou-Daria ne serait pas complète, si je ne faisais mention d'une question, qui a intéressé depuis une vingtaine d'années les géographes et les ingénieurs : j'entends dire du projet de jonction de l'Oxus avec la mer Caspienne.

L'opinion que l'Oxus se rendait autrefois à la Caspienne et qu'il aurait dévié vers l'Aral remonte bien loin et est soutenue encore aujourd'hui par bon nombre de savants. Le souvenir d'une déviation vit encore chez la plupart des populations du Touran, qui se transmettent des légendes vagues à ce sujet. Nous en avons rapporté plus haut une qui concerne les gestes du Hazret Ali. En voici une autre qui a également rapport au détournement du fleuve.

Le roi de Perse Freidan s'éprit d'une princesse du Kharezm, qui ne voulait pas vivre dans son harem. Pour se venger de la belle, le roi ordonna de creuser un canal sur la rive gauche de l'Amou, en face de Kélif; puis, en ayant arrêté le cours par une digue, il détourna le fleuve vers l'occident, et le Kharezm fut privé d'eau. Alors les sujets allèrent supplier la princesse de les sauver de ce malheur. Elle eut pitié d'eux, se rendit à Kélif et dit au roi qu'elle consentait à devenir son épouse, s'il détruisait la digue. Le roi obtempéra aussitôt à son désir, mais la perfide princesse disparut. Jour et nuit, elle chevaucha sur des juments rapides le long du Daria jusqu'à Ourguentch et arriva au moment même où l'eau atteignait les murs de la capitale du Kharezm.

La tradition n'ajoute rien à ce conte, mais il est à supposer que depuis lors le fleuve a continué à porter ses eaux vers l'Aral. De nos jours on a cru retrouver non loin du village afghan d'Aladat, en face de Kélif, l'ancien lit de l'Amou-Daria, barré par une digue et rempli de limon. On a voulu y voir l'embouchure du vieux lit à sec de l'Oxus qui traverse le désert des Turcomans depuis Kélif jusqu'à Crasnovodsk sur la Caspienne, presque en ligne droite, de l'est à l'ouest, entre le 37° et le 40° parallèles, en passant par les puits de Koulatch, Ranachak, Yarodji, Mirza-Tchirlé, Kourtiche, Igdi-Aïdan. Il porte différents noms : les Turcmènes et les Kirghiz l'appellent Chour, Chor, Kara-Chor ou Sor, les Boukhares et les Khiviens Etti-Chour, les Afghans et les Persans Haft-Chor, c'est-à-dire les Sept marais salins.

Ce nom lui vient probablement de ce que les caravanes rencontraient très souvent le Chor sur les sept routes principales qui menaient du Daria au Mourghab et traversaient le vieux lit, dont le fond était envahi par des mares salines. En un endroit le lit se partageait en sept bras. La largeur et la profondeur du Chor sont identiques à celles de l'Amou. Ses berges d'argile sont escarpées et à pic, le fond en est salin, quelquefois revêtu d'une blanche efflorescence de sel et rarement envahi par le sable du désert environnant.

En creusant le lit, on trouve, à la profondeur d'un mètre et demi, de l'eau potable, mais légèrement acidulée. Des touffes épaisses de djidda (*eleagnus*), de tamaris, de saxaoul revêtent complètement les dunes riveraines. Au fond, on rencontre des cailloux verts dont les indigènes se servent pour polir et lisser le cuir et qu'ils appellent *teritache*, pierre à cuir. L'aspect général du Chor rappelle celui d'un fleuve. Il en possède jusqu'à l'évidence tous les symptômes : on dirait que l'eau vient à peine de se retirer.

Tels étaient les motifs avancés, il y a une quinzaine d'années, par ceux qui tenaient à considérer le Chor comme l'ancien lit de l'Oxus et dont le cours inférieur a reçu des Russes la désignation d'Ouzboï.

A la suite des travaux des expéditions scientifiques
ordonnées par le gouvernement russe, dont la plus récente
sous la conduite du général Gloukhovskoï, à la suite des
recherches complémentaires géodésiques et géologiques
dans la contrée que l'on présumait avoir été jadis baignée
par l'Oxus, les savants et les ingénieurs russes ont émis
une opinion différente.

Les uns soutiennent avec l'ingénieur des mines Konchine,
qui a fait des recherches sur les lieux, que le Chor de Kélif
et l'autre dépression septentrionale appelée Oungouz de
Tchardjoui indiquent la limite de l'ancienne mer aralo-
caspienne qui occupait à une époque préhistorique toute la
Turcomanie. D'après eux l'Ouzboï de la Caspienne, qui se
serait versé dans le golfe Mikhaïlovsk, n'est pas du tout
l'ancien lit de l'Oxus, mais le fond de cette mer disparue.

D'autres, comme M. Lessar, émettent un avis plus
circonstancié. Il y a plusieurs soi-disant vieux lits de
fleuves dans les déserts de Kara-Koum. Les plus remarquables sont l'Ouzboï et l'Oungouz. Quant à l'Ouzboï,
M. Lessar, se basant sur les résultats de ses travaux et des
expéditions auxquelles il a pris part, assure qu'entre le lac
de Sari-Kamisch et Bala-Ichem à l'ouest, vers le golfe
Mikhaïlovsk, il n'existe pas de lit, mais une série de bassins de lacs desséchés.

Si l'on considère que le procès d'assèchement ne cesse
d'agir jusqu'à présent dans ces contrées, et l'on en a la
preuve établie dans la disparition de la baie d'Aïbouguir
de la mer d'Aral, il peut se faire que la mer d'Aral, qui se
prolongeait également jusqu'à Tcharichli et même à Bala-
Ichem, se soit retirée et que l'Amou ait déversé une partie
de ses eaux dans le Sari-Kamisch.

Il y a pourtant, de Bala-Ichem vers Igdi, une dépression
qui porte des traces évidentes d'un cours d'eau. Il est fort
probable que par cet émissaire s'écoulait dans la Caspienne
l'excédent des eaux de la mer d'Aral, dans les années
d'abondance de celles du Sir et de l'Amou-Daria. Cet émis-

saire s'est asséché ainsi que l'ancien lac de Sari-Kamisch lorsque les crues devinrent moins abondantes dans les deux fleuves. Ce desséchement continue encore, le débit du fleuve ne balançant plus l'évaporation. Le nivellement du terrain démontrera jusqu'à quel point ce courant pouvait parvenir, mais déjà près d'Aïdin on remarque une localité dont le niveau est inférieur à celui de la Caspienne. Nul doute par conséquent que cette partie de l'Ouzboï ne soit le fond d'une baie desséchée.

M. Lessar a démontré ensuite que l'Oungouz de Tchar-djouï n'était qu'une vaste dépression ayant pu servir de lit à un ancien lac, qui, selon toute probabilité, devait être l'Aria-Palus d'Hérodote et qui recevait les eaux venues du Sud. Or si cette cuvette est séparée par un seuil élevé et continu de la cuvette septentrionale dont les lacs de Sari-Kamisch occupent le fond et que l'Oxus devrait forcé-ment remplir, le projet de la jonction du fleuve avec la mer Caspienne par l'Ouzboï est réalisable. Mais si entre les deux cuvettes il existe un seuil plus bas que le niveau de la mer Caspienne, alors le remplissage de l'Ouzboï devient impossible, car il demanderait un nombre d'années illimité. Les données manquent jusqu'à présent sur ce point impor-tant. De toute façon, on est admis à conclure que le projet de reconstituer l'ancien cours de l'Amou-Daria et de remplir par conséquent les deux lits en question n'est pas praticable et entraînerait des travaux et des dépenses con-sidérables pendant une longue suite d'années.

Cependant, en présence des difficultés extraordinaires de cette entreprise, en présence du phénomène de l'assé-chement que l'on peut constater partout en Asie centrale et particulièrement sur les grands fleuves historiques tels que l'Yaxarte, le Sogd, l'Oxus, le Mourghab, dont l'origine remonte à une époque protohistorique ou même préhis-torique, nous nous demandons s'il ne serait pas plus avantageux de renoncer à la reconstitution de l'ancien cours de l'Oxus et au contraire de tirer parti de l'Amou-

Daria, pour créer un système d'irrigation capable de rendre
à la vie les terrains incultes mais fertiles de la Boukharie
et de la Transcaspienne.

Les voies fluviales sont difficilement navigables dans
l'Asie centrale; le plus grand de ses fleuves ne sera
jamais en mesure de rendre les services que procurent les
chemins de fer : ceux-ci répondent mieux au double but
commercial et stratégique. Il est préférable donc de faire
un meilleur emploi des eaux de l'Oxus, en les destinant en
totalité, comme cela a déjà eu lieu pour le Zarafchan, le
Mourghab et les rivières du Ferghanah, à alimenter les
canaux d'irrigation, afin d'étendre les cultures et de reculer
ainsi les limites des déserts.

CHAPITRE XVI

MERV

Baïram-Ali. — Le domaine de l'Empereur.
Ruines de l'ancienne Merv. — Son passé historique.

Je profitai de quelques jours de liberté pour entreprendre une excursion à Merv, dont je n'avais aperçu que la silhouette à mon premier passage. Le docteur V... veut bien se faire mon compagnon de voyage. Nous montons dans le premier train qui part de Tchardjoui, et après avoir traversé les dunes de sables entre l'Oxus et l'oasis de Merv, nous descendons quelques heures plus tard à la station de Baïram-Ali, la plus rapprochée des ruines de l'ancienne Merv. Elles commencent, en effet, à quelques centaines de mètres de la gare et s'étendent à perte de vue, sur un circuit de plus de 50 kilomètres.

Le chef de gare nous offre l'hospitalité pour la nuit et nous entretient longuement de ses chasses au sanglier et autre gibier, qui foisonne dans le pays, dans le voisinage des *ariks* surtout. Sportsman passionné, il ne laisse échapper aucune occasion; à peine avions-nous fermé l'œil qu'il partait à la recherche d'une bête dont on avait signalé la récente piste dans les environs de Baïram-Ali.

Le lendemain, 24 septembre, nous nous rendons chez le colonel K.., administrateur-gérant du domaine de l'Empereur, dans le but de visiter l'exploitation agricole de cette propriété et les travaux d'irrigation entrepris pour lui donner une plus grande extension. Une chaussée naturelle, bordée de jeunes peupliers, mène depuis la gare jusqu'à la maison occupée par l'intendant.

Un groupe d'édifices attire notre attention : ce sont quatre maisons sans étage, en style mauresque, fort bien aménagées pour vivre avec confort dans un climat aussi torride ; elles servent de demeures à l'intendant en chef, au personnel de l'administration et aux bureaux. Au centre, la maison principale, aux lignes élégantes et simples, œuvre inachevée et sans toiture. La disposition des pièces est très confortable : un côté servira de logis à l'administrateur, l'autre sera réservé aux hôtes et visiteurs d'importance.

Le colonel K... nous ménage le meilleur accueil et nous reçoit dans son cabinet de travail, remarquable par une collection unique de merveilleux tapis, suspendus aux panneaux, drapant les portes ou couvrant les planchers et les *takhtas* (divans). Homme du monde, fort complaisant et adonné complètement à sa tâche, le colonel nous fait parcourir les plantations d'arbres fruitiers et autres, alignés comme des soldats le long de petits canaux ou fossés creusés dans le loess argileux.

Depuis six ans qu'elles existent, ces plantations ont poussé rapidement ; les pépinières sont remplies de jeunes pousses et plants entremêlés aux aînés. Peupliers d'Italie, peupliers balsamiques, acacias ombellifères et cunéiformes, saules de diverses espèces et formes, noyers, pêchers, abricotiers, poiriers, pommiers, telles sont les principales essences acclimatées.

Il y avait en cette année environ 1 000 hectares de terrains emblavés et cultivés à céréales et graminées, et une centaine d'hectares occupés par les plantations, routes, sentiers, bâtisses et dépendances. Les vignobles s'étendaient sur 20 hectares, mais ils sont destinés à se développer sur une grande échelle, jusqu'à 500 hectares. La vigne ou plutôt le vin donnera le revenu le plus important de cette propriété impériale : on compte obtenir un rapport de 300 000 roubles quand les plantations de vignobles seront achevées. Quant aux caves, rien de plus facile à faire : il n'y a qu'à les creuser dans le loess dur, parfaitement sec et consistant, sans employer d'autres matériaux.

On compte également établir une grande exploitation de coton. Mais tous ces beaux projets ne pourront être réalisés que lorsque seront achevés les grands travaux d'endiguement et de captage des eaux du Mourghab.

Le but de ces immenses travaux est celui d'irriguer une superficie de 100 000 hectares à conquérir sur le désert. Jusqu'à la fin du xviiie siècle, florissait à ce même endroit une oasis fertile, arrosée par les eaux du Mourghab avec la célèbre digue de Sultan-Bent. Au milieu des ruines que nous apercevons maintenant, s'élevait au siècle passé la forteresse persane de Baïram-Ali-Khan-Kala, pour maintenir l'autorité du chah dans l'oasis de Merv et défendre le cours du Mourghab. En 1784, l'émir Chah Mourad de Boukhara, en guerre avec la Perse, vint mettre le siège devant la place. Désespérant de la prendre d'assaut, les assiégeants détournèrent le cours du canal qui alimentait la ville pour l'obliger à se rendre, mais le canal étant à double fond, les réservoirs inférieurs continuèrent à procurer de l'eau aux Persans. Alors les ennemis attaquèrent la digue de Sultan-Bent, défendue par des fortins, s'en emparèrent, la détruisirent et privèrent complètement d'eau Baraïm-Ali, qui tomba enfin au pouvoir des Boukhares. La population persane fut emmenée en captivité à Samarcande et à Boukhara, où ses descendants vivent encore dans des quartiers isolés.

Maintenant on travaille à rétablir les anciens barrages, détruits il y a plus d'un siècle, qui retenaient les eaux du Mourghab, afin de les déverser dans une série de canaux d'irrigation. D'après le plan de l'ingénieur Andréef, on a déjà exécuté des travaux importants : un barrage sur le Mourghab, une digue à Hindi-Kouscht, trois immenses bassins espacés à quelques kilomètres l'un de l'autre, chacun à un niveau différent, et réunis par des canaux. L'eau de la rivière se porte déjà par l'écluse de Hindi-Kouscht vers les nouveaux réservoirs. Ils doivent servir principalement à capter en hiver les eaux superflues que l'on utilisera plus tard pour l'irrigation du domaine impérial, afin d'épargner autant que possible le débit ordinaire du Mourghab et ne pas en priver les terrains des agriculteurs turcomans.

Notre aimable hôte nous fit admirer quelques spécimens de la race chevaline du pays, célèbre à si juste titre. Sont-ils élégants ces chevaux turcmènes, avec leur tête effilée qu'ils portent si fièrement, leur poitrail étroit, leurs jambes aux muscles d'acier!

Le cheval turcoman tire son origine du croisement de la race arabe avec la race indigène qui se trouvait dans cette contrée depuis les temps les plus reculés : on s'accorde à reconnaître que la race indigène descend directement des anciens chevaux parthes, si renommés dans l'antiquité. Robuste, fier, ardent, plein de courage, agile, d'une force de résistance supérieure à celle de l'arabe qu'il dépasse par sa taille, d'une énergie infatigable, sobre et susceptible de la plus longue abstinence, le cheval turcoman résiste aux fatigues les plus excessives. Il n'est pas rare de trouver des sujets capables de parcourir une distance de 1 000 kilomètres en six ou sept jours consécutifs.

Actuellement les bons coursiers sont devenus fort rares : on assure même qu'il n'y en a plus du tout, qu'ils ont disparu ou qu'ils ont été exportés. Il est vrai qu'au début de la conquête on a expédié de la Transcaspienne les meilleurs étalons pour la cavalerie russe, au Caucase surtout, et que secondement les bonnes juments font presque défaut. Mais la cause principale de la disparition ou de la rareté des excellents coursiers tekkés, c'est qu'ils sont devenus inutiles depuis que les razzias, les *alamanes*, les brigandages ont cessé sous le régime russe. Les Turcomans élevaient des chevaux de qualités supérieures, capables de faire des courses extrêmement longues et rapides, souvent sans nourriture, précisément en vue des actes de pillage et de rapine qui se commettaient d'une tribu à l'autre ou au détriment des voisins de la Perse et de l'Afghanistan.

Ces pillards avaient donc besoin de coursiers hors ligne, franchissant sans fatigue, à perte d'haleine, des espaces fort étendus, car c'était pour eux une honte extrême s'ils se laissaient distancer et attraper par les gens attaqués. Les Russes ayant mis bon ordre à ces aventures, l'entraînement des sujets de la race chevaline n'a plus de raison d'être.

Tandis que nous échangions nos idées sur l'avenir de cette race et les moyens de la conserver et perfectionner, un magnifique attelage traîné par trois chevaux fringants et guidé par un habile automédon habillé à la russe, chemise rouge de soie recouverte d'un caftan de velours noir et pour couvre-chef un bonnet rond de feutre dur, garni de plumes de paon, coquettement posé sur le côté, vint s'arrêter devant le perron.

C'était une troïka de petits chevaux kirghiz, originaires de la province du Sémiretchié, piaffant avec impatience, labourant du sabot le sol sablonneux, et que le colonel K..., avec une délicate attention, mettait à notre disposition pour nous faciliter la visite des ruines des anciennes villes de Merv. Quelques instants après, la troïka nous enlevait au triple galop de ses coursiers rapides comme le vent. Les ruines des siècles ont dû être fort étonnées de voir passer au milieu d'elles de curieux touristes, venant ainsi troubler le silence solennel de leur solitude, animée, la nuit, par les cris des hiboux et les hurlements plaintifs des chacals.

Le Vieux-Merv, dont les noms variaient suivant les écrivains de l'antiquité classique en Mérou, Moùrou, Mervischah, Margia, Séleukia, Alexandrie, Kounya-Merv ou Vieux-Merv chez les Turcmènes contemporains, est une des plus anciennes cités de l'Asie centrale. Dans son célèbre livre le *Vendidad Sadé*, Zoroastre (2 500 av. J.-C.)

en fait ainsi mention. « Mourou, forte et pure, était le troisième lieu de la grâce divine (après Balkh et Hérat) créé par moi, Ormouzd. » Une tradition du pays prétend que notre premier père Adam y reçut d'un ange les premiers enseignements de labourage.

Merv joua un rôle considérable dans l'histoire de l'Asie centrale. Elle vit dans ses murs bien des personnages illustres et assista à des événements importants. Au xiiie siècle avant Jésus-Christ, c'est le roi Ninus qui alla mettre le siège devant Bactres et qui épousa la princesse bactrienne Sémiramis; au vie siècle avant Jésus-Christ, c'est Cyrus, qui succomba dans sa lutte avec les Massagètes; au ive siècle, c'est Alexandre de Macédoine. Au iiie siècle de l'ère chrétienne, elle fait partie du royaume des Parthes, époque à laquelle la religion de Bouddha se substitue à celle de Zoroastre. Du ve au viiie siècle y vivaient des chrétiens de la secte nestorienne, qui établirent à Merv le siège de leur métropolitain (420) et en firent le foyer de leur propagande dans l'Asie centrale et en Chine. Au viie siècle, la reine du Touran, Hatoun, s'y couvrit de gloire par son courage et sa beauté. Au viiie siècle guerroyaient ici les célèbres chefs arabes Mohallab et Koutaïba, qui annexèrent Merv au khalifat. Merv devint la capitale du Khorassan et la résidence des gouverneurs lieutenants du Khalif. El-Mamoun, fils de Haroun al-Rachid, en fit le siège gouvernemental de sa vice-royauté. Depuis lors, Merv acquit une renommée universelle comme foyer des sciences et des arts; elle se distingua par ses palais magnifiques, ses jardins splendides, ses écoles très fréquentées, par son observatoire astronomique et ses bibliothèques, par ses nombreux savants chrétiens qui traduisirent en langue syrienne Platon, Aristide, Hippocrate et les enseignèrent aux Arabes, devenus plus tard les maîtres de l'Europe. Au ixe siècle, sous la domination arabe, s'illustra ici la dynastie des Samanides. Lorsque les Seldjoucides eurent étendu leurs conquêtes dans le Khorassan, ils firent de Merv la capitale de leur empire (xᵉ et xiᵉ siècles). Au xiiᵉ siècle, Merv, qui déjà portait le titre *Chahdjan*, âme du chah, était la résidence du khan seldjoucide Sultan Sandjar et possédait trois belles mosquées. Pendant le long règne de Sandjar, Merv était au comble de la prospérité, lorsque les Ghazzes envahirent le Khorassan (1152). La ville fut livrée au pillage pendant trois jours et les plus riches et les plus nobles de ses habitants furent mis à la torture par ces barbares, qui croyaient que Merv recélait des trésors considérables. Cependant Merv s'était relevée peu à peu de ces désastres et était entrée dans une nouvelle ère de fortune, lorsqu'eut lieu la terrible invasion des Mongols.

Après la prise de Balkh, Djinguiz-Khan, irrité de la mort de son petit-fils Moutouguen sous les murs de Bamian, résolut de faire la conquête de toutes les provinces du Khorassan et d'en exterminer les habitants, tous jusqu'au dernier. Il envoya contre Merv son plus jeune fils Touli-Khan, avec 80 000 hommes.

L'armée mervienne fut défaite : Touli-Khan s'empara (1219) de la ville et les malheureux habitants furent tous égorgés. Il fallut plusieurs jours pour faire le dénombrement des morts ; on en porte le chiffre à plus de 1 300 000. Ce chiffre paraît fort exagéré, mais il faut remarquer qu'une grande partie de la population du Khorassan, poussée par l'invasion mongole, avait cherché un refuge dans les murs et aux environs de Merv.

Après ce désastre, la ville de Merv devint, comme s'exprime l'historien persan Hafiz Abrou, « le repaire des hyènes et des bêtes féroces ».

Deux siècles presque s'écoulèrent (1409) avant que Mirza Schahroukh, fils de Tamerlan, relevât Merv de ses cendres et rétablit les digues et les canaux qui amenaient les eaux du Mourghab. Malgré tout cela, Merv ne reconquit jamais plus son glorieux passé. Au xvᵉ siècle, elle devint la proie des Ouzbeg et plus tard elle tomba au pou-

voir des chahs de Perse. A cette dernière époque remonte
la construction de la ville de Baïram-Ali. Les barrages du
Mourghab furent restaurés, la prospérité revint. Mais un
mauvais destin semble s'acharner sur les Merviens : ils
sont défaits en 1784 par Maazoum-Khan, émir de Boukhara, qui rase les maisons, emmène les habitants en esclavage, détruit la digue construite par le sultan Sandjar pour
les irrigations de l'oasis et rend le pays inhabitable. Dès
lors le Vieux-Merv se changea en désert inculte, parcouru
par les troupeaux des nomades Turcmènes qui y firent leur
apparition au début de ce siècle.

Les ruines du Vieux-Merv ou Merv-Chahidjan occupent,
d'après les données les plus certaines, une superficie
de 104 verstes carrées et renferment les vestiges les plus
disparates de nombreuses générations et de races diverses.

Les cités, dont l'ensemble est connu sous le nom de
Vieux-Merv, indiquent le système de leur fondation :
chaque conquérant en s'emparant de la ville s'établissait à
côté, élevait une nouvelle cité, tout à fait comme font les
Russes actuellement dans toutes les régions musulmanes
de l'Asie centrale. De là l'étendue extraordinaire de Merv,
de là le nombre des cités élevées autour de lui. Quelle a
été la plus ancienne de ces cités? c'est ce que l'on ignore
jusqu'à présent. Car le Vieux-Merv, de même que toutes
les autres villes de l'Asie centrale, tantôt détruites, tantôt
relevées, a changé à plusieurs reprises d'emplacement
pendant son existence historique.

L'ordre dans lequel se suivent les anciennes cités sur
l'emplacement du Vieux-Merv est le suivant en commençant de la station du chemin de fer : Baïram-Ali-
Khan-Kala, Sultan-Sandjar-Khan-Kala, Iskander-Kala et
Giaour-Kala. Entre ces cités principales, il y en a de
secondaires : Chaïm-Kala, Hodja-Kala, Ak-Kala, Heïl-ab-
Kala et d'autres. Chacune de ces cités est séparée des
autres par une enceinte de murailles crénelées avec tours

et portes fortifiées, dont le style et les matériaux même se distinguent les uns des autres.

Partout épars des vestiges sans fin des civilisations éteintes. D'abord ce sont de profonds canaux à sec, des *yabs*, tels que Abdoullah-Khan-Yab, Youssoup-Khan-Yab, El-Garal-Yab, Sogher-Yab, Meïlvad-Yab, Baïram-Ali-Yab, Midjaour-Yab, Kara-Yani-Yab, Yani-ark-Yab, Chaïm-Yab, Tchagtrik-Yab, etc.

Ensuite une variété infinie de débris, d'ustensiles en terre cuite, des amas de briques, des ruines de palais, mosquées, médressés, tours, maisons, bains publics, citernes et puits, rafraichissoirs, aqueducs, caveaux, souterrains, chambres mortuaires, sépulcres, ponts, caravansérails et autres édifices.

La première de ces cités, Baïram-Ali-Khan-Kala, est une forteresse persane élevée, à ce que l'on suppose, au xviiie siècle par le khakim Baïram Ali-Khan et détruite en 1784, ainsi qu'il a été dit, par l'Émir de Boukhara Maazoum, appelé autrement Chah Mourad.

La citadelle de Baïram-Ali-Khan-Kala forme une figure rectangulaire parfaite, ayant environ un kilomètre en long et en large. Elle est entourée de hautes murailles en argile, flanquée de nombreuses tours rondes ou carrées et munies de deux portails, également défendus par deux tours demi-rondes, garnies de meurtrières et ornées de dessins émaillés. Les ruines des portes ont un aspect étrange : sous les arceaux de briques, les yeux cherchent les chaînes du pont-levis. Cette citadelle a subi le plus de dégâts, par suite de la construction du chemin de fer, des bâtisses de la gare et des édifices élevés sur le domaine impérial, et par suite du tracé de la chaussée longeant les rives du Mourghab.

La forteresse d'Abdoullah-Khan-Kala, qui rappelle le nom du khan Abdoullah de la dynastie des Cheïbanides (1500-1597), ressemble, quant à la forme et à la grandeur, à la précédente, qu'elle suit immédiatement. Les murs sont en briques cuites et ses vestiges paraissent s'être mieux conservés. On y remarque la *Petite Mosquée*, entourée de décombres, de sable et de pierres au point qu'on la croirait enfoncée dans le sol. C'est un édifice octogonal supportant une coupole basse. Deux arcs demi-ronds donnent accès et issue à la mosquée, tandis que la salle intérieure a une voûte percée de quatre orifices. A peine des traces de triangles et de carreaux dessinés en couleur bleue sèche sur la chaux. Outre cette mosquée, que les Turcomans appellent par erreur probablement le *Palais du khan*, il y a de nombreux autres édifices, dont plusieurs se distinguent par une curieuse construction et l'emploi de divers matériaux : ils ont plusieurs étages ou rayons, la base et le milieu sont en briques, le sommet et les annexes en argile, et les voûtes sont remplacées souvent par des solives en bois. On est amené à conclure que ces bâtisses portent l'empreinte superposée de plusieurs périodes historiques, de divers peuples et civilisations.

Au nord des ruines d'Abdoullah-Khan-Kala s'étend une immense nécropole, toute sillonnée de tombes les plus variées, tumulus d'argile, sarcophages de briques, sépulcres de pierres, caveaux souterrains, mausolées ronds, chapelles ou oratoires surmontés de dômes. Ici se trouvent les *Sépulcres des deux frères*, bien connus des visiteurs. Selon la tradition et le récit de l'historien Hafiz Abrou, ce sont les demeures sépulcrales de Boureïda et Guécam, disciples et porte-étendard de Mahomet, les premiers prédicateurs de l'Islam dans ce pays.

Jadis, près de ces tombes, s'élevait la Porte des Porte-étendard, *Darvaz Alamdar*; aujourd'hui on ne voit devant elles que des amas de sable et de pierres. Deux grands portiques voûtés dont le fond et le fronton sont ornés d'un riche cloisonné de briques aux nuances rose et bleue, penchés tous deux sur le côté opposé, comme s'ils ont voulu se détacher de l'arc qui les retenait autrefois dans un seul lien : en face de ces portiques entourés d'un mur percé de quatre portes grillées et palissadées, deux sarcophages de briques aussi, et dans ces sarcophages deux cercueils en briques cuites fermés par une dalle de marbre blanc avec inscriptions koufiques : tel est ce mausolée que probablement une enceinte entourait autrefois.

Les Turcomans y viennent en pèlerinage implorer les grâces particulières de ces deux vénérés personnages. Tandis que j'examinais d'un œil curieux ces monuments bien délabrés par le temps et peut-être par les touristes étrangers, avides d'emporter quelque souvenir enlevé par trop vandaliquement, je vis approcher toute une famille turcmène composée de plusieurs hommes, femmes et enfants, montés deux à deux sur des bourriquets. Les aînés descendent, se prosternent au pied des tombes dont ils font le tour dans un pieux recueillement, en touchant des mains la pierre sépulcrale ; puis ils empilent de petits tas de briques ou de cailloux aux quatre coins en murmurant de courtes prières : naïfs ex-voto de ces enfants du désert, implorant l'assistance des saints dans leur vie laborieuse !

En quittant la nécropole, on traverse une assez vaste solitude portant des traces d'anciennes ruines. Alentour c'est le désert et un silence solennel : pas un oiseau, pas un insecte, pas un brin d'herbe, sauf de minces chardons jaunis.

La voiture roule avec un bruit sonore qui frappe notre ouïe : des caveaux, des souterrains, peut-être des habitations ensevelies sous les décombres résonnent au fond, sous les sabots des chevaux, sous les roues du véhicule. Puis des trous béants, comme autant de taupinières énormes, interceptent le passage : il faut louvoyer sans cesse pour ne pas verser dans ces cavités, où Turcmènes et Russes ont cherché des richesses enfouies et ont ramassé des monnaies grecques, des objets antiques.

Nous sommes sur l'emplacement occupé jadis par la cité du sultan Sandjar, longue de plus de 2 kilom. 1/2 et large de 2 kilomètres.

Le khan Sandjar, lieutenant du khalif de Bagdad (mort en 1162), de la dynastie des Seldjoucides (1004-1166), connu pour son talent d'architecte, donna son nom à cette citadelle. Des monticules de décombres et de sables ont envahi l'espace.

Seule, dominant ces ruines, visible à plusieurs lieues à la ronde, par-dessus les citadelles du Vieux-Merv, la *Grande Mosquée* dresse sa carcasse massive, qui abrite la sépulture du sultan Sandjar. Datant de plus de sept cents ans, survivant fièrement aux forces destructives des éléments et des guerres séculaires, isolé sur un mamelon de débris, ce grand cube supportant un tambour autour duquel court une galerie à colonnes et arceaux, produit un effet rappelant l'image de la désolation et de la mort. On y pénètre non plus par les deux portiques qui existent encore, mais par une large brèche ouverte dans la muraille éventrée. Sandjar dort tout seul, entre les quatre murs, au milieu du pavé d'argile, dans un énorme sarcophage récemment restauré et recrépit avec de la glaise délayée, surmonté d'une queue de cheval et de lambeaux d'étoffes au bout d'une perche. De ce lieu d'ombre, les trous de la haute coupole bâillant sur le ciel, semblent rapiécés avec des plaques d'émail bleu : un peuple de corbeaux et de ramiers vient, par ces trous, visiter le tombeau du sultan, en compagnie des fidèles Turcomans qui croient honorer la mémoire de quelque pieux derviche.

Dans le centre même de la coupole, on apercevait, il y a trois ans encore, un coffre métallique carré, fixé à la paroi intérieure, qui devait contenir, d'après la tradition, un peigne d'or, une ceinture et autres objets précieux, ayant appartenu à la femme préférée du sultan Sandjar qui les aurait cachés à sa mort en cet endroit, dans cette même mosquée qu'il fit élever en mémoire de son épouse.

Aujourd'hui, à cette place, il n'y a plus qu'un trou béant : un touriste anglais aurait, dit-on, enlevé le **coffre** précieux. Je vous fais grâce d'une plus ample description de ce temple ou mausolée dont le temps finira par avoir raison : déjà de grandes lézardes balafrent en sens divers le revêtement de briques polies et d'égale dimension qui cache la maçonnerie plus ordinaire intérieure; déjà des pans de murs menacent à chaque instant de s'effondrer sous le poids des rayons supérieurs, s'ils ne sont pas écroulés au moment où je consigne ces souvenirs au papier; déjà les sveltes colonnettes des galeries surmontant les murs extérieurs, d'où s'élance le dôme un peu aplati orné d'arceaux tout autour, commencent à s'ébrécher et ne tarderont pas à suivre la destinée des minarets, complètement disparus aux quatre angles de l'édifice.

A peu de distance du sultan Sandjar, on remarque trois mosquées renfermant les mazars des *hodjas* et *imams* qui leur ont donné leurs noms : ainsi celle de Hodja-Youssoup-Hamedan, Imam-Zapar-Sadik, Hodja-Palvan-Ahmet. Ces mosquées et mazars ne se distinguent sous aucun rapport : ils sont de mesquine apparence. Les mollahs en font remonter la fondation à plus de mille ans, quoiqu'ils doivent être de construction ou de restauration beaucoup plus récente. Dans la mosquée de Hodja-Palvan-Ahmet, on vous montre une petite boule de marbre que le saint personnage s'amusait à lancer contre les ennemis à plusieurs lieues de distance et qui revenait ensuite à sa place en traversant les airs par des milliers de kilomètres. Il est plus vraisemblable de supposer que cette boule surmontait le faîte de quelque colonne de mosquée ou de mazar.

Cependant ces mosquées et mausolées sont entretenus par la piété des Turcomans : des mollahs, gardiens de ces sanctuaires, des croyants avec leur bruyante progéniture y vivent ou s'établissent à côté, au milieu de petits vergers où croissent la vigne et les melons, mêlés au sorgho et au maïs.

Nous aperçûmes aux environs des mazars une troupe de Turcmènes en train de dépecer avec une patience et un art remarquables un bœuf qui, aux temps du paganisme,

aurait pu figurer comme superbe victime expiatoire, offerte
en holocauste aux dieux. A voir les gestes et le mystère
qui présidaient à l'opération, je me figurais assister à une
scène de sacrifice, où prêtres et guerriers du Grand
Alexandre rendaient, peut-être à cet endroit même, il y a
plus de 2000 ans, des actions de grâces aux dieux protec-
teurs, en les accompagnant de copieuses libations.

Le nom du Macédonien me rappelait aussi que je me
trouvais à quelques pas de l'Iskander-Kala. Quinte-Curce
raconte qu'Alexandre, après sa victoire sur les Sogdiens,
passa l'Oxus et s'empara de la ville de Margia. Il désigna
autour de Margia l'emplacement de six villes à élever à
une certaine distance pour tenir en respect les peuples
vaincus. Toutefois ce qui reste de l'Iskander-Kala et la
périphérie restreinte de son enceinte semblent donner
raison à Arrien, qui voyait dans les villes fondées par le
conquérant macédonien plutôt un camp retranché occupé
par une garnison ou par une troupe de vétérans et d'inva-
lides [1].

Tout a disparu, sauf une boursouflure de terre immense,
qui indique l'emplacement des remparts de la citadelle
d'Alexandre. Gravissez cette enceinte, vous n'apercevrez
rien que la steppe unie, couverte de grandes herbes jaunâtres, avec quelques monticules de terre ou débris de
briques et de poteries. L'intérieur de l'enceinte est comblé
de décombres de toutes sortes, percé de grands trous
qui témoignent de l'existence d'anciennes demeures ou
plus vraisemblablement des fouilles entreprises par des
amateurs d'antiquités ou de trésors. A côté des cités de
Sandjar et d'Iskander s'étend la Giaour-Kala, qui fut
habitée sinon par des idolâtres avant l'ère musulmane, du
moins par des *giaours*, des infidèles, c'est-à-dire des chrétiens nestoriens. Du v⁰ au viii⁰ siècle, Merv passait pour
être la capitale de ces chrétiens et le siège du métropolitain

---

1. Arrien, *Campagnes d'Alexandre*, IV, 4, I.

ayant six évêques sous sa hiérarchie. La population chrétienne était fort nombreuse anciennement. Marco Polo vit
dans l'Asie centrale des contrées et des villes peuplées de
chrétiens nestoriens. Plano Carpini, qui écrivit en 1246,
estime que sur les 600 000 hommes de l'armée de Batou-
Khan il y en avait 450 000 de religion chrétienne. Le même
voyageur, en énumérant les pays et les peuples conquis
par Djinguiz-Khan, cite la contrée des Huyur qui considéraient comme leur centre la ville de Merv; c'était un
peuple de chrétiens nestoriens dont l'alphabet fut adopté
par les Mongols.

La Giaour-Kala n'avait pour remparts qu'une large levée
de terre; au centre s'élevait en outre une citadelle avec
un mamelon dit Erké-Tépé, couvert aujourd'hui de ruines:
tout autour des tumuli et des amas informes de poteries
brisées qui attestent un degré assez développé de l'art
céramique chez les habitants de cette cité.

Outre les mosquées, maisons, monuments et autres
édifices de l'antiquité, le Vieux-Merv offre encore aux
visiteurs des bâtisses spéciales dont le caractère original
saute aux yeux. Ce sont des tours rondes, quelquefois en
forme de coupole, de cône ou de pyramide, avec une
entrée, trois orifices étroits tout près du sol et une profonde galerie fuyant sous la terre. Ces tours servaient de
citernes, de rafraîchissoirs aux eaux pluviales qui s'y
écoulaient par des canaux ménagés à la surface, s'y
infiltraient, s'y conservaient longtemps saines et fraîches,
précieuse boisson sous un ciel torride.

Ce qui étonne étrangement c'est la force de résistance
des édifices bâtis en pisé et qui comptent quelquefois plusieurs siècles d'existence. Comment expliquer autrement
la conservation de beaucoup de bâtisses où n'entrent ni
la pierre ni la brique, sinon par l'extrême sécheresse de
l'atmosphère qui momifie, en quelque sorte, ces monuments d'argile, encore debout malgré les éléments et le
poids des années?

On n'en finirait pas avec la seule énumération des ruines qui entourent de tous côtés le Vieux-Merv : c'est une longue suite d'édifices et de monticules plus ou moins élevés, embrassant une étendue de plusieurs dizaines de verstes, quelquefois des localités habitées, le long des canaux d'irrigation le plus souvent à sec et négligés. Au nord, elles sont clôturées par un fossé immense, le Gui-lakim-Tchilbourt, qui après un parcours considérable se perd dans les sables du désert. Plus à l'est, surtout en longeant le Chaïm-Yab sur les bords duquel s'élevait la Chaïm-Kala, court une longue rangée de hauts et grands *kourganes* qui ferme, pour ainsi dire, du côté de l'orient la Giaour-Kala. Plus au nord et vers l'occident, les ruines deviennent de plus en plus rares et consistent plutôt en tours, citadelles, forteresses isolées.

Vers le midi, en remontant le cours du Mourghab, la contrée est parsemée de ruines, de vestiges de canaux et de routes, de *kourganes* alternant avec les villages et les habitations des peuplades turcmènes. C'est Yolatan (à 60 verstes) où le général Komarof et le colonel Alikhanof firent exécuter des fouilles dans les *kourganes*, qui ont mis à la lumière des tombes fort anciennes d'un peuple inconnu, et plus bas, dans le sous-sol, des urnes avec indices de cendres provenant de la crémation. Plus loin, à 35 verstes de la digue de Sultan-Bent, c'est la cité de Aoulia-baba-Kambar avec six mosquées entourées d'un cimetière. A Imambaba (120 verstes) on voit un immense caravansérail avec une nécropole, où des vases mortuaires contenaient également des cendres. Enfin c'est Tokhta-Bazar, à 300 verstes de Merv, avec des grottes et cavernes, où se trouvent des vestiges du christianisme.

Dès l'antiquité, les deux rives du Mourghab étaient fort peuplées : la proximité d'une grande ville, l'abondance des eaux, la richesse de la flore et de la faune attiraient les populations et en favorisaient l'accroissement dans cette riante vallée. Aujourd'hui on a de la peine à le croire, et, pour s'en convaincre, il faut lire les descriptions quelque peu enthousiastes que les historiens arabes et persans ont laissées de la contrée dont Merv était le centre politique.

Elles contrastent avec la tristesse et la désolation des ruines dont nous avons tantôt admiré le saisissant tableau.

Quand on embrasse à vue d'aigle toute cette immense scène historique, où depuis l'année 2500 avant Jésus-Christ se sont déroulés tant d'événements divers, tristes ou glorieux, on est saisi d'un sentiment de profonde amertume.

Qu'est devenu ce foyer des arts et des sciences? Que sont devenus les palais, les jardins, les écoles, les observatoires et les bibliothèques célèbres? Où est maintenant l'orgueilleuse cité au titre prétentieux de Chahidjan, de reine du monde?

Aux périodes de gloire et de splendeur ont succédé des siècles de barbarie. Tout s'est écroulé, tout a été enseveli sous les ruines amassées en monticules par les générations des conquérants. Comme Ninive et Babylone, les anciennes cités de Merv éveillent des sentiments bien pénibles pour l'orgueil humain. Et tandis que l'imagination évoque dans ces déserts, au milieu de ces décombres, plusieurs civilisations florissantes, la raison, elle, doit se demander si tous les empires créés par la main de l'homme sont, par une loi fatale, condamnés à disparaître dans des cataclysmes périodiques!

CHAPITRE XVII

LA NOUVELLE MERV

La ville et l'industrie cotonnière. — Le pays turcmène. — Les Turcomans. — L'agriculture et l'irrigation. — Le système hydrographique. — Le Mourghab. — Le régime de la propriété et des eaux chez les Turcomans. — L'avenir de la Transcaspienne. — Richesses naturelles. — Travaux d'utilité publique.

Je tenais également à voir la nouvelle ville de Merv, fondée par les Russes il y a une dizaine d'années : je pris donc congé de nos aimables hôtes et retournai à Baïram-Ali. Deux heures après, le train nous déposait à la gare de Merv, coquet et léger édifice, dans le goût des stations d'Askhabad, d'Amou-Daria, de Boukhara et de Samarcande.

Il fallait chercher un gîte pour la nuit : un *camale* persan s'offrit pour porter nos valises et nous indiquer le chemin d'une auberge. Après avoir marché pendant dix minutes dans les ténèbres, nous finîmes par découvrir une chambre au fond d'une cour, dont le portail portait une enseigne avec ces mots prétentieux : *Hôtel de Russie*. Nous nous y installâmes tant bien que mal.

La ville neuve est bâtie sur l'emplacement occupé par la forteresse de Kaouchout-Khan-Kala, dont les Tekké entendaient faire un centre de résistance contre l'invasion russe. Cette forteresse fut élevée en 1873 par le chef tekké Kaouchout-Khan qui lui donna son nom. On en aperçoit encore l'enceinte argileuse qui va en s'éboulant d'année en année, et dont il ne reste par-ci par-là qu'une masse informe.

Dans l'enceinte de l'ancienne forteresse turcomane se trouvent les meilleures bâtisses russes, telles que : bureau de l'administration du district, cercles civil et militaire, école élémentaire, bureau de poste, villas et maisons des chefs et officiers de la garnison entourées de jardins, puis l'église au milieu d'une place bordée de casernes, etc. Tout cela a un air assez gai et coquet. Les larges avenues avec leurs bouquets d'arbres promettent d'entourer dans quelques années d'un joli cadre de verdure la ville naissante sur les rives du Mourghab.

Le Mourghab fait un piteux effet à Merv ; ses berges basses et érodées voient couler des eaux jaunes, bourbeuses, qui donnent une triste apparence à cette rivière historique. Les canaux d'irrigation lui font de nombreux emprunts en amont : aussi en dehors de la saison des crues, le Mourghab parvient ici fort épuisé.

Cependant un pont de bois relie Kaouchout-khan-Kala à la rive gauche, où s'étend jusqu'à la gare la cité marchande, peuplée de Russes et d'indigènes de toutes races. Perpendiculairement à la rivière se tirent au cordeau des rues bordées de maisons ou plutôt de cases en briques séchées, qui n'ont qu'un rez-de-chaussée. Ces bâtisses ont au dehors un aspect quasi européen, mais sont aménagées aux besoins de la vie orientale. Elles sont petites, n'ont qu'une porte d'entrée et deux ou trois fenêtres sur la rue ; à l'intérieur, une cour, espèce de *patio*, sur laquelle donnent les pièces disposées circulairement. Souvent ce ne sont que de simples cases, destinées à s'agrandir plus tard, contenant la boutique et l'arrière-boutique. Les boutiques ressemblent à celles que l'on rencontre depuis Batoum ou Bacou jusqu'à Askhabad : en général elles sont fournies, pêle-mêle, de toutes espèces de denrées et marchandises.

Allons un peu flâner sous les auvents et devant les éta-

lages de ces boutiques. Voici, par exemple, la rue de
Hérat, nom bien prétentieux, qui pourrait pourtant indiquer la direction des velléités politiques de la Russie ;
c'est le rendez-vous habituel des industriels et des marchands du pays : turcomans, boukhares, persans, juifs.

Ici vous trouvez en vente tous les produits de l'industrie
indigène : les tapis turcomans célèbres pour la solidité de
la trame et l'inaltérabilité des couleurs, les chaussures et
les gros bonnets en laine de mouton qui déparent si crû-
ment les têtes des indigènes, robes et khalats, ceintures,
selles, harnais, brides, fouets, cravaches et ornements
divers, colliers grossiers, pierres communes ; puis, à côté,
des légumes de toutes sortes : tomates, aubergines, choux,
choux-fleurs, salade, raves, navets, carottes, fruits tels que
pommes, poires, abricots, pêches, figues, etc. Je ne men-
tionne que les articles du pays même, car les boutiques
sont encombrées de marchandises les plus exotiques.
On y vend aussi du tabac, de l'eau-de-vie, de l'opium ; des
soies et des cocons ; des peaux de tigre et de panthère, des
chevaux de grand prix.

Les *tchaï-khané* et les gargotes se suivent sur la même
ligne et ne se distinguent guère de celles que vous pouvez
voir partout ailleurs dans l'Asie centrale. Grâce aux
Russes et aux Sartes, le thé commence à jouer un rôle
important dans la consommation locale : les lieux publics
regorgent toujours de clients amateurs de cette boisson,
lesquels passent des heures à déguster leur tasse de thé
vert, les jambes repliées sur un tapis.

Mais le spectacle le plus curieux est celui qu'offrent les
Tekkés : ces nomades, ces pillards de la veille s'occupent
de négoce, de camionnage et d'horticulture. Au marché,
dans les rues, aux approches de la gare, on les aperçoit
gravement assis ou se tenant sur le seuil de leurs boutiques, s'abritant sous des échoppes volantes recouvertes de
nattes en roseau, vêtus de leur longue robe flottante et
coiffés de l'énorme *papakhe* en poil de chèvre ou de

mouton, débitant leurs marchandises aux clients. Les Turcomans se teignent la barbe en rouge, surtout ceux qui grisonnent : elle est parfois rutilante. Les mains paraissent également toutes rouges : ils se servent pour cela du henna.

La concurrence des Arméniens, des Persans, des Imériens et d'autres habitants de race caucasienne ne les effraye en aucune façon; mais ils en ont déjà appris les trucs et les escamotages en usage chez les marchands. Leurs articles ne sont pas toujours aussi naturels qu'auparavant; les tapis, par exemple, sont teints souvent avec des couleurs artificielles, et la laine y est remplacée par le coton.

Ces Tekkés produisent pas mal de fruits et de légumes tels que choux, pommes de terre, tomates, aubergines, melons, raisin, etc., qu'ils apportent au marché dans d'énormes paniers attachés aux flancs de leurs montures.

Les planteurs de coton vendent leur récolte d'avance, réalisent de beaux bénéfices, et en automne apportent à la fabrique des balles de coton à dos de chameau.

Des files plus ou moins longues de ces animaux traversent en ce moment la ville, se rendant aux établissements, entrepôts et comptoirs russes qui font des achats de coton asiatique pour les fabriques de Moscou. Montés sur de tout petits baudets, les jambes pendantes rasant presque le sol, de grands gaillards précèdent ces caravanes, tirant la corde passée dans les naseaux du premier chameau. Quelquefois ils se mettent à deux sur le pauvre bourriquet trottant tristement, les oreilles basses, sous le poids énorme de ses maîtres, qui ne lui épargnent pas les coups de bâton.

Suivons une de ces caravanes chargées de coton et dirigeons-nous au delà de la gare, vers les usines ou entrepôts qui attendent les planteurs turcomans avec le produit de leur récolte.

A quelques centaines de mètres, quand on a dépassé la dernière maison, une cheminée en fer lance des nuages de fumée, accompagnés de jets de vapeur : c'est un établissement de nettoyage du coton. Au-dessus de la porte, large et haute pour donner passage aux caravanes, une enseigne portant le nom de la raison sociale : *Société d'industrie cotonnière russe*. Au milieu d'une grande cour entourée d'une clôture de pierres, encombrée de balles comprimées, cerclées de bandes de fer, s'élèvent deux bâtiments, dont l'un sert d'officine de nettoyage et l'autre de pressoir pour le coton décortiqué par les machines *cotton gin* américaines. Le gérant de cette entreprise industrielle, qui appartient aux Konchine et à leur associée Marie Morosof de Moscou, veut bien nous faire visiter son établissement et nous donner quelques explications sur les procédés employés pour le décorticage et le nettoyage du coton brut. Cette usine ne fonctionne que depuis deux ans seulement et ne travaille que pendant six mois de l'année. 5 machines américaines dites *cotton gin*, actionnées par un moteur horizontal, chauffé au pétrole, opèrent la décortication des capsules et préparent environ 30 000 pouds de coton et 100 000 pouds de filaments.

Ces filaments, ainsi dépourvus de matière étrangère, passent ensuite sous deux pressoirs à vis que dix hommes font manœuvrer ; le coton pressé, bourré en des balles carrées recouvertes de toile et bien serrées par des fils de fer, du poids d'environ 8 pouds (130 kilos), est prêt à prendre le chemin de la Russie d'Europe.

Chaque poud de coton nettoyé revenait en 1893 sur place à 7 roubles environ, tandis qu'on le revendait à Moscou à raison de 9 roubles et plus. La fabrique faisait des avances aux cultivateurs et leur donnait 20 roubles par hectare, outre les graines à raison de 26 livres par hectare ensemencé. Elle employait comme ouvriers des Turcomans et des Tourantches venus de Kouldja et de la frontière chinoise, dont le salaire mensuel variait entre 12 et 15 roubles. Ce sont des gaillards solidement bâtis, doués d'une grande force musculaire et d'une intelligence assez développée, et dont la société cotonnière n'a eu qu'à se louer.

Pour montrer l'importance que la culture du coton a prise au Turkestan, il suffit de reproduire quelques chiffres. Dans les possessions russes comprises sous le nom de gouvernement général du Turkestan, les plantations de coton occupaient 300 déciatines[1] en 1884, 44 500 déciatines en 1889 et 100 000 déciatines en 1892. On exploitait, en 1893, 100 usines de nettoyage, munies de 420 gines et de 120 presses. La production du coton en flocons s'élevait à 4 millions de pouds, dont les trois quarts trouvaient un débouché en Russie.

Le progrès de cette culture s'est fait au détriment des autres. Au Ferghanah, par exemple, les trois quarts des champs cultivés étaient en plantations de coton et le quart représentait des céréales et autres plantes.

Depuis lors la culture du coton a diminué pour plusieurs motifs : 1° la baisse des prix du coton d'Amérique qui se vendait en 1894 à raison de 9 roubles et demi à Moscou, prix que les fabricants russes ne pouvaient payer pour le coton du Turkestan, qui est plus défectueux ; 2° l'insuffisance de la récolte des blés pour la consommation locale, ce qui fit monter en 1893 le froment au prix extraordinaire de 2 roubles le poud ; et enfin 3° le refus de la part des établissements industriels d'opérer, comme auparavant, des achats de coton indigène en donnant des avances assez considérables aux cultivateurs.

Une fièvre d'agiotage s'était emparée des producteurs et des entrepreneurs industriels. Des agents parcouraient sans cesse les campagnes, s'arrachaient des mains le coton, gagnaient de force le cultivateur indigène en lui faisant des crédits exagérés : souvent celui-ci, pour ne pas laisser échapper la bonne aubaine, vendait à plusieurs agents la future récolte et acceptait de chacun des arrhes et des avances.

---

1. La déciatine équivaut à 9 ares environ.

La crise qui s'en est suivie sera donc d'un effet salutaire pour les spéculateurs venus du dehors et les entrepreneurs agricoles qui retourneront à la culture des céréales, dont le besoin s'est fait sentir au détriment des populations.

On croit que l'exportation du coton du Turkestan ne dépassera pas le total de 2 millions et demi de pouds, en moyenne, pendant les années 1894-1895.

La région qui s'étend de l'Oxus à la frontière persane est habitée par des populations turcmènes. Dans l'oasis de Merv demeurent les Tekké, dans celles de Yolatan et de Pendé les Sarik, dans celles de Tedjen les Salir. Chacune de ces tribus se subdivise en peuplades, familles, branches qui portent des noms particuliers.

Après la destruction de Baïram-Ali-Kala par l'émir Maouzoun-Khan en 1784, l'oasis de Merv resta pendant quelque temps inhabitée, puis elle fut envahie par les Turcmènes de Pendé, connus sous le nom de Sarik, qui s'établirent dans la vallée du Mourghab. En 1829, ils se soumirent au khan de Khiva, mais s'insurgèrent souvent.

Leur domination se prolonge jusqu'en 1856, date à laquelle les Tekké originaires de l'oasis d'Akhal, pressés par les Persans, marchent sur Merv et en chassent les Sarik qui se réfugient à Pendé.

La troisième tribu, les Salir ou Salor, partie au début du xviiie siècle des bords de la mer Caspienne, s'établit à Khiva, et quelques années après sur le cours moyen de l'Oxus à Tchardjouï. En 1780, elle habitait sur les rives du Mourghab et se partageait en trois peuplades, dont l'une émigra à Yolatan. Les Salir occupaient en 1830 la vallée du Tedjen et avaient pour centre le Vieux-Sérakhs, mais le prince persan Abbas Mirza le prit d'assaut en 1832 et le ravagea. La ruine des Salir était telle que, lorsque vingt-cinq ans plus tard les Sarik attaquèrent leur pays, ils ne purent opposer aucune résistance et passèrent en Perse. En 1881 pourtant, ils retournèrent dans leur oasis et finirent par s'établir près du Vieux-Sérakhs, dont la possession leur fut confirmée par le général Komarof en 1884.

Commandés par un guerrier fameux, Kaoutchan-Khan, les Tekké deviennent bientôt la terreur de tous leurs voisins : Khiviens, Persans, Russes eux-mêmes ont successivement avec eux des affaires malheureuses. Après avoir battu en 1855 le khan de Khiva qui, fait prisonnier, est décapité, les Tekké se tournent contre les Persans, leurs ennemis séculaires. En 1861, le successeur de Kaoutchan, Nour Verdi-Khan, à la tête de 3 000 Turcomans, met en déroute une armée persane de 20 à 30 000 hommes conduits par Hamza-Mirza et la fait presque totalement prisonnière. Du moins les prisonniers furent tellement nombreux que les Tekké ne surent qu'en faire et durent les vendre comme esclaves sur les marchés de Khiva et de Boukhara à des prix fort bas; un soldat persan se vendait 3 *toumanes*, soit 9 roubles.

Après ce désastre, les Persans renoncèrent définitivement à l'idée d'attaquer les Tekké et se bornèrent à préserver contre eux leurs possessions. L'expédition russe de Khiva en 1873 leur porta le premier coup : les marchés d'esclaves leur furent fermés désormais. Les *alamanes* sur le territoire persan devinrent moins fréquents. Ces pillards cependant ne cessèrent leurs incursions et razzias dans ces parages que le jour où les Russes vinrent leur infliger la rude et terrible leçon de Ghéok-Tépé.

Il ne fallait rien moins qu'un pareil châtiment pour réduire à l'obéissance ce peuple de brigands et de pillards qui avait en honneur le proverbe disant : « Quand ton ennemi attaque la kibitka de ton père, joins-toi à lui et pille avec lui. »

Depuis lors les Tekké sont devenus les sujets soumis et fidèles du Tsar blanc; rentrés dans leurs demeures, ils ont repris leurs travaux de culture et accepté l'instruction militaire et le service de la Russie. Quelques années encore, et leur férocité ne sera plus qu'un souvenir.

Essentiellement nomade et brigand dans l'âme, le Tekké passait sa vie entière à préparer et à exécuter des expéditions guerrières contre les pays voisins. Son ambition était de ramener de ces *alamanes* le plus d'esclaves possible et un butin suffisant pour accroître ses trésors.

Pour entreprendre ces incursions en pays ennemi avec la vitesse et la promptitude qui seules pouvaient leur assurer le succès; pour traverser en quelques jours plusieurs centaines de kilomètres dans les steppes ou les sables, il fallait aux Turcmènes des coursiers extraordinaires, soumis à un entraînement spécial. A cet effet, avant de partir pour la razzia, le Turcmène tâchait d'amaigrir le cheval, en le montant chaque jour et en le faisant aller d'abord à petite, puis à grande allure. Ensuite il commençait à le nourrir de graisse de mouton ou avec des boulettes ou galettes d'orge mélangée à cette même graisse. Au bout de cinq semaines de pareil régime, le cheval était prêt à entreprendre des marches forcées à la plus rapide allure : il pouvait courir au galop pendant cinq jours de suite.

En se mettant en campagne, le Tekké emportait des provisions d'orge, des boulettes d'orge à la graisse, de la graisse de mouton et du maïs ou du millet grillé. Il enfouissait en route la plus grande partie de ces provisions, afin de s'en servir au retour et ne gardait qu'un peu de millet et des galettes d'orge.

Tant qu'ils se trouvaient sur leur territoire, les brigands marchaient à petite allure, mais une fois en pays ennemi, ils lançaient leurs montures au galop, en choisissant les sentiers les plus inconnus. Rien n'arrêtait leurs coursiers, ni montagnes ni pierres sur le chemin; car ils portaient fièrement leur surnom de *chèvre* (tekké), pour laquelle il n'existe point d'obstacle.

Ils traversaient ainsi avec une vélocité extraordinaire, une rapidité fantastique des espaces immenses, arrivaient à l'improviste au point prévu, s'élançaient sur leur proie

aux cris de « *our! our!* (frappe! frappe!) » pillaient la caravane attendue, jetaient la terreur au milieu des troupeaux
de moutons en tirant en l'air des coups de fusil, atta-
quaient le village en prenant ou massacrant tous les habitants, dévalisant les tentes et les maisons, et s'en retour-
naient aussi vite qu'ils étaient venus, emportant leur
butin.

Les hommes dont ils s'étaient emparés, placés en croupe,
les mains liées derrière le dos et les jambes attachées sous
le ventre du cheval, devaient parcourir de grandes distances, sans mettre pied à terre, souvent sans boire ni
manger.

Quand le Tekké se croyait en sûreté et à l'abri de toute
poursuite, il s'arrêtait en quelque endroit sûr, pourvu d'eau
et d'herbe pour abreuver et paître son cheval, qui autrement ne se nourrissait pendant la marche que de boulettes
d'orge et de graisse ; puis il relâchait la corde qui enlaçait
le prisonnier et dont il tenait les bouts noués sur sa poitrine et lui donnait alors à manger.

Après cela, le Tekké mettait sa monture au pas. En
approchant de l'aoul, on envoyait des avant-coureurs pour
prévenir les parents et les amis du retour. Tout l'aoul
venait à la rencontre des vainqueurs, les femmes baisant
les pans de leurs khalats, les mollahs glorifiant Allah, les
anciens louant la jeunesse de sa courageuse audace.

Les brigands ne prenaient pas les vieillards incapables
de travailler et les enfants à la mamelle, qu'ils tuaient ordinairement. Ils ne touchaient non plus aux derviches et aux
ichanes, par crainte de la vengeance divine. Les jeunes
femmes et les filles, emmenées en captivité, devenaient les
concubines ou les servantes des ravisseurs, qui vendaient
à Khiva et à Boukhara les enfants nés de ces relations.
Les hommes et les adultes, s'ils n'étaient pas rachetés, restaient condamnés à l'esclavage leur vie durant.

Ainsi donc toute la force et la puissance des Tekkés
dépendaient de leurs chevaux. Aussi prenaient-ils un

grand soin de ces animaux et les aimaient-ils plus que leurs femmes et leurs enfants. Été comme hiver tout Tekké couvre le cheval d'un feutre épais attaché par une sangle passée sous la selle. Vous rencontrerez souvent chez le maître la kibitka recouverte de tapis et de feutres déchirés et troués, mais jamais de cheval sans feutre et sans une bonne housse.

Tant que les Tekké auront de pareils coursiers, disait-on autrefois, ils resteront brigands et pillards. Pour écraser leur puissance, les rendre dociles à la domination russe, d'aucuns, comme le général Grodékof, conseillaient une mesure fort rigoureuse à l'égard des Turcmènes : la confiscation de leurs chevaux. Je crois au contraire qu'il a suffi d'occuper le pays, d'y établir de nouvelles formes de vie sociale pour rendre impossibles les razzias des Turcomans.

Actuellement, comme d'ailleurs avant l'annexion, l'oasis de Merv renferme deux branches de Tekké, chacune d'elles comprenant deux peuplades. Les Tokhtamiche habitent la rive droite du Mourghab et forment les peuplades des Bek et des Vékil. Les Otamiche habitent la rive gauche et forment les peuplades des Bakhtchi et des Sitchemaz. Actuellement ils peuplent les deux districts de Merv et de Tedjen.

Les Sarik, moins nombreux que leurs voisins, vivent dans les arrondissements de Yolatan et de Pendé. Ils se divisent en 5 peuplades : Soukhta, Herseki, Baïratche, Alacha et Khorassanli.

Enfin les Salor se partagent en 3 peuplades : Kitchi-Aga, Yalovatche et Karaman. Ils habitent maintenant l'arrondissement de Sérakhs, mais possèdent également des colonies sur le Mourghab, à Tchardjouï, à Maïméné et près de Hérat.

Les Turcomans occupent la partie occidentale de l'oasis de Merv, tandis que la partie orientale, privée d'eau et inculte, forme le domaine de l'Empereur.

Toutes ces populations turcmènes sont plus ou moins nomades. Les nomades dépassent en nombre les sédentaires. Dans le district de Merv, toutefois, on évalue les Tekké sédentaires aux deux tiers de toute la population. Les sédentaires se groupent en aouls établis sur les rives du Mourghab et sur les canaux irrigatoires, tandis que les nomades et les demi-nomades se tiennent l'hiver aux confins de l'oasis, et l'été dans les sables situés à proximité des puits. La densité de la population est fort basse : mais en faisant abstraction des déserts et des sables et en ne calculant que la région cultivée et irriguée par le système du Mourghab, la moyenne s'élèverait à 90 habitants par verste carrée.

Les Sarik se distinguent peu des Tekké, quant aux coutumes, langue et occupations : ils s'adonnent encore plus que les précédents à l'élève du bétail. Ceux de Pendé jouissent d'un plus grand bien-être que les Sarik de Yolatan et les Tekké de Merv.

Les Salor, dégénérés par suite de leur mélange avec les Persans, se distinguent des Tekké, en ce qu'ils sont moins honnêtes et probes, moins courageux : traits du caractère persan, inoculés avec le sang pendant le séjour prolongé des Salor en Perse. Ils y ont pris la passion de l'opium : aucune mesure sévère n'y peut mettre un frein.

Les Turcmènes ont un extérieur frappant : une stature élevée, des traits expressifs et un air fier. Les énormes bonnets de mouton dont ils se coiffent les font paraître plus grands encore et rendent plus saillantes les lignes faciales. Seuls les khalats leur gâteraient la taille, s'ils ne savaient porter ces habillements avec une crânerie qui neutralise leur air gauche.

Les femmes paraissent être d'un type plus grossier : les belles sont rares parmi elles.

Les Turcmènes ont conservé des mœurs patriarcales. Le fondement de leur vie sociale repose sur l'autorité de la famille, mais celle-ci ne porte pas atteinte à la liberté individuelle. Les femmes sont indépendantes ; elles ont le droit de posséder, au même titre que les hommes, la terre et l'eau. L'*adat* ou droit coutumier, qui d'ailleurs ne concerne que les droits personnels et les rapports de parenté, est fort en honneur chez eux. Point d'institutions sociales, sauf des règles pour l'usage de l'eau et du sol irrigué : tout y est rigoureusement déterminé, et il y a des officiers préposés à la surveillance et à l'application des règlements.

Ils ne connaissaient, avant l'arrivée des Russes, d'autres chefs et s'en vantaient même en disant : « Le véritable Turcmène n'a besoin ni de l'ombre d'un arbre, ni de la protection du pouvoir. » Ils possédaient pourtant des *aksakals*, des anciens, et des *khans* qui jouissaient d'une autorité plutôt nominale ; maintenant ils ont des *starchinas*, des anciens dont le pouvoir est fort limité et l'influence nulle quand ils ne se distinguent par des qualités personnelles. Le dernier khan de Merv réunissait dans ses mains le pouvoir central, plus nominal qu'effectif. Ce pouvoir consistait, à vrai dire, dans une influence prépondérante, due à la personne de l'illustre guerrier Nour Verdi. Les institutions paraissent avoir été passablement républicaines ; le peuple, réuni en assemblée, discutait les affaires, les khans exécutaient ses décisions. Quand on n'était pas content d'eux, on les renvoyait.

Tous les Turcmènes professent le culte sunnite, mais sans beaucoup de zèle. Les mollahs venus du dehors ou sortis de leur rang ne jouent pas un grand rôle. Cependant ceux qui sont doués d'un talent oratoire ou d'une intelligence fertile en ressources deviennent des personnages influents et s'acquièrent le titre de *ichan*, d'élu de Dieu.

Ces *ichans* sont obligés de se servir avec tact et discernement de leur ascendant moral dans leurs rapports avec le peuple pour ne pas perdre son respect. Dans le district de Merv, on compte 58 mollahs, la plupart dépourvus d'instruction sérieuse et 100 ichans qui doivent ce titre à leur origine plutôt qu'à leur mérite ou leur profession.

Il y a 57 mosquées sunnites dans le district et une mosquée chiite dans la ville de Merv. A l'exception de deux mosquées, toutes les autres ne sont que de simples masures d'argile. Ordinairement les Turcmènes choisissent pour lieu de prière une petite esplanade, entourée de tous côtés d'un petit fossé : c'est là que se réunissent les fidèles, parmi lesquels les vieillards prédominent. La plupart d'entre eux n'accomplissent aucun rite religieux et ne fréquentent que rarement les mosquées ou les lieux de prières.

Depuis que le pays a été pacifié, on remarque une certaine affluence de mollahs venant de Khiva, Boukhara et Samarcande pour attiser le zèle religieux des Turcmènes et faire de la propagande parmi ces croyants trop indifférents. Dernièrement même des missionnaires *babistes* ont fait apparition en Transcaspienne : c'est une secte, créée vers le milieu de ce siècle en Perse, fort persécutée par le clergé musulman, et dont les dogmes se distinguent des enseignements du Coran. Après le supplice du fondateur de la secte, Hadrat Allah, ses disciples se dispersèrent dans les provinces de la Turquie asiatique et dans les pays situés à l'est de la Perse. Dans les khanats de l'Asie centrale les *babistes* subirent également des persécutions; seuls les Turcmènes se montrèrent tolérants envers eux. On trouve assez fréquemment des *babistes* en Transcaspienne : à Askhabad il y en avait 106 d'après le recensement de 1892.

Ces *babistes* poursuivent la conciliation des idées du christianisme avec celles de l'Islam sur le terrain du rationalisme. Leurs efforts ont abouti à la création du néo-mahométisme.

Les Turcmènes, au dire général, sont sobres et réglés, honnêtes et probes, et font grand cas de la confiance qu'on a en eux. Dans leur maintien et leur conduite perce un mélange de franchise et de sauvagerie, mais point de sentiment de révolte.

Les femmes ne se font pas remarquer par des mœurs dépravées, comme les Persanes, les Khivaines, les Boukhariotes.

La plupart des Turcmènes sont illettrés, mais désireux d'apprendre. L'école d'horticulture fondée depuis trois ans par le général Kouropatkine à Askhabad peut se flatter des progrès de ses élèves turcomans, qui apprennent avec facilité à lire et écrire la langue russe et les éléments du calcul.

Dans leurs rapports avec les Russes, ils leur montrent une pleine confiance et une grande sympathie : ils ont accepté sans arrière-pensée les nouvelles conditions de vie, d'ailleurs avantageuses, que les vainqueurs leur ont imposées. Depuis la cessation des *alamanes*, les Turcmènes se livrent à des occupations pacifiques, telles que : agriculture, horticulture, jardinage, élevage du bétail, etc. Dans leurs cultures, l'irrigation joue le principal rôle. La possession du sol est subordonnée à celle de l'eau, qui constitue une propriété publique ou privée. Du premier genre sont les eaux des sources et des courants; du second, les eaux extraites artificiellement du sein de la terre ou amenées au moyen d'œuvres spéciales hydrotechniques, exécutées par les particuliers.

La nature de l'eau destinée à l'irrigation détermine le caractère et l'étendue de la possession du sol, qui n'acquiert une valeur que lorsqu'il est arrosé.

L'usage veut que l'eau, et non pas la terre, soit l'objet de donation, legs, vente et location; le lot de terre ne fait que suivre la destinée du lot d'eau. En vertu de l'*adat* chaque Turcmène marié a droit à un lot semblable. Ceux qui ne peuvent ou ne veulent en profiter le cèdent aux parents ou l'afferment contre une portion de la récolte; les exploitants doivent assumer l'obligation d'entretenir en bon état le système irrigatoire.

Toutes les terres sont ordinairement divisées en privées, *mulk*, et publiques, *sanichck*. Ces dernières sont de deux espèces : champs de labour ou *ak-éri*, et potagers ou *guek-éri*. On sème les champs avec de l'orge et du blé, et les potagers avec des melons, des pastèques, du millet (djougara), maïs, coton, riz, *kounjout* (lin), carottes, oignons, etc. L'aliénation des biens privés ne peut avoir lieu qu'à des personnes congénères, de la même tribu. Les terres publiques sont inaliénables, mais peuvent être cédées à ferme, pour un an d'habitude, et le prix du bail est partagé entre tous les membres de la communauté propriétaire.

Dans les aouls qui possèdent des eaux de propriété publique, la plus grande partie des habitants n'ont pas d'eau et par conséquent de terres à eux. Pareils membres de l'aoul s'occupent de l'élevage du bétail, se louent comme ouvriers chez les possesseurs de terrains irrigués ou bien les prennent en ferme en échange d'une partie de la récolte. Il n'y a pas de pâturages à proprement parler, mais la moisson faite, toutes les terres, sauf celles dites de *mulk*, servent de vaine pâture à tout le bétail de la communauté. Dans les steppes et les sables, quoique généralement considérés comme vacants, il ne subsiste que le droit des propriétaires des puits d'y abreuver leur bétail.

Chez les Turcmènes point de grande propriété, mais la forme dominante est la propriété communale, avec fréquente répartition des terres. Les cultures alternent sur les jachères, vu la grande étendue de terrains cultivables en comparaison du débit limité des eaux nécessaires à l'irrigation.

Chaque propriétaire cultive lui-même son lot ; rarement il loue des ouvriers ou cède en ferme sa terre contre une portion de la récolte. Souvent, pendant les moissons, il invite ses camarades et amis, *coumécou*, pour l'aider, et puis il leur donne un régal.

Les procédés de culture et les instruments de labourage sont fort primitifs. Néanmoins, en Transcaspienne,

grâce à la fertilité extraordinaire du sol, les récoltes se
distinguent par leur abondance quand il y a de l'eau en
suffisance.

Comme animaux de labour, on se sert de bœufs, de
chameaux, de chevaux et d'ânes. On enfume rarement le
sol. Les semailles de céréales d'hiver ont lieu de septembre
en décembre; celles de printemps, de février à avril, en
rentrant des campements d'hiver. La moisson se fait en
mai et juin, au moyen de faucilles; le battage a lieu sur
des aires par le piétinement de chevaux et d'ânes, et la
paille triturée (*samana*) sert de fourrage. Les Turkmènes
adoptent volontiers les procédés perfectionnés qu'on leur
recommande.

Après la distribution des terres, il reste dans chaque
communauté un espace excédant du domaine public, qui
souvent est loué en ferme, en *carenda*, et ces terrains sont
dits de *carenda*.

Cependant à mesure qu'augmente le nombre des aouls
et des exploitations agricoles, ce qui dépend de la croissance de la population et d'autres circonstances, croît également le nombre des lots qui partagent le domaine com-
munal, et par conséquent diminue la surface superflue.
En d'autres termes, les terres libres données à *carenda*
doivent nécessairement se réduire avec le temps. D'ailleurs, ces terrains disponibles changent chaque année de
destination, car, avec la distribution des biens communaux
qui s'opère annuellement, ces terrains peuvent rentrer
dans la catégorie de ceux alloués aux laboureurs et *vice
versa*. En outre, ces terrains de *carenda* peuvent consti-
tuer la propriété d'une tribu entière ou d'un aoul séparé.

L'administration de la Transcaspienne a cru nécessaire
de prendre certaines mesures au sujet de ces terres. Ainsi
les Turcmènes conservent la libre disposition des terres
appartenant aux aouls, mais l'administration russe en
contrôle les revenus et les dépenses. Les autorités administrent les terrains libres appartenant aux tribus et veil-

lent à ce que l'irrigation de ces lots ne se produise pas au détriment de la population indigène. On veut accorder aux immigrants russes le droit d'affermer ces terres, et on se propose d'y fonder des colonies agricoles, quand elles peuvent être desservies par un canal de dérivation, sans nuire aux intérêts des indigènes. Quant à déclarer ces terres biens domaniaux, on n'y pense pas pour le moment, puisque la population indigène les a rendues cultivables par l'établissement de canaux et qu'elles pourraient servir de fonds de réserve pour l'avenir.

Quoi qu'il en soit, l'administration centrale s'est déjà attribué la disposition des terres de *carenda* des tribus et de leurs revenus qu'elle emploie à satisfaire les besoins des communes turcmènes. Ces dépenses concernent l'entretien du réseau des canaux sur les terres de *carenda*, la surveillance de l'irrigation dans l'*oblaste*, le développement des plantations d'arbres, l'amélioration des routes et des voies de communication, quand il s'agit de redevances en nature, et en général les entreprises ayant en vue le progrès de l'agriculture en Transcaspienne.

L'irrigation a une importance capitale : aussi est-elle l'objet d'études, de soins et de travaux particuliers de la part de l'administration russe et des populations indigènes. Les eaux nécessaires à l'irrigation proviennent principalement (vu l'insuffissance des dépôts atmosphériques) des rivières, peu nombreuses et de débit restreint, et secondairement des petits courants et ruisseaux alimentés par les sources. Des rivières qui se déversent dans la Caspienne, aucune ne peut servir à l'irrigation : l'Atrek et son affluent le Soumbar avec le Tchandir ne fournissant qu'un faible débit ou coulant entre des rives abruptes dans leur cours inférieur, dont la rive droite seule appartient à la Russie. La zone des steppes avoisinant les montagnes de la Transcaspienne, comprise dans les districts d'Askhabad et en partie de Crasnovodsk et de Tedjen, est arrosée par les ruisseaux qui descendent des hauteurs voisines (Kopet-dag).

Entre Kazandjik et Douchak, 27 ruisseaux arrosent cet espace sans compter de menus cours d'eau, qui n'arrivent pas jusqu'à la voie ferrée. Le débit de ces cours est minime, mais au printemps, lors des pluies torrentielles, l'eau déborde de leurs lits et coule en larges torrents sur les flancs des collines jusqu'à la plaine, où elle forme des mares, des *takirs*, à la limite des sables. Ces marais s'évaporent sous l'action de la chaleur et il n'en reste qu'un fond uni, poli comme un parquet, sans la moindre trace de végétation. L'eau de ces torrents et courants est distribuée sur les champs par des canaux grands et petits, mais la plus grande quantité s'infiltre dans le sol ou s'évapore et un tiers seul du débit est utilisé par les cultures. Les cours d'eau permanents n'arrivent pas aux sables et s'épuisent à 10 et rarement à 15-20 verstes de la voie ferrée.

Il faut, en outre, remarquer que les mieux fournies d'eau parmi ces rivières, comme l'Artik, le Kaakhka, etc., ont leurs cours supérieur et moyen dans la province de Khorassan, où une laborieuse population persane épuise la plus grande partie de leurs eaux.

Plus abondants sont les fleuves Tedjen et Mourghab, principales artères fluviales des districts de Tedjen et de Merv. Cependant, leurs sources se trouvent au delà des confins. Le Tedjen ou Hériroud naît dans les monts Siyakh-Koukh de l'Afghanistan, et forme la frontière russo-persane entre Zoulfagar et Sérakhs. Au nord de Sérakhs, il appartient totalement à la Russie et a un parcours de 300 kilomètres sur le territoire russe.

Sur cet espace il n'y a que deux points habités par une population fort rare, Sérakhs et le pays situé plus bas que Karibent; le reste est désert. Malgré l'abondance du débit au printemps, le Tedjen tarit presque complètement en automne : son eau est épuisée avant de pénétrer en Transcaspienne.

Le Mourghab prend sa source aux glaciers des monts Séfid-Koukh et arrose les oasis de Pendé, Yolatan et Merv.

Sur le sol russe, il reçoit à gauche les rivières Kéchan et plus en aval le Kouchk. A 28 verstes plus haut que Merv, le Mourghab est séparé en deux bras par la digue de Kaouchout-Khan-bent, et une dizaine de verstes plus bas que la digue, le Mourghab reste à sec. Puis par infiltration et par écoulement des eaux qui ont déjà servi à l'irrigation, l'eau fait de nouveau apparition à Mourad-Djar. Enrichi du nouvel apport, le Mourghab traverse Merv et à 8 verstes plus en aval cède la moitié de son courant à la digue d'Egri-Gouzar; puis il coule dans une large plaine, se partage en plusieurs branches et tarit près des puits de Hor-Djouas, Mirza-Tchalé et Sivatli. Sur le territoire russe, le Mourghab a 400 verstes. Son débit est inconstant. Les crues commencent dans la mi-mars, la baisse finit en juin, après quoi le niveau ne change pas jusqu'à la mi-octobre; passé ce terme, il recommence à monter selon les pluies et les neiges. En moyenne le Mourghab fournit environ 10 sagènes cubes par seconde. L'irrigation prend 5 sagènes cubes par seconde; tout le reste, surtout pendant les crues de printemps, se perd sans aucune utilité pour l'agriculure.

Grâce à son expérience séculaire, la population a pu créer des ouvrages hydrotechniques et un système d'aménagement des eaux. Mais antérieurement, les générations précédentes étaient beaucoup plus expérimentées dans cet art, ainsi que le témoignent les grandes œuvres de canalisation et d'irrigation, dont on rencontre les ruines sur l'Atrek, le Soumbar, le Tedjen, le Mourghab, etc.

Aujourd'hui les Turcmènes se contentent de creuser des puits, de conduire des ariks et des *kariz*, d'élever des digues. L'habileté technique leur fait défaut et tout leur savoir est emprunté aux Persans. Une énorme quantité d'eau dans les œuvres d'art irrigatoire se perd improductivement par infiltration et évaporation. Ils n'ont pas l'idée du nivellement régulier et conduisent leurs canaux au hasard et à grands frais; dans le profil transversal des

canaux, ils ne tiennent pas compte de la quantité d'eau et
de la rapidité du courant. Aussi le lit ne peut contenir l'eau
qui se déverse par-dessus les bords et abîme le canal. Il est
rare que les eaux déjà utilisées retournent dans le canal
principal. Le plus souvent elles forment des mares et des
lacs, qui rendent certaines oasis tout à fait inhabitables. Les
ouvrages hydrotechniques n'ont pas une grande solidité,
même les digues sont faites de terre, branchages, roseaux,
galets, que le courant emporte souvent. Seule la digue de
Kaouchout-Khan-Bent, élevée en 1853, présente quelque
solidité. Elle obstrue le lit du Mourghab et en partage le
cours en deux canaux magistraux : le canal gauche ou
Otamiche, et le canal droit ou Tokhtamiche, qui baignent
ensemble les terrains des deux peuplades turcmènes de
même nom. Le premier canal est partagé en 32 ariks distributeurs et 116 irrigateurs qui arrosent 20 000 déciatines
de terres appartenant aux tribus des Bakhtchi et Sitchemaz.
Ce système compliqué se trouve administré par 108 *mirabs*,
élus par les indigènes pour surveiller les canaux et la distribution des eaux. Le second canal de Tokhtamiche est
partagé en 25 distributeurs et 99 irrigateurs, arrosant
16 000 déciatines appartenant aux tribus Vékil et Bek. L'administration appartient à 103 *mirabs*. Un mirab spécial,
avec deux adjoints, surveille la digue de Kaouchout.

Quant aux ouvrages entrepris par l'administration russe,
ils se font sur une grande échelle : creuser des puits, net-
toyer les sources, conduire des kariz et des canaux, élever
des digues et améliorer les procédés d'irrigation, telle est
sa tâche. Parmi les plus considérables entreprises à
effectuer, il faut placer la création de la digue magistrale
sur l'Atrek, afin de permettre l'irrigation des terres cultivables situées sur le cours inférieur du fleuve. Cette
œuvre a été décidée en principe en 1890, mais a été
ajournée jusqu'à l'entente avec la Perse pour l'usage des
eaux. On projette aussi d'endiguer les vallons qui ont un
débouché sur les steppes, afin d'empêcher les dégâts des

eaux torrentielles et de créer une réserve d'eau utilisable pour les cultures. Malheureusement l'administration dispose de peu de ressources.

L'ouvrage le plus grandiose a été entrepris et commencé sur le domaine de l'Empereur. Le domaine impérial est une ferme perdue au milieu d'immenses déserts, environnée de jardins. Jadis cette localité était arrosée par un grand canal, le Sultan-Yab, qui portait les eaux du Mourghab depuis la digue de Sultan-Bent, détruite il y a plus d'un siècle. Naturellement, on a voulu la réparer. L'ingénieur Paklevsky eut l'ordre de la relever : plusieurs millions de roubles furent jetés en vain, car le Mourghab ne se laissa pas endiguer et se créa un nouveau lit, en contournant la digue. Aujourd'hui ces travaux sont abandonnés, et au lieu de cela, comme il a été dit plus haut, on a entrepris, un peu plus en aval, sur le Mourghab, à Hindi-Koucht, toute une série de travaux hydrauliques sous la direction de l'ingénieur Andreef. Ils ont pour but de détourner sur le domaine impérial le superflu des eaux qui servent à l'irrigation des cultures actuelles dans l'oasis de Merv. Aujourd'hui ces travaux sont en grande partie achevés. Il faut désormais considérer comme acquis, au point de vue technique et géographique, un très important résultat qui doit aboutir dans un prochain avenir à la reconstitution de l'ancienne oasis de Merv.

Le développement du réseau d'irrigation et l'aménagement plus économique des eaux peuvent évidemment amener une plus grande extension des cultures en Transcaspienne. Ce progrès cependant a des limites étroites, car il est borné par l'exiguïté du débit des rivières. Aussi les terrains suffisamment irrigués, qui pourraient servir aux futurs colons russes, sont-ils en proportions restreintes. En outre, le rétablissement de la paix a amené de notables changements dans la vie locale : la Transcaspienne attire de tous côtés des immigrants venant des pays voisins. En 1891 seulement, 800 émigrés provenant sur-

tout de Boukhara, de Samarcande et de Perse se sont
établis à Merv et dans les aouls environnants. Le même
mouvement s'opère sur les confins de la Perse et de
l'Afghanistan. Ainsi les vallées de Soumbar et du Tchandir,
tout à fait privées autrefois d'habitants sédentaires, ont
donné asile, depuis la conquête russe, à des Turcmènes
de la tribu des Goklanes, venus de Khiva et de Perse, et
aux Noukours du district d'Askhabad.

Au nord de la province, dans les districts de Crasnovodsk et de Manguichelak, immigrent les Kirghiz nomadisants de l'Emba, du territoire de l'Oural, chassés de leurs
foyers par les colons russes. Ce mouvement migratoire des
peuples cause des soucis à l'administration russe, à cause
de la haine que les Turcmènes nourrissent envers les
Kirghiz. Il faut donc admettre que la capacité territoriale
de la Transcaspienne sera bientôt épuisée et que l'extension des cultures atteindra dans peu d'années à ses dernières limites.

Au point de vue de la culture intensive, il y aura également des obstacles et des bornes, car le climat a des
variations nuisibles. L'amplitude de la température est de
67°,3 C. (+ 41°,2 max. et — 26°,1 min.) à Merv, par
exemple, ce qui équivaut à l'amplitude d'Irkoutsk et de
Nertchinsk. Malgré cela, le climat est favorable à l'agriculture. On y fait deux récoltes, et la luzerne donne 4 à 5
coupes. L'horticulture y est également très développée. Le
jardinage prospère de préférence dans le district de Merv,
où les vergers s'étendent sur 1 550 déciatines.

Un obstacle sérieux provient de l'absence de la propriété
privée à Merv. Chez les Sarik de Yolatan et de Pendé, les
terres privées, *mulk*, sont soumises comme les terres com-
munales à des répartitions fréquentes; de même chez les
Tekké de Merv, le *mulk* peut être objet de partage, ce
qui empêche l'essor de toute entreprise agricole des particuliers.

La vigne et le coton commencent à peine à s'introduire

dans la culture, mais ils rencontrent des empêchements
dans le régime de propriété ; car il est défendu d'acquérir
des champs par droit privé ; et puis, les Turcmènes n'afferment leurs terres que pour un an et encore celles qui
sont mal irriguées et couvertes de roselières et de tamaris.
Les entrepreneurs et les particuliers avaient donc à changer
chaque année de terrains et à lutter contre de sérieuses
difficultés physiques. La culture du coton ne peut pro-
gresser que si l'on augmente l'irrigation et si l'on parvient
à se procurer de nouvelles terres à défricher, ce qui
entraînera de grands frais, à moins que l'on n'oblige les
indigènes à modifier leur régime de propriété. Modification
qui n'est pas à désirer, car elle saperait les bases de
l'agriculture indigène.

L'agriculture donc trouve forcément une barrière dans
les conditions physiques et sociales du pays. Rien d'étonnant que la population indigène ait cherché un autre emploi
à ses forces et l'ait trouvé dans l'élève du bétail. Les montagnes et les steppes offrent des pâturages excellents : le
bétail reste presque toute l'année dehors et rarement se
nourrit de fourrages, réservés pour l'hiver. Ces pâturages
sont mis également à contribution par les peuplades voisines de la Perse, de l'Afghanistan, de Khiva et de Boukhara.

La brebis occupe la première place parmi les animaux
domestiques ; sa laine et sa chair sont excellentes. Puis le
chameau à une et à deux bosses joue un rôle important dans
la vie du nomade et du sédentaire, comme moyen de transport, comme source de nourriture, de chauffage et d'habillement. Les Turcmènes en prennent un grand soin. La
race chevaline subit une transformation : l'*at* pur sang,
coursier rapide et élégant, cède la place à un nouveau
type, le *yab*, moins coûteux, mais plus adapté aux travaux du labourage et du trafic. En outre, il y a les bêtes
à cornes, les ânes et les chèvres, fort utiles. L'élève du
bétail en Transcapienne possède tous les éléments pour se

développer et servir de source de richesse, grâce aux qualités et aux habitudes des éleveurs turcmènes.

Malgré ses défauts physiques au point de vue agricole, la Transcaspienne possède des éléments de prospérité suffisants, qui, au moyen de perfectionnements opportuns, peuvent donner un stimulant à la culture. C'est ici que le colon russe peut contribuer largement au progrès économique et moral des indigènes en leur apportant sa science et son expérience et resserrer ainsi les liens amicaux qui unissent vainqueurs et vaincus depuis une quinzaine d'années.

Les richesses minérales ne manquent pas non plus dans la Transcaspienne, quoiqu'elles ne soient pas encore toutes explorées et encore moins exploitées. On connaît le naphte, l'ozoquérite, le soufre, le sel ordinaire, le sel glauber, la houille. Les gisements se trouvent à portée de la Caspienne ou de la voie ferrée. Les Turcmènes s'occupent fort peu de les exploiter. Le naphte et l'asphalte naturel (ozoquérite) existent dans l'île de Tchélékène et sur la Montagne de naphte, le soufre près de Bala-Ichème, le sel à Baba-Hadja. Il vient de se fonder récemment une compagnie franco-russe pour l'exploitation des sources de naphte et des mines de sel dans la Transcaspienne.

Après la pacification du pays, il reste donc à encourager la colonisation et l'agriculture au moyen de travaux de canalisation, les industries minérales par l'établissement de routes et de chemins praticables, et enfin à poursuivre le progrès de la vie civile et sociale, si bien initié, au moyen de l'instruction à la portée de ces peuplades à demi barbares.

CHAPITRE XVIII

BOUKHARA

En visite chez le kouche-béghi. — Aspect de la ville. — Mosquées et médressés. — Places publiques. — Le Réghistan. — L'Ark. — L'arsenal. — Les bazars et les caravansérails. — Curiosités. — La Nouvelle-Boukhara. — Visite du gouverneur général du Turkestan. — Le commerce et le chemin de fer.

Celui qui aurait prédit, il y a trente ans, qu'un jour viendrait où les touristes pourraient flâner à leur aise dans les bazars de Boukhara, parcourir les ruelles tortueuses, les places grouillantes d'une foule bariolée, visiter les mosquées, médressés et palais, voire même recevoir l'hospitalité du khan lui-même, aurait passé pour un visionnaire.

Pouvais-je m'imaginer que je me verrais installé à Boukhara-el-Chérif, dans l'*iltchi-khané*, la maison des étrangers, entouré du confort et de la prévenance la plus aimable, là où les voyageurs européens risquaient de se voir décapiter ou lancer du haut de la tour de Katta-Minar ou tout au moins ensevelir pour longtemps dans le *zindone*, la fosse à punaises ; là où l'officier russe chargé d'une mission avait besoin, pour vivre en sûreté et traverser les rues sans danger, d'une grande escorte de cosaques et de djiguites, capable de prêter main-forte aux employés et officiers de l'Émir, attachés à sa personne.

L'attitude hostile de la population se manifestait ouvertement au passage de l'hôte : des crottes de boue, des crachats, des injures et des imprécations, lancés par la foule haineuse, étaient le lot de chaque visiteur chrétien à Boukhara.

Aujourd'hui, tout simple touriste qui séjourne quelques jours dans la capitale est accueilli par les autorités avec prévenance et politesse, voire même avec tous les honneurs d'un grand personnage, surtout s'il vient présenter ses hommages à l'Émir; mais il rencontre, tout au moins, la plus grande indifférence parmi les habitants.

L'Émir étant absent, en villégiature à Karchi ou à Kerminé, c'est le kouche-béghi qui le remplace dans ses fonctions et le représente à Boukhara.

Le titre de kouche-béghi équivaut en quelque sorte à celui de premier ministre, lieutenant de l'Émir, et il apporte à celui qui en est revêtu la charge de gouverneur de la ville de Boukhara et de commandant du palais émiral.

En conséquence, le lendemain de mon arrivée j'allais faire ma visite de cérémonie au kouche-béghi Moullah-Djane-Mirza.

Une voiture de cour sans siège de cocher devant, toute peinte et tapissée en rouge écarlate, attelée d'une paire de chevaux montés par des piqueurs, vient me prendre pour me conduire au palais. Me voilà donc gravement assis dans cet étrange équipage, escorté par des officiers boukhares et précédé de cavaliers chargés d'ouvrir un passage à travers la foule compacte qui encombre les rues étroites de la cité. Les curieux se pressent naturellement pour voir l'étranger d'importance que l'on mène avec tant de pompe. Beaucoup d'entre eux le saluent, portant la main au front, à la barbe et au cœur; les gamins courent après la voiture; les femmes couvertes d'un grand sac sombre, et le visage caché sous un voile de crin, se rangent précipitamment contre le mur, en tournant quelquefois le dos. Pendant vingt ou trente minutes l'équipage roule ainsi, tantôt allant au pas à travers les places publiques encombrées d'échoppes exposées en plein soleil, tantôt tournant à l'angle de quelque rue ou s'enfonçant sous les voûtes des immenses passages et caravansérails, où la lumière ne pénètre que par des lucarnes ou par quelques éclaircies ménagées dans les arcades. Enfin il débouche sur la grande place du Réghistan et atteint les portes de l'Ark, la résidence de l'Émir.

Je descends de voiture et monte vers un grand portique flanqué de deux tours rondes qui gardent l'entrée du palais. Au-dessus du portique figure une horloge, marquant toujours la même heure et rappelant l'histoire lamentable d'un aventurier italien qui, sous Nasr-Oullah, avait mission de la faire marcher; ce qui ne l'a pas soustrait à la fureur homicide du tyran sanguinaire.

La garde de service forme la haie sous les arcs de l'entrée, l'officier commande le présentez armes : « Na karaoul! » Je passe en rendant le salut et me trouve en face d'un groupe de fonctionnaires, de maîtres de cérémonies, armés de longues gaules, de chambellans et de gentilshommes de la chambre qui font des salamaleks et de grandes courbettes. Plus loin, toujours en montant la douce pente qui ne se termine qu'au pied du palais, le général divan-béghi Goulam Haïdar, en grande tenue, chamarré de décorations russes et boukhares de l'ordre de l'Étoile levante, tient absolument à me serrer la main. Enfin, après un détour dans une ruelle occupée par une garde d'honneur sous les armes, drapeau déployé, j'entre dans une cour, où m'attend, au bas de l'escalier conduisant aux appartements de réception, le kouche-béghi lui-même.

C'est un bel homme, au type iranien, à la figure ouverte et sympathique, portant une superbe robe de velours d'un bleu très foncé, avec des fleurs brodées en or. Il me fait le plus charmant accueil et m'invite à prendre place à une table richement servie et garnie de toutes sortes de fruits et de friandises, par lesquels il faut toujours commencer l'entretien, en les arrosant d'une tasse de thé ou d'un verre de limonade. Quand la conservation est bien engagée, et que vous ne touchez plus aux douceurs, on sert le dîner.

Le kouche-béghi paraît être très satisfait de ma visite et m'adresse par l'entremise d'un interprète les plus flatteurs compliments avec le plus aimable des sourires.

Je goûtais d'avance le plaisir d'assister, dans un milieu des plus appropriés, à la reproduction d'une des plus bouffonnes scènes du *Bourgeois gentilhomme*, quand le kouche-béghi mit fin à sa rhétorique persane en s'enquérant de la santé du général B..., chef de la mission russe en Boukharie, et en demandant des détails sur le voyage que nous venions d'achever dans les États de l'Émir.

Après avoir goûté aux différents mets, qui cette fois se distinguaient de ceux de la cuisine boukhariote ordinaire, je prends congé du kouche-béghi. Celui-ci me renouvelle l'expression de ses sentiments et forme les vœux les plus fervents pour la prospérité de toute ma famille. Je sors avec le même cérémonial et je rentre avec le même cortège à ma demeure.

Involontairement je songeai aux moyens employés par les begs des provinces pour faire les honneurs aux hôtes de l'Émir. On sait que l'hospitalité accordée en Boukharie aux étrangers a lieu aux dépens des basses classes, des habitants des villages situés sur l'itinéraire et constitue en même temps une source de revenus pour les fonctionnaires et les officiers attachés aux missions et aux hôtes.

Comme on donne l'hospitalité au nom de Son Altesse l'Émir, l'amlacdar, le chef de district ou de canton, au lieu d'acheter les provisions de bouche et de fourrage et de louer les bêtes de somme pour le transport des effets ou des hommes, ordonne de les réquisitionner chez les habitants, très souvent pauvres, et ne manque pas de présenter à l'Émir des comptes salés pour les fournitures faites de cette façon. Autrefois cet amlacdar recevait par-dessus le marché des cadeaux de l'hôte étranger, qui donnait des khalats, des armes, des instruments, des pièces d'étoffe. Les indigènes, gens taillables et corvéables, ainsi rançonnés pour le plaisir de voir des Européens, se soumettent à ces abus, de crainte d'avoir la tête tranchée pour leur désobéissance. Ce n'est que fort récemment que les étrangers ont découvert la vérité et ils tâchent de compenser par quelque argent le tort fait à ces pauvres diables. De leur côté les *makhrams*, attachés aux missions étrangères, exploitent à leur profit ces voyages en exigeant des begs dont ils traversent le territoire des sommes d'argent et des cadeaux qui varient selon l'importance des personnages et la richesse des begs rançonnés. On me dit qu'il y a à la cour de l'Émir jusqu'à 45 *makhrams* de tout grade, qui reçoivent des appointements d'environ 1 000 roubles par an, en plus des cadeaux extraordinaires.

Dans l'après-midi j'allai visiter les principales curiosités de Boukhara. Je n'entreprendrai pas ici la description détaillée des monuments et des bazars, suffisamment connus, grâce aux ouvrages de Wambéry, de Burns, de Khanikof, de Bonvalot, etc., pour ne citer que les principaux. Je ne jetterai qu'un rapide coup d'œil sur la ville et sur ce qu'elle contient de remarquable, pour raviver dans la mémoire des lecteurs des souvenirs peut-être déjà effacés.

Boukhara-el-Chérif a l'aspect de toute grande ville asiatique. Des rues étroites et tortueuses, des ruelles innombrables formant un labyrinthe inextricable où il est dangereux de s'orienter sans guide; des rangées interminables de murs assez élevés en pisé, percés de rares ouvertures, avec des portes et portails sur la rue, ressemblant à un enclos uniformément grisâtre derrière lequel se cachent les habitations au toit plat; puis, à intervalles, des places carrées, bordées de mosquées ou de médressés, ou bien de longues files de rues couvertes de nattes et de tapis ou des galeries à arcades voûtées en briques : tout cela englobé dans une enceinte ayant 12 kilomètres de circuit, 11 portes et un grand fossé : voilà en peu de mots Boukhara, ville d'environ 100 000 habitants.

L'impression qu'on en rapporte est pénible.

Le soir la note se renforce. On éprouve comme un sentiment d'angoisse à la vue de ces longs et sombres couloirs, qui aboutissent, dirait-on, à quelque cité dont les habitants auraient disparu tout à coup.

De vastes nécropoles entourent Boukhara et lui donnent un aspect encore plus désolant.

Les kourganes, les mamelons compris dans l'enceinte ou dans les environs servent de nécropoles. Les cimetières sont nombreux, et l'on aperçoit des tombeaux jusque dans les cours des maisons. Jadis chaque famille distinguée avait, dit-on, son caveau funèbre dans la maison paternelle ; mais l'abus de ces sépulcres a obligé le gouvernement à prohiber l'inhumation des morts en ville. Ces nécropoles domiciliaires sont encore aujourd'hui l'objet de soins assidus des parents et des descendants, qui les ornent de *tougs*, en y ajoutant souvent des queues de cheval. Avec le temps les défunts croissent en sainteté ; alors on leur apporte des cornes de mouton et de bouc, on append des chiffons aux arbres ou aux hampes ; et un beau jour à côté du tombeau viendra se placer le *cheik* qui, en vertu du Chariat, imposera un droit d'entrée aux croyants.

Combien de centaines, peut-être de milliers de pareils saints ne reposent-ils pas dans Boukhara-la-Noble ! Son renom de sainteté est dû également au grand nombre de mosquées. On compte jusqu'à 400 mosquées et médressés dont s'enorgueillit la noble cité. Les Boukhares se vantent d'avoir assez de mosquées pour faire tous les jours de l'année leurs dévotions dans un autre lieu.

Les plus grandioses mosquées, telles que Kolan et Mira-Arab, ne brillent pas par l'ornementation et la richesse des dessins qui font la célébrité de celles de Samarcande ;

en revanche, elles sont bâties plus solidement et avec connaissance de l'art architectural.

Sur les coupoles des mosquées, sur les minarets on aperçoit de très curieux ornements : des nids de cigognes. On en voit un grand nombre partout à Boukhara. La coupole bleu d'azur de la principale mosquée Mashidji-Kolan contient toute une colonie de ces oiseaux, que personne ne dérange dans leur domicile élevé.

Par les dessins et ornements de la façade et des murs extérieurs ainsi que par la profusion des faïences émaillées se distinguent les médressés de Abdoullah-Khan et Madara-Khan, vis-à-vis l'une de l'autre, et celle de Zargaran. Il y en a une construite aux frais de l'impératrice Catherine II, qui envoya au siècle dernier une ambassade à Boukhara. La médressé s'appelle Madrassa-i-Nazar-iltchi, du nom de l'ambassadeur Nazar, et a coûté 40 000 roubles.

Autrefois les médressés possédaient de riches biens *vakouf*, mais leurs rentes actuelles suffisent à peine à l'entretien des étudiants. Ces écoles de haut enseignement comptent plusieurs milliers d'étudiants que la renommée de ce foyer des sciences attire de tous les points de l'Asie. C'est ici que se recrute l'innombrable armée des mollahs qui s'y forment à l'école du fanatisme le plus grossier et le plus aveugle.

Fort curieuses à voir sont les places publiques.

Le Divan-Béghi passe pour la plus belle place de la ville. Elle est ainsi nommée parce que ce fut un *divan-béghi* (espèce de membre du Conseil d'État) qui la créa vers le commencement du XVIIe siècle. Il y édifia une mosquée et une médressé et fit creuser, au centre de la place, un réservoir carré qu'ombragent des mûriers séculaires et auquel on descend par huit degrés en pierres qui en forment le pourtour. Sur ces degrés les enfants prennent leurs ébats et les hommes procèdent consciencieusement aux ablutions prescrites par la loi de Mahomet.

Souvent ils s'abreuvent dans le même bassin où ils viennent de laisser les souillures du corps. Le long du quai se dressent des échoppes où chante le samovar qui sert à confectionner la brûlante tasse de thé vert, le breuvage préféré des Boukhares, qui le prennent sans sucre.

Dans ces *tchaï-khané*, on se procure pour quelques pouls, pour la valeur de 3 centimes, une cruche de thé vert contenant trois tasses de boisson : c'est extrêmement bon marché. Non loin, les barbiers occupent tout un côté de la place : ils grattent et rasent la tête de leurs clients sous les yeux des passants.

Par d'étroites ruelles, on arrive au pied du Katta-Minar, le Grand Minaret, la plus haute tour de l'Asie centrale. Elle s'élève, très hardie, très solide, à cinquante mètres au-dessus d'une place qui marque le centre de la ville. Construite en briques cuites d'une teinte brune, elle affecte la forme d'un énorme pain de sucre, dont le cône terminal serait remplacé par un cylindre reposant sur une corniche inférieure et supportant la grande corniche qui couronne tout l'édifice. Le cylindre est la partie la plus remarquable du monument : il est percé de seize petites fenêtres ogivales à colonnettes accouplées, d'un très gracieux aspect. Les corniches sont fouillées d'une infinité de petites niches dont la superposition est d'un grand effet architectural. Depuis la base jusqu'à la première corniche, les parois offrent plusieurs sections nettement divisées suivant les lois de la symétrie et se répétant à l'infini. Au sommet du monument, un petit pyramidon supporte le nid de cigognes qui complète l'architecture des minarets ou des coupoles de Boukhara.

Cette tour servait autrefois aux exécutions capitales, dont la dernière remonte à 1886. Du haut du Katta-Minar des centaines de malheureux ont été précipités dans les airs. On se sent frissonner les chairs, quand on mesure de l'œil la hauteur de laquelle les condamnés devaient décrire dans le vide une effroyable parabole avant de se briser les

membres sur le sol. L'intervention du gouvernement russe
a dû mettre fin à ces horribles supplices. Du Katta-Minar
on peut dominer toute la ville et plonger le regard dans
les cours intérieures des habitations. Quel grand danger
pour les femmes d'être aperçues sans voile! Aussi le touriste étranger n'obtient que difficilement l'autorisation de
monter au haut de cette tour. On prétend aussi que le jour
de l'exécution, toutes les femmes de Boukhara avaient
ordre de se cacher, afin de ne pas donner probablement
une dernière consolation au pauvre condamné!

Le Réghistan est la principale place publique de
Boukhara. C'est une sorte de forum où, à toute heure du
jour, on rencontre des groupes animés. Des échoppes
volantes, abritées par des nattes en roseaux, où se tiennent
des débitants de thé, des marchands de légumes, de
viande et de bibelots, occupent le centre de la place. Des
mosquées la bordent de deux côtés tandis que d'un autre
se trouve un bassin public.

C'est un spectacle des plus curieux et des plus pittoresques de voir, sur la place publique, cette foule bariolée,
houleuse, se poussant entre des chevaux, des ânes, des
arbas. Du milieu de ce grouillis ensoleillé, de grands
parasols blancs qui abritent des marchands en plein vent,
émergent comme des îlots au-dessus de la place, bordée
de maisons jaunes en pala fites et, chose rare, à deux étages.

Le Réghistan est dominé par l'Ark, antique citadelle
construite au IXᵉ siècle, qui sert de résidence à l'Émir.
Ses murs couronnent une grande colline artificielle, haute
d'environ 15 à 20 mètres, dont le plateau le plus élevé
est occupé par la demeure émirale.

Suivant l'usage asiatique, le souverain habite le point
culminant de la ville, parce qu'aucun de ses sujets ne peut
atteindre à sa hauteur.

Cette enceinte, défendue par de hautes murailles crénelées en argile, renferme, outre le palais de l'Émir, la
demeure du kouche-béghi, et celles des grands dignitaires

de l'État. Tout cet ensemble de constructions ne manque pas d'un certain caractère grandiose extérieurement, mais à l'intérieur il n'y a absolument rien de remarquable.

C'est dans ce Kremlin boukhare que règne encore le descendant dégénéré d'une race qui fut puissante, entouré de centaines d'officiers et de fonctionnaires de tout titre et de tout rang, avec des noms et des dignités ronflantes au milieu d'une étiquette orientale. Ombre de souverain qui ne se maintient que par la grâce du gouvernement impérial. Un ordre de Pétersbourg mettrait un terme à son pouvoir, sans grave conséquence, d'ailleurs, pour la paix intérieure et plutôt avec grand avantage pour les populations du Khanat.

Au pied de la citadelle, se trouve un long hangar, déjà délabré, clôturé d'une haute palissade, à travers laquelle on remarque des pièces d'artillerie de toutes dimensions. C'est l'arsenal ou plutôt le parc d'artillerie. Le *Zambara-kimiz*, dont tout Boukhare s'enorgueillit, contient une vingtaine de pièces de bronze, vieilles de deux ou trois siècles, qui rappellent les glorieux exploits du passé. Quelques-unes portent des caractères turcs ou persans : ce sont les trophées des victoires remportées par les Émirs sur leurs voisins.

Des soldats montent toujours la garde devant ces canons dont ils tirent quelques coups dans les grandes circonstances, quand il faut annoncer la nouvelle lune après le Ramazan et l'anniversaire de la fête de Courban-Baïram.

Sur le Réghistan règne, en ce moment, une grande animation; les bazars et les boutiques sont envahis par une foule compacte; seules les approches de l'Ark présentent un aspect calme et solennel. Quelques mirzas, des gens vêtus de khalats criards apparaissent sur le seuil du porche ogival. Mais voici qu'en sort, tout fier et orgueilleux, un personnage revêtu d'un brillant khalat tout neuf, accompagné d'une longue suite de serviteurs, portant également des khalats d'honneur, présents du Djanabi-Ali. Sur la tête du personnage, dans les plis du turban blanc, flotte un morceau de papier étroit avec le sceau émiral : c'est l'oukaze qui accorde une dignité ou des fonctions supérieures. Important et marchant à pas lents, le nouveau dignitaire descend la pente à madriers, monte à cheval et se dirige vers la place où l'entourage et la foule s'empressent de le féliciter.

A Boukhara, comme dans toutes les villes du Turkestan, les rues et les passages du bazar sont protégés contre un soleil torride par un toit plat formé de charpentes sur lesquelles on étend de la boue ou des nattes. De distance en distance, s'ouvre un petit orifice carré donnant à peine passage à un peu d'air et de lumière. Poussière et miasmes ne pouvant s'échapper vers le ciel sont retenus en suspension dans une atmosphère viciée par toutes les émanations d'une saleté orientale très florissante. Dans ce milieu infect se concentre la vie d'une ville de 100 000 âmes, dont les maisons sont tellement serrées les unes contre les autres qu'on pourrait la traverser de part en part sans quitter les toits. On se figure aisément jusqu'à quel point la santé publique laisse à désirer.

Depuis quelque temps toutefois, peut-être après la leçon infligée par le choléra de 1892 ou par esprit d'imitation, l'Émir a ordonné de déblayer les ordures, de balayer et d'arroser les rues et les ruelles des bazars. Au milieu de la poussière flottante, j'y ai trouvé de la boue s'attachant aux talons, mais en revanche beaucoup de chiens dormant sur la voie publique, à peine se dérangeant au passage des hommes et des animaux.

La police de nuit est déjà beaucoup mieux organisée : des gardiens, postés chacun dans un des quartiers de la ville et des bazars, ne cessent de frapper du tam-tam à intervalles réguliers et font la ronde, une lanterne à la main. Certaines rues sont éclairées aux coins par des lanternes ou des lampes suspendues.

Mais il est temps d'aller flâner aux bazars, remarquables par l'étendue qu'ils occupent à Boukhara. Le grand et le petit commerce se concentrent dans les *timmes*, c'est-à-dire dans une enfilade de grands et longs passages voûtés, espèces de portiques, bâtis en briques, dont les arcades sont converties en niches pour servir de boutiques. D'espace en espace, s'ouvre un arc, donnant accès aux caravansérails, disposés de côté et d'autre de ces immenses galeries. Celles-ci aboutissent à un rond-point central, nommé *tcharsou*, qui signifie en persan *les quatre côtés* et qui représente une grande coupole comprenant une série de voûtes en plein cintre, soutenues par plusieurs colonnes massives. Le centre de l'édifice, dit *scoufia*, se termine par un petit tambour qui sert de lanterne et de ventilateur. Les intervalles entre les colonnes extérieures sont murés et forment des niches où se dressent des boutiques et des étalages autour des colonnes intérieures. Il existe quatre *tcharsou*, disposés au carrefour des passages.

D'ici l'œil plonge dans cette longue enfilade d'arcs et de boutiques, envahis par une foule bigarrée, où se confondent les races les plus diverses de l'Asie. Nulle part ailleurs on ne trouverait un mélange aussi complet de races et de types de l'Asie centrale que parmi la foule qui se meut dans les ruelles ombragées des bazars de Boukhara : Sartes, Ouzbeg, Tadjiks, Kirghiz, Hindous, Afghans, Juifs, Tatares, Karakalpaks, Turcomans, Persans, se coudoient dans une trêve des races et se font la guerre à pièces d'argent. L'Afghan de Caboul y traite avec le marchand tatar d'Orenbourg ou de Kazan ; le Turcoman de Merv et de Maïmené y vend des peaux de mouton au Persan, qui échange des pièces de monnaie chez le changeur hindou. Le Kirghiz, naïf et nature, se fait voler sur la marchandise par le Sarte, malin et rapace, et l'Ouzbeg riche achète des écheveaux de soie au Juif adroit. Dans le costume, dans les traits de la figure, dans le dialecte, dans le maintien, tous accusent leur origine et leur valeur. Parfois, dans ce tableau si varié, éclatent, comme une note étrange, la casquette et la blouse blanches d'un Russe.

Les portiques sont éclairés par de petites ouvertures pratiquées au-dessus de la voûte, elles ne laissent pénétrer que juste la clarté suffisante aux marchands et aux clients. Les passages sont au nombre de six et portent chacun un nom différent.

Le timme Abdoullah-Khan, qui date du règne de ce souverain, d'il y a deux cents ans environ, est réservé aux soieries. Le timme Safet contient exclusivement les fines indiennes et mousselines servant à confectionner les turbans. Puis viennent le Toki-Tirgaran pour les cotonnades, le Toki-Zargaran pour les tapis et les broderies, le Toki-Bazar-Terpak pour les chapeaux, bonnets et calottes, le Toki-Sarafan pour les indiennes, les merceries et les banquiers et changeurs de monnaies.

Quant aux caravansérails, ils constituent pour ainsi dire les grands entrepôts du commerce. Chaque caravansérail occupe un grand espace avec une seule entrée et une cour au milieu. C'est un édifice à plusieurs étages, dont les deux inférieurs sont solidement bâtis en briques cuites; il contient une infinité de locaux et de sérails variés, encombrés de marchandises. Comme les caravansérails sont disposés au milieu des bazars et qu'il n'y a pas d'habitations dans le voisinage, les marchands s'arrangent sur les toitures des tentes, des lits et autres accessoires pendant leur séjour à Boukhara.

Il y a vingt principaux caravansérails : chacun a sa spécialité. Le caravansérail de Khiva est destiné aux caravanes venant de cette ville; à l'entrée et dans la cour, on aperçoit toujours de grands bonnets de mouton et des khalats rouges rayés, costume habituel du Khivien. Il y a le Hindou-Sérail pour les Hindous exclusivement; le Nogaï-Sérail pour les Tatars; le Pakhta-Sérail pour le coton, et ainsi de suite. Enfin dans le voisinage des porti-

25

ques se tirent des rues remplies de boutiques et d'ateliers d'artisans. Chaque art, chaque métier a son quartier : c'est une file interminable et un vacarne effroyable.

Le coup d'œil de l'ensemble de ces bazars est très pittoresque. Quel kaléidoscope merveilleux, rappelant un chapitre des *Mille et une nuits* en action ! Il faudrait un pinceau pour rendre ce tableau sous sa véritable couleur locale, pour reproduire la vie, le mouvement, le bruit, les cris, le vacarne de tout ce tohu-bohu. Des marchands vêtus de costumes les plus fantastiques et gravement assis dans leurs boutiques les jambes croisées ; des clients riches et pauvres, à pied ou à cheval, s'attardant aux étalages et palpant les étoffes voyantes de soie ou de laine ; des femmes soigneusement voilées se glissant de galerie en galerie, où elles passent une grande partie de la journée ; les nombreux passants qui défilent devant vous, tels que chameliers conduisant des dromadaires portant au cou de grosses clochettes fêlées, artisans, mendiants en haillons couverts d'ulcères et de plaies hideuses ; âniers qui vous crient gare après qu'ils vous ont renversé ; derviches vêtus d'une sordide peau de mouton, égrenant leur rosaire dans leurs doigts crasseux, d'un air hébété ; porteurs d'eau colportant dans une peau de bouc leur marchandise qu'ils répandent dans les cours des habitations ; artisans, martelant sur le cuivre des aiguières (koungan) ou sur les lames des couteaux ; charpentiers, menuisiers et forgerons travaillant et frappant presque nus et le corps bronzé ; cuisiniers en plein vent faisant rôtir à la broche de menus morceaux de mouton ; boulangers cuisant des galettes plates sans levain ; tailleurs coupant des khalats ; armuriers confectionnant des armes de guerre et des cottes de mailles : ce sont autant de figures typiques et curieuses. A cette cacophonie humaine se joint le concert des bêtes, ânes, chameaux, chiens.

Au milieu de ces tableaux, quelque vision passagère. Montant un superbe cheval s'avance un vieillard, coiffé d'un turban blanchâtre ; il se tient au pommeau de la selle, et un jeune palefrenier conduit par le mors le cheval, couvert d'une housse brodée éblouissante, tandis que de quelques pas précède un autre serviteur, armé d'une longue gaule. Le cortège marche vite : la foule s'écarte obséquieuse, tous saluent le vieillard qui répond sans cesse aux saluts. C'est un ancien kazi, un savant.

Je parcours les enceintes et les rues de chaque commerce, de chaque industrie ; j'entre dans les caravansérails et je fais quelques acquisitions curieuses et intéressantes dans les galeries des tapis, des soieries, des indiennes, des chapeaux.

La section des soieries se distingue par la variété et la quantité des articles. Dans celle des cuivres on trouve des objets originaux, et jolis même pour le goût européen : le bruit et le retentissement des marteaux et des instruments sont bien à la hauteur de la célébrité des artistes forgerons.

Les galeries des khalats, au contraire, se font remarquer par le silence et le calme qui y règne : cela vient-il de la grande variété de khalats existant à Boukhara, suivant le titre et le grade que revêtent les dignitaires et les fonctionnaires boukhares ? Les galeries des friandises étonnent par leur grandeur et leur nombre : qui donc peut consommer cet amas de confiseries, faites de sucre et de graisse principalement ? Dans celles des armuriers et des couteliers il règne une grande variété et un mélange de produits anciens et nouveaux parmi lesquels l'archéologue et le collectionneur trouveraient bien des choses à leur goût. Les changeurs, les *sarafas*, placent devant eux des tas de pièces d'argent ; ils constituent une corporation distincte, une espèce de Bourse, qui fixe les cours du change. Et puis les passages et les sections des manufactures, des thés, etc. Bref, on n'en finirait pas d'examiner les marchandises et d'observer les coutumes.

La vie, active et bruyante dans les bazars et à côté dans les *tchaï-khané*, et les *ache-khané* (gargotes), cesse

tout à coup, après le *namaz-chame*, la prière du soir.
Quel contraste alors, quand on ferme les portes des galeries
et des caravansérails! Toute la ville dort après le *namaz-
kouftan*; vers 9 heures, tout est fermé et barricadé. Avec
les ténèbres toutes les portes de l'enceinte de Boukhara se
ferment, mais la garde les ouvre sans difficulté à ceux qui
veulent entrer ou sortir.

A cette heure-là je prenais plaisir à parcourir la ville
accompagné de mes guides. Rarement quelque passant
attardé traverse la chaussée pour s'enfoncer aussitôt dans
l'obscurité. Des ombres mystérieuses glissent le long des
murs sur lesquels de rares fanaux jettent des lueurs
étranges. Seuls les sourds résonnements des tams-tams
des gardiens de nuit rompent le mystère et le silence qui
règnent dans les rues et sous les galeries des bazars si
bruyants le jour. Dans les *tchaï-khané*, dans les *ache-khané*,
éclairés par des lanternes suspendues, meurent les derniers
sons d'une musique monotone, accompagnant un chant
guttural ou quelque voix nasillarde, ou la mimique dégin-
gandée de quelque batcha imberbe.

De jour, je vais me promener sur la chaussée entre la
capitale et la station et je visite le palais émiral de Chirbadan, situé hors la ville au milieu de jardins, vastes et bien
ordonnés, avec des salles aux plafonds lambrissés et aux
murs en verres de couleurs.

Très intéressants le harem et l'appartement des hôtes.

A part les monuments et les édifices mentionnés, il n'y
a aucune autre curiosité remarquable à voir, pas même le
Sindone, la fameuse fosse à punaises, supprimée depuis
quelques années, dans laquelle on laissait mourir les condamnés d'une mort lente et horrible.

Ce genre de supplice, comme aussi celui de la tour, a
été supprimé en vertu d'une instance du gouverneur
général du Turkestan, et a été remplacé par la pendaison
ou le couteau du bourreau. On prétend néanmoins que
les anciens moyens de donner la mort se pratiquent encore

en secret, partout où l'on peut les cacher à l'agent diplomatique russe. On continue, assure-t-on, à jeter les condamnés du haut du minaret; on coupe les têtes, on empale comme avant et on livre l'assassin aux parents de la victime qui lui font subir des tortures atroces.

En revanche, des innovations importées de l'Europe : un bureau de poste et de télégraphe, une ambulance pour les Russes et les indigènes, sans différence de sexe. Pour se décider à faire soigner des femmes par des médecins russes, il fallait que l'Émir déployât un grand courage contre les imams. Cette ambulance a été créée par l'Émir Seïd Abdoul Akhat à l'occasion du miraculeux salut de la famille impériale lors de la catastrophe du 17 octobre 1888 en chemin de fer.

En souvenir de l'avènement au trône de l'empereur Nicolas, l'Émir a décidé de fonder une école technique pour l'instruction des indigènes, où l'on enseignera les sciences techniques et la langue russe.

L'influence de la Russie se fait visiblement sentir à Boukhara. Rien d'étonnant d'ailleurs, puisque les Russes ont fondé au cœur même du pays une nouvelle ville, la Nouvelle-Boukhara, située à 12 kilomètres de la capitale du khânat. Au moment où je retournais à Boukhara russe, je remarquai beaucoup de mouvement. La gare et ses annexes étaient occupées par des troupes boukhares et russes; une foule nombreuse avait envahi les avenues, le square et les allées voisines. A côté du débarcadère, sur une pelouse, on avait dressé un immense rideau de toile avec toiture formé de douze tentes réunies à la file, à l'ombre desquelles une très longue table se trouvait couverte de boissons et de friandises de toutes sortes. Le sol disparaissait sous une couche de tapis aux dimensions énormes. On attendait le gouverneur général du Turkestan, le baron Vrevsky, qui, après avoir fait visite à l'Émir à Kerminé, se rendait à Boukhara.

La réception fut des plus brillantes : **Russes** et **Asiati-**

ques y déployèrent toutes leurs ressources. La petite
colonie russe y présenta le pain et le sel au baron
Vrevsky, qui se rendit ensuite à l'hôtel de l'Agence politique, tout orné de drapeaux et d'oriflammes, pour
assister avec sa suite et les autorités locales à un grand
banquet.

A la gare, l'Émir avait mis à la disposition du baron
Vrevsky et de sa suite tous ses équipages de cour. A
propos de ces voitures, on me raconta une histoire très
drôle.

Feu le général Kaufmann avait envoyé en présent à l'Émir
Mouzaffar un magnifique landau. Un jour l'Émir eut la
fantaisie de se promener en cet équipage et ordonna de
l'atteler. Mais les roues de la voiture, au lieu de rouler, ne
faisaient que glisser sur la chaussée, au grand étonnement
de ceux des courtisans qui avaient déjà vu de pareils attelages à Taschkent. Néanmoins, il fallait marcher : la voiture s'avance, l'Émir y entre et s'assoit dedans, comme
on lui avait expliqué que le général Kaufmann faisait;
tandis que le ministre de la cour monte sur le siège, à
côté du cocher. Cinq chevaux traînaient avec peine la
lourde voiture. Cependant, s'apercevant que le peuple ne
le voyait pas et ne lui rendait pas ses hommages, l'Émir
fait arrêter la voiture, ordonne au ministre de s'asseoir à
l'intérieur et se met à sa place sur le siège. A la vue du
souverain, tous les habitants se prosternent à son passage.

De cette manière Mouzaffar-khan se promena plusieurs
fois, jusqu'à ce qu'un beau jour le secret de la voiture
mystérieuse fut révélé par un Tatar qui avait déserté
l'armée russe. Le soldat proposa de tirer tout le monde
d'embarras et d'expliquer comment la voiture devait marcher. L'Émir lui en accorda l'autorisation, sous peine
d'être jeté dans la fosse à punaises s'il abîmait l'équipage.
Aussitôt le Tatar enleva les chaînes du frein qui retenait
les roues, dégrafa les charnières du couvercle et la transformation s'opéra en un clin d'œil : l'Émir put désormais

se promener en landau découvert et être vu de toute la population. Le soldat fut largement récompensé pour son habileté.

La Nouvelle-Boukhara, qui doit son origine à la construction du chemin de fer transcaspien, fait des progrès rapides. La ville naissante, bâtie sur des terres de l'État vendues par lots de 450 sagènes carrées au prix de 225 roubles le lot, contient plus de 300 édifices de tout genre en briques et en pierres, dont une centaine de maisons, et le reste consiste en magasins, entrepôts, fabriques et établissements divers de commerce. Parmi ces bâtisses, on remarque l'hôtel de l'Agence politique russe, au milieu d'un jardin, entouré d'un mur avec une grande grille à l'entrée, en style renaissance modernisé ; ensuite le Cercle social, le *Gostinoï Dvor*, bâti en portiques pour les boutiques et les entrepôts de marchandises, propriété de l'Émir de Boukhara, et enfin les hôtels de la Banque de l'État et d'autres établissements de crédit et comptoirs de maisons et compagnies industrielles.

A l'exception de quelques hangars et baraquements établis provisoirement sur la place du marché, tous les édifices sont en briques ou en pierres. Il y a des fabriques pourvues de *gin*, machines pour le décorticage du coton. La ville compte déjà 2500 habitants. La population est toutefois fort mélangée : outre les Russes, il y a des Sartes, des Persans, des Juifs, des Polonais, des Arméniens, des Géorgiens. Dans quelques années elle comptera 10 000 habitants, si l'on construit l'aqueduc ou le conduit projeté du fleuve Amou-Daria. Pour le moment on y apporte journellement de l'eau dans des cuves placées sur les wagons.

La voie ferrée a donné un grand essor au trafic et à l'industrie. En peu de temps se sont organisées des entreprises là où personne n'aurait soupçonné qu'il y eût moyen de les créer.

Le progrès rapide du trafic entraîne une plus grande

extension de la culture et par conséquent de l'irrigation. Le développement des richesses ne doit-il pas précéder celui de la vie morale et intellectuelle, et le progrès économique n'est-il pas appelé à déterminer la régénération morale des populations musulmanes, aveuglées par des préjugés séculaires, tenues sous le joug du fanatisme religieux par une classe trop intéressée à conserver le *statu quo* dont elle a abusé depuis des siècles?

CHAPITRE XIX

UN SOUVERAIN ASIATIQUE ET SA COUR

L'émir Seïd Abdoul Akhat. — Une audience à Kerminé. — Origine de la dynastie des Manguides. — Souvenirs historiques sur Mouzaffar Eddin. — L'Émir actuel. — Son éducation. — Sa vie. — Sa cour. — Ses ministres. — Les finances. — L'armée boukhare. — La politique du khan et ses rapports avec la Russie.

Lors de mon passage à Boukhara, l'émir régnant, Seïd Abdoul Akhat-khan, se trouvait à sa résidence de Kerminé, où je dus me rendre par le chemin de fer. Kerminé et son territoire forment en quelque sorte l'apanage des princes héritiers de la couronne, qui y fixent leur demeure en qualité de beg, quand ils atteignent leur majorité. Située à 80 kilomètres à l'est de Boukhara, au pied des monts Nourata, au bord du Zarafchan, cette ville est le séjour favori de l'émir actuel qui y a passé une grande partie de sa jeunesse. L'émir y avait donné, deux jours auparavant, une grande fête en l'honneur du gouverneur général du Turkestan. A la gare m'attendait une voiture de la cour attelée de quatre chevaux, montés par quatre écuyers, et précédée de deux mirzas à cheval. Après trente minutes de grand galop, au milieu de nuages de poussière et à travers une steppe nue et stérile, la voiture me déposa devant la maison réservée aux personnes qui se rendent en audience chez l'émir.

Cette habitation est bâtie suivant le plan ordinaire adopté partout en Asie centrale : les pièces sans fenêtres, mais pourvues de plusieurs portes basses donnant sur une cour plantée d'arbres, traversée par une rigole d'eau puante, et servant de centre de communication avec les offices et les dépendances : le tout englobé dans une enceinte de murs d'argile et clos par un grand portail. Une véritable prison, d'où les étrangers ne peuvent s'éloigner jusqu'au moment de l'audience.

Deux heures plus tard, je me rendais dans le même attelage au palais de l'émir. Ce palais a l'aspect le plus ordinaire ; il ressemble à toutes les *ourdas* des begs et se trouve sur une petite éminence, entourée de murs assez élevés, à laquelle mène une rampe en pente douce. On y pénètre par un portail, donnant accès à une cour intérieure, où sont disposés les appartements privés de Son Altesse.

Je mets pied à terre et passe devant la garde d'honneur qui présente les armes. Sur le seuil du portail, un maître de cérémonies s'avance, en faisant force saluts et sourires. Un interprète m'invite à traverser la cour et à monter quelques marches qui conduisent à une pièce presque vide, servant d'antichambre.

Tout à coup, introducteur et interprète se prosternent la face contre terre, les mains jointes sur l'abdomen. J'aperçois à travers la porte Son Altesse assise sur un fauteuil, dans la pièce suivante, et, sur un signe de l'émir, je suis introduit dans la salle de réception.

L'émir se lève, fait quelques pas à ma rencontre, me tend la main et m'indique un fauteuil en face de lui. Le siège, sur lequel il s'assoit lui-même, est un cadeau du gouverneur général du Turkestan, le baron Vrevsky : un grand fauteuil, en guise de trône, en bois sculpté et doré, avec dossier de velours cramoisi.

Le *Djanabi-ali*, ainsi les indigènes désignent leur souverain, qui porte maintenant le titre d'Altesse Sérénissime décerné par l'empereur de Russie au lieu de celui de

Vissocostepenstvo ou d'Éminence, est un des plus beaux hommes de Boukharie. Le khan Seïd Abdoul Akhat a une stature au-dessus de la moyenne, une constitution robuste. Des traits fins et réguliers, encadrés dans une barbe noire comme du jais, un teint mat, des yeux noirs et profonds avec une expression de mélancolie, en font un modèle du type iranien antique. De belles dents blanches, un petit pied et une petite main, un timbre de voix doux et agréable complètent le physique sympathique du khan de Boukharie. L'aisance et la simplicité des manières, la noblesse du port et du maintien lui donnent un air distingué. Aux gestes, à la manière de se tenir, d'adresser la parole, on sent l'influence de la civilisation européenne.

Seïd Abdoul Akhat n'est nullement gêné dans les audiences qu'il accorde aux étrangers et sait trouver avec sagacité des sujets de conversation adaptés à la circonstance. De sa voix sonore et sympathique, il s'informe du but et des résultats du voyage entrepris dans ses États; et tandis que l'interprète lui transmet vos réponses, ses yeux pleins d'intelligence vous laissent deviner qu'il comprend parfaitement la langue russe. On prétend, en effet, qu'il parle assez bien cette langue, mais qu'il se gêne de s'en servir en public. Après avoir écouté avec intérêt le récit de notre voyage à travers la Boukharie, depuis les confins de l'Alaï et du Pamir jusqu'à Boukhara, l'émir s'enquiert de plusieurs personnages et dignitaires qu'il avait connus pendant ses voyages en Russie.

Ayant échangé les nouvelles politiques du jour et les compliments d'usage, je prends congé de Son Altesse en lui présentant nos remercîments pour l'accueil fait et l'assistance prêtée à notre expédition.

Toujours avec le même cérémonial, on me reconduit jusqu'à la voiture et je rentre à la khana. Puis je repars bientôt pour la station de Kerminé pour monter dans le train allant à Samarcande.

L'émir actuel, Seïd Abdoul Akhat-khan, est le septième

souverain de la dynastie des Manguides, qui s'est emparée du trône de Boukhara à la mort d'Aboul Gazi, dernier rejeton de la maison des Astarkhanides (1795). Les Manguides, famille d'origine ouzbeg, gouvernaient le khanat depuis l'origine du xviiie siècle. En 1784, l'énergique et habile Chah Mourad éloigna le faible Aboul Gazi du gouvernement et transmit en 1820 sa succession à son fils Mir Haïder (1820-1825), qui prit le titre d'émir. Ses successeurs furent Housseïn-khan et Omar-khan (1825-1826), Nasr Oullah (1826-1860), Mouzaffar Eddin (1860-1885) et enfin l'émir régnant.

La dynastie des Manguides tire son origine en ligne masculine d'Ouzbeg, neuvième souverain de la maison de Djudji et descend de Djenguiz-khan par les femmes.

La tribu des Manguides fut amenée sur les bords de l'Oxus par Djenguiz-khan de la Mongolie septentrionale au début du xiiie siècle; c'était une des plus belliqueuses et courageuses peuplades ouzbeg, nomadisant dans les confins du Kharezm. Au xvie siècle, le khan Cheïbani Mahomet invita une partie des Manguides à s'établir en Boukharie, dans la plaine de Karchi. Actuellement cette tribu vit partie dans le cercle de Karchi, et partie dans celui de Boukhara. Il y a aussi des Manguides assujétis au khan de Khiva.

L'émir Seïd Abdoul Akhat est né en 1857 à Kerminé d'une esclave persane, nommé Chamchat, femme de grande intelligence, épouse préférée du khan Mouzaffar Eddin.

Il faut observer pourtant que la loi boukhare n'établit pas l'ordre de succession. Chaque souverain peut laisser le trône au plus digne, mais ordinairement il désigne pour lui succéder son fils aîné, qui porte le titre de katta-tioura, équivalant à celui d'héritier présomptif. Or ce titre appartenait au fils aîné Abdoul Malik, quand les événements changèrent de but en blanc la situation politique.

A la suite des victoires remportées par les armes russes,

un mécontentement commença à agiter les populations de la Boukharie. Un parti d'opposition au gouvernement boukhare s'organisa bientôt, accusant l'émir Mouzaffar de faiblesse et de trahison.

Excité par les principaux, les hodjas, les imams et les mollahs, encouragé peut-être par l'Angleterre qui lui promettait des secours, le jeune héritier Abdoul Malik se mit à la tête des mécontents et trama un complot contre son père. Les deux begs de Chaar-Sabiz, Djoura et Baba, en firent partie, et le khan de Khiva lui-même s'y montra favorable. Au moment où les Russes marchaient sur Samarcande, le katta-tioura se proclama émir et réunit une armée de 12 000 Turcomans. Mouzaffar, battu à Zéraboulak par les Russes et n'osant se présenter à Boukhara, où la révolte venait d'éclater, implora l'aide de ses vainqueurs avec lesquels il avait signé la paix. Le secours ne se fit pas longtemps attendre. Aussitôt le général Kaufmann, commandant en chef des troupes russes, expédia le colonel Abramof à la tête d'un détachement au secours de l'émir Mouzaffar. La colonne russe marcha rapidement sur Djam et, après avoir livré deux combats et dispersé les bandes des Turcomans et des rebelles, s'empara de Chaar-Sabiz et de Karchi. Le katta-tioura s'enfuit en Afghanistan, d'où il se réfugia plus tard dans l'Inde. Les deux begs Djoura et Baba obtinrent leur pardon et entrèrent au service militaire de la Russie ; et jusqu'à présent ils vivent à Taschkent avec le grade de colonel. Les villes conquises furent remises au souverain légitime : la rébellion, privée de ses chefs, disparut aussi rapidement qu'elle avait éclaté.

Dès lors les rôles changèrent : Mouzaffar devint l'allié des Russes et pendant la campagne de 1873 contre Khiva, il leur fournit des munitions de bouche et des bêtes de somme.

Cependant Mouzaffar Eddin, ayant perdu quelques années après la révolte du katta-tioura deux autres fils qu'il avait désignés pour lui succéder, le trône revenait en conséquence à Seïd Abdoul Akhat. En 1883, ce prince se rendit à Moscou pour assister au couronnement de l'empereur Alexandre III et se faire reconnaître comme héritier de la couronne de Boukharie. Deux ans plus tard (13 octobre 1885), Mouzaffar Eddin s'éteignait dans son palais de l'Ark. Le vieux et fidèle kouche-béghi Moullah Mehmed Bii cacha la mort du monarque pour donner à son fils le temps d'accourir de Kerminé, avant que le parti ennemi pût lever la tête ou entreprendre quelque chose au préjudice de ses droits. Le 1er novembre 1885, Seïd Abdoul Akhat faisait son entrée solennelle dans la capitale, entouré de tous les hauts dignitaires, d'une force armée considérable et d'une foule immense accourue de Boukhara à sa rencontre. Le 4 novembre avait lieu la cérémonie du couronnement.

On sait que le nouvel émir doit se placer sur un tapis de feutre blanc que les représentants des tribus ouzbeg, de l'État et du clergé, en présence de tous les hauts dignitaires militaires, civils et ecclésiastiques réunis au palais de l'Ark à Boukhara, soulèvent solennellement et posent sur le trône, c'est-à-dire sur une pierre de marbre polie, avec trois marches, recouverte de sept couvertures de riches tissus boukhares et indiens. Après les félicitations d'usage, chaque assistant prête serment à l'émir et lui baise la main qu'il porte au front et aux yeux, en signe de soumission et d'obéissance. On observe un certain ordre dans ce cérémonial du serment qui s'appelle le *dost beï-gat* : on commence par le chef du clergé, le *hodja-kolan*, puis vient son vicaire le *nahib*, ensuite le *kouche-béghi*, les *divan-béghi*, et ainsi de suite. Après quoi l'émir se retire dans ses appartements et la solennité s'achève par une distribution de sucreries aux assistants. L'avènement de Seïd Abdoul Akhat fut solennisé par une série de fêtes, organisées pour le peuple, par la distribution usitée de cadeaux (khalats, chevaux, etc.) aux personnes de l'entourage, au clergé, aux troupes et aux fonctionnaires.

L'émir actuel reçut l'instruction généralement donnée aux princes du sang : on lui enseigna les langues arabe et persane, le Coran et le Chariat, quelques modèles de la littérature orientale. Mais ayant une passion innée pour la science, il cultiva la littérature et surtout la poésie. Il passe pour bon connaisseur des poètes orientaux et lui-même compose des poésies en langue persane.

A treize ans, Mouzaffar le maria avec une de ses nièces; à dix-huit ans, il fut nommé beg de Kerminé, où il vécut jusqu'à la mort de son père, loin des affaires et de la politique. Le jeune beg sut se faire aimer de la population de sa province, grâce à sa simplicité, à sa piété et à sa bonté envers tous. Levé de bonne heure, il donnait l'exemple du travail, s'occupant de l'administration, instruisant les troupes, dirigeant les travaux et les bâtisses au palais ou dans la ville, ne dédaignant pas de prendre la hache ou le marteau pour aider à l'ouvrage. Souvent il se rendait aux monts Nourata et en revenait à la tête d'une caravane d'arbas chargées de pierres pour les bâtisses de Kerminé.

Le prince aimait surtout toute espèce de sports et les chevaux; il prenait part aux courses à la chèvre et s'y distinguait par sa force et son habileté. Sa vie d'ailleurs était des plus simples et réglées; très sobre dans le boire et le manger, ne fumant pas le tabac, ne buvant pas le vin : de mœurs sévères, il se contentait de ses deux femmes.

Le voyage du jeune prince à Saint-Pétersbourg et à Moscou en 1883 laissa une profonde impression dans son âme. La prévenante attention dont il fut l'objet à la cour impériale le toucha sensiblement, tandis que la vie civilisée de la société russe lui inspira le désir d'implanter dans sa patrie les choses qui avaient captivé son esprit et son cœur. Seïd Abdoul Akhat devint populaire. Ses idées, ses projets lui créèrent des partisans, impatients de le voir succéder au vieux Mouzaffar et réaliser les souhaits de ceux qui espéraient en un changement de gouvernement. Voilà ce qui causa probablement la disgrâce de Seïd Abdoul à son retour de Russie. Le soupçonneux Mouzaffar, craignant pour sa vie et son trône, tint dans un sévère éloignement son héritier, qui s'enferma dans la citadelle de Kerminé.

Depuis qu'il est devenu souverain, le khan Seïd Abdoul n'a pas modifié son ancien train de vie régulière et laborieuse. Le premier à la tâche, il veut que tous les fonctionnaires remplissent consciencieusement leurs devoirs et il ne se gêne pas pour châtier lui-même de sa main ceux qui n'observent pas ses commandements. Habituellement il se lève avec le soleil, fait sa toilette et ses prières et sort dans la salle d'audience, où l'attendent déjà les dignitaires et les courtisans. Tandis que chacun lui fait son rapport, l'émir s'assoit sur un divan en face duquel on dresse une petite table portant le déjeuner, composé de huit plats. Il en choisit un et fait distribuer les autres aux personnes présentes. Puis on sert le thé.

Après quoi, l'émir donne audience et s'occupe des affaires judiciaires. De onze heures à deux, d'ordinaire il se repose; à deux heures il dîne, et reçoit les sujets qui ont demandé une audience et entend encore les procès civils. Enfin il prend connaissance des rapports des begs gouverneurs des provinces et de tous les papiers arrivés dans la journée. Avant le coucher du soleil, il fait le namaz du soir et reçoit une troisième fois ceux qui ont affaire à lui. Vers les neuf heures il se retire dans ses appartements où il soupe, ou bien va faire visite à son harem. Une fois par semaine, le vendredi, l'émir se rend à cheval, en grande pompe, à la principale mosquée de la ville où il séjourne. Toute sa cour et une suite brillante l'accompagnent. En tête du convoi marchent des *oudaïtchis* portant de longues gaules, suivis de serviteurs distribuant des aumônes aux mendiants. L'émir monte souvent à cheval et assiste aux courses et autres exercices de sport. Quelquefois il se rend en visite chez les grands dignitaires de l'État. Cet honneur, fort recherché des Boukhares, leur coûte assez cher, car celui qui reçoit dans sa maison l'émir doit, suivant un ancien usage, lui présenter 9 khalats, 9 chevaux harnachés et 9 petits sacs remplis de monnaies d'argent; en outre il est tenu de faire des cadeaux et d'offrir un *dostarkhan* à toute la suite du souverain et enfin de répandre de *tengas* (monnaies d'argent) tout le chemin depuis le palais émiral jusqu'à sa demeure, et de *tillas* d'or le sol depuis le portail jusqu'au seuil de la maison.

Les riches doublent et triplent ces présents, sachant bien de pouvoir se rattraper sur le peuple taillable et corvéable à merci. Cependant la visite ne se passe pas sans *dostarkhan*, ni sans *tomacha*, spectacle de danses mimiques avec batchas, acrobates et prestidigitateurs, pendant lequel des poètes et des improvisateurs ambulants débitent leurs œuvres.

Le mystère le plus absolu plane sur la vie de sérail de l'émir, ignorée même des personnes de son entourage, qui se garderaient bien d'ailleurs de laisser percer quoi que ce soit. En Orient il est inconvenant de parler de femmes et de la vie intime de quiconque : on se sert même de métaphores pour exprimer l'idée de mariage, de vie en commun : ainsi le Turc appelle sa femme le harem, le Persan la désigne par une expression correspondante à maison, le Turcmène par yourta ou tente, l'habitant de l'Asie centrale par le mot balachaka (enfants).

Quant aux bruits qui circulent par les bazars sur le compte de l'émir, ils sont, pour la plupart, dénués de fondement : on exagère souvent à dessein le nombre des odalisques enfermées dans son harem. Autant que j'ai pu en juger par l'espace des appartements réservés aux femmes dans le palais de Chirbadan, l'émir Seïd Abdoul Akhat ne doit pas posséder un grand harem.

Feu Mouzaffar Eddin, au contraire, usait largement de ses droits de musulman et de souverain. Outre les quatre épouses légitimes, il avait, dit-on jusqu'à 200 femmes. L'émir choisissait à sa fantaisie parmi les femmes et les

filles de ses sujets. Ayant entendu dire, un jour, qu'il y avait
une fille remarquable par sa beauté, Mouzaffar ordonna de
l'amener au palais. Or cette fille aimait un beg auquel elle
était promise. Mise en présence de l'émir, la hardie jeune
fille, saluant d'un profond et humble *sélam alékum*, présenta au monarque le pain et le sel, ce qui, d'après la loi
musulmane, signifiait qu'elle suppliait l'émir de bénir son
union. Personne n'a le droit, sans enfreindre la loi, de
repousser cette demande, ni d'épouser la fille qui l'a
faite. Mouzaffar dut se soumettre et même doter richement la jeune fiancée; mais, dépité, il fit mettre à mort
les courtisans qui avaient accompagné la fourbe fille au
palais.

Pour distraire ses femmes, l'émir ordonne des fêtes ;
il leur permet de faire des promenades en voiture fermée,
des visites et des excursions dans les montagnes, et enfin
d'ouvrir des bazars dans son palais, où elles peuvent
s'acheter ce qui leur plaît.

On parle beaucoup des merveilleuses richesses en argent,
pierres précieuses, objets d'or et d'argent, etc., du khan
Seïd Abdoul Akhat. Certes, elles seraient immenses, si ses
ancêtres avaient accumulé dans leurs trésors tous les présents qui leur ont été faits par les souverains de Russie,
de Turquie, de Perse et d'autres États voisins, ainsi que
tout ce que leurs sujets étaient tenus de fournir à divers
titres ; mais on sait qu'ils ne gardaient que ce qui avait une
valeur historique ou une utilité réelle et faisaient fondre en
espèces sonnantes tous les autres objets.

Néanmoins son patrimoine doit être considérable, et
d'après les données les plus certaines il représenterait une
valeur de 60 millions de roubles en capital, sans compter
les terrains, immeubles et objets précieux. Ce capital s'ac-
croît chaque année : car l'émir aime à épargner une part
de ses 5 millions de roubles de revenus et à faire fructifier
ses capitaux qu'il prête, dit-on, au taux modéré de 6 ou 8
pour 100 aux marchands de Boukhara, sous forme de contrat

d'achat et de vente de métaux précieux, le Chariat défendant le prêt à intérêt.

L'émir est le chef de l'État, mais le Coran et le Chariat, sur lesquels se base la constitution politique et sociale, limitent le pouvoir absolu du souverain. Il se trouve, il est vrai, à la tête de l'armée et de l'administration, qu'il commande et gouverne par l'intermédiaire d'officiers supérieurs et de begs.

Mais les décisions sur les questions et les réformes importantes dépendent du Conseil supérieur, composé de fonctionnaires et de dignitaires civils, militaires et ecclésiastiques. Selon la coutume du pays, l'émir ne peut prendre aucune résolution avant d'avoir entendu l'avis de ce Conseil.

En outre, dans les affaires ecclésiastiques, l'émir n'entreprend rien sans consulter le cheïkh-oul-islam et le hodja-kolan, premiers représentants de l'autorité spirituelle du khanat.

Celle-ci se trouve entre les mains de quatre personnages principaux : le cheïkh-oul-islam, le hodja-kolan, le nahib et le raïs, issus tous de la classe des seïds et des hodjas. Ce sont les premiers conseillers de l'émir; ils gouvernent les affaires religieuses, siègent dans le conseil du khan et jouissent en général de droits et d'une influence extraordinaires. Le hodja-kolan est le seul personnage qui puisse échanger des embrassades avec l'émir et se présenter chez lui sans ceinture. Au raïs appartient la surveillance de la moralité publique et de l'accomplissement de tous les préceptes imposés par la loi aux musulmans.

L'administration civile est représentée par le *kouche-béghi*, le premier *zaketchi* et les *begs* ou gouverneurs des provinces. Ces fonctionnaires reçoivent en récompense les titres de *divan-béghi* (espèce de secrétaire d'État), *parvanatchi*, *inak* et *bii*, titres décernés aussi aux courtisans et autres officiers. Le kouche-béghi remplit le rôle de vice-émir et n'a pas le droit de quitter le palais pendant l'ab-

sence du souverain. Actuellement cette charge est remplie
par Moullah Djane Mirza, d'origine persane, qui, par son
honnêteté et sa fidélité, inspire au khan Seïd Abdoul Akhat
la plus grande confiance.

Le second personnage de l'État par l'importance de ses
fonctions est le grand zakétchi ou ministre des finances.
Depuis plusieurs années Astanakoul-bii, dont le titre de
parvanatchi a fait place à celui de divan-béghi, gère les
finances de la Boukharie.

Le zakétchi Astanakoul appartient à une famille d'ori-
gine persane qui fit fortune à la cour de Boukhara et fut
dévouée par gratitude à la dynastie actuelle des Manguides.
Astanakoul est le petit-fils de Moullah-Mehmed-bii qui
exerça les fonctions de kouche-béghi sous Mouzaffar
Eddin. Emmené en bas âge en captivité et vendu par des
Turcomans sur le marché de Boukhara, le jeune Moullah
Mehmed fut attaché comme serviteur à la personne de
Mouzaffar en 1820, et à l'avènement de ce dernier (1860)
il monta rapidement en grade et reçut la dignité de kouche-
béghi en 1870. Son fils Mouhamed Chérif occupa la charge
de zakétchi sous les deux derniers émirs et s'acquit la
reconnaissance de l'émir actuel en cachant au peuple, de
concert avec son père, la mort de Mouzaffar Eddin, pour
laisser à l'héritier le temps d'arriver dans la capitale. Il
devint dès lors le confident et le conseiller du nouveau
khan et fut chargé de plusieurs missions importantes et
des négociations avec la Russie. On était sûr qu'il hérite-
rait de la dignité de kouche-béghi, mais le sort en décida
autrement : le poignard d'un assassin mit fin à ses jours.

Astanakoul succéda dans l'emploi de son père. Jusque-
là, il occupait le poste important de beg de Tchardjoui, où
il se distingua par son habileté et ses talents d'administrateur. Le gouvernement russe apprécia les services qu'il
rendit dans cette ville limitrophe, par laquelle allait passer
la ligne du chemin de fer en construction à cette époque,
et l'en récompensa par la croix de Sainte-Anne de deuxième

classe. Comme son père et son aïeul, il est partisan de la Russie, où il a fait plusieurs voyages et où il a été dernièrement encore comblé d'honneurs, de présents et de décorations. Aujourd'hui on peut assurer qu'il joue le premier rôle à Boukhara.

Les personnages qui jouissent également d'une grande influence à Boukhara sont le touptchi-bachi Moullah Mahmoud, commandant de l'artillerie boukhare, le conseiller Dourbin-bii et le commandant des gardes du palais de Chirbadan Khal-Mourad Bek.

Le grade le plus élevé dans l'armée boukhare est celui d'*atalik*, équivalant à celui de généralissime, mais les deux derniers émirs ne l'ont jamais décerné à personne. C'est donc le *touptchi-bachi* qui le remplace et a sous ses ordres les généraux (*datha*), les colonels (*toksaba*), les capitaines (*mirakhour*), les lieutenants (*karaoul-béghi*) et les sous-lieutenants (*djévatchi*).

La maison de l'émir se compose d'officiers civils et militaires. Parmi les premiers il y a les maîtres de cérémonies (*oudaïtchi*) et les chambellans (*makhram*). Les aides de camp portent le grade de mirakhour et de bii.

Jadis l'armée se recrutait exclusivement parmi la classe supérieure des conquérants ouzbeg : le service militaire était un privilège et un honneur dus à son rang, sans rétribution aucune de la part de l'État. Ces *galabatirs*, ces *hassabardars*, *noukers*, etc., vivaient de cadeaux faits par l'émir, de butin de guerre et le plus souvent de maraudes et d'abus aux dépens des marchands et des laboureurs.

Lors des dernières campagnes contre les Russes, cette armée, dépourvue d'instruction, fit cependant son devoir : ses derniers vestiges sont sur le point de disparaître tout à fait ou de se fondre dans les rangs de l'armée permanente des sarbaz, créée en 1866, après les défaites de Mouzaffar Eddin.

Car, ces soldats volontaires, déjà appauvris et déchus de leur prestige, excitaient la haine des populations qu'ils

mettaient au pillage et la méfiance du gouvernement boukhare par leur sourde opposition aux réformes introduites
dans l'armée. Aussi l'émir les remplaça-t-il par des troupes
engagées et soldées, appelées *sarbaz*, qui se recrutent
parmi les immigrés, les esclaves affranchis ou leurs fils,
bref parmi le ramassis de la population. Il y en a qui ont
une famille et qui vivent séparément aux environs de Boukhara, dans des édifices appelés sarbaz-khané. Chaque
jour ils se rendent à âne à la porte de Samarcande pour y
faire l'exercice et apprendre le cérémonial militaire, sous
le bâton des essaouls.

Tout ce qu'on leur enseigne c'est à marcher et à exécuter les plus simples mouvements. Le tir est ignoré des
fantassins et des artilleurs : à peine existe-t-il quelque
barbe grise qui ait chargé des canons dans sa jeunesse. Il
suffit d'observer attentivement ces drôles de mannequins,
leur physionomie hébétée, leur maintien burlesque, leurs
fusils cassés et liés avec des chiffons, ou bien de les voir
armés de canons ou de baguettes au lieu de fusils, pour
avoir une idée peu avantageuse de ces sarbaz. Pas de traditions, pas de discipline. Étrange spectacle que leurs
manœuvres dont se complaisent tellement les généraux et
l'émir lui-même !

Quant aux artilleurs, ils servent à conduire les équipages de l'émir, à transporter les hôtes et visiteurs importants dans des voitures bariolées aux formes les plus
bizarres. Ils sont fort habiles à manœuvrer dans les rues
tortueuses de Boukhara ou à courir ventre à terre par les
chemins défoncés. Pour champ de leurs manœuvres ils
n'ont maintenant que la chaussée allant de la capitale à la
station du chemin de fer, et la route de la gare de Kerminé
au palais de l'émir, quand celui-ci y demeure pendant la
saison d'été ou d'automne.

A quoi bon cette armée qui ne peut servir ni à la guerre,
ni à rétablir l'ordre intérieur s'il était compromis? En cas
de danger ou de troubles, l'émir ferait certainement appel

à la Russie et se réfugierait sur le territoire russe, car il n'a nulle confiance dans ses 15 ou 16 mille sarbaz, qu'il garde comme ornement de sa vanité, pour ne pas dire souveraineté. Le peuple, également, méprise ces troupes sans aucune discipline ni instruction, dont l'armement excite le fou rire des Européens. Dispersés parmi les habitants, dont ils partagent la vie commune, il est très facile de désarmer les sarbaz, qui n'ont même pas de casernes pour y chercher un abri en cas de surprise. Seules la garde du palais et une petite partie des troupes formant l'escorte habituelle de l'émir, qui l'accompagne dans ses excursions et ses résidences d'été ou d'hiver, possèdent des habitations en commun. Rien donc à craindre de leur part. Les Russes se rendront facilement maîtres de Boukhara, qui ne peut opposer une défense sérieuse ni par ses troupes, ni par ses fortifications.

L'armée boukhare est donc un anachronisme plus évident que les murailles de la capitale. Si le gouvernement russe réclame, cependant, son licenciement, ce n'est pas qu'il ait à craindre ces espèces de marionnettes, mais plutôt la partie fanatique et guerrière de la population, qui en cas de troubles pourrait s'emparer de leurs armes, et peut-être des fusils à système Berdan, introduits en contrebande à Boukhara et en Transcaspienne, malgré la prohibition de les vendre aux indigènes de l'Asie centrale et malgré l'active surveillance des autorités russes.

En 1886, le gouvernement russe a institué à Boukhara, sur le désir exprimé par l'émir, une agence politique. Son installation et son service, depuis la demeure jusqu'à l'entretien de tout le personnel de serviteurs et de l'escorte de Cosaques, étaient à la charge de l'émir; mais depuis 1891 l'agence a déménagé dans son propre hôtel, bâti aux frais de la Russie dans la nouvelle ville de Boukhara. L'entrée du premier agent politique à Boukhara, M. Tcharikof, se fit avec une pompe et un cérémonial inusités; et bientôt la meilleure entente s'établit entre le représentant de la

Russie et le khan Seïd Abdoul Akhat. Toutes les relations extérieures du khanat ont lieu exclusivement par l'entremise de l'agence russe et du gouverneur général du Turkestan. Ce dernier sert d'instance intermédiaire entre l'émir de Boukhara et le cabinet de Saint-Pétersbourg pour toutes les questions internationales, politiques et commerciales, tandis que l'agence est chargée de la sauvegarde des intérêts russes dans le khanat, ainsi que du patronage et de la surveillance des sujets russes établis ou séjournant en Boukharie.

Le chef actuel de cette agence, M. Lessar [1], qui a pris part aux conférences de Londres pour la délimitation de la frontière russe-afghane, est bien connu dans le monde scientifique pour ses recherches sur le cours ancien de l'Oxus, ses voyages en Transcaspienne, aux confins de l'Afghanistan, et ses projets d'irrigation dans l'Asie centrale. Il a rendu plus d'un service par ses conseils et l'émir Seïd Abdoul Akhat n'a qu'à se louer du choix heureux d'un représentant dont la science et la pratique des affaires trouvent un terrain tout à fait approprié à ses connaissances techniques. Deux fois par an, en hiver et au commencement de l'été, entre l'émir et le gouverneur général de Turkestan se fait un échange de politesses et de présents par des missions spéciales dont le but est de resserrer les liens d'amitié existant entre les deux États. L'émir envoie aussi à Pétersbourg des ambassades extraordinaires; ainsi à l'occasion de l'inauguration du Transcaspien en 1888 et dernièrement à la suite de l'avènement de l'empereur Nicolas II.

D'ailleurs l'émir s'est déclaré, dès son arrivée au trône, le vassal de l'empereur de Russie, qu'il considère comme un père et un protecteur.

En 1893, l'émir a fait un long séjour à la cour de Saint-

1. Promu depuis au grade de conseiller d'ambassade et envoyé à Londres.

Pétersbourg et en Russie, dont il a visité les principales villes, et maintenant chaque année il entreprend un voyage en Russie et se rend aux eaux minérales du Caucase et en Crimée.

Son fils, âgé de seize ans, l'héritier présomptif de la couronne boukhare, Seïd Mir Alem, est élevé dans un corps de cadets à Pétersbourg et reçoit une éducation tout à fait européenne. Succédera-t-il à son père sur le **trône** de Tamerlan ou deviendra-t-il un des nombreux **princes** asiatiques et caucasiens qui servent avec quelque grade ou charge honorifique dans les armées de l'empereur de Russie? c'est une question dont nous allons nous occuper au chapitre suivant.

CHAPITRE XX

LA BOUKHARIE

Son passé. — Sa situation économique et politique présente.
— Ouzbeg et Tadjiks. — Les Juifs et les autres nationalités.
— Progrès et réformes dans les mœurs et les institutions.
— Obstacles à la civilisation. — Politique de la Russie. —
La ligne douanière. — L'avenir de la Boukharie.

On appelle Boukharie le pays actuellement situé au
nord et à l'est du cours de l'Amou-Daria, pays qui portait
autrefois le nom de Transoxiane chez les géographes de
l'antiquité et celui de Maouar-en-Nahar (mot arabe signi-
fiant à la lettre *ce qui est de l'autre côté du fleuve*) chez
les écrivains du moyen âge. La partie la plus importante
au point de vue agricole était la région baignée par le
Zarafchan (l'ancien Politimèthe ou Sogd), appelée Sogdiane.
Cette contrée, dont la capitale fut d'abord Samarcande et
plus tard Boukhara, reçut à partir du xvii° siècle le titre
de khanat de Boukhara.

L'histoire en fait mention depuis longtemps.

Les premières notions sur ce pays remontent au prophète Ézéchiel, emmené en captivité en Chaldée par Nabu-
chodonosor après la ruine de Jérusalem (587 avant Jésus-
Christ). Au chapitre XXXI de son livre, Ézéchiel dit que
c'était un pays riche et civilisé. Il fit partie de l'empire persan
et formait, d'après Hérodote, la 14° et la 16° satrapies à la fin
du vi° siècle avant Jésus-Christ; il payait à Darius Hys-

taspe le tribut annuel de 900 talents d'argent, c'est-à-dire
200 talents de plus que l'Egypte. Pythagore visita sous le
règne de Darius Hystaspe la Transoxiane, qu'il désigne sous
le nom de Zarangie, habitée par un peuple de race aryenne,
ayant pour capitale la ville d'Artoxane. Peuple et ville
avaient tiré leurs noms et leurs richesses du fleuve Aria.
Au vᵉ siècle avant Jésus-Christ, les peuples de cette
contrée, soumise à la Perse, prirent part aux invasions de
Xerxès dans la Grèce. C'étaient les Hircaniens, les Bactriens, les Khorezmiens et les Zarangiens. Au ivᵉ, la
Transoxiane, avec tout l'empire de Darius, fut conquise par
Alexandre de Macédoine. Sur les ruines de l'empire colos-
sal fondé par ce conquérant s'éleva le royaume gréco-bac-
trien, qui dura cent vingt-cinq ans, jusqu'à l'invasion des
Saques ou Scythes. Depuis cette époque jusqu'au viiᵉ siècle
de l'ère chrétienne, les ténèbres les plus épaisses entourent l'existence de la Transoxiane, qui probablement eut
à soutenir le premier choc des grandes migrations des
peuplades asiatiques vers l'Occident.

La fondation de la ville de Boukhara se perd également
dans la nuit des temps. Un certain roi légendaire du nom
d'Aphrossiab aurait bâti une citadelle, à l'endroit même
où s'élève aujourd'hui l'Ark. C'était au centre d'un territoire fertile, jadis entouré de marais desséchés et occupés
par les quatre premières colonies qui formèrent plus tard
une seule ville, la future capitale de Boukhara.

Le premier maître de Boukhara fut un certain Aberzi,
détrôné par son voisin Chirkichver, fondateur d'une dynastie turque qui régna jusqu'à la fin du viiiᵉ siècle. Le dernier rejeton de cette dynastie céda le pouvoir à Ismaïl,
fondateur de la dynastie iranienne des Samanides. Durant
cette période (672-872), les Arabes propagèrent la religion
de Mahomet dans l'Asie centrale. Dès le début du xiiiᵉ siècle,
l'islam se substitua graduellement aux cultes du Christ, de
Zoroastre et de Bouddah [1].

1. Le nestorianisme pénétra en Asie centrale au iiiᵉ siècle après

Le règne des Samanides (873-1004) porte la Transoxiane au faîte de sa grandeur économique. La ville de Boukhara s'agrandit et s'embellit. Mosquées, écoles, bibliothèques, aqueducs, canaux, routes, palais s'élèvent à Boukhara, qui devient le foyer des arts et des sciences, le séjour de savants et de poètes célèbres (Narchahi, auteur du *Kitab-i-Narchahi*, Aboul-Nazan-Roudeki, poète prolifique). Boukhara se transforme en centre religieux des musulmans sunnites [1].

Le gouvernement des Turcs Seldjoucides (1004-1133), qui succédèrent aux Samanides, est illustré par de brillantes conquêtes en Orient et en Occident. Puis c'est le tour de la dynastie des princes du Kharezm (1133-1220), sous lesquels Boukhara atteint à un haut degré de culture et de puissance. Dans l'espace de quatre cents ans écoulés depuis l'apparition du premier Samanide, la Transoxiane fait d'immenses progrès dans toutes les branches de l'art et de la science. L'histoire et la poésie ont conservé de précieux monuments sur cette période.

L'année 1220 fut l'année terrible.

Djenguiz-khan, conduisant ses hordes innombrables de Mongols, mit à feu et à sang toute l'Asie centrale. Boukhara subit le même sort. La destruction, le massacre et l'esclavage furent le partage des peuples vaincus par les Barbares, qui, suivant l'expression laconique conservée dans une poésie persane (Ibn-Oul-Atgir), vinrent, détruisirent, brûlèrent, massacrèrent, pillèrent et partirent.

La Transoxiane ne se releva plus au rang qu'elle occu-

J.-C. Au commencement du ɪvᵉ siècle, il y avait des évêchés à Tousa, Merv et Samarcande, et en 1420 Merv devint la métropole des Nestoriens de l'Asie. — Les Arabes portèrent au christianisme le premier coup, mais il subsista jusqu'au xvᵉ siècle.

1. Les sunnites sont les adeptes des trois premiers khalifes, successeurs de Mahomet (Abou-Bekr, Omar et Osman), que les chiites, partisans d'Ali, accusent d'avoir usurpé le pouvoir qui revenait selon eux à Ali. Celui-ci ne devint khalife qu'après Osman. De là l'inimitié et le schisme religieux.

pait avant l'invasion mongole. Elle échut en partage à
Tchagataï, second fils de Djenguiz-khan, qui gouverna
tout le pays compris actuellement dans le Turkestan, sous
la haute suzeraineté de l'empereur mongol. Le sort de la
Transoxiane dépendit désormais des vicissitudes du grand
empire dont elle formait une province. Cette période dura
de 1226 à 1363, jusqu'à la fin de la dynastie des Djingui-
zides.

La Transoxiane devient ensuite le théâtre de luttes
civiles, de guerres dynastiques incessantes jusqu'à l'avènement du célèbre Timour, qui fait briller l'Asie d'une
nouvelle auréole de splendeur. Mais celle-ci n'est plus,
comme avant les Mongols, le fruit de la culture et des
progrès, mais le résultat du génie de Tamerlan. Celui-ci
sut, en effet, réunir en un seul faisceau les divers éléments
de la race mongole avant leur désagrégation définitive; il
leur donna de la consistance, et mit à profit les aptitudes
des peuples vaincus. Mais les trésors qu'il avait pillés
dans tant de pays, les sciences et les arts importés en
Transoxiane, au moyen de savants et d'artisans étrangers,
ne prirent pas racine dans le pays et périrent bientôt avec
la chute de son empire. Les continuelles expéditions entreprises dans le cours de trente-cinq ans avaient exténué les
populations. Néanmoins le règne de Tamerlan fut la page
la plus brillante dans l'histoire de l'Asie centrale (1369-
1405).

A sa mort commença la désagrégation de l'immense
édifice élevé par lui. Vainement ses successeurs les mieux
doués s'efforcèrent d'arrêter le déclin de l'empire : Ouloug-
beg, Mir-Chir, Chahroukh-Mirza, Abdoul-Saïd, Cheïbani,
Abdoullah-khan, Abdoul-Azis. La découverte de la route
maritime d'Europe en Chine et aux Indes porta un coup
sensible au commerce de l'Asie centrale. La route de
terre fut abandonnée. Les incursions des Ouzbeg et les
fréquents changements de dynasties ébranlèrent les fondements du royaume de Tamerlan. Rejetés dans leurs

steppes par Timour, les Ouzbeg font de nouveau apparition aux confins de la Transoxiane à la mort de Tamerlan et à la chute de la Horde d'Or. Les Timourides (1405-1500) les plus distingués, adonnés à la culture des arts, des sciences et des belles-lettres, ne peuvent élever une digue contre les hordes ouzbeg. Celles-ci finissent par s'emparer du pays et par chasser le dernier timouride Baber-Mirza, qui alla fonder dans l'Inde l'empire du Grand Mogol.

La nouvelle dynastie ouzbeg des Cheïbanides (1500-1597) transporte à la fin du xvie siècle la capitale de Samarcande à Boukhara, qui était devenue entre temps un centre important, célèbre par son école de peinture et d'architecture, par ses monuments et ses industries. Les plus illustres émirs de cette dynastie, son fondateur Cheïbani-Mahomet et son dernier représentant Abdoullah-khan, relevèrent le prestige de l'État pour quelque temps encore.

Mais après eux il tombe complètement, pendant presque les deux siècles (1597-1784) que dura la dynastie des Astarkhanides : ceux-ci s'occupaient de disputes casuistiques plus que de gouverner leurs peuples. En 1740, Boukhara vit apparaître devant ses murs le dernier grand conquérant barbare, Nadir-Chah. Il épargna la ville, cependant, par suite de la complète soumission de l'émir Abdoul-Faïz, mais en emporta un riche butin et une forte contribution.

Les Ouzbeg étaient devenus les arbitres de l'État boukhare : ils plaçaient sur le trône et déplaçaient les émirs, qui ne gouvernaient que selon leur bon plaisir.

En 1784 Chah-Mourad, fondateur de la dynastie des Manguides, s'empare du pouvoir et prend le nom de Maassoum. Durant le règne des six souverains qui ont précédé l'émir actuel, Boukhara interrompt toutes ses relations avec les États étrangers. Non seulement les voyageurs, mais les envoyés officiels mêmes, éprouvaient des difficultés à pénétrer dans le khanat et souvent y laissaient la vie. En 1842, le tyrannique Nasr-Oullah fit décapiter

publiquement le colonel Stoddart, envoyé officiel britan-
nique, et le capitaine Konnoly, envoyé en Cocan. Vers cette
époque les italiens Orlando et Naselli, chargés d'une mission secrète, y trouvèrent également la mort. En 1846, le
lieutenant Wiburt, fait prisonnier par des Turkmènes en
route pour Khiva, subit le supplice à Boukhara, après un
long emprisonnement. Un peu avant, une ambassade persane fut massacrée dans le khanat. Et ce ne sont que les
victimes les plus en vue de la violation des droits des gens
et des soupçons injustes des émirs. Rarement quelques
courageux marchands, bravant les dangers et les cruautés,
osent entrer dans ce pays livré au fanatisme et à la
tyrannie la plus effrénée. L'esclavage y fleurit. Le brigandage ne le cède pas à celui qui a lieu à Khiva et en Turcomanie. La hiérarchie de l'islam a tout accaparé de la vie
intérieure et sociale : justice, enseignement, administration, tout est aux mains des imams. Les émirs s'occupent
à décréter des lois prohibant et punissant l'usage du tabac
et du vin, séparant les deux sexes, établissant des *raïs*,
observateurs de la loi, etc. Ils donnent l'exemple de
l'hypocrisie, du bigotisme et du fanatisme. Sous Chah-
Mourad, la ville de Boukhara qui comptait 80 000 habitants
avait 30 000 étudiants dans les séminaires (médressés).
Comme conséquences de ce système, le peuple se livra à
l'opium, au *nachi* et au *kouknar*, pires que le tabac; la
claustration des femmes engendra ces vices qui font la
honte des Orientaux; le bigotisme augmenta les classes fai-
néantes et fanatiques du clergé et des derviches. Le khanat
vit disparaître ses meilleures industries, la sériciculture
entre autres. Les meilleures provinces firent défection et en
1826 l'émir Nasr-Oullah ne possédait plus que 5 000 milles
géographiques, dont 500 étaient colonisés et labourés par
une population sédentaire (voir Khanikof, *Description du
Khanat de Boukhara*).

Telle était la situation de ce khanat quand aux portes
du Turkestan frappèrent les avant-coureurs des deux

puissances européennes qui allaient se disputer l'Asie centrale.

Les événements qui ont précédé l'arrivée des Russes en Boukharie sont suffisamment connus.

La Russie avait dû renoncer aux grands projets de Pierre le Grand sur l'Asie centrale, la politique européenne l'ayant absorbée entièrement jusqu'au règne de Nicolas Ier. Cet empereur poursuivit la réalisation des plans de l'illustre et prévoyant aïeul. Aux relations pacifiques avec les potentats asiatiques succéda bientôt le cliquetis des armes. Pendant la période de 1845-1864 la Russie guerroya avec le Cocan, qui eut à soutenir le premier choc des armées russes venant d'Orenbourg et de Sibérie.

Les forteresses cocanes d'Ak-Metchet, Yani-Kourgan, Tokmak, Pichpek et Merke tombèrent en leur pouvoir. En 1864, les Russes, sous la conduite de Tchernayef, s'emparaient d'Aoulié-Ata, de Turkestan et de Tchimkent; en 1865, de Taschkent, ville populeuse de 100 000 habitants, défendue par 30 000 hommes et 50 canons. Bientôt Boukhara elle-même entre en lice. La victoire d'Irdjar (1866) sur l'armée boukhare est suivie de la prise de Khodjent, Naou, Oura-Tubé et Djizak. L'émir Mouzaffar Eddin, excité par le clergé et la population fanatisée, se décide à continuer les hostilités et concentre des troupes aux environs de Samarcande. Le général Kaufmann le prévient, s'empare de Samarcande et bat les Boukhares à Zéraboulak (1868). Cette défaite enlève à l'émir le territoire de Samarcande et met fin à la puissance du khanat. Le voile qui cachait depuis des siècles cette puissance se déchire et on aperçoit l'écroulement d'un État qui a subsisté par une tradition et une force incompréhensibles au milieu d'un despotisme et d'un fanatisme sans nom. Il a suffi d'une poignée de soldats et de quelques coups de canon pour faire évanouir l'illusion et écrouler une barbarie séculaire.

Depuis lors la Boukharie est entrée dans la sphère d'ac-

tion politique de la Russie, qui exerce sur elle une véritable hégémonie.

Dans ses limites actuelles, le khanat de Boukharie occupe une superficie de 4 340 milles géographiques carrés, pénétrant comme un angle aigu, dans la direction du sud-est au nord-ouest, dans les possessions russes du Turkestan. Ses limites touchent : au nord, au gouvernement général du Turkestan russe ; à l'est, au plateau du Pamir ; au sud, à l'Afghanistan, dont elle est séparée par l'Amou-Daria ; à l'ouest et au sud-ouest, à la Transcaspienne et au khanat de Khiva. Cette position centrale de la Boukharie est extrêmement importante au point de vue stratégique, industriel, commercial et politique.

La superficie du khanat se divise en trois parties distinctes : occidentale, centrale et orientale. La Boukharie occidentale forme une plaine arrosée au milieu par la rivière Zarafchan, qui s'épuise ici après avoir irrigué les oasis de Ziaouddin, Kerminé, Boukhara et Karakoul. Cette plaine se confond au nord-ouest avec le désert de Kizil-Koum, à l'est elle se change en steppe de Karnak-tchad qui se couvre au printemps d'un riche tapis de verdure. Le climat de cette partie du khanat est chaud et continental ; la température s'élève en été à 40°, en hiver elle s'abaisse à — 10°. Fièvres intermittentes, maladies d'estomac, d'yeux, etc., sont les effets ordinaires de ce climat. L'eau y fait défaut ou est de mauvaise qualité, saumâtre et stagnante. Les habitants s'occupent d'agriculture, d'élève de bétail à cornes, de jardinage et d'horticulture. La culture du coton, de la vigne, du mûrier pour les vers à soie, l'élève des brebis de Karakoul, célèbres pour leurs peaux, des chevaux de race indigène, des chameaux et des bêtes à cornes occupent la première place. Le commerce y est assez actif : on exporte le coton, la soie, les peaux de mouton, les cuirs, le riz, les fruits secs, les tapis et les feutres. En général c'est la partie la mieux cultivée et la plus riche. La construction du chemin de fer qui la tra-

verse et le voisinage de la frontière russe en ont activé les
cultures et ont stimulé le développement de l'industrie.
Ce pays a été l'arène principale des conquérants de l'Asie
centrale et des luttes dynastiques. Les derniers conquérants, les Ouzbeg, la peuplent entièrement.

La Boukharie centrale est formée des ramifications de
la chaine du Hissar, connues sous les noms de Baba-Tag,
Gazi-Malek et Kara-Taou, s'élevant en plateaux de 3 000 ou
4 000 pieds au-dessus de l'Océan. Cette zone a une population dense, et abonde en richesses minérales telles que
naphte, houille, sel et, par endroits, or. Elle se distingue par
l'abondance de l'eau, surtout par l'irrigation artificielle.
Ici coulent le Sourkhan, le Cafirnahan, le Sourkhab ou
Vakche, le Kizil-Sou et le Yakh-Sou et beaucoup de torrents qui descendent des cimes neigeuses du Hissar. Ces
rivières sont séparées entre elles par les trois ramifications
de montagnes mentionnées, qui influent sur le climat en le
modérant.

La contrée devient plus fertile à mesure qu'elle se rapproche de la chaine principale de montagnes : les vallées
abondent en bois de pistachiers et d'amandiers, grena-
diers, mûriers, abricotiers, cognassiers et autres essences
d'arbres fruitiers. La vallée de Hissar jouit d'un renom de
fertilité. Les rives du Yakh-Sou et du Pandje donnent gîte
à des bêtes féroces, tigres, lynx et autres. Les habitants y
sont très industrieux et exportent les produits de leur sol
à Boukhara, au Darvaz, en Afghanistan. L'élément tadjik
prédominait jusqu'à ces derniers temps . La conquête
ouzbeg qui a commencé dans la Boukharie occidentale
vers la moitié du xvii⁰ siècle n'atteignit la Boukharie centrale qu'au début du xix⁰ siècle.

Les Tadjiks sont riches et se livrent à d'autres industries, outre l'agriculture et ses diverses branches. La sériciculture donne d'excellents produits, et les tissus de soie
(alatchà) de Hissar sont fort connus ; ce sont les étoffes les
plus consistantes de soie dont Boukhara pourvoit tout

l'Orient et qu'on estime plus cher que les autres. Les couteaux, les poteries et les cuirs méritent également une
mention spéciale. L'habitant tadjik de Hissar se distingue
de celui des montagnes, du Galtcha : il est adroit, intelligent, fourbe. Il veut être avant tout boukhare et observe
rigoureusement tous les usages et préceptes de Boukhara;
il ressemble beaucoup à l'Ouzbeg, dont le sang coule
aussi dans ses veines.

La Boukharie orientale comprend le Caratéghine et le
Darvaz, pays sauvages, montagneux, traversés par trois
chaînes de montagnes, dites de Caratéghine, de Pierre Ier
et de Darvaz, dont les pics s'élèvent parfois à 25 000 pieds.
Le Caratéghine renferme des vallées assez fertiles et cultivées en céréales, lin, tabac, luzerne, etc. Les chevaux du
Caratéghine sont recherchés dans tout le Khanat à cause
de leur endurance. Le Darvaz au contraire est fort pauvre
et dénué de végétation. Point d'agriculture, point d'industries développées, quoiqu'il y ait des gisements de fer. Le
mûrier y est fort répandu, il sert à faire une farine que
l'on mélange avec du froment. Les baies de cet arbre
constituent de la monnaie : 45 *tépés*, calottes remplies de
mûres, équivalent à une tenga, soit 50 centimes. Le
climat, quoique rigoureux en hiver, y est généralement
sain et modéré. L'altitude du pays ne descend pas au-
dessous de 3 000 ou 4 000 pieds. Les aborigènes sont de
race tadjik, et les Ouzbeg, peu nombreux, ne se trouvent
qu'à la tête de l'administration. Le Caratéghine et le Darvaz
ont été annexés en 1877 à la Boukharie.

On ignore le chiffre exact de la population du Khanat
et on l'évalue approximativement à 2 200 000 habitants,
dont une moitié Ouzbeg et l'autre Tadjik, établis principalement dans les villes. En outre, il y a des tribus de Kirghiz, de Turcomans et environ 20 000 Arabes, Persans,
Juifs, Hindous.

Sous le rapport administratif, la Boukharie se divise en
28 cercles ou bekats, dont les principaux sont ceux de

Kerminé, Karchi, Chaar, Chirabad, Hissar, Baldjouan, Caratéghine, Darvaz, Kerki, Tchardjouï et Kabakli. Le plus riche passe pour être celui de Hissar qui paye à la caisse de l'émir la contribution de 500 000 roubles par an ; ensuite celui de Tchardjouï 200 000 ; de Ziaouddin 180 000 ; ainsi que ceux de Kerminé, Karchi, Coulab et Karakoul 180 000 chacun. Les plus pauvres sont les bekats de Kélif et d'Outche-Outchak, qui rapportent chacun de 8 à 10 000 roubles par an. Les centres importants de trafic sont, après Boukhara, Karchi et Tchardjouï. Karchi compte 35 000 âmes et est connu pour ses bazars, ses tapis et ses jardins. Dans son oasis, large de 20 milles géographiques, on cultive un excellent tabac. Tchardjouï, qui se décompose aujourd'hui en deux villes, boukhare et russe, présente un point stratégique et commercial de premier ordre sur l'Amou-Daria, tête de pont du chemin de fer transcaspien.

Les fleuves et les rivières constituent en Boukharie, comme partout dans l'Asie centrale, les artères principales de la circulation du sang vital de chaque pays. L'irrigation y est indispensable, puisqu'il n'y pleut jamais au printemps et en été : en conséquence, sans l'eau aucune culture n'est possible. L'Amou-Daria et le Zarafchan ont donc une importance capitale. Cependant les grands canaux qui amenaient les eaux de l'Oxus dans les oasis de la Boukharie centrale et occidentale ont été depuis longtemps abandonnés ; tandis que la construction de nouveaux canaux coûterait de fortes sommes. L'émir Seïd Abdoul Akhat s'intéresse à cette question ; il aspirerait, dit-on, à rétablir le système irrigatoire de l'Amou sur les territoires du centre. La solution de cette question s'impose chaque jour davantage, car le Zarafchan donne de moins en moins d'eau. A Boukhara ne parvient que le superflu des eaux du Zarafchan et, par suite de leur défectueuse distribution, on estime que même le tiers du débit n'arrive pas sur le territoire boukhare. Son volume a énormément diminué depuis le progrès des cultures sur le territoire russe de Samarcande.

Un projet grandiose est caressé depuis longtemps à Boukhara : c'est celui de creuser dans la plaine de Karakoul, un canal à grande section qui dériverait les eaux de l'Amou-Daria, afin de suppléer à l'insuffisance du Zarafchan. On sait d'ailleurs que l'assèchement fait des progrès rapides dans ce pays. Les environs de Hodja-Daoulet qui florissaient en 1873 grâce à l'abondance de l'eau, n'offrent plus maintenant qu'un désert parsemé de barkhanes de sable.

Entre Karakoul et Hodja-Daoulet, et plus loin vers les rives de l'Amou-Daria, s'étend une contrée désolée, morte. Les sables mouvants, envahissant les cultures, les jardins et les villages, ont étouffé la végétation et chassé les habitants. Lentement, avec une force irrésistible sous la poussée des vents, les dunes montent à l'assaut des petites oasis que les derniers canaux dérivés du Zarafchan faisaient vivre naguère. On voit des ruines de maisons à demi ensevelies sous les sables, des ariks comblés, des murs de jardins débordés, après avoir inutilement opposé une trop faible résistance à l'envahissement des dunes. La contrée est d'ores et déjà perdue, et les sables avancent toujours ; et, si l'on ne prend des mesures pour enrayer le mal, Karakoul et la campagne de Boukhara elle-même sont menacées sérieusement. La zone des *barkhanes* a déjà une largeur de front de plus de 50 kilomètres.

Le même sort attend l'oasis de Karakoul qui souffre de manque d'eau. La ville même de Boukhara meurt de soif pendant des semaines entières et ses habitants boivent l'eau des *khaouz*, étangs pourris et infects.

En conséquence le canal projeté sur 300 kilomètres de longueur, avec la section d'une grande rivière, ferait renaître à la vie une zone, dont le sol de *loess* passe pour être le plus fertile de toute la vallée du Zarafchan. Les frais de construction du réseau complet de canalisation sont évalués à 6 000 000 de roubles par les ingénieurs russes. Ce projet a de grandes chances d'être réalisé dans un avenir prochain, d'autant plus qu'il permettrait de donner toute l'eau du Zarafchan à la province de Samarcande et de dédommager largement la Boukharie de la perte qu'elle aurait à subir.

Enfin, après l'achèvement du canal magistral entrepris par le grand-duc Nicolas Constantinovitch avec l'autorisation du gouvernement russe, qui amènera les eaux du Sir-Daria à travers les steppes de Kizil-Koum, la Boukharie recevra une nouvelle source de richesse, si cette œuvre est poursuivie sur le territoire du Khanat.

Pendant des siècles Boukhara était un des premiers centres du commerce asiatique : Russie, Perse, Afghanistan et Indes, Khiva et Transcaspienne, Turkestan, Steppes russes, une grande partie de la Chine occidentale et Kaschgar entretenaient avec elle des relations suivies. A Boukhara se concentraient les entrepôts les plus considérables; là avait lieu l'échange le plus actif des articles boukhares et étrangers. Boukhara faisait des opérations de crédit qui facilitaient l'écoulement de ses produits, elle frappait des monnaies d'or et d'argent de titres élevés et dictait les conditions du cours des monnaies étrangères : c'était pour ainsi dire la Bourse de l'Asie centrale.

Boukhara continue à faire aujourd'hui le commerce avec la Russie, la Perse, l'Afghanistan, le Cachemire, la Kaschgarie et les Indes. Avec la Russie le commerce a lieu en partie par l'ancienne route de Kazalinsk-Orenbourg et en partie par la nouvelle ligne ferrée Tchardjoui, Ouzoun-Ada, Astrakhan. Les articles indiens passaient autrefois par l'Afghanistan, via Peschawer, Caboul et Kélif; maintenant ils se dirigent sur Bender-Abassi, Mesched, Herat, Kerki, mais de préférence par le chemin de fer Transcaspien. Coton, laine, soie, fruits secs, riz, garance, peaux de **Karakoul, cuirs, fourrures de renard et de martre, tapis et feutres, fils et tissus de coton, de laine et de soie,** châles, khalats et autres objets d'habillement, pierres précieuses, tels sont les objets d'exportation. Aux Indes vont les soies, en Perse les peaux de Karakoul et les châles de soie ; les autres articles en Russie.

De la Russie d'Europe on importe des articles manufacturés, cotonnades, soieries, draps, brocarts, fer et objets de fer, épiceries, sucre, bonbons, caramels, faïences, cuir noir, valises, malles, objets de luxe, papier, etc. ; du Turkestan russe, la soie de Cocan, les tissus de soie, les feutres et le coton ; des Indes, le thé vert, l'indigo, la mousseline, les indiennes, les épiceries, les étoffes de brocart, les châles de Cachemire, les objets pharmaceutiques, les confitures, les couleurs ; de la Perse : thé vert, articles manufacturés anglais, châles, épiceries, cuirs, fourrures, turquoises ; de la Kaschgarie : porcelaines, thé et tissus de soie chinois. En 1887 on évaluait l'importation en Boukharie à 754 600 pouds, de la valeur de 16 675 000 roubles, dont 633 600 pouds et 10 600 000 roubles de Russie ; 100 000 pouds et 5 475 000 roubles de l'Inde ; 21 000 pouds et 600 000 roubles de la Perse. L'exportation s'élevait à 1 214 000 pouds pour la valeur de 15 040 000 roubles, dont, en Russie, 1 210 000 pouds pour 12 500 000 roubles, en Perse, 2 300 pouds pour 2 120 000 roubles, dans l'Inde, 2 100 pouds pour 420 000 roubles.

D'après d'autres données, les échanges de la Boukharie auraient représenté avant l'inauguration du chemin de fer (1888) la valeur de 32 millions de roubles à l'importation et de 45 millions de roubles à l'exportation.

La construction du chemin de fer porta le premier coup à la prépondérance de ce grand marché ; les transports prirent une route plus directe, en évitant la place de Boukhara. Puis le gouvernement russe fixa un cours sur la tenga, pièce d'argent boukhare, admise à la circulation dans les possessions russes, et enfin la prohiba (juillet 1893) complètement. Maintenant elle est de nouveau admise par suite de l'inauguration du nouveau système douanier.

Toutefois la ville de Boukhara tiendra encore un rang important dans l'échange international, même si elle ne joue plus le rôle d'arbitre du commerce de l'Asie centrale. Cette capitale a été, en effet, choisie pour siège du nouveau cercle douanier du Turkestan ; elle sera fournie d'entrepôts et de magasins, en somme de tout l'outillage indispensable au trafic contemporain. D'ailleurs, les relations de Boukhara avec Moscou et Nijeni-Novgord par la voie de l'Oka et de la Volga, existent depuis longtemps ; elles sont très suivies avec la grande foire de Nijeni et donnent lieu à des échanges considérables.

Des banques russes ont ouvert des succursales à Boukhara même. Des usines de nettoyage du coton, des moulins à huile, des fabriques de cuir, d'allumettes chimiques travaillent depuis plusieurs années à Boukhara, à Tchardjoui et ailleurs. Des comptoirs de transport et de commission s'occupent de toutes sortes d'affaires et principalement de l'exportation du coton en Russie. La sériciculture s'est un peu relevée et donne de beaux bénéfices aux éleveurs de vers à soie. Toutes ces circonstances contribueront certainement à maintenir le prestige commercial de la ville de Boukhara.

Il a été fait mention au chapitre précédent de l'ordre de système gouvernemental de la Boukharie. Le pouvoir supérieur appartient à l'émir, qui gouverne avec l'aide de son conseil, composé des principaux membres de sa maison civile et militaire et des représentants de l'islam. Le khan est le chef suprême de l'État et de l'armée qu'il gouverne par l'intermédiaire de fonctionnaires et d'officiers. Il représente la dernière instance dans l'ordre judiciaire et, assisté de ses conseillers, il juge en dernier ressort des causes civiles et criminelles importantes.

L'administration des provinces est déléguée aux begs, qui exercent la justice, lèvent les impôts et contributions en argent et en nature. Ils sont tenus de verser dans la

caisse du khan une somme fixée à forfait, selon l'importance de la province qu'ils administrent. En outre ils doivent
faire des présents à l'émir en habits, chevaux, argent, etc.
Dans les districts, où il y a des *amlacdars* délégués par
les begs et chargés de l'administration et de la perception des impôts, le kazi exerce les fonctions de juge de
première instance, de notaire et d'officier de l'état civil.
Les impôts et les contributions sont de deux espèces : le
heradje et le zaket. Le heradje varie de 1/10 à 1/3 de la
récolte des grains, payable soit en nature, soit en argent.
Mais, grâce aux abus, le peuple se voit enlever souvent
jusqu'aux deux tiers de la récolte.

Le zaket se perçoit sur les marchandises et les articles
de commerce, sur les troupeaux envoyés au marché, sur
les métaux précieux, en proportion de 2 1/2 pour cent de
leur valeur.

Le système monétaire y est fort simple : une monnaie
d'argent, la *tenga*, une monnaie d'or, la *tilla*, et une
monnaie de cuivre, le *poul*. Le papier-monnaie russe circule avec un agio.

Des plaintes s'élèvent contre les abus et les exactions
criantes des begs et des autres fonctionnaires qui pressu-
rent le peuple. L'émir régnant a essayé de les réformer
par des mesures sévères, mais elles n'ont pas arraché le
mal à sa racine, qui se trouve dans le sentiment d'avidité
du peuple, dont sortent les chefs de l'administration.

La religion dominante dans le Khanat est l'islam. Les
chrétiens, les juifs et les hindous, à peine une vingtaine de
mille, disparaissent dans la masse de la population musulmane. L'enseignement se trouve aux mains du clergé qui
tâche naturellement de lui insuffler l'esprit de l'islam. Il
est rare d'ailleurs de rencontrer un boukhare complètement illettré : presque tous les habitants sédentaires ont
appris à lire, à écrire et à connaître les dogmes de la
religion de Mahomet. Les établissements d'instruction
supérieure sont les medressés, espèces de séminaires ; les

étudiants y reçoivent un enseignement qui leur permet d'embrasser la carrière ecclésiastique ou celle de maître d'école dans les medressés et les maktabs. Ces maktabs sont des écoles primaires.

Il n'y a point d'enseignement aux frais de l'État : toutes les écoles et les séminaires sont entretenus par les particuliers ou plutôt possèdent leurs propres revenus, provenant de legs, donations, etc.

La grande masse de la population se compose, comme il a été dit, d'Ouzbeg, agriculteurs, et de Tadjiks, commerçants et artisans, entre lesquels fermente l'antagonisme héréditaire.

Les Ouzbeg se rapprochent, quant au type, des Mongols, mais ont les traits plus réguliers. Ils sont de taille moyenne, de forte constitution, et ont une chevelure et une barbe rousses, allant du roux clair au châtain foncé. En général ce sont des hommes bons, francs, justes et honnêtes, mais paresseux et indolents au dernier point. Ce peuple a gardé encore quelques traits de son caractère belliqueux et pourrait fournir des éléments excellents pour une force armée régulière. Les Ouzbeg observent une extrême modération dans leur vie, dans leurs vêtements et nourriture, modération qui frise la rigueur. L'instruction et le fanatisme religieux sont moins répandus parmi eux que chez les autres populations. Les Ouzbeg devenus sédentaires s'occupent d'agriculture et de commerce ; les nomades et semi-nomades se donnent à l'élève des chevaux et des moutons de Karakoul, fort renommés.

Les Tadjiks habitent les villes et les grands villages. De souche aryenne, ils ont gardé la beauté du type, qui se distingue par la haute stature, la régularité des traits, le teint mat de la peau, la couleur foncée des cheveux et des yeux. Ils ont une grâce et une élégance naturelles ; ils sont affables, mais avides, courtisans, poltrons, menteurs et enclins aux vices contre nature. Ils ont une répulsion pour le travail et beaucoup de vantardise, et manquent de parole :

tel est le portrait des Tadjiks adonnés principalement au commerce.

Il y a aussi en Boukharie des Juifs, originaires du pays, qui s'occupent, pour la plupart, de teinturerie, de trafic et d'opérations de crédit, mais ils cèdent, cependant, la palme de l'usure aux Hindous. L'usure, le commerce et la fabrication de l'eau-de-vie sont leurs occupations favorites, mais aussi celles qui les font honnir et mépriser.

Juifs et Hindous inspirent un profond mépris aux indigènes musulmans. Avant la venue des Russes, les Juifs vivaient, depuis des siècles, dans un certain abaissement moral. Privés de tous droits, véritables *parias*, ils devaient porter un costume spécial, c'est-à-dire un bonnet d'astrakan noir, avec une couverture relevée et carrée en coton gris; un long khalat de coton rayé, et une corde au lieu de ceinture, corde qui leur rappelât qu'ils étaient pendables à merci. Aucun Juif n'osait se départir de ce costume, sous peine de mort.

Parmi les Juifs, il y avait des gens riches, surtout des négociants, des banquiers, des commissionnaires; ils possédaient les plus jolies maisons et villas, et jouissaient d'une grande influence dans le monde commercial. A la maison ils revêtaient des habits de luxe, mais dehors ils n'osaient porter que le costume traditionnel. S'ils montaient à cheval, ils devaient en descendre en rencontrant des personnages importants, des fonctionnaires boukhares. Les riches surtout avaient à subir les avanies et les extorsions de la part des autorités boukhares. Quand l'émir avait besoin d'argent, il ordonnait de dépouiller de riches Juifs de leur avoir, leur en laissant assez pour en gagner à l'avenir et permettre d'être pressurés à la prochaine occasion.

L'arrivée de la civilisation européenne dans les villes du Turkestan russe et, par contre-coup, son influence en Boukharie, ont relevé les Juifs de cet avilissement. Leur position semble s'être notablement modifiée : la présence des Russes donne du courage aux Juifs de la Boukharie, qui s'enhardissent au point de s'émanciper des costumes et des usages imposés et à suivre l'exemple de leurs coreligionnaires accourus de la Russie, en quête de gain.

Aux yeux des Boukhares, les Juifs représentent l'élément étranger, avide de changements politiques; certes, les Juifs ne manqueront d'y contribuer, car ils leur apporteront l'entière émancipation des conditions abjectes dans lesquelles ils vivent encore en Boukharie.

Les Arabes ne constituent qu'un petit groupe de nomades, dispersés dans différentes localités du Khanat, mais principalement aux environs de Vartanzi. Ils ont conservé le type, le caractère et les usages de leurs lointains congénères de l'Asie Mineure.

L'élevage du bétail et des moutons absorbe presque entièrement leur vie. Ils se distinguent par leur simplicité, leur droiture et honnêteté.

Les Persans de la Boukharie descendent des esclaves émancipés et des familles iraniennes de Merv, déportées par Chah-Mourad, il y a plus d'un siècle. C'est une race généralement laborieuse, accomplissant les travaux les plus pénibles. Les Tsiganes nomadisent principalement près de Karakoul. Ils professent l'islam, s'occupent de maquignonnage et disent la bonne aventure.

Toutes ces nationalités professent le même culte, qui leur a donné un vernis extérieur général : dans leurs traits principaux, la vie, les mœurs, les costumes portent le même cachet chez les divers peuples de la Boukharie. Dans la kibitka de l'ouzbeg nomade, dans la riche maison du tadjik des villes, dans la pauvre sakla du persan, partout s'accomplissent à la lettre les mêmes rites extérieurs, ordonnés par l'islam, règnent les mêmes us, la même grossièreté et cruauté des mœurs, l'oppression de la femme, la soumission absolue au culte qui sert de mesure pour toutes les manifestations de la vie sociale et politique. Tout est absorbé, en effet, par l'islam et tout en dépend exclusivement dans le monde moral et politique.

L'inoculation de la culture européenne se trouve en rapport inverse de la force de l'islam : plus celui-ci est intense, enraciné, et plus l'autre sera lente à s'infiltrer dans les masses musulmanes. Les principes fondamentaux du mahométisme sont contraires à l'idée du progrès humain dans l'ordre moral et intellectuel : c'est un fait établi par l'histoire. Cependant ces principes ont jeté de profondes racines chez les Tadjiks, qui sont devenus l'instrument de propagande du fanatisme religieux parmi les autres peuplades nomades et sédentaires de l'Asie centrale. Il ne faut pas se fier au rapprochement apparent des Tadjiks avec l'élément russe dans les villes du Turkestan : il est dicté par l'intérêt, par l'habitude invétérée de plier devant la nécessité, et d'accepter la nouvelle domination tout en en tirant le meilleur parti. Mais derrière cela se cache un fanatisme implacable et intolérable envers la civilisation chrétienne. Plutôt il faut s'adresser aux Kirghiz, aux Ouzbeg, qui sont plus accessibles aux idées de progrès et de notre culture. Et pour preuve citons les nombreux officiers, employés, maîtres d'école issus des Kirghiz qui remplissent avec succès leurs fonctions au Turkestan russe. Tandis que les Tadjiks n'ont fourni jusqu'à présent qu'un contingent de mollahs, d'imams, de derviches.

Cependant il est intéressant de voir le changement qui s'est opéré pendant ces dix dernières années dans la situation intérieure de la Boukharie.

Au moment où le khan Abdoul Akhat monta sur le trône, un parti contraire à tout changement dans l'ordre politique et social existant avait pris le dessus à la cour de Boukhara. Un clergé fanatique dirigeait la vie morale et intellectuelle du peuple boukhare, concentrait dans ses mains l'instruction et l'éducation de la jeunesse, et le pouvoir judiciaire, et s'appuyait sur un parti conservateur, imbu des idées de l'islam. Le peuple vivait sous une oppression continue, à la merci de fonctionnaires et d'employés qui, profitant de l'absence de tout contrôle de leurs actes, ne se gênaient pas pour le pressurer et en extorquer tout jusqu'au *nec plus ultra*. D'ailleurs les contrôleurs n'auraient pu sortir que des mêmes rangs, de cette classe de cipayes, de serviteurs publics, habitués depuis des siècles à exploiter les *foukaras*, les contribuables, ceux qui ne sont pas au service. L'arbitraire, la corruption et la prévarication régnaient par conséquent sans conteste dans l'administration.

Les guerres faites sous Mouzaffar Eddin avaient ruiné le pays. Les habitants émigraient au Turkestan russe, en Kaschgarie, en Afghanistan ou abandonnaient leurs terres pour s'établir dans les villes dont ils allaient former le prolétariat. D'autre part Boukhara attirait du Turkestan russe tous les éléments qui ne voulaient pas se plier au nouvel ordre de choses ou dont les emplois avaient été supprimés par la conquête russe : derviches, mollahs, soldats ou officiers de l'armée boukhare et cocane, employés des khans déchus, tous se réfugiaient dans le dernier asile de l'indépendance musulmane.

L'entretien de l'armée, que Mouzaffar Eddin ne voulait pas licencier ou réduire, pesait d'un lourd poids sur la population.

Le trafic des esclaves florissait à Boukhara, en même temps que le régime de l'arbitraire dans le gouvernement et dans la justice, de la délation et de l'espionnage, des tortures et des supplices les plus cruels. Chacun s'empressait de cacher ses richesses ou de fuir un pays où la tyrannie régnait en maîtresse absolue.

La discorde divisait les membres de la famille de l'émir, dont chacun attendait la mort pour déchirer le pays par des luttes intestines et des intrigues. Le peuple gémissait sous la tyrannie des begs : le mécontentement prenait de telles proportions dans les provinces, que celle de Chaar-Sabiz, la plus riche de tout le khanat, implorait l'assistance de la Russie et demandait à passer sous sa domination.

Telle était la situation politique du khanat à la mort de l'émir Mouzaffar Eddin.

Son jeune successeur, sous l'impression des choses qu'il avait vues en Europe, prenait possession du pouvoir, résolu à porter remède à tous ces maux de Boukhara. Pour réaliser ses projets, il avait à lutter contre l'influence pernicieuse, mais prépondérante, du vieux parti ouzbeg, allié au clergé fanatique, qui tous deux visaient à reconquérir ce que le khanat avait perdu dans la guerre avec la Russie. Sa famille entière même se montrait hostile au nouvel émir, qui, selon elle, avait usurpé les droits du frère aîné. Les begs de Hissar et de Tchardjouï excitaient le peuple en répandant de faux bruits, tandis que l'ex-Katta-Tioura, Abdoul Malik, n'attendait que le moment favorable pour pénétrer en Boukharie et y lever l'étendard de la révolte contre l'usurpateur.

Néanmoins, s'appuyant ouvertement sur la Russie, à laquelle il était redevable de son trône, Seïd Abdoul Akhat réussit à rétablir l'ordre et à calmer l'effervescence.

Sa première mesure fut de délivrer tous les esclaves et de proclamer l'esclavage à jamais aboli dans ses États. Des milliers d'êtres humains, pour la plupart persans, recouvrèrent la liberté. Cette mesure devait non seulement mécontenter les classes privilégiées, dont les intérêts se fondaient sur l'esclavage, mais elle mettait aussi dans l'embarras l'émir même, puisque une grande partie des troupes et presque tous les serviteurs de la cour se composaient d'esclaves. Tous s'empressèrent de retourner dans leur patrie et il fallut engager à leur place des gens soldés.

L'émir réforma ensuite l'armée, dont il réduisit les cadres à 13 bataillons d'infanterie de 1000 hommes, l'artillerie à 155 canons avec 800 artilleurs, la cavalerie à un régiment de quatre escadrons et la cavalerie irrégulière à 2 000 hommes. L'effectif sous les drapeaux ne dépasse pas toutefois le chiffre de 13 000 hommes.

En 1886 furent supprimés dans tout le khanat les *zindones*, prisons souterraines. Sur l'ordre du khan on combla et mura la célèbre prison de Siakh-tchar. le Puits Noir (dite également Kenné-Khané, la Fosse aux punaises). Les émirs faisaient jeter les criminels politiques dans cette prison souterraine, où, après les plus horribles tortures, ils étaient dévorés par des myriades de parasites. Puis suivit l'abolition de la torture et l'application de la peine de mort fut limitée aux grands crimes.

L'émir se mit aussi à réformer les mœurs de ses sujets. Il fit prohiber l'usage de l'opium, du *nachi* et du *kounar* (espèces de narcotiques qui agissent comme le haschich), les danses publiques des batchas, les pantomimes obscènes, etc. Il édicta des peines plus graves contre la corruption, l'abus du pouvoir, la vente des femmes, etc. Il punit et destitua les officiers et employés convaincus de prévarications et d'exactions qu'il entendait déraciner de l'administration boukhare. A cet effet il modifia le système de la contribution du *zaket*, et, pour encourager le commerce, il abaissa les droits de douane à l'importation et à l'exportation des marchandises.

En même temps il essaya d'émanciper la femme ; et lui-même donna l'exemple en invitant les hauts dignitaires et officiers à assister avec leurs épouses à plusieurs fêtes données au Palais. L'étiquette de cour, fort gênante pour les sujets, fut également simplifiée et modelée sur celle que l'émir avait vue à Moscou et à Pétersbourg. Mais ici il se butta à l'entêtement du clergé et des courtisans qui, s'autorisant de ces tentatives de réformer la vie intérieure des femmes, exagéraient à dessein les bruits les plus absurdes sur les projets de l'émir. Celui-ci se vit en conséquence obligé de s'arrêter dans cette voie.

On croit généralement que les émirs de Boukhara, comme d'ailleurs tous les potentats de l'Asie centrale, personnifient la toute-puissance, qu'ils exercent un pouvoir absolu sur leurs peuples, que leur moindre caprice est aussitôt satisfait par les sujets, que tout souhait se réalise comme par un coup de baguette magique. On se trompe étrangement. S'il est maître de la vie et des biens

de chacun de ses sujets, s'il est libre de prendre telle ou
telle autre mesure dans ses relations extérieures et dans
le gouvernement de l'État, le khan, toutefois, se trouve
impuissant à changer les lois qui règlent l'ordre social et
politique, basé exclusivement sur le Coran et le Chariat.
Ces deux livres forment la constitution écrite du monde
musulman asiatique. Ils contiennent les principes de la vie
publique et privée, de l'instruction, du système des
finances, de la justice, du droit de propriété, en un mot ils
constituent le code complet de l'islam selon la conception
du Prophète, renforcée par douze siècles d'existence.

Porter atteinte à ces bases fondamentales du régime et
de la hiérarchie consacrés par tant de siècles et de générations, c'est entreprendre une lutte pénible, dans laquelle
bien des souverains et des dynasties asiatiques ont souvent succombé, comme l'histoire nous l'apprend. Armé
d'une longue expérience et jaloux de son autorité sur le
peuple, le clergé musulman se tient sur le seuil du sanctuaire, où il surveille attentivement avec jalousie les agissements dirigés contre lui et n'y laisse pénétrer aucune
innovation nuisible à ses droits et privilèges. Le temps a
consacré la force du clergé dominant les consciences et
les esprits; l'autorité même du monarque dépend de sa
solidarité avec cette caste toute-puissante. Or, d'après elle,
hors du droit canonique musulman, point de salut, et
malheur à celui qui veut porter la main sur lui.

Un second obstacle, non moins sérieux pour tout réfor-
mateur, consiste dans la coutume qui a force de loi en Boukharie et dont le maintien se trouve aux mains du peuple
lui-même. La coutume, certes, ne correspond plus à la
situation actuelle, et la civilisation y a fait bien des brèches,
dont les masses ignorantes du peuple n'ont pas encore
conscience. Mais l'émir doit toujours, dans ses projets,
tenir compte des usages et des préjugés populaires qui
ont jeté des racines encore plus profondes que l'islam
lui-même.

Néanmoins ce dernier rempart du fanatisme musulman, sourdement hostile au progrès, doit s'écrouler, tôt ou tard, sous la poussée lente et certaine du temps. Fatalement la Boukharie est amenée à renoncer à son isolement et à ouvrir à la civilisation une porte par laquelle pénétrera la nouvelle lumière qui éclairera les ténèbres de l'islam. Et cette porte sera le progrès économique des populations boukhares, qui finira par gagner ou corrompre jusqu'aux plus récalcitrants.

Le développement des forces économiques de la Boukharie suit et suivra infailliblement le mouvement dont les Russes ont pris l'initiative et qui deviendra de plus en plus rapide, à mesure que les populations indigènes se rendront compte de leurs intérêts et quand seront effectués les grands travaux d'irrigation et les œuvres publiques déjà en cours d'exécution ou encore à l'étude. Les symptômes précurseurs de la transformation future n'échappent pas à l'œil de l'observateur. Mais ici le sujet nous amène à parler de la politique du gouvernement impérial envers le khanat de Boukhara.

On a reproché au gouvernement russe d'avoir laissé subsister, comme État indépendant, au cœur de l'Asie centrale, la Boukharie, ce centre et foyer de l'islam, dont les traditions peuvent encore exciter l'enthousiasme et le fanatisme musulmans. Les armées russes ont commis une faute, assurait-on, de s'être arrêtées, en 1868, après les victoires d'Irdjar, de Samarcande et de Zéraboulak. Il fallait en finir d'un coup avec Boukhara, au lieu d'aider l'émir Mouzaffar à combattre le Katta-Tioura, l'héritier révolté, qui aspirait à lever l'étendard de la guerre sainte contre les infidèles. Le nom de Boukhara inspirait-il peut-être la crainte de soulever les populations musulmanes, ou bien l'ignorance de l'état politique du khanat provoqua-t-elle cette résolution? Toujours est-il que c'était une erreur de partager la Boukharie en deux tronçons, de séparer Samarcande de Boukhara, qui formaient une unité géographique, histo-

rique et économique. L'occupation de la capitale aurait
prévenu la situation actuelle. L'autonomie de ce khanat
constitue désormais un danger, une menace pour les derrières de l'armée russe; car en cas d'échec sur l'Amou-
Daria, le peuple boukhare se soulèvera à la voix des
mollahs fanatiques; par conséquent, au début des hostilités, *delenda est Carthago*.

Tel était le langage que tenait, il y a quelques années,
le parti militaire russe, plus intéressé que tout autre à une
action décisive. Toutefois le temps a donné un démenti à
ces sombres pronostics. A supposer même qu'il n'eût pas
fallu tenir compte des menaces et des remontrances de
l'Angleterre ni de l'hostilité de Khiva, de l'Afghanistan et
des Turkmènes, la position des Russes en Asie centrale
était loin de présenter une garantie sérieuse de stabilité.
On avait le Cocan sur le dos; on avait à régler des comptes
avec Khiva; puis les Turcomans conservaient leur indépendance. Enfin de sérieux obstacles empêchaient une
action décisive : l'absence de communications rapides, les
complications en Europe, etc. Il fallait d'abord consolider les conquêtes, et ce n'est pas en irritant et soulevant
les peuples asiatiques que la Russie aurait pu travailler
à ce but. Il s'agissait donc de temporiser et de préparer la
future annexion sans brusquer ni précipiter le dénouement.

Aujourd'hui la Russie marche sûrement vers le dénouement, qui n'est plus qu'une question de temps.

Qu'a-t-elle fait pour amener ce résultat? Depuis ses
victoires la Russie a poursuivi un plan systématique pour
réduire Boukhara aux abois. Dès l'occupation du territoire
de Samarcande il fut évident que la clef de l'avenir de la
Boukharie se trouverait aux mains des Russes. Car, avec
la vallée du Zarafchan, ils s'étaient emparés des sources
et du cours principal de cette rivière, dont vivait exclusivement la partie la plus riche de l'oasis de Boukhara, le
centre même du khanat. Or les Russes pouvaient, à un
moment donné, priver tout à fait d'eau cette zone, le

Miankal, la ville de Boukhara même ; ils n'avaient qu'à en dériver le cours. Seul, en effet, le progrès des cultures sur le territoire russe a suffi à enrayer l'agriculture de la Boukharie centrale, qui se trouve ainsi à la merci des Russes.

La division en deux tronçons du khanat constituait donc un moyen efficace pour réduire à la raison la partie qui serait restée indépendante. Avait-il été prévu par les chefs placés à la tête des affaires russes, ou bien s'est-il produit simplement par un concours heureux de circonstances, cet événement n'en a pas moins agi à l'instar d'une habile prévoyance. C'était en tout cas le premier coup porté à la puissance des émirs de Boukhara. C'était le premier jalon enfoncé sur le chemin qui devait amener les Russes à Boukhara. S'ils avaient eu, toutefois, des ménagements à garder envers l'émir Mouzaffar Eddin, l'avènement de Seïd Abdoul Akhat leur délia les mains. La conquête des oasis de la Transcaspienne et de Merv venait d'être achevée : la frontière de l'Empire était reculée jusqu'aux confins de l'Afghanistan ; les possessions russes enserraient presque de tous côtés le khanat, complètement isolé des autres États, tandis que son voisin Khiva n'était plus qu'une dépendance de la Russie.

Avec le nouveau prince, partisan d'ailleurs de la Russie, à laquelle il était en quelque sorte redevable du trône, la politique russe devient de plus en plus entreprenante. Les coups se suivent rapidement sans interruption.

Elle débute en 1886 par instituer une agence diplomatique qui surveillera et contrôlera tous les actes de l'émir et veillera avec jalousie à ce qu'aucune puissance étrangère n'entre en relation avec lui. L'influence du représentant diplomatique se fait sentir dans toutes les mesures et réformes décrétées par le nouvel émir. Abolition de l'esclavage, de la torture, des supplices de la Tour, des prisons souterraines ; fondation d'ambulances, d'écoles, etc. ; amélioration dans le système administratif et tributaire, tout cela a été évidemment suggéré par le cabinet de Saint-Pétersbourg.

Bientôt suivit la construction du chemin de fer à travers l'État boukhare sur un parcours de plus de 300 kilomètres. La voie ferrée, avec ses stations, représente la continuation du territoire russe, car elle est exploitée et administrée par des Russes exclusivement, depuis l'ingénieur en chef jusqu'au dernier aiguilleur et gardien. Un bataillon du génie est chargé du service de l'exploitation. Tous les ordres et les règlements qui le concernent partent de Pétersbourg, du ministère de la guerre.

La construction du chemin de fer amena à sa suite l'établissement de colonies russes au cœur et aux confins du khanat : militaires, employés, soldats, manouvriers vivent en Boukharie comme en pays jouissant d'extra-territorialité. A son tour l'exploitation provoqua le développement des échanges et avec lui une immigration dans le khanat de divers éléments de la Russie, de la Perse, du Caucase, etc. C'est ainsi que surgirent les villes de Tchardjouï et de Boukhara russes à côté des villes indigènes. Puis, au sud, sur la rive gauche de l'Amou-Daria, les Russes occupèrent Kerki, position excellente pour surveiller et menacer l'Afghanistan.

Enfin la Russie a fait un pas encore plus décisif, en admettant Khiva et Boukhara dans la sphère de sa politique douanière. Le Zollverein asiatique, par lequel les khanats de Khiva et de Boukhara sont inclus dans la ligne de douanes de la Russie, constitue aux yeux des plus clairvoyants une annexion déguisée de ces États. Voici les motifs dont le gouvernement impérial s'est pénétré en établissant cette ligne douanière, créée en vertu de l'oukaz du 6 juillet 1894.

Jusqu'à ces derniers temps le système douanier en vigueur dans les autres parties de l'Empire de Russie ne s'étendait pas à la Transcaspienne. La contrebande y avait beau jeu ; le commerce russe en souffrait sérieusement et

le chemin de fer Transcaspien y perdait sur le transport
des marchandises qui prenaient une voie différente. Pour
établir un cordon de douanes en Transcaspienne, il aurait
fallu compter avec la position géographique du pays et
l'étendue considérable des frontières, non seulement du
côté de la Perse et de l'Afghanistan, mais aussi du côté
de Khiva et de Boukhara : il eût été absolument impossible
de faire garder ces frontières avec les moyens dont la
Russie y disposait alors.

Si l'on s'était contenté de surveiller la frontière afghano-
persane, les marchandises étrangères, frappées en Boukharie du droit de deux et demi pour cent *ad valorem*,
auraient facilement pénétré en Transcaspienne et plus
loin dans l'Empire.

D'autre part le chemin de fer Transcaspien traversait
l'État de Boukhara de part en part : d'où la nécessité de
soumettre les marchandises russes transportées en chemin
de fer à la visite et aux autres formalités à leur déchargement sur le territoire russe, à Samarcande. Malgré toutes
les facilités accordées par le gouvernement, les marchands se plaignaient toujours de la majoration des frais
et du retard fâcheux dans les expéditions. En outre, les
matières premières provenant de Khiva et de la Boukharie
entraient en Russie sans payer de droit et faisaient concurrence aux matières similaires produites par le Turkestan
et la Transcaspienne. Tandis que le thé, l'indigo et les
autres articles de provenance étrangère, importés de Boukharie dans les possessions russes, payaient des droits
assez élevés : ce qui créait, pour ainsi dire, une injus-
tice pour les habitants indigènes, sujets de Khiva et de
Boukhara.

Tous ces inconvénients doivent disparaître moyennant
l'accession des deux khanats au système douanier de la
Russie, régi par un seul tarif en vigueur dans toute
l'Asie centrale, depuis le rivage oriental de la mer Caspienne jusqu'aux confins de la Chine, du Pamir et de

l'Afghanistan, où doit s'arrêter le cordon des postes douaniers.

D'après l'entente qui a précédé l'oukaz de 1894, l'émir de Boukhara recevra une indemnité pour les pertes qui en résulteront pour son trésor et, en outre, le droit d'importer en franchise pour son usage personnel des articles étrangers jusqu'à la valeur de 15 000 000 de cocans, soit de 2 250 000 roubles.

Sur la part des recettes douanières qui reviendront aux deux khanats, il sera prélevé une somme déterminée destinée aux travaux publics à exécuter dans ces pays : routes, canaux et autres œuvres d'utilité publique.

Après cela que reste-t-il à entreprendre pour anéantir l'autonomie de la Boukharie, qui n'est plus qu'un vain nom ?

La voie ferrée a percé, à l'instar d'une épingle, le coléoptère boukhare, qui mourra chloroformé dans la grande collection de peuples que l'Empire russe possède tant en Europe qu'en Asie. L'installation de l'agence politique, l'occupation des premiers points stratégiques par des garnisons russes et l'union douanière lui ont enlevé, à cet insecte, tout moyen de locomotion. Maintenant on demande la suppression de l'armée boukhare, de ces *sarbaz*, dont nous avons admiré les évolutions bouffonnes, afin, dit-on, de consacrer les deux ou trois millions de roubles qu'ils coûtent au profit de la population. Plus tard, on enlèvera à l'émir le droit de frapper ses monnaies. On veut bien lui conserver pourtant certains privilèges : libre à lui de posséder un harem, d'accorder des audiences, de décerner des décorations de l'Ordre de l'*Étoile levante*, de pendre même ses sujets, si ça lui fait plaisir; mais en dehors de ça le souverain est condamné à se conformer aux décisions du gouvernement impérial, même pour ses voyages de plaisir.

Désormais la Russie a la haute main sur cet État vassal, et son influence y est prépondérante. Pour s'en convaincre il suffit de faire le trajet en chemin de fer, à travers la Boukharie. Sur une étendue de 300 kilomètres, les Russes y vivent tout à fait comme chez eux; les indigènes s'habituent à leur voisinage, à leur contact journalier.

L'élément russe s'est établi solidement dans la Nouvelle-Boukhara, à 12 kilomètres de l'ancienne capitale. Les bâtisses croissent à vue d'œil. L'émir, lui-même, donne l'exemple qui sera bientôt suivi par les capitalistes du pays. L'agent politique, M. Lessar, prend une part active au gouvernement de l'État et dicte à l'émir et à ses conseilleurs intimes leur ligne de conduite.

Un changement pourtant s'opère peu à peu dans les idées et les mœurs des Boukhariotes. Ils font des rapprochements quotidiens entre les lois et les hommes qui les gouvernent et l'ordre de choses régnant, non loin de la frontière boukhare, au Turkestan russe, et cette comparaison, on le devine, ne sort pas à l'avantage de leur orgueil national. Les chefs eux-mêmes et ceux qui devraient, en général, se montrer hostiles à cette transformation, abstraite encore, commencent déjà à partager les sentiments de la population et vont au-devant des Européens. Il s'est formé un parti considérable, favorable à l'annexion à la Russie, et le peuple boukhare voit d'un œil d'envie les bienfaits et l'ordre dont jouissent les peuples musulmans sous l'autorité du Tsar-Blanc.

La Boukharie aurait opposé, peut-être, une résistance plus active à la prépondérance russe si, à la tête des affaires, s'était trouvé un prince moins faible, moins résigné que l'émir actuel Abdoul-Akhat-Khan; si son entourage se fût composé de personnages plus énergiques et entreprenants; enfin, si le fatalisme musulman n'eût envahi l'âme des gouvernants et n'eût guidé les actions et les idées du khan.

Faut-il attribuer la faiblesse de l'émir à la dégénérescence du sang mongol qui coule dans ses veines, ou à son avarice et à sa cupidité, à la soif d'amasser des richesses? Ses ministres, ses confidents principaux ont hérité également des sentiments efféminés de la race iranienne. D'ailleurs, tous ils sont gagnés à la cause de la Russie : décorations, cadeaux, honneurs et richesses satisfont leur avidité et leur vanité.

L'accumulation des richesses, grâce à une paix prolongée, n'a certes pas peu contribué à satisfaire les plus exigeants des classes dirigeantes qui ont redoublé d'activité pour exploiter, à l'abri des baïonnettes russes, les populations inertes.

Pourquoi la Russie diffère-t-elle donc de prononcer la sentence? Elle a peut-être des motifs sérieux et des avantages même à maintenir encore quelque temps le *statu quo*, malgré les réclamations du parti militaire et les velléités de certains personnages. En tout cas elle peut attendre avec patience le moment quand le sentiment de fatalisme et de prédestination, qui s'est déjà emparé des esprits en Boukharie, éclatera en plein jour au cri de : « Allah le veut! »

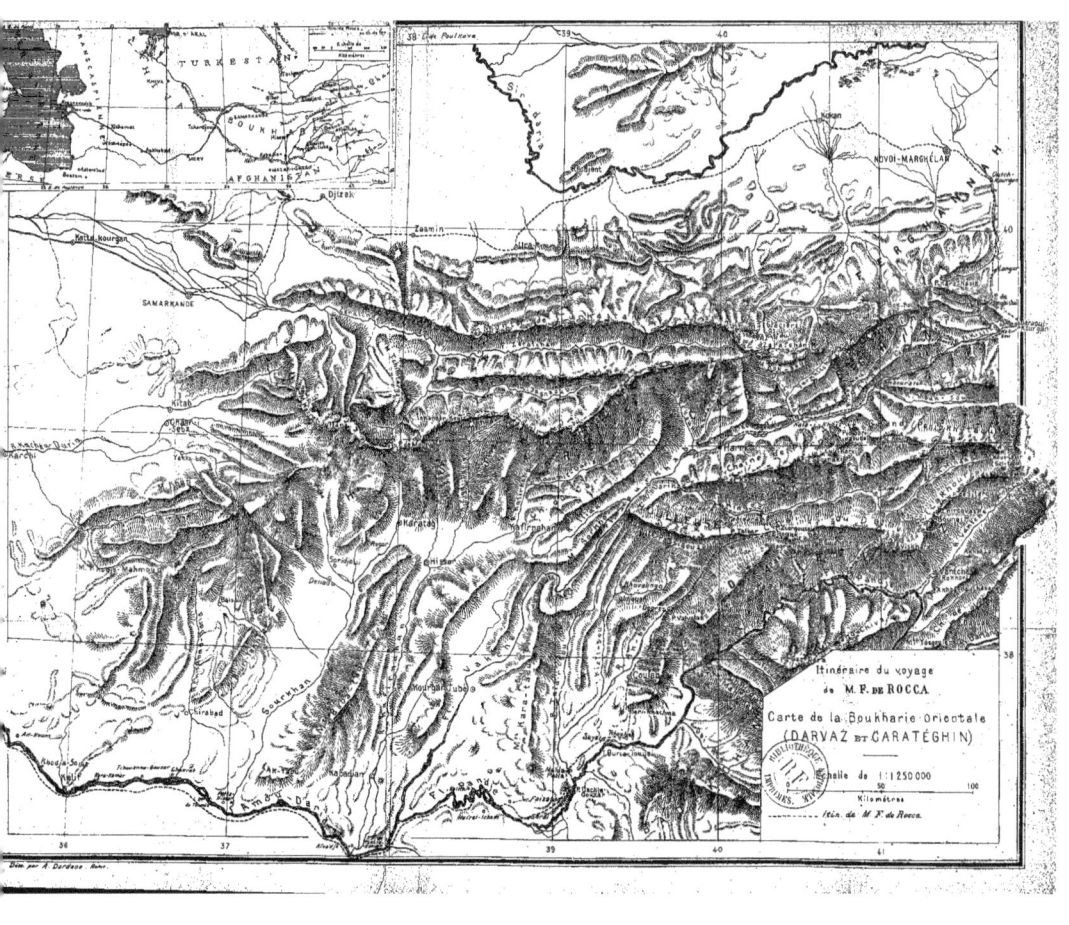

Itinéraire du voyage
de M. F. DE ROCCA

Carte de la Boukharie Orientale
(DARVAZ ET CARATÉGHIN)

Échelle de 1:1 250 000

Kilomètres

Itin. de M. F. de Rocca

TABLE DES MATIÈRES

ERRATA

—

Page	Ligne		
7,	18,	au lieu de	« tombent en ruines », lire « tombent en ruine »
9,	25,	—	« chapitres de la conquête russe », lire « chapitres de l'histoire de la conquête russe ».
12,	3,	—	« brèches », lire « trouées ».
13,	35,	—	« s'imaginer lire « imaginer ».
29,	10,	—	« en 1802, pour les provenances », lire « en 1892; pour les provenances. »
35,	14,	—	« Il pousse ses racines démesurées profondément dans les couches », lire « Il pousse profondément ses racines démesurées dans les couches ».
47,	31,	—	« nous déposent », lire « nous amènent ».
57,	28,	—	« 1400 kilomètres », lire « 3000 kilomètres ».
59,	10,	—	« tombent en ruines », lire « tombent en ruine ».
63,	19,	—	« de toute sorte », lire de tous « genres ».
77,	7,	—	« devient commune », lire « devint commune ».
201,	11,	—	« gerbes », lire « bottes ».
298,	1,	—	« bruit de la poudre », lire « bruit de la détonation ».

www.ingramcontent.com/pod-product-compliance
Lightning Source LLC
Chambersburg PA
CBHW070752030726
47504CB00003B/528